元曲選（附外編）

第四册

〔明〕臧晋叔 編
隋樹森 補編

中華書局

兩軍師隔江鬭智雜劇

第一折

〔冲末扮周瑜領卒子上詩云〕幼習兵書苦用功。鏖兵赤壁顯威風。曹劉豈是無雄將。只俺周郎名振大江東。某姓周名瑜。字公瑾。廬江舒城人也。輔佐江東孫仲謀麾下爲將。方今漢世之末。曹操專權。逼的劉關張弟兄三人。棄樊城而走江夏。後來諸葛亮過江借兵。我主公助他水兵三萬。拜某爲元帥。黄蓋爲先鋒。在三江夏口。只一把火燒的曹兵八十三萬片甲不回。私奔華容小路而走。某使曹仁守南郡。叵耐劉備那厮。暗地奪取荆州。想他赤壁鏖兵。全仗我東吴力氣。平白地他倒得了荆襄九郡。怎生乾罷。某數次取索。被那癩夫諸葛亮識破計策。如今又生一計。可取荆州。等衆將來時商議。令人。轅門外覷者。若衆將來時。報復某知道。〔卒子云〕理會的。〔净扮甘寧丑扮凌統上〕〔甘寧云〕某姓甘名寧。字興霸。本貫江東人氏。這位將軍。乃是凌統。在于吴王孫仲謀麾下。今日元帥呼唤。不知有甚事。須索走一遭去。令人報復去。道有甘寧凌統來了也。〔卒子報科云〕甘寧凌統到。〔周瑜云〕着他過來。〔甘寧凌統做見科云〕元帥唤俺二將。有何事差遣。〔周瑜云〕您二將且一壁有者。令人。再去請將魯子敬來。〔卒子云〕魯大夫。元帥有請。〔外扮魯肅上詩云〕赤壁曾將百萬燒。折戟沈沙鐵未銷。區區不勸周郎戰。銅雀春深鎖二喬。小官姓魯名肅。字子敬。祖貫臨淮郡人也。輔佐主公孫仲謀。官爲中大夫之職。自因荆王劉表辭世。某過江去。遇着孔明。問俺借兵。俺主遣周瑜爲帥。敗曹孟德於赤壁之下。不意劉玄德乘機奪了荆襄九郡。只説暫借屯軍。久據不還。俺元帥數次要取荆州。小官勸他且待兵戈稍定。再做商量。争奈元帥堅執不從。今日着人來請。想必又是這樁事了。須索走一遭去。可早來到轅門之外。令人。報復去。道有魯肅來了也。〔卒子報科云〕魯大夫到。〔周瑜云〕道有請。〔卒子云〕請進。〔魯肅見科〕〔云〕元帥呼喚魯肅。有甚的事來。〔周瑜云〕大夫。今日請你來。不爲别事。某數次取索荆州。被那癩夫諸葛亮氣殺我也。某如今又尋思得一個計策。可取荆州。〔魯肅云〕元帥計將安出。〔周瑜云〕大夫。我想劉備在曹操陣中。折了甘糜二夫人。一向鰥居。有俺主公妹子孫安小姐。可配與劉備爲婚。〔做低語科云〕俺如今要得孫劉結親。那裏是真個結親。則是取荆州之計。俺這裏暗調人馬。等他家不做准備。則説是送親來的。乘機就奪了城門。這個是頭一計。倘若不中。等劉備拜罷堂。着小姐暗裏刺殺劉備。某然後大軍直抵荆州。必能取勝。大夫。你道此計如何。〔魯肅云〕元帥此計好則好。則怕瞞不過諸葛孔明。〔周瑜云〕大夫。你放心。那癩夫斷然不能識破。你先去啓過主公。説我這一計要孫劉結親。暗取荆州。某只在柴桑渡口等候回信。你可疾去早來。〔魯肅云〕小官則今日便離了大營。禀知主公。走一遭去也。〔下〕〔周瑜云〕魯子敬去了也。甘寧凌統。你二將整點人馬。只等魯子敬來時。我自有調度。〔甘寧云〕得令。〔周瑜詩云〕推結親各解戈矛。因劉備與俺爲讎。〔甘寧詩云〕諸葛亮雖然有計。則一陣立取荆州。〔同下)〔外扮孫權領卒子上云〕某姓孫名權。字仲謀。祖居江東人也。累輩漢臣。父親孫堅。爲長沙太守。自從征討吕布之後。各佔其地。某兄孫策。不幸爲許貢降卒射死。傳位于某。如今雄鎮江東八十一郡。某想當日劉玄德被曹操追至江夏。孔明過江求救。某借與他水軍三萬。遣周瑜爲帥。黄蓋做先鋒。赤壁大戰。火燒曹兵八十三萬。片甲不歸。那荆州之地。却不原是俺江東的。却被劉玄德詭計暫借屯軍。因而久據。周瑜數次取索。不能得這荆州。如之奈何。〔魯肅上云〕纔離江上。早到朝中。令人報復去。道有魯肅來見。〔卒子云〕喏。報的大王得知。有魯肅要見。〔孫權云〕魯子敬來。必然有甚緊要的事。着他過來。〔卒子云〕着過去。〔魯肅見科〕〔孫權云〕子敬此來。有何事商議。〔魯肅云〕主公。魯肅這一來則爲周瑜累次要取荆州。多瞞不過那諸葛孔明。今又定了一計。想劉玄德在曹操陣中折了甘糜二夫人。有主公的妹子孫安小姐。堪配劉備。與他結親。其時暗帶衆將進城。乃是賺城之計。孔明雖有機謀。一定不知就裏。如若不中。着孫安小姐過江時。周瑜另有計策。〔孫權云〕還有甚的第二計。〔魯肅做打耳喑科〕〔云〕主公可是您的。〔孫權云〕雖然如此。這事我也做不的主。有老母在堂。請來計議定了。再與你説。你且回避咱。〔魯肅云〕魯肅且回避咱。〔下〕〔孫權云〕令人。請出老夫人來者。〔卒子云〕老夫人。主公有請。〔旦兒扮夫人領宫娥上詩云〕自出長沙到石頭。至今猶爲長兒愁。不是仲謀能破敵。誰保江東數十州。老身孫權的母親是也。夫主孫堅。所生二子。長是孫策。次是孫權。有一幼女。是孫安小姐。孫策棄世。是老身主張傳位與弟孫權。執掌江東八十一郡。今日請我老身。不知有甚事來。須索見他去咱。〔卒子做報科云〕大王。老夫人來了也。〔孫權云〕何不早說。我接待去。〔做接見科云〕母親。您孩兒接待不着。勿令見罪。〔夫人云〕仲謀。你請老身來。有何事商議。〔孫權云〕母親。有一件事。周瑜因數次取不的荆州。他如今定了一計。有我妹子長立成人。尚未許聘。適值劉玄德失了甘糜二夫人。欲將妹子嫁他。孫劉結親。使諸葛亮不做准備。俺着軍將跟隨進城。就奪了他城門。此乃取荆州之計。您孩兒孫權不敢擅便。禀母親得知。〔夫人云〕既然這等。就請妹子出來商議。令人。着梅香傳報。請小姐出來者。〔宮娥云〕梅香傳報繡房中。請出小姐來。〔正旦扮小姐領搽旦梅香上〕〔正旦云〕妾身乃孫安小姐是也。今日繡房中閒坐。有母親在前廳上呼喚。不知爲着甚事。梅香。俺見母親去來。〔梅香云〕小姐也。你這幾日茶飯懶進。覺的清減了些。却是爲何。〔正旦云〕梅香。你那裏知道也呵。〔唱〕

【仙吕點絳唇】每日家枉費神思。怎言心事。則我這裙兒褪。掩過腰肢。〔梅香云〕小姐這等瘦了。着梅香没處猜那。〔正旦唱〕何曾道半霎兒閒針指。

〔梅香云〕敢是梅香伏侍不中小姐麽。〔正旦唱〕

【混江龍】論你個梅香伏侍。那些兒寒温饑飽不宜時。〔梅香云〕小姐。芙蓉面。楊柳腰。這般標致。誰人近得。〔正旦唱〕你道我這面呵還賽過芙蓉豔色。這腰呵不弱似楊柳柔枝。有時節將綵線纂成新樣譜。有時節向緑窗酬和古人詩。常則是嬪風作範。女誡爲師。慵粧粉黛。净洗胭脂。兀那繡簾前幾曾敢偷窺視。〔梅香云〕老夫人請哩。小姐行動些。

〔正旦唱〕若不是堂前呼喚。我也怎輕出這廳上堦址。

〔云〕可早來到也。梅香。跟我見母親去來。〔見科云〕母親哥哥萬福。〔梅香云〕小姐正在繡房中。着梅香描花樣兒。聽的老夫人呼喚。就來了也。〔夫人云〕孩兒。喚你出來。只因一件事。要與你計較。〔正旦云〕母親。是甚的事。與孩兒説咱。〔孫權云〕母親。喚將妹子出來。與他説了罷。

〔夫人做悲科云〕孩兒也。説着這事。使我不勝煩惱。因此不好和你説得。〔正旦云〕哎。母親。好傒倖人也呵。〔唱〕

【油葫蘆】母親你無語低頭甚意兒。喚我來何處使。〔云〕梅香。老夫人煩惱。可是爲何。〔梅香云〕你也不知道。我那裏省得。〔正旦唱〕敢是那一個潑無知惱犯俺尊慈。〔夫人云〕孩兒。你哥哥將你許了人家也。〔梅香云〕就與我也尋一門兒親波。〔正旦唱〕你把俺成婚作配何人氏。也則要門當户對該如此。〔云〕哥哥許了甚的人家來。〔孫權云〕妹子。將你許了人便罷了。不必問他。〔正旦唱〕端的是誰保親。在幾時。〔孫權云〕則在這一二日内。就要成這親事哩。〔正旦唱〕爲甚麼慌慌速速成親事。〔孫權云〕我則爲荆州九郡。纔想這個念頭。〔正旦唱〕元來你圖取荆州地免興師。

〔夫人云〕孩兒。你哥哥要憑着你身上幹大事哩。〔正旦唱〕

【天下樂】您則待暗結春風連理枝。我這裏尋也波思。好着我難動止。〔孫權云〕妹子。

你休得推託。你那生時年月。我已寫的去了也。〔正旦唱〕赤緊的老萱堂將我年月時。早送與新壻家。怎再辭。哎。也須揀一個無相犯的好日子。〔云〕哥哥。因甚麽將我許了人也。〔孫權云〕妹子。你不知。聽我説與你。如今要將你與劉玄德爲夫人。俺那裏是與他結親。正意則要圖他荆州。等你過門之日。俺這裏暗暗的差撥名將。假稱護送。乘勢奪了城門。俺隨後統着大兵。一鼓而下。豈不這樁大事都靠着你妹子身上。你再不要推辭了也。〔正旦唱〕

【鵲踏枝】只見你喜孜孜。把計謀施。也不和我通個商量。匹配雄雌。只就着這送親的將士。穩情取賺城門不待移時。

【元和令】我這裏勸哥哥要三思。怕瞞不過諸葛亮那軍師。萬一箇被他識破有參差。可不把美人圖乾着使。〔孫權做耳喑科〕〔云〕妹子。若此計不成。又有一計。只等劉玄德拜罷堂。回到卧房裏面。你平日侍婢們都是佩着刀劍的。你覷個方便。將他刺死。不怕荆州不歸我國。這就是你的功勞。我當替你別選高門。重婚俊傑。也不誤你一世。〔正旦唱〕哎。我只道你甚機謀節外會生枝。元來只要我轉關兒將他陰刺死。〔云〕哥哥。只怕此計不中麽。〔唱〕

【後庭花】我本待誦雎鳩淑女詩。怎着我仗龍泉行劍客的事。你只怕躭誤了周元帥在三江口。哎。怎不想斷送我孫夫人一世兒。〔孫權云〕妹子。你則依着我做。我若不取了荊州。不爲丈夫。〔做怒科〕〔夫人云〕孩兒。你哥哥惱了也。你只依着他罷。〔正旦云〕母親。你孩兒知道。只憑哥哥自家做去便了。〔唱〕哥也你直恁的便怒嗤嗤。綽起了紫髯髭。我如今並不的推三阻四。任哥哥自主之。將母親即拜辭。就佳期赴吉時。便新婚恰燕爾。

〔孫權云〕妹子既許了這親。明日就着子敬説親去。看劉備怎麽回話。〔正旦唱〕

【青哥兒】哥也你道是明朝明朝遣使。就問他討箇討箇言詞。不圖他羊酒花紅半縷絲。這壁是吴國嬌姿。那壁是漢室親支。情願倒賠家私。送上門兒。香裊金獅。酒泛瓊巵。抵多少笙歌引至畫堂時。那其間纔稱了你平生志。

〔夫人云〕孩兒。你既然許了這門親事。其中就裏。也還要與哥哥仔細計議。休得後悔。我先回後堂去也。〔詩云〕匹配良姻自作保。早將親事應承了。縱把荊州索取來。也須慮道躭誤孩兒怎的好。〔下〕〔孫權云〕妹子。你與母親且回房中去。我就擇個吉日。着魯肅過江。題這門親事去也。〔梅香云〕我就跟姐姐出嫁罷。〔正旦云〕哥哥。我知道了。〔唱〕

【賺煞】哥哥。哎。只怕你未解的腹中愁。早添上些心間事。從今後惹起干戈不止。怎靠得這不冠帶的男兒某在斯。〔梅香云〕姐姐。常言道姻緣姻緣。事非偶然。這樁兒親事。

也是天緣注定哩。〔正旦唱〕**這姻緣甚些天賜。且因而勉强從之。免的道外向夫家有怨詞。**〔孫權云〕妹子。只要你小心在意。休走漏了消息也。〔正旦云〕哥哥。你妹子知道。〔唱〕**雖則你圖爲造次。我可也聰明無二。怎肯把軍情泄漏了一些兒。**〔下〕

〔孫權云〕妹子回後堂去了。既然商量停當。令人。快請魯子敬到來。〔卒子云〕魯大夫有請。〔魯肅做見科云〕主公議論的事體定了麽。魯肅便要回元帥話去。他立等着哩。〔孫權云〕子敬。恰纔稟了老母。連我妹子都依允了。便煩你做媒。過江説親去。着周瑜預備軍馬。奪還荆州。豈不是萬全之計也。〔魯肅云〕既然商量停當。魯肅便見元帥回他話者。〔做下科〕〔孫權云〕子敬。你且轉來。我再叮囑你幾句。你見了劉玄德。只説我家妹子志氣倜儻。容貌端莊。堪可匹配皇叔。做個夫人。自今孫劉結親。免動干戈。豈非兩家之福。只等劉玄德依允了。我就擇定吉日。親送妹子。直到荆州界上。小心在意。疾去早來。〔詩云〕爲荆州日夜勞神。不奪取誓不回軍。〔魯肅詩云〕周公瑾暗施巧計。故意使孫劉結親。〔同下〕

〔音釋〕鏖阿高切　將去聲　屯音豚　量平聲　鰥音關　累上聲　降奚江切　長音掌　袵音至　纂音纘　和去聲　嬪音貧　慵音蟲　勝平聲　三去聲　參抽森切　差音媸　選上聲　睢音疽　使去聲　稱去聲　應平聲　解上聲　强欺養切　造音糙　當去聲　倜音剔　儻他曩切

第二折

〔周瑜同甘寧凌統領卒子上〕〔周瑜云〕某周瑜爲取荆州時定一計。要將主公妹子孫安小姐許配劉玄德爲夫人。外面見得兩國結親。暗中就帶着軍將。則粧送親。使他不做准備。乘機奪取荆州。料諸葛亮癩夫不能參透此計。如今日期將近。須先着魯子敬到荆州。預報他送親日子。我這裏好分撥諸將。〔甘寧云〕前日魯子敬往荆州説親時。聞那劉玄德頗有不允之意。倒是諸葛亮再三攛掇。眼見元帥妙計。堪可瞞過諸葛。穩取荆州也。〔魯肅上云〕小官魯子敬。自從周公瑾着小官啓過主公。説這孫劉結親之事。幸得夫人小姐都已允諾。回了元帥的話。可又着我到荆州親爲媒證。剛説的停當。又着我回主公話去。往往來來。走了一個多月。至今頭目還是昏眩的。今日元帥又着人來請。真個做媒的好辛苦也。令人。報復去。道有魯大夫下馬也。〔卒子報科云〕喏。報的元帥得知。有魯大夫來了也。〔周瑜云〕道有請。〔卒子云〕請進。〔見科〕〔魯肅云〕元帥。喚魯肅來有何公事。〔周瑜云〕大夫。請你來别無他事。你前日到荆州去與劉玄德説親。兩家已都允了。如今主公選定吉日。送小姐過門去。那劉玄德家還不知道這個日子。再煩你大媒先去通知。着他家准備花燭。等小姐結親。此外我自有計策。你只今便過江去。小心在意者。〔魯肅云〕元帥尊命。小官不敢推辭。則今日便去荆州。與劉玄德家説知去也。〔下〕〔周瑜云〕魯大夫去了也。甘寧凌統聽令。你二將各點五百精兵。夾着小姐翠鸞車。前往荆州。他那裏有人阻當。只説是老夫人差來中途護送的。進了城乘勢奪下南門。我親統大軍。隨後便至。休得違誤者。〔甘寧云〕得令。俺二將只今點就一千精兵。去江岸口護送小姐翠鸞車去來。〔詩云〕俺二將護送新人。元帥令敢不依遵。〔凌統詩云〕隨鸞車直抵荆郡。暗奪了鐵裹城門。〔下〕〔周瑜云〕二將去了也。我想孫安小姐若肯依我這二計。怕不穩穩的取了荆州九郡。大小三軍。聽吾將令。牢守大營。勿得有失。某自統精兵三萬接應二將去來。〔下〕〔外扮諸葛亮上詩云〕漢家王氣已將終。鼎足三分各自雄。周瑜枉用千條計。輸與南陽一卧龍。貧道覆姓諸葛名亮。字孔明。道號卧龍先生。寓居南陽隴中。自從劉玄德弟兄三謁茅廬。請貧道下山。拜爲軍師。貧道曾言先取荆州。後圖西川。爲三分鼎足之勢。前者劉表在時。屢次將荆州讓與主公。我主公是個仁德之人。不聽貧道之言。堅讓不受。劉表死後。他次子劉琮投降曹操。這荆州遂爲曹操所擄。却被貧道親過江東。借他軍馬。在那祭風臺上。祭得三日三夜東風。只一把火將曹兵八十三萬都燒死赤壁之下。逼的曹操私投華容小路而走。我主公依舊取了荆襄九郡。可奈周瑜道是前番曾領兵助俺破曹。現在柴桑渡口扎營。數次設計圖取荆州。盡被貧道識破。不能如意。我量那周瑜怎生出的貧道之手。如今他又生一計。要得孫劉結親。貧道已允諾的他去了。今日須請主公和衆將來計議此事。令人。只等主公衆將來時。報復知道。〔卒子云〕理會的。〔净扮劉封上詩云〕我做將軍慣對壘。又調百戲又調鬼。在下官名是劉封。表德唤做真油嘴。自家劉封是也。父親劉玄德如今得了這荆州之地。俺孔明軍師委實有神機妙算。只一陣燒的那曹操往許都一道烟也似跑了。若是我在陣上。還比他跑的快些。今日俺軍師陞帳。有事計較。不得我去。主張也成不的。令人。報復去。道我大叔來了。〔卒子報科云〕劉封到。〔劉封做勢科云〕他不來接我也罷。我自過去。〔做見科云〕軍師。我劉封來了也。〔諸葛亮云〕劉封且一壁有者。待衆將來全時。貧道自有計議。〔外扮趙雲上詩云〕威震華夷立大功。當陽猶自說英雄。百萬軍中攜後主。則我是真定常山趙子龍。某姓趙名雲。字子龍。乃真定常山人也。本公孫瓚部將。後於青州遇着劉玄德。投其麾下。曾在當陽長坂。與曹操大戰三日三夜。百萬軍中抱得後主回還。曹操稱我子龍一身都是膽。信不虛也。叵奈江東周瑜數次取索荆州。被俺孔明軍師識破。他今屯軍在柴桑渡口。還不能捨此荆州之地。軍師陞帳。多咱議這事來。某須索見軍師走一遭去。令人報復去。道有趙雲來了也。〔卒子報科云〕趙雲到。〔趙雲進見科云〕軍師。某趙雲來了也。〔諸葛亮云〕子龍。且一壁有者。〔外扮劉玄德同末關羽末張飛上〕〔劉玄德云〕小官姓劉名備。字玄德。乃大樹樓桑人也。祖乃漢景帝玄孫中山靖王之後。兩個兄弟。這是蒲州解良人。姓關名羽字雲長。這是涿州范陽人。姓張名飛。字翼德。俺同在桃園結義。自破呂布之後。向在許都。輔佐聖人。有曹操與小官不和。因此出了許都。暫借樊城居住。三請孔明軍師下山。燒屯博望。鏖兵赤壁。殺的曹操片甲不歸。方纔取的這荆襄九郡。住扎軍馬。二弟三弟。今日軍師請俺。不知甚事。須索走一遭去。〔關羽云〕大哥請。〔張飛云〕大哥。據我老三料這周瑜匹夫。累累興兵來索取俺荆州地面。如今在柴桑渡口安營扎寨。其意非小。今日軍師陞帳。大哥須要計較此事。不要做了馬後礮。弄的遲了。〔劉玄德云〕三弟。這周瑜之事。

軍師自有妙算。令人報復去。道我弟兄三人來了也。〔卒子云〕喏。報的軍師得知。主公和二將軍三將軍都來了也。〔諸葛亮接見科云〕貧道孔明。接待不及。勿令見罪。〔劉玄德云〕軍師軍機重務。勞苦了也。〔諸葛亮云〕主公。衆將都來全了。貧道有一件緊要的事。要與主公計議咱。〔劉玄德云〕軍師有何高見。〔諸葛亮云〕昔日曹兵陣上。主公失了甘糜二夫人。至今劉禪無人看管。如今孫權使人過江。說有孫安小姐年紀相當。要孫劉結親。貧道亂言這門親事正當相配。未知主公心下如何。〔劉玄德云〕軍師。此一樁事。某不敢主張。問俺衆將。莫非是周瑜之計麽。〔諸葛亮云〕主公放心。此事貧道已料過了。今日必有吳國人來也。〔魯肅上云〕小官魯子敬。奉周公瑾暗取荆州之計。着小官再到荆州報知小姐過門吉日。可早來到了也。小校報復去。道有江東魯肅來見。〔卒子云〕喏。報的軍師得知。有吴國魯肅大夫來見。〔諸葛亮云〕請進來。〔卒子云〕請進。〔魯肅進見科云〕軍師。前者周公瑾元帥差小官說孫劉結親之事。幸蒙允諾。〔諸葛亮云〕大夫。貧道這裏已准備停當。則等回報小姐過門吉日哩。〔魯肅云〕軍師。今日玄德公衆將在此。俺主公就着魯肅權做個撮合山媒人。報知軍師。只今日是個大吉日子。俺主公差人送小姐過江。軍師。須要接待咱。〔諸葛亮云〕大夫不必分付。貧道已准備多時了。三將軍。你近前來。〔張飛云〕軍師。張飛有。〔諸葛亮做打耳喑科云〕可是恁的。〔張飛云〕得令。〔卒子擡正旦車同甘寧凌統梅香佩刀上〕〔正旦云〕妾身孫安小姐是也。俺哥哥送俺來荆州結親。甘寧凌統。如今來到那裏了。〔甘寧云〕小姐。這裏離荆州不多遠了。〔正旦唱〕

【中吕粉蝶兒】見了些江景淒淒。蕩洪波不分一個天地。望前程尚隔着霧鎖煙迷。只見那野鷗閒。堤草合。不由我心間留意。俺哥哥爲荊州將我分離。安排着許多姦計。

（甘寧云）小姐。到那裏須索要小心些。（梅香云）俺小姐不要你分付。他好不精細哩。（正旦唱）

【醉春風】不索費叮嚀。我從來識道理。見他時自有巧機關。我着他可也喜。喜。那一個掌親的怎知道弄假成真。那一個説親的早做了藏頭露尾。那一個成親的也自會拏粗挾細。

（凌統云）遠遠的望那荊州城外。許多人馬。定是接待俺們的了也。（梅香云）凌將軍。我從來不曾出外。你待誆我麽。（正旦云）是好一座城池也呵。（唱）

【迎仙客】你看桑麻映日稠。禾黍接天齊。（甘寧云）皆因荊州九郡。地廣民富。俺主公以此不能棄捨。（正旦唱）這荊州我親身我親身可便到這裏。你看那地方寬。民富實。端的是錦繡城池。無福的難存濟。

（甘寧云）可早來到南門外了。前哨報復去。説俺吳國衆將送孫安小姐到了。快開門者。（卒子報科云）喏。報的三將軍得知。有吳國衆將送親到了也。（張飛云）小校。止放小姐一輛翠鸞車。梅香一騎馬進來。其餘吳國衆將。都停住城外。不許放進一個。説我老張親自在此。（卒子云）得令。兀那吴國軍將聽着。三將軍分付。止放小姐一輛翠鸞車梅香一騎馬。其餘不許進來。〔甘寧云〕不放俺軍將進城。我親自見三將軍去。〔做見張飛科云〕三將軍。俺們送小姐來。都是要討喜酒喫的。怎麽不放俺進去。〔張飛云〕兀那吴國軍將。您非送親而來。我知您周瑜的計策。故來賺俺的城門。如有一個進來。我一鎗一個。〔梅香云〕這個環眼漢利害。小姐。我們回去了罷。〔正旦云〕甘寧凌統。您回去罷。我和梅香自進城中去也。〔甘寧云〕既是這等。俺們不要在這裏。喜酒没得喫。還要惹場没趣。不如回去了罷。〔凌統云〕甘將軍。你説的是。便索回元帥話去來。〔詩云〕周公瑾用盡心機。諸葛亮未動先知。不曾喫半瓶喜酒。乾惹下一場是非。〔下〕〔張飛云〕擡車的跟將我來。等我先報復去。〔做見科〕〔云〕哥哥。有嫂嫂翠鸞車已到門上。我將送來的吴將都攔回去了。〔劉玄德云〕兄弟。我已知道。〔魯肅云〕既然小姐到了。小官迎接去。〔諸葛亮云〕俺們都接待去來。〔魯肅同衆做接見科云〕小姐請下車。衆將都在此接待哩。〔梅香云〕魯大夫。休謊着小姐。等我扶將進去。〔梅香做扶正旦科〕〔衆跟隨科〕〔魯肅云〕小姐。如今無大似你的人。你同玄德公拜了天地。然後衆將參見。〔諸葛亮云〕趙將軍。一壁廂安排酒果者。〔趙雲云〕小校。擡上果桌來。〔卒子云〕理會得。〔梅香扶正旦同劉末拜天地科〕〔諸葛亮云〕將酒來。我先送一杯。〔諸葛亮做遞酒與劉玄德科云〕主公。滿飲一杯喜酒咱。〔劉玄德云〕動勞軍師。某飲咱。〔劉玄德飲酒科〕〔衆將做拜科〕〔諸葛亮與正旦遞酒科〕〔云〕夫人。滿飲此一杯。〔正旦云〕大夫。此位是誰。〔魯肅云〕此位便是軍師諸葛孔明。道號叫做卧龍先生。小姐。把體面相見者。

〔正旦做接酒回酒科云〕軍師先請。〔諸葛亮云〕不敢。夫人請。〔梅香云〕你兩個再一會兒不喫。我便喫了也。〔正旦唱〕

【普天樂】我則見玳筵前。擺列着英雄輩。一個個精神抖擻。一個個禮度委蛇。那軍師有冠世才。堪可稱龍德。覷他這道貌非常仙家氣。穩稱了星履霞衣。待道他是齊管仲多習些戰策。待道他是周吕望大減些年紀。待道他是漢張良還廣有神機。

〔諸葛亮云〕貧道再送酒者。〔劉玄德云〕不必勤勞軍師。二弟。你替軍師送酒。〔關羽云〕軍師請自在。三弟執壺。關某把酒。〔張飛云〕您兄弟知道。〔做執壺科〕〔關羽遞酒科云〕哥哥先飲一杯。〔劉玄德做飲酒科云〕我飲乾了也。〔關羽云〕嫂嫂。滿飲一杯。〔正旦云〕魯大夫。這兩位是誰。〔魯肅云〕這兩個一位便是關雲長。一位便是張翼德。〔正旦云〕是好虎將也呵。〔唱〕

【十二月】看了他形容動履。端的是虎將神威。想我那甘甯凌統。比將來似鼠如狸。可知道劉玄德重興漢室。却元來有這班兒文武扶持。

〔關羽云〕夫人。這喜酒當飲一杯。〔正旦唱〕

【堯民歌】呀。我見他曲躬躬雙手捧金杯。喜孜孜一團兒和氣藹庭闈。不由我不立欽欽奉命謹依隨。捹的個醉醺醺滿飲不辭推。我今日須也波知周瑜你好沒見識。怎不的觀時勢。

〔正旦做飲酒科云〕妾身飲了酒也。〔劉封云〕你每則管裏勸酒。我還不曾拜母親哩。〔劉封做拜科云〕母親。您孩兒有些不成器。早晚要你照顧咱。〔劉玄德云〕梅香。你且和小姐回後堂中去。〔梅香云〕小姐。俺先回後堂中去來。〔正旦云〕魯大夫。你回去對哥哥說。等我對月回門之日。我見母親。自有話講。〔魯肅云〕小官知道了。〔正旦背云〕我看劉玄德生的目能顧耳。兩手過膝。真有帝王儀表。以爲丈夫。也不辱抹了我孫安小姐。〔唱〕

【耍孩兒】從來不出閨門裏。羞答答怎便將男兒細窺。則我這三從四德幼閑習。既嫁雞須逐他雞。只見他目睛轉盼能過耳。手臂垂來直至膝。赤帝子真苗裔。暫時間蛟龍蟠屈。少不得雷雨騰飛。

〔云〕我只笑那周瑜好癡也。你自家没智識索取荆州。却將我送到這裏。你須要做的功勞。我爲甚來倒替你守寡一世。〔唱〕

【三煞】不甫能射金屏中雀來。只索便上秦樓跨鳳歸。也是我婦人家自爲終身計。你只爲一時功效猶難遂。却將我百歲姻緣竟不提。那箇肯無番悔。你使着這般科段。敢可也枉用心機。

〔云〕我哥哥好狠也。這一座荆州。直恁的中用。把我許了人。又要我去害他。難道你妹子害了一個。又好另嫁一個。哥哥。虧你就下的那。〔唱〕

【二煞】想着我同胞的能有幾。我大哥哥又不到底。提起來尚兀自肝腸碎。我母親呵可憐永日萱花晚。哥哥也没甚傍枝棠棣稀。怎不顧親生妹。倒着我明爲嫁送。暗奪城池。

〔云〕我想母親也曾勸來。着我只依着哥哥做事。這不是割捨的我。也只爲哥哥做下主意。斷然挽回不得。我如今自有個道理。〔唱〕

【煞尾】怕只怕母兄上别了情。愁只愁夫妻上傷了美。從今後做了個弄丸的宜僚。我只從中兒立直。着他兩下裏干戈再不起。〔同梅香下〕

〔諸葛亮云〕夫人回後堂中去了也。魯大夫。再飲一杯酒。歸見吴王。煩替俺主公多多拜上。〔魯肅云〕軍師。小官酒勾了也。如今孫劉結親。做了脣齒之邦。永息干戈。實爲萬幸。小官今日就回主公話去。多多攪擾。容謝容謝。〔諸葛亮云〕大夫。管待不周。惶恐惶恐。若見周元帥時。則説柴桑渡口去此不遠。貧道不得躬候。千萬勿罪。〔魯肅云〕領命。小官告回江東去也。〔詩云〕周公瑾設計無休。諸葛亮識破情由。今兩姓結爲脣齒。看何日得取荆州。〔下〕〔諸葛亮云〕主公。這孫劉結親之事。是周瑜要襲取荆州的計策。被我參破了。料他不忿。必然又生甚麼計策來。今孫夫人初到。請主公自回後堂中與夫人飲宴慶賀。容貧道别有調度。〔劉玄德云〕有勞軍師費心。兩個兄弟在此聽令。俺回後堂中飲宴去也。〔下〕〔諸葛亮云〕二將軍。〔關末云〕軍師着關某那廂使用。〔諸葛亮云〕二將軍。你去漢陽各路整點人馬。專等我有驅遣之處。疾來聽令者。〔關羽云〕則今日奉軍師將令。便往漢陽各路整點人馬。走一遭去。〔詩云〕美髯公威震江東。整精兵准備交鋒。任周瑜心腸使碎。俺軍師談笑成功。〔下〕〔諸葛亮云〕子龍。〔趙雲云〕軍師着趙雲那厢使用。〔諸葛亮云〕子龍。你去新野等處整點人馬。專等我有驅遣之處。疾來聽令者。〔趙雲云〕得令。則今日便往新野等處。整點人馬走一遭去。〔詩云〕俺軍師妙算通神。笑周瑜枉結姻親。若到我荆州城下。早將頭納下轅門。〔下〕〔諸葛亮云〕劉封。近前聽令。〔劉封云〕等了我這一日。元來也用着我大叔。〔諸葛亮云〕劉封。與你五百人馬。把守南門。小心在意者。〔劉封云〕得令。則今日領五百人馬。緊守南門。走一遭去。〔詩云〕劉封好本事。上陣膽包身。若見周元帥。將他打斷筋。〔下〕〔諸葛亮云〕三將軍隨着貧道。早晚自有撥調的去處。我想周瑜這一計。眼見的又不成功也。他若再生别的計策。貧道也不愁他。〔詩云〕羽扇綸巾一孔明。梁父歌吟信口成。〔張飛云〕周瑜周瑜。休誇妙計高天下。只教你賠了夫人又折兵。〔同下〕

〔音釋〕眩虚眷切　王去聲　調平聲　解音械　離去聲　實繩知切　騎去聲　委平聲　蛇音移　冠去聲　德當美切　重平聲　室傷以切　推退平聲　識傷以切　習星西切　過平聲　膝喪擠切　中去聲　幾上聲　立音利

第三折

〔周瑜領卒子上云〕某周公瑾是也。自赤壁鏖兵大戰。折了某大將黄蓋。倒被劉備占了俺家荆州九郡。今某設下孫劉結親之計。暗差甘寧凌統二將。只推送親。奪下城門。便來飛報。怎麼這早晚還不見一個消息。好惱人也。〔甘寧同凌統上〕〔甘寧云〕某是甘寧。這是凌統。奉元帥的將令。去送孫安小姐。恰纔回來。此間是轅門外。令人報過。我等徑入。〔見科〕〔甘寧云〕元帥。甘寧凌統回來了也。〔周瑜云〕你二將奪下荆州城門不曾。〔甘寧云〕元帥。俺二將送親剛到城門口。有張飛當住去路。說道我知您等之計。推送親來賺俺城門。則放進小姐翠鸞車和梅香進來。您吴將若有一個進城。我一鎗一個。爺。這張飛的鎗好不快哩。早是俺二將走的快。略遲些也着他一鎗兒了。〔周瑜云〕嗨。這癩夫是强也。兀的不氣殺我麽。〔凌統云〕元帥不必賭氣。俺江東有八十一郡錦繡封疆。便不圖他這荆州。也儘勾受用哩。〔周瑜云〕我怎生捨的這荆州。等魯子敬來呵。某又有一計。這早晚魯子敬敢待來也。〔魯肅上云〕小官魯子敬。過的江來。這柴桑渡口正是周元帥大寨。令人報復去。道有魯肅來了也。〔卒子做報科云〕喏。報的元帥得知。有魯大夫來了也。〔周瑜云〕道有請。〔卒子云〕請進。〔魯肅見科〕〔周瑜云〕大夫。那癩夫諸葛亮說甚麽來。〔魯肅云〕元帥。那諸葛亮先使張飛把住城門。當住俺吴將。小官隨小姐至荆州土府。當日拜了堂。小姐十分歡喜。想是看的劉玄德中意。這二計都成不得了也。元帥。喒不取他荆州也罷。〔周瑜云〕大夫。某怎生捨的這荆州。你再去啓知主公。這對月之時。取劉備同小姐回門拜見老夫人來。我這裏使衆將把住江口。不放劉備過江。若還俺荆州。萬事全休。不然。就殺了劉備。興兵攻取荆州。此計如何。〔魯肅云〕元帥好計策。則怕孔明不肯輕放劉備過江來。〔周瑜云〕大夫。你則依着某稟知主公去。這癩夫那裏識的此計。〔魯肅云〕小官領命。〔詩云〕周公瑾獨霸江東。諸葛亮妙算無窮。你兩人隔江鬬智。單勞我奔走匆匆。〔下〕〔周瑜云〕魯子敬去了。這一計定然取了荆州。甘寧凌統。〔甘寧云〕元帥要俺二將那廂使用。〔周瑜云〕撥與你二人各五千人馬。等劉備過江之時。把住江口。不許放他回去。小心在意者。〔甘寧云〕得令。〔周瑜云〕某這一計叫做賺將之計。且看那癩夫怎生對付我來。〔詩云〕三分國龍蛇一混。恨諸葛神謀廣運。若劉備到俺江東。穩取了荆州九郡。〔同下〕〔諸葛亮領卒子上云〕貧道孔明是也。可奈周瑜無禮。數次定計。被某識破了。前日又着魯子敬來。請俺主公同孫安小姐回門。過江拜老夫人。貧道也不推辭。着主公過江去了。那周瑜的計策則要留住俺主公。不放過江。撥換了荆州。嗨。周瑜也。你怎生出的貧道之手。令人。喚將劉封來者。〔卒子云〕劉封安在。〔劉封上詩云〕劉封本領欠高强。纔説交鋒便躲藏。每日家中無甚事。跟着油嘴打釘忙。自家劉封的便是。有我父親劉玄德因孫劉結親。前日是個對月。過江回門去了。今軍師喚我。不知有甚事。令人報復去。道我大叔來了也。〔卒子報科云〕劉封到。〔劉封見科云〕軍師叫我怎麽。〔諸葛亮云〕劉封。今主公過江去了數日。你送些暖衣去。就帶我這錦囊去。裏面有一封信。休着别人見。你近前來。〔做打耳喑科云〕你與主公穿衣時。悄悄送這錦囊。教主公袖了。再打個耳喑。教主公酒散只粧醉。掉下錦囊。待孫權拾去。自有妙計。小心在意者。〔劉封云〕我知道了。正要去耍子哩。則今日過江送暖衣。帶了錦囊。走一遭去來〔下〕〔諸葛亮云〕劉封去了也。令人。喚三將軍來者。〔卒子云〕三將軍安在。〔張飛上云〕某張飛是也。可奈周瑜定下孫劉結親之計。被俺軍師識破。前日又請俺哥哥嫂嫂拜門去了。今有軍師呼喚。須索走一遭去。令人報復去。道有張某下馬也。〔卒子報科云〕三將軍到。〔張飛做見科云〕軍師呼喚張飛。那廂使用。〔諸葛亮云〕三將軍。貧道與你一計。去漢江邊迎接主公并孫安小姐翠鸞車。你近前來。〔做打耳喑科云〕可是恁的。〔張飛云〕得令。則今日領了人馬。江邊接待哥哥孫安小姐。走一遭去。〔詩云〕既結爲脣齒之邦。没來由故惹刀鎗。鸞車内聊施巧計。着周瑜一氣身亡。〔下〕〔諸葛亮笑科云〕周公瑾。你怎生出的貧道之手。你待賺我主公過江。撥換荆州。貧道偏要着你孫權自送主公回來。直氣你的死哩。〔詩云〕周公瑾枉施三計。反受我一場嘔氣。這的是自送殘生。只可惜把小喬孤單半世。〔下〕〔夫人同孫權領卒子上云〕老身孫權的母親是也。有我女兒孫安小姐配與劉玄德爲夫人。今日是對月。他來拜見老身。我說多着劉玄德住幾日。纔放他過江去。也見郎舅的情分。仲謀。筵宴齊備了麽。〔孫權云〕母親。筵宴齊備了也。孩兒取玄德公過江來拜見母親。正意只要撥換荆州哩。他到此數日。尚缺管待。令人。與我請將玄德公來者。〔卒子云〕理會的。〔劉玄德上詩云〕不知就裏伏神通。孔明令我到江東。幾時得摔破玉籠飛彩鳳。頓開金鎖走蛟龍。某劉玄德自從孫劉結親。有魯子敬來請某過江。拜見老夫人。某欲待不來。有軍師說不妨事。則管裏過江去。貧道自有計策。來此已經數日。不放回去。今日吴王相請。須索走一遭去。令人。報復去。道有小官來了也。〔卒子做報科云〕喏。報的大王得知。有劉皇叔來了也。〔孫權云〕快有請。〔卒子云〕請進。〔劉玄德見科云〕老夫人。量劉備有何德能。敢勞如此重待。〔孫權云〕玄德公恕罪。等我妹子來時行酒。〔正旦領梅香上云〕妾身孫安小姐。自從結親之後。又經一月有餘。今日母親哥哥在前廳安排筵宴。管待俺劉玄德。我須索見母親去來。〔梅香云〕小姐。梅香先看了來。他擺設的花一攢錦一簇。好大大的筵席也。〔正旦云〕梅香。這席面莫不是楚霸王的鴻門宴麽。〔唱〕

【商調集賢賓】則俺那畫堂中攢簇的來件件兒好。你看那鋪净几列佳殽。齊臻臻銀屏也那繡褥。韻悠悠鳳管的這鸞簫。〔梅香云〕小姐。則請的姐夫一位。怎生安排的這等豐盛也。〔正旦云〕你那裏知道。〔唱〕那裏是錦上添花。衠一味笑裏藏刀。他將那一片狠心腸早多時排下了。〔梅香云〕今日筵席上可少着姐夫喫酒。免的醉了。又着梅香扶侍他哩。〔正旦唱〕梅香也怎參透這段根苗。則他那愁懷猶未解。怕不的酒力也難消。

〔梅香云〕姐夫心中可想些甚麼那。〔正旦唱〕

【逍遥樂】想則想荆州消耗。與他那結義的人兒。這幾日離多來會少。〔梅香云〕比及姐夫想他每兄弟呵。可着他回去了罷。〔正旦唱〕你説的來好没分曉。俺哥哥有妙計千條。則待取霸圖王在這遭。〔梅香云〕既然主公不肯放姐夫去。着他悄悄的走了罷。〔正旦唱〕怕不要安排歸棹。倘或的驅兵追趕。兀那一片長江。何處奔逃。

〔梅香云〕小姐也要自家做箇計較。且見老夫人去來。〔正旦做見科云〕母親萬福。哥哥萬福。〔夫人云〕孩兒。則等你來行酒者。〔孫權云〕令人。擡上果桌來者。〔卒子云〕理會的。酒到。〔孫權云〕母親。先飲一杯。〔夫人云〕我先飲這杯酒。〔做飲酒科〕〔孫權云〕再將酒來。這一杯酒玄德公飲。〔劉玄德云〕恭敬不如從命。某領這杯酒也。〔孫權云〕這一杯酒該妹子飲。〔正旦云〕哥哥請。〔孫權云〕妹子請。〔正旦唱〕

【梧葉兒】哥哥當尊重。敢動勞。則見他金盞泛香醪。〔孫權低云〕妹子也。這一杯酒則要你見功者。〔正旦唱〕**但飲酒只説酒中事。怎又傷我的心着我心下惱。**〔孫權云〕妹子。你惱做甚麼。飲了這杯酒者。〔正旦背唱〕**我背地裏將這酒兒澆天地也只願的俺兩口兒夫妻到老。**

〔做飲酒科〕〔孫權云〕令人。接了盞者。酒慢慢的行。〔劉封上云〕自家劉封。奉軍師的將令。着我送暖衣過江來與我父親。我帶着箇包袱兒。只等筵席散後。就將這桌面包了家去喫。可早來到也。令人報復去。道有劉封到此哩。〔卒子云〕喏。報的大王得知。有劉封求見。〔孫權做背科云〕劉封此一來却爲何事。玄德公。有你那劉封來見你哩。〔劉玄德做醉科云〕老夫人。某酒勾了也。〔孫權云〕玄德公醉了。妹子。這劉封來此怎的。〔正旦云〕哥哥。我不知道。〔孫權云〕妹子差了也。你怎生推不知道。你則實説。劉封此一來却是爲何。〔正旦唱〕

【金菊香】哥哥你道我過門來事事有蹊蹺。則你這兩下裏機關不甚巧。〔孫權云〕妹子。我當日與你計較的事。你幾曾依我一些兒來。〔正旦唱〕**若有那歹心兒天觑着。則願你早放他還朝。也免的動槍刀。**

〔孫權云〕令人。着劉封過來。〔卒子云〕劉封。主公喚你哩。〔劉封做見科云〕我劉封見父親來的日子多了。天色寒冷。我爲送暖衣過來。這桌面上喫不了的。也該散些我喫。〔孫權云〕哦。你原來爲送暖衣。劉封。你父親醉了也。〔劉封云〕哦。我還不曾唱喏哩。老妳妳唱喏。母親唱喏。俺父親醉了也。父親。劉封送暖衣在此。〔劉玄德做醉科云〕老夫人。劉備酒勾了也。〔劉封云〕母親。我家老子怎麼喫的這等醉了。你叫他一聲。〔正旦云〕劉封。你且不要叫他。等我問你幾句話咱。〔劉封云〕母親問我甚麼。〔正旦唱〕

【醋葫蘆】你那裏羣臣喜共憂。事情歹共好。〔劉封云〕軍師們都好好的没什麼憂。〔正旦唱〕事情歹共好。〔劉封云〕我們荊州一個低錢買箇大餍餍。這箇便是事情。〔正旦唱〕**則您那雲長翼德敢心焦。**〔劉封云〕俺兩箇叔叔。終日喝酒快活。則不心焦。〔正旦唱〕**則怕他急煎煎盼着音信杳。爲着個甚些擔閣。我怕您無人處將我厮評跋。**

〔劉封云〕父親醉了。只是打盹哩。母親叫他一聲兒。〔正旦云〕等我叫他。玄德公。劉封送暖衣在此。〔劉玄德做偷看劉封科云〕小姐。某飲不的酒了也。〔正旦唱〕

【幺篇】他眼矇矓恰待開。對着人不敢瞧。則他那巧機關在腹内暗藏着。〔孫權云〕小姐。你扶起劉玄德來。與他穿上暖衣。再飲幾杯咱。〔正旦唱〕**你教我扶將他起來把衣換了。**〔劉封云〕父親。你這一睡到幾時也。〔正旦唱〕**他直睡到明月上花梢。他正是醉人難叫。**

〔云〕玄德公。你換了衣服者。〔劉玄德做醒科云〕哦。夫人。你叫劉封過來。〔正旦云〕劉封。你見父親咱。〔劉封做見科云〕父親。劉封送暖衣到這裏也。〔劉玄德云〕劉封。將暖衣來我換。〔劉玄德做穿科〕〔劉封做遞錦囊科云〕父親。這箇錦囊收了者。〔孫權做背科云〕哦。一箇錦囊兒。〔劉玄德做袖科〕〔劉封做打耳喑科云〕父親。仔細着。〔劉玄德云〕我知道。〔正旦云〕這事好蹺蹊也呵。〔唱〕

【幺篇】他耳邊厢悄悄的言。心兒裏暗暗的曉。不争你把我厮瞞着。怎知我這些心地好。〔劉封云〕母親。看俺父親咱。〔正旦唱〕我怎肯將他來違拗。我須是忠臣門下女妖嬈。

〔劉玄德云〕劉封。你回去罷。〔劉封云〕酒也不曾喫的一鍾兒。就着我回去。老妳妳母親休怪。我過江去也。〔詩云〕軍師差我送暖衣。順風順水疾如飛。平空走了數千里。眼看筵前只忍饑。〔下〕〔孫權背科云〕劉封去了也。恰纔遞與劉玄德一箇錦囊。一定是封書。劉玄德已是醉了。妹子。你凡事不肯依我。這一封書。你好歹與我看一看咱。如今着梅香且扶的劉玄德歇息去了。妹子。你暗地挐將書來。我看書中詳細。依舊還你。這些小事。你也不依我。母親。劉玄德醉了。着梅香扶他歇息去。〔夫人云〕梅香。扶玄德公歇息去者。〔梅香云〕姐夫。你醉了。我扶你歇息去罷。〔孫權云〕玄德公。明日再會也。〔劉玄德做唱喏科云〕多謝多謝。攬攙攬攙。〔做掉錦囊科下〕〔孫權做拾錦囊科云〕天假其便。我可可的拾着這錦囊兒。劉備。你合敗也。我折開這書來看咱。我説是一封書麽。〔做念科〕諸葛亮書奉玄德公座前開拆。自過江之後。衆將各安。勿勞記念。今有曹操爲赤壁之恨。點集大兵百萬要來攻取荆州。如書到日。主公且慢回來。等貧道分撥衆將。緊守各處關隘。早晚便過江問吴王再借些軍馬。共拒曹操。一者江東衆將。都是舊識。二者孫劉結親。又添上這一重親眷。必然無阻。此書勿泄于外。諸葛亮書。哦。原來如此。我留他在這裏做甚麽。不如放他回去。只不借兵與他。等曹操殺他不好。妹子。則今日收拾了行李。就與玄德公回荆州去罷。〔正旦云〕謝了哥哥也。〔夫人云〕仲謀。你爲甚麽就着他兩箇回荆州去了。〔孫權云〕母親不知。〔孫權做打耳喑科〕〔夫人云〕既然如此。只憑你罷。〔正旦唱〕

【浪里來煞】你那裏擔着愁。我這裏倒含些笑。只待做了脱金鉤東海冠山鰲。〔孫權云〕妹子。你則今日就起身罷。〔正旦唱〕**你還怕我有心留戀着。只望俺那荆州疾到。便排下那幾千番筵席你也休的再來邀。**〔同夫人下〕

〔孫權云〕誰想周瑜枉用了一場心。若是諸葛亮過江來。俺一定又要借與他軍馬。便好道覆車之轍。前一番錯了。如今又錯不成。只就今日將劉玄德同我妹子放他回去。有何不可。〔詩云〕一心望把荆州勒要。不想又曹兵來到。早放他玄德渡江。也免得借兵聒噪。〔下〕

【音釋】勾去聲　摔音灑　衡淮平聲　閣音杲　跋巴毛切　着池燒切　拗音要

楔子

〔劉玄德引衹從上詩云〕急離江東趲路歸。荆州還隔綵雲偎。鰲魚脱却金鉤釣。擺尾摇頭再不回。某劉備自到江東。已經旬日。孫權意欲將我拘留在國。索換荆州。昨日孔明着劉封推送暖衣。故墜錦囊。賺某還家。孫權不知是計。即日打發俺夫妻二人上路。到得江口。被甘寧凌統當住。虧俺夫人喝退。放了過來。不覺已近漢陽了。此去荆州不遠。只怕周瑜知覺。領兵追趕。急難脱身。怎生得一枝接應軍馬來。可也好也。〔卒子擡旦車子上〕〔旦云〕玄德公着從者行動些。俺早到荆州咱。〔劉云〕恰纔這江口。吴將攔路。不是夫人喝退怎麽能勾過來。這裏已是漢陽江口。是俺荆州地方了。雖則如此。還怕周瑜來追哩。〔旦云〕玄德公放心。諸葛軍師必有主張。兀那蘆葦叢裏有軍馬來。敢是你家兵也。〔張飛領卒子上云〕某張飛是也。奉軍師將令。到這漢陽地面迎接哥哥。兀那遠遠望見。不是哥哥來也。〔見科〕〔劉玄德云〕三弟。你來了也。俺軍師有甚麽話説。〔張飛云〕哥哥請嫂嫂下車。上了馬。先回荆州去。這是軍師的將令。〔張飛做打耳喑科云〕可是恁的。〔劉玄德云〕我知道了也。夫人請下的這翠鸞車。換上了馬。和俺先回荆州去。留三將軍在後護送。〔正旦做下車上馬科云〕三叔叔。你小心在意者。〔張飛唱〕

【仙吕賞花時】我着你換上青驄前路發。這早晚周瑜没亂殺。再休來俺面上弄姦猾。憑着俺單鎗也那隻馬。則着你都不得好還家。

〔劉玄德同正旦梅香下〕〔張飛云〕小校。牽着我的馬。待我上的這翠鸞車。自在的坐坐。小校。擡動些。〔周瑜同甘寧凌統上〕〔周瑜云〕某周公瑾甫能賺得劉備過江來。不想主公爲甚麽就放他回去了。更待乾罷。甘寧凌統。〔甘寧凌統云〕元帥有。〔周瑜云〕我着你兩箇把住江口。你怎敢違我將令。放他過去。〔甘寧云〕俺兩箇怎麽肯放把守的似荷包口兒緊緊的。有孫安小姐説道。奉老夫人吴王的令旨。況且小姐平日好箇性兒。老夫人又向着他。便是元帥自在那裏。也不敢阻當。何況小將。〔周瑜怒科云〕哇。你豈不聞將在軍。君命有所不受。我的將令。管甚麽孫安小姐。如今權饒你將功折罪。點起人馬。隨我追趕去來。〔追科〕〔甘寧云〕兀那前面行的。不是小姐翠鸞車。元帥親自趕上。問他箇回去的緣故。可不好那。〔周瑜做下馬跪科云〕小姐。某周瑜定了三計。推孫劉結親。暗取荆州。今日甫能請的劉備過江來。拏住他不放回還。這是某賺將之計。怎麽這江口上小姐倒叱退了衆將。放劉備走了。着某甚日何年得他這荆州。你護你丈夫家。也不該是這等。〔張飛做揭簾子科云〕兀那周瑜。你認的我老三麽。好一箇賺將之計。虧你不羞。我老三若不看你在車前這一跪面上。我就一鎗在你這匹夫胸脯上戳箇透明窟籠。〔周瑜做氣科云〕原來是張飛在翠鸞車上坐着。我枉跪了他這一場。兀的不氣殺我也。〔做氣倒科〕〔甘寧云〕三將軍。俺元帥箭瘡發了也。〔張飛云〕我不殺他。你扶這匹夫回營中去。〔甘寧凌統扶周瑜下〕〔張飛云〕周瑜。眼見的你這一氣。無那活的人也。哥哥嫂嫂前面去遠了。小校。擡着車兒慢慢的走。將馬過來。待某趕上。先見軍師回話去來。〔下〕

〔音釋〕從去聲　發方雅切　殺雙鮓切　猾呼加切　戳側角切　籠上聲

第四折

〔諸葛亮領卒子上云〕貧道諸葛孔明。因周瑜要取荆州之地。請玄德公拜門。不肯放過江來。我着劉封送暖衣。就帶一箇錦囊去。我料孫權定放主公即日回來也。早遣三將軍江邊接應去了。貧道安排下筵席。與主公夫人拂塵。這早晚敢待來也。〔劉封上云〕自家劉封。過江送暖衣去。俺父親正喫酒醉了。整整的餓了我這一日。我如今見軍師去。〔卒子報科云〕劉封到。〔劉封做見科云〕軍師着我劉封送暖衣并錦囊去。父親着我先回來那孫家裏擺的好席面。只是我劉封没造化。單只看的一看。做了眼飽肚中饑哩。〔諸葛亮云〕劉封。這也算你的一功了。〔劉封云〕多謝軍師。〔劉玄德上云〕某劉備自過江住了十數日。多虧軍師之計。就當日孫仲謀着某同夫人回荆州來。江邊迎着張飛兄弟接應。俺先將夫人送回後堂中去了。我見軍師去咱。〔卒子報科云〕偌。報的軍師得知。有主公來了也。〔諸葛亮云〕主公回了。俺迎接去來。〔見科〕〔劉玄德云〕軍師好妙計。孫權一見了書呈。就着俺過江來了。〔諸葛亮云〕主公請坐。待衆將來全了時。一同慶功飲酒。〔關羽同趙雲上〕〔關羽云〕某關雲長。這是趙子龍。奉軍師將令。着往樊城新野各處整點人馬。聽知俺大哥過江拜門。今日回來了。子龍。俺和你見哥哥去來。〔趙雲云〕二將軍請。令人報復去。道有關某同趙子龍下馬也。〔卒子報科云〕二將軍趙將軍到。〔二將做見科〕〔關羽云〕軍師。俺關羽同趙雲在樊城新野等處整點人馬回來了也。〔諸葛亮云〕二位將軍少待。等三將軍來時。與主公夫人慶功飲酒。〔張飛上云〕某張飛奉軍師將令。接應俺大哥回來。令人報復去。道有張某來了也。〔卒子報科云〕三將軍到。〔張飛見科云〕軍師。張飛在江邊接着哥哥。先打發嫂嫂換上了馬。同大哥自回荆州。某就坐在嫂嫂翠鸞車上。周瑜領兵趕上。跪在車前。所說他取荆州之計。被某揭起簾子。羞辱了他一場。那周瑜一口氣氣的撇然倒地。扶的回營去了。這早晚多喒死也。〔諸葛亮云〕三將軍成此大功。可喜可喜。主公今日回了。兩國孫劉結親。又保守了荆州之地。貧道設一大宴。請孫夫人來慶賀咱。〔關羽云〕軍師説的是。令人。傳入後堂。請嫂嫂出來飲宴者。〔卒子云〕夫人有請。〔正旦上云〕妾身孫安小姐。今日同玄德公復還荆州。軍師會衆將排宴。論功慶賞。非同容易也呵。〔唱〕

【雙調新水令】聽的箇東君今日綺筵開。則俺這美前程世間無賽。想當初要荆州通使去。捨了個親妹子度江來。若不是巧計安排。怎能勾錦鴛鴦得寧耐。

〔正旦見科〕〔諸葛亮云〕夫人來了。主公請就坐咱。〔劉玄德云〕您衆將。這幾時若不是軍師妙計。俺豈得復回荆州也。〔諸葛亮云〕此非貧道之能。衆將之力。一來託賴主公洪福。二來多虧夫人賢德。方得俺兩家罷兵。令人。擡上果桌來者。〔卒子云〕理會的。酒到。〔諸葛亮云〕貧道先與主公夫人送一杯。然後衆將以次而飲。〔諸葛亮做遞酒科云〕〔正旦唱〕

【沉醉東風】我只見衆公卿歡容滿腮。齊臻臻把果桌忙擡。畫堂中音樂諧。寶鼎内香煙藹。祝千秋磕頭禮拜。不知道赤壁東風大會垓。可似這今朝奏凱。

〔諸葛又遞酒科云〕夫人滿飲此杯。〔正旦云〕軍師先請。〔諸葛亮云〕不敢。夫人請。〔正旦唱〕

【沽美酒】見軍師送酒來。空折殺女裙釵。多虧你決勝成功將相才。與妾身有何擔帶。敢勞動這酬待。

〔諸葛亮云〕夫人。飲過這酒者。〔正旦云〕妾身領這杯酒。〔做飲酒科〕〔劉玄德做遞酒科云〕將酒來。我與軍師敬一杯。〔正旦唱〕

【太平令】合謝你軍師元帥。只這一封書促你回來識破了千般成敗。杜絶了他十分毒害。這一場佈擺。喝啋。是誰的手策。呀。保護得荆州安泰。

〔劉玄德云〕衆將斟上酒。多要盡醉方歸也。〔衆飲酒科〕〔關羽云〕嫂嫂。想當初周公瑾怎生用計。要取索荆州。你是説一遍。與俺衆將聽咱。〔正旦唱〕

【錦上花】要取荆州。人人無奈。則有個周瑜。逞盡狂乖。定卜機關。送親過來。囑付我的言詞。揚揚不採。

〔張飛云〕若不是嫂嫂賢達。俺哥哥險些兒中了他的計策也。〔正旦唱〕

【幺篇】非干賤妾賢。凡事要明白。未入門桯。先納降牌。既做姻親。怎好亂猜。喒這裏歸伏。他乾生計策。

〔諸葛亮云〕似夫人大德。端的少有。〔正旦唱〕

【碧玉簫】這也是天數合該。姻緣線牽來。夫妻有情懷。永遠得和諧。願皇圖萬萬載。保封疆弭禍災。御酒釃。宮花戴。長似這筵前宴樂無妨礙。

〔諸葛亮云〕您衆將跪下者。聽主公與你叙功賜賞。〔詞云〕貧道本壠上遺民。遇明主三顧殷勤。

在軍中運籌決策。長則是羽扇綸巾。借荆州暫屯人馬。奈東吴索取頻頻。屢設計皆爲參透。故遣使議結姻親。賺過江陰圖謀害。錦囊至立送回輪。張翼德雖然粗魯。翠鸞車假作夫人。將周瑜當場恥辱。箭瘡裂一命難存。關雲長雄略蓋世。趙子龍大膽包身。便劉封不曾臨陣。往來間亦有功勳。玄德公漢朝枝葉。孫小姐出自名門。正相應天緣匹配。排筵席慶賀長春。諸將佐加官賜賞。一齊的拜謝皇恩。〔衆謝科〕〔正旦云〕俺玄德公呵。〔唱〕

【收尾】他本是漢皇帝室親支派。少不得將吴魏併做了劉家世界。顯得俺卧龍的諸葛十分能。笑殺那短命的周瑜剛則一時歹。

〔音釋〕策叙上聲　白巴埋切　桯音形　載上聲　弭音米　釃音篩

題目　兩軍師隔江鬬智

正名　劉玄德巧合良緣

馬丹陽度脱劉行首雜劇

楊景賢撰

第一折

〔正末扮王重陽上云〕貧道姓王名嚞。道號重陽真人。未成道時。在登州甘河鎮上開着座酒店。人則喚我做王三舍。有正陽祖師純陽真人。他化作二道人。披着氈來俺店中飲酒。貧道幼年慕道。不要他的酒錢。似此三年。道心不退。忽一日他道俺去也。王三舍。與你回席咱。貧道言稱師父那得酒錢來。他就身邊解下瓢來。取甘河水化作仙酒。其味甚嘉。方知此乃神仙之術。他道。王三舍。你要學此術好。要學長生術好。貧道答言。俺願學長生之術。遂棄却家業。跟他學道。傳得長生不死之訣。成其大道。吕祖引貧道至東海之濱。將金丹七粒撒去水中。化成金蓮七朶。云此金蓮七朶。乃是丘劉談馬郝孫王。恁七人可傳俺全真大道。你可化作一凡人。下人間度此六人成道。貧道奉師父法旨。化作一先生。行乞於市。凡人不識貧道。問某曰。師父出家人。只以酒食爲念。不看經典。可是爲何。貧道云。若説神仙大道。豈有不看經典之理。但要心堅念重。何愁不到蓬瀛。我想做神仙的。皆是宿緣先世。非同容易也呵。〔唱〕

【仙吕點絳唇】五祖傳因。二師垂訓。向甘河鎮。悟德全真。想大道從心運。

【混江龍】神仙有分。披氈化我出凡塵。脱離了火院。大走入玄門。七朶金蓮浮水面。

一雙銀海照乾坤。奉吾師法旨。我可便普天下都尋盡。〔帶云〕尋誰來。〔唱〕尋俺那丘劉談馬。大古裏六箇真人。

【油葫蘆】袖拂清風足躡雲。行步穩。向人間來往兩三春。我這般窮身潑命誰瞅問。蓬頭垢面粧癡鈍。他每不識高共低。不分個假共真。〔云〕有人道。兀那抄化的先生。怎生不做幾件道衣穿。〔歎介〕〔云〕嗨。恁世人不知。〔唱〕則我這丹田有寶能滋潤。覷不的他滿眼盡愚民。

【天下樂】端的便誰識蓬萊洞裏人。你則待貪也波嗔。紅塵中空自滾。遮莫恁有金貲怎離三尺墳。君不見霸主强。君不見漢主狠。他每都向北邙山内隱。

〔云〕來到這西安府城外。別無人家。又無宮觀寺院。這的是北邙山口。我在這山角下松陰内坐一夜咱。貧道觀此山下。必有妖精鬼魅。我試看咱。〔唱〕

【醉中天】我則見水浪生寒氣。山勢吐妖雲。這搭兒非鬼非靈决有神。料想我難安穩。〔帶云〕你看這雲遮月色呵。〔唱〕月暗東西不分。赤力力風操動松韻。〔云〕我道是甚麼那。〔唱〕原來是鶴飛來相伴我黄昏。

〔云〕貧道就這松陰下坐一夜咱。〔唱〕

【一半兒】我則見柳垂緑線草鋪茵。星撒殘碁月掛輪。石上鹿皮鋪墊的穩。松下有白雲。我且做一半兒朦朧一半兒盹。

〔做坐科〕〔旦扮鬼仙上云〕妾身是唐明皇時管玉斝夫人。五世爲童女身。不曾破色慾之戒。惡世間生死。不如做鬼仙快活。在此山角下三百餘年也。今夜月朗星稀。口占一詞。〔柳梢青〕天淡曉風明滅。白露點蒼苔敗葉。端止翠園。黄雲衰草。漢家陵闕。咸陽陌上行人。依舊名親利切。改換朱顔。消磨今古。隴頭殘月。〔正末云〕貧道正坐間。是誰人驚覺貧道。〔唱〕

【金盞兒】我則聽的語言勤。曲腔真。夢回明月歌聲近。他向那青森森樹底顯香魂。〔帶云〕待道不是鬼來呵。〔唱〕可怎生迎風衣不動。對月影難分。這廝他入山山作怪。入水水爲神。

〔云〕他不念呵便罷。若再念呵。我依着他那前韻。和一首點化此鬼。〔旦再念前詞科〕〔正末和云〕度你個不生不滅。又不比拈花摘葉。興倚高歌。醉眠芳草。夢遊仙闕。有時苦勸人人。莫怪我叮嚀切切。走骨行尸。貪財戀色。枉消年月。〔做見科〕〔旦云〕師父萬福。〔正末唱〕

【醉中天】一句句依着前韻。一字字和的清新。咱説破超凡入聖因。你怎不把前生認。〔旦云〕師父。脱度鬼魂咱。〔正末唱〕我度你個無影無形鬼魂。〔帶云〕你既爲女人呵。可怎生不還宿債。〔唱〕則你那宿根未盡。怎生般脱離凡塵。

〔旦云〕似此不肯度脱呵。弟子怎了也。正是遇仙不成道。如到寶山空手回。〔正末云〕若要度你呵。你可下人間託生做女子。還了五世宿債。然後方可度你成道。你記者。〔旦云〕理會的。〔正

末唱〕

【後庭花】你先將那寃業分。次將那宿債準。那其間纔脱紅塵難。方歸那大道門。用些殷勤。休辭勞困。我着你重做個婦女身。

〔旦云〕師父。弟子何方去也。〔正末云〕你往汴梁劉家託生。當來爲劉行首二十年。還了五世宿債。教你二十年之後。遇三箇丫髻馬真人度脱你。你便回頭者。休迷却正道。我如今説與東岳殿管托生案神。案神安在。疾。〔外扮東岳神上詩云〕不孝謾燒千束紙。虧心枉爇萬鑪香。神靈本是正直做。不受人間枉法贓。小聖乃東岳殿案神是也。有祖師法旨呼喚。須索走一遭去。〔見科云〕師父喚小聖有何法旨。〔正末云〕聽吾法旨。引着這陰魂往陽間汴梁劉家。托生一女子身。當來爲劉行首。着他還宿世債去。〔東岳神云〕領法旨。〔正末唱〕

【賺煞】我着你托化在雨雲鄉。還宿債在鶯花陣。休迷却前生道本。雖和那野草閒花作近鄰。則你那主人公休離了玄門。你與我逞精神。送舊迎新。二十載還元見老君。欲要見五祖七真。先受些千隨百順。早則不冷清清和月伴荒墳。〔下〕

〔東岳神云〕奉師父法旨。不敢久停久住。引着這陰魂前往劉家託生去來。〔同旦下〕

〔音釋〕囍與哲同　躡音聶　瞅音揪　邙音茫　魅音媚　墊音店　盹頓上聲　斝音賈　森音參　爇如月切

第二折

〔搽旦扮卜兒上詩云〕教你當家不當家。及至當家亂如麻。早起開門七件事。柴米油鹽醬醋茶。自家劉婆婆是也。人則喚我做虔婆。我在這汴梁城裏居住。有個女孩兒喚做劉行首。我這孩兒吹彈歌舞。吟詩對句。拆白道字。頂真續麻。件件通曉。官人每無俺孩兒。不吃這酒。官身可也極多。俺孩兒道。娘也。有那不打緊的。你休叫我。等閒坐一會咱。我如今在門首看着。有甚麼人來。〔外扮樂探上云〕自家樂探是也。奉官人台旨。今日是重陽節令。官府在衙中飲酒。着我喚劉行首。可早來到門首也。〔見卜兒科〕〔卜兒云〕哥哥做甚麼。〔樂探云〕今日是重陽節令。官人在衙中安排酒。專等大姐哩。〔卜兒云〕哥哥。你先行。我便着他去。〔樂探云〕劉媽媽快着大姐來。休帶累我。快來快來。〔下〕〔卜兒云〕蓮兒盼兒。說與你姐姐梳粧打扮了。衙門裏喚你官身哩。〔下〕〔劉行首上云〕妾身劉倩嬌是也。官人在衙門裏慶重陽令節。誰想走到人市處。把梅香迷了。我怕大街上有人調鬭我。我往這後巷裏去。有熟人問路咱。〔旦立住科〕〔正末扮馬丹陽上云〕貧道姓馬名裕。字義輔。道號丹陽抱一真人。奉師父王重陽法旨。來這汴梁度脫劉行首。此女子二十年前是一陰鬼。後來師父着他托化做女子身。還了宿債。教他二十歲之後。遇馬丹陽可便回頭。貧道今日化做一個道人。度脫他歸於正道。須索走一遭去。那劉行首若記的前事。省些氣力。若記不的呵。馬丹陽。這魔障非同小可也呵。〔唱〕

【正宮端正好】下瑶臺。離蓬島。趁西風鶴翅飄飖。蓬頭垢面無人曉。就裏藏玄妙。

【滚繡毬】我身穿着百衲袍。腰纏着碌簌絛。頭直上丫髻三角。任東西散誕逍遥。抄化的酒一壺飯一瓢。困來時醉眠芳草。煞强如極品隨朝。把似你受驚受怕將家私辦。争如我無辱無榮將道德學。行滿功高。

〔旦云〕這先生是出家人。正好問他路。〔做見正末科〕〔正末笑科〕〔唱〕

【倘秀才】恰離了數萬丈雲埋華岳。〔云〕稽首。〔唱〕又撞着二十載還魂的故交。〔旦云〕這先生好喬也。我二十一歲。可怎生是你二十年前的故交。你莫不見鬼來。〔正末云〕可知見鬼哩。誰道是見人來。〔旦云〕我問你路。你便説一聲兒。那裏不是積福處。〔正末唱〕你怎生纔出家來可又早迷了正道。村性格。劣心苗。〔帶云〕那裏來。那裏去。〔唱〕怎生不常常的記着。

〔旦云〕我記的呵。我不問你也。〔正末唱〕

【滚繡毬】你不將那大道行。〔旦云〕大道上有人。〔正末笑科〕〔唱〕可怎生往小路上抄。〔旦云〕小路上幽静也。〔正末云〕呆賤人。你那小路上敢熱閙也。〔唱〕到如今越不知個顛倒。〔旦云〕你指與我路咱。〔正末唱〕我若指與你呵你便上青霄。〔旦云〕我如今東西南北。不知往那裏去。〔正末唱〕你如今東不知南不知。你北不着西不着。〔旦云〕你休誤了我官身。〔正末云〕你道誤了你官身呵。〔唱〕早忘了你在先軀殼。〔旦云〕休誤了我慶重陽。〔正末唱〕你若是有俺那重陽呵你便得逍遥。〔旦云〕你是個不着墳墓風魔漢。〔正末唱〕你道我不着墳墓風魔漢。小鬼頭我尋你個未入玄門花月妖。〔旦云〕纏殺人也。〔正末唱〕我使纏殺人有甚蹊蹺。

〔云〕跟我出家去來。〔旦云〕不看你那吃的。且看你那穿的。那些衣服受用快活。我跟將你去。

〔正末唱〕

【倘秀才】你休笑我無拘役腤臢的這布袍。敢强似你那有罪業輕盈的這絳綃。我就裏清標你怎知道。〔旦云〕我楊柳腰肢。海棠顔色。穿金帶銀。偎紅倚翠。我跟你出家。有甚好處。

〔正末云〕你如今楊柳腰肢。海棠顔色。〔唱〕有一日霜濃柳葉敗。風急海棠凋。那其間難尋一個下稍。

〔旦云〕你不知道閒官清。醜婦貞。窮吃素。老看經。我如今青春之際。我怎生出的家。〔正末唱〕

【滚繡毬】你怕不楊柳腰。容貌好。久以後那裏每着落。你跟着我脱凡塵倒大清高。

〔旦云〕你在那個庵裏住。〔正末唱〕俺那裏洞門無鎖鑰。白雲籠罩着。砍青松自燒丹竈。跨蒼龍同宴蟠桃。若得俺山中鶴氅壺中藥。免了你那脚上驢蹄面上毛。怕甚麽地網天牢。

〔樂探上云〕劉行首。你疾快去來。〔正末扯科〕〔旦云〕你放我去。〔正末云〕你跟我出家去來。

〔唱〕

【叨叨令】你低聲鬧高聲鬧怎鎖住心猿鬧。〔旦云〕我如今花星照。福星照。正好受用哩。〔正末唱〕你道是花星照福星照怎不怕災星照。〔旦云〕你放我去。我去的遲了。俺妳妳駡我。〔正末唱〕則聽的虔婆教五奴教怎不受神仙教。〔旦云〕去的遲了。官人每怪我也。〔正末唱〕你只怕官人叫令史叫怎不怕閻王叫。〔帶云〕劉行首。〔唱〕你今日可便省的也麽哥。你會唱昇平樂太平樂怎不唱逍遥樂。可便省的也麽哥。

〔樂探云〕劉行首。你去的遲了。帶累我也。〔旦云〕先生。你好不識閒忙也。〔正末唱〕

【脱布衫】走將來唱叫麄豪。口不住絮絮叨叨。你道他走的慢連催了兩遭。哥哥也你便做行的快也跳不出六道。

〔樂探云〕他官府中等待着。你敢替他去。〔正末唱〕

【小梁州】你道祇候處官人每等待着。休辜負值千金一刻春宵。你向尊前席上逞妖嬈。粧圈套。大古裏色是殺人刀。

【幺篇】争知苦口是良藥。勸着你不採分毫。則戀那鶯燕交。不想那林泉樂。争如你隨着貧道。向溪上訪漁樵。

〔樂探打馬丹陽科云〕這潑先生無禮也。誤了官身。我打這潑先生一頓。〔正末唱〕

【伴讀書】我我我迤逗的他心内焦。惡噷噷的高聲叫。哎。你個樂探哥哥何須鬧。欺良壓善没分曉。揎拳捋袖行凶暴。你你你不辯低高。

〔欒探推正末科〕〔正末唱〕

【笑和尚】呀呀呀仰刺擦推了我一交。撲撲撲雨點般拳頭落。好好好自有個天公報。嗤嗤嗤扯碎布袍。支支支頓斷麻絛。來來來可惜葫蘆裏瀽了我些靈丹藥。

〔欒探云〕喒去來。〔同旦下〕〔正末趕科云〕走了也。〔唱〕

【煞尾】你不肯頂簪冠披鶴氅閒遥遥。穩拍拍蓬萊方丈把玄機曉。則要你穿背子。戴冠梳。急煎煎。閙炒炒。柳陌花街將罪業招。跟着我騎白鶴。上青霄。跨青鸞。遠市朝。引仙童。採藥苗。伴仙翁。縱酒瓢。奉吾師法令。教下人間度豔嬌。不回頭不忖度。二十年都忘了。我着你做神仙倒撒拗。空着我駕一片祥雲下蓬島。〔下〕

〔音釋〕倩淺去聲　碌音路　簌蘇上聲　角音皎　學奚交切　岳音耀　着池燒切　殼音巧　腤音庵

臢音簪　落音澇　鑰音耀　罩嘲去聲　氅音敞　樂音澇　叨音刀　辜音姑　藥音耀　迤音

拖　逗音豆　噉音去聲　揎音宣　捋亂入聲　嗤音癡　瀽音蹇　教平聲　度勞多切　拗音

要

第三折

〔净扮林員外上云〕小生姓林名盛。字茂之。在這汴梁城内開着座解典庫。這裏有個上廳行首劉倩嬌。我和他作伴。我一心待要娶他。他有心待要嫁我。爭奈有老婆在家。和我生了一兒一女。我因此不好説得。前日劉大姐道。你來我問。你肯娶我時。我嫁了你罷。我仔細想來。他有這等好意。怎生辜負了他。不若娶將他來。則在外面住。豈不美哉。今日安排酒果。親自到他家問親。走一遭去。〔旦上云〕我正説你。你來了也。〔林員外云〕我一徑的問你。妳妳在家不在家麼。〔旦云〕在家。你且坐。你要娶我呵。休了你大娘子。我便嫁你。你不休。不嫁你。〔林員外背云〕我雖然不休。我且哄他。〔回云〕我休我休。將酒來喒且飲幾杯。〔旦云〕你快休了罷。〔正末上云〕劉行首也。你不知來處來。去處去。你待嫁林員外。不爭嫁了林員外時。着我去師父行怎生回話。須索往他家點化去咱。你看世間凡胎濁骨。誰識貧道也。〔唱〕

【中呂粉蝶兒】休笑我粧鈍粧呆。看了幾千場柳凋花謝。笑興亡自古豪傑。遮莫你越邦興。吴國破。爭如我不生不滅。枉費了唇舌。他逃不出一生寃業。

【醉春風】這一個無記性的馬丹陽。我直度你不回頭的劉大姐。當街上吃了這一場潑拳踢。着我去誰根前説。説。〔帶云〕我度你呵。〔唱〕恰便似沙裏淘金。石中取火。水中撈月。

〔見旦科云〕稽首。〔旦躲科〕〔正末笑科云〕你躲往那裏去。〔林員外云〕姐姐。你休怕這先生。〔旦云〕先生。你來這裏。有甚勾當。〔正末云〕我來抄化你出家去。〔林員外云〕他娘問我要三千貫。還不肯嫁我。你若抄化的他出家去。我也做先生去也。〔正末哭科〕〔旦云〕我試問先生。你哭爲

甚麽。〔正末云〕你問貧道哭爲甚麽來。〔唱〕

【迎仙客】自哽咽。暗傷嗟。〔云〕貧道哭呵。不爲别一件。〔旦云〕你爲甚麽。〔正末指旦科〕〔唱〕哭你那二十年道心在何處也。〔云〕你跟貧道出家去來。〔旦云〕我嫁了林員外也。〔正末唱〕你當日古墓裏將祖師參。〔旦云〕今日嫁了林員外也。〔正末唱〕你今日向林員外將貧道撇。比着往日全别。〔帶云〕我着你做神仙呵。〔唱〕怎倒惹的你愁眉結。

〔旦云〕你是無君臣父子。不守祖業的。這等人便出的家。〔正末唱〕

【紅繡鞋】你道我身墮懶抛離了祖業。也不似你性癡迷早忘了巢穴。〔林員外云〕大姐説的是。這窮先生則要茅庵裏學墮懶哩。〔正末云〕林員外。〔唱〕你這般帶眼安眉也隨邪。他母親狠似那雙蟳蝎。心毒似兩頭蛇。呆漢。誰着你去火坑中將身子兒捨。

〔林員外云〕將這風先生推出去。〔林推正末出門科〕〔正末做叫科云〕劉行首。跟我出家去來。〔林員外云〕那風先生還在那裏叫姐姐哩。你坐一坐。我更了衣服便來。〔下〕〔旦云〕哎。被這先生纏得心煩。且自打睡一會兒咱。〔旦睡科〕〔正末云〕則這般他也不省。則除是恁的。〔下〕〔扮東岳神上云〕小聖東岳案神。奉王祖師法旨。二十年前送劉行首托生下方。今日馬祖師度他不肯回頭。乃是小聖之罪。須索夢化此人成道。劉行首。劉行首。吾乃管托生案神。奉祖師法旨。二十年前你是一陰鬼來。着我送你下方做女子身。遇馬祖師便回頭。今日你迷却正道。是小神之罪。〔詩云〕你二十年死生寃業。到如今未經還徹。馬丹陽只在門前。休忘了天淡曉風明滅。劉行首。你休推睡裏夢裏。吾神回去也。〔下〕〔旦驚醒科云〕嗨。劉行首也。若非祖師慈悲。已落輪迴之内。我記的這篇詞來。〔念科云〕天淡曉風明滅。白露點蒼苔敗葉。端止翠園。黄雲衰草。漢家陵闕。怎麽忘了後句。未知馬祖師在那裏。〔正末拍手上念詞云〕咸陽陌上行人。依舊名親利切。改换朱顔。消磨今古。隴頭殘月。〔旦云〕誰唱。我開門去看。〔見科〕〔正末云〕劉行首。你省也麽。〔旦跪云〕師父。弟子省了也。〔正末唱〕

【普天樂】你恰便發凡心。施乖劣。〔帶云〕你成道呵。〔唱〕比乘風的未似。比立雪的争些。三百年守在古墳。二十載還了烟月。師父當時分明説。若見我急早來者。〔帶云〕我不度你呵。你嫁了林員外也。〔唱〕早則不敲番鶯燕。分開翡翠。拆散蜂蝶。

【上小樓】我將這連枝樹撅。雙頭蓮撇。我着你便蓬島風清。陽臺霧鎖。楚岫雲遮。棄死歸生。回光返照。休侵枝葉。你將這幹家心擔兒交卸。

〔林員外慌上科云〕這先生無禮也。怎生把劉大姐哄的這裏來。〔旦見林脱衣服做風科〕〔林員外云〕罷了姐姐發狂了也。〔正末唱〕

【幺篇】他將那頭面揪。衣服扯。則見他玉珮狼籍。翠鈿零落。雲鬢歪斜。〔卜兒上云〕林姐夫。大姐風了也。〔正末唱〕他不風。你自呆。休來牽惹。端的是他心凉你心乾熱。

〔卜兒推正末科云〕這先生是妖人。二會子法教俺姐姐風了。喒扯住他見官去來。〔正末唱〕

【滿庭芳】你將先生緊扯。你休施懆暴。莫逞豪傑。他二十年冤業都還徹。〔旦扯正末云〕我跟師父去者。〔正末走科〕〔林員外趕打科〕〔正末唱〕你躲了休將他大道攔截。我度你個小鬼頭冰清玉潔。單注着老妖精祿盡衣絶。〔卜兒云〕我則有這個女兒。早晚養活我哩。〔正末唱〕你那裏便休胡説。他今朝省也。〔卜兒云〕他今日風了。怎生伏侍我。〔正末唱〕方信道風起雨雲歇。

〔林員外拖末見官科〕〔正末云〕你自的管不得。你到拖貧道見官去。疾。〔林旦引二俫上云〕妾身是林員外的渾家是也。俺那員外近來養着一個弟子。喚做劉行首。俺員外一個月不來家。我如今往劉行首家尋員外去。尋不着。萬事罷論。若尋着呵。我不道饒了他也。〔做見旦鬧科云〕員外。你不回家來。原來在這裏。做個停妻再娶妻。我和你見官去。〔林員外慌跪科〕〔正末云〕林大嫂。他要休你。娶劉行首。我勸他。他倒打貧道哩。〔林員外云〕這先生倒會管老婆舌頭。〔林旦云〕你要官休。你要私休。〔林員外云〕官休怎生。私休怎生。〔林旦云〕你要官休。我和你見官去。你要私休。跟我家去便了。〔林員外云〕我則要私休罷。〔正末唱〕

【快活三】一壁廂嬰兒將衣袂扯。姹女將帶揪者。你和那墻花路柳厮和協。到和親媳婦無疼熱。

【鮑老兒】自火院深沉向未徹。怎管的閒花風月。自冤業無明火未斷絶。又生出閒枝節。〔帶云〕林員外。你早不娶了劉行首也。〔唱〕花殘月缺。絃斷鏡破。缾墜簪折。

〔卜兒云〕我和你見官去來。〔正末云〕你和我見官去。〔正末與旦打耳喑科〕〔旦云〕理會的。〔不風科〕〔卜兒云〕我女兒不風。便不告你。〔正末唱〕

【耍孩兒】勸修行心念無明夜。呆弟子今朝省也。奉吾師法令到蓬萊。着我便提拔出你虎窟狼穴。休占風月門庭鬧。莫厭蓬萊途路賒。回首是神仙闕。你將氣心財性。權且離别。

〔云〕劉行首。你母親平生冤業不少也。〔卜兒云〕除了要錢。别有甚麽罪。〔正末云〕我説與你聽咱。〔唱〕

【三煞】爲錢呵搬的人爺娘恩愛忘。夫妻情分絶。典房賣地將家私捨。形消骨化皆因此。家破人亡不爲别。捨性命輕抛撇。則戀着星眸皓齒。杏臉鶯舌。

【二煞】將郎君腦蓋敲。子弟每觔髓撅。怎當他轉關兒有百計千謀設。逼得人剜墻鑽窟將金資覓。仗劍提刀將財物刦。都積攢下來生業。跟着我我着你化災變福。改正除邪。

〔旦云〕弟子送師父出去。〔正末唱〕

【煞尾】我出門。〔做推卜兒科〕〔唱〕你入門。〔卜兒哭云〕哎。兒也。兀的不痛殺我也。〔正末唱〕暫時間且略别。三日後向城西傳取長生訣。管着你跨鳳乘鸞赴仙闕。〔同旦下〕

〔卜兒云〕今日俺女孩兒劉行首隨的那先生走了。我見官出首去來。〔下〕

〔音釋〕呆音爺　傑耶其切　滅夜迷切　舌遮繩切　業音夜　踢音體　説書惹切　月魚夜切　咽衣也切　撇偏也切　別邦耶切　結饑也切　穴希耶切　蟳音潛　蝎希也切　劣閭夜切　蝶音爹　撅渠靴切　撧疽且切　葉音夜　卸音瀉　熱仁蔗切　慄音竈　徹昌惹切　截藏斜切　潔饑也切　絶藏靴切　歇希也切　姹瘡詐切　協希耶切　節音姐　折繩遮切　闕區也切　別皮耶切　髓桑嘴切　設商者切　剜碗平聲　劫饑也切　訣居也切

第四折

〔正末引旦上云〕劉行首。此處敢匾窄。不如你高堂大廈麽。〔旦云〕師父。此處索是幽静。弟子不戀高堂大廈。〔正末云〕説的是。説的是。〔唱〕

【雙調新水令】小菴雖窄隱幽微。包含着一合天地。草荒巢鳥宿。雲淡雨龍歸。淡飯黄虀。纔得個中味。

〔旦云〕師父。打坐是怎生。〔正末云〕我説與你聽咱。〔唱〕

【駐馬聽】水火相隨。做出無窮造化機。坎離相繼。燒開往日雨雲期。靈臺拂去是和非。丹田養就元陽氣。存正理。何愁不到蓬瀛内。

【風入松】清濁混沌把心迷。静者動之基。人能清静常存息。寸心天地皆歸。壺裏乾坤只自知。空忙殺這頑皮。

〔云〕劉行首。俺這裏比你那市塵中。真乃爲人間天上。〔旦云〕師父。您徒弟到今日纔知道了也。

〔正末唱〕

【撥不斷】洞雲迷。野猿啼。柴門半倚聞鶴唳。菊蕊叢叢綻竹籬。松花點點鋪苔砌。端的個山中七日。世上千年。興亡不管。生死無憂。〔帶云〕你覷波。〔唱〕則俺這裏別是一般天氣。

〔旦云〕弟子但願清閒穿布服。猶勝紅塵着絳綃。〔正末唱〕

【雁兒落】脱紅裙着布衣。改雲鬢爲丫髻。發寧心養性功。罷妙舞輕歌藝。

【水仙子】雨雲鄉打抄散燕鶯期。風月所掀騰翡翠幃。煙花陣攪散了鴛鴦會。這清閒誰似你。任紛紛兔走烏飛。草菴内談玄妙。蒲團上講道德。萬事休題。

〔云〕魔障到也。則將主人公休胡動了念者。〔林員外卜兒同祗候上卜兒云〕林員外。喒和祗候哥哥尋那先生去來。那先生臨去時説道。城西傳取長生訣。如今來到這城西也。那松陰内一座庵兒敢是。喒看一看。〔做看科云〕正是正是。兀那先生。你將我女兒拐的這裏來。你好無禮也。將這先生拿住見官去來。〔林員外云〕你將我的媳婦拐在這裏來。好無禮也。我打這先生一頓。〔做打正末死科祗候扯員外科云〕好也。這先生雖是拐帶人口。罪不至死。你一下打死。更待干罷。我和你見官去來。〔林員外慌跪科云〕哥哥可憐見。他又無有親人。又無證見。我與你兩錠銀子。你將他丟在這洞裏去便了。〔祇候云〕也罷也罷。我和你將這先生丟在洞裏去也。〔下〕〔卜兒扯旦科云〕大姐。和你回家去。〔旦云〕師父教我休胡動了念者。道可道。非常道。名可名。非常名。不敢去。〔卜兒云〕你師父既是神仙。不吃凡人一下打死。丟在洞裏去了。〔旦悲科云〕師父。不争你死了。怎發付弟子也。〔扮六賊上拿林員外卜兒科〕〔林員外慌跪科云〕將軍。饒了小生罷。〔六賊云〕饒了你還俺師父。〔林員外云〕將軍。你師父不知往那裏去了。教我那得師父還你。饒我罷。〔正末打漁鼓上〕〔詩云〕散袒逍遥躲是非。壺中日月有誰知。仙家不識春和夏。石爛松枯一局棋。

〔唱〕

【錦上花】淡飯粗衣。山中活計。落托清閒。倒大幽微。採蕨尋芝。遶山轉水。煉藥燒丹。驅神捉鬼。

【幺篇】困來那一眠。閒來那一醉。一任漁樵。說是談非。笑殺兒曹。走南料北。空嘆英雄。争高競低。

【江兒水】人生快活能有幾。過一歲無一歲。將軍使機謀。宰相施忠義。都在俺這老先生談笑裏。

【碧玉簫】想韓侯當日。鈍劍一身虧。彭越何爲。爛剉肉如泥。九江土受困危。竿尖上挑首級。恁莫癡。争似張良會。歸。急流中身先退。

〔六賊云〕師父稽首。〔正末云〕林員外。你打的我好麽。〔林員外云〕師父救我咱。〔正末云〕你慌怎麽。〔林員外云〕師父。我到來年。跟師父出家去學道。〔正末唱〕

【川撥棹】恁兩個用心機。出門來逢着太歲。我則見剥下衣袂。後擁前推。刀劍依隨。誰教你出門來賊心便起。到今日説個甚的。

【七弟兄】你怎不察知。就裏。這總是你家門賊。怎將蓼兒洼强猜做藍橋驛。梁山泊權當做武陵溪。太行山錯認做桃源内。

【梅花酒】呀。你今日悔後遲。可笑愚癡。不辨個高低。暢叫揚疾。人無害虎心。虎無傷人意。你可便甚所爲將親女做娼妓。逼的他覓衣食。謾天網四方圍。陷人坑當面砌。

【收江南】呀。當日個敲人骨髓剥人皮。今日個餐刀吃劍有誰知。争如俺粗衣淡飯在山扉。又不圖着甚的。畢竟是那一個得便宜。

〔云〕林員外。俺明説與你知道。劉行首有神仙之分。他再不思凡了。你早回去罷。〔林員外云〕師父。小人情願回去。〔正末云〕既然回去。你可速退。〔林六賊同下〕〔正末云〕劉行首。你跟貧道見衆仙去來。〔東華帝君引衆仙上云〕劉行首。你聽我道者。〔詞云〕你本是唐朝宫眷。秉真心不染塵緣。守孤墳北邙山下。詠風月一曲泠然。幸遇着重陽道者。和新詞甚是矜憐。争奈你陰魂無托。況被那業債相纏。降生做上廳行首。二十年重遇真仙。只爲天淡曉風明滅。重提起本性根源。今日個功成行滿。駕青鸞證果朝元。

〔音釋〕窄音側　厦音夏　合音何　沌音頓　息喪擠切　唳音利　掀音軒　德當美切　剉倉坐切　級巾以切　的音底　賊則平聲　洼音蛙　驛銀計切　疾精妻切　食繩知切　泠音零

題目　北邙山倡和柳梢青

正名　馬丹陽度脱劉行首

月明和尚度柳翠雜劇

楔子

〔老旦扮觀音領小末扮善才上詩云〕寶座巍巍法力强。慈悲極樂住西方。慧眼纔開能救苦。眉間放出白毫光。吾乃南海洛伽山觀世音菩薩。這一個是童子善才。累劫修行。纔離苦海。只爲慈悲心重。遍遊人間。廣説因緣。普救苦難。闡明佛法。天花天樂常臨。濟度衆生。凡惱凡緣盡滅。以此蓮花座上。號曰觀音。祇樹林中。稱爲菩薩。這也不在話下。且説我那净瓶内楊柳枝葉上偶汙微塵。罰往人世。打一遭輪迴。在杭州抱鑒營街積妓墻下。化作風塵匪妓。名爲柳翠。直等三十年之後。填滿宿債。那時着第十六尊羅漢月明尊者。直至人間點化柳翠。返本還元。同登佛會。〔詩云〕只爲一點塵汙惹禍災。降臨凡世罪應該。直待月明點化歸清净。恁時同共見如來。〔下〕

〔搽旦卜兒同旦兒扮柳翠上〕〔詩云〕教你當家不當家。及至當家亂如麻。早晨起來七件事。柴米油鹽醬醋茶。俺是這抱鑒營街積妓墻下住坐。老身姓張。夫主姓柳。亡化過了十年也。我有這個女孩兒。叫做柳翠。不要説他容顔窈窕。且只道他心性聰明。折白道字。頂針續麻。談笑恢諧。吹彈歌舞。無不精通。盡皆妙解。現做上廳行首。在城有一個牛員外。與俺柳翠做伴。今年是老柳十周年。請十衆僧做好事。柳翠。你門首覰者。牛員外這早晚敢待來也。〔净扮牛員外上詩云〕

舉止雖然多俗態。說着風流偏酷愛。世人只識有錢牛。渾名叫做牛員外。小可杭州人氏。姓牛名璘。頗有些錢鈔。人皆員外呼之。在城有一妓者柳翠與俺兩個作伴多年。明日是柳大姐父親的十周年。要做好事。不免送些盤纏與大姐使用去。此間是他門首。不必報復。徑自入去。〔做見科〕妳妳。喏。大姐。喏。我牛璘索錢去來。到的遲了。大姐休怪。〔卜兒云〕員外。我要些盤纏與老柳做十周年。〔牛員外云〕妳妳。牛璘無甚麽孝順。只有這一千貫鈔與大姐權做經錢。〔旦兒云〕員外。這儘勾了也。〔卜兒云〕下次小的每。安排下齋食。我自去蒿亭山顯孝寺請僧衆走一遭去也。〔下〕〔牛員外云〕大姐。我有幾主錢未曾清楚。我還要索去。待明日再來。〔旦兒云〕員外。你明日早些兒來。與我拜佛。〔牛員外詩云〕明朝是汝父周年。自當來烈紙焚錢。〔旦兒云〕莫待我差人相請。一條繩把鼻子來牽。〔牛員外云〕你又來取笑。〔同下〕〔長老領浄行者上詩云〕積水養魚終不釣。深山放鹿願長生。掃地恐傷螻蟻命。爲惜飛蛾紙罩燈。貧僧是這蒿亭山顯孝寺住持長老。這山下有一施主人家是柳媽媽。因他夫主亡化。年年做齋。今年是十周年了。行者。山門首看去。那柳媽媽必然來請看經也。〔行者云〕師父。徒弟這兩日正想豆腐麪觔喫哩。〔卜兒上云〕行者。你師父在麽。〔行者云〕真個來了。師父在方丈中打坐。你自過去。〔卜兒做見科云〕師父。今年是老柳十周年。請十衆僧做好事。〔長老云〕貧僧已知。你先回去。十衆僧隨後便來也。〔卜兒云〕師父早些兒來。我先回去也。〔下〕〔長老云〕行者。俺這寺中那裏取十衆僧來。〔行者云〕師父。待我掐指頭數一數。師父。你一個。我一個。首座。藏主。藏頭。會朗。會明。法聰。

法廣。只得九個。〔長老云〕還少一衆怎了。〔行者云〕哦。有了有了。香積厨下燒火的那腌臢和尚。也當一個。〔長老云〕則怕不中。〔行者云〕有甚麽不中。又不要他看經。則把來凑數兒罷了。〔長老云〕你叫他來。〔行者云〕香積厨下兀那風和尚。你來你來。〔正末扮月明和尚挑月兒上云〕來也。來也。〔偈云〕祖上非爲和尚。法名本是月明。見我何曾識我。有聲畢竟無聲。〔行者云〕你看這和尚又醉了也。〔正末笑科偈云〕好個醉和尚。人間非有相。參禪祖一宗。傳教尊三藏。處世有機權。脱身改模樣。心地甚分明。月在垂楊上。咄。臨了兩句怎生道。蘆花兩岸雪。烟水一江秋。〔唱〕

【仙吕賞花時】這月明曾碾破銀河萬里空。這和尚曾擊響金陵半夜鐘。端的個洗碧落露華濃。〔行者云〕你這和尚。風張風勢。説謊調皮。没些兒至誠的。〔正末唱〕**也不是我脱空賣弄。**〔行者云〕正是個風魔和尚。挑着這個。不知是甚麽東西。恰似個燒餅的晃了。你家又不賣餅。要他怎的。不如打破了罷。〔做打破科〕〔正末唱〕**呀呀呀則一拳打破了廣寒宫。**

【幺篇】早不見桂子香飄八月風。〔行者云〕八月風。臘月雪。凍的要不的。〔正末云〕你休笑我。〔唱〕**這的是蟾影光磨百鍊銅。這月曾照興廢古今同。你則看那北邙山的故塚。**〔行者云〕你這個和尚。則要喫酒喫肉。真是濫僧。〔正末云〕誰是真僧。誰是濫僧。〔行者云〕我是真僧。你是濫僧。〔正末云〕誰是真僧。誰是濫僧。〔行者云〕你是真僧。找是濫僧。呸。可顛倒了。〔正末云〕你和我争甚麽人我。那楚家的陵坵。漢家的墓塚。都在那裏也呵。你試覷波。〔唱〕**都一**

般灊灑月明中。〔下〕

〔長老云〕行者收拾法器。下山看經去來。〔詩云〕本寺師徒十衆僧。特來相請念金經。柳翠虔誠做好事。墜落天花朶朶生。〔同下〕

〔音釋〕衆平聲　祇音其　汙去聲　應平聲　解上聲　施去聲　藏去聲　當去聲　相去聲　行去聲

第一折

〔卜兒同旦柳翠上云〕老身張氏。今年是夫主老柳十周年。准備下齋食。衆師父每敢待來也。〔長老同衆行者上詩云〕寂寞蕭條僧世界。清虛冷淡佛家風。萬相現時空是色。一靈去後色還空。貧僧乃顯孝寺住持的便是。柳媽媽。老僧與衆僧都來了也。〔卜兒云〕師父請家裏來。〔旦兒云〕我請十衆僧。如何則九個。少了一個。〔行者云〕便來也。兀那和尚。快來快來。〔正末上云〕來也。來也。你叫我做甚麼。〔行者云〕我叫你做好事。〔正末云〕你幾曾做那好事來。我問你那裏有酒麽。〔行者云〕人家做好事。那得有酒。〔正末云〕有酒我便去。無酒我不去。〔行者云〕有酒有酒。〔正末云〕那裏有肉麽。〔行者云〕我説道做好事。那得肉來。〔正末云〕有肉我便去。無肉我不去。〔行者云〕有肉有肉。〔正末云〕是誰家做好事。〔行者云〕是柳翠家。〔正末云〕哦。是那好女孩兒的柳翠麽。〔行者笑科云〕你問他怎的。〔正末云〕是别人家我不去。是柳翠家我便去。〔行者云〕偏怎生他家你便去。〔正末云〕我若不去呵。怎生成就俺那姻緣大事。〔行者云〕正是風魔和尚。

你和他成就姻緣。他怎生肯哩。〔正末云〕你先行者。我隨後便來也。〔背云〕他那裏知道。貧僧乃是西天第十六尊羅漢月明尊者。因爲杭州抱鑒營街積妓墻下。有一風塵妓女柳翠。此女子本是如來法身。恐怕他迷却正道。特着貧僧引度此女子。只索走一遭去。想初祖達摩西至東土。不立文字。教外别傳。直指人心。見性成佛。此個道理。你世上人怎生知道也呵。〔唱〕

【仙呂點絳唇】自從五派禪分。要知根本。西來信。則爲這懵懂禪昏。我也曾扯住俺那達摩問。

【混江龍】直待要剖開混沌。月爲精魄柳爲魂。一任着紛紛白眼。管甚麽滚滚紅塵。恰纔箇袖拂清風臨九陌。又早是杖挑明月可便扣三門。則爲我這半生花酒爲檀信。其實的倦貪名利。因此上不斷您這腥葷。

〔云〕有人來問貧僧如何是佛。我説你説的便是。有人來問貧僧如何是道。我道你道的便是。〔唱〕

【油葫蘆】我爲甚鑽出頭來百事滚。是非場哎我也占的穩。人笑我是風魔的和尚就兒裏包含着醉乾坤。則我這布囊陡覺青蚨盡。都爲那酥醅旋潑鵝黄嫩。〔云〕世俗人没來由争長競短。你死我活。有呵喫些個。有呵穿些個。苦海無邊。回頭是岸。〔唱〕巡指間春又秋。斬眼間晨又昏。則被他韶華荏苒催雙鬢。争如我向閒處且潛身。

【天下樂】端的個自古宗風釋教尊。我想這今人。誰能出世塵。我尋思來萬般皆下品。

我則待向娑婆世界遊。做蓮花國裏人。這就是開方便不二門。〔長老唱西方讚云〕蓮池海會。彌陀如來。觀音勢至坐蓮臺。接引上金階。大誓弘開。唯願離塵埃。〔行者念云〕香雲蓋。菩薩摩訶薩。〔連念三聲動法器科〕〔旦兒云〕十衆僧來了九衆。還有一衆不來。待我到門前看咱。〔正末云〕出門時好好的天氣。如今下着濛濛的細雨兒。哎呀。跌殺貧僧也。〔旦兒云〕清早晨間一個和尚在俺門前攃倒。我着兩句言語嘲撥他。看他也省的麼。〔偈云〕由他鐵脚禪和子。到俺門前跌破頭。〔正末答云〕則俺那天堂路上生荆棘。都是你這地獄門前滑似油。〔旦兒云〕那裏不是積福去處。我扶起你來。〔正末云〕我本來度脱你。倒着你接引了我。〔旦兒云〕敢問師父。從那裏來。〔正末云〕我來處來。〔旦兒云〕如今那裏去。〔正末云〕我去處去。〔旦兒云〕這和尚倒知個來去。〔正末偈云〕噤聲。道馬非爲馬。呼牛未必牛。兩頭都放下。終到一時休。此處還有話説麼。請柳翠速道。〔旦兒云〕你這般答禪語呵。你大古裏是淡雲長老。〔正末云〕這小鬼頭。衆生與佛相同。我比淡雲長老。有何差別。〔唱〕

【那吒令】我雖不是淡雲。遮桂花幾分。我雖不是遠村。映梅梢半痕。我則是本因。度垂楊一輪。〔旦兒云〕你是甚麽和尚。〔正末云〕我是月明和尚。〔旦兒云〕你是月明和尚。你是那個月。〔正末云〕柳翠。我這個月單道着你身上哩。〔唱〕若不是月正明。柳也你可有誰偢問。休看我似那陌上的這征塵。

〔云〕柳翠。人道你歸一。你可不歸一。〔旦兒云〕師父。我怎生不歸一。我是第一個歸一的人。

〔正末云〕我説你那不歸一處與你聽者。〔唱〕

【鵲踏枝】你則合映着孤村。你却待罩着荒墳。〔旦兒云〕我這裏住如何。〔正末云〕不争你在這裏住呵。〔唱〕不甫能栽向東家。却又早苦上西鄰。〔旦兒云〕我那裏聽你那風言風語。〔正末云〕你可怕那風雨裏那。〔唱〕你休那般絮紛紛似香綿亂滚。柳也你又早這般安排下斷送行人。

〔長老念真言云〕解結解結解冤結。解了杭州施主老柳前生今世冤和業。洗心滌慮發虔心。今對佛前求解結。南無藥師佛。藥師佛。消災延壽藥師佛。南無消災延壽藥師佛。〔行者念云〕願以此功德。普及於一切。唱願保平安。消災增福壽。增福壽菩薩摩訶薩。〔連念三聲動法器科〕〔正末云〕柳翠。無常迅速。生死事大。跟我出家去來。〔旦兒云〕我年紀小。如何出得家。〔正末云〕柳翠。你如今不老了也。〔旦兒云〕我不老哩。〔正末唱〕

【寄生草】早是這光陰速。更那堪歲月緊。現如今章臺怕到春光盡。則這霸陵又早秋霜近。直教楚腰傲殺東風困。有一朝花褪彩雲飛。〔旦兒云〕我還不老哩。〔正末云〕噤聲。〔唱〕那裏取四時柳色黄金嫩。

〔旦兒云〕師父。你休小覷我。我是那鎮陌第一人哩。〔正末唱〕

【後庭花】你道你是鎮柳陌第一人。〔云〕你認的我麽。〔旦兒云〕我不認的你。你可是誰。〔正末云〕我是和尚中爲頭的一個子弟。〔旦兒云〕那個和尚做子弟來那。〔正末云〕我說與你我那做子弟處。〔唱〕怎知我上花臺端的是第一尊。〔旦兒云〕俺娘看承我。便是地長出菩提樹一般哩。〔正末唱〕你娘看承你似地長出菩提樹。〔云〕你敢不是菩提樹。〔旦兒云〕我是甚麼。〔正末唱〕哎。柳也我道來你則是天生來羅漢身。〔旦兒云〕謎言謎語。知他說甚的。〔正末唱〕勸你呵我是勸着一個木頭人。哎。柳也你則戀着那錦營花陣。〔云〕你早些兒跟的我出家去罷。〔旦兒云〕我怎麼出的家。〔正末唱〕久以後你少不得這塌兒種下禍根。

〔長者念呪云〕唵。齒臨金吒金吒僧金吒。我今爲汝解金吒。終不爲汝結金吒。唵。强中强。吉中吉。波羅會上有殊力。一切寃家離我身。摩訶般若波羅蜜。〔行者念云〕摩訶般若波羅蜜。〔連念三聲動法器科〕〔正末云〕柳翠。你跟貧僧出家去來。〔旦兒云〕師父。你是月明和尚。我這柳與你這月長着多少精神哩。〔正末云〕我這月與你這柳也添着多少光彩哩。〔唱〕

【金盞兒】你道是花與月添神。我道是月與柳招魂。你戀着那清陰半畝香千陣。〔旦兒云〕你看這世界。全是俺花柳粧點成的。〔正末唱〕你道是世間花柳本伶倫。一任你漫天飛柳絮。儘着你滿地落風塵。我則去萬花叢裏過。常是那一葉不沾身。

〔云〕柳翠。你跟我出家去來。〔旦兒云〕我年紀幼小。正好覔錢。可着我跟你出家去。免的我生死麽。〔正末云〕柳翠。你若跟我出家去呵。我着你脫離生死。免却六道輪迴。則你那門前莫接頻來客。心間休掛有情人。〔卜兒云〕你看這個風和尚。俺女孩兒正好覓錢。如何教他出家。你快出去。〔旦兒云〕母親。出家人休和他一般見識。〔卜兒做推正末出閉門科〕〔正末云〕柳翠開門來。你好是緣薄也呵。〔唱〕

【賺煞尾】我本待要蟾宮内栽培的你活。哎。柳也你却待向那牛員外上凋零盡。惹一番信手拈來斧痕。你則聽枝上流鶯和淚聞。直等的你那皮故成薪。你如今正青春。則伴着那暮雨朝雲。倚仗着客舍青青柳色新。我本待從根波至本。却把那下梢來不問。哎。柳也再休提你那永豐坊裏舊腰身。〔下〕

〔長老云〕行者。收拾了法器。貧僧還本寺中去也。〔卜兒做送錢科云〕勞動列位師父。些少麪錢。改日再謝。〔長老云〕阿彌陀佛。〔行者做收錢科〕〔詩云〕爲亡靈滅除災障。佛座前虔誠供養。〔行者云〕又不是普救道場。險絮殺風魔和尚。〔同下〕

〔音釋〕葷音昏　占去聲　陡音斗　醅音披　旋去聲　苫聲占切　斷端去聲　長音掌　堝音窩

第二折

〔旦兒上云〕妾身是柳翠。自從做罷好事。見了那和尚。我睡裏夢裏。便見那和尚。我夜來做了一個夢。夢見變做個梨花猫兒。我今日欲待問人。争奈喚官身。我不往這前街裏去。則怕撞見那和尚。只後巷裏去波。〔正末上云〕遠遠望見柳翠往這裏去了。小鬼頭。你怎生躲的過貧僧也。〔唱〕

【南呂一枝花】我恰纔離了曹溪一指前。又來到佛祖三更後。我則索分開臨濟曉。踏破他這葛籐秋。百般的救不出白骨荒坵。每日家則戀着花和酒。我今番月度柳。我是箇包含着天地風流。只要你肯信俺這波羅蜜呪。

【梁州第七】投至我度脱的一株翠柳。柳翠唻少不的搜尋遍四大神州。你倚仗着枝疎葉嫩當時候。不肯道跨天邊彩鳳。只待要聽枝上鳴鳩。你可也鎖不住心猿意馬。却罩定野鷺沙鷗。你則戀着他那一時間翠嫩青柔。怎不想久以後緑慘紅愁。〔帶云〕柳也。你若肯跟我出家去呵。〔唱〕我着你再休戀那紅塵内赤力力虎鬬龍争。碧天邊來往往烏飛兔走。柳翠唻早思着緑陰中鬧簇簇燕侶鶯儔。酒樓。玉溝。跳出那月明圈不落樵夫勾。比及個成材時架梁後。饒你便堅硬心腸似木頭。我只着你磨做骷髏。

〔云〕柳翠。你怕做梨花猫兒。怎生不問我這月明尊者來。〔旦兒背云〕我夢寐中的勾當。這和尚他怎生知道。〔回云〕師父。我夢寐中做的勾當。你怎生知道。〔正末云〕柳翠。無量阿僧祇劫。與大千沙界輪迴。一切般若波羅蜜心。向不二門頭變化。一條大路上天堂。則爲你那心邪行不得。〔旦兒云〕師父。你是甚麽和尚。〔正末云〕我是月明和尚。〔旦兒云〕你便是月明和尚。夜來八月十五日。你不出來。今日八月十六日。你可出來。正是月過十五還依舊。〔正末云〕這小鬼頭倒説的有個來去。〔唱〕

【隔尾】你道是月過十五也索還依舊。哎。柳也誰似你飛盡香綿未肯休。直等的絮滿了官街那其間有誰救。〔旦兒云〕師父。長老尋你哩。〔做走科〕〔正末云〕那裏去。你待要躲我那。〔唱〕哎。你個迷人的好是費手。〔旦兒云〕師父。行者尋你哩。〔做走科〕〔正末云〕那裏去。你又躲我那。〔唱〕我這個度人的好是纏頭。〔旦兒云〕師父。我兩次三番躲不過你。〔正末云〕你怎生躲的過我。〔唱〕誰着你惹一縷清風則在這背巷裏走。

〔旦兒云〕師父。長街市上不是説話去處。我和你茶房裏説話去來。〔正末云〕你也道的是。疾。兀的不是個茶房。茶博士。造個酥簽來。〔旦兒云〕我則不言語。看他説甚麽。〔正末云〕柳翠也。你待怎生。〔旦兒云〕月也。你待如何。〔正末云〕我着你發心修行。出離生死。〔旦兒云〕本無生死。何求出離。〔正末云〕絶了業障本來空。離了終須還宿債。〔旦兒云〕如何得個了絶。〔正末云〕凡情滅盡。自然本性圓明。〔唱〕

【幺篇】只要你凡情滅盡元無垢。剗的道枝葉蕭條漸到秋。〔云〕茶博十。你將把剃頭刀兒來。與柳翠落了髮者。〔唱〕我便減不的你頭輕也則是免了些生受。〔旦兒云〕師父。我剃了頭不羞麽。〔正末唱〕你當日合憂處却不憂。到今日這合修處却不修。〔旦兒云〕師父。我剃了頭可是如何。〔正末云〕柳翠也。你問的我是。〔唱〕若是削了你這青絲就是剃了你個柳。

〔旦兒云〕師父。我柳翠委實出不的家。〔正末唱〕

【牧羊關】你則戀着那天淡清風曉。雲閒白露秋。你比我敢臢受了些萬絮千頭。你如何則想着你那堤邊。好也囉可怎生全不依我這渡口。那枝葉合採也那不合採。〔旦兒云〕昨日八月十五日來。〔正末云〕昨日正是八月十五日。〔唱〕我這言語索中秋也那不是中秋。〔旦兒云〕只怕你素魄光輝少。〔正末唱〕你道我素魄光輝少。柳翠唻誰着你那兩葉兒眉黛愁。〔旦兒云〕我生的天然色。天然態。花樣嬌。柳樣柔。〔正末云〕噤聲。〔唱〕

【幺篇】賣弄你天然色天然態。花樣嬌柳樣柔。則你那瘦腰肢則管裏賣弄風流。我本待對楊柳聽蟬。〔旦兒云〕俺那牛員外呵。〔正末唱〕好也囉他却待剪牡丹喂牛。〔云〕柳翠也。自古及今。你這柳身上罪業不輕哩。〔旦兒云〕我這柳有甚麼罪過。〔正末唱〕你曾搬的個陶令門前種。你曾引的個隋帝廣陵遊。〔旦兒云〕那隋煬帝要到廣陵。只爲貪看瓊花。干着楊柳甚事。〔正末唱〕他因赴千里瓊花會。柳翠唻也則是這兩行金線柳。〔旦兒云〕這和尚纏的我慌。則除是這般。〔做睡科〕〔正末唱〕

【隔尾】你本戀着朝雲暮雨慵回首。却被這明月清風纏殺你那頭。不肯將七碗盧仝耐心候。你解不過這趙州。省不得這悟頭。柳翠唻你不向野塘內三眠偏來渲房裏宿。〔云〕你睡着了。我着你大睡一覺。這等人不着他見個惡境頭。他可也不得省悟。柳翠。你快醒來。喚官身哩。〔虛下〕〔外扮閻神領浄牛頭鬼力上云〕天堂地獄門相對。任君揀取那邊行。壽從心地陰功起。神向清明善念生。吾神乃地府閻神是也。掌管人間生死輪迴之事。今爲杭州柳翠。觸污聖僧羅漢。更待乾罷。牛頭鬼力。與我攝過柳翠來者。〔鬼力做拏旦兒跪科〕〔閻神云〕爲你在人間觸污聖僧羅漢。牛頭鬼力將柳翠斬訖報來。〔旦兒云〕苦阿。着誰人救我也。〔正末上云〕柳翠。有生死無生死。〔旦兒云〕師父。有生死。〔正末云〕求出離也不求出離。〔旦兒云〕求出離。〔正末云〕肯修行也不肯修行。〔旦兒云〕肯修行。〔正末云〕你若不肯修行。你回頭試看波。〔旦兒云〕兀的不諕殺我也。〔正末唱〕

【牧羊關】你覷那牛頭鬼親行刃。他把的龍泉劍扯在手。〔帶云〕柳翠。你若不是我呵。〔唱〕**恰纔這清風過怎了你那六陽會首。你跟我去呵我着你攢積些陰功。你不跟我去呵早早定了些陽壽。你跟我去呵我着你上明晃晃一條金橋路。你不跟我去呵便索向翻滚滚千丈奈河流。恰纔那脖項上可着那鋼刀挫。哎。柳翠也抵多少樹葉兒可便打破你這頭。**

〔云〕且留人者。〔閻神云〕早知聖僧來到。只合遠接。接待不着。勿令見罪。〔正末云〕閻神。柳翠犯着何罪。〔閻神云〕因柳翠觸污着聖僧來。〔正末云〕柳翠的罪過。饒的也饒不的。〔閻神云〕柳翠的罪過。饒他不的。鬼力快下手者。疾。休推睡裏夢裏。〔旦兒做驚醒科云〕兀的不諕殺我也。〔正末唱〕

【罵玉郎】彩雲墜地可便無人救。哎你個呆柳翠呆柳翠早回頭。則你那事到頭來怎出的這無常勾。抖搜的寶釧鳴。僝僽的雲髻鬆。阿摟的湘裙皺。

【感皇恩】呀。則見他刀下難收。早諕的汗雨交流。蕩了香魂。消了素魄。瞪了星眸。他用着春纖玉手。忙抹這粉頸油頭。〔旦兒云〕這的是那裏。〔正末唱〕這的茶房裏。桌兒前。〔旦兒云〕這早晚多早晚也。〔正末唱〕柳翠也這早晚是午時候。

【採茶歌】這的是劍光浮。那裏也鬼神愁。〔帶云〕柳翠。你覷波。〔唱〕兀的不一輪明月在柳梢頭。枝葉相連百十口。則你那翠眉終日端的爲誰愁。

〔旦兒云〕恰纔分明的殺壞了我。却又不曾死。我待道死來却又生。待道生來却又死。生死原來是幻情。幻情滅盡生死止。〔正末云〕假若生死止在何處。速道速道。〔旦兒云〕師父。我答不的這一轉語。〔正末云〕雲來雲去。虛空本浄。花開花謝。田地常存。〔旦兒做拜科云〕弟子早省悟了。這回和月常相守也。〔正末唱〕

【黄鍾尾】你道是這回和月常相守。〔帶云〕我爲你走了兩番也。〔唱〕纔賺的春風可便樹點頭。聚鶯朋。會燕友。蜂衙喧。蝶夢幽。囀黄鸝。鳴錦鳩。噪昏鴉。覆野鷗。裊金絲。春水溝。拂紅裙。夜月樓。酒旗前。望竿後。風又狂。雨又驟。霜正嚴。雪正厚。霜來欺。月來救。我救的這月裏桫欏永長壽。〔旦兒云〕師父。你如今帶我那裏去。

〔正末唱〕我着你訪靈山會首。〔旦兒云〕待我辭別那一班兒姊妹弟兄。就跟的去。〔正末唱〕也不索別章臺的這故友。〔旦兒云〕師父。爲甚麼不着我別去。〔正末云〕你道我爲甚麼不着你別去。〔唱〕我則怕你又折入情郎畫眉手。〔同下〕

〔音釋〕更平聲　唻離靴切　過平聲　纏去聲　賸音盛　煬音陽　行音杭　渲疎選切　僝鋤山切
　　㦖音驟　瞪音呈　幻音患　賺音湛

第三折

〔卜兒上云〕自從做了好事。俺柳翠孩兒跟的那個和尚出家去了。説今日來家。只索安排下些齋食等他。這早晚敢待來也。〔牛員外上云〕自從大姐家中做罷好事之後。誰想大姐跟着那個和尚出家去了。一向不見。我如今到他家去看柳媽媽走一遭。〔做見科云〕妳妳。你大姐出家去了。一向不見。若回來時。我要和大姐説一句話。〔卜兒云〕員外。你放心。等孩兒來家。着他和你説話。〔牛員外云〕妳妳。我只在這裏等。大姐敢待來也。〔正末同旦兒上云〕柳翠落了髮者。〔旦兒云〕師父。我心清净。何須落髮。〔正末云〕纖毫情不盡。便隔幾重天。你落了髮。纔叫做有無並遣。空色俱忘。方爲正道。〔唱〕

【中呂粉蝶兒】投至我度脱的你心回。我着你做師姑大剛來有一箇主意。常言道柳絮不沾泥。〔帶云〕柳翠。你跟將我來呵。〔唱〕不强如萬人攀。千人折。我則怕損動了你這春風和氣。蓋因是暮景相催。催的你這瘦伶仃可便翠腰無力。

【醉春風】早是這日月似飛梭。光陰如逝水。你看那席前花影坐間移。想人生能有幾。參透禪關。了達身命。出離塵世。

〔旦兒云〕師父。這是柳翠家門首。請喫齋去。〔正末云〕柳翠。來到你家門首。你休凡心動也。你凡心動。我便知道。〔旦兒云〕我柳翠並不敢凡心動。妳妳。師父來了也。安排齋食供養。〔卜兒云〕師父家裏來。安排齋食與師父喫。〔旦兒云〕妳妳。齋食也早哩。將過圍碁來。與師父手較數着。〔卜兒云〕下次小的每。將過碁盤碁子來者。〔正末云〕柳翠。這個喚做甚麽。〔旦兒云〕師父。這個喚做碁子。〔正末云〕柳翠。我和你下碁。則要你省的我這一着。這黑白二子。單比並着你娘兒兩個哩。〔旦兒云〕師父。這碁子怎生比並着俺娘兒兩個。你説與我聽。〔正末云〕我有一偈。〔偈云〕未去争交意。先忘黑白心。一條無敵路。徹了無人尋。〔唱〕

【乾荷葉】你娘呵是箇做活的。恨不的待斜飛。你娘呵則是倚仗着你箇弟子猱兒勢。粘着處休熱相偎。逼綽了便是伶俐。我雙關二意説禪機。〔卜兒云〕這和尚不知他説甚麽哩。〔正末唱〕老婆婆不解的我這其中意。

〔云〕擡了者。擡了者。〔旦兒云〕母親。將過那雙陸來。我和師父打幾貼兒咱。〔卜旦云〕下次小的每。將過雙陸來者。〔做擺雙陸科〕〔正末云〕柳翠。這個喚做甚麽。〔旦兒云〕這個喚做雙陸。〔正末云〕這兩塊骨頭。喚做甚麽。〔旦兒云〕師父。這個不喚做骨頭。這個喚做色數兒。〔正末云〕我試看咱。一對着六。〔旦兒云〕師父。不喚做一。喚做么。〔正末云〕哦。一不喚做一喚做么。我記着。我記着。二對着五。二雙屬陰。五單屬陽。上下是陰陽相對着。三對四。四雙屬陰。三單屬陽。上下也是陰陽相對着。柳翠也。原來這兩塊骨頭上有陰陽之數。豈不是比並着你娘兒兩個。〔旦兒云〕師父。這骨頭兒怎生比並着俺娘兒兩個。〔正末云〕你聽。我也有一偈。〔偈云〕一把枯骸骨。東君掌上擎。自從有點污。抛擲到今生。〔唱〕

【上小樓】柳翠也自從你點污了素體。人將你多曾鑽刺。郎君每他今後無錢向你的手内。但没權術。喫會抛擲。你若到三四五。三六裏。那其間早則粧么不得。柳翠也好色的這把骨頭兒你便休恁般寒碎。

〔云〕擡了者。擡了者。〔旦兒云〕母親。將過氣毬來。我和師父踢一抛兒咱。〔卜兒云〕下次小的每。將過氣毬來者。〔做取氣毬科〕〔正末云〕柳翠。這個喚做甚麽。〔旦兒云〕師父。這個喚做難當的。〔正末云〕怎生喚做難當的。〔旦兒云〕師父。這裏面有個表。這個爲三添氣。郎君子弟要難當作耍呵。吹一口氣。添上些水潤這表。傾了那水。再吹一口氣。拴了這葱管兒。便難當作耍。去了抛索兒。褪了那口氣。便難當作耍不的了也。〔正末云〕假若有這口氣呵。〔旦兒云〕便難當的。〔正末云〕若無這口氣呵。〔旦兒云〕便難當不的。〔正末云〕若是無了這一口氣呵。原來便難當不的。柳翠也。你便是比並着這氣毬。〔旦兒云〕師父。這氣毬怎生比並着柳翠。〔正末云〕你聽。我也有一偈。〔偈云〕地水與火風。包含無爲公。一朝公去後。四大各西東。〔唱〕

【幺篇】郎君每心閒時將你踋上踢。興闌也絡在綱裏。端的個不見實心。但聽拋聲。盡是虛脾。有一日。臭皮囊。褪了口元陽真氣。柳翠也早閃下你這褪胞兒便死心塌地。

〔旦兒云〕我跟師父出家去。先將我那當官身衣服燒毀了罷。〔卜兒云〕下次小的每。將過柳翠當官身的衣服來者。〔旦兒偈云〕五漏作形骸。半生全不悟。脱却驢馬身。正果天堂路。今日遇真僧。燒衣便歸去。弟子燒衣。師當下火。〔正末云〕是。弟子燒衣。師當下火。燒了柳翠的衣服也。〔偈云〕避雨遮雲更護風。瞞人全借你包籠。今日個脱身伴月還歸去。似影相隨總是空。咦。樹頭尋不見。身外更無蹤。咄。柳翠。燒了衣服者。拜拜拜。〔旦兒做拜科〕〔正末唱〕

【滿庭芳】你早則輪迴也那繡衣。你和這衫兒永別。將背子道箇安置。你且暫閒波宮樣烏雲髻。毛角冠摩頂再休題。〔云〕柳翠。你燒了這冠衫背子。有個比喻。〔旦兒云〕師父有甚麼比喻。〔正末唱〕也則是土葬了你那送子弟麻花孝衣。火燒了你那戰郎君的這鎧甲頭盔。這一場正合着俺那參禪意。你今日箇脱身利己。柳翠也從今後早則去了你那蛣蜋皮。

〔卜兒云〕孩兒也。你在家中住一夜去。〔旦兒云〕師父。柳翠的母親要留柳翠家中住一夜。〔正末云〕柳翠也。你休凡心動。你若凡心動呵。我便知道。我去也。〔旦兒云〕師父。柳翠並不敢凡心動。〔正末虚下〕〔旦兒云〕妳妳。員外在那裏。〔卜兒云〕員外在這裏。員外。你出來。〔牛員外上云〕妳妳。大姐在那裏。〔卜兒云〕孩兒。員外來了也。〔牛員外云〕大姐。你爲甚麼出了家。〔旦兒云〕妳妳。你看着門。我和員外説一句話咱。〔正末上云〕柳翠也。開門來。〔旦兒慌科云〕師父來了也。我開開這門。師父家裏來。〔做不見科云〕那得那師父。元來是我的這耳熱。待我關上我這門。員外。則被你想殺我也。〔正末唱〕

【快活三】好也囉你是一箇麗春院柳盜跖。〔旦兒云〕我等着師父哩。〔正末云〕噤聲。〔唱〕你那裏肯道愛月夜眠遲。則這此情惟有月先知。險些兒不枉費了我那栽培力。

【鮑老兒】若不是淡月朦朧使的見識。〔云〕甚麽想殺我也牛員外。〔唱〕兀的不泄漏了春消息。月轉迴廊夢欲迷。可着我拔樹將根覓。柳翠也。只怕你春歸人老。花殘月缺。樹倒根摧。

〔旦兒云〕妳妳。我跟師父出家去也。〔卜兒云〕你去呵。我可怎了。〔正末云〕柳翠。上船上船。〔旦兒云〕師父。怎生有船無梢公。〔正末云〕柳翠也。要那梢公怎麽。我一意在這裏渡人來。〔唱〕

【十二月】這柳曾深籠着翡翠。這月曾冷浸着玻瓈。這月曾清光皎皎。這柳曾翠色依依。則一棹風前浪底。咫尺是蓬島瑶池。

〔旦兒云〕師父。你渡我往那裏去。〔正末唱〕

【堯民歌】柳也渡你到微茫烟水畫橋西。〔旦兒云〕師父休撇了柳翠。〔正末唱〕柳翠也我怎肯滿船空載月明歸。一波纔動萬波隨。半載河東半載河西。誰也麼知。三番家度柳翠。去來波我與你同赴龍華會。

〔云〕柳翠。到岸了也。可下船來。〔唱〕

【耍孩兒】畢罷了斜陽古道愁如織。飽覷着碧天邊蟾光似水。冰輪碾破玉塵飛。早則不倚禪床皺定雙眉。柳也你見了些朱門日日臨官道。你見了些流水年年遶釣磯。〔旦兒云〕師父。我跟你去了。俺妳妳不思想殺我也。〔正末唱〕則你那桃花臉休洗楊花淚。斷不了你那章臺上霜風淅淅。渭城邊煙雨霏霏。

〔云〕柳翠你來了呵。有幾般兒物類失所也。〔旦兒云〕師父。是那幾般物類。你說我聽咱。〔正末唱〕

【三煞】來了你呵黃鶯也懶更啼。金蟬也無處棲。來了你呵再不見那綠陰深處把青驄繫。來了你呵再不見那舞春風楚宮別院纖腰細。來了你呵再不見那綴曉露漢殿長門翠黛低。來了你呵再不見那影蹁躚比張緒多嬌媚。來了你呵再不見那助清涼陶令宅兩行斜映。增殺氣亞夫營萬縷低垂。

〔旦兒云〕師父。我柳翠將來的究竟。可是如何。〔正末唱〕

【二煞】再不要長亭驛使催。河橋贈別離。則被這月明照破風扶起。直着你九霄碧漢開青眼。煞强如千里紅塵鎖翠眉。度你的是蟾宫桂。你要大呵重登霸岸。要小呵索向隋堤。

〔旦兒云〕師父。柳翠這兩日怎生没精神的。〔正末唱〕

【煞尾】待榮華則被這風雨把你來摧。强打挣又被這霜雪把你欺。〔旦兒云〕師父。你將的我那裏去那。〔正末唱〕我引你到西天西我佛蓮池内。〔旦兒云〕師父。那我佛蓮池内。怎用的我着。〔正末唱〕依舊的插你在南海南觀音净瓶裏。〔同下〕

【音釋】重平聲　的音底　猱音撓　解音械　刺倉洗切　擲征移切　得當美切　踢音體　蛣音豈　蜋音郎　跖張恥切　力音利　識傷以切　息喪擠切　覓忙閉切　織張恥切　繫音記　躧音先　使去聲

第四折

〔長老領行者上云〕貧僧顯孝寺長老是也。誰想香積厨下喫酒肉的那個和尚。原來是個真僧。今日升堂説法。衆僧響動法器。請師父出來。〔正末上偈云〕十方同聚會。個個學無爲。此是選佛場。心空及第歸。大丈夫具決烈志氣。慷慨英靈。踏破化城。歸家穩坐。上不見有賢聖。下不見有凡愚。外不見有是非。内不見有自己。浄裸裸赤潑潑。一念不生。桶底則脱。豈不是心空也。且問大衆。到這裏還有人我是非麼。到這裏還有玄妙理性麼。直如紅爐上一點雪相似。豈不是選佛場也。雖然如是。又説階梯。再不説階梯一句。作怎麼道千聖會中無影跡。萬人叢裏奪高標。大衆恐有不能了達。心生疑惑者。請垂下問。我與他抽丁拔楔。〔行者叫云〕法座下有甚麼不能了達。釘嘴鐵舌。銅頭鐵額。火眼金睛。都來問禪。〔長老云〕上告我師和尚。貧僧特來問禪。〔正末云〕速道。〔長老云〕甚的明來明如日。甚的暗來暗似漆。甚的苦來苦似柏。甚的甜來甜似蜜。〔正末云〕你一句家問將來。〔長老云〕甚的明來明如日。〔正末云〕佛性本來明如日。〔長老云〕甚的暗來暗似漆。〔正末云〕衆生迷却暗如漆。〔長老云〕甚的苦來苦似柏。〔正末云〕噤聲。苦是阿鼻地獄門。〔長老云〕甚的甜來甜似蜜。〔正末云〕甜是般若波羅蜜。〔長老云〕且歸林下去。來日再參禪。〔下〕〔行者云〕上告我師和尚。行者特來問禪。〔正末云〕速道。〔行者云〕瓦片將來水上撇。有如步步踏青波。〔正末云〕有力之人登彼岸。無力之人落奈何。〔行者云〕爲甚和尚快喫酪。〔正末云〕饒你嘴尖舌頭快。依然跟我墨路來。〔行者云〕無眼和尚往南走。〔正末云〕合眼静坐到西方。〔行者云〕和尚從來好喫茶。終朝每日採茶芽。〔正末云〕採的茶芽識滋味。善能結子共開花。〔行者云〕後韻不來。且歸林下。〔下〕〔旦兒柳翠上云〕上告我師和尚。柳翠特來問禪。〔正末云〕速道。〔旦兒云〕師父。弟子借這扇子爲題。〔偈云〕柔柔軟軟一團嬌。曾伴行人宿幾宵。〔正末云〕柳翠。你道是柔柔軟軟一團嬌。曾伴行人宿幾宵。你那徹骨清凉誰不愛。若不是我呵。敢

着這人摇了那人摇。〔唱〕

【雙調新水令】趙州原不下禪床。空閒了散花方丈。法門老比丘。公案不尋常。撇下皮囊。有相是無相。

〔旦兒云〕長老。師父問我時。説我化瓦糧去了也。〔下〕〔長老云〕則要你疾去早來。〔正末唱〕

【駐馬聽】一世飄揚。不離紅塵大道傍。受了半生魔障。則你這楊花端的爲誰忙。纔成新恨柳絲長。唤回午夢是那禪鐘響。柳翠也來合掌。〔帶云〕若來遲了呵。〔唱〕脚跟上好打三千棒。

〔云〕柳翠那裏去了。〔長老云〕柳翠化瓦糧去了。〔正末云〕我等不的他。我下法座去也。等柳翠來時。擊響雲板。唱兩句道雨霖鈴。今宵酒醒何處。楊柳岸曉風殘月。那其間返照回光。同登大道。〔長老云〕理會的。〔正末唱〕

【殿前歡】他剗的爲春忙。這其間誰家池館甚家墻。聽一聲枯木巖前唱。那其間返照回光。任東風上下狂。無罣礙無遮障。我如今撒手先行上。莫等待曉風殘月。酒醒後知是何方。

〔正末做睡科〕〔旦兒上云〕自家柳翠。化瓦糧回來。長老。師父那裏去了。〔長老云〕師父下法座去了。着你回來。擊響雲板。唱兩句雨霖鈴。今宵酒醒何處。楊柳岸曉風殘月。那時節師父返照

回光。和你同登大道。〔旦兒唱云〕雨霖鈴。今宵酒醒何處。楊柳岸曉風殘月。〔正末做醒科唱〕

【掛玉鈎】我則聽的檀板輕敲遶畫梁。將我這慧眼忙開放。却原來一曲鶯聲囀緑楊。越引的魂飄蕩。這的是弟子歌。又不是猱兒唱。饒他便鐵石般堅心。也則索寸斷柔腸。

〔云〕柳翠。你的魔頭至也。疾。〔牛員外上云〕柳翠在法座下。我着兩句言語嘲撥他。看他説甚麽。〔偈云〕昔年曾到柳門傍。幾度歡娛幾斷腸。借問佳人情意允。還如織女嫁牛郎。〔旦兒云〕牛員外。你聽者。〔偈云〕曾向章臺舞細腰。行人幾度折柔條。自從落在禪僧手。一任東風再不摇。〔牛員外云〕呀。那婆娘堅意的要出家了。我自回去也。〔下〕〔正末云〕柳翠。你聽者。〔偈云〕暑往寒來春復秋。從知天地一虛舟。雖然墮落風塵裏。莫忘西方在那頭。花上露。水中漚。人生能得幾沉浮。去來影裏光陰速。生死鄉中得自由。〔唱〕

【雁兒落】你可便罷追陪百二行。年紀到三十上。何不去步瑶臺十二層。離苦海三千丈。

【得勝令】柳也這不是大樹大陰凉。我則怕甘做了老孤樁。柳也早逢着玉殿驂鸞客。再休想那章臺走馬郎。度你到西方。飽看取明月清風況。世脱下皮囊。一任教黄鶯紫燕忙。

〔旦兒云〕我柳翠且歸林下。明日再來問禪。〔下〕〔長老云〕上告我師和尚。柳翠在東廊下坐化了也。〔正末云〕老僧引着柳翠。駕起祥雲。見俺世尊去來。〔下〕〔行者做驚科云〕好是奇怪。難道這香積厨下風魔和尚。倒是個活佛不成。我如今不喫齋了。也學他喫酒喫肉。尋個柳翠來度他去。〔長老云〕誰想聖僧羅漢。度脱柳翠歸空去了。〔偈云〕真僧出世下人天。指引迷人度有緣。眼看一片祥雲裏。知是天花墮那邊。〔下〕〔觀音領善才上云〕我南海觀世音菩薩。着月明尊者度脱柳翠去。這早晚敢待來也。〔正末同旦兒上云〕菩薩。我月明尊者。度脱的柳翠來了也。〔觀音云〕柳翠。因爲你枝葉觸汙微塵。罰往人世。填還宿債。今日月明尊者引度你歸空了麽。〔旦兒云〕菩薩稽首。弟子省悟了也。〔正末云〕柳也。聽我佛的偈。〔偈云〕一切有爲法。如夢幻泡影。如露亦如電。應作如是觀。〔唱〕

【鴛鴦煞】撇下這人相我相衆生相。出離了生況死況別離況。駕一片祥雲。放五色毫光。唱道是佛在西天。月臨上方。纔得你一縷陰凉。和桂影長相向。伴着這寶蓋香幢。再不許春日遊人到來賞。

〔觀音云〕柳也。你聽者。〔偈云〕出人寰脱離災障。拜辭了風流情況。三十年墮落塵緣。忙追遣月明和尚。再休題舞依依嬝娜輕盈。翠巍巍嬌柔模樣。畢罷了愛慾貪嗔。同共到靈山會上。〔同下〕

【音釋】裸羅上聲　楔音屑　鼻音疲　離去聲　罣音掛　教平聲　看平聲　幢音床

題目　顯孝寺主誦金經
正名　月明和尚度柳翠

劉晨阮肇誤入桃源雜劇

王子一 撰

第一折

〔冲末扮太白星官引青衣童子上云〕吾乃上界太白金星是也。奉上帝敕命。遣臨下界。糾察人間善惡。有天台山桃源洞二仙子。係是紫霄玉女。只爲凡心偶動。降謫塵寰。又見天台縣劉晨阮肇。此二人素有仙風道骨。向因晋室衰頽。姦讒竊柄。甘分山林之下。脩真煉藥。以度春秋。今日必上天台山採藥。不免將白雲一道。迷其歸路。却化一樵夫。指引他到那桃源洞去。與二仙子相見。成其良緣。多少是好。但可惜劉阮二人塵緣未斷。終有思歸之心。那時節我再度他。未爲晚也。正是平空舒出拏雲手。指引山中採藥人。〔下〕〔正末扮劉晨外扮阮肇各帶砌末上云〕某姓劉名晨。這位兄弟姓阮名肇。俱係天台縣人氏。幼攻詩書。長同志趣。因見姦佞當朝。天下將亂。以此潛形林壑之間。無志功名之會。現在天台山下。蓋一所茅菴。與兄弟修行辦道。豈不聞聖人之言。天下有道則見。無道則隱。倒大來達時務也呵。〔唱〕

【仙吕點絳唇】嘯傲烟霞。寸心休把。名韁掛。暗裏年華。青鏡添白髮。

【混江龍】山間林下。伴藥爐經卷老生涯。眼不見車塵馬足。夢不到蟻陣蜂衙。閒來時静掃白雲尋瑞草。悶來時自鋤明月種梅花。不想去上書北闕。不想去待漏東華。

似這等鷃鵬掩翅。都只爲狼虎磨牙。怕的是斬身鋼劍。愁的是碎腦金瓜。怎學他屈原湘水。怎學他賈誼長沙。情願做歸湖范蠡。情願做㕵酒欒巴。攜閒客登山採藥。喚村童汲水烹茶。驚戰討。駭征伐。逃塵冗。避紛華。棄富貴。就貧乏。學聖賢洗滌了是非心。共漁樵講論會興亡話。羨殺那知禍福塞翁失馬。堪笑他問公私晉惠聞蛙。

〔阮肇云〕兄長。時當春暮。我和你上天台山去採種藥苗。似這景物。真堪玩賞也。〔正末唱〕

【油葫蘆】一上天台石徑滑。踐翠霞則見這竹籬茅舍兩三家。聽得那夕陽杜宇啼聲煞。這時節春風桃李花開罷。我雖不伴長沮事耦耕。學嚴陵理釣槎。常則是杖頭三百青錢掛。抵多少坐三日縣官衙。

【天下樂】也算個閒趁東風數落花。榮華。誰戀他。敢則是瓦盆邊幾場沉醉殺。快清風。袍袖寬。倦紅塵路徑狹。便休題相逢不下馬。

〔云〕登高履險。不覺困倦。就此松陰之下。拂石而坐。少憩片時。〔做坐科阮肇云〕我和你在山林下修行。不過窮居野處。升高望遠。想那朝中爲官的。利澤施于天下。聲名流于後世。其間孰得孰失。兄長所見若何。〔正末云〕兄弟。那爲官的到底不如我閒居的好。〔唱〕

【那吒令】朝廷内怨煞。薦賢的叔牙。林泉下傲煞。操琴的伯牙。磻溪上老煞。釣魚的子牙。人情似啖馬肝。世味如嚼蜂蠟。嘆紛紛塵事搏沙。

【鵲踏枝】遠奢華。近清佳。火煉丹砂。水煮黄芽。牢拴住心猿意馬。急疎開利鎖名枷。

〔阮肇云〕這幾年天下荒荒。干戈並起。不能勾風塵寧静。若有英雄生於此時。覷事業如拾芥耳。

〔正末云〕賢者避世。其次避地。其次避色。其次避言。兄弟。還只是我們的見識高得多哩。〔唱〕

【寄生草】我情願棄軒冕離人世。傍泉石度歲華。一任他英雄並起圖王霸。烟塵並起興戈甲。異端並起傷風化。我和你韜光晦迹老山中。煞强如齊家治國平天下。

〔太白扮老人上云〕那劉阮二人來了。吾先使白雲一道。迷其歸路。化作樵夫。立於路傍。他二人必來問路。却指引他到桃源洞去借宿。豈不與二仙子相遇。〔正末同阮做起行科云〕兄弟。天色漸晚。藥苗已採。便可下山回家去罷。〔唱〕

【幺篇】去去山無盡。行行路轉差。則爲那白雲漸漸迷高下。不由咱寸心悄悄躭驚怕。見一個村翁遠遠來迎迓。我這裏爲迷山路問樵夫。抵多少因過竹院逢僧話。

〔做見科太白云〕賢者何由經此。〔正末云〕俺兄弟二人上山採藥。信步遊玩至此。〔唱〕

【醉中天】信脚山之下。洗耳水之涯。正失路迷蹤没亂煞。〔帶云〕得遇老人呵。〔唱〕抵多少買得龜兒卦。〔太白云〕二位可通個姓名。現居何處。〔正末唱〕我兩個本東莊措大。〔太白云〕我看你二位生得齊整。像個出仕的人。〔正末唱〕休認做名題科甲。〔太白云〕二位可還有甚陪伴的麽。〔正末云〕若問我陪伴的呵。〔唱〕無非是麋鹿魚蝦。

〔云〕小生姓劉名晨。兄弟姓阮名肇。現在天台山下閒居修行。〔太白云〕二位既是修行。每日在山中。有甚生涯過遣。〔正末唱〕

【金盞兒】你問我甚根芽。甚生涯。我那裏看家猿鶴年高大。當門松檜樹槎枒。常則是道書堆玉案。仙帔疊青霞。端的個山中閒宰相。林下野人家。

〔太白云〕我看二位都是讀書君子。方今聖朝以賢良方正取士。二位不去求名應舉。却是隱遁山林。爲着何來。〔正末云〕小生與兄弟慕山林幽雅。遂有終焉之意。那爲官的。我怎麽學他。〔唱〕

【後庭花】並不想有軒車有駟馬。我則願無根椽無片瓦。出來的一品職千鍾禄。那裏有六韜書三略法。他都是井中蛙妄稱尊大。比周公不握髮。比陳蕃不下榻。空結實花木瓜。費琢磨水晶塔。斗筲器不足誇。糞土墻容易塌。兒童見驚訝殺。

【青歌兒】空一帶江山江山如畫。止不過飯囊飯囊衣架。塞滿長安亂似麻。每日價大纛高牙。冠蓋頭踏。人物不撑達。服色儘奢華。心行更姦猾。舉止少謙洽。紛紛擾擾由他。多多少少欺咱。言言語語參雜。是是非非交加。因此上不事王侯。不求聞達。隱姓埋名做庄家。學耕稼。

〔太白云〕二位。此處到山下。還有數里之遥。天色已晚。若歸去恐爲狼虎所傷。兀的看山那搭。紅輪直下。有個桃源洞人家。可投宿一宵去。〔正末舉手做謝科云〕多謝指引。〔唱〕

【賺煞】投至的山上採芝回。早難道江上踏青罷。眼見得路迢遥芒鞋邋遢。抵多少古道西風鞭瘦馬。嘆明朝回首天涯。謾嗟呀。那裏也出入通達。不覺的枯木寒烟噪晚鴉。望青山那搭。紅輪直下。兀的是白雲深處有人家。〔同阮下〕

〔太白云〕吾指引他二人往桃源洞去了也。别遣青衣小童。報知二仙子。與他成此夙緣。〔詩云〕尋真不覺路迢遥。蚤見斜陽轉樹梢。咫尺洞天風景異。碧桃花下鳳鸞交。〔下〕

〔音釋〕糾音九　肇音兆　分去聲　長音掌　髮方雅切　噀音濬　伐扶加切　乏扶加切　滑呼佳切　煞雙鮓切　殺雙鮓切　狹奚佳切　憩音氣　蠟那架切　甲江雅切　槎音茶　枒音牙　帔音配　法方雅切　榻湯打切　塔湯打切　塌湯打切　踏當加切　達當加切　猾呼佳切　洽奚佳切　咱兹沙切　雜音咱　遢湯打切　搭音打

第二折

〔二旦扮仙子引侍女上云〕子童二人。乃上界紫霄玉女。偶因有罪。降謫人間。現居天台山桃源洞中。今經日久。有太白星官命青衣童子來報。説目下有天台縣劉晨阮肇二人。與子童有五百年仙契。今來採藥。必當相會。不免分付侍女們。安排酒果。親自出洞迎接去咱。〔正末同阮肇上云〕

不想入山採藥。盤桓日夕。竟被白雲迷其歸路。遇一樵夫指引。去桃源洞人家寄宿一宵。行來數里。尚未得到。兄弟。似此路徑。登高涉險。索受艱苦也呵。〔唱〕

【正宮端正好】風力緊羽衣輕。露華濕烏巾重。我本爲厭紅塵跳出樊籠。只待要撥開雲霧登丘隴。身世外無擒縱。

【滾繡毬】香滲滲落松花把山路迷。密匝匝長苔痕將野徑封。靜巉巉鎖烟霞古厓深洞。高聳聳接星河峭壁巑峰。鬧炒炒棲鴉噪暮天。悲切切玄猿嘯晚風。絮叨叨鷓鴣啼轉行不動。磣磕磕踞虎豹跨上虬龍。白茫茫偏觀山下雲深處。黄滾滾咫尺人間路不通。眼睁睁難辨西東。

【倘秀才】我待學煉九轉丹砂葛洪。上萬丈崐崙赤松。因此上思入風雲變態中。〔云〕兄弟。你看一溪流水。幾片落花。這山中必有人家也。〔唱〕則見一溪流水緑。幾片落花紅。兀的把春光斷送。

〔云〕兄弟。這般景物。暢是宜人。我且題詠幾句咱。〔阮云〕兄長正好題詠幾句。小弟拱聽。〔正末唱〕

【滾繡毬】水呵莫不黄河天上來。花呵莫不碧桃天上種。水呵索强如翠岩前三千丈玉泉飛迸。花呵乾閃下鬧西園一隊隊課蜜遊蜂。水呵則是瀰漫三月雨。花呵可惜狼籍一夜風。水呵近滄波濯塵纓一溪光瑩。花呵性輕薄亂飄零枉費春工。水呵抵多少長江後浪催前浪。花呵早則一片西飛一片東。歲月匆匆。

【倘秀才】我這裏長嘯時草木振動。悵望處風濤怒湧。不覺的悄然而悲悚然恐。〔阮肇云〕喒兩個則傍這一道流水尋去。料的前面必有個漁家可以投宿。〔正末唱〕盼不的漁家春水渡。〔阮肇云〕這山中敢有個寺兒麼。〔正末唱〕聞不見僧寺夕陽鐘。〔帶云〕兄弟呵。〔唱〕咱兩個莫不被樵夫調哄。

【滚繡毬】我這裏度危橋拄瘦筇。俯清流靠古松。〔云〕兄弟。你看水上流出一杯飯來了。〔唱〕見一盃胡麻飯緑波浮動。〔做取分食科〕〔唱〕想行厨只隔雲峯。進程途一二里。見樓臺三四重。勢嵯峨走鸞飛鳳。晃分明金碧玲瓏。〔内做奏樂科正末云〕這是什麼響。〔唱〕又不是數聲仙犬鳴天上。又不是幾處樵歌起谷中。〔帶云〕待我聽咱。〔做聽科〕〔唱〕只聽的環珮丁冬。

〔二仙子引侍女將砌末上云〕劉晨阮肇二人已到了。不免引着侍女。將酒禮樂器出去迎接者。〔正末做見科〕〔詩云〕天和樹色藹蒼蒼。霞重嵐深路渺茫。雲竇滿山無鳥雀。水聲沿澗有笙簧。碧紗洞裏乾坤別。紅杏枝頭日月長。願得花間有人出。免教仙犬吠劉郎。兄弟。你看霞光鳳馭。羽蓋霓旌。笙歌繚繞。珠翠妖嬈。這都是那裏來的。〔阮肇云〕是好蹺怪好蹺怪。〔正末唱〕

【呆骨朵】你便鐵石人也惹起凡心動。莫不是駕青鸞天上飛瓊。似這般花月神仙。晃動了文章鉅公。〔做相見科旦云〕劉郎阮郎。請同到舍下。〔正末云〕他女娘家怎知我們的名姓。便以劉郎阮郎呼之。兄弟。我和你莫非是夢中麽。〔唱〕没揣的撞到風流陣。引入花衚衕。擺列着金釵十二行。敢則夢上他巫山十二峯。

〔做行到科〕〔正末云〕到這境界。分外幽絶。令人翩翩然有出塵之想。不知生等何緣。得至於此。〔唱〕

【脱布衫】光閃閃貝闕珠宫。齊臻臻碧瓦朱甍。寬綽綽羅幃繡櫳。鬱巍巍畫梁雕棟。

【醉太平】注金波碧筒。燒銀燭紗籠。笙歌引至畫堂中。紅遮翠擁。人心此會應相重。人情今夜初相共。人生何處不相逢。早忘却更長漏永。

〔二旦做意把盞科云〕草草杯盤。不足以待賢者。惶恐惶恐。〔正末謝云〕生等不才。多承錯愛。何以克當。〔唱〕

【倘秀才】則見他喜孜孜幽歡密寵。便一似悄促促私期暗通。怎消得翠袖殷勤捧玉鍾。屏開金孔雀。褥隱繡芙蓉。兀的般受用。

〔小旦扮金童玉女上云〕咱兩個奉王母仙旨。將這仙桃來獻桃源洞二仙子。兼賀得壻之喜。〔正末云〕兄弟。這話那裏説起。〔阮肇云〕兄長豈不聞酒中得道。花裏遇仙。也是常事。〔正末唱〕

【滚繡毬】真乃是羅綺叢。錦繡中。出紅妝主人情重。玳筵開炮鳳烹龍。受用些細腰舞皓齒歌。琉璃鍾琥珀醲。抵多少文字飲一觴一詠。列兩下進仙桃玉女金童。不覺的舞低楊柳樓心月。歌盡桃花扇底風。筵宴將終。

【叨叨令】記不的軒轅一枕華胥夢。學不的淳于一枕南柯夢。盼不的文王一枕非熊夢。成不的莊周一枕蝴蝶夢。倒大來福分也麽哥。倒大來福分也麽哥。恰做了襄王一枕高唐夢。

【三煞】帽簷偏側簪花重。衫袖淋漓污酒濃。品竹調絲。移商換羽。搓粉摶酥。走斝飛觥。一個個濃粧艷裹。一對對妙舞清歌。一聲聲慢撥輕攏。贏得我忘懷昆仲。拚却醉顔紅。

【二煞】一杯未盡笙歌送。兩意初諧語話同。效文君私遶相如。比巫娥願從宋玉。似鶯鶯暗約張生。學孟光自許梁鴻。他年不騎鶴。何日可登鰲。今夜恰乘龍。説甚的隻鸞單鳳。天與配雌雄。

【隨煞尾】色籠菊光瀲灩山環水繞天台洞。勢周旋形曲折虎踞龍盤仙子宫。本意閒尋採藥翁。誰想桃源一徑通。謾嘆人生似轉蓬。猶恐相逢是夢中。月滿蘭房夜未扃。人在珠簾第幾重。結煞同心心已同。綰就合歡歡正濃。焚盡金爐寶篆空。燒罷銀臺

燭影紅。身在天台花樹叢。夢入陽臺雲雨蹤。准備着鳳枕鴛衾玉人共。成就了年少風流志誠種。〔同下〕

〔音釋〕滲森去聲　纔初銜切　巑音攢　磣森上聲　磕音可　虬音求　思去聲　斷端去聲　種上聲　迸逋夢切　瀰音迷　籍精妻切　瑩音用　筇音窮　嵯音磋　峨音娥　嵐音藍　瓊音窮　衚音胡　衕音同　行音杭　蒙音蒙　醲音濃　詠音用　柯音哥　蝶音爹　汙烏去聲　調平聲　揞音闇　斝音賈　觥音公　扃居翁切　重平聲　叢音從

楔子

〔小旦上云〕小妾是桃源洞仙子侍從的。爲劉晨阮肇二人。與俺仙子有五百年夙世姻緣。自去春與仙子成了姻眷。到今剛及一載。柰二人塵緣未斷。又早思歸。今日令我等先將酒果到十里長亭伺候。待仙子與劉阮相別。〔正末同阮肇二旦乘車上云〕咱兄弟二人自去春到桃源洞中。多感二位小娘子錯愛。倏忽一載。且莫說他溫香軟玉。恩意綢繆。只是繡閣蘭房。儘也受用不盡。怎柰心中只想回歸鄉里。目今又值暮春時候。聞得百禽鳴野。使我思歸之意。一倍加切。不免暫時告別回家。小娘子休得見怪。〔二旦做打悲科云〕我二人自謂終身已得所託。剛纔一載。乃遂別乎。常言道心去意難留。賤妾便當相送。親至十里長亭。一杯餞別。〔做把酒科〕〔正末回酒科旦云〕賤妾聊賦一詩相贈。〔詩云〕殷勤相送出天台。仙境那能却再來。雲液既歸須强飲。玉書無事莫頻開。

花當洞口應長在。水到人間定不回。惆悵溪頭從此別。碧山明月照蒼苔。〔正末云〕多謝小娘子厚意。這般眷戀。但此別非久。不過旬日之間。便當再會也。〔唱〕

【仙吕賞花時】我做甚三疊陽關愁不聽。也只爲一段傷心畫怎成。則不是人感慨别離輕。聽兀那流鶯樹頂。先啼出斷腸聲。

【幺篇】抵多少緑暗紅稀出鳳城。拚得個倒盡沙頭雙玉缾。直到這十里短長亭。避不的登山驀嶺。便子索回首問前程。〔正末同阮下〕

〔旦云〕他二人去了也。我等本待和他琴瑟相諧。松蘿共倚。争柰塵緣未斷。驀地思歸。雖然係是夙因。却也不無傷感。倘若天與之幸。再與他相見。亦未可知。〔詩云〕人間無路水茫茫。玉洞桃花空自香。只恐韶光易零落。何時重得會劉郎。〔並下〕

【音釋】從去聲　倏音叔　强欺養切　應平聲　聽平聲　驀音陌

第三折

〔净扮劉德引沙三王留等將砌末上云〕某姓劉名德。現在天台縣十里莊居住。時當春社。輪着我做牛王社會首。今日請得當村父老沙三王留等。都在我家賽社。豬羊已都宰下。與衆人燒一陌平安紙。就於瓜棚下散福。受胙飲酒。牛表伴哥。你把柴門緊緊的閉上。倘有撞席的人。休放他進來。〔衆做打鼓燒紙飲酒科〕〔正末同阮肇上云〕自到桃源洞中。與那兩個小娘了結成姻眷。不覺

過了一載。爲聞百鳥鳴春。頓起思歸之念。再尋舊路回家。兄弟。你也看見。這眼前景物都更變不同了。好傷感人也呵。〔唱〕

【中吕粉蝶兒】兔走烏飛。搬不盡古今興廢。急回來物換星移。成就了鳳鸞交。鶯燕侶。五百年夙緣仙契。不多時執手臨岐。倒攬下乾相思一場憔悴。

【醉春風】則被這紅灼灼洞中花。碧澄澄溪上水。賺將劉阮入桃源。暢好是美。美。受用他一段繁華。端詳了一班人物。别是個一重天地。

〔做行路科阮肇云〕兄長。這一路上全不似舊時光景。却是何故。〔正末唱〕

【迎仙客】下坡如投地穽。驀嶺似上天梯。這的是蝴蝶夢中家萬里。不甫能雨纔收。没揣的風又起。似這般風雨凄凄。早難道遲日江山麗。

【紅繡鞋】見了這三五搭人家稀密。過了這百千重山路逶迤。那裏也新郎歸去馬如飛。愁的是林深禽語碎。怕的是路遠客行遲。呀。却原來鷓鴣啼烟樹裏。

〔云〕早來到這裏。望見那古寺。過了一座小橋。便是家中了也。〔唱〕

【醉高歌】望見那蕭蕭古寺投西。行過這泛泛危橋轉北。早來到三家疃上熟遊地。這搭兒分明記得。

〔正末做意驚見科云〕好怪。這兩株松樹我去時親手栽下與兄弟上天台山採藥。到今只有一年光

景。這兩株樹怎麽就長得偌來大。不由我心中好生疑惑。〔阮肇云〕我也記得。這等大的快。敢則是地肥哩。〔正末唱〕

【普天樂】曾得個幾星霜。多年歲。爲甚麽松杉作洞。花木成蹊。往時節將嫩苗跑土栽。今日呵見老樹衝天立。見了這景物翻騰非前日。不由人幾般兒心下猜疑。修補了頹垣敗壁。整頓了明窗浄几。改换了茅舍疎籬。〔做打家唤門科〕開門咱。我來家了也。〔浄云〕果有撞席人來。休開門。〔正末唱〕

【石榴花】則見這野風吹起紙錢灰。鼕鼕的撾鼓響如雷。原來是當村父老衆相知。賽牛王社日。擺列着尊罍。〔做叫云〕劉弘。開門來。開門來。〔唱〕到的這柴門前便唤咱兒名諱。他那裏默無聲弄盞傳杯。一個個緊低頭不睬佯粧醉。方信道人面逐高低。

【鬬鵪鶉】我今日衣錦還鄉。兒呵你也合開門倒屣。〔云〕劉弘。快開門來。〔浄云〕你則是個撞席的饞嘴。怎麽敢叫劉弘。要討我打你。〔正末唱〕我這裏道姓呼名。他那裏嗑牙料嘴。則道是餔啜之人來撞席。饕餮他酒共食。似恁般妄作胡爲。敢欺侮咱浮蹤浪跡。〔浄云〕今日當村衆父老在我家賽牛王社。燒一陌紙。祈保各家平安。那裏走將這兩個不知羞恥的人來。要我酒肉喫。倒魘鎮俺衆人一年不吉利。〔正末唱〕

【上小樓】則見他一時半刻。使盡了千方百計。喫緊的理不服人。言不諳典。話不投機。看不的喬所爲。歹見識。刁天决地。早難道氣昂昂後生可畏。〔浄云〕這等撞席的人。倒敢胡言亂語的。牛表沙三。急忙打出去者。〔衆做打科〕〔正末唱〕

【幺篇】真乃是重色不重賢。度人不度己。使的這牛表沙三伴哥王留。唱叫揚疾。走將來手便箠。脚便踢。將咱忤逆。這的是孩兒每孝當竭力。

〔云〕我是劉晨。同兄弟阮肇去春上天台山採藥。今年歸家。你是何人。倒來打我。〔浄云〕你這兩個面生可疑之人。我那裏認的。你快去快去。〔正末唱〕

【滿庭芳】你道我面生可疑。便待要揚威耀武。也合問姓甚名誰。那些個吐虹霓三千丈英雄氣。全不管長幼尊卑。〔浄云〕我父親劉弘在日。嘗説老爺劉晨。上天台山採藥不歸。到今百餘年。知他是狼餐豹食。你還提他則甚。〔正末唱〕你道我上天台狼餐豹食。誰想我入桃源雨約雲期。休得要誇强會。瞞神諕鬼。大古裏人善得人欺。

〔浄云〕這兩個漢子是風魔。是九伯。我記的父親在日。對我説。老爺劉晨上天台採藥。那一年親手栽下門前這兩株松樹。到今百餘年。兀那松樹長的偌大。我父親劉弘也故許多年了。你道是上春採藥去的。你則看這樹。難道一年便長得這般大小。〔正末做省悟科云〕則這句話可將我提省了也。我適纔到得門首。見這兩株樹。便覺有些疑惑。這等看來。當真去百餘年了。孩兒。此非汝的罪過也。則是我的愚濁。方知道山中方七日。世上已千年。信有之也。〔唱〕

【十二月】嘆急急年光似水。看紛紛世事如棋。回首時今來古往。傷心處物是人非。

若不遊嫦娥月窟。必定到王母瑤池。

【堯民歌】呀。生折散碧桃花下鳳鸞棲。端的個人生最苦是別離。倒做了伯勞飛燕各東西。早難道有情何怕隔年期。傷也波悲。登高怨落暉。添幾點青衫淚。

〔正末做打悲科云〕你父親劉弘已死。你又是他孩兒。却是我一家骨肉。我當年同兄弟阮肇上天台山採藥。只爲日暮迷其歸路。遇一樵者。指引到桃源洞去投宿。行至數里。忽見金釘朱户。似王者之居。有笙歌一部。簇擁二女子。迎接我二人到家筵宴。成其夫婦。剛及一載。爲聞百鳥鳴春。思歸故里。早已物换星移。過了一百多歲。信知彼處乃是神仙之境。〔阮肇云〕兄長。這等看來。我和你便不歸家也罷了。〔正末唱〕

【耍孩兒】方信道洞天深處非人世。包藏着雲蹤雨跡。〔帶云〕我想臨行之時。〔唱〕怎將斷腸詩句贈别離。分明是漏泄與肉眼愚眉。他道花當洞口應長在。水到人間定不回。參透了其中意。本是個神仙境界。錯認做裙帶衣食。

〔净云〕聽了你這一篇話。你敢真是俺老爺。做了神仙回家來的。老爺。則你一向在那裏受用。〔正末唱〕

【五煞】我受用淡氤氲香噴鵲尾爐。光瀲灧酒傾蕉葉杯。脚趔趄佳人錦瑟傍邊立。醉疎狂閒吟夜月詩千首。眼迷希細看春風玉一圍。到今日歸何地。想殺我龍肝鳳髓。

害殺我蓁首蛾眉。

【四煞】也曾交頸睡並手行。也曾重裀坐列鼎食。不枉了百年三萬六千日。依舊索背將寶劍匣中去。再也不倒着接籬花下迷。成就了風流壻。匹配上鸞交鳳友。差排下蝶使蜂媒。

【三煞】他那裏一壺天地寬。兩輪日月遲。不比這彩雲易散琉璃脆。但不知別來仙子今何在。從今後逢着仙翁莫看棋。回首更人世。我只怕泰山石爛。滄海塵飛。

【二煞】現如今桃源好結縭。問甚麼瓜田不納履。我和他武陵溪畔曾相識。寂寞了十二闌瑤臺仙子吹簫伴。迢遞了五百里芳草王孫去路迷。闌珊了三千年王母蟠桃會。生疎了日邊飛翠鸞丹鳳。冷落了雲外鳴玉犬金鷄。

【尾煞】折末你遶關山千百重。進程途一萬里。我則怕春光去了難尋覓。〔云〕兄弟。咱和你去來。〔唱〕趁着這幾瓣桃花半溪水。〔同阮肇下〕

〔净云〕不想我老爺劉晨。果然遇仙回來。已經隔世。方悟彼處非凡。急急的與阮肇復入山中去了。雖然如此。我又不認的他。知道是真是假。也不必去追尋他了。只是我這牛王社父老每不曾勸的酒。如何是好。〔衆云〕今日天氣又好。酒席又盛。雖則被那兩個撞席的攪擾了這一會。然也喫得醉的醉了。飽的飽了。我們都散罷。待明年容在下還席。〔並下〕〔净云〕父老每都散了也。

這兩個畢竟是什麽人。非是俺喃喃蔫蔫。争柰他面生不熟。也不知這劉晨果然是俺爺爺也。又不知那阮肇當真是俺叔叔。又没處辨他假真。任去來不須追逐。縱然在桃源洞煉藥燒丹。只不如俺牛王社醉酒飽肉。〔下〕

〔音釋〕胙租去聲　密忙背切　逶音威　迤音移　北邦美切　疃湯卯切　得當美切　蹊音奚　跑音袍　立音利　日人智切　壁音彼　屣音洗　餔音逋　啜樞説切　席星西切　饕音滔　饕音帖　食繩知切　跡將洗切　魘音掩　刻康美切　諳音菴　識傷以切　疾精妻切　箠吹上聲　踼音體　逆銀計切　力音利　當去聲　別邦爺切　氤音因　氳於君切　瀲離店切　灩音艷　趔郎夜切　趄青夜切　螓音秦　使去聲　縭音梨　覓忙閉切　瓣旁幔切　喃音南

第四折

〔太白引青衣童子上云〕當日劉晨阮肇二人上天台山採藥。吾以白雲一道。迷其歸路。化一樵者。指引入桃源洞中。與二仙子成就良緣。惜乎二人塵緣未斷。各動思鄉之念。比及回家。已經隔世。方悟仙凡有異。如今他再入山中。尋訪桃源。渺無蹤跡。不免顯示真像。指引他到洞。再與二仙子相會。也是我救度他出世超凡的好事。必須先遣青衣小童。去那洞中報知仙子。出來迎接他。道猶未了。那劉阮二人早到。〔正末同阮肇上云〕自家與阮家兄弟急到山中訪那桃源洞。往往來來。再不得其舊路。怎能勾與二仙子相見。豈非緣薄分淺。致有今日也呵。〔唱〕

【雙調新水令】滿襟情淚濕青袍。伴離人一竿殘照。行不上巖巒臨澗絶。盼不到宮闕倚天高。一弄兒行色蕭條。恰便似游仙夢撒然覺。

【駐馬聽】四顧寂寥。綠樹依依雲渺渺。一聲長嘯。青山隱隱水迢迢。看花長在洛陽橋。休官不止長安道。歸路杳。也是我尋真誤入蓬萊島。

【沉醉東風】成就了東牀壻伏低做小。宴會了西王母接貴攀高。引動這撩雲撥雨心。想起那閉月羞花貌。撇的似繞朱門燕子尋巢。没來由北往南來走一遭。眼見的離多會少。

〔做行科云〕兄弟。我和你走了這半日。但見高山流水。竟不知那桃源洞却在何處。〔阮肇云〕敢這桃源洞。也似竹林寺有影無形的。〔正末唱〕

【殿前歡】不覺的五魂消。則見這無媒徑路草蕭蕭。急煎煎似上蚰蜒道。一會價心痒難揉。這時節武陵溪怎暗約。桃花片空零落。胡麻飯絶音耗。做了個雲迷楚岫。水渰藍橋。

〔做嘆科云〕這等尋來尋去。杳無蹤跡。使我進退無門。如之奈何。兄弟。我和你共賦一詩。聊以自遣。〔阮肇云〕兄長請先倡。〔正末詩云〕再到天台訪玉真。青苔白石已成塵。笙歌寂寞閒深洞。雲蠻蕭條絶舊鄰。〔阮肇詩云〕草樹總非前度色。烟霞不是往年春。桃花流水依然在。不見當時勸

酒人。〔正末唱〕

【雁兒落】也是我一事差百事錯。空惹的千人駡萬人笑。本則合暮登天子堂。没來由夜宿祆神廟。

【得勝令】這的是人怨語聲高。我今日得命也無毛。吉丁當掂碎連環玉。生可擦分開比翼鳥。夢斷魂勞。身未到心先到。分淺緣薄。有上梢没下梢。

〔二末做投崖科〕〔太白現像急喝云〕劉晨阮肇。休胡尋思。吾乃上界太白金星。爲你二人與桃源仙子有夙世姻緣之分。你前日採藥迷路。吾曾化爲樵夫。指引入洞。今復來此。迷其舊路。聽吾指引。〔正末同阮拜科云〕愚民肉眼。不識大仙。只望垂憫。指示前路。〔唱〕

【沽美酒】怎肯學鵾鵬飛雜燕雀。芝蘭長混蓬蒿。可正是忙處人多閒處少。早着我迷蹤失道。無處訪舊時樵。

【太平令】但得你天公指教。抵多少晏平仲善與人交。你若肯扶傾濟弱。我可便回嗔作笑。一會價記着想着念着。〔帶云〕休道是人呵。〔唱〕馬也有垂韁之報。

〔太白云〕那前面桃花開處。兀的不是洞門。你兩個此一去。休得忘了大道。只待功行完日。同登天府。〔正末同阮謝科〕〔唱〕

【落梅風】過了這蒼苔徑。獨木橋。路崎嶇寂無人到。劉郎這回歸去了。亂山頭杜鵑休叫。

【甜水令】元來是路轉峯回。林深樹密。猿啼虎嘯。知他在何處教吹簫。〔二旦引侍從仙樂上科正末唱〕猛見這香霧空濛。祥雲縹緲。瑞烟籠罩。還怕咱没福堪消。

〔二旦云〕不意今日又得相會也。〔正末唱〕

【折桂令】依然見桃源洞玉軟香嬌。一隊隊美貌相迎。一個個笑臉擎着。今日也魚水和諧。燕鶯成對。琴瑟相調。玉爐中焚寶篆沈烟細裊。絳臺上照紅妝銀蠟高燒。人立妖嬈。樂奏簫韶。依舊有翠繞珠圍。再成就鳳友鸞交。

〔太白云〕衆仙近前。聽我囑付。〔詞云〕紫霄仙謫來人世。修真在桃源洞内。有劉阮共慕清虛。厭浮榮甘心韜晦。當暮春採藥入山。與二女夙稱仙契。被白雲迷失歸途。吾指引驀然相會。成就了兩姓姻緣。完結了百年伉儷。甫一歲二子思家。塵緣重凡心未退。急歸來物換星移。訪子孫已更百歲。見門前小樹參天。方省悟仙凡有異。再來時路徑全非。何處認舊遊之地。又是吾指引來歸。神仙眷依然匹配。三年后行滿功成。赴蓬萊同還仙位。

〔音釋〕寂精妻切　看平聲　揉與撓同　喑音蔭　約音杳　落音澇　錯音草　祆音軒　掂低廉切
雀音悄　弱饒去聲　着池燒切　崎音欺　伉音抗　儷音麗　行去聲

題目　太白金星降臨凡世

正名　紫霄玉女夙有塵緣
青衣童子報知仙境
劉晨阮肇誤入桃源

張孔目智勘魔合羅雜劇

孟漢卿撰

楔子

〔冲末扮李彦實引浄李文道上〕〔詩云〕月過十五光明少。人到中年萬事休。兒孫自有兒孫福。莫爲兒孫作馬牛。老漢姓李名彦實。在這河南府録事司醋務巷住坐。嫡親的五口兒家屬。這個是孩兒李文道。還有個姪兒李德昌。姪兒媳婦劉玉娘。姪兒根前有個小厮。叫做佛留。姪兒如今要往南昌做買賣去。説今日來辭我。怎生這早晚還不見來。〔正末扮李德昌同旦倈上云〕自家李德昌是也。這個是我渾家劉玉娘。這個是我孩兒佛留。我開着個絨線鋪。這對門是我叔父李彦實。有個兄弟唤做李文道。乃是醫士。我在這長街市上。算了一卦。道我有一百日災難。千里之外可躲。我今一來躲災。二來往南昌做些買賣。大嫂。喒三口兒辭叔父去來。〔旦云〕喒去來波。〔正末做見李彦實科云〕叔父。你孩兒去南昌做買賣。就躲災難。今日是好日辰。特來拜辭叔父。〔李彦實云〕孩兒。你去則去。路上小心者。〔正末向李文道云〕兄弟。好看覷家中。〔李文道云〕哥哥早些兒回來。〔正末云〕叔父。您孩兒今日便索長行也。〔做出門科旦云〕李大。你今日做買賣去。我有句話敢説麽。〔正末云〕有何説。〔旦云〕小叔叔時常調戲我。〔正末怒云〕噤聲。我在家時不説。及至今日臨行説這等言語。大嫂。再也休提。你則好看家中。小心在意者。〔唱〕

【仙呂賞花時】則爲你叔嫂從來情性乖。我因此上將伊曾勸解。〔旦悲科云〕你去了。我怎了也。〔正末唱〕你可便省煩惱莫傷懷。你則照管這家私裏外。〔帶云〕别的不打緊。〔唱〕你是必好覷當小嬰孩。

〔旦云〕這個我自知道。則要你掙闥者。〔正末唱〕

【幺篇】則俺這男子爲人須鬧闥。我向這外府他鄉做買賣。〔旦云〕你則是早些回來。〔正末唱〕休則管泪盈腮。多不到一年半載。但得些利便回來。〔同旦下〕

〔李彦實云〕李文道。你哥哥做買賣去了。你無事休到嫂嫂家去。我若知道。不道的饒了你哩。

〔詩云〕正是叔嫂從來要避嫌。况他男兒爲客去江南。你若無事到他家裏去。我一准拏來打十三。

〔同下〕

〔音釋〕閙争上聲　闥齋上聲

第一折

〔旦上云〕妾身劉玉娘是也。有丈夫李德昌販南昌買賣去了。今日無甚事。我開開這絨綫鋪。看有甚麽人來。〔李文道上云〕自家李文道便是。開着個生舖鋪。人順口都叫我做賽盧醫。有我哥哥李德昌做買賣去了。則有俺嫂嫂在家。我一心看上他。争奈俺父親教我不要往他家去。如今瞞着父親。推看他去。就調戲他。肯不肯不折了本。來到門首也。我自過去。〔見旦科云〕嫂嫂。自從哥哥去後。不曾來望得你。〔旦云〕你哥哥不在家。你來怎麽。〔李云〕我來望你吃鍾茶。有甚麽事。〔旦云〕這廝來的意思不好。我叫父親去。父親。〔李彦實上云〕是誰叫我。〔旦云〕是您孩兒。〔李彦實云〕孩兒。你叫我怎的。〔旦云〕小叔叔來房裏調戲我來。因此與父親説。〔李彦實見科云〕你又來這裏怎的。〔做打文道下〕〔李彦實云〕若那廝再來。你則叫我。不道的饒了他哩。我打那弟子孩兒去。〔下〕〔旦云〕似這般幾時是了。我收了這鋪兒。李德昌。你幾時來家。兀的不痛殺我也。〔下〕〔正末挑擔上云〕是好大雨也呵。〔唱〕

【仙呂點絳唇】七月纔初。孟秋時序。猶存暑。穿着這單布衣服。怎避這懸麻雨。

【混江龍】連陰不住。荒郊一望水模糊。我則見雨迷了山岫。雲鎖了青虚。〔帶云〕這雨大不大。〔唱〕雲氣深如倒懸着東大海。雨勢大似翻合了洞庭湖。好教我滿眼兒没處尋歸路。黑暗暗雲迷四野。白茫茫水滲長途。

〔云〕這雨越下的大了也。〔唱〕

【油葫蘆】恰便似畫出瀟湘水墨圖。淋的我濕淥淥。更那堪吉丢古堆波浪渲城渠。你看他吸留忽剌水流乞留曲律路。更和這失留疎剌風擺希留急了樹。怎當他乞紐忽濃的泥。更和他疋丢撲搭的淤。我與你便急章拘諸慢行的赤留出律去。我則索滴羞跌屑整身軀。

【天下樂】百忙裏鞋兒斷了乳。好着我難行。也是我窮對付。扯將這蒲包上𦃇麻且繫住。淋的我頭怎擡。走的我脚怎舒。好着我眼巴巴無是處。

〔云〕遠遠的一座古廟。我且向廟中避雨咱。〔放擔科〕〔云〕我放下這擔兒。原來是五道將軍廟。多年倒塌了。好是凄凉也。〔唱〕

【醉中天】折供卓撐着門户。野荒草徧堦除。〔云〕五道將軍爺爺。自家李德昌便是。做買賣回來。望爺爺保護咱。〔唱〕我這裏捻土焚香畫地爐。我拜罷也忙瞻顧。多謝神靈祐護。望爺爺金鞭指路。則願無災殃早到鄉閭。

〔云〕一場好大雨也。衣服行李盡都濕了。我脱下這衣服來試晒咱。〔唱〕

【醉扶歸】我這裏扭我這單布袴。晒我這濕衣服。〔云〕怎生這般漏。哦。元來是這屋宇坍塌了。所以這般漏。我試看這行李咱。〔唱〕我則怕蓋行李的油單有漏處。我與你須索從頭覷。〔云〕且喜得都不曾濕。嗨。可怎生這等漏得緊。〔唱〕奇怪這兩三番揩不乾我這額顱。〔云〕可是爲甚麽。呆漢。你慌怎的。〔唱〕可忘了將我這濕渌渌頭巾去。

〔云〕我脱下這衣服來晒咱。〔做脱衣科〕我出這廟門看天色咱。〔做出門科〕哎呀。我這一會增寒發熱起來。可怎了也。〔唱〕

【一半兒】恰便是小鹿兒撲撲地撞我胸脯。火塊似烘烘燒我肺腑。〔云〕敢是我這身體不潔浄。觸犯神靈。望金鞭指路。聖手遮攔。〔唱〕**莫不是腥臊臭穢把你這神道觸**。〔云〕李德昌。你差了也。既爲神靈。怎見俺衆生過犯。〔唱〕**我可也重思慮**。〔帶云〕我猜着這病也。〔唱〕**多敢是一半兒因風一半兒雨**。

〔云〕可怎生得一個人來寄信與我渾家。教他來看我也好。我且歇息咱。〔外扮高山挑擔子上云〕阿呀。好大雨也。來到這五道將軍廟躲躲雨咱。〔做放下擔兒科云〕老漢高山是也。龍門鎮人氏。嫡親的兩口兒。有個婆婆。每年家趕這七月七入城來賣一擔魔合羅。剛出的這門。四下裏布起雲來。則是盆傾瓮瀽相似。早是我那婆子着我拿着兩塊油單紙。不是都壞了。我試看咱。謝天地不曾壞了一個。這個鼓兒是我衣飯盌兒。着了雨皮鬆了也。我摇一摇還响哩。〔正末云〕兀的不有人來也。慚愧。〔唱〕

【金盞花】淋的來不尋俗。猛聽得早眉舒。那裏這等不朗朗摇動蛇皮鼓。我出門來觀覷。他能迭落快鋪謀。他有那關頭的蠟釵子。壓鬢的骨頭梳。他有那乞巧的泥媳婦。消夜的悶葫蘆。

〔正末做揙過揖云〕老的祗揖。〔高山云〕阿呀。有鬼也。〔正末云〕我不是鬼。我是人。〔高山云〕你是人。做這短見勾當。先叫我一聲。我便知道是人。你猛可裏揙將過來唱喏。多年古廟。前後没人。早是我也若是第二個。不諕殺了。〔高山搊土科正末云〕你待怎麽。〔高山云〕驚了我顖子哩。〔正末云〕老的。小人也是貨郎兒。老的你進來坐一坐咱。〔高山云〕老漢與你坐一坐。你勒着手帕做甚麼。〔正末云〕老的。我在這廟裏避雨。脱的衣服早了。冒了些風寒。老的。你如今那裏去。〔高山云〕我往城裏做買賣去。〔正末云〕老的。怎生與我寄個信去咱。〔高山云〕哥哥。我有三樁戒願。一不與人家作媒。二不與人家做保。三不與人家寄信。〔正末云〕自家河南府。在城醋務巷居住。小人姓李名德昌。嫡親的三口兒。渾家劉玉娘。孩兒佛留。小人往南昌做買賣去。如今利增百倍也。〔高山起身云〕住住住。〔出門看科云〕這裏有避雨的。都來一搭兒説話咱。有也無。〔入見正末云〕有你這等人。誰問你説出這個話來。倘或有人聽的。圖了你財。致了你命。不乾生受了一場。你知道我是甚麼人。便好道畫虎畫皮難畫骨。知人知面不知心。〔正末云〕這那裏便有賊。老的。我如今感了風寒。一卧不起。只望老的你便寄個信與俺渾家。教他來看我。若不肯寄信去。我有些好歹。就是老的誤了我性命。〔高山云〕那個央人的倒會放刁。我今日破了戒。我則寄你這一個信。你在那裏住坐。有甚麼門面鋪席。兩鄰對門是甚麼人家。説的我知道。你則將息你那病癥。〔正末唱〕

【後庭花】俺家裏有一遭新板闥。住兩間高瓦屋。隔壁兒是個熟食店。對門兒是個生藥局。怕老的若有不是處。你則問那裏是李德昌家絨線鋪。街坊每他都道與。

〔高山云〕我知道了。你放心。〔正末云〕老的在心者。是必走一遭去。〔唱〕

【賺煞】你是必記心懷。你可也休疑慮。不是我囑付了重還囑付。争奈自己躭疾難動舉。你教他借馬尋驢莫躊躇。争奈紙筆全無。怎寫平安兩字書。老的只要你莫阻。

說與俺看家拙婦。教他早些來把我這病人扶。〔下〕

〔高山云〕出的這廟門來。住了雨也。則今日往城裏賣魔合羅。就與李德昌寄信走一遭去。〔下〕

〔音釋〕服房夫切　岫音袖　渰音淹　淥音慮　渲疎選切　淤音迂　檾音頃　捻音聶　坍他藍切

揩楷平聲　觸音楚　瀽音蹇　盌與碗同　俗詞疽切　不音補　謨音模　掰音班　顖音信

闥音塔　屋音塢　局音矩

第二折

〔李文道上云〕自家李文道。今日無甚事。我且到這藥舖門前覷者。看有甚麽人來。〔高山上云〕老漢高山是也。來到這河南府城裏。不知那裏是醋務巷。我放下這擔兒。試問人咱。〔見李文道科云〕哥哥。敢問那裏是醋務巷。〔李文道云〕你問他怎的。〔高山云〕這裏有個李德昌。他去南昌做買賣回來。利增百倍。如今在城南五道將軍廟裏染病。教我與他家寄個信。〔李文道背云〕好了。〔回云〕老的。這是小醋務巷。還有大醋務巷。你投東往西行。投南往北走。轉過一個灣兒。門前有株大槐樹。高房子。紅油門兒。綠油窗兒。門上掛着斑竹簾兒。簾兒下卧着個哈叭狗兒。則那便是李德昌家。〔高山云〕謝了哥哥。〔做挑擔行科〕好哥哥説與我投東往西行。投南往北走。轉過灣兒。門前一株大槐樹。高房子。紅油門兒。綠油窗兒。掛着斑竹簾兒。簾兒下卧着個哈叭狗兒。假若走了那哈叭狗兒。我那裏尋去。〔下〕〔李文道云〕便好道人有所願。天必從之。他如今得病了。我也不着嫂嫂知道。我將這服毒藥走到城外藥殺他。那其間老婆也是我的。錢物也是我的。憑着我一片好心。天也與我半盌飯吃。〔下〕〔旦同倈兒上云〕妾身劉玉娘。自從丈夫李德昌南昌做買賣去了。音信皆無。今日開開這舖兒。看有甚麼人來。〔高山上云〕走殺我也。把那賊弟子孩兒。他説道還有個大醋務巷。那裏不走過來。〔放下擔科云〕我把那精驢賊醜生弟子孩兒。原來則這個醋務巷。着我沿城走了一遭。左右則在這裏。〔旦出門見科云〕兀那老子。好不曉事。人家做買賣去處。你當着門做甚麼。〔高山云〕你看我的造物。頭裏着個弟子孩兒哄的我走了一日。如今又着這婆娘搶白我。哎。高山。你也怨你自己當初不與李德昌寄信。可也没這場勾當。〔旦云〕兀那老的。你那裏見李德昌來。請家裏吃茶波。〔高山云〕攪了你家買賣。〔旦云〕老的。你那裏見李德昌來。〔高山云〕嫂子敢是劉玉娘。〔旦云〕則我便是。〔高山云〕這小的敢是佛留。〔旦云〕正是。老的你怎麽知道。〔高山云〕嫂嫂。如今李德昌利增百倍。在城外五道將軍廟裏染病。你快尋個頭口取他去。〔旦云〕多多虧了老的。等李德昌來家。慢慢的拜謝你老人家。〔倈兒上云〕妳妳。我要個魔合羅兒。〔旦打倈科云〕小弟子孩兒。喒家買菜的錢也無。那得錢來。〔高山云〕你休打孩兒。我與他一個魔合羅兒。你牢牢收着。不要壞了。底下有我的名字。道是高山塑。你父親來家呵。見了這魔合羅。我寄信不寄信。久後做個大證見哩。〔下〕〔旦云〕誰想李德昌在五道將軍廟染病。我將孩兒寄在鄰舍家。鎖了門户。借個頭口去看李德昌走一遭去來。〔下〕〔正末抱病上〕自從南昌回來。感了風寒病症。一卧不起。我央高山寄信去。教我渾家來看我。怎

生這早晚不見來。李德昌。這的是時也命也運也。信不虛也呵。〔唱〕

【黄鍾醉花陰】乾着我販賣南昌利錢好。急回來又早病魔纏着。盼家門咫尺似天遥。好教我這會兒心焦。按不住小鹿兒拘拘地跳。端的是最難熬。只一陣頭疼險些就劈破了。

【喜遷鶯】教誰來醫療。奈無人古廟蕭蕭。量度。又怕有歹人來到。不由人心中添懊惱。不由人不淚雨抛。迭屑屑魂飛膽落。撲速速肉顫身摇。

【出隊子】似這般無顛無倒。越教人厮窨約。一會家陰陰的腹痛似錐挑。一會家烘烘的發熱似火燒。一會家撒撒的增寒似水澆。

〔云〕大嫂。你在那裏也呵。〔唱〕

【刮地風】懸望妻兒音信杳。急煎煎心痒難揉。〔云〕我出廟門望一望波。〔唱〕我這裏慢騰騰行出靈神廟。舉目偷瞧。我與你恰下澁道。立在簷梢。覺昏沉剛挣揣把門倚靠。我則道十分緊閉着。原來是不插拴牢。靠着時呀的門開了。滴留撲仰剌叉喫一交。

【四門子】這的是嚴霜偏打枯根草。哎喲。正跌着我這殘病腰。一會家疼一會家焦。想錢財莫不是無福消。一會家疼一會家焦。我將這神靈禱告。

〔李文道慌上〕來到這廟也。哥哥在那裏。〔正末見科〕〔唱〕

【古水仙子】呀呀呀猛見了。嗨嗨嗨諕的我悠悠魂魄消。將將將紙錢來忙遮。把把把泥神來緊靠。慌慌慌我這裏掩映着。〔李文道云〕我來望哥哥。受你兄弟兩拜。〔正末唱〕他他他走將來展脚舒腰。我我我向前來仔細觀了相貌。是是是我兄弟間別身安樂。請請請免拜波李文道。

〔云〕兄弟。我自從南昌回來。感了風寒病癥。不能還家。你嫂嫂在那裏。〔李文道云〕嫂嫂便來也。哥哥。你這病幾日了。〔正末唱〕

【寨兒令】也不昨宵。則是今朝。被風寒暑濕吹着。〔李文道云〕我與哥哥把把脈咱。〔做把脈科云〕哥哥。我知道這病也。我就帶將藥來了。〔做調藥與正末吃科〕〔正末云〕兄弟且住。等你嫂嫂來我吃。〔李文道云〕不要等他。你吃了就好了。〔正末嚥科〕〔唱〕我嚥下去有似熱油澆。烘烘的燒五臟。火火的燎三焦。〔帶云〕兄弟也。〔唱〕這的敢不是風寒藥。

【神仗兒】他將那水調。我滮的嚥了不覺忽的昏迷。他把我丕的來藥倒。烟生七竅。冰浸四稍。誰承望笑裏藏刀。眼見的喪荒郊。

〔做倒科〕〔李文道云〕藥倒了也。我收拾了東西回家中去來。〔下〕〔正末唱〕

【節節高】這廝好損人利己。不合天道。錢物又不多。要時分明要。怎生下得教哥哥身夭。更做道錢心重。情分少。枉辱没殺分金管鮑。

【者刺古】身軀被病執縛。難走難逃。咽喉被藥把捉。難叫難號。托青天暗表。望靈神早報。行善得善。行惡得惡。天呵莫不是今年災禍招。

【掛金索】我則道調理風寒。誰想他暗裏藏毒藥。他如今致命圖財。我正是自養着家生哨。疑怪來時。不將着親嫂嫂。萬代人傳。倒惹的關張笑。

【尾】所有金珠共財寶。一星星不剩分毫。他緊緊的將馬兒馱去了。

〔卧卓下〕〔旦上云〕可早來到也。下的這頭口。進的這廟來。怎生不見李大。原來在這供卓底下病重了也。〔做扶正末科〕李大。你騎上頭口。喒家去來。〔下旦隨慌上云〕誰想李大到的家中。七竅迸流鮮血死了也。須索與小叔叔説知。做一個計較。〔做喚李文道科云〕小叔叔。〔李文道上云〕這婦人害怕。叫我哩。嫂嫂。你叫我怎的。〔旦云〕您哥哥來家也。〔李文道云〕請哥哥出來。〔旦云〕李大到的家中。七竅流血死了也。〔李文道云〕死了哥哥也。有甚麽難見處。哥哥做買賣去了。你家裏有姦夫。見哥哥回來。你與姦夫通謀。藥殺俺哥哥也。〔旦云〕我是兒女夫妻。怎下得便藥殺他。〔李文道云〕俺哥哥已死了。你可要官休私休。〔旦云〕怎生是官休私休。〔李文道云〕官休。我告到官司。教你與我哥哥償命。私休。你與我做老婆便了。〔旦云〕你是甚麽言語。我寧死也不與你做老婆。〔李文道云〕我和你見官去。〔旦云〕我情願見官去。李大。則被你痛殺我也。〔拖旦下〕〔净扮孤引張千上〕〔詩云〕我做官人單愛鈔。不問原被都只要。若是上司來刷卷。廳上打的鷄兒叫。小官是河南府的縣令是也。今日坐起早衙。張千。看有告狀的。着他進來。

〔張千云〕理會的。〔李文道同旦上云〕你尋思波。〔旦云〕我只和你見官去。〔李文道云〕我和你見官去來。寃屈也。〔孤云〕拏過來。〔張千云〕當面。〔孤做跪科〕〔張千云〕相公。他是告狀的。怎生跪着他。〔孤云〕你不知道。但來告的。都是衣食父母。〔張千喝旦跪科〕〔孤云〕你兩個告甚麼。〔李文道云〕小人是本處人氏。嫡親的五口兒。這個是我嫂嫂。小人是李文道。有個哥哥李德昌。去南昌做買賣回來。利增百倍。當日來家。嫂嫂養着姦夫。合毒藥殺死親夫。大人可憐見。與小人做主咱。〔孤云〕我問你。你哥哥死了麼。〔李文道云〕死了。〔孤云〕死了罷。又告甚麼。〔張千云〕大人。你與他整理。〔孤云〕我那裏會整理。你與我去請外郎來。〔張千云〕外郎安在。〔丑扮令史上〕〔詩云〕官人清似水。外郎白如麵。水麵打一和。糊塗成一片。小人是蕭令史。正在司房裏攢造文書。只聽得一片聲叫我。料着又是官人整理不下甚麼詞訟。我去見來。〔令史見犯人科云〕這廝我那裏曾見他來。哦。這廝是那賽盧醫。我昨日在他門首借條板櫈也借不出來。今日也來到我這衙門裏。張千。拏下去打着者。〔張拏科李做舒三個指頭科云〕令史。我與你這個。〔令史云〕你那兩個指頭瘸。〔李文道云〕哥哥。你整理這樁事。〔令史云〕我知道。休言語。你告甚麼。原告是誰。〔李文道云〕小人是原告。〔令史云〕你是原告。說你那詞因來。〔李文道云〕小人是本處人氏。有個哥哥是李德昌。去南昌做買賣。利增百倍還家。俺嫂嫂有姦夫。合毒藥藥殺俺哥哥。令史。與我做主咱。〔令史云〕是實麼。畫了字者。張千。拏過那婦人來。兀那婦人。你怎生藥殺丈夫。從實招來。〔旦云〕大人可憐見。小婦人是劉玉娘。俺男兒是李德昌。南昌做買賣回來。在城外五道將軍廟中染病。妾身尋了個頭口。直至廟中。問着不言語。取到家中。七竅迸流鮮血。驀然氣絶而死。妾身喚小叔叔來問他。小叔叔説妾身有姦夫。妾身是兒女夫妻。怎下的藥殺男兒。大人。妾身並無姦夫。〔令史云〕不打也不招。張千。與我打着者。〔張千打科〕〔令史云〕你招了罷。〔旦云〕小婦人並無姦夫。〔令史云〕不打不招。張千。與我打着者。〔張千又打科〕〔旦云〕住住住。我待不招來。我那裏受的這等拷打。我且含糊招了罷。是我藥殺俺男兒來。〔孤云〕你休招。招了就是死的了也。〔令史云〕他既招了。將枷來枷了。下在死囚牢中去。〔孤云〕張千。取枷來上了枷者。〔張千云〕枷上了。下在牢中去。〔旦云〕天那。誰人與我做主也呵。〔下〕〔孤云〕令史。你來。恰纔那人舒着手與了你幾個銀子。你對我實説。〔令史云〕不瞞你説。與了五個銀子。〔孤云〕你須分兩個與我。〔同下〕

〔音釋〕着池燒切　咫音止　度多勞切　落音澇　顫音戰　窨音蔭　約音杳　揉與撓同　澁音瑟　樂音澇　藥音耀　滮乖上聲　竅巧去聲　縛房包切　捉之卯切　號平聲　惡音襖　哨妻笑切　剩音盛　迸逋夢切　刷雙寡切　瘸渠靴切　驀音陌

第三折

〔外扮府尹引張千上〕〔詩云〕濫官肥馬紫絲韁。猾吏春衫簌地長。稼穡不知誰壞却。可教風雨損農桑。老夫完顔女直人氏。完顔者姓王。普察姓李。老夫自幼讀書。後來習武。爲俺祖父多有功勛。因此上子孫累輩承襲。爲官爲將。這河南府官濁吏弊。往往陷害良民。聖人親筆點差老夫爲府尹。因老夫除邪秉正。敕賜勢劍金牌。先斬後奏。老夫上任三個日頭。今日陞廳。坐起早衙。怎生不見掌案當該司吏。〔張千云〕當該司吏。大人呼喚。〔令史上云〕來了。來了。〔見科〕〔府尹云〕你是司吏。〔令史云〕小的是。〔府尹云〕兀那廝。你聽者。聖人爲你這河南府官濁吏弊。敕賜老夫勢劍金牌。先斬後奏。若你那文卷有半點差錯。着勢劍金牌先斬你那驢頭。有合僉押的文書。拏來我僉押。〔令史云〕有有有。就把這一宗文卷大人看。〔府尹看科云〕這是那一起。〔令史云〕這是劉玉娘藥死親夫。招狀是實。則要大人判個斬字。〔府尹云〕劉玉娘因姦藥死丈夫。這是犯十惡的罪。爲何前官手裏不就結絶了。〔令史云〕則等大人到來。〔府尹云〕待報的囚人在那裏。〔令史云〕見在死囚牢中。〔府尹云〕取來。我再審問。〔令史云〕張千。去牢中提出劉玉娘來。〔張千云〕理會的。〔旦上云〕哥哥唤我做甚麼。〔張千云〕你見大人去。〔令史云〕兀那婦人。如今新官到任。問你。休説甚麼。你若胡説了。我就打死你。張千。押上廳去。〔張千云〕犯婦當面。〔旦跪科〕〔府尹云〕則這個是那待報的女囚。〔令史云〕則他便是。〔府尹云〕兀那女囚。你是劉玉娘。你怎生因姦藥死丈夫。恐怕前官枉錯了。你有不盡的言詞。從實説來。我與你做主咱。〔旦云〕小婦人無有詞因。〔府尹云〕既他囚人口裏無有詞因。則管問他怎麼。將筆來我判個斬字。押出市曹殺壞了者。〔張千押旦出科〕〔旦云〕天也。誰人與我做主也呵。〔正末扮張鼎上云〕自家姓張名鼎。字平叔。在這河南府做着個六案都孔目。掌管六房事務。奉相公台旨。教我勸農已回。今日陞廳

坐衙。有幾宗合僉押的文書相公行僉押去。我想這爲吏的扭曲作直。舞文弄法。只這一管筆上。送了多少人也呵。〔唱〕

【商調集賢賓】這些時曹司裏有些勾當。我這裏因僉押離了司房。我如今身躭受公私利害。筆尖注生死存亡。詳察這生分女作歹爲非。更和這忤逆男隨波逐浪。我可又奉官人委付將六案掌。有公事怎敢倉皇。則聽的鼕鼕傳擊鼓。偌偌報攛箱。

【逍遥樂】我則擡頭觀望。官長陞廳。静悄悄有如聽講。我索整頓了衣裳。正行中舉目參詳。見雄糾糾公人如虎狼。推擁着個得罪的婆娘。則見他愁眉淚眼。帶鎖披枷。莫不是競土爭桑。

〔云〕則見稟墻外一個待報的犯婦。不知爲甚麽。好是凄慘也呵。〔唱〕

【金菊香】我則見濕浸浸血污了舊衣裳。多應是磣可可的身躭着新棒瘡。更那堪死囚枷壓伏的駝了脊梁。他把這粉頸舒長。傷心處泪汪汪。

〔云〕你看那受刑的婦人。必然冤枉。帶着枷鎖。眼泪不住點兒流下。古人云。存乎人者莫良于眸子。眸子不能掩其惡。又云。觀其言而察其行。審其罪而定其政。〔唱〕

【醋葫蘆】我孜孜的覷了一會。明明的觀了半晌。我見他不平中把心事暗包藏。婆娘家怎生遭這般冤屈網。偏惹得帶枷喫棒。休休休道不的自己枉着忙。

【幺篇】我這裏慢慢的轉過兩廊。遲遲的行至稟堂。他那裏哭啼啼口内訴衷腸。我待兩三番推阻不問當。〔張千云〕劉玉娘。你告這個孔目哥哥。他與你做主。〔旦扯住正末衣科云〕哥哥救我咱。〔正末唱〕他緊拽定衣服不放。不由咱不與你做商量。

〔云〕張千。把那婦人喚至跟前。我問他。〔張千云〕劉玉娘近前來。〔旦跪科〕〔正末云〕兀那婦人。說你那詞因我聽咱。〔旦訴詞云〕哥哥停嗔息怒。聽妾身從頭分訴。李德昌本爲躲災。販南昌多有錢物。他來到廟中困歇。不承望感的病促。到家中七竅内迸流鮮血。知他是怎生服毒。進入門當下身亡。慌的我去叫小叔叔。他道我暗地裏養着姦夫。將毒藥藥的親夫身故。不明白拖到官司。吃棍棒打拷無數。我是個婦人家怎熬這六問三推。葫蘆提屈畫了招伏。我須是李德昌綰角兒夫妻。怎下的胡行亂做。小叔叔李文道暗使計謀。我委實的啣冤負屈。〔正末云〕兀那婦人。我替你相公行說去。說准呵你休歡喜。說不准呵休煩惱。張千。且留人者。〔張千云〕理會的。〔末見科云〕大人。小人是張鼎。替大人下鄉勸農已回。聽的大人陞廳坐衙。有幾宗合僉押文書請相公僉押。〔府尹云〕這個便是六案都孔目張鼎。這人是個能吏。有甚麼合稟的事你說。〔正末遞文書科〕〔府尹云〕這是甚麼文書。〔正末唱〕

【金菊香】這的是打家劫盜勘完的贓。這個是犯界茶鹽取定的詳。這公事正該咱一地方。這個是新下到的符樣。這個是官差納送遠倉糧。

〔府尹云〕這宗是甚麼文卷。〔正末唱〕

【醋葫蘆】這的是沿河道便蓋橋。這的是隨州城新置倉。這的是王首和那陳立賴人田莊。這的是張千毆打李萬傷。〔帶云〕怕官人不信呵。〔唱〕勾將來對詞供狀。這的是王阿張數次罵街坊。

〔府尹云〕再無了文卷也。〔正末云〕相公。再無了。〔府尹云〕都着有司發落去。張鼎。與你十個免帖。放你十日休假。假滿之後。再來辦事。〔正末云〕謝了相公。〔做出門科〕〔張千云〕孔目哥哥。這件事曾說來麼。〔正末云〕我可忘了也。〔唱〕

【么篇】又不是公事忙。不由咱心緒穰。若有那大公事失誤了惹下災殃。這些兒事務你早不記想。早難道貴人多忘。張千呵且教他暫時停待莫慌張。

〔云〕我只稟事。忘了。我再向大人行說去。〔張千云〕哥哥可憐見。與他說一聲。〔正末再見科〕〔府尹云〕張鼎。你又來說甚麼。〔正末云〕大人。恰纔出的衙門。只見稟墻外有個受刑婦人。在那裏聲冤叫屈。知道的是他貪生怕死。不知道的則道俺衙門中錯斷了公事。相公試尋思波。〔府尹云〕這樁事是前官斷定。蕭令史該房。〔正末云〕蕭令史。我須是六案都孔目。這是人命重事。怎生不教我知道。〔令史云〕你下鄉勸農去了。難道你一年不回。我則管等着你。〔正末云〕將狀子來我看。〔令史云〕你看狀子。〔正末看科云〕供狀人劉玉娘。見年三十五歲。係河南府在城録事司當差民户。有夫李德昌。將帶資本課銀一十錠。販南昌買賣。前去一年。並無音信。至七月內。有不知姓名男子一個來寄信。說夫李德昌在五道將軍廟中染病。不能動止。玉娘聽言。慌速傕了頭口。直至城南廟中。扶策到家。入門氣絶。七竅迸流鮮血。玉娘即時報與小叔叔李文道。有小叔叔説玉娘與姦夫同謀。合毒藥藥殺丈夫。所供是實。並無虚捏。相公。這狀子不中使。〔令史云〕買不的東西。可知不中使。〔正末云〕四下裏無墻壁。〔令史云〕相公在露天坐衙哩。〔正末云〕上面都是窟籠。〔令史云〕都是老鼠咬破的。〔正末云〕相公不信呵。聽張鼎慢慢説一遍。〔府尹云〕你説我聽。〔正末云〕供狀人劉玉娘年三十五歲。係河南府在城録事司當差民户。有夫李德昌。將帶資本課銀一十錠。販南昌買賣。這十錠銀可是官收了。苦主收了。〔令史云〕不曾收。〔正末云〕這個也罷。前去一年。並無音信。於七月内。有不知姓名男子前來寄信。相公。這寄信人多大年紀。曾勾到官不曾。〔令史云〕不曾勾他。〔正末云〕這個不曾勾到官。怎麽問得。又道夫主李德昌在五道將軍廟中染病。不能動止。玉娘聽説。慌速傕了頭口。到於城南廟中。扶策到家。入門氣絶。七竅迸流鮮血。玉娘即時報與小叔叔李文道。小叔叔説玉娘與姦夫同謀。相公。這姦夫姓張姓李姓趙姓王。曾勾到官不曾。〔令史云〕若無姦夫。就是我。〔正末云〕合毒藥藥殺丈夫。相公。這毒藥在誰家合來。這服藥好歹有個着落。〔令史云〕若無人合這藥。也就是我。〔正末云〕相公。你想波。銀子又無。寄信人又無。姦夫又無。合毒藥人又無。謀合人又無。這一行人都無。可怎生便殺了這婦人。〔府尹云〕蕭令史。張鼎説這文案不中使。〔令史云〕張孔目。你也多管。干你甚麽事。〔正末云〕蕭令史。我與你説。人命事關天關地。非同小可。古人云。繫獄之囚。日勝三秋。外則身苦。内則心憂。或笞或杖。或徒或流。掌刑君子。當以審求。

賞罰國之大柄。喜怒人之常情。勿因喜而增賞。勿以怒而加刑。喜而增賞。猶恐追悔。怒而加刑。人命何辜。這的是霜降始知節婦苦。雪飛方表竇娥冤。〔唱〕

【幺篇】早是這爲官的性忒剛。則你這爲吏的見不長。則這一樁公事總荒唐。那寄信人怎好不細訪。更少這姦夫招狀。〔帶云〕相公。你想波。〔唱〕**可怎生葫蘆提推擁他上雲陽。**

〔令史云〕大人。張鼎罵你葫蘆提也。〔府尹云〕張鼎。是誰葫蘆提。〔令史云〕張鼎説。大人葫蘆提。〔府尹云〕張鼎。是誰葫蘆提。〔正末跪科〕小人怎敢。〔府尹云〕張鼎。這劉玉娘因姦殺夫。是前官斷定的文案。差錯是蕭令史該管。你怎生説老夫葫蘆提。我理任三日。就説我葫蘆提。這以前須不是我在這裏爲官。兀那廝。近前來。這樁事就分付與你。三日便要問成。問不成呵。我不道的饒了你哩。哎。〔詞云〕你個無端的賊吏奸猾。將老夫一謎裏欺壓。劉玉娘因姦殺夫。須則是前官問罷。你道是文卷差遲。你道是其中有詐。合毒藥是李四張三。養姦夫是趙二王大。寄信人何姓何名。謀合人或多或寡。不由俺官長施行。則隨你曹司掌把。你對誰行大叫高呼。公然的没些懼怕。我分付你這宗文卷。更限着三日嚴假。則要你審問推詳。使不着舞文弄法。你問的成呵。我與你寫表章騎驛馬。呈都省奏聖人。重重的賜賞封官。問不成呵。將你個賽隋何。欺陸賈。挺曹司。翻舊案。赤瓦不刺海猢孫頭。嘗我那明晃晃勢劍銅鍘。〔下〕〔令史云〕左右你的頭硬。便試一試銅鍘。也不妨事。〔詩云〕得好休時不肯休。偏要立限當官决死囚。正是是非只爲多

開口。煩惱皆因强出頭。〔下〕〔正末云〕張鼎。這是你的不是了也。〔唱〕

【後庭花】攬這場不分明的腌勾當。今日將平人來無事講。你早則得福也蕭司吏。則被你送了人也劉玉娘。我這裏自斟量。則俺那官人要個明降。這殺人的要見傷。做賊的要見贓。犯姦的要見雙。一行人怎問當。

【雙鴈兒】多則是没來由葫蘆提打關防。待推辭早承向。眼見得三日時光如反掌。教我待不慌來怎不慌。待不忙來怎不忙。

〔云〕張千。將劉玉娘下在死囚牢中去。〔張千云〕理會的。〔正末唱〕

【浪裏來煞】那劉玉娘罪責虚。蕭令史口諍强。我把那銜寃負屈是非場。離家枉死李德昌。知他來怎生身喪。我直教平人無事罪人償。〔下〕

〔音釋〕簌音速　勛與勳同　忤音悟　攛粗酸切　糾音九　磣參上聲　晌音賞　物音務　促音取　毒東盧切　叔音暑　伏房夫切　屈丘雨切　穰仁張切　揑音聶　猾呼佳切　壓羊架切　法方雅切　鏁音茶　腌掩平聲

第四折

〔正末上云〕自家張鼎是也。奉相公台旨。與我三日假限。若問成呵。有賞。問不成呵。教我替劉

玉娘償命。張鼎。這是你的不是了也。〔唱〕

【中吕粉蝶兒】投至我勘問出强賊。早憂愁的寸腸粉碎。悶懨懨廢寢忘食。你教我怎研窮。難决斷。這其間詳細。索用心機。要搜尋百謀千計。

【醉春風】我好意兒勸他家。將一個惡頭兒揣與自己。原來口是禍之門。張鼎也你今日個悔。悔。則要你那萬法皆明。出脱的衆人無事。全在你寸心不昧。

〔云〕張千。押過那劉玉娘來。〔張千云〕理會的。犯婦當面。〔旦跪科〕〔正末唱〕

【叫聲】虎狼似惡公人。可撲魯擁推擁推揝前跪。我則見喑着氣吞着聲把頭低。

〔云〕張千。且疎了他那枷者。〔張千云〕理會的。〔做卸枷科旦起身拜云〕謝了孔目。我改日送燒餅盒兒來。〔做走科〕〔正末云〕那裏去。你去了呵。我替你男兒償命那。〔旦云〕我則道饒了我來。

〔正末云〕兀那婦人。你説你那詞因來。若説的是呵。萬事罷論。若説的不是呵。張千。准備下大棒子者。〔唱〕

【喜春來】你道是銜冤負屈喫盡虧。則你這致命圖財本是誰直打的皮開肉綻悔時遲。不是我强羅織。早説了是便宜。

〔旦云〕孔目哥哥。打死孩兒也。則是屈招了。〔正末唱〕

【紅繡鞋】我領了嚴假限一朝兩日。你恰纔支吾到數次十回。又惹場六問共三推。聽了你一篇話。全無有半星實。我跟前怎過得。

【迎仙客】比及下㩊指。先浸了麻槌。行杖的腕頭加氣力。直打得紫連青。青間赤。枉惹得棍棒臨逼。待悔如何悔。

〔旦云〕便打殺我。則是屈招了也。〔正末唱〕

【白鶴子】你道是便死呵則是屈。硬抵對不招實。〔帶云〕我不問你別的。〔唱〕則問你出城時主何心。則他那入門死因何意。

〔云〕兀那婦人。我問你。〔唱〕

【幺篇】莫不他同買賣是新伴當。〔旦云〕我不知道。〔正末唱〕莫不是原茶酒舊相知。他可也怎生來寄家書。因甚上通消息。

〔旦云〕孔目哥哥。我忘了那個人也。〔正末云〕你近前來。我打與你個模樣兒。〔旦云〕日子久了。我忘了也。〔正末唱〕

【幺篇】那廝身材是長共短。肌肉兒瘦和肥。他可是面皮黑面皮黃。他可是有髭髯無髭髯。

〔旦云〕我想起些兒也。〔正末云〕慚愧。聖人道視其所以。觀其所由。察其所安。人焉廋哉。〔唱〕

【幺篇】投至得推詳出賊下落。搜尋的案完備。兀的不熬煎的我鬢斑白。煩惱的我心腸碎。

〔云〕兀那婦人。〔唱〕

【幺篇】莫不是身居在小巷東。家住在大街西。他可是甚坊曲甚庄村。何姓字何名諱。

〔云〕我再問你咱。〔唱〕

【幺篇】莫不是買油麵爲節食。莫不是裁段疋作秋衣。我問你爲何事離宅院。有甚幹來城内。

〔云〕張千。明日是甚日。〔張千云〕明日是七月七。〔旦云〕孔目哥哥。我想起來也。當年正是七月七。有一個賣魔合羅的寄信來。又與了我一個魔合羅兒。〔正末云〕兀那婦人。你那魔合羅有也無。如今在那裏。〔旦云〕如今在俺家堂閣板兒上放着哩。〔正末云〕張千。與我取將來。〔張千云〕理會得。〔做行科〕我出的這門。來到這醋務巷。問人來。這是劉玉娘家裏。我開開這門。家堂閣板上有個魔合羅。我拿着去。出的這門。來到衙門也。孔目哥哥。兀的不是個魔合羅兒。〔正末云〕是好一個魔合羅兒也。張千。裝香來。魔合羅。是誰圖財致命。李德昌怎生入門就死了。你對我説咱。〔唱〕

【叫聲】你曾把愚痴的小孩提。教誨教誨的心聰慧。若把這寃屈事説與勘官知。

【醉春風】不强似你教幼女演裁縫。勸佳人學繡刺。要分别那不明白的重刑名。魔合羅全在你。你若出脱了這婦銜冤。我教人將你享祭。煞强如小兒博戲。

〔云〕魔合羅。你説波。可怎不言語。想當日狗有展草之恩。馬有垂韁之報。禽獸尚然如此。何况你乎。你既教人撥火燒香。你何不通靈顯聖。可憐負屈銜冤鬼。你指出圖財致命人。〔唱〕

【滚繡毬】我與你曲灣灣畫翠眉。寬綽綽穿絳衣。明晃晃鳳冠霞帔。粧嚴的你這様何爲。你若是到七月七。那其間乞巧的。將你做一家兒燕喜。你可便顯神通百事依隨。比及你露十指玉筍穿針線。你怎不起一點朱唇説是非。教萬代人知。

〔云〕魔合羅。是誰殺了李德昌來。你對我説咱。〔唱〕

【倘秀才】枉塑你似觀音像儀。怎無那半點兒慈悲面皮。空着我盤問你你將我不應對。我徹上下。細觀窺。到底。

〔正末做見字科云〕有了也。〔唱〕

【蠻姑兒】我則道在那壁。原來在這裏。誰想這底座兒下包藏着殺人賊。呼左右。上堦基。誰把高山認的。

〔云〕張千。你認的高山麽。〔張千云〕我認的。〔正末云〕你與我一步一棍打將來。〔張千云〕理會的。我出的衙門來試看咱。〔高山上云〕我去城裏討魔合羅錢去咱。〔張千做拿科云〕快走。衙門裹等你哩。〔高山云〕哎呀。打殺我也。〔做見跪科〕〔正末云〕你便是那高山。〔高山云〕是便是。不知犯甚罪。被這厮流水似打將來。〔正末云〕兀那老子。你曾與人寄信來麽。〔高山云〕老漢自小有三戒。一不作媒。二不做保。三不寄信。我不曾與人寄信。〔正末云〕着這老子畫了字者。〔高山云〕我不曾寄信。教我畫什麽字。〔正末云〕兀那老子。這魔合羅是誰塑的。〔高山云〕是我塑的。〔正末云〕着那婦人出來。〔旦見高云〕老的。你認的我麽。〔高山云〕姐姐。你敢是劉玉娘。你那李德昌好麽。〔旦云〕李德昌死了也。〔高山云〕死了也。到是一個好人來。〔正末云〕可不道你不曾寄信。〔高山云〕我則寄了這一遭兒。〔正末云〕兀那老子。你怎生圖財致命了李德昌。你從實招來。〔高山訴詞云〕聽我老漢一一説真實。孔目哥哥自思憶。去年時遇七月七。來到城裹覓衣食。行到城南五道廟。慌忙合掌去參謁。忽然有個李德昌。正在廟中染病疾。哭哭啼啼相煩我。因此替他傳信息。一生破戒只這遭。誰想回家救不得。老漢擔裹無過魔合羅。並没一點砒霜一寸鐵。怎把走村串疃貨郎兒。屈勘做了圖財致命殺人賊。〔正末云〕兀那老子。你與我實訴者。〔高山云〕正面兒的頭戴鳳翅盔。身穿鎖子甲。手裹仗着劍。左壁廂一個。戴黑樓兜子。身穿着緑襴。手拿着一管筆。挾着個紙簿子。右壁厢一個。青臉獠牙。朱紅頭髮。手拿着狼牙棒。〔正末云〕那個不是泥的。〔高山云〕你叫我實塑。〔正末云〕張千。與我打這老子。〔張千做打科〕〔正末唱〕

【快活三】魔合羅是你塑的。這高山是你名諱。今日個併贓拿賊更推誰。你剗地硬抵着頭皮兒對。

【鮑老兒】須是你藥殺他男兒又帶累他妻。呀你暢好會使拖刀計。漾一個瓦塊兒在虛空裏怎生住的。呀。到了呵須按實田地。不要你狂言詐語。花唇巧舌。信口支持。則要你依頭縷當。分星劈兩。責狀招實。

〔高山云〕孔目哥哥。休道招狀。我等身圖也敢畫與你。〔做畫字科〕〔正末云〕兀那老子。你近前來我問你波。〔唱〕

【鬼三台】你和他從頭裏。傳消息。沿路上曾撞着誰。〔高山云〕我不曾撞着人。〔正末云〕兀那老子。比及你見劉玉娘呵。城中先見誰來。〔高山云〕我想起來也。我入的城來。撒了一胞尿。〔正末云〕誰問你這個來。〔高山云〕我入城時。曾問人來。那人家門首弔着個龜蓋。〔正末云〕敢是鱉殼。〔高山云〕直這等鱉殺我也。他那門前又有個石船。〔正末云〕敢是石碾子。〔高山云〕若是碾着。骨頭都粉碎了。我見裏面坐着個人。那廝是個獸醫。〔正末云〕敢是個太醫。〔高山云〕是個獸醫。〔正末云〕怎生認的他是獸醫。〔高山云〕既不是獸醫。怎生做出這驢馬的勾當。他叫做甚麼賽盧醫。〔正末云〕劉玉娘。你認的賽盧醫麽。〔旦云〕他就是我小叔叔。〔正末云〕你叔嫂可和睦麽。〔旦云〕俺不和睦。〔正末唱〕聽言罷。悶漸消。添歡喜。這官司纔是實。呼左右問端的。這醫人與誰相識。

〔云〕張千。將這老子打上八十。爲他不應塑魔合羅。打着者。〔張千打科云〕六十。七十。八十。

搶出去。〔高山云〕哥哥爲甚麼打我這八十。〔張千云〕爲你不應塑魔合羅。〔高山云〕塑魔合羅打了八十。若塑個金剛就割下頭來。〔下〕〔正末云〕張千。將劉玉娘提在一壁。你與我喚將賽盧醫來。〔張千云〕我出的這衙門來。這個門兒就是。賽盧醫在家麽。〔李文道上云〕誰喚哩。我開門看咱。哥哥叫我怎的。〔張千云〕我是衙門張千。孔目哥哥相請。〔李文道云〕喒和你去來。〔張千云〕到也。我先過去。〔報科〕賽盧醫來了也。〔正末云〕着他進來。〔見科〕〔李文道云〕孔目哥哥。叫我有何事。〔正末云〕老相公夫人染病。這是五兩銀子。權當藥資。休嫌少。〔李文道云〕要什麽藥。〔正末唱〕

【剔銀燈】他又不是多年舊積。則是些冷物重傷了脾胃。則你那建中湯我想也堪醫治。你則是加些附子當歸。〔李文道云〕我隨身帶着藥。拿與老夫人吃去。〔張千云〕將來我送去。〔做送藥回科〕〔正末與張千做耳喑科云〕張千。你看老夫人吃藥如何。〔張千云〕理會的。〔下隨上云〕孔目哥哥。老夫人吃了藥。七竅迸流鮮血死了也。〔正末云〕賽盧醫。你聽得麽。老夫人吃下藥七竅迸流鮮血死了也。〔李文道慌科云〕孔目哥哥救我咱。〔正末云〕我如今出脱你。你家裏有甚麽人。〔李文道云〕我有個老子。〔正末云〕多大年紀了。〔李文道云〕俺老子八十歲了。〔正末云〕老不加刑。則是罰贖。賽盧醫。你若捨的你老子。我便出脱的你。你若捨不的呵。出脱不的你。〔李文道云〕謝了哥哥。〔正末云〕我如今説與你。我便道賽盧醫。你説小的。我便道誰合毒藥來。你便道是俺老子來。我便道誰生情造意來。你便道是俺老子來。我便道誰拿銀子來。你便道是俺老子來。

我便道不是你麽。你便道並不干小的事。你這般説。纔出脱的你。〔李文道云〕謝了哥哥。〔正末云〕張千。你着他司房裏去。你與我一步一棍打將那老子來者。〔唱〕那老子我親身的。問他是實。〔帶云〕張千。〔唱〕你只道見有人當官來告執。

【蔓青菜】你説道是新刷卷的張司吏。一徑的將你緊勾追。教我火速來喚你。但若有分毫不遵依。你將他拖向囚牢内。

〔張千云〕我出的這門來。老李在家麽。〔李彦實上云〕是誰喚我哩。〔張千云〕衙門裏喚你哩。〔李彦實云〕我和你去來。〔李老做見正末科云〕喚老漢有甚麽事。〔正末云〕兀那老子。有人告着你哩。〔李彦實云〕是誰告我。老漢有甚罪過。〔正末云〕是你孩兒李文道告你。你不信須認的他聲音也。〔唱〕

【窮河西】誰向官中指攀着伊。是你那孝子曾參賽盧醫。又不是恰纔新認義。須是你親姪。哎。老醜生無端忒下的。

〔李彦實云〕我不信。李文道在那裏。〔正末云〕你不信。聽我叫。賽盧醫。〔李文道云〕小的有。〔正末云〕誰合毒藥來。〔李文道云〕是俺父親來。〔正末云〕誰主情造意來。〔李文道云〕是俺父親來。〔正末云〕誰拿銀子來。〔李文道云〕是俺父親來。〔正末云〕都是誰來。〔李文道云〕並不干我事。都是俺父親來。〔正末云〕兀那老子。快快從實招來。〔李彦實云〕哥哥。這都是他做的事。怎麽推在我老子身上。〔正末云〕既是他。你畫了字者。〔李老畫字科〕〔張千云〕他畫了字也。我開開這門。〔李老打文道科云〕藥殺哥哥也是你。謀取財物也是你。强逼嫂嫂私休也是你。都是你來。都是你來。〔李文道云〕不是。我招的是藥殺夫人的事。〔李彦實云〕呀。我可將藥殺哥哥的事都招了也。〔李文道云〕招了咱死也。老弟子孩兒。〔正末唱〕

【柳青娘】只着這些兒見識。瞞過這老無知。却不你千悔萬悔。潑水在地怎收拾。諕的個黄甘甘臉兒如地皮。可不道一言既出。便有駟馬難追。已招伏。怎改易。要承抵。

【道和】方知端的。知端的。虚事不能實。忒蹺蹊。教俺教俺難根緝。教俺教俺躭干繫。使心機。啜賺出是和非。難支吾難支對。難分説難分細。那些那些咱歡喜咱伶俐。一行人箇箇服情罪。若非若非有天理。這當堂假限剛三日。可不的勢劍倒是咱先吃。

〔云〕一行人休少了一個。跟我見相公去來。〔府尹上云〕張鼎。問的事如何。〔正末云〕問成了也。請相公下斷。〔府尹云〕這樁事老夫已明知了也。一行人聽我下斷。本處官吏不才。杖一百永不叙用。李彦實主家不正。杖八十。年老罰鈔贖罪。劉玉娘屈受拷訊。請敕旌表門庭。李文道謀殺兄長。押赴市曹處斬。老夫分三個月俸錢。重賞張鼎。〔詞云〕奉聖旨賜賞還陞。張孔目執掌刑名。劉玉娘供明無事。守家私旌表門庭。潑無徒敗倫傷化。押市曹正法嚴刑。〔旦拜謝科云〕感謝相公。〔正末唱〕

【煞尾】想兄弟情親如手足。怎下的生心將兄命虧。我將殺人賊斬首在雲陽内。還報的這銜冤負屈鬼。

〔音釋〕賊則平聲　食繩知切　推退平聲　織張恥切　日人智切　實繩知切　得當美切　力音利　赤音恥　逼兵迷切　息喪擠切　肉柔上聲　鬁郎帝切　廋音搜　白巴埋切　宅池齋切　慧音惠　勘坎去聲　刺倉洗切　帔音配　七倉洗切　壁音彼　疃湯卯切　剗音產　識傷以切　積將洗切　執張恥切　姪征移切　拾繩知切　易銀計切　緝倉洗切　啜樞說切　賺音甚　訖音豈　喫音恥

題目　李文道毒藥擺哥哥

蕭令史暗裏得錢多

正名　高老兒屈下河南府

張平叔智勘魔合羅

玎玎璫璫盆兒鬼雜劇

楔子

〔冲末扮孛老楊從善上詩云〕暑往寒來春復秋。夕陽西下水東流。少年莫恃容顏好。不覺忙忙白了頭。老漢汴梁人氏。姓楊名從善。有個孩兒。喚做楊國用。今蚤到長街市上。尋個相識去。到這蚤晚。怎麽還不見回來。只索等待他波。〔正末扮楊國用上云〕自家楊國用是也。今蚤到長街市上。本意尋個相識。合火去做買賣。營運生理。遇着一個打卦先生。叫做賈半仙。人都説他靈驗的緊。只得割捨一分銀子。也去算一卦。那先生剛打的卦下。便叫道怪哉怪哉。此卦注定一百日内。有血光之災。只怕躲不過去。我問道。半仙。你再與我一算。看可還有什麽解處。那先生把算子又撥上幾撥。説道。只除離家千里之外。或者可躲。我待要走。他又喚轉來説道。這一百日之期。一日不滿。一日不可回來。切記切記。我因此心下慌張。只得到我表弟趙客家借了五兩銀子。置些雜貨。就躲災避難去。恰好今日是個好日辰。回家辭過父親。便索長行也。〔做入見孛老科〕〔孛老云〕孩兒。你回來了。〔正末云〕孩兒來了也。〔孛老云〕你往那裏去來。〔正末云〕父親。孩兒在長街市上撞見一個賈半仙。是打卦的先生。算孩兒命裏有，百日血光之災。除千里之外可躲。孩兒心下好生惶惑。只得和表弟趙客處借了五兩銀子。置辦些雜貨。做買賣去。就今日辭别了父親。只等到百日之後。躲過災難。便回家也。〔孛老云〕孩兒。便好道陰陽不可信。信了一肚悶。老漢眼睛一對。臂膊一雙。只覷着你哩。不争你去了呵。可着誰人養活老漢。孩兒。你不去罷。〔正末云〕那先生人都叫他做賈半仙。寧可信其有。不可信其無。孩兒去意已决。若留在家。也少不得害出場病來。只要父親省憂慮。姑待百日無事。孩兒便回家也。〔做拜别科唱〕

【仙呂賞花時】似這般少米無柴怎剷劃。因此上背井離鄉學買賣。將着那些少養家財。一來是躲災二來是做客。〔孛老云〕孩兒。你是必蚤些兒回來也。〔正末唱〕**我若是躲過呵可兀的早回來。**〔下〕

〔孛老云〕孩兒去了也。我只索收拾些酒食。送孩兒上路走一遭去。正是〔詩云〕心去意難留。留下結冤讎。任他前路去。得利自無憂。〔下〕

【音釋】剷音擺　劃胡乖切　客音楷聲

第一折

〔丑扮店小二上詩云〕别家做酒全是米。我家做酒只靠水。吃的肚裏脹膨脝。雖然不醉也不餒。在下店小二的便是。在這上蔡縣北關外十里店。開着個小酒務兒。但是南來北往。推車打擔。做買做賣的。都到俺小鋪來買酒吃。晚間就在此安歇。今日好晴明天氣。早些起來。收拾鋪面。定下些新鮮的案酒菜兒。挑出這草稕兒去。看有甚的人來。〔下〕〔正末挑擔兒上云〕俺楊國用。自從

離了家鄉。辭別了父親。出來做買賣。不覺三月期程。俺是乍出外。不曾行得慣。這路途吉丁疙疸的。蚤蹅破我這脚也呵。〔唱〕

【仙呂點絳唇】途路兜搭。客心瀟灑。倉忙煞。走的我力盡筋乏。〔帶云〕天色晚了也。〔唱〕我則見隱隱的可蚤斜陽下。

〔云〕楊國用。你也行動些。〔唱〕

【混江龍】做買賣的擔驚忍怕。眼見得疎林老樹噪昏鴉。〔帶云〕你看這日色。不淹淹的落下去了。〔唱〕不見了半竿殘日。只剩的一縷紅霞。行過這野水溪橋十數里。〔做望科云〕兀那前面不有人家也。〔唱〕遥望見竹籬茅舍兩三家。赤緊的人依古道。雁落平沙。過一搭荒村小徑。轉幾曲遠浦浮槎。喒則去那汪汪的犬吠處尋安札。世不曾閒閒暇暇。常則是結結的這巴巴。

〔云〕此間是所酒店。不免在這店裏借宿一宵去罷。〔做喚門科云〕小二哥。開門來。開門來。〔店小二上云〕是誰喚門。待我開開這門。〔做見科云〕是那裏來的客官。〔正末云〕我就是這裏汴梁人。你店裏有什麼乾净房子。借一間與我安歇。〔店小二云〕有有有。這一間閣子兒可也乾净。你今晚就在此安下。不知用什麼茶飯。〔正末云〕諸般茶飯都不用。只要點個燈來。借你閣子歇一夜。明日要蚤行哩。〔店小二云〕這等。我與你點上燈。你且歇息。我自後面睡去也。〔下〕〔正末睡科〕〔做打夢起云〕不知今夜怎生再睡不着。待我起來前後閒步咱。呀。這是一個小角門兒。不

免推開這門。看是甚麽去處。〔做覷科云〕原來一所花園。是好花也呵。〔唱〕

【油葫蘆】則見滿目春光景物誇。我在這月明中閒翫咱。又不知風吹柳絮可也是舞梨花。〔做驚科云〕好是奇怪。〔唱〕却被這海棠枝七林林將頭巾來抹。又被這薔薇刺急顫顫將紬衫來掛。我行過這松柏亭。見幾株桃杏花。更和這牡丹臺芍藥圃荼蘼架。我則在這花裏慢行踏。

〔云〕呀。花叢裏面一張矮桌兒。上面放着果疊杯盤。好齊整的酒食。敢就是這賣酒的人擺下的。〔唱〕

【天下樂】莫不是遊徧西湖賣酒家。這的是誰也波那。誰那擺設下。〔帶云〕我便喫上他一杯兒。怕做甚麽。〔唱〕便有那惜花人撞見怕做甚麽。〔做拿壺瓶科云〕我是看咱。原來滿滿的一壺好酒。待我斟一杯兒喫波。〔唱〕我待把香醪在盞内斟。〔帶云〕常言道飲酒須飲大深甌。戴花須戴大開頭。〔唱〕我待撚花枝在頭上插。我與你便葫蘆提拚醉殺。

〔云〕好酒也。我一發吃他幾杯。怕做甚麽。〔做坐下唱〕

【那吒令】花叢内展下。這軟簌簌的坐榻。桌兒上放下。這煖溶溶的玉斝。喉嚨裏嚥下。這香噴噴的爛瓜。看了這三月天。勝似那千金價。蚤飲過幾盞流霞。

〔云〕我怕不在這裏吃酒。不知我父親在家。可有這樣酒吃那。〔唱〕

【鵲踏枝】我臨去也折一朵大開花。明日個亝還家。單注着買賣和合。出入通達。〔邦老闇上做掤正末科云〕哏。這花敢有主麽。〔正末做驚科唱〕猛聽得叫一聲這花有主麽。哎。天也恰便似個追人魂黑臉那吒。

〔邦老做舉刀科正末唱〕

【寄生草】唬的我消磨了酒。慌的我撇掉了花。則見他威凜凜一表身材大。明晃晃一把鋼刀搯。不由我戰欽欽一片心腸怕。你道我爲甚麽怎敢不仾頭。也只爲一時間落他矮簷下。

【六幺序】哎喲。我這裏覷瞻罷。見了他惡勢煞。他骨碌碌將怪眼睜叉。迸定鼻凹。咬定鑿牙。則被你諕殺人那。〔邦老做揪住正末髮科〕〔正末唱〕哎喲。一隻手揪住咱頭髮。一隻手就把刀拔。眼見得血光災正應着龜兒卦。兀的不殘生潑命。斷送在海角天涯。

〔云〕只望哥哥可憐。饒俺一命咱。〔邦老云〕你也不要怨我。到明年今月今日今時。便是你的週年也。〔正末做哭科唱〕

【幺篇】哥呀。和咱。平日裏又没甚争差。怎便要殺壞咱家。小人呵則是我不合來這裏看花。〔孤衝上掤住邦老科云〕休殺休殺。〔正末唱〕猛見個掤住肩胛。叫道休殺。哎。這老爺爺又是誰家。〔孤云〕君子休驚莫怕。〔正末唱〕叫一聲君子休躭怕。那太僕兩手忙叉。哎。你個老爺爺是救命的活菩薩。你莫不是龍圖待制。開府南衙。

〔孤同邦老下〕〔正末做醒科云〕有殺人賊也。〔店小二慌上云〕殺人賊在那裏。〔正末云〕哥。你看我脖項上還有頭麽。〔店小二云〕你這客官。没頭呵。怎麽會説話。〔正末云〕呸。好個惡夢也。〔店小二云〕客官做甚夢來。你説與我聽波。〔正末唱〕

【金盞兒】我爲甚鬧喧嘩。累的你猛驚呀。只爲這適間夢裏多希詫。見一個碑亭般大漢把短刀拿。〔店小二云〕他拿刀待做甚麽。〔正末唱〕那漢待一刀殺壞我。〔店小二云〕可曾被他殺麽。〔正末云〕幸得一個老爺爺把他揙住。叫道休殺休殺。〔唱〕却是他平白地救了咱家。

〔帶云〕我這性命呵。〔唱〕纔得個寒灰重發燄。枯木再開花。

〔店小二云〕一了説春天的夢。秋天的屁。有什麽準繩在那裏。怕做甚麽。〔正末云〕悔氣。做這等一個不吉利的夢。天色已明了。小二哥。這二百錢送你做房錢的。我自上路去也。〔店小二云〕客官。房錢勾了。但願你前途没事。只管大着膽去。再不要把這個夢放在心上。以後往來。常常照顧小店。〔正末做挑擔兒上路科云〕小二哥。我去了也。〔下〕〔店小二云〕我看這客人臉上一道黑氣。前途或者做出事來。也不見得。呸。干我甚事。〔詩云〕閉門不管窗前月。一任梅花自主張。〔净扮盆礶趙同搽旦撇枝秀上云〕行不更名。坐不改姓。自家盆礶趙的便是。幼小間父母雙亡。不會做什麽營生。則是打家截道。殺人放火。做些本分的買賣。以外别的歹勾當。我也不做。昨日多吃了幾碗酒。在那柳陰直下歇息。夢見一個小後生。挑着兩個沉點點的籠兒。我趕着要殺他。却被一個白鬚老兒揪住我的肩膊。叫道休殺休殺。撒然覺來。可是南柯一夢。我離汴梁城四十里。在這破瓦村居住。開着一座瓦窑。賣些盆罐。又開着一座客店。招接那南來北往的經商客旅。在此安歇。若是本錢少的便罷。若是本錢多的。我便圖了那厮的財。致了那厮的命。大嫂。你守着舖面。我自歇息去也。倘有什麼客人到我店中投宿。你只推先要房錢。看他秤銀子時。若是有些油水。你便來叫我下手。〔搽旦云〕你終日只是喫酒。你又醉了也。你且睡去。有人來投宿。我自理會。〔净云〕我歇息去也。〔下〕〔搽旦云〕我撇枝秀元不是良家。是個中人。如今嫁這盆罐趙。做了渾家。兩口兒做些不恰好的勾當。俺這裏方圓四十里。再無一分人家。單則是我家開座店面。在此招接往來客旅。只要等那有本錢的到來。便是錢龍入門。我漢子盆罐趙自去睡了。我且不要掩上門。坐在店裏等着。看有什麼人來。〔下〕〔正末挑擔兒上云〕俺楊國用自從遇賈半仙。算了一卦。道我有一百日血光之災。只除千里之外可躲。爲此辭別了父親。出外躲災避難。因而做些買賣。謝得天地保佑。利增百倍。如今離家只得五十多里。你也行動些兒。趕回家去。見我父親。可不好也。〔做行科云〕呀。天色漸晚了。趕不到城如何。〔做屈指頭算科云〕俺自從離家日子。算來纔得九十九日。那賈半仙道。一日不滿。你也不要回家。如今前面還有四十里路。一時也趕不到。不如到那瓦窑村投宿。待到明蚤回去。可不滿了這一百日限也。〔做行到科云〕這裏正是瓦窑店。不免叫一聲。店主人有麼。〔搽旦上云〕是誰叫。〔正末云〕俺每是過路的。要投宿哩。〔搽旦云〕請裏面來。有乾净閣子大炕頭。儘好安歇。〔正末做入放擔科〕〔搽旦云〕客官。要吃什麼茶飯。〔正末云〕諸般茶飯都不用。只與我點個燈來。借宿一宵。明日絶蚤便行。〔搽旦云〕有。待我點燈去。扯下些紙來。撚個紙撚。蘸上些油。點上這燈兒。客官。燈在此。〔正末接燈科云〕大嫂穩便。〔搽旦云〕我男子不在家裏。客官。你説要蚤行。不是我小器相。先見賜些房錢。免得憎多道少。倒也乾净。〔正末云〕大嫂説的是。我就數錢與你。〔做開籠取錢遮掩科云〕這是二百好小錢。請大嫂收了。〔搽旦做一眼瞅擔兒科云〕錢有了。客官請自在罷。〔背云〕我看這兩個沉點點籠兒。是個有東西的。待我叫他去。盆罐趙。盆罐趙。〔净上云〕大嫂。你唤我做甚麼。〔搽旦云〕適纔有個客人投宿。挑着兩個籠兒。不知偌多本錢。好生沉重。他如今睡了。你不下手更待幾時。〔净云〕這等待我去。〔做拔刀踏開門科云〕那廝那裏。〔正末慌云〕在這裏。〔净揝住正末髮科云〕巧言不如直道。兀那廝。你有甚麼金銀財寶。快獻出來買命。〔正末云〕大哥。俺是個窮貨郎兒。那得金銀財寶來。〔净做怒科云〕村弟子孩兒。你不獻出來。我就殺了你。〔正末做怕科云〕有有有。大哥。我與你這一個銀子。〔净云〕你休怪。我不曾强要你的。可是你自家與我來。〔出見搽旦云〕大嫂。有了銀子也。〔搽旦云〕多少。〔净云〕是一個銀子。〔搽旦云〕哎喲。爲這場事。我一夜不曾睡。只問他要的一個銀子。你再問他要去。〔净云〕來來來。我還你這個銀子。〔正末云〕謝了大哥。〔净云〕少。我要你一頭兒。〔正末云〕大哥。這須是我的。〔净云〕哏。你不與我。我就殺了你。〔正末云〕有有有。我與你一頭兒。〔净提籠出見搽旦云〕大嫂。有了他一頭兒也。〔搽旦云〕也少。這一頭兒是什麼黄封聖旨。要不得他的。〔净云〕大嫂。也勾了。〔搽旦云〕你也這般説。這是天送來的財物。進了我家。怎生還放他出去。〔净云〕大嫂。你説的是。來來來。我鬬你耍。我不要你的。還你罷。〔正末云〕多謝了大哥。〔净云〕我一擔兒都要。〔正末做跪科云〕大哥。你也留些兒與我波。〔净喝云〕村弟子孩兒。你性命要緊。財物要緊。你不與我。我就殺了你。〔正末云〕大哥。將的去。將的去。〔净提籠兒〕〔正末舉匾擔做打科〕〔净回見云〕嗯。你待怎的。〔正末云〕大哥。你連這匾擔拿了去罷。〔净笑云〕倒是一個賊弟子孩兒。大嫂。有了東西也。天色未明。俺再歇息去。〔搽旦攔住云〕你那裏去。喒拿了他許多東西。他肯乾罷。你且躲在黑影兒裏。聽他説甚麽話波。〔净云〕好好好。家有賢妻。丈夫不遭横事。待我聽那厮説些甚麽。〔正末云〕嗨。楊國用也。躲了一百日災難。離家則有四十里田地。來到這瓦窑村盆礶趙家。將我偌多財物連籠兒奪去了。只要明日出得他店。一徑的到開封府包待制爺爺跟前。告將下來。追還我的財物。也未遲哩。〔搽旦云〕如何。他不則説出來。必然做出來。若是放了回去。可不倒着他道兒。不如只一刀哈喇了他。可不伶俐。〔净云〕大嫂。你説的是。來來來。你兩個籠兒都在這裏。還了你。我不要。〔正末云〕多謝了大哥。〔净云〕我别問你要一件東西。〔正末云〕大哥。你要甚麽。〔净云〕我問你要那顆頭。〔正末云〕哥也。連着筋哩。兀的不有人來也。〔邦老做回身科云〕在那裏。〔正末做蹬倒净科〕〔净起身揪住正末科〕〔正末云〕你殺我在那裏。〔净云〕我殺你在瓦窑裏。〔正末唱〕

【賺煞】殺我在瓦窑中。做鬼在黃泉下。我死後誰人救咱。只教我寃氣騰騰怎按納。〔云〕大哥。你得了我楊國用的銀子。便饒我性命也罷了。〔净云〕我銀子也要。性命也要。〔正末哭云〕父親。我再不能勾見你的面了。〔唱〕父親也可憐你泪眼如麻。望巴巴。定道我流落在水遠山遐。誰想道只隔得四十里橫屍這一搭。他將我圖財致殺。則我這楊國用怎生乾罷。〔云〕我便死也着那賊吃我一拳。〔做打科云〕着去。〔净舉刀迎科〕〔正末云〕我打不着他。倒被刀割了這手也。〔唱〕則我這一靈兒今夜宿誰家。

〔净殺正末倒科〕〔搽旦上云〕那厮殺了也。留這死屍在家裏。也不了當。不如拖他去窑裏燒了罷。〔净云〕大嫂説的是。我擡着頭。你擡着脚。丢在窑裏去。〔做擡正末丢下科云〕大嫂。搬將柴來。堆在窑門首。待我去燒起火來。這腿脡骨頭上。多放幾塊硬柴。〔搽旦云〕這個我曉得。〔做裝柴科〕〔净做吹火科云〕燒化了也。舀將水來。殺了火。拾將那骨殖來。放在碓臼裏。我便踏着碓。大嫂。你看成灰也未。拿細篩子來篩了。攪上些黃泥。捏做一個盆兒。底下畫個十字。夾在家火中間。架上柴燒起火來。封殺窑門。待到第七日纔來開窑。那厮也。這等火葬了你。倒也落的一個好發送。天那。可憐見我盆礶趙這點好心。天也與我半碗兒飯吃。〔同搽旦下〕

〔音釋〕餧奴鬼切　稕音准　搭音打　灑商鮓切　煞雙鮓切　乏扶加切　札莊賈切　咱兹沙切　抹音罵　顫音戰　踏當加切　那平聲　撧疽雪切　殺雙鮓切　簌蘇上聲　榻湯打切　斝音賈　達當加切　吒音渣　揢匡雅切　凹汪卦切　鬖慈騷切　髮方雅切　拔邦佳切　看平聲　胛

江雅切　薩殺賈切　詫瘡鮓切　更音京　當去聲　籠上聲　相去聲　横去聲　納囊雅切
舀音杳　碓音對

第二折

〔浄同搽旦上詩云〕爲人本分作經營。濬飯釃茶心自寧。平生莫做虧心事。半夜敲門不喫驚。自家盆罐趙的便是。自從殺了那楊國用。雖然得他好幾十兩銀子。這兩日連夢顛倒。我在床上睡。可被他拖我到地上。我在地上睡。又被他擡我到床上。好生傷擾不過。恐怕惹出些事故來。大嫂。你與我把這店門重重關上。只在家中静守他幾日者。〔搽旦云〕理會的。〔做關門科〕〔正末扮窑神上云〕小聖乃窑神是也。這盆罐趙做下這等違天害理的勾當。我如今去警戒他一番也呵。〔唱〕

【中吕粉蝶兒】行行裹雲霧籠合。來來來先着這冷颼颼滲人風過。按唐巾將俺這角帶頻挪。則這個殺人賊。圖財漢。常好是心麤膽大。我則道是血碌碌屍首堆垜。怎將他磣磕磕把盆兒捏做。

【醉春風】不争你搗骨旋燒灰。做的個當爐不避火。〔帶云〕這厮好無禮也。〔唱〕似這般腥臊臭穢怎存活。兀的不薰撲殺我。我。着這厮吃我一會掀騰。遭我一會磨難。受我一會折挫。

〔云〕來到此處。是他門首。這厮關着門哩。〔做推門科〕〔唱〕

【迎仙客】我將這門去推。他那裏緊關合。不鄧鄧按不住我這心上火。我如今。便向前忙問他。不由我語笑呵呵。蚤將這闊脚板把門桯踏破。

〔做踏開門净慌躲床下〕〔正末拿住搽旦科〕〔搽旦叫云〕神道。他躲在床底下哩。〔正末唱〕

【上小樓】做男兒的殺人放火。〔帶云〕賊也。〔唱〕你不合便隨風倒舵怎知道被我來揝住衣服。揪住頭稍。倒拽橫拖。這都是你不合。自攬着這場彌天災禍。〔搽旦云〕神道。這殺人事是盆礶趙做下的。並不干我事。〔正末云〕噤聲。〔唱〕也是你不合去殺人處一迎一和。

〔云〕你快拿這盆礶趙出來。〔搽旦做叫科云〕盆礶趙。快出來。神道要和你說話哩。〔叫三次科云〕神道。盆礶趙害怕。只是不肯出來。〔正末云〕昨夜楊國用投宿之時。那厮先去睡了。你只去叫得一聲。他便來了。今日如何叫他不出來。〔搽旦云〕你若有多少本錢。與我看一看。我也就去叫他出來。〔正末云〕噤聲。盆礶趙。你這許多本事。都到那裏去了。這床底下是躲得過的。你若是不出來。我就連床砍做肉醬。〔净做出頭窺科〕〔正末揝住頭髮拖出科〕〔唱〕

【幺篇】我一隻手揝着這厮腰。幾番待擲下火。將這厮剜着眼珠。掐着喉嚨。摘着心窩。〔做坐净身上科〕〔唱〕我且在。脊背上。端然穩坐。只問你殺平人怎生胡做。

〔净云〕你説是甚麼神道。等我好香燈花果祭賽你波。〔正末云〕我就是你家瓦窑神。〔净云〕啐。我養着家生哨裹。我一年二祭。好生供奉你。你不看覷我。反來折挫我。直恁的派賴。〔正末云〕你到今日。還是這等無禮。待我略用上些氣力。將你來坐做一個柿餅兒。〔净云〕我小人知罪了。只望上聖饒過些兒咱。〔正末放起净净叩頭科〕〔正末唱〕

【滿庭芳】却原來你也要饒些罪過。説甚的一年二祭。信口開合。誰着你燒窑人不賣當行貨。倒學那打劫的僂儸。你本是個會做作狠心大哥。更加着個會攛掇毒害虔婆。現如今死魂靈無着落。只待玎玎璫璫告過。兀的不做了莊子鼓盆歌。

〔净云〕上聖。你則是可憐見。饒過我者。〔正末云〕你既要饒。你快超度他生天。我便饒你。〔净云〕上聖。你饒了我。則今日高原選地。破木造棺。請高僧高道。做水陸大醮。超度他生天。你意下如何。〔净搽旦連叩頭科〕〔正末云〕盆礶趙。你夫妻兩個聽者。〔唱〕

【耍孩兒】囑付你夫妻每休做別生活。再不許去殺人也那放火。想人生總是一南柯。也須要福氣消磨。則守着心田半寸非爲少。便巴得分外千錢枉自多。天注定斟和酌。但保的家常大飯。又要如何。

【二煞】你背地裏去劫奪人。也防人要侵害我。豈不怕神明報應無差錯。休看的打家截道尋常事。你則想地獄天堂爲甚麼。運到也難逃躲。直待要高懸劍樹。又下油鍋。

〔云〕我想楊國用好苦也。盆罐趙。你夫妻兩個好狠也。〔唱〕

【一煞】他他他千般苦盡受過。纔博得鈔幾何。怎知道到家來橫惹這亡身禍。焰騰騰把骨殖加柴燎。克匝匝灰泥攪水和。燒的來影跡兒無些個。似這等逃災避難。倒不如奔井投河。

〔浄搽旦叩頭科云〕上聖。你若饒了我呵。我買香燈花果。好生祭賽你。〔正末喝云〕噤聲。〔唱〕

【尾煞】你先將那血痕兒掃拂的乾。再將他死魂兒安頓的妥。這便是你消災滅罪真功課。倒也强如花果香燈兀良常常的祭賽我。〔下〕

〔搽旦云〕那神道去了。喒打開窑看咱。〔浄做打開窑科云〕呀。一窑的家火都走的無了也。則剩下一個盆兒。我試看咱。是什麽記號。〔做拿盆看科云〕呀。正是那一個骨屑。留在家裏。恐怕惹出些無頭禍來。不如摔碎他娘罷。〔搽旦云〕休摔碎了。有張懺古老的問喒討個夜盆兒。你留着與他。怕做甚麽。〔浄云〕大嫂。你也説的是。待張懺古老的來時。我把這盆兒送他。等他拿去做夜盆兒。有他那老雞疤魘鎮。也不怕他有什麽靈變。大嫂。我被窑神打攪了一夜不曾睡得。我看看這門都是重重關好的。喒和。你歇息去來。〔詞云〕我在這瓦窑居住。做些本分生涯。何曾明火執仗。無非赤手求財。有何神號鬼哭。怕甚上命官差。拚個閉門安坐。一任天降飛災。〔搽旦同下〕

〔音釋〕分去聲　重平聲　合音何　滲森去聲　大音惰　垛多上聲　磣森上聲　磕音可　臊音騷
活音和　他音拖　蹅音渣　揩音皆　着池河切　和去聲　攛麤酸切　剜碗平聲　行音杭
落羅去聲　柯音哥　酌之可切　錯搓上聲　過平聲　奔去聲　捽音灑　憋音鱉　魘音掩
涯音諧　號平聲

第三折

〔正末扮張憋古上云〕老漢張憋古是也。幼年間在開封府做着個五衙都首領。如今老了也。多虧包待制大人可憐見。着老漢柴市裏討柴。米市裏討米。養濟着老漢。過其終身。有這瓦窑村盆罐趙小弟子孩兒。常在俺處寄賣家火。許了俺一個夜盆兒。數番家説謊。只是不與俺。老漢今日無甚事。不免到他家裏討這盆兒走一遭也呵。〔唱〕

【越調鬬鵪鶉】俺如今赤手空拳。少柴也那缺米。常則是甘分隨緣。麤衣糲食。俺從來壯歲無兒。更臨老也那喪妻。恰纔行了一直。又蚤歇了一會。可憐俺斑白頭毛。伛羸的這瘦體。

【紫花兒序】想起俺少時節眼明手捷。體快身輕。到如今老了也腰曲頭低。那裏每汪汪犬吠。隱隱疎籬。俺這裏舉目觀窺。原來是竹塢人家傍小溪。俺行到這盆罐兒趙家田地。走的來口内煙生。好着俺氣喘狼籍。

〔云〕蚤來到這瓦窑村盆礶趙家門首也。怎麽青天白日。關着門哩。這個弟子孩兒。又不知幹下甚的勾當。待俺唤門咱。〔做叫云〕盆礶趙。開門來。開門來。〔浄同搽旦上云〕是誰唤門。待我開這門看去。〔做見科云〕元來是張𢡟古。老的。你來我家做甚麽。〔正末云〕盆礶趙。你這弟子孩兒。你許了老漢一個夜盆兒。幾番家到俺處寄家火賣。只不與俺。這一個盆兒。值得甚的。直着老漢親自上門問你討那。〔浄云〕盆兒有。我可忘了。你倒記得。常言道老而不死是爲賊。正是你這樣人。〔搽旦云〕你看這白鬚搭颯的是像個賊。〔正末唱〕

【小桃紅】你道俺老而不死是爲賊。俺若不死成何濟。〔浄云〕老的也。你如今多大年紀。日逐柴米。是那個供給你。〔正末唱〕俺巴到新年便整整的八十歲。柴和米是誰給。只有您後輩無先輩。〔浄云〕老的也。你有幾個同輩弟兄。試説一徧與我聽咱。〔正末云〕俺同輩弟兄有十個。〔浄云〕可是那十個。〔正末云〕老的老了。死的死了。則剩下俺三個。王弘道。李從善。和老漢。〔唱〕呀。昨日個王弘道命虧。今日個李從善辭世。天那。則俺那一班兒白髮故人稀。

〔云〕盆礶趙。你與俺這夜盆兒。等俺回去。〔浄云〕大嫂。你取那盆兒出來。送張老的。〔搽旦取盆出科云〕兀的不是。你取了去。〔正末做取盆科云〕盆礶趙。你這盆怎生根了也。〔浄云〕哏。你這老的。我在後面窑上取出來的。纔放在地下。就會生了根。有這等話。〔正末云〕你這小弟子孩兒。許了俺一個盆兒。若多時纔與得俺。也該揀一個好的。怎生與俺個破聲雌雌的。不好俺不要。則與俺一個好的去。〔净虚轉科云〕老的。我另換一個與你。〔正末彈盆兒科云〕不好。有些聲叉。再換一個。〔净又虚轉科云〕這個盆兒好。〔正末云〕這一個像是好的。〔净笑科云〕左右是他。〔正末做取盆謝科云〕俺老漢回家去也。〔净云〕老的。你是往大路來的。往小路來的。〔正末云〕俺纔往大路上來。如今可往小路上回去。略近些兒。〔净云〕老的。天晚了。不如仍往大路回去。大路上没鬼。小路上可有鬼。〔正末云〕有鬼有鬼。我打你這賊嘴。俺是不怕鬼張懺古。汴梁有名的。俺會天心法。地心法。那吒法。書符呪水。吾奉太上老君急急如律令攝。就有鬼。見了俺時。蚤諕的他七里八里躲了也。〔净云〕你會天心法。地心法。那吒法。有這許多法。你去罷。〔做推出門科云〕大嫂。仍舊的關上門。到後院裏喫酒去來。〔同搽旦下〕〔正末上云〕老漢問盆礶趙討了一個盆兒。天色漸晚。只索趕回家去。適纔盆礶趙説小路上有鬼。誰不知道。俺是不怕鬼的張懺古。俺的性兒撮鹽入水。呀。天色晚了。俺也要行動些。〔唱〕

【天净沙】俺急煎煎向前路奔馳。〔做驚科云〕背後是什麽人走響。〔做回頭喝科云〕喂。那個。〔唱〕**是那個磕撲撲在背後追隨。**〔帶云〕兀的不諕殺老漢也。〔唱〕**這扯住我的不知是誰。**〔云〕誰不知老漢是不怕鬼的張懺古。俺的性兒撮鹽入水。俺會天心法。地心法。那吒法。書符呪水。吾奉太上老君急急如律令攝。便有鬼。見了俺時。蚤諕的他七里八里躲了。〔唱〕**莫不是山精鬼魅。**〔正末做跌科〕〔魂子上打正末科〕〔正末起喝云〕打鬼打鬼。〔做細看科唱〕**呀。却原來是**

棘鍼科抓住衣袂。

〔云〕呸。被這棘鍼科抓住。倒絆了我一交。〔做行科〕〔魂子做隨哭科云〕老的也。〔正末做驚科云〕那裏這般哭。〔魂子云〕老的也。〔正末做聽科云〕元來不是哭聲。有人叫老的老的。我想起來了。敢是那放牛的牧童。清早晨間出來。趕着三五隻牛兒。到晚來不見了一隻。你便道老的你可見我那牛兒來麼。小弟子孩兒。你不見了牛呵。干俺屁事。〔唱〕

【寨兒令】小孩兒每將俺欺。待捉弄俺這老無知。多敢是放牛的牧童没道理。〔魂子做哭科〕〔正末云〕兀的不是哭聲。〔唱〕做什麼切切悲悲。哭哭啼啼。〔帶云〕哦。我曉得了。〔唱〕莫不是風緊雁行疾。

〔魂子做哭科〕〔正末聽科云〕又不是雁聲。是那個哭哩。〔唱〕

【幺篇】眼見的路絶人稀。不由俺不諕的魄散魂飛。〔魂子做打正末頭科〕〔正末喝云〕打鬼打鬼。〔唱〕我聽沉了多半晌。〔做回顧科唱〕覷瞻了四週圍。〔帶云〕打鬼打鬼。〔唱〕呀。呆老子也却原來是一個土骨堆。

〔云〕老漢可也老的糊突了。一個土骨堆只管叫道有鬼有鬼。俺是不怕鬼的張懺古。俺的性兒撒鹽入水。俺會天心法。地心法。那吒法。書符咒水。吾奉太上老君急急如律令攝。便有鬼。見了俺時。早諕的他七里八里躲了也。〔魂子做叫科云〕老的也。〔正末云〕則被這鬼纏殺我也。幸喜來到家門首了。草索兒拴着門。待俺放下這盆兒。解掉草索。開開這門。〔做取盆入門魂子隨入科〕

〔正末做歎氣魂子亦歎氣科〕〔正末唱〕

【黄薔薇】他那裏吁吁的喘氣。俺這裏轉轉的疑惑。剛走到家來可便坐地。猛然間心中記起。

【慶元貞】俺出門紅日乍平西。歸時猶未夕陽低。怎教俺擔驚受怕着昏迷。〔做沉吟科云〕嗨。俺是忘了。〔唱〕這都是。咱老背悔。門兒外不曾撒的把兒灰。

〔云〕人説門前撒下一把灰。那邪神野鬼便不敢進來。〔魂子云〕老的也。我進來多時了也。〔正末云〕待俺房簷上扯把草兒去燒着火來。〔做扯草科云〕草可有了。俺去時節竈窩裏埋着些牛糞火兒。俺看有也是無。〔做吹火科〕〔魂子打正末口科〕〔正末云〕燒鬍子也。呸。原來是個猫兒撞將出來。把鬢髮髭鬚争些兒都燒了。〔做罵科云〕俺知道了也。是隔壁王婆婆家的猫兒。他也不喂這猫兒。常來俺這邊偷東西吃。等俺罵他去。王婆婆。你家的猫兒你不喂。他到俺家來。放下的肉也偷吃了。飯也偷吃了。雞兒鴨兒也偷吃了。竈裏灰也偷吃了。你還强嘴哩。到明日和你整理。〔做點燈科云〕待我點起燈來。〔做提羊皮科云〕這羊皮襖上不知是虱子也是虼蚤。我試尋咱。〔魂子云〕老的也。兀的不是一個虼蚤。〔正末云〕干你腿事。等我鋪下這羊皮襖睡一覺波。〔做鋪羊皮睡科〕〔魂子做偷羊皮科〕〔正末云〕好是奇怪。每日價鋪着這羊皮。暖烘烘的睡覺。怎麽今日冰也似這般冷的。〔做摸科云〕原來偷了俺羊皮去。有賊也。地方拏賊那。〔唱〕

【黄薔薇】俺這裏高聲叫有賊。慌走到街裏。又無一個巡軍捷譏。着誰來共咱應對。

【慶元貞】扭回身疾便入房内。〔做跌科〕〔唱〕被門桯絆我一個合撲地。〔魂子將羊皮在正末頭上轉科〕〔正末云〕拿住賊也。〔唱〕一隻手揪住這廝潑毛衣。使拳搥。和脚踢。呸。原來是一領舊羊皮。

〔云〕原來這羊皮襖蓋在我頭上。倒叫有賊。害得俺一夜不曾得睡。俺可要起來小解了。有盆礶趙與俺一個盆兒。俺試用咱。〔做溺尿科〕〔魂子掇過盆兒科〕〔正末云〕怎生不聽見盆裏響。倒在地下響。〔做摸科云〕嗨。老漢老的糊突了。盆兒在那邊。可在這邊小解。〔做過那邊科〕〔魂子又掇過盆兒科〕〔正末摸科驚云〕可怎生又走過那邊去了。〔魂子頂盆兒科〕〔正末摸科云〕哎喲。可怎生起在半空裏來了也。〔唱〕

【禿厮兒】本指望早起晚夕。方便俺浄手更衣。吃了這湯多水多偏夜起。誰想道。有今日。這般樣蹺蹊。

【聖藥王】俺可便趕到這壁。他可便走到那壁。則見他來來往往半空飛。他可便走到這壁。俺可便趕到那壁。㦬得俺渾身上下汗淋漓。哎喲。恰好是一夜不曾尿。

〔魂子拿盆兒近前跪科〕〔正末驚科〕〔唱〕

【鬼三台】則見他來到根底。諕的俺忙迴避。〔魂子云〕老的也。可不道你這性兒撮鹽入水哩。〔正末唱〕俺性格兒撮鹽入水。〔魂子云〕你不是張㦬古。〔正末唱〕俺名姓你須知。〔魂子云〕

可不道你是不怕鬼的。〔正末唱〕鬼也俺從今後怕你。〔魂子云〕你會天心法那。〔正末唱〕天心的這正法俺可也不省得。〔魂子云〕你會那吒法那。〔正末唱〕鬼也那吒的那法力不理會。〔魂子云〕你不會呪水書符。〔正末唱〕俺那裏會呪水書符。都則是瞞神也那謊鬼。〔魂子云〕老的也。你怎的這天心法。地心法。那吒法。可都不濟事了那。〔正末唱〕

【調笑令】俺這裏問你。你待欲何爲。〔魂子云〕你試猜着。〔正末唱〕你莫不是野鬼孤魂索酒食。〔魂子云〕不是。〔正末唱〕是什麽邪魔外道通名諱。〔魂子云〕也不是。〔正末云〕又不是。〔唱〕畢竟是甚的東西。〔魂子云〕我便是這盆兒。這盆兒便是我。〔正末唱〕他與了我個夜盆兒定害的俺無整理。〔云〕盆礶趙弟子孩兒也。〔唱〕若是那水缸呵着俺怎地支持。〔云〕俺且問你。你是個人。可還是個鬼。怎生到得俺家裏來。〔魂子云〕我在你衣襟底下帶進來的。〔正末駡門神科云〕俺駡那門神户尉去。好門神户尉也。你怎生把鬼放進來了。俺要你做甚麽。〔唱〕

【麻郎兒】俺大年日將你帖起。供養了饊子茶食。指望你驅邪斷祟。指望你看家守計。

【幺篇】呸。俺將你。畫的。這惡支殺樣勢。莫不是盹睡了門神也那户尉。兩下裏桃符定甚大腿。〔做扯碎鍾馗科〕〔唱〕手攞了這應夢的鍾馗。

〔魂子云〕老的也。你與我做主咱。〔正末云〕你説的明白。俺好與你做主。〔魂子做哭科云〕老的可憐見。孩兒叫做楊國用。就是汴梁人販些南貨做買賣去。賺得五六個銀子。前日回來。不期天色晚了。投到瓦窑村盆罐趙家宵宿。他夫妻兩個圖了我財。致了我命又將我燒灰搗骨。捏成盆兒。則指望盛湯盛水。不想道送你老人家。做了個夜盆兒。這腌臢臭穢。教我如何受得。老的也。怎生可憐見。與我做主咱。〔正末云〕哦。原來如此冤枉。盆兒也。争奈你是個鬼魂。俺是個人。可怎生與你做主。〔魂子云〕老的也。你則把這盆兒拿到包待制爺爺面前。你去那盆沿兒上敲三下。我就玎玎璫璫的説起話來。〔正末云〕既是這等呵。俺便與你做主。天色明了。俺鎖了門。拿這盆兒見包待制走一遭去。〔做出門科云〕且住。私場演。官場用。若到開封府去。他不説時。如何是了。待俺試敲咱。這是盆沿兒。〔做敲科云〕一二三。〔魂子云〕老的。你教我説。我玎玎璫璫的説與你聽。〔正末唱〕

【收尾】俺將這瓦盆兒親提到南衙内。直告那龍圖待制。便不拿的他下地獄且由他。〔帶云〕盆兒也。〔唱〕但得你見青天恁時節可也快活殺你。〔同魂子下〕

〔音釋〕糲邦架切　直征移切　羸音雷　塢音五　籍精妻切　賊則平聲　給更移切　叉去聲　魅音昧　抓莊瓜切　疾精妻切　晌音賞　骨音古　息喪擠切　惑音回　桯音汀　躢音體　夕星西切　日人智切　壁兵迷切　得當美切　食繩知切　祟音歲　攞羅上聲　馗音葵　盛音成　腌音菴　臢音簪

第四折

〔外扮包待制引丑張千祗從上〕〔張千喝科云〕喏。在衙人馬平安。擡書案。〔包待制云〕法正天心順。倫清世俗淳。筆題忠孝子。劍斬不平人。老夫姓包名拯。字希文。乃廬州金斗郡四望鄉老兒村人也。幼年間進士及第。累蒙擢用。皆因老夫秉性正直。歷任廉能。有十分爲國之心。無半點於家之念。謝聖恩可憐。加拜龍圖閣待制。正授南衙開封府府尹之職。敕賜勢劍金牌。容老夫先斬後奏。專一體察濫官污吏。與百姓伸冤理枉。今日陞廳坐起早衙。張千。喝攛厢者。〔張千云〕理會得。擡放告牌出去。〔正末拿盆兒上云〕老漢來到這開封府門首。試敲這盆兒咱。〔做敲科云〕一二三。〔魂子云〕我玎玎璫璫的説。〔正末云〕喒告狀去來。〔唱〕

【正宫端正好】抱着他冤楚楚瓦盆兒。直到這另巍巍公堂下。只待要如律令把賊漢擒拿。誰似這龍圖包老聲名大。俺索向屏墻側偷窺罷。

【滚繡毬】俺則見狠公吏把荆杖搊。惡曹司將文卷押。兩邊厢擺列着勢劍銅鍘。中間裏端坐個象簡烏紗。〔帶云〕盆兒。這所在不來也罷了。〔唱〕盆兒也道假來你又不是假。道要來你又不是耍。直被你諕得人心慌膽乍。没來由俺可也做這等冤家。〔帶云〕盆兒。俺囑付你幾句。若是包待制問你之時。你要説的仔細者。〔唱〕盆兒也若是你今朝不把情由訴。

〔帶云〕俺張懺古呵。〔唱〕平日空將正直誇。早准備帶鎖披枷。

〔云〕盆兒也。俺如今過去敲三下。你便言語。〔魂子云〕老的也。我玎玎璫璫的説。〔正末云〕告冤屈。〔包待制云〕張千。甚麼人叫冤屈。與我拿將過來。〔張千云〕當面。〔正末入跪科〕〔包待制云〕張懺古這老兒。在衙門辦事年久。無人養濟。我着他柴市裏討柴。米市裏討米。養贍終身。想必那街市上小民欺負這老兒。不肯給他柴米。以此來告冤屈。兀的老兒。你有甚麼銜冤負屈的事。你從實説來。老夫與你做主。〔正末云〕老漢張懺古。没什麼冤屈。這個盆兒冤屈。〔包待制云〕兀那老兒。你不冤屈。這盆兒怎生冤屈。〔正末云〕大人。俺老漢在這盆沿上敲三下。這盆兒便玎玎璫璫的説。〔包待制云〕是真個。兀那老兒。你敲。張千試聽者。〔正末敲科云〕一二三。盆兒也。〔包待制云〕張千。你聽見他説些甚麽。〔張千做側耳聽科云〕爺爺。這老兒弄虚頭。並不聽得一些兒聲響。〔正末云〕他可不言語了。〔包待制云〕我也道這老兒老的糊突了。那曾有盆兒會玎玎璫璫説話的道理。張千。與我搶出去。〔張千云〕理會的。〔做搶正末出科〕〔正末云〕他怎麼不言語。俺試敲這盆兒咱。〔做敲科云〕一二三。〔魂子云〕我玎玎璫璫的説。〔正末云〕你恰纔在那裏去。〔魂子云〕我恰纔口渴的慌。去尋一鍾兒茶吃。〔正末云〕還打諢哩。你恰纔不來呵。諕的俺一柄臉倒焦黄似茶色也。〔魂子云〕老的。你與我做主咱。〔正末云〕俺與你再叫冤屈去。〔再叫科云〕冤屈也。〔包待制云〕張千。誰在衙門首這般大驚小怪的。〔張千云〕又是張懺古老兒叫冤屈。〔包待制云〕他怎麽又叫冤屈。着他進來。〔正末做跪科〕〔包待制云〕你有甚麽冤屈。〔正末云〕大人。這盆兒委實冤屈。適纔出衙門外敲他三下。他便玎玎璫璫的説。〔做敲科云〕一二三。盆兒也。〔包待制云〕張千。你聽他説些甚麽來。〔張千云〕想是只這老兒聽的。小人實不曾聽見什麽説話。〔正末自做聽科云〕他可怎生又不言語了。〔包待制云〕張千。將那老兒搶出去。〔張千搶正末出科云〕你這老兒。這是法堂上。不是你弄虛頭的去處。快回去罷。〔止末出歎科云〕嗨。俺張慠古一生正直。今日被這盆兒都喪壞了也。〔唱〕

【叨叨令】俺爲甚的無柴少米不納民間價。爲甚的穿衙入府不受官司駡。也則爲公心直道從没分毫詐。也不是强唇劣嘴要做鄉村霸。則被你都壞了我也麽哥。則被你都壞了我也麽哥。倒不如吞聲忍氣依舊回家罷。

〔云〕待俺再敲那盆兒咱。〔做敲科云〕一二三。〔魂子云〕老的也。怎麽那。〔正末做惱科云〕你又在那裏來。〔魂子云〕我害飢。去吃個燒餅兒。〔正末云〕你恰纔不來呵。險些兒被包待制打出俺屁來哩。〔魂子云〕老的也。你與我做主咱。〔正末唱〕

【醉高歌】你背地裏玎玎璫璫説話。着緊處你便粧聾作啞。俺只待提起來望這街直下。摔碎你做幾片零星瓦查。

〔魂子云〕老的也。不争你摔碎盆兒呵。誰與我伸這冤屈來。〔正末云〕盆兒。你可曾見麽。〔魂子云〕我見甚麽。〔正末唱〕

【紅繡鞋】恰纔那麤棍子渾如臂大。他將俺打一下直似鈎搭。你是個鬼魂兒倒捉弄俺

老人家。〔魂子云〕老的也。你與我再過去那。〔正末唱〕不是俺怕將他這門桯驀。也不是俺懶將他這地皮踏。〔魂子云〕老的也。你不過去。誰與我做主咱。〔正末唱〕盆兒也俺可便待今番吃了三頓打。

〔魂子云〕老的也。不是我不過去。只被那門神户尉當住。不放過去那。〔正末云〕既如此。何不蚤説。待我再叫。〔做叫云〕冤屈也。〔包待制云〕這老兒又叫冤屈。着他進來。〔正末入跪科〕〔包待制云〕你這老兒怎生冤屈。〔正末云〕俺這盆兒委實的冤屈。〔包待制云〕這老兒好無禮也。兩次三番將着這盆兒戲弄老夫。你説的是。萬事罷論。説的不是呵。不道的饒了你哩。〔正末云〕望大人停嗔息怒。暫罷狼虎之威。聽老漢慢慢的訴説一徧咱。〔詞云〕小人開年八十多年紀。聽我一一從頭説至尾。去時昏昏慘慘日猶高。回來陰陰沉沉天道黑。點盞半明半闇壁上燈。本待穩穩安安睡個美。忽聽哽哽咽咽哭聲微。着我受怕躭驚重坐起。問他是神是鬼是妖精。他道盆兒便是咱身體。因此替他叫屈到衙門。上告待制老爺聽端的。人人説你白日斷陽間。到得晚時又把陰司理。也曾三勘王家蝴蝶夢。也曾獨糶陳州老倉米。也曾智賺灰闌年少兒。也曾詐斬齋郎衙内職。也曾斷開雙賦後庭花。也曾追還兩紙合同筆。只要分付那懒懒懆懆狠門神。休當住咱玎玎璫璫盆兒鬼。〔唱〕

【小梁州】上告你個待制爺爺俯鑒察。念小人怎敢調弄姦猾。只爲你那門神户尉一似狠那吒將巨斧頻頻掐。〔帶云〕大人。你則覷波。〔唱〕他是一個鬼魂兒怎教他不就活驚殺。〔包待制云〕是是是。大家小户有個門神户尉。那屈死的冤魂。被他當住。所以進來不得。張千。你去取將金錢銀紙來者。〔詩云〕老夫心下自裁劃。金錢銀紙速安排。邪魔外道當攔住。單把屈死冤魂放過來。〔張千做燒紙科云〕我燒了一陌兒紙錢。你看好陣冷風也。〔魂子隨風入跪科〕〔正末唱〕

【幺篇】俺只見金錢銀紙剛燒罷。見一陣旋風兒逐定咱家。俺便割捨的盆沿上。敲三下。〔做敲科云〕一二三。盆兒也。〔魂子云〕我玎玎璫璫的説。〔正末云〕慚愧。〔唱〕**他道玎玎璫璫説話。**〔帶云〕大人試聽咱。〔唱〕**他可敢説的個有根芽。**

〔包待制云〕那廳階下一個屈死的冤鬼。别人不見。惟老夫便見。兀那鬼魂。你有甚的冤枉事。你備細説來。老夫與你做主。〔魂子云〕孩兒每祖貫汴梁居住。遇着個賈半仙。算孩兒一卦。道有百日血光之災。千里之外可躲。孩兒便辭别了父親。一來販些南貨做買賣去。二來就躲災逃難。且喜買賣稱意。賺的五六個銀子。轉回家來。已是九十九日了。未滿百日之期。不敢便歸。因此在這四十里外瓦窑村盆礶趙家投宿。不意他夫妻兩個。圖了咱財。致了咱命。又將孩兒燒灰搗骨。捏成盆兒。其實好苦楚也。〔詞云〕念孩兒避災遠出。做買賣他州外府。雖然賺百倍錢財。却受盡萬般辛苦。轉回來止隔得四十程途。權向這他家寄宿。夫妻每當夜生心。都狠毒如狼似虎。被殺死一命歸陰。又將我燒灰搗骨。夾泥水捏做盆兒。送與那老張懒古。何指望盛水盛湯。只要免夜盆不許。因此上玎玎璫璫。備將我衷情訴與。告你個青天老爺。替我這屈死冤魂做主。〔包待制云〕果然有這等冤枉事。張千。你去拿將盆礶趙夫妻兩個一步一棍打將來者。〔張千云〕理會的。〔做出科叫云〕盆礶趙在家麽。〔净上云〕喚我的是那個。〔張千云〕你妻子在那裏。〔净云〕他是樂户。除名久了也。還要喚官身哩。〔張千云〕哏。包爺有勾。快叫他出來。〔搽旦上云〕張千哥哥。一向不見你。怎麽越狠了也。請家裏待茶去。〔張千云〕包爺爺久等哩。行動些。〔做到稟云〕犯人當面。〔净搽旦跪科〕〔包待制云〕兀那盆礶趙。你謀死楊國用。有人告你哩。〔净云〕小人一家兒都是吃齋念佛的。並不曾謀死什麽楊國用。不知那個是原告。等小人與他面對。〔包待制云〕是張𢤱古告你。〔净云〕你這老子好無禮也。我白白的送你一個夜盆兒。有甚的不是處。倒把人命來告我。思量綮詐我那。〔正末云〕你這賊漢。你當日與俺這盆兒時。俺道這盆聲雌雌的不好。要另換一個。換了三次。你只把這盆兒與俺。拿回家來。被他哭哭啼啼打攪了一夜不曾得睡。這也罷了。害的俺滿地都溺上尿。他玎玎璫璫的説起話來。道是怎麽長。怎麽短。都是你這盆兒説的。俺知道什麽楊國用有五六個銀子。你要謀他的。〔净云〕難道這盆兒在我家不説話。到你家裏便説起話來。我不信。〔搽旦云〕那有這等説話。敢是這老子要詐我隻水缸哩。〔正末唱〕

【快活三】哎。你個盆趙大。怎看得俺似小娃娃。與了俺一個夜盆受用咱。倒着我躭驚怕。

【朝天子】盆兒也俺討的到家。險將俺來唬殺。〔云〕大人不信。只差人看去。〔唱〕現如今一謎裏尿胡下。〔包待制云〕那厮在窑中怎生殺人來。〔正末云〕大人。〔唱〕則他這瓦窑村更狠如蓼兒洼。你便是有官防難彈壓。他殺壞了平人。燒做了片瓦。死魂靈都消化。你若要正法。直將他萬剮。〔帶云〕大人。〔唱〕這的也稱不了那冤讎大。

〔净云〕你要坐人死罪。怎憑得你口裏説。你則教那盆兒玎玎璫璫的説。我纔心服。〔正末做敲科云〕一二三。盆兒也。〔魂子云〕盆礶趙。你夫妻兩個。也有今日麽。〔做打净科〕〔净云〕你不要執我。放我家去。做好事與你。包管得超度生天。我是有銀子的人。決不賴你的。〔魂子打搽旦云〕你在我腿脡骨上加上幾塊硬柴。燒的我好苦也。〔搽旦做怕科云〕那時節你死也死了。有甚的苦。〔包待制云〕張千。選大棍子來。每人先打一百。取官綿紙一張。着司房責下口詞。等他夫妻兩個畫了准伏。當堂判個斬字。即日押赴市曹。將他萬剮千刀。凌遲處死。〔張千云〕理會的。〔做打科〕〔拿紙着净畫字科〕〔净云〕我畫我畫。殺死楊國用是我來。謀他五六個銀子也是我來。燒灰搗骨也是我來。揑做盆兒也是我來。當日睁着眼做。今日合着眼受。大嫂。只是帶累了你。〔搽旦云〕開封府堂上除了殺則是打。料想把我燒灰搗骨。做盆兒不成。怕做甚的。殺了罷。殺了罷。〔丑扮劊子執刀押净搽旦下〕〔魂子云〕我也到法場上看看。權做個監斬官去也。〔做叩謝包待制隨下〕〔包待制云〕張千。你與俺將盆礶趙的家私盡數抄没。將來均分做兩處。一半給賞張憋古。見義當爲。能代人鳴冤雪枉。一半給楊國用的父親。作爲養贍之資。并將這盆兒交付與他。携歸埋葬。一面揭榜示衆。通行知悉者。〔詩云〕不是孤家好殺人。從來王法本無親。餘資並給殘年叟。

虛塚能招既死魂。莫道一時無義士。肯令三尺有冤民。從今揭榜通知後。留與人間作異聞。〔正末叩頭謝科云〕若不是大人呵。這冤枉事何時伸理。真個威德如天。非同小可也。〔唱〕

【四邊靜】念老漢蒼顏白髮。不爲那冤魂也不到這府衙。〔帶云〕你個包待制呵。〔唱〕威德無加。神鬼皆驚詫。從今後傳播。天涯。做一段新奇話。

〔音釋〕拯音整　撾莊瓜切　押羊架切　鍘閘上聲　贍傷佔切　驀音賣　黑亨美切　職張恥切　筆邦美切　燥音竈　擦抽鮓切　猾呼佳切　掐强雅切　旋去聲　出音杵　宿須上聲　紮音扎　謎迷去聲　壓羊架切　法方雅切　剮音寡　令平聲

題目　咿咿啞啞喬搗碓

正名　玎玎璫璫盆兒鬼

荊楚臣重對玉梳記雜劇

賈仲名撰

第一折

〔搽旦扮卜兒上云〕老身姓顧。在這松江府住坐。有個女孩兒。小字玉香。年方二十歲。生的十分大有顔色。做着個上廳行首。與一個揚州府秀才荊楚臣作伴。二年光景。那生在俺家裏。使了數十錠銀子。如今有東平府客人柳茂英。裝二十載綿花來這松江貨賣。着人請他去了。這早晚敢待來也。〔浄扮柳茂英上云〕自家柳茂英。東平府人。裝了二十載綿花。來此松江府貨賣。此間有個歌者顧玉香。我有心與他作伴。夜來見了那媽媽。今日使着個梅香來請。事必諧矣。我索走一遭去。〔見科〕〔卜兒云〕柳官人。你放心。那荊生被我趕將出去了。你歡喜咱。〔浄云〕先留五十兩銀子。與妳妳做茶錢。料着二十載綿花。也不到的剩一分回去。〔同下〕〔正旦扮顧玉香上云〕妾身姓顧。小字玉香。在此做着個上廳行首。二年前與荊楚臣作伴。俺家使過他數十錠花銀。俺娘見他没東西了。日日撚他去。他一口氣成病。使性兒出去了。可早數日光景。那生被廉恥所拘。不肯上門。我着伶兒尋他去了。暗想俺這門衣飯。又無甚黄牛耕。黑牛種。止則是賣笑求食。非同容易也呵。〔唱〕

【仙吕點絳唇】風月家門。又無資本。别營運。止不過送舊迎新。憑賣笑衣食穩。

【混江龍】倚仗着高談闊論。全用些野狐涎撲子弟打郎君。散春情柳眉星眼。取和氣皓齒朱唇。和他笑一笑敢忽的軟了四肢。將他靠一靠管烘的走了三魂。爲俺呵搬的那讀書的慵觀經史。作商的懶去辛勤。爲吏的焉遵法度。做官的豈惜簪紳。生着那義和的兄弟厮尋争。孝順的兒子學生分。都是俺個敗人家油鬏髻太歲。送人命粉臉腦凶神。

（丑扮伶兒同末扮荆楚臣上云）姐夫。快行動些。（荆楚臣云）小生荆楚臣。本貫廣陵人也。遊學至此松江府。與上廳行首顧玉香作伴二年。被虔婆板障。將小生氣成疾病。出來在相知人家暫住。恰纔大姐着伶兒來尋。則索走一遭去。（見科）（正旦悲云）楚臣。你好下的數日間闊。（荆楚臣云）大姐情分。生死不忘。啣結難報。（正旦唱）

【油葫蘆】覷了這惜玉憐香心上人。教喒家情越親。那勞承那敬愛那温存。（荆楚臣云）大姐。則被你情繫人心早晚休。（正旦唱）則喒這情牽人意終朝印。似恁的塵隨馬足何年盡。（荆楚臣云）妳妳如此板障。姻緣不久矣。（正旦唱）俺娘翻手是雨。合手是雲。常則是惡哏哏緊搭着條黄桑棍。端的待打殺卧麒麟。

【天下樂】俺娘自做師婆自跳神。一會家難禁努目訕筋。俺那娘颩着一個冷鼻凹百般兒没事狠。（帶云）見了那名公文士每來呵。（唱）嫌的是張秀才李秀才。（帶云）見那公子舍人上門呵。〔唱〕愛的是王舍人劉舍人。他那些喬殷勤佯動問。

〔荆楚臣云〕大姐。省一句兒。恐怕妳妳聽的。〔卜兒上云〕我聽的多時也。俺女孩兒對着荆秀才駡我。也罷。荆秀才出去。〔正旦云〕妳妳。他在喒家使了偌多銀兩。再留住一程兒。你若不肯。我尋個自盡。〔卜兒云〕生分小賤人。着他快出去。〔正旦唱〕

【村裏迓鼓】間別了俺故人恩愛。便絕了喒子母情分。若不是三年乳哺十月懷躭。也曾受過的苦辛。敢將你扯拽衣袂。搯揉皮肉。揪撏頭鬢。〔卜兒云〕不發跡的窮生。趕不出門去。你是讀書人。廉恥也不顧。你不羞那。〔正旦唱〕妳妳。他耐了你萬種羞。受了你千般氣。俺家裏也使了他數錠銀。〔帶云〕不勾二年。銀兩使盡。剗地趕他出去。〔唱〕他則索狼吃幞頭心兒裏自忍。

〔卜兒做氣科云〕別人家養女兒孝順。偏我家這等生分。〔正旦唱〕

【元和令】常言道母慈悲兒孝順。則爲你娘狠毒兒生分。每日家三餐飽飯要腥葷。四季衣換套兒新。〔卜兒云〕須不是荆秀才的錢物。〔正旦唱〕送的他離鄉背井。進退無門。恰便似湯澆雪風捲雲。

【上馬嬌】你那眼又親。手又准。似餓鵰撲鵪鶉。將一座花柳營生扭做迷魂陣。真是個女弔客母喪門。

【遊四門】再休想不應親者强來親。則理會的説響鈔共精銀。恁那之乎者也都休論。使不着調子曰弄詩云。待做惜花人。

【勝葫蘆】眼前面便是西出陽關無故人。〔卜兒云〕走的快着。〔正旦唱〕不帶傷也着昏。生逼人千里關山勞夢魂。若早知你這般圈績。那般局段。急抽身不囫圇。

【幺篇】都是你個愛錢的虔婆送了人。〔荆楚臣云〕可不着人唾罵妳妳也。〔正旦唱〕那裏怕千人駡萬人嗔。則願的臭死屍骸蛆亂蚡。遮莫便狼拖狗拽。鴉啖鵲啄。休想我繫一條麻布孝腰裙。

〔卜兒云〕我也不和你説。伴着那窮醜生。幾時是了。我與你又尋了個標致的郎君也。伶兒。快請柳茂英來。〔浄上見科〕〔卜兒云〕這等風流子弟。又有錢。不强似那荆秀才。〔浄跪云〕大姐。小人二十載綿花。都與大姐。不强如那窮身破命的。〔正旦云〕噤聲。〔唱〕

【後庭花】他雖然身貧志不貧。〔荆楚臣云〕姐姐。有錢的來了。小生告回。〔正旦唱〕我怎肯錢親人不親。〔荆楚臣云〕常言道後浪催前浪。〔正旦唱〕儘教他後浪催前浪。〔帶云〕楚臣放心。〔唱〕休想我新人換舊人。〔浄云〕二十載綿花都送大姐哩。〔正旦唱〕賣花人賣花唇。〔帶云〕我勸你咱。〔唱〕休入俺這花營錦陣。〔帶云〕我説幾般兒。你受用的茶飯。〔唱〕三停刀砍脚跟。百鍊錘打腦門。生鐵鈎搭脊觔。鍮鑌杓剜眼輪。連珠箭雨點頻。九稍砲風勢緊。漫天網措備的真。陷人坑埋没的准。釘人釘勾二百斤。鑽人鑽有十數根。秤人秤安頓的穩。急收拾没了半文。剛剛的剩紙路引。

【青歌兒】敢着你有家有家難奔。這厮你眼裏眼裏無珍。〔净云〕我有二十載綿花。好大本錢哩。〔正旦笑科〕〔唱〕這些時白馬紅纓衫色新。怕不月户風門。翠袖紅裙。繡被鴛裀。玉軟香温。有一日使的來赤手空拳。夢撒撩丁。前弔磚後弔瓦。槌着胸。跌着脚。哭哭啼啼。悲悲切切恰還魂。敢恁時馬死黄金盡。

〔卜兒云〕這等好郎君不接待。着這窮醜生。休看他吃的。則看他穿的。我也不和你料口。快趕出去。荆楚臣。若不出去。我和你不乾净。〔正旦云〕楚臣出去了。我也不覔錢。喒大家坐地。〔唱〕

【賺煞尾】從今後都一般病染夢魂勞。兩下裏人遠天涯近。好苦痛也荆郎楚臣。〔荆楚臣云〕姐姐。你肯守志麼。〔正旦唱〕我敢一上青山便化身。從今後枕冷衾寒。索自温存。〔净云〕有小人陪侍大姐。二十載綿花不剩一分回去。〔正旦唱〕這厮待逞精神賣弄家門。〔净云〕二十載綿花。則和大姐歇一夜罷。〔正旦云〕呆漢。〔唱〕休想和你一夜夫妻百夜恩。〔净云〕柳茂英買了顧玉香也。〔正旦唱〕你待要搏香弄粉。粧孤學俊。〔帶云〕呆漢。〔唱〕便准備着那一年春盡一年春。〔同荆下〕

〔净云〕他兩個去了。妳妳。破着我二十載綿花。務要和他睡一夜。方遂我平生之願。〔詩云〕我

這嘴臉也不俗。偏生不入婆娘目。媽媽若還做的姑老成。怕道你家没得綿花褥。〔同下〕

〔音釋〕載音在　撚尼蹇切　涎徐煎切　慵音蟲　鬏音狄　哏狠平聲　掿音鬧　訕山去聲　颩音磋　凹汪卦切　撾莊瓜切　揉與撓同　撏詞纖切　葷音昏　鵪音庵　鶉音淳　繢音匱　囫音忽　圇音倫　蚡扶粉切　噷闞平聲　鍮音偷　杓音芍　剜碗平聲

楔子

〔旦同荆楚臣上云〕小生想來堂堂七尺之軀。生於天地間。被人如此數説。大丈夫必當立志。况兼朝廷春榜動。選場開。憑小生文學。必奪取一個狀元回來。但不知姐姐意下如何。〔正旦云〕楚臣主見不差。男子漢當以功名爲念。你若肯去進取。妾解下釵環。以爲路費。〔取砌末科云〕全副頭面釧鐲。俱是金珠。助君之用。又有這玉梳兒一枚。是妾平日所愛之珍。掂做兩半。君收一半。妾留一半。君若得第。以對玉梳爲記。〔做與砌末悲科〕〔唱〕

【仙吕賞花時】君既取功名妾不留。妾謹守香閨君莫憂。〔帶云〕我將這玉梳呵。〔唱〕分兩下有因由。則怕你撇咱腦後。似破鏡合粧樓。

【幺篇】無瑕玷的情懷圖個永久。有温潤的姻緣博箇到頭。〔做拜别科〕〔唱〕若赴京闕到皇州。有一日功名成就。做夫婦可風流。〔下〕

〔荆楚臣云〕多謝姐姐。齎助盤纏。今日正是好日辰。便索登程去也。正是青雲有路終須到。金榜

無名誓不歸。〔下〕

〔音釋〕釧川去聲　鐲音濁　掂抵廉切　玷音店

第二折

〔卜兒同净上云〕柳官人放心。荊生被我趕出去了。女孩兒由他乖。好夕成就你。〔净云〕多謝嬤嬤。〔卜兒云〕我去尋俺娘兒一場鬧。便來請你。〔净云〕二十載綿花都與妳妳用。〔同下〕〔正旦引梅香上云〕伶兒。自你姐夫去後。可早半月光景。覺的我這身心不安。況值秋天。好傷感人也呵。〔唱〕

【正宮端正好】人乍别受凄凉。病易感添寂寞。記相别可早半月期過。俺愁人病裹如何過。又被這秋景相迴和。

〔梅香云〕姐姐。眼前盡是秋意哩。〔正旦唱〕

【滚繡毬】促人眉黛的矮墻側舞飄飄凋敗柳。替人憔悴的小塘中乾支支枯老荷。斷人魂魄的樹梢頭昏慘慘野烟微抹。鬆人鬢脚的山尖上高聳聳峯頂堆螺。感人消瘦的踈籬下黄甘甘菊盡開。染人血淚的窄溝岸紅彫彫楓亂落。攪人夢境的小堦前絮叨叨夜蛩頻聒。惱人情腸的金井傍滴溜溜梧葉辭柯。結人愁懷的碧天邊昏冉冉雲輕布。助人長吁的紗窗外踈剌剌風勢惡。伴人孤另的明皎皎月色銀河。〔梅香云〕姐姐爲俺姐夫去了。茶飯少進。脂粉懶施。好生清減了也。〔正旦唱〕

【倘秀才】無奈何淺粧淡抹。有甚心濃梳豔裹。每日懶出門桯繡房裏坐。朝忘餐食無味。夜廢寢眼難合。不索你問我。

〔梅香云〕姐姐。你飲盃兒酒也消愁。閒行一步也消悶。〔正旦云〕你那裏知道。我便吃酒呵。也消不得愁。便閒行呵。也消不得悶。〔卜兒上見科〕〔旦云〕妳妳。爲何也這般煩惱。〔卜兒怒云〕可知不歡喜哩。柴也無。米也無。我看吃甚麼。〔正旦云〕你道我不曾覓錢。頭上有天哩。〔唱〕

【滚繡毬】我與你覓下的金尋下的銀。買下的錦攢下的羅。珠和翠整箱兒盛垛。娘呵。你那哭窮口恰似翻河。〔帶云〕金錢不使呵。〔唱〕莫不陰司下要用他。〔帶云〕珠翠不戴呵。〔唱〕莫不靈堂前要顯豁。〔帶云〕綾錦不穿呵。〔唱〕莫不留着棺函中裝裹。〔卜兒云〕忤逆弟子。你待着我死哩。〔正旦云〕你死呵。〔唱〕也不索做水陸動鐘鼓鐃鈸。〔卜兒云〕可是爲甚麼。〔正旦唱〕你終朝看的昧心經管取消了災障。每日念的養家咒多應免些罪過。〔卜兒云〕你咒的我好。好兒女。好兒女。〔正旦唱〕喒可甚兒女情多。

〔卜兒背云〕罵着他越撒頑。我着些話兒哄他。孩兒。我恰纔鬭你耍來。則養你一個。偏我不疼。〔正旦唱〕

【倘秀才】休假温存絮叨叨取撮。佯問候熱剌剌念合。更怕我不讚你那冷氣虛心厮拾掇。啞謎兒有甚難猜破。甜句兒將我緊兜羅。口如蜜鉢。

〔卜兒云〕我如今老了。擡舉的你成人。你也可憐我些兒。〔正旦唱〕

【滚繡毬】做娘的肯哀憐肯付合。做女的有疼熱有瓜葛。須不是過房的買到前窩。熬煎的點秋霜兩鬢皤。擡舉我正青春二九過。指頭上單養的我一箇。衣食勾家私得過。因甚的閙炒炒做不的箇存活。每日間八陽經便少呵也有三千卷。五代史至輕呵也有二百合。又不是風魔。

〔卜兒云〕孩兒。胡亂留下柳茂英。得些錢鈔。等咱做些盤纏。〔正旦云〕伶兒。且順着虔婆。若不依他有五千場不定交。就叫那呆漢來擠上他一場。也絶了念頭。〔净上見科云〕大姐若留了小人。二十載綿花都送與大姐。〔正旦唱〕

【脱布衫】一心待趁浪逐波。恣情的妙舞清歌。呆子弟迎風把火。强風情指山賣磨。

〔净跪科云〕大姐可憐見。〔正旦唱〕

【醉太平】你與我打睃。有甚不瞧科。恰便似告水災今歲渰了田禾。怎覷那王留般做作。你去顧前程這搭兒休超垜。識弔頭。打鬧裏疾趓過。劃地你拽大拳人面前逞嘍囉。請起來波小哥。

〔净云〕由大姐駡我。則是二十載綿花都送與大姐。〔正旦云〕呆漢。養活妻子。休戀風塵。〔唱〕

【倘秀才】這廝他不知死飛蛾投火。你要我便是望梅止渴。〔净怒云〕男兒膝下有黄金。剗地望梅止渴。〔正旦唱〕話不投機一句多。你待要裝標垛下鍬钁。哎罷呵。

〔云〕我再勸你咱。〔唱〕

【滚繡毬】俺這煖烘烘錦被窩。似翻滚滚油鼎鑊。這效鸞凰翠屏繡幙。是陷平人虎窟狼窩。紅蓮舌是斬郎君古定刀。青絲髮是縛子弟降魔索。鴆人藥是美甘甘舌尖上幾口甜唾。招人命是香噴噴袖口内半幅輕羅。潑人湯三轉身揩些眼淚。催人命百忙裏着句褪科。平地風波。

〔云〕呆漢。我有個比喻。〔净跪云〕大姐。你説你説。〔正旦唱〕

【賽鴻秋】則俺那雙解元普天下聲名播。哎。你個馮員外捨性命推没磨。則這個蘇小卿怎肯伏低。將料着這蘇婆休想輕饒過。呆廝你收拾買花錢。休習閒牙磕。常言道井口上瓦罐終須破。

〔净云〕怎將我比馮魁。二十載綿花。倒不如三千引茶。〔正旦唱〕

【三煞】販茶船柱兒大。比着你争些箇綿花載數兒儉。斟量來不甚多。那裏禁的半載週年。將你那千包百簍也不索碎扯零撏。則消得兩道三科。休戀這隋堤楊柳。歌盡桃花。人賽嫦娥。俺這狠心的婆婆。則是個追命的母閻羅。

〔浄云〕我則是二十載綿花都與大姐。〔正旦唱〕

【二煞】若是娶的我去家中過。便是引得狼來屋裏窩。俺這粉面油頭。便是非災横禍。畫閣蘭堂便是地網天羅。敢着你有家難遊。有口難言。有氣難呵。弄的個七上八落。只待睁着眼跳黄河。

〔浄云〕大姐。我恰纔不道來。二十載綿花都不打緊。則娶大姐做個老婆。〔正旦唱〕

【黄鍾煞】休置俺這等掂梢折本賠錢貨。則守恁那遠害全身安樂窩。不曉事的頹人認些回和。没見識的杓倈知甚死活。無廉耻的喬才惹場折挫。難退送的冤魂像個甚麽。村勢煞捻着則管獨磨。樺皮臉風癡着有甚颩抹。横死眼如何有個分豁。噴蛆口知他怎生發落。没來由受惱躭煩取快活。丢了您那長女生男親令閣。〔浄云〕我二十載綿花送與大姐也不少。〔正旦唱〕量你這二十載綿花值的幾何。〔帶云〕呆漢。〔唱〕你便有一萬斛明珠也則看的我。〔下〕

〔浄被推跌科云〕妳妳。我如今怎麽。〔卜兒云〕柳官人放心。好歹都在我身上。〔浄云〕二十載綿花都送妳妳。揣的不剩一分回去。〔同下〕

〔音釋〕寞音磨　抹音磨　落羅去聲　蛩音窮　聒音果　柯音哥　惡阿上聲　桯音形　合音何　他

音拖　豁音火　鈸音波　撮磋上聲　合哥上聲　掇音朶　鉢波上聲　葛哥上聲　皤音婆
活音和　擠濟上聲　作音左　赸之山切　渴音可　钁音戈　鑊音和　幙音磨　索思果切
鴆沉去聲　褪呑去聲　着池何切　磕音可　俫離靴切　麽音魔　樺音話　閣哥上聲

第三折

〔荆楚臣冠帶上詩云〕獨攜琴劍入長安。垂手功名自不難。何限彩樓招壻者。偏我無心懶去看。小官荆楚臣。自離了松江赴京。一舉狀元及第。所除句容縣令。判簿皆缺。止下官一人。方纔到任數日。只等事定。去取顧玉香未遲。近奉府帖。下差往鄉催辦今冬糧草。左右的。鞴馬過來。〔下〕〔淨上云〕嗨。誰想顧玉香夜來收拾了房中細軟。共梅香逃走。不知去向。眼見往京師尋那荆楚臣去了。那虔婆哄了我偌多東西。則這乾罷。如今趕到丹陽問人來。説有一個婦人引着個梅香將着些行李上旱路去了。正中我計。我拚的連夜抄將過來。白土左側黑林子裏等着。若撞見他。肯順我便罷。道出一個不字來。我着刀子結果了他性命。歇兩日大蟲吃了。又無形跡。多少是好。〔下〕〔正旦同梅香上云〕怜兒。慢慢的行。只爲那呆漢纏的我慌。俺那虔婆眼黑愛錢。誠恐污我身名。生出此計。瞞過俺那虔婆。所央松江府舊認的孔目每。討了一張文書。則做往京探親。帶了些細軟家私。上京尋那荆楚臣去。悄悄的討了隻船兒。來至丹陽。出江風浪難行。旱路稍近。前面僱輛車兒。共梅香坐將去。好是凄涼人也呵。〔唱〕

【中吕粉蝶兒】秋况消疎。遠村迷淡烟深處。斷橋邊野水平蕪。盼郵亭巴堠子。一步捱一步。早則是途徑崎嶇。惱行人痛傷情緒。

【醉春風】則爲俺那不心軟的狠毒娘。更合着這忒忤逆的逃竄女。恰使似孟姜女送寒衣。誰曾受這般苦。苦。那裏問養育情懷。則爲俺夫妻恩愛。早難道割不斷子母腸肚。

（梅香云）姐姐。你看這派秋景。煞是傷感人也。（正旦唱）

【紅繡鞋】按天際落霞孤鶩。映殘陽老樹啼烏。古道傍飄衰葉折枯蒲。蒹葭排雁字。雲水捕魚圖。灑西風彈淚雨。

（梅香云）姐姐。轉過這山坡。一簇榆林。黑洞洞的。不知裏面藏着甚麽狼蟲虎豹。况兼天色已晚。好是怕人也。（正旦唱）

【迎仙客】轉過這山額角生慘悽。見一簇惡林郎黑模糊。不由我心兒裏猛然添怕懼。兩耳火雲燒。渾身冷汗出。似鈎住我皮膚。把不定頭梢兒豎。

（梅香云）姐姐。早尋個燈火店安下也好。（净上喝旦慌科）（正旦唱）

【石榴花】諕的我意慌張心喬怯戰都速。無了魂魄。軟了身軀。則見他惡哏哏嗔忿忿氣撲撲。（净扭旦認科）（正旦云）放手。（净云）走的好。今日見你也。（正旦唱）猛見了他面目。

事在當初。不合將他千般數落十分怒。料應來命在須臾。〔净云〕既然見了你。好歹要成合。不肯便殺了你。〔正旦唱〕這廝待强風情打家截道揥着做。那裏討護身符。

〔净云〕近前來。你順了我罷。〔正旦云〕玉香也。〔唱〕

【鬬鵪鶉】這堝兒使不着我美貌嬌容。用不着我花言巧語。〔净云〕不肯便殺了你。〔正旦唱〕這廝如此行爲。恁般做出。〔净云〕你娘使過我偌多銀兩。准折了兩家罷。〔正旦唱〕這的是你財上分明大丈夫。賊兒膽底虛。〔净云〕你還不順我。等到幾時。〔正旦唱〕你只要竊玉偷香。省甚的尤雲殢雨。

〔净云〕梅香。和你大姐說。這裏又無人。他和我成合了罷。若不肯呵。我便殺了也。〔梅香云〕姐姐。他說不肯。便要殺了你。如何發付那。〔正旦唱〕

【上小樓】你道是如何發付。我索避着不做。我這裏斂袂回身。褪後趨前。眼笑眉舒。

〔做拜科〕〔唱〕施禮數。道萬福。殷勤覷覷。施呈着我尊前席上那些假虛脾和睦。

〔云〕柳官人。你急性怎麼。慢慢商量。可不好廝見。〔净云〕肯呵。二十載綿花都與大姐。不肯時目下見血。〔正旦云〕噤聲。〔唱〕

【幺篇】待將咱所圖。我寧死不辱。這廝笑裏藏刀。節外生枝。暗地埋伏。這裏是大道官塘。怎没個行人。南來北去。天那。眼見的死的來不着墳墓。

〔净扯住云〕大姐。成合了罷。〔正旦叫科云〕有殺人賊也。〔荆楚臣引祗候上云〕甚麽人叫殺人賊。左右每拏住。〔作拏净與旦認科〕〔荆楚臣云〕玉香姐姐。你認的我麽。〔正旦云〕救我的是誰那。〔荆楚臣云〕小生荆楚臣也。〔正旦云〕慚愧。〔唱〕

【滿庭芳】也是天然對付。險些兒身歸地府。命掩泉途。〔荆楚臣云〕爲甚這廝做出這等事來。〔正旦唱〕這廝只因飽煖生淫慾。〔荆楚臣云〕這是關係性命。暫時隨順。省致如此狼狽。〔正旦唱〕便休想似水如魚。〔荆楚臣云〕權時之事。何故認真。〔正旦唱〕與這廝待一時間鶯儔燕侶。我情願盡世兒鳳隻鸞孤。〔荆楚臣云〕且免一時危難。也不爲過。〔正旦唱〕楚臣也。你深思慮。因何難共處。豈不聞冰炭不同罏。

〔荆楚臣云〕左右。拿過那逆賊來。〔祗從拿净跪旦罵介〕〔净云〕二十載綿花都送大姐。〔正旦唱〕

【普天樂】這廝起荒淫。生嫉妬。抵多少守株待兔。緣木求魚。〔净做慌介〕〔正旦唱〕賊漢意下慌。楚臣心頭怒。〔荆楚臣云〕據這賊情理難容。該問死罪哩。〔正旦唱〕據此賊情理難容傷時務。壞人倫罪不容誅。一心待偎紅倚翠。論黄數黑。惡紫奪朱。

〔云〕楚臣。你好生施行此賊咱。〔荆楚臣云〕左右。將此賊押赴縣裏去者。〔押净下〕〔正旦唱〕

【快活三】楚臣索自窨付。君子斷其初。説山盟言海誓做妻夫。怎忘的喈剪髮燃香處。

【朝天子】自楚臣應舉。聽妾身拜覆。俺娘將我待嫁做商人婦。賢愚從來不並居。因此上不避紅塵路。誰想來至中途。逢着賊徒。幾乎間遭間阻。猛可裏得遇。將妾身救取。方信道天自有安排處。

〔荆楚臣云〕元來如此。你可來做甚麽。我自有人來取你。〔正旦云〕楚臣。你如今那裏爲官。〔荆楚臣云〕今授句容縣令。你也受用五花官誥。做夫人縣君也。〔正旦唱〕

【十二月】拜辭了清歌妙舞。打迭起傅粉施朱。受了些千辛萬苦。熬了些短歎長吁。早則有准成地朝雲暮雨。依然的復舊如初。

【堯民歌】等着也五花官誥七香車。儘受用滿身花影倩人扶。今日個花生滿路得榮除。早則不碧桃花下鳳鸞孤。歡娛歡娛樂有餘。輕憐惜偎香玉。

〔荆楚臣云〕左右。鞴馬。一壁擡過轎兒來。共夫人同回縣裏去。〔正旦唱〕

【耍孩兒】原來這夫人也許俺娼人做。我則道盡世兒常爲妓女。不想糞堆上驀然長靈芝。鵲巢中生出鸞雛。顯耀殺妾本雲間住。光輝了君家淮甸居。恰纔但有半點兒風聲污。可不羞歸西浙。恥向東吴。

【一煞】肩廝並比翼鳥。腮廝貼比目魚。手廝把合歡帶同心結連枝樹。頭廝磕低調兒歌金縷。腿廝壓高擎着倒玉壺。臂廝摟似並頭蓮在鴛幃宿。儘情兒顛鸞倒鳳。盡興兒弄粉摶酥。

【二煞】對鸞臺畫娥眉月一彎。鋪蟬鬢插犀梳雲半吐。玉玎璫金璪瓔珠琭簌。逞一會兒鳳冠霞帔夫人相。謊一程兒高髻雲鬟仕女圖。顯一捻兒風流處。搽親眷高擡着煖轎。送人情穩坐着香車。

〔荊楚臣云〕夫榮婦貴。足矣足矣。〔正旦唱〕

【煞尾】做男兒的除縣宰稱了心。爲妻兒的號縣君享受福。則我這香名兒貫滿松江府。我與那普天下猱兒每可都做的主。〔下〕

〔荊楚臣云〕下官想來。不如做一角文書。將那柳茂英鎖送府牢。依律治罪。一壁厢另擇吉日。請夫人進衙。未爲遲也。〔詩云〕偶執强人大道傍。却令夫婦得成雙。不是一番寒徹骨。誰許梅花噴鼻香。〔下〕

〔音釋〕韛音被　堠音後　竄音爨　騖音暮　葭音家　出音杵　速蘇上聲　撲音普　目音暮　堝音窩　殀音尤　殢音膩　福音府　睦音暮　辱如去聲　伏房夫切　慾于句切　窨音蔭　覆音府　玉于句切　驀音陌　甸田去聲　宿須上聲　璪音迭　瓔音屑　琭音禄　簌蘇上聲　捻音聶　猱音撓

第四折

〔荊楚臣上云〕下官當初與玉香别時。分開玉梳爲記。今日令銀匠用金鑲就。依舊完好。已曾安排

下筵席。一者與夫人壓驚。二者慶賀這玉梳。言之未已。夫人早上。〔正旦引梅香上云〕玉香。誰想有今日也呵。〔唱〕

【雙調新水令】風塵中埋没了二十年。平空的喚縣君有何顔面。告辭了春風歌宛轉。夜月舞蹁躚。俺如今福禄雙全。穩拍拍的緑窗下做針線。

〔見科〕〔荆楚臣云〕夫人。我想當初若非你贈我盤纏。進取功名。焉得有今日也。〔正旦唱〕

【駐馬聽】你如今位得榮遷。兩行朱衣列馬前。當初你身雖貧賤。也曾一春常費買花錢。則我這節婦牌旌表在麗春園。更和你紫泥宣頒降到臨川縣。這的是心堅石也穿。喜鴛鴦雙鎖黄金殿。

〔荆楚臣云〕多感夫人棄母尋夫。路途遥遠。如此艱辛。况爲賊子所逼。幾乎性命也不可保。這都是爲着那個來。夫人請上。受下官一拜。〔拜科〕〔正旦唱〕

【落梅風】尋夫主真誠志。盼京師不甚遠。冷颼颼把風霜親踐。脚背踵是脚心裏踏破的蠒。〔荆楚臣云〕生受夫人。〔正旦云〕休道生受。〔唱〕便死呵死而無怨。

〔云〕我想那日若不遇見相公。必喪這賊之手。相公請上。受妾身一拜。〔拜科〕〔唱〕

【水仙子】你道我顧玉香是嬌滴滴玉天仙。偏撞他柳盜蹠惡哏哏做死冤。手持着明晃晃利刃如秋練。諕得我戰欽欽魂靈兒飛半天。若不是你荆楚臣急忙忙臢到根前。將一個赤力力活擒拏。將一個喜孜孜生放免。怎能勾夫和婦。美甘甘再得纏綿。

〔荆楚臣云〕夫人。你和我别時。分開玉梳爲記。今令銀匠用金鑲了。那首飾頭面。盡皆費用。單留此梳。以表至誠。夫人你看。〔與旦砌末科〕〔正旦唱〕

【甜水令】想着喒錦片前程。十分恩愛。百年姻眷。非今世是前緣。問甚麽首飾房奩。金珠鐲釧。釵環頭面。玉梳兒對勘的依然。

【折桂令】果然似樂昌般破鏡重圓。抵多少配上瓊簪。接上冰絃。當初俺兩下分開。今還一處。仍舊完全。〔荆楚臣云〕這梳上對嵌處。微顯纖絲文路。終不如天然完美。〔正旦唱〕雖然是有痕跡香嬌玉軟。端的個無瑕玼粉遶花纏。金裹瓊沿。翠護朱圈。白日裏墊鬏髻兒權襯着青絲。到晚來貼主腰兒緊摟在胸前。

〔荆楚臣云〕梅香。將酒來。共夫人飲一杯。〔送酒科〕〔荆楚臣云〕夫人請。〔正旦云〕相公請。〔唱〕

【錦上花】當日在娼樓百般留戀。今日在琴堂受用無邊。一個青春。一個少年。一個榮華。一個貴顯。

【幺篇】相公不負心。賤妾能酬願。比目鴛鴦天生可羨。百歲歡娛。兩情繾綣。玉漏休殘。金杯莫淺。

〔卜兒上見科云〕相公。我道你不是個受貧的。玉香。你也該辭我一辭怕甚麽。〔正旦云〕虧你今日還有嘴臉來見我哩。〔荆楚臣云〕夫人不必煩惱。天下老鴇。那一個不愛錢的。只是這所在留不得你。左右。取我一百兩俸錢來。與他爲終身養贍之資。你將的去者。〔卜兒云〕那柳茂英將着二十載綿花。要我女孩兒睡一夜。尚然不肯。如今嫁與你做了個夫人。豈可没些財禮。至少也得一千兩。〔正旦唱〕

【清江引】老鴇兒那個不愛錢。誰似你坐錢眼中間轉。只争他少共多。再不問良和賤。也還比他二十載綿花好過遣。

〔云〕這一百兩俸錢。也勾你養贍半世了。還要討多哩。〔唱〕

【離亭宴煞】這裏是陽春德澤桃花縣。他怎肯將小民脂血做黄金輦。除了些月支的俸錢。無過是酒一尊琴三弄詩千卷。説甚麽三媒六證財。再受你百計千方騙。俺如今也得個夫人位轉。若早上了你歹王魁販茶船。可不乾賺了我俏蘇卿一世裏蹇。

〔音釋〕蹁音偏　躚音仙　拍鋪買切　行霞浪切　蠒與繭同　蹠張恥切　賸音盛　奩音廉　勘坎去聲　嵌音闞　玼音此　墊音店　襯初艮切　繾遣去聲　綣勸上聲　鴇音保　贍傷佔切　轉去聲　輦連上聲　賺音湛　蹇音繭

題目　顧玉香雙美錦堂歡
正名　荆楚臣重對玉梳記

逞風流王焕百花亭雜劇

第一折

〔老旦扮卜兒引旦賀憐憐梅香盼兒上詩云〕教你當家不當家。及至當家亂如麻。早晨起來七件事。柴米油鹽醬醋茶。老身洛陽人氏。姓賀。人都唤我做賀媽媽。生下這女孩兒賀憐憐。做着個上廳行首。我那孩兒生的十分聰明智慧。談諧歌舞。搊箏撥阮。品竹分茶。無般不曉。無般不會。占斷洛陽風景。奪盡錦繡排場。明日是清明節令。着孩兒郊外踏青去。孩兒。你意下如何。〔旦云〕謹領母親的命。明日到城外陳家園百花亭上。賞翫春景。走一遭去來。〔盼兒云〕姐姐。我盼兒伏侍你去。〔同旦下〕〔卜兒云〕孩兒和梅香都出城去了也。我無甚事。且往隔壁李大媽家吃茶則個。〔下〕〔正末扮王焕引家僮六兒上云〕小生姓王名焕。字明秀。方年二十二歲。本貫汴梁人氏。自父親辭逝。來此洛陽叔父處居止。爲小生通曉諸子百家。博覽古今典故。知五音。達六律。吹彈歌舞。寫字吟詩。又會射箭調弓。掄鎗使棒。因此人皆稱爲風流王焕。時遇清明節令。不免到城外陳家園百花亭上遊翫一遭。〔做行科云〕你看這郊外。果然是好景致。只見香車寶馬。仕女王孫。蹴踘鞦韆。管絃鼓樂。好不富貴也呵。〔唱〕

【仙吕點絳脣】錦繡鋪設。翠紅羅列。酬佳節。鶯燕調舌。惜春光苦問東君借。

〔六兒云〕官人。你看那竹溪花塢。翠繞珠圍。往來的人。一上一下。似走馬燈兒一般。是好耍子也。〔正末唱〕

【混江龍】管絃拖拽。王孫仕女鬬豪奢。梨花院鞦韆蹴踘。牡丹亭寶馬香車。喚遊人芳樹啼殘錦鷓鴣。採香蕊粉墻飛困玉蝴蝶。楊柳映。杏花遮。東風外。酒旗斜。四時中惟有春三月。光陰富貴。景物重疊。

〔旦引盼兒上云〕妾身賀憐憐。今日清明佳節。去郊外遊翫。盼兒。那前面亭子。不是百花亭那。〔盼兒云〕姐姐。正是百花亭。將次到也。〔正末云〕六兒。你見麼。兀那人叢裏那個女子。生的非常也呵。〔六兒云〕官人。你好眼睛。那個女子生得十分標致。不是六兒多口。那一個梅香也不歹哩。〔正末唱〕

【油葫蘆】則見來往佳人教我難應接。離百花亭將近也。就兒中這一箇尤嬌絶。〔云〕世間有此女子。豈不是施朱太赤。施粉太白。〔唱〕端的是膩胭脂紅處紅如血。潤瓊酥白處白如雪。比玉呵軟且温。比花呵花更別。若不是嫦娥降下瑶宮闕。塵世裏怎遇這活冤業。

〔旦云〕盼兒。喒到百花亭上去呵。〔六兒云〕官人。你看那小娘子。恰似畫圖上的美人一般。我們也到百花亭上看他去。〔正末唱〕

【天下樂】這的是美玉生香花解説。〔旦見將扇遮科〕〔正末唱〕他見人有些嬌怯。忙將羅扇遮。〔旦做意科云〕那生好一表人物也。我折朵蘭花兒咱。〔正末唱〕則見他寄幽情故將蘭蕊兒折。端的個眉尖上芳信傳。眼角頭春意竊。〔做俯覷科唱〕元來那脚蹤兒也把心事寫。

〔旦做吟詩科〕〔詩云〕折得名花心自愁。春光一去可能留。〔正末云〕好聰明的女子也。〔六兒云〕妙法蓮花經。觀世音菩薩。〔正末唱〕

【醉中天】他把我先勾拽。引的人似癡呆。我和他四目相窺兩意協。好也囉他生的有芙蓉面。桃花頰。說不盡他百般嬌千般豔冶。〔六兒云〕官人。你看他眼似明星。眉如秋月。生的莊莊重重。是一個好女子也。〔正末唱〕你道他點星眸眉灣秋月。〔做暗笑科云〕你怎知他不莊重的時節。〔唱〕他可也有玉簪橫雲鬢偏斜。

〔云〕方纔那兩句詩。深有其意。姐姐既有意呵。便再念一徧也好。等他再念時。我也續他兩句。〔六兒云〕官人說的好。六兒若還識字通文。我也續他兩句。〔旦云〕那生說不聽的。我再吟一徧咱。〔旦再吟〕〔生做續吟科詩云〕東風若是相憐惜。爭忍開時不並頭。〔旦云〕盼兒。你看那百花亭畔那個秀才。貌賽潘安。才過子建。舉止風流。不知是誰家公子。怎生能勾和他說句話兒也好。〔盼兒云〕看那秀才。正好與姐姐匹配也。〔正末云〕六兒。你看那女子。扭揑做作。必是個賣俏的倈兒。怎生得個花蝴蝶通個春信去咱。〔六兒云〕便怎麼遇得這通信人來。〔外扮王小二賣查梨條上詩云〕洛陽城裏賣花人。查梨條賣也。粧得肩頭一擔春。查梨條賣也。假使王孫知稼穡。

查梨條賣也。好花將賣與何人。查梨條賣也。〔又叫〕〔正末做喜科云〕這賣查梨條的王小二身上。要成此一件大功。可不好那。六兒。你與我快喚那賣查梨條的過來。〔唱〕

【金盞兒】我正咨嗟。不寧貼。一聲查梨條賣也猛聽了心歡悅。〔做走科唱〕**我向這鬧花深處緊攙截。配合這醉春情能鶯燕。更和那調春色巧蜂蝶。只索央及你撮合山花博士。休使俺没亂煞做了鬼隨邪。**

〔六兒做叫科云〕王小二。俺官人喚你哩。〔小二做見科云〕官人喚小子做甚。〔正末云〕小二哥。我問你咱。兀那鬧花深處。這個姐姐是誰家的。〔小二云〕那一個你也不認的。好風流的王舍。他便是洛陽上廳行首賀憐憐。〔正末云〕小二哥。你也知道我粧孤愛女。你肯與我做個落花的媒人。與那賀家姐姐做一程兒伴。我便與你換上蓋也。〔小二云〕官人。小人別的不會。這調風貼怪。幫閒鑽懶。須是本等行業。我就與你說去。〔小二做走〕〔六兒扯住科云〕哥。我央及你。把那梅香總成了我罷。〔王小二見旦科〕〔旦云〕王小二。我見你在百花亭上和那公子說話。莫不是那公子使你來見我麼。〔小二云〕大姐。你可也忒聰明。那公子須不比尋常人。說起來赶一千個雙通叔。賽五百個柳耆卿哩。〔旦云〕他可是誰。〔小二云〕他便是風流王煥。據此生世上聰明。今時獨步。圍棊遞相。打馬投壺。撇蘭攧竹。寫字吟詩。蹴踘打諢。作畫分茶。拈花摘葉。達律知音。軟款溫柔。玲瓏剔透。懷揣十大曲。袖褪樂章集。衣帶鶺鴒糞。靴染氣毬泥。九流三教事都通。八萬四千門盡曉。端的個天下風流。無出其右。〔旦笑科云〕王小二。你這没嘴葫蘆。倒會貼怪。既然如此。請那壁官人百花亭上來。俺兩個自有説話。〔小二云〕你怕小人落了偏錢。你兩個自對主兒商量去。我就請的來相見咱。〔正末見旦科〕〔旦云〕久聞王舍風流。今日幸得一遇。果然名不虛傳。〔正末云〕小生雖有虛名。其實不副。惶恐惶恐。〔六兒云〕莫説我家官人。連六兒也惶恐惶恐。〔正末唱〕

【醉扶歸】他那裏滿口兒稱王舍。多敢是真心的愛豪傑。〔旦云〕王舍。你可曾做子弟來麽。〔正末唱〕我也曾向煙月所上花臺做子弟俫。〔旦云〕解元不棄。屈高就下。與妾身作伴。可也肯麽。〔正末云〕小生有句話敢問那。〔旦云〕有甚麽話説。〔正末唱〕莫不你前身元從謝。自笑我有那崔護詩才幾些。怎敢便大斷八將涼漿謁。

〔旦云〕則怕你不慣做子弟那。〔正末云〕姐姐。我也稍知一二。〔唱〕

【後庭花】我也曾把柳條攀花蕊折。將那雲雨期風月賒。〔旦云〕你看這生説海口那。〔正末唱〕你道我説海口王明彦。則要你放寬心賀大姐。不是我浴嬌奢。憑着我拈花摘葉。那愁他没鸞膠將絃斷接。

〔旦云〕既然解元要與妾身爲伴。怎敢推辭。但是俺娘拳手大。枷棒重。只怕你當他不起。〔正末云〕只要姐姐肯許了王焕。便是你妳妳利害。這等門户差撥。王焕也當的過來。〔六兒云〕委的俺官人是慣家。〔正末唱〕

【一半兒】他狠毒呵恰似兩頭蛇。乖劣呵渾如雙尾蝎。我將明珠一斛親棄撇。〔小二云〕

官人。你敢是心邪了也。〔正末唱〕不是俺心邪。我只是一半兒支吾一半兒者。

〔旦背云〕你看他這等俊俏身材。又好個淹潤性格。一見之間。早將我的魂靈抓到他那壁去了。他既有心要和我相處。我豈可當面錯過。〔回云〕解元。我在梨花巷口住。你和王小二同到我家來便了。〔小二云〕官人。我今日成就了這好事。你可怎麼謝我。〔六兒云〕王小二。那梅香的事。你一句也不題。有什麼謝你。〔正末唱〕

【賺煞】既不肯近蓬蒿。待有意親蘭麝。他見俺淹潤温柔熨貼。弄玉傳香無盡歇。〔旦云〕只怕有那殺風景的哨厮每排揑呵。〔正末唱〕着那等乾眼熱滑張杓俫。任從些。打草驚蛇。儘教他揑怪排科厮間諜。〔旦云〕你若肯娶我。我便告一紙從良。立個媍名也。〔正末唱〕你若肯從良立節。我准定是建功成業。恁時節穩情取五花官誥七香車。〔同下〕

〔音釋〕行音杭　設商者切　列郎夜切　節音姐　舌繩遮切　拽音夜　蝶音爹　月魚夜切　疊音爹　絶藏靴切　血希也切　雪須也切　別邦耶切　闕區也切　業音也　説書惹切　怯丘也切　折音者　竊音且　呆音爺　協希耶切　頰肌也切　猱音撓　貼湯也切　悦魚夜切　截藏斜切　攧與跌同　諢温去聲　傑其耶切　俫郎爹切　謁衣也切　葉音夜　接音姐　蝎希也切　撇偏也切　歇希也切　杓繩昭切　諜音爹

楔子

〔正末同旦上云〕自與姐姐相會。可早半年光景也。誰想老虔婆狠毒。接過我許多銀兩。如今要趕我出去。他敢是將你另接個什麽人那。〔旦歎云〕嗨。元來你還不知道。如今西延邊上高常彬。在此收買軍需。俺那母親愛錢。待要將我嫁與他去哩。〔正末云〕姐姐。似這般可怎了也。〔做悲科〕〔旦云〕解元。兀的不痛殺我也。〔正末唱〕

【仙呂端正好】俺和你命兒乖。時兒蹇。生折散美滿的姻緣。恨天公怎不與人方便。鏇連理樹。撅並頭蓮。摔比翼鳥。打交頸鴛。恨綿綿。淚漣漣。急煎煎。意懸懸。知何日得重相見。〔同下〕

〔音釋〕彬音賓　鏇音產　撅與掘同　摔詞纖切

第二折

〔卜兒上云〕俺那憐憐小妮子。半年前城外陳家府百花亭上。賞清明節令。引的個王煥來家。一住就住了半年多。他如今沒甚麽錢物了。只管纏住俺那妮子。再也不思量轉身。俺這門户人家。單靠那妮子吃飯。一日不接客。就一日不賺錢。怎麽容得他。如今被俺使個科段。將他撚出門去。

那西延邊上有個高常彬。他來俺洛陽買辦軍需。那廝巨萬貫東西。要娶俺妮子。屢次着人來説。被俺勒了他二萬貫。嫁與那廝去了。早是俺乖。倘或這妮子跟着王煥走了。可怎了也。今日街坊每請俺吃茶。小的好生看着家。我吃了茶便來也。〔下〕〔旦上云〕好是煩惱人也。誰想俺那虔婆不仁。板障了王郎。將我嫁與高常彬。搬在這承天寺裏寄住。等待軍需完備時。帶我西延邊去。妾身要寄個信與王郎得知。争奈門上把的水泄不通。連梅香也不放他出入。怎生得個人來可也好那。〔王小二叫上〕查梨條賣也。查梨條賣也。〔旦做聽科云〕兀的不是賣查梨條王小二的聲音。慚愧。這信息敢只在他身上。與俺寄去了也。〔叫科云〕王小二。西廂下來。〔做見科〕〔小二云〕大姐。你怎麽在此。〔旦云〕俺媽媽將我嫁與高常彬。借此承天寺權住。早晚要帶俺上西延邊去。王舍想不知我在於此處。我特特央浼你通個信去。與他知道。〔小二云〕哦。大姐。你要我通個信去。著王舍到這裏來望你麽。〔旦云〕是。小二哥多累你。那廝遣心腹人把著門。閒雜人一個也不放入來。你説與王舍知道。他來時須要覷個方便纔好。〔小二云〕大姐放心。俺王小二自有兵法。著王舍來見大姐。〔旦云〕似這般可好也。俺有一小柬。煩你專與王舍。先送你這碎銀五兩。還重謝在後。疾忙快去。恐怕那賊漢回來。小二哥。你是必用心者。〔小二云〕放心。都在我身上。我去也。〔下〕〔旦云〕王小二去了也。我且回後堂中去。〔下〕〔正末上云〕小生王焕。自從與賀家姐姐作伴半載其程。錢物使盡。姐姐與小生赤心相待。争奈虔婆板障。將小生撚出門來。把姐姐嫁與高常彬。如今不知在於何處。小生害了這場没滋味的證候。俺想爲人生得蠢濁。倒也省的躭煩受惱。小生不幸。學的聰明。致令半生浮浪。一世飄蓬。只當墜下活地獄一般。〔詩云〕酷憐風月爲多情。還到離時恨轉生。倚柱尋思暗惆悵。一場春夢不分明。〔唱〕

【中吕粉蝶兒】半世飄流。幾曾離舞裙歌袖。爲憐他皓齒星眸。拚的箇擲黄金。揮白璧。暗中挑鬭。則待要買斷了謝館秦樓。却攬下這一場不明白的僝僽。

【醉春風】從今後牢收起愛月惜花心。緊抄定偷香竊玉手。刁風拐月暢好是没來由。出這場醜。醜。從小着迷。少年吃悶。幾時參透。

〔云〕我心中好生困倦。且往街上茶房裏吃一杯茶消悶咱。〔二净鬧上雙云〕柴又不貴。米又不貴。兩個風子。正是一對。小生姓雙。這個姓柳。喒費了多少錢財。賠了多少工夫。占的這個表子。你只管來插趣。好没禮也。〔柳云〕難道你不見。我幾曾調他來。皆是他心上自愛上我。你吃這等寡醋做甚麼。你如今不要鬧。喒兩個則一遞一夜便了。〔正末見科云〕兀那兩個秀才。鬧將來不知爲甚麼。我試問他咱。你二公爲何相争。〔雙云〕老兄你不知道。小生姓雙。叫做雙解元。他姓柳。叫做柳殿試。俺兩個是太學中同齋朋友。我苫着個科子。唤做白捉鬼。他没廉恥。每夜瞞了我去與他偷。那醜東西便也不打緊。只是喒同齋朋友。來我跟前踏狗屎。可不着别齋生員笑話。〔柳云〕老兄不要聽他胡説。〔正末云〕元來二公却爲風月如此。〔唱〕

【迎仙客】你兩個元同舍。本儒流。那白捉鬼比小卿不姓蘇比玉仙不姓周。雙通叔一般雙。柳耆卿同是柳。柳殿試實止望明月翫江樓。雙解元乾閃在金山後。

〔雙云〕好歹是我先在他家。〔柳云〕我雖在後。我可使的錢多。〔正末云〕二公休爭壞了儒家體面。我請你吃杯茶。商和了罷。〔唱〕

【紅繡鞋】一個似摘了心的禽獸。一個似擷了彈的斑鳩。〔云〕我勸你二公咱。〔唱〕**這的是前人田土後人收。**〔柳云〕簪花飲酒是好勾當。怎麽這等不知趣。〔正末唱〕**野花村務酒。知味便合休。**〔云〕你二公再不要爭了。〔唱〕**我只怕更有收人在後頭。**

〔雙云〕足下想不曾做這樁兒。比我兩個倒也省事。〔正末唱〕

【滿庭芳】俺也曾尋花戀酒。鸞交鳳友。燕侶鶯儔。俺也曾躭驚怕人約黃昏後。〔柳云〕元來老兄也深曉風月中趣味的。〔正末唱〕**俺也曾使的沒纔學的滑熟。**〔雙云〕這等。你也曾做子弟哩。〔正末唱〕**我是個錦陣花營郎君帥首。歌臺舞榭子弟班頭。**〔云〕喒三個都有個比喻。〔柳云〕你說。俺試聽咱。〔正末唱〕**雙秀才你是個豫章城落了第的村學究。柳秀才你是個麗春園除了名的敗柳。**〔雙笑云〕足下。你却如何。〔正末唱〕**我王煥是個百花亭墜了榜的鑞鎗頭。**

〔柳云〕元來你就是風流王煥。久聞久聞。多承訓教。俺兩個謝了茶。別處閙去也。〔打閙下〕〔王小二上云〕那前面的不是王舍。我且不與他這箇帖兒。看他想賀家大姐也不想。我則說些野話咱。〔做見科云〕官人支揖哩。我想天下聰明。再無有勝如官人的。〔正末唱〕

【上小樓】折莫是捶丸氣毬。圍棊雙陸。頂鍼續麻。折白道字。買快探鬮。錦箏搊。白苧謳。清濁節奏。知音達律磕牙聲嗽。

〔小二云〕這個誰比的你。但不知你九流三教。諸子百家。可都通曉麽。〔正末唱〕

【幺篇】折莫是諸子百家。三教九流。作賦吟詩。説古談今。曲尾歌頭。灑銀鈎。奪彩籌。擷蘭擷竹。更身材十分清秀。

〔小二云〕我想官人這等風流。翠繡紅鄉。整片段受用。可不該的。〔正末唱〕

【普天樂】水晶毬。銅豌豆。紅裙中插手。錦被裏舒頭。金杯浮蠟蟻春。紅炭炙肥羊肉。惜玉憐香天生就。另一種可喜風流。淹潤慣熟。玲瓏剔透。軟款温柔。

〔小二云〕想官人與賀家大姐相處。正是天生一對。雖然那賀家大姐。被別人娶了。他一心兒爲著官人忘飡廢寢。減玉消香。洛陽城中。誰不知道。官人王焕躭下這場風月。却也不枉了。〔正末云〕小二哥。我當初也曾和他作伴來。豈知有今日也呵。〔唱〕

【十二月】則爲我攀花折柳。致令的有國難投。止望待天長地久。誰承望雨歇雲收。他爲我胭憔粉瘦。我爲他緑慘紅愁。

【堯民歌】呀。恰便似一江春水向東流。誰想俺錦鴛鴦翻做了浪中鷗。只落得十分人帶九分愁。〔云〕我想賀姐姐原與小生恩愛深厚。今日又嫁了高將軍。〔唱〕正是一家兒女百家求。休也波休。也是官差不自由。淚揾濕春衫袖。

〔小二云〕官人休要煩惱。小人今日承天寺裏賣查梨條。正見賀家大姐正在那裏思想官人。好生憔悴。見了小人。告訴不盡。有一小柬着我寄與官人哩。〔做與末喜接科云〕不知是夢裏睡裏。兀的不歡喜殺我也。〔做讀科詞云〕朝相思。暮相思。朝暮相思無盡時。奉君腸斷詞。生相思。死相思。生死相思兩處辭。何由得見之。右調寄長相思。拜奉檀郎知音几前。詞不盡言。言不盡意。保愛珍重。保愛珍重。〔做捻土科云〕待小生捻土焚香咱。〔唱〕

【快活三】這書詞是親手脩。重新把密情兜。也不枉我虛名贏的上青樓。早展放雙眉皺。

〔做拜科云〕我試拜告天地咱。〔唱〕

【鮑老催】我這裏展脚舒腰忙頓首。引的我口角頑涎溜。我只道姻緣簿消除一筆勾。又誰知今日還能彀。這書詞則是紙攝人魂的下帖。摘人心的公案。追人命的勾頭。

〔王小二云〕官人。你愁除病減。都在這封書上。早則喜也。〔正末唱〕再休題愁除病減。花成蜜就。葉落歸秋。

〔云〕小二哥。假若我要見賀家姐姐。怎生入的承天寺裏去。你替我怎生出一個計策。〔小二云〕官人似恁的聰明。文武兩全。顛倒問俺這等人求計。〔正末云〕我爲那賀家姐姐。煩惱的小生計窮智短了也。〔做跪科云〕小二哥。你看同姓之面。求的一計。日後必當重報。〔小二云〕官人請起。

俺小人有便有個見識。只怕你做不得。〔正末云〕你有什麼計策。快道來。〔唱〕

【耍孩兒】我便似被困圍的敗將專求救。哎。高君也喒兩個棊逢對手。也不索推輪捧轂。築壇臺專仗你那妙策神謀。則你是添兵減竈齊孫臏。喚雨呼風蜀武侯。將巧計親傳授。這一番若得賀氏逢王煥。便似織女見牽牛。

〔小二云〕小人有一計。可使官人與賀家大姐相見。只要官人不惜廉恥。權做下流。將小人頭至下脚至上渾身衣服。并這個查梨條籃兒。都借與官人。打扮做賣查梨條的。纔入的那承天寺去。〔正末謝科云〕高見高見。多承見愛。將你這一弄兒都借與我。就傳與我叫的腔兒咱。〔小二云〕待小人叫與官人聽。查梨條賣也。查梨條賣也。〔正末學叫科云〕可也像麽。〔小二云〕官人倒做的小人的師父哩。〔正末唱〕

【隨尾煞】皂頭巾裹著額顱。斑竹籃提在手。叫歌聲習演的腔兒溜。新得了個查梨條除授。則這的是郎君愛女下場頭。〔同下〕

〔音釋〕撚尼蹇切　令平聲　當去聲　曾音層　孱鋤山切　僽音驟　苫聲占切　熟常由切　捶吹上聲　陸音溜　鬮音鳩　磕音可　竹音肘　豌烏官切　肉柔去聲

第三折

〔净扮高常彬上詩云〕兩軍旗鼓倒也好相當。單則三寸東西不易降。因此無心演習孫吴法。專在花柳叢中作戰場。某姓高名邈。字常彬。原在京城做着個管城門的官。今陞在陝西延安府經略相公麾下辦事。奉經略的令。將着十萬貫鈔。來這洛陽收買軍需。分給沿邊將士。到此月餘。私將二萬貫鈔娶了個婦人。是上廳行首賀憐憐。權借這承天寺裏住下。撥幾個心腹牢子把守寺門。一個閒人也不許放他入來。只有梅香一人伏侍。今日洛陽府官請我赴席。伴當每鞴馬。我吃酒去也。〔下〕〔旦引盼兒上云〕昨日央王小二將着一柬寄與王郎。不知下落。今日那厮赴席去了。我在房中悶坐。盼兒門首覷者。等王郎來時。報覆我知道。〔盼兒云〕理會的。〔正末提查梨條從古門叫上云〕查梨條賣也。查梨條賣也。纔離瓦市。恰出茶房。迅指轉過翠紅鄉。回頭便入鶯花寨。須記的京城古本老郎傳流。這菓是家園製造。道地收來也。有福州府甜津津香噴噴紅馥馥帶漿兒新剥的圓眼荔枝。也有平江路酸溜溜凉蔭蔭美甘甘連葉兒整下的黄橙緑橘。也有松陽縣軟柔柔白璞璞蜜煎煎帶粉兒壓匾的凝霜柿餅。也有婺州府脆鬆鬆鮮潤潤明晃晃拌糖兒捏就的龍纏棗頭。也有蜜和成糖製就細切的新建薑絲。也有日曬皺風吹乾去殼的高郵菱米。也有黑的黑紅的紅魏郡收來的指頂大瓜子。也有酸不酸甜不甜宣城販到的得法軟梨條。俺也說不盡菓品多般。略鋪陳眼前數種。香閨繡閣風流的美女佳人。大厦高堂俏倬的郎君子弟。非誇大口。敢賣虚名。試嘗管別。吃

着再買。查梨條賣也。查梨條賣也。〔做歎科云〕王焕。這箇是做子弟的下場頭也呵。〔唱〕

【商調集賢賓】若論粧孤苦表俺端的奪了第一。〔帶云〕説起風流王焕四箇字呵。〔唱〕這洛陽郡有誰知。較文呵有賈馬班楊藻思。較武呵有孫吴管樂神機。王焕也空學的文武雙全。培養得材能兼備。指望待整乾坤定江山安社稷。輔皇家救困扶危。似恁的名標鶯燕集。幾時勾身到鳳凰池。

【逍遥樂】若論着十八般武藝。弓弩鎗牌。戈矛劍戟。鞭鏈撾槌。將龍韜虎略温習。方信道風月無功三不歸。剗的着俺不存不濟。則爲俺半生花酒。躭閣盡一世前程。枉受了十載驅馳。

〔做叫科云〕查梨條賣也。查梨條賣也。生長在京城古汴。從小裏拜箇名師。學成浪子家風習慣。花臺伎倆。專伏侍那些可喜知音的公子。更和那等聰明俊俏的佳人。假若是怨女曠夫。買吃了成雙作對。縱然他毒郎狠妓。但嘗着助喜添歡。春蘭秋菊益生津。金橘木瓜偏爽口。枝頭乾分利陰陽。嘉慶子調和臟腑。這棗頭補虚平胃。止嗽清脾。吃兩枚諸災不犯。這柿餅滋喉潤肺。解鬱除焦。嚼一箇百病都安。這荔枝紅蠲煩養血。去穢生香。長安歲歲逢天使。這查梨條消痰化氣。醒酒和中。帝城日日會王孫。查梨條賣也。查梨條賣也。〔唱〕

【掛金索】松陽柿全別。滋潤能清肺。婺州棗爲魁。細嚼堪平胃。嘉慶子家風。製度實奇美。枝頭乾流傳。可口真佳味。

〔做叫科云〕查梨條賣也。查梨條賣也。歌姬未起。客館先知。查梨條賣也。查梨條賣也。一聲叫入珠簾去。慌殺梳粧鏡裏人。〔唱〕

【山坡羊】梨條清致。金橘無對。荔枝圓眼多澆些蜜。這棗子要你早聚會。這梨條休着俺抛離。這柿餅要你事事都完備。這嘉慶這場嘉樂喜。荔枝。離也全在你。圓眼。圓也全在你。

〔做叫科云〕查梨條賣也。查梨條賣也。俺那姐姐。知他在那裏。入的這承天寺來。好是清幽也呵。〔唱〕

【梧葉兒】俺只見舍利塔侵雲漢。羅漢堂煞整齊。人静悄景幽微。那孫飛虎聲名大。小紅娘識見低。閃的我張君瑞自驚疑。天也知他這普救寺鶯鶯在那裏。

〔盼兒云〕俺姐姐着我在這門首等着俺姐夫。怎麽這早晚還不見來。〔正末做見科云〕梅香姐。我來了也。〔盼兒云〕姐夫。你怎麽這般模樣了也。這是甚麽打扮那。〔正末唱〕

【金菊香】木瓜心小帽兒齊抹着卧蠶眉。查梨條花籃在我手上提。細麻鞋緊綳輕護膝。白苧衫花手巾寬繫着腰圍。我也是能騎高價馬慣着及時衣。

〔盼兒云〕你快過來。見俺姐姐去。〔正末見旦科云〕姐姐。我來了也。〔旦做悲科云〕解元。我爲

你胭憔粉悴。玉減香消。你剗的這般模樣。可怎生是了也。〔正末云〕姐姐。小生今日也則是出於不得已。〔唱〕

【醋葫蘆】聞知你粉香殘消素體。金釧鬆減玉肌。一天愁都是爲他誰。不由我不行忘思食忘飽睡卧忘了夢寐。消磨盡五陵豪氣。屈沉殺八面虎狼威。

〔旦云〕解元。我别得你幾時。剗地這般模樣。兀的不羞殺我也。〔正末唱〕

【後庭花】熬煎的你愁似織。想念着我意似癡。因此上醖釀就蜂兒蜜。調和成燕子泥。費心機。恨不的鑽天掘地。則圖箇得見你。生這般窮智識。做這般賊所爲。粧這般喬樣式。

【雙雁兒】王焕也到如今猶兀自説兵機。得道也。誇經紀。東行不見西行利。爲風月。擔是非。惹英雄皆笑恥。

〔旦云〕大丈夫不以功名爲念。幾時是你那崢嶸發達的時節。〔正末唱〕

【青哥兒】有一日功成功成名遂。那時節耀武耀武揚威。雲路鵬程九萬里。氣吐虹霓。志逞風雷。宫花飄曳。御酒淋漓。我不是斗筲之器。糞土之泥。則恐怕等閒間洩漏了春消息。因此上用脱殼金蟬計。

〔旦云〕解元。我爲你朝煩暮惱。放心不下。你可知道麽。〔正末唱〕

【醋葫蘆】姐姐你煩惱除我知。我煩惱除你知。再休説坐兒不覺立兒饑。常言道海深須見底各辨着箇真心實意。這的是有情誰怕隔年期。

〔高浄引祗從做醉上云〕多飲了幾杯酒。俺可醉了也。這是承天寺門首。左右。接了馬者。〔祗從云〕牢墜鐙。〔高浄云〕梅香。你説去。我來家了也。〔盼兒報云〕姐姐。高將軍來家也。〔正末做慌科唱〕

【金菊香】諕的我手忙脚亂緊收拾。意急心慌没整理。〔高浄云〕甚麽人在此。好無禮也。

〔正末唱〕可正是船到江心補漏遲。只着我魄散魂飛。〔做叫科云〕查梨條賣也。查梨條賣也。

〔唱〕我則索向前來陪着笑賣查梨。

〔高浄云〕兀那厮。你在這裏做甚麽。左右拿過來。〔祗從拿科〕〔喝云〕跪着。〔正末唱〕

【醋葫蘆】俺也是文齊福不齊。你正是官不威牙爪威。〔高浄云〕兀那厮。敢來俺這裏胡厮哄。〔祗從喝科〕〔正末唱〕只聽的一聲高叫若轟雷。〔旦做慌科〕〔正末唱〕諕的那黄鶯兒怎敢向上林啼。抵多少驚回緑窗春睡早。難道愛月夜眠遲。

〔高浄云〕我不在家。你做甚麽哩。〔旦云〕我恰纔悶坐。正要剥果子吃些兒。你又撞將來攪我。

〔高浄陪笑科云〕既然奶奶要剥果子兒吃。我怎敢攪了奶奶。我醉了也。我睡去也。你自在這裏剥好的吃也。留着些兒等我醒來吃。〔下〕〔旦云〕解元。這厮領着西延邊上經略的十萬貫鈔。來這洛陽買辦軍需。他將二萬貫官錢娶了我。帶我西延邊上去。他的罪過不輕。盜使官錢。强奪人妻女。失誤邊關軍務。都是該死的。解元。你休要挫了志氣。如今延安府經略相公招募天下英雄豪傑。剿捕西夏。我想你文武雙全。乘此機會。可往延安府投託經略麾下。建立功勛。以遂平生之志。那時節告一紙狀。説高常彬强奪人家妻女。他帶我上邊。若叫將出來。我訴説妾身原是王煥之妻。他盜使官錢娶我。失誤邊機。應得死罪。喒夫妻定有團圓之日也。解元。則要你著志者。

〔正末云〕大姐放心。〔唱〕

【金菊香】憑著俺驅兵領將萬人敵。穩情取一舉成名天下知。俺怎肯做男兒有身空七尺。任他人奪去嬌妻。將比翼兩分飛。

〔旦云〕那廝的罪犯非止一樁。你則謹記在心者。〔正末唱〕

【醋葫蘆】這逆賊。好没禮。盜軍貲誤軍務失軍期。他所犯那樁兒不是有條劃的罪。還待向婆娘行孝當竭力。則著他得便宜翻做了落便宜。

〔旦云〕解元。妾身止有這付金頭面。釧鐲俱全。與你做盤纏去。〔正末云〕如此多謝。〔旦云〕妾口占小詞一首。調寄南鄉子。贈君行色。休得見哂。〔詞云〕勉强贈行裝。願爾長驅掃夏涼。威震雷霆傳號令。軒昂。萬里封侯相自當。功績載旂常。恩寵朝端誰比方。衣錦歸來攜兩袖。天香。散作春風滿洛陽。〔正末云〕姐姐放心。王煥此一去。必不落於人後。〔唱〕

【浪裏來煞】則今朝別了玉人。多感承謝了盤費。〔旦云〕解元。你也姓王。那王魁也姓王。

則願你休似王魁。負了桂英者。〔正末做悲科唱〕怎將我王煥比做王魁。我向西延邊上建功爲了辛職。你管取那五花誥夫人名位。則不要你個桂英化做一塊望夫石。〔同下〕

〔音釋〕降奚汪切　邈音冒　將去聲　韝音被　倬音卓　一音以　思去聲　稷將洗切　戟巾以切
習星西切　剗音産　長音掌　蠲音娟　使去聲　蜜忙閉切　綳音崩　膝喪擠切　醞音韻
釀尼降切　識傷以切　式傷以切　曳音異　息喪擠切　拾繩知切　轟音烘　募音暮　剿精
小切　勛與動同　應平聲　敵丁梨切　尺音恥　賊則平切　劃音畫　力音利　鐲音濁　哂
身上聲　强欺養切　職張恥切　石繩知切

第四折

〔外扮經略官引卒子上詩云〕少年錦帶佩吴鈎。鐵馬西風塞草秋。一片雄心扶社稷。功名不爲覓封侯。老夫姓种名師道。方今大宋欽宗皇帝即位。改元靖康。老夫官拜征西馬步禁軍都元帥。正授延安府等處招討經略使。爲西凉土番作亂。朝廷命老夫招集天下英雄豪傑。征討土番。招募得十節度使。直殺過相思河。將西凉平定。那爲首獲功者洛陽王煥也。其人文武全才。智勇兼備。老夫舉保他做先鋒西凉節度使。尚有賊人餘黨未盡。著他剿捕去。早間已有捷報來了。軍政司准備筵席伺候。還有一件。前者爲西延缺少軍需。著高邈往洛陽收買。將帶十萬貫鈔去。内中却擅用了二萬貫娶箇婦人。每日飲酒作樂。遲了限次。誤了邊關重務。已曾著人勾提去了。未見回報。

小校。轅門首覷著。〔卒子拿淨旦上云〕我是勾提高邈的軍士。連他娶這個婦人都勾到了。見元帥咱。〔押淨旦跪科〕喏。報的元帥得知。高邈拿到了也。〔經略云〕兀那厮。著你收買軍需。接濟邊庭。剗地將官錢盜使了。終日花酒。失誤軍期。依律處斬。兀那婦人。你明知官錢不合接受。亦該死罪。〔旦云〕老爺暫息雷霆之怒。略罷狼虎之威。聽妾身告訴衷曲。妾身原有丈夫。被高常彬倚恃官勢。將錢買轉母親。强娶妾身到此。只望明鏡鑒察。〔經略云〕你母親在那裏。〔旦云〕近日亡化過了也。〔經略云〕你丈夫是誰。〔旦云〕丈夫是洛陽王煥。到西延邊來投軍。此後不知下落。〔經略云〕哦。原來是王煥之妻。王煥乃國家有功之臣。這就是功臣之婦了。也還未知虚實。且將二人押下。待王節使來時。便見端的。小校。且押在一壁者。〔卒子云〕理會的。〔正末領衹從上云〕某乃王煥是也。自到延安府。見了經略大人。充爲馬前頭目。累次立功。今爲西凉節度使之職。奉元帥將令。再過相思河。剿平餘黨。先着捷書報知轅門去了。今班師回程。軍馬行動者。王煥。誰想有今日呵。〔唱〕

【雙調新水令】起蟄龍吐雲霧上天時。下河西第一陣節使。威風馳海外。名譽播京師。端的個男兒。不枉了四方志。

【駐馬聽】引領羣師。罰其罪賞其功無徇私。募招猛士。攻必取戰必勝决雄雌。常拚著馬革裹殘屍。生圖他麟閣題名字。不信呵觀古史。大都來豪傑皆如是。

〔云〕可早來到也。左右接了馬者。〔衹從云〕牢墜鐙。〔正末云〕令人報復去。道有王煥來了也。

〔卒子報科云〕王將軍到。〔經略云〕快有請。〔做見科〕〔經略云〕節使戰敵勞神。〔正末云〕王煥上託元帥虎威。下賴將士戮力。僥倖克敵。何勞之有。〔唱〕

【雁兒落】據元帥雨不將傘蓋搘。寒不把重裘試。兵不擇少共多。敵不避生和死。

〔經略云〕凡爲將者須要深習兵書。廣看戰策。方纔得功成萬里。名著千秋。也非是容易博來的。〔正末唱〕

【得勝令】笑孫武少神思。病白起不仁慈。賽韓信十功立。勝孔明八陣施。無半點瑕疵。展萬里鯤鵬翅。真一表英姿。建千年龍虎祠。

〔正末做跪科云〕元帥在上。可憐見王煥有紙狀告著一個人。乞賜分理。〔經略云〕節使。你告甚麼人。老夫與你做主咱。〔唱〕

【風入松】高常彬差使洛陽時。有多少過犯公私。剋軍需盜把官錢使。戀烟花豔質嬌姿。强奪人他妻我婦。成就他燕子鶯兒。

〔經略做接狀科云〕節使請起。高常彬已勾追到了也。左右。拿將過來。〔卒子云〕犯人當面。〔净旦跪科〕〔經略云〕高邈。你怎敢盜使官錢。强娶有夫之婦爲妻。〔高净云〕元帥不要聽人謊狀。這是賀媽媽接了我的財禮錢。嫁與我爲妻來。〔經略云〕這錢鈔是那裏來的。〔高净云〕是高邈平日積儹下稊氣錢二萬貫。〔經略怒云〕兀那厮。剗地胡說哩。你見王節使麽。〔正末跪云〕這婦人正是王煥之妻。〔高净云〕他是你的渾家。我若是知道。早早的擡一乘轎子。送到你家裏多時了。

〔正末唱〕

【喬牌兒】這廝逞權豪忒放肆。不想正遇著敵頭至。〔高浄云〕節使休怪。我實是不知。誤娶了他。〔正末唱〕直待聞鐘始覺山藏寺。〔經略云〕軍政司。與我查那高邈所犯。當得何罪。〔正末云〕他盜使官錢。失誤軍期。强娶有夫之婦爲妻。那一樁兒不是該死的。〔唱〕賊也這的是罪當刑無怨死。

〔高浄做歎科云〕嗨。我止望娶他做個夫人。不想道今日撞着原主兒。眼見的要還他去了。可知道我這兩日有些眼跳。〔正末唱〕

【水仙子】你可待碧梧棲老鳳凰枝。誰承望東嶽新添速報司。早則西風了却黃花事。今日箇雪消也見死屍。禍臨頭有甚嗟咨。使不的你論黃數黑。遮不的你奪朱惡紫。快招成罪犯無辭。

〔經略云〕則喚賀氏上來。和他折證。〔卒子云〕賀氏靠前。〔旦跪上指末云〕大人。這個是妾身的丈夫王煥。〔經略云〕高邈。你怎麼說。〔高浄云〕乾使了二萬貫鈔。既然説是他的。便等他領去了罷。〔正末唱〕

【殿前歡】這的是證明師。决撒了也春風驕馬五陵兒。可不道不知命無以爲君子。則索退而自省其私。〔高浄做叫屈科云〕這婦人明明是我娶到的媳婦哩。怎當他官官相爲。强斷與王節使去。可不寃屈也。〔正末云〕噤聲。〔唱〕這裏是經略府軍政司。又不比風月所鶯花市。錯認做洛陽地面承天寺。花費了些精銀鈔。收買些膩粉胭脂。〔經略云〕一行人聽我下斷。高邈盜使官錢。失誤邊關軍務。强娶有夫妻女。依律處斬。推出市曹。量決一刀。著懸首轅門示衆。賀氏原係王煥之妻。被伊母愛錢改嫁。仍還本夫完聚。如今西凉平定。軍中舊例。合該椎牛饗士。做個慶賞的筵席。這功勞王煥爲首。老夫一來就與他賀加陞節使之榮。二來就賀他夫妻重諧之喜。〔詞云〕只爲高常彬盜使官錢。誤軍期强納嬋娟。明正罪依律處斬。仍梟首號令軍前。王節使從軍征討。立功勛名播西延。賀憐憐五花官誥。永偕老夫婦團圓。〔旦換裝束〕〔正末同拜謝科〕〔唱〕

【鴛鴦尾煞】從今後美恩情一似調琴瑟。潑生涯再不竆㽹肆。共立瓊筵。滿酌金巵。唱道是絶勝新婚。休誇燕爾。喒兩箇喜氣孜孜。這眷愛如天賜。也不枉費盡相思。早證果了賣查梨那風流少年子。

〔音釋〕种音冲　累上聲　蟄音輒　揩音支　重平聲　瑟生止切

題目　賞名園賀氏千金笑

正名　逞風流王焕百花亭

秦翛然竹塢聽琴雜劇

石子章撰

楔子

〔正旦扮鄭彩鸞引外扮都管上云〕妾身姓鄭。小字彩鸞。今年二十一歲。從幼父母雙亡。曾記父母説。在禮部時與秦工部指腹成親。後來他那壁生了個孩兒。喚做秦翛然。俺這壁生了妾身是也。自父母亡化過了。他那壁不知所向。俺這城北五十里外。有一座草菴。這菴裏有個姑姑。他也姓鄭。曾教我撫琴寫字。今日是妾身生辰賤降之日。都管。安排下酒菓。則怕姑姑來也。〔都管云〕理會的。〔老旦扮老道姑上云〕道可道。非常道。名可名。非常名。貧姑姓鄭。我是梁公弼的夫人。自從與俺老相公失散了。攏起我這頭髮。捨俗出家。貧姑善能撫琴下棋。此處有個小姐。他是鄭禮部的女孩兒。在貧姑跟前學琴下棋。今日是小姐生辰貴降的日子。我與他上壽走一遭去。可早來到門首。都管報復去。道有貧姑來了也。〔都管報科云〕小姐。有鄭姑姑在於門首。〔正旦云〕道有請。〔見科〕〔道姑云〕貧姑一徑來與小姐上壽。〔正旦云〕師父。你那裏得那錢鈔來。敢勞如此費心也。〔都管云〕小姐。近日上司出下榜文。不論官宦百姓人家。但是女孩兒到二十以外。都要出嫁與人。限定一月之外。違者問罪。〔正旦云〕似此怎生是好。則除是這般。都管。將文房四寶過來。〔做寫科云〕寫就了也。都管。你近前來。你道我爲甚麽寫這兩紙文書。一紙文書爲你年紀高大。與你這紙從良的文書。這一紙文書將我那家私裏外田産物業。你都與我記者。我家祖上曾建下竹塢草庵一座。甚是清雅。在北門外面。近來没有住持。止有一個小道姑看守。我如今學那老師父出家去也。一年四季。齋糧道服。你可不要缺少我的。〔都管云〕小姐但放心。這一年四季。齋糧道服。俺不敢缺少你的。〔老道姑云〕小姐。你敢出不的家麽。既然你要出家。須要堅心辦道。休要半路裏還了俗。〔正旦云〕師父但放心。你着我如今嫁那個人去。不如出家倒也乾净。〔唱〕

【仙吕賞花時】亡化過白頭老父母。眼底親人别又無。我親筆立定紙文書。分付與你這莊田和那地土。我着你爲主不爲奴。

【幺篇】更問甚一歲孩兒百歲主。枉了身心活受苦。願富貴待何如。我則待添香可也補燭。常伏侍着你這一個老姑姑。〔同下〕

〔音釋〕弼薄密切　攏龍上聲　塢音五　燭音主

第一折

〔外扮梁州尹引張千上詩云〕白髮刁騷兩鬢侵。老來灰盡少年心。雖然贏得官猶在。争奈夫人没處尋。老夫姓梁名公弼。叨中進士及第。所除南康爲理。有我夫人姓鄭。老夫三年官滿。還於京師。行到半途。被土賊哄散。至今夫人不知所向。謝聖恩可憐。今除鄭州爲州尹之職。老夫想幼年間有一故友。姓秦雙名思道。與老夫在南陽一處爲官。後來他陞做工部尚書。不幸辭世。止有一子。是秦脩然。此子九經三史。無有不通。如今也無信息。老夫在此做官。怕不一身榮顯。争奈兩椿兒缺欠。一來失了夫人。二來不見姪兒。若是得見他兩個。便足俺平生之願。張千。你門首覷者。看有甚麽人來。報復我知道。〔張千云〕理會的。〔副末扮秦脩然上詩云〕少小爲文便有名。如今挾策上西京。不知若個豪門女。親把絲鞭遞小生。小生姓秦。雙名脩然。幼年父母雙亡。父母在時。曾與鄭禮部家指腹成親。誰想他家得了女兒。小字彩鸞。如今兩家寥落。絶無消耗。小生因取功名。到這鄭州。聞知我叔父梁公弼在此爲理。何不探望叔父走一遭去。可早來到也。門上人報復去。道有秦脩然在於門首。〔張千報科云〕有秦脩然在於門首。〔梁尹云〕他説是秦脩然麽。〔張千云〕是。〔梁尹云〕老夫語未懸口。姪兒却已來到。張千。道有請。〔張千云〕請進。〔秦脩然見科云〕叔父請坐。受您孩兒兩拜。〔梁尹云〕孩兒。則被你想殺我也。你行囊在於何處。〔秦脩然云〕在客店中哩。〔梁尹云〕張千。便與我搬將來。打掃書房。着孩兒那裏安歇。便安排酒餚。與孩兒接風去來。〔同下〕〔正旦同小姑上云〕自從出了家。到大來好是安静快樂也呵。〔唱〕

【仙吕點絳唇】棄了個銅斗兒似家緣。撇下個潑天也似火院。到大來無拘倦。每日間不斷香烟。將一片真心煉。

【混江龍】改換了油頭粉面。再不將蛾眉淡掃鬢堆蟬。將陰功暗壘。道教明傳。座上全無塵半點。壺中別有一重天。向是非海内。人我叢中。將那等不曉事的愚迷勸。覷了這飄飄浮世。冉冉流年。

〔小姑云〕我覷了小姐你這等模樣。揀個好官員士夫人家嫁一個不好。出他那家做甚麼。你不如歸去罷。〔正旦云〕小姑。你説的差矣。〔唱〕

【村裏迓鼓】你道我不如歸去。我待要至心脩煉。則他這蠅頭蝸角。虚名利休貪休戀。倒不如躲是非。忘寵辱。無驕怨。問甚麼誰得官。誰得禄。誰得錢。呀。到後來死生關臨頭怎免。

【元和令】啥人這無常管甚少年。我嘆世事忽更變。恰夭桃噴火柳堆烟。早荷花點翠鈿。東籬黄菊未開全。又紛紛雪滿天。

【上馬嬌】不如我琴一張。詩一聯。樂意自悠然。試看他富貴和貧賤。都一般白骨葬黄泉。

【勝葫蘆】抵多少興廢榮枯在眼前。人被利名牽。滿目紅塵闢塞遠。笑車輪馬足。晨鐘暮鼓。空勞碌自年年。

【幺篇】争如我睡徹東窗日影偏。高枕只安眠。愚者自愚賢者賢。煉丹砂九轉。袖黄庭兩卷。誦老子五千言。

〔云〕天色晚了也。小姑。你與我點上燈。添上香來。你歇息去。〔小姑云〕我添上香。點上燈。掩上柴門。歇息去也。〔下〕〔正旦云〕夜深了也。取下我這焦尾琴來。撫一曲遣我的心悶咱。〔正末上云〕小生秦翛然是也。自從在叔父家。一月光景。不曾出門。今日在這城外踏青玩賞。下次小的每都回去了。天色已晚。小生趕不上城門。這裏有個庵觀。我去裏面借一宵宿。有何不可。我推開柴門。元來還點着燈哩。〔做聽科〕呀。有人撫琴。我試聽咱。〔正旦唱〕

【后庭花】金鑪焚寶烟。瑶琴鳴素絃。無非是流水高山調。和那堆風積雪篇。端的這五音全。我可便輕彈一遍。對清宵明月前。更行人跡杳然。正泠泠指下傳。百般的聲不圓。怎麽百般的聲不圓。

〔云〕我這琴絃斷。必有人來竊聽。我開這門試看咱。〔見末科云〕一個好秀才也。〔秦翛然云〕呀。一個好姑姑也。〔正旦云〕兀那秀才。你是那裏人氏。姓甚名誰。因甚來到俺這庵觀。説的是萬事都休。説的不是。送你到道録司。不道的饒了你哩。〔秦翛然云〕小生南陽府人氏。姓秦雙名翛然。因爲進取功名。到於此處。今日在城外踏青賞玩。不想天色昏晚。無處寄宿。來到此處。暫借一宵。聽的這裏彈琴聲音嘹喨。因而竊聽。不想姑姑在此。望恕小生之罪。〔正旦背云〕元來他便是秦翛然。我且問他。兀那秀才。你認的那指腹成親鄭彩鸞麽。〔秦翛然云〕當初我父親在時。多聽的説有一個指腹成親的鄭彩鸞。自從父母亡過。那鄭彩鸞也不知所向。小生常切切於心。不能見面。〔正旦云〕秀才你休慌。則我便是鄭彩鸞。〔秦翛然云〕我那裏不尋。那裏不覓。你可可在這裏。小姐。你既然遇着我。正是一對夫妻。我和你説句話兒。〔正旦云〕秀才休得無禮。我與你雖素有盟約。却不可造次苟合。萬一外人得知。豈無私奔之誚。〔秦翛然云〕我與你怨女曠夫。隔絶十有餘年。今日偶爾相逢。天與之便。豈可固執。〔正旦云〕既然如此。這所在不是説話處。咱去那耳房裏説話去來。〔唱〕

【金盞兒】這搭兒裏花影更幽然。檜柏瑣蒼烟。則這兩椿兒好與人方便。果然是色膽大如天。今夜又無甚星河相間阻。莫不着人月兩團圓。我可是清閒真道本。則被你壞了我也無事的散神仙。

〔云〕秦翛然。天色明了也。你回去罷。〔秦翛然云〕小姐。我此去明日多早晚來。〔正旦云〕你白日休要來。可在晚間來。來時休往那正門。則打那角門兒進。免得外人看見不雅。〔秦翛然云〕小生知道了也。〔正旦云〕秦翛然。我爲你呵。〔唱〕

【賺煞】建起座七真壇。新蓋了三清殿。往常我醞釀真心不淺。不想這一曲瑶琴聲婉轉。包藏着那美滿姻緣。並香肩月下星前。共指三生説誓言。我也到不的蓬萊閬苑。羞對着藥鑪經卷。我愁的是小窗孤枕夜如年。〔下〕

〔音釋〕耗音好　叢音從　蝸音蛙　鈿音田　泠音零　嘹音聊　喨音亮　檜音桂　角音皎　醞音韻　釀泥降切　閬音浪

第二折

〔梁尹上云〕老夫梁公弼。自從秦脩然姪兒在衙舍中。一月其程。老夫事忙。不曾與他閒坐攀話。張千。那秀才書房中看書麽。〔張千云〕老爺不問。張千也不敢說。那秀才白日裏在書房看書。到晚來出這城外一所竹園裏。有箇草庵。庵兒裏面有一個青年的小道姑。生的十分大有顏色。好生聰俊。秀才每夜在那裏相伴他。〔梁尹云〕有這等事。〔張千云〕張千豈敢說謊。〔梁尹云〕既是這般。恐怕墮落了他功名。張千。你與我喚嬤嬤出來。〔張千云〕嬤嬤。老爺呼喚。〔浄扮嬤嬤上云〕老身聞的相公呼喚。不知有甚事。須索走一遭去。〔見科云〕老相公。喚老身有何分付。〔梁尹打耳喑科云〕可是這般。〔嬤嬤云〕領相公的言語。須索書房中走一遭去。〔下〕〔梁尹云〕張千。你近前來。我分付你。我如今鄉下勸農去也。那秀才若來辭别我時。說我公家事忙。你就將春衣一套。白銀兩錠。全副鞍馬一匹。便着他長行。小心在意者。〔詩云〕何事催人上路程。愁他迷戀失功名。他時得意來相問。方見通家一點情。〔下〕〔正末上云〕自從與我鄭彩鸞相遇。着小生晝夜無眠。今日在房中閒坐。可怎生不見嬤嬤來。〔嬤嬤上見科〕〔正末云〕嬤嬤。你那裏去來。〔嬤嬤云〕我與人家送殯去來。〔正末云〕你與誰家送殯去。〔嬤嬤云〕秀才不知。這裏有王同知家一個舍人。被這北門外竹塢草庵一個年小的道姑死了。他魂靈纏繞着那個舍人。那舍人如今死了。那庵裏道姑他是個鬼怪。但見年少的男子漢。他就纏死了纔罷。〔正末驚科背云〕嗨。誰想那道姑是個鬼魂。諕殺我也。喚張千來。收拾行裝。我便索長行也。〔張千云〕相公喚我做甚麽。〔正末云〕老爺在那裏。〔張千云〕鄉下勸農去了。〔正末云〕我要上朝取應去也。〔張千云〕老爺分付我了。秀才若取應去時。春衣一套。白銀兩錠。全副鞍馬一匹。都有了也。秀才。你等不得老爺回來便去罷。〔正末云〕我是等不的。收拾行裝。便索長行也。〔詩云〕本謂一佳人。如何説鬼魂。情知不是伴。只得且離分。〔下〕〔梁尹上云〕張千。那秀才去了麽。〔張千云〕去了也。〔梁尹云〕今日無甚事。那北門外有一所竹塢庵。庵裏有個道姑。年紀幼小。生的十分大有顔色。老夫一來玩賞散心。二來到菴中看那道姑去走一遭。〔下〕〔小姑扶正旦上云〕三十三天離恨天最高。四百四病相思病最苦。則被這相思害殺我也。〔小姑云〕有的是賤柴。燒你這醜弟子。〔正旦云〕待道秦脩然去了來。他可不曾辭我。待説他不曾去了來。這幾日怎生不見。音信皆無。秦脩然。我知他在那裏也呵。〔唱〕

【中吕粉蝶兒】這些時懶誦南華。將一串數珠來壁間閒掛。念一首斷腸詞顛倒熟滑。不免的喚道姑。添净水。我剛剛的把聖賢來參罷。若不是會首人家。幾番將這道袍脱下。

【醉春風】我如今將草索兒繫住心猿。又將藕絲兒縛定意馬。人説道出家的都待要斷塵情。我道來都是些假。假。幾時能勾月枕雙欹。玉簫齊品。翠鸞同跨。

〔云〕小姑。你休大驚小怪的。我是歇息咱。〔做睡科〕〔小姑云〕理會的。我門首覷者。看有甚麽人來。〔梁尹引張千上云〕張千。不要頭踏傘蓋。一人一騎。來到城外。遠遠那個竹林兒裏。敢是那道姑的菴觀。〔張千云〕這個便是。〔梁尹云〕接了馬者。〔小姑見驚拜科〕〔梁尹云〕出家人不打稽首。可學俗人拜。這個小道姑也不是個志誠的。你報復去。道有老夫特來相訪。〔張千云〕咄。是州裏大爺。〔小姑慌報科〕〔正旦云〕做甚麽。〔小姑云〕有一個老爺在門首哩。〔正旦唱〕

【紅繡鞋】我恰纔搭伏定芙蓉懶架。恰合眼夢見他家。覺來也依舊隔天涯。早是我心緒又亂。更那堪客人侵雜。道甚麽相公在門首前方下馬。

〔小姑云〕相公請進。〔梁尹見旦科云〕這個道姑是生的好也。〔正旦云〕稽首。相公請坐。小姑。快烹茶來。〔梁尹云〕道姑。你也請坐。〔正旦云〕貧姑不敢。〔梁尹云〕道姑。兀的恭敬不如從命。〔正旦云〕既如此斗膽了。〔稽首坐科〕〔梁尹云〕道姑。我此一來你試猜咱。〔正旦云〕相公此來。貧姑是猜波。〔唱〕

【石榴花】莫不是山城無事早休衙。〔梁尹云〕今早不下雨來。〔正旦唱〕朝來微雨潤輕紗。〔梁尹云〕這時節正是暮春天道。〔正旦唱〕茸茸芳草襯殘霞。都乘着這寶馬。〔梁尹云〕老夫待賞玩踏青咱。〔正旦唱〕迅步行踏。〔帶云〕貧姑猜着了也。〔唱〕莫不是那官中民快央及的怕。〔梁尹云〕老夫一徑的散心來。〔正旦唱〕因此上出郊外貪尋幽雅。〔梁尹云〕道姑。老夫此來不張傘蓋。不擺頭踏。你知老夫的這意麽。〔正旦唱〕你可也爲甚麽不張傘蓋不擺頭踏。多只是恐驚林下野人家。

〔梁尹云〕道姑。你這裏好個幽静去處也。〔正旦唱〕

【鬭鵪鶉】休笑俺草户柴門。那裏取那銀屏的這繡榻。〔梁尹云〕老夫久慕高風。因此相訪。〔正旦唱〕多謝也降尊臨卑。屈高屈高就下。〔梁尹云〕道姑。兀的不是琴。請撫一曲。老夫洗耳。〔正旦云〕琴絃斷。彈不得了也。〔梁尹云〕道姑。你那絃斷幾時了。出家人休調發我。〔正旦唱〕俺出家人從來不會調發。相公少罪咱。〔梁尹云〕道姑既斷了絃。市面上别尋一個續上不的。〔正旦唱〕這絃向那市面上難尋。欲要呵則除江心裏旋打。

〔梁尹云〕老夫説絃。他説江心裏旋打。可是魚。恁的呵。老夫賢愚不辨。道姑。兀的不是棊盤。將來老夫與你手談一局。〔正旦云〕這棊喒人不可下他。〔梁尹云〕怎生不可下他。敢是你怕我老夫識破那一着。〔正旦唱〕

【上小樓】枉將你那機謀用煞。若知俺這棊中姦詐。〔梁尹云〕這棊有甚麽姦詐在那裏。〔正旦唱〕都爲那蝸角虚名。蠅頭微利。蟻陣蜂衙。將一片打劫的心。則與人。争高論下。直等待那揭局兒死時纔罷。

〔梁尹云〕道姑。這棊不下也罷。你有甚麽名人書畫將來老夫一看。〔正旦唱〕

【幺篇】止不過羲之字。老杜詩。戴松牛。韓幹馬。止不過枯木竹石。山水翎毛。雪月風花。若題着。那些人。都皆亡化。到如今是漁樵一場閒話。

〔梁尹云〕道姑。兀這書畫。則道老夫不識。自古以來。思凡的仙女甚多。則説靈照女透丹霞。這一椿事。你可知道麽。〔正旦唱〕

【快活三】可不説鍾子期訪伯牙。倒問我靈照女透丹霞。〔梁尹云〕難道是古來的思凡仙女。就也没有。〔正旦唱〕他問我從古的思凡仙女有來麽。則教我半晌家難回話。

【鮑老兒】你將那無顯驗的文書是監察。須不是俺孔宣聖遺留下。將那個包待制看成做水晶塔。全没些半點兒真實的話。只待要説古談今。尋山問水。傍柳穿花。那裏也脩身正己。利民潤物。治國齊家。

〔梁尹背云〕我觀這道姑。生的外有西施之貌。内有道韞之才。可知我那姪兒留戀着他。我聞的姪兒原是與他指腹爲婚。正好配成夫婦。今我賺的姪兒去了。若還留在此處。我也不放心。則除是這般。〔回云〕道姑。我那衙門左右。有一所白雲觀。是敕建祝壽道院。我要請你到觀裏做個觀主。你意下如何。〔正旦云〕貧姑情願去。〔唱〕

【耍孩兒】我心頭百事無牽掛。净坐在方牀矮榻。偏生要諠譁場裏避諠譁。白雲菴情願爲家。則我這粗衣淡飯貧休笑。你那裏肥馬輕裘富莫誇。看北邙山直下。盡都是些斷碑荒塚。老樹殘霞。

【尾聲】怎如俺重門鎖緑苔。閒亭掃落花。抱瑶琴高卧在松陰下。便做不得神仙我也

快活煞。〔下〕

〔梁尹云〕天色晚了也。張千將馬來。回私宅中去。〔詩云〕三十餘年仕路間。風塵無處不摧顏。因過竹院貪清話。却得浮生半日閒。〔下〕

〔音釋〕嬤音姆　殯音鬢　諕音夏　熟常由切　滑呼佳切　攲音欺　咄當没切　雜音咱　茸音戎　襯初艮切　踏當加切　及更移切　榻湯打切　發方雅切　煞雙鮓切　晌音賞　察抽鮓切　塔湯打切　韞音韻　矮挨上聲　卬音忙　摧慈隨切

第三折

〔梁尹上云〕老夫梁公弼。搬的那竹塢庵中鄭道姑。在此白雲觀做個住持。只等我姪兒秦脩然得第回來時。老夫自有個主意。昨日照會來。說有一個新官下馬。差人接去了。張千。等來時報我知道。〔張千云〕理會的。〔秦脩然上〕〔詩云〕十載寒窗積雪餘。讀得人間萬卷書。到頭還藉文章力。一舉象簡羅袍上玉除。小官秦脩然是也。自從離了叔父。前往京師。進取功名。不想果遂其志。一舉狀元及第。某奏過聖人。說叔父養育之恩。未嘗有報。思得相近地方。以便侍養。謝聖人除授鄭州通判。今來赴任。須先見俺叔父去。張千。報復去。道有州判下馬也。〔張千云〕理會的。稟爺。新官到了也。〔梁尹云〕道有請。〔正末見科〕〔梁尹笑科云〕兀的不是姪兒秦脩然。你得了官也。〔秦脩然云〕託賴叔父之庇。請上受姪兒幾拜。〔做拜科〕〔梁尹云〕張千。一壁廂安排筵席。

與狀元慶喜。尋一個幽静之處。纔好講話。張千。快唤出嬤嬤來者。〔張千云〕嬤嬤。老爺呼唤。〔嬤嬤上見科云〕老相公呼唤老身。那厢使用。〔梁尹云〕嬤嬤。你去白雲觀中。和那道姑説知。道老相公借你觀中待客。只揀個幽静去處。打掃一間。嬤嬤。你先去。老夫隨後便來也。〔嬤嬤云〕理會的。〔下〕〔梁尹云〕狀元。老夫和你白雲觀中走一遭去來。〔同下〕〔正旦引小姑上云〕自從梁公弼相公請我到這白雲觀中。做着個觀主。倒大來好是幽静快樂也。只是秦脩然知他在那裏。教我如何放的下。〔唱〕

【正宫端正好】本彈的是一曲鳳求凰。倒做了三疊陽關令。淹然的訴不盡滿腹離情。那清風明月悠然静。只少一個知音聽。

【滚繡毬】這秀才每忒淺情。忒薄倖。抵多少破釵分鏡。他一去了恰便似線斷風箏。我守着這一盞半明不滅的燈。聽了些長吁短嘆聲。我將一個枕頭兒倚定。都則道打坐到天明。只爲那山遥水遠人何在。因此上枕剩衾餘夢不成。閣不住兩淚盈盈。

〔云〕小姑。休打攪我。我是歇息咱。你去門首看者。若有人來時。報復我知道。〔小姑云〕理會的。〔嬤嬤上云〕領着老相公的言語。到白雲觀中走一遭去。可早來到也。小姑報復去。道有嬤嬤來了也。〔小姑報科云〕師父。有嬤嬤來了也。〔正旦做驚科云〕諕我這一驚。道有請。〔見科〕〔正旦云〕稽首。嬤嬤請坐。小姑看茶。嬤嬤那裏來。〔嬤嬤云〕我一徑來望姑姑。我覷了姑姑年紀這般幼小。又聰敏俊俏。出家做甚麼。〔正旦云〕嬤嬤説起來呵。也話長哩。〔唱〕

【幺篇】俺祖宗爲上卿。做左丞。也是俺宿緣善慶。可不道户列簪纓。我須是富裏長。富裏生。又不是爺娘將我來不聘。我出塵寰甘分修行。我心如皓月連天静。性似寒潭徹底清。休想有半點俗情。

〔嬷嬷云〕姑姑。你這般年紀幼小。嫁一個官員士户。穿羅着錦。梳粧打扮。可不强似出家。老身曾聽的人說。這出家人多有害相思病的。〔正旦云〕這嬷嬷是甚麽言語。〔唱〕

【叨叨令】那一個出家兒抹着脂胭頸。那一個出家兒直恁般淫邪性。那一個出家兒肯接了俗人定。那一個出家兒害過相思病。其實我便說不得也波哥。我便說不得也波哥。則我外相兒怕不道多清正。

〔嬷嬷云〕老身奉着相公言語。着我與你說。要借你這觀中待一客官飲酒哩。〔正旦云〕嬷嬷。這的是祝壽的道院。外觀不雅。葷了鍋竈不可。〔嬷嬷云〕我說你不肯。老相公早來也。〔正旦云〕老相公來時。我自有話說。〔梁尹上云〕那姑姑說甚麽。〔嬷嬷云〕他道葷了鍋竈不肯。〔梁尹云〕我自過去和他說。〔見科〕〔正旦云〕稽首。〔梁尹云〕姑姑。我一徑的來借你觀中静房一間。安排酒餚。管待個客官。〔正旦云〕相公。這的是祝壽的道院。外觀不雅。葷了鍋竈。〔梁尹云〕便葷了有誰知道。〔正旦云〕做的個褻瀆麽。葷了鍋竈不中。〔梁尹云〕真個不肯。〔正旦云〕不可不可。跳出俺那七代先靈來。我也不肯。〔梁尹云〕既然不肯。則借你這菴中與新狀元待一杯茶。〔秦脩然上云〕既然不可。姪兒回去罷。〔梁尹云〕則待一杯茶便行。姑姑。你與新狀元厮見咱。〔旦見正末科云〕稽首。〔梁尹云〕不吃茶也罷了。我與新狀元回私宅中飲酒去。〔正旦扯正末衣服科云〕相公在這裏坐坐不妨事。〔梁尹云〕這裏是祝壽的道院。外觀不雅。〔正旦云〕有誰知道。〔梁尹云〕葷了你那鍋竈。做的個褻瀆麽。〔正旦云〕外邊有一個小鍋兒哩。〔梁尹云〕姑姑。你陪着新狀元這裏坐一坐。我看些酒餚去也。〔下〕〔正旦云〕秦脩然。你在那裏來。〔秦脩然云〕你是鬼。靠後些。〔正旦唱〕

【倘秀才】我爲你呵捱了些更長漏永。受了些衾寒枕冷。我巴到你黄昏盼到你明。思舊約。想歸程。可着我久等。

【滾繡毬】那秀才每謊後生。好色精。一個個害的是傳槽病癥。囑付你女娘們休惹這様酸丁。恁琴書四海遊。關山千里行。您去處渺無蹤影。則被你引得這倩女離了魂靈。〔秦脩然云〕你是個鬼。遠着些兒。〔正旦云〕你是鬼。我不是鬼。〔秦脩然云〕我怎生是鬼。〔正旦云〕你既不是鬼呵。〔唱〕爲甚麽不將這九經書籍燈前看。可將那三弄瑶琴月下聽。行濁言清。

〔梁尹上做打聽咳嗽科〕〔正旦云〕休大驚小怪。則怕老相公聽的。〔梁尹云〕我聽的多時了也。〔正旦扯秦脩然跪科〕〔梁尹云〕你兩個可早招了也。姑姑。這祝壽的道院。可不道葷了你鍋竈。可不道外觀不雅。姑姑。你曉的麽。道可道。非常道。名可名。非常名。今人脩道。不依正道。少使貪嗔。莫使姦狡。姑姑心正不邪。這個便是正道。新狀元。你好個讀書人。憑着你十年窮蠹簡。

一舉跳龍門。剗地不思金榜日。只待暗約楚臺雲。有這等姑姑。更有這等秀才。又有這等老夫。〔詞云〕你可甚端冕臨三輔。調弦理萬民。剗的點檢他這姻緣簿。花判他這有情人。姑姑好出家人也。〔詞云〕你那布袍籠夜月。丫髻挽秋雲。本是清風明月客。倒養着金馬玉堂臣。一個是這聽琴的漢司馬。一個是這脩道的卓文君。你雖常餐素飯。元不斷真葷。那肯看經卷。單想結婚姻。宵宵花燭會。夜夜洞房春。一聲明鐘響。須索拜天尊。火速穿道服。連忙繫法裙。裏衣無暇着。頭髮亂紛紛。不曾將手洗。便去把香焚。你也這般褻汙三清殿。何不推翻李老君。姑姑。你可怕麼。〔正旦云〕可知怕哩。〔梁尹云〕你要饒麼。〔正旦云〕可知要饒哩。〔梁尹云〕既是這等。你還了俗。嫁了秦脩然。請受了五花誥駟馬車。做了夫人縣君。可不好那。〔正旦云〕多謝了老相公。〔梁尹云〕你看他一讓一個肯。〔正旦唱〕

【尾煞】到來日整雲鬟復對菱花鏡。我再不綻口兒念着道德經。坐處坐行處行。情廝投意廝稱。到今朝酒半醒。入羅幃掩繡屏。只等的畫燭燈昏夜寂静。寶篆氤氳爇金鼎。枕頭兒上那些風流興。休道俺姑姑每不志誠。便跳出那上八洞神仙把我來勸不省。〔同秦脩然下〕

〔梁尹云〕今日成合了姪兒這樁親事也。安排酒饌。與秦脩然賀喜走一遭去來。〔下〕

【音釋】剩音盛　俗詞疽切　葷音昏　永于景切　倩淺去聲　蠹音妬　剗音産　綻士諫切　篆傳去聲　氤音因　氳於君切　爇如夜切

第四折

〔小姑上云〕小姐還俗去了也。撇得我獨自一個。在此孤孤另另。如何度日。不如也尋個小和尚去。〔老道姑上云〕我梁公弼的夫人。自從送鄭小姐出家。不意害了個心疼的病。整整卧了三年。今日方纔痊可。那鄭小姐這等薄情。他便不來看我也罷了。難道小姑也差遣不得。再不相問一聲。我如今到那竹塢菴去。看他脩行何如。〔做驚科云〕怎麼門上是鄭州封皮封鎖了。好是奇怪。待我問去。〔做對古門問科云〕借問一聲。這菴裏的鄭道姑那裏去了。〔内應云〕搬在州西白雲觀裏做住持去了。〔老道姑云〕我再尋到白雲觀去。〔做到叩門科云〕觀裏有人麽。〔小姑上云〕誰叫。〔開門見科云〕原來是鄭師父。〔老道姑云〕我問你。你家小姐那裏去了。〔小姑云〕一言難盡。我小姐塵心不净。纔出家不多幾時。便引了一個秀才。每夜來聽琴。聽出來了。那秀才可也薄情。他去上朝取應。辭也不來辭一辭。害的我小姐做了相思病。常要個死。你道這樣人怎麽出的家。〔老道姑云〕元來如此。我若不害心疼。等我來打落他一個没面皮纔好。〔小姑云〕老師父。你爲何也害相思病。心疼起來。〔老道姑云〕誶。把我老人家也説這等話。〔小姑云〕我小姐正是心疼。在菴裏長吁短嘆的。却是本州大爺到菴裏來看見我家小姐。道他生的好。請到白雲觀做住持。連我也搬來了。誰想那秀才一去中了狀元。如今小姐還了俗。嫁他做夫人去了。〔道姑云〕入娘的。我當初不要你出家。你强要出家。如今忍不的。可跟的人去了。你便上天入地。我着鍬撅出你來。〔做行科云〕轉過隅頭。抹過屋角。則這裏便是新狀元的宅子。不必報復。我自到他廳上坐着。看他兩口兒怎生出來見我。〔正旦同秦翛然上云〕誰想有今日也呵。〔唱〕

【雙調新水令】成就了碧桃花下鳳鸞交。怕甚麽出家兒被教門中恥笑。那裏也靈丹腹內安。經卷向杖頭挑。月夕花朝。將一陣黄粱夢忽驚覺。

〔云〕呀。元來是我師父。〔見科老道姑云〕小姐。你當初怎生出家來。〔正旦唱〕

【喬牌兒】幾曾見出家的有下稍。趁如今我青春尚年少。〔老道姑云〕我教你彈琴。正要清心養性。倒教你引老公不成。〔正旦唱〕倒是我卓文君一曲求凰操。早把那漢相如引動了。

〔老道姑云〕你要成親。也少不得請你那親眷。怎麽不着我知道。〔正旦唱〕

【雁兒落】别不曾將親眷邀。那裏把你個姑姑告。〔老道姑云〕你爲甚麽事便還了俗。〔正旦唱〕我這有宿緣的要還俗。〔老道姑云〕我到道録司告去。不道的饒了你哩。〔正旦唱〕哎。你個有火性的便何須鬧。

〔老道姑云〕你既是出不的家。誰教你出家。〔正旦唱〕

【得勝令】呀。大古來人怨語聲高。怎知俺父母有盟約。你待要鋸倒連枝樹。分開比翼鳥。未曾出胎胞。早指腹成親了。直到的今朝。纔得這夫妻成對好。

〔云〕請老相公勸一勸姑姑罷。〔梁尹上云〕怎生大驚小怪的。〔正旦云〕老相公來了。須勸老師父一勸。〔梁尹云〕他若再鬧呵。我送他道録司去。拷打他下半截來。那老道姑在那裏。〔正旦云〕在前廳上坐着哩。〔梁尹做見科云〕兀那老道姑。看老夫面上。完成了他兩口兒前程罷。〔老道姑云〕兀的不是老相公。〔梁尹云〕兀的不是我夫人。〔老道姑云〕我丢了冠子。脱了布衫。解了環縧。我認了老相公。不强如出家。〔正旦云〕老師父。你怎生便是這等。當初誰着你出家來。〔老道姑云〕我則有這個老公。〔正旦云〕我也不曾有兩箇。〔唱〕

【甜水令】你只待掀倒秦樓。填平洛浦摧翻祆廟。不住的絮叨叨。爲甚麽也丢了星冠。脱了道服。解了環縧。直恁般戒行堅牢。

【折桂令】多應是慾火三焦。一時燄起。遍體焚燒。似這等難控難持。便待要相偎相傍。也顧不得人笑人嘲。想着你瘦嵒嵒精神漸槁。何況我嬌滴滴顔色方妖。〔老道姑云〕他原是我相公。被土賊趕散也。比你偷的。〔正旦唱〕你既有夫主相抛。我豈無親事堪招。總不如兩家兒各自團圓。落的個盡世裏同享歡樂。

〔都管上云〕老漢是那鄭小姐家院公。與小姐送齋糧道服來。俺到菴裏。不見小姐。人説他搬在白雲觀做了觀主。我又尋到白雲觀去。元來還俗去了也。這個是他宅子。我自過去。〔做見科云〕小姐。我與你送齋糧道服來了。你怎麽又還了俗。〔正旦唱〕

【沽美酒】這一領新道袍。似千里贈鵝毛。路遠風塵你動勞。争知我衣冠改了也。不是做夫人便粧幺。

【太平令】想這段前程非小。俺出家的福分難消。但則要捉對兒雲期雨約。便是俺師徒每全真了道。我着你記着。想着。不曾忘了。常言道一還一報。

〔梁尹云〕這新狀元你認的麼。〔老道姑改扮科云〕我不認的。〔梁尹云〕他就是我在南陽時同僚秦思道的孩兒。叫做秦翛然。〔夫人云〕可知道來。他原與鄭彩鸞指腹成親的。孩兒。你早和俺説知。也省得我這般聒絮。〔梁尹云〕如今我夫人認着老夫。姑姑又與新狀元成了親事。天下喜事無過夫婦團圓。便當殺羊造酒。做個大大慶喜的筵席。〔正旦唱〕

【離亭宴煞】喒如今把圍棋識破了輸贏着。瑶琴彈徹相思調。這婚姻是天緣湊巧。穩坐了七香車。高揭了三簷傘。請受了金花誥。再不赴偷香竊玉期。再不事煉藥燒丹教。從此後無煩少惱。便不能隨他簫史並登仙。只情願守定梁鴻共諧老。

〔音釋〕鍬粗消切　撅與掘同　覺音叫　約音杳　鋸音據　祆音軒　掀音軒　叨音刀　嘲之稍切
嵒音巖　樂音澇　着昭上聲　輳倉救切

題目　鄭彩鸞草菴學道
正名　秦翛然竹塢聽琴

金水橋陳琳抱粧盒雜劇

楔子

〔冲末扮殿頭官領校尉上詩云〕君起早。臣起早。來到朝門天未曉。長安多少富豪家。不識明星直到老。某乃殿頭官是也。方今大宋真宗皇帝。山河一統。萬國來朝。主聖臣賢。民豐國富。只因天子即位以來。未有太子。以此聖心時常不樂。昨日太史官王宏奏道。夜觀乾象。太子前星甚是光彩。如今時逢春季。百花盛開。正是成胎結子之候。合該着尚寶司打造金彈丸一枚。於三月十五日。天子親到御園向東南方打其一彈。令六宮妃嬪。各自尋覓。但有拾的金丸者。因而幸之。必得賢嗣。天子准奏可。着穿宮内使陳琳傳示六宮去。令人。與我喚將陳琳來者。〔校尉云〕陳公公安在。〔正末扮陳琳上云〕小官姓陳名琳。現爲宋朝一箇穿宮内使。一生近貴。半世隨朝。謝聖恩可憐。賜一套蟒衣海馬。繫一條玉帶紋犀。戴一頂金絲織成帽子。嵌的是鴉鶻石。懸一把鑌鐵打就刀兒。鑲的是㶉鶒木。雖不曾陪從他鵷班豹尾。却也常接奉那鳳輦龍床。今日殿頭官着人相召。不知爲着些甚事。須索過去見來。〔做見科〕〔殿頭官云〕陳内使。我請你來。不爲别事。因聖人聽太史之奏。明日親到御園打一金彈。但有妃嬪拾此彈者。到其宫中御幸。必得聖嗣。着你傳示六宮。明日都往御園中尋訪金彈去。其拾得者。即令奏聞。無得違誤。〔陳琳云〕領旨。〔向古門云〕兀那三宫六院。妃嬪彩女等聽者。明日聖駕親到御園。打一金彈。金彈落處。有拾得者。奏獻御前。聖駕即幸其宫。休得違誤不便。〔做回身科云〕陳琳已傳旨了也。〔殿頭官唱〕

【仙吕端正好】奉皇宣。傳君命。爲春光堪寫園屏。端的個御園中錦繡似花開盛。因此上打動這巡遊興。

【幺篇】傳示那六宫人知嚴令。〔帶云〕這金彈呵。〔唱〕彈落處各辨虔誠。分頭兒自去穿芳徑。尋仔細。認分明。捧金彈。獻彤庭。當寢夕。應前星。那其間可也永團圓萬載同歡慶。〔下〕

〔正末云〕殿頭官去了也。俺自到御前承應者。正是晝漏稀聞高閣報。天顏有喜近臣知。〔下〕

【音釋】嬪音貧　嵌音闞　石繩知切　從去聲　輦連上聲　興去聲　彤音同

第一折

〔正旦扮李美人上詩云〕柳葉參差掩畫樓。曉鶯啼送滿宫愁。年年花落無人見。空逐春泉出御溝。妾身西宫李美人是也。今日聖人在御園中打金彈丸。着宫娥彩女輩看其所落之處。尋覓金彈。如有拾的之人。即令親獻御前。自有寵幸。眼見得各宫妃嬪。各自准備去了。妾身也只得往御園走一遭咱。〔下〕〔末扮聖駕二旦扮宫女執符節二外扮内官執拂同殿頭官上〕〔正末捧彈弓隨科云〕聖

駕已到御園了也。〔駕云〕你看御園中萬紫千紅。鶯啼燕語。是好景致也呵。〔正末唱〕

【仙吕點絳唇】往日箇文武登筵。帝王設宴。在金鑾殿。就着這御賜樽前。動絃管仙音院。

【混江龍】尚兀自嫌他拘倦。向御園中別是一壺天。争些兒寂寞了梨花院宇。冷落了楊柳亭軒。想昨宵暮雨梨花嬌不語。今日早春風楊柳亂飛綿。則待要駕鑾輿盡日不知還。拚的箇滿園林到處都遊徧。〔做跪送彈弓科云〕這八角亭子上。正是東南方。好打金彈。〔唱〕彈去似曉星乍落。弓開似秋月初圓。

〔駕云〕寡人拿這彈弓在手。那諸禽百鳥看見。只道要打他。都也驚怕哩。〔殿頭官云〕聖上。便好道蠢動含靈。皆有佛性。〔正末唱〕

【油葫蘆】忙煞垂楊啼杜鵑。撲剌剌兩翅搧。又則見梨花枝上鵓鴿兒打盤旋。諕的那錦鳩兒不離酴醾串。驚的那黄鶯兒繞定梧桐囀。這一箇鑽入葉底藏。那一箇坐來枝上喘。怎麽的近池塘不見了銜泥燕。恰元來都落在金水玉溝邊。

〔跪云〕萬歲爺。今日必有喜事。〔駕云〕寡人纔今日到園中賞翫春光。你説必有喜事。這箇喜從何來。〔正末唱〕

【天下樂】則見一箇喜鵲兒喳喳的噪過御前。俺想這靈也波禽。常好是識空便。也爲甚的撇下箇鬧花叢不將春顧戀。背鶯聲花萼樓。隔燕語錦樹園。他怎肯孤負了這艷陽三月天。〔駕云〕你看那酴醾架上。坐着一箇錦鳩兒。待寡人一彈。打下這錦鳩來者。〔做打彈科〕〔正末唱〕

【那吒令】恰纔箇弓開的不掀。覷酴醾架邊。弦放的不偏。正芍藥闌近前。彈去的不遠。在牡丹叢裏面。〔駕云〕陳琳。你與我尋這彈子去。〔正末云〕理會的。〔唱〕這彈子。難尋見。常言道彈打三圓。

〔正末做尋彈科唱〕

【鵲踏枝】俺如今行過這海棠軒。蕩散了這綠楊烟。細細的拂開了這滿徑蒼苔。和那遍地榆錢。俺這裏行一步堪圖一箇扇面。有丹青巧筆難傳。

〔云〕這茫茫蕩蕩。一片御園中。那丸金彈知道落於何處也。〔李美人云〕妾身李美人。立在御園東首。不期這金丸正打到妾身邊。被妾拾着。如今不敢隱藏。只得親到御前進獻去來。〔正末見美人科云〕兀的不是李美人來了也。〔唱〕

【寄生草】則見他嬌滴滴顏如玉。薄鬆鬆鬢似蟬。眼兒呵綠澄澄溜出秋波轉。眉兒呵曲彎彎畫出雙蛾淺。臉兒呵汗津津顯出桃花片。若不是昭陽宮粉黛美人圖。爭認做落伽山水月觀音現。

〔云〕李美人。你見金彈來麽。〔李美人云〕是我拾的金彈在此。特來進御。〔正末云〕是真個。李美人。你可有福也。〔唱〕

【金盞兒】這是你忒心堅。金彈也恰多緣。想天公好與人方便。因此上着李美人和聖上永團圓。這的是在地成連理樹。入水長並頭蓮。早則不驚開比翼鳥。不打散錦紋鴛。

〔跪云〕有李美人拾的金彈。來獻聖上哩。〔駕云〕宣他上來。〔李美人做進見科〕〔殿頭官云〕看李美人好容顔。也是一箇有福的。他日必生太子。〔駕云〕這金彈是誰拾了來。〔李美人云〕是妾身拾着來。〔駕云〕既如此。今夜就到西宫去遊幸者。〔李美人謝恩科〕〔駕引李美人手同下〕〔殿頭官等隨下〕〔正末云〕聖駕到西宫宴樂去了。李美人。你好有福也呵。〔唱〕

【賺煞】從今後則想鳳樓期。休把羊車羨。今日箇謝聖恩可憐。阻隔的那劉氏娘娘歡愛遠。那裏也獨宿孤眠。似這等美纏綿。直似神仙。再不索倚定宫門聽過輦。李美人相逢在上苑。宋真宗别登了寢殿。本是一對兒好姻緣。〔帶云〕若劉娘娘知道呵。〔唱〕他可敢生扭做了惡姻緣。〔下〕

〔音釋〕參抽森切　差音嗤　蠢春上聲　搧扇平聲　鴝音渠　鵒音玉　離去聲　酴音徒　醾音眉

囀專去聲　喘川上聲　空去聲　蕚音傲　掀音軒　黛音代　伽音茄　長音掌

第二折

〔旦扮劉皇后上云〕子童乃劉皇后是也。雖無絶色。幸掌中宫。奉九重之歡。享萬年之福。近日聞得西宫李美人生下一子。我想他久後在天子根前。可不奪了我的寵愛。則除是這般。寇承御那裏。〔旦兒扮寇承御上云〕有。〔做叩頭科〕〔劉皇后云〕寇承御。我問你。你吃的是誰的。〔承御云〕是娘娘的。〔劉皇后云〕你穿的是誰的。〔承御云〕是娘娘的。〔劉皇后云〕我東使着你。去麽。〔承御云〕就東去。〔劉皇后云〕我西使着你。去麽。〔承御云〕就西去。〔劉皇后云〕我不使你呢。〔承御云〕則守着娘娘立着。〔劉皇后云〕既然如此。你是我心腹之人。我有一件緊要的事。要你替我做去。〔承御云〕是那一件事。〔劉皇后云〕如今西宫李美人生下一子。你可到他宫中去。詐傳萬歲爺要看。誆出宫來。將那孩子或是裙刀兒刺死。或是摟帶兒勒死。丢在金水橋河下。務要幹成了這件事。來回我話者。〔承御云〕謹領懿旨。我出的這宫門。直至西宫見李美人走一遭去來。〔詩云〕親承懿旨到西宫。生死存亡掌握中。此箇機關非小可。仗誰搭救小潛龍。〔下〕〔劉皇后云〕寇承御此一去必然與我幹成這樁大事。那時教李美人失寵。發入冷宫之中。慢慢的害他性命。有何難處。〔詩云〕我本女菩薩。何嘗不戒殺。則怕翦草帶些根。萌芽依舊發。〔下〕〔承御抱太子上云〕幸喜太子已誆出西宫了也。奉劉娘娘的懿旨。本待把裙刀將太子刺死。丢於金水橋河下。則見紅光紫霧。罩定太子身上。怎敢下得手。天那。若宋朝不當乏嗣。得遇一箇人來。同救太子性命。久後也顯我這點忠心。可也好也。〔正末抱粧盒上云〕自家陳琳的便是。萬歲爺賜我這黄封粧盒。到後花園採辦時新果品。去與南清宫八大王上壽。我雖是一箇内官。倒比那衆文武有報國的忠心也呵。〔唱〕

【南吕一枝花】雖不比三台中玉佩臣。現掌些六院裏金釵客。常則待雞鳴宫禁啓。簇捧着龍繞聖顔開。那裏也將相之才。無過是隨步輦君王愛。聽傳宣妃后差。管領他美孜孜八百姻嬌。守定這豔亭亭三千粉黛。

【梁州第七】這的是大宋朝皇宫御闕。不弱似神仙島閬苑蓬萊。俺則見鬱巍巍龍樓鳳閣新修蓋。端的箇金釘朱户。玉砌瑶階。祥雲瑞靄。紫霧香埃。晃得喒眼也難開。定不是。人力安排。一剗的織錦繡翡翠簾櫳。朱紅漆虬樓亮槅。碧琉璃礝玉亭臺。上命遣差。逐朝不離丹墀側。幾曾出禁門外。便不帶穿宫入殿牌。但行處誰敢嫌猜。

〔做望科云〕那金水橋邊。背身兒立的。好似寇承御一般。待我叫他一聲。寇承御。〔承御做回身見科云〕好也囉。陳公公。你來此怎麽。〔正末云〕我奉萬歲爺的命。賜我黄封粧盒。到後花園採辦時新果品。與南清宫八大王上壽。寇承御。你在此怎的。〔承御云〕我到此金水橋邊。閒耍戲哩。〔正末云〕呀。你在那裏抱這小哇哇來。〔承御云〕那箇是小哇哇。你看的他這等輕那。〔正末云〕你道我看輕了。他敢是太子。〔承御云〕不是太子是那箇。〔正末唱〕

【隔尾】承御也你箇中宮侍女休嗔怪。非是我内使陳琳私下來。〔承御云〕可知你不是私來的。我在此也没甚麽不明白處。〔正末唱〕承御也怎只把巧語花言自遮蓋。〔承御云〕我有甚遮蓋。只是急切裏想不出箇計策來。〔正末唱〕哎。這其中有甚的計策。承御也不是我使乖。好也囉。只要您心平可也過的海。

〔承御做慌科〕〔正末云〕承御。你慌甚麽。别人家的哇哇。料在金水橋河下便了。〔承御云〕你道是别人家的哇哇。他是西宮李美人生的太子。〔正末云〕他是李美人生的太子。怎肯與你抱出宮來。〔承御云〕當日萬歲爺聽太史官之奏。三月十五日親到御園打一金彈丸。着你傳旨。教六宮妃嬪有拾的這彈者駕幸其宮。却是西宮李美人拾得。如今果生太子。這箇你不記的來。你只看這太子胸前。正抱着那金彈丸哩。〔正末做看科驚云〕是太子了。你只該奏上萬歲爺去。你抱到這裏可是爲何。〔承御云〕爲劉娘娘使那嫉妬的心腸。恐怕李美人久後奪了他的寵愛。着我誆太子出宮。把裙刀刺死。丢於金水橋河下。只見他紅光紫霧罩定太子身上。明明是真命天子。以此不敢下手。我對天禱告。若宋朝不當乏嗣。遇一箇忠心的人。與他同救太子性命。如今幸得撞見公公。怎生出箇計策。同救這太子咱。〔正末云〕承御。你元來這等怕劉娘娘那。〔承御云〕可知怕哩。〔正末云〕你怕我也怕。可不道别人煩惱。不干自己。若干自己。則索迴避。這箇是你的勾當。我自採辦果品去也。〔做走科〕〔承御叫云〕陳琳。〔正末做迴科云〕你爲何直呼我的名字。〔承御云〕我怎麼不呼你的名字。我如今抱太子見劉娘娘去。他必然問我爲何還是活的。我只説正待要下手。被陳琳攔住。要奏知萬歲爺哩。〔正末云〕我的娘呵。只這一句話。可不是送了我也。〔承御云〕你休慌。只要與你商量箇計策。同救太子咱。〔正末背云〕待我哄他咱。〔回云〕承御。我有一句話可敢説麼。〔承御云〕你但説不妨。〔正末云〕那劉娘娘既着你來所算這太子呵。你則是依着他做。我替你看着人。你將太子刺死。丟在金水橋河内。也是一箇净辦。〔承御云〕陳公公。這事中也不中。〔正末云〕有甚麼不中。〔承御云〕這等。你替我看人去。待我下手。〔正末做看科〕〔承御做揭開粧盒放太子科〕〔正末回顧問云〕太子在那裏。〔承御云〕丟在河裏了也。〔正末做左看右看科云〕怎麼不見。〔承御指粧盒科云〕我丟在這盒兒裏了也。〔正末云〕中也不中。〔承御云〕放着我哩。若有事呵都在我身上。你放心者。〔正末做開盒看科唱〕

【牧羊關】則索向盒中放。又不敢懷内揣。我正是殺人處鑽出頭來。劉娘娘你結下海樣闊寃讎。陳琳也擔着天來大利害。太子也你曲着腰難迴轉。拳着腿怎舒開。則我這救主的空生受。太子也你可是成人不自在。

〔寇承御向盒拜科〕〔唱〕

【隔尾】太子也你比着那雙龍紫闕争低矮。比着那五鳳丹樓較匾窄。比着那一合乾坤少寬大。這的是潛龍世界。關繫着皇朝後代。只願的保護了江山萬萬載。

〔承御云〕陳公公。你不可久停久住。快把這粧盒送到八大王處。自有理會。你快去。你快去。〔做回科〕〔正末扯住科云〕承御。有一句話。要與你說的明白。我如今怕不救太子出宮去。有一日事犯出來呵。承御。你可休指攀我。〔承御云〕常言道。忠臣不怕死。怕死不忠臣。我是保護潛龍掌命司。我怎肯指攀你來。若昧了前言呵。天不蓋。地不載。日月不照臨。陳公公。你快救太子出宮去。我自回劉娘娘話去也。〔下〕〔正末云〕你道忠臣不怕死。又道是保護潛龍掌命司。這兩句話似經板兒印在我心上。我則牢記者。〔做看科云〕呀。寇承御去了也。〔做開盒看科云〕嗨。誰想寇承御是箇三綹梳頭兩截穿衣女流之輩。倒有這片忠心。他把太子交付與我。回劉娘娘話去了。我也索行動些。〔唱〕

【牧羊關】我抱定這粧盒子。便是揣着箇愁布袋。我未到宮門早憂的我這頭白。盒子裏藏的是儲君。我肚皮裏懷的是鬼胎。雖不見公庭上遭橫禍。赤緊的盒子裏隱飛災。承御也你辨着箇喜溶溶笑臉兒回還去。却教我將着箇磣磕磕惡頭兒掇過來。

〔做望科云〕前面不有人來也。我且掩映在這垂楊樹下咱。〔劉皇后引宮女衝上云〕休將我語同他語。未必他心似我心。那寇承御這小妮子我差他幹一件心腹事去。他去了大半日纔來回話。說已停當了。我心中還信不過他。如今自往金水橋河邊看去。有甚麼動静。便見分曉。〔做見科云〕兀的垂楊那壁。不是陳琳。待我叫他一聲。陳琳。〔正末慌科云〕是劉娘娘叫我。死也。〔唱〕

【賀新郎】則見他惡哏哏獨自撞將來。太子也你在這七寶盒中。我陳琳早魂飛九霄雲外。我囑付你箇小儲君盒子裏權寧耐。你若是分毫兒掙閫。登時間粉碎了我屍骸。則被你威逼的我身先戰。死摧的我脚難擡。恰便似狗探湯不敢望前邁。纔動脚如臨追命府。行一步似上攝魂臺。

【隔尾】我若是無妨礙你可也無妨礙。我若是有患害你可也有患害。只要得我命活便留得你身在。〔帶云〕那劉娘娘呵。〔唱〕偷覷他眼色。斟量了性格。太子也但得箇屍首兒完全是大古裏彩。

〔做放盒見科〕〔劉皇后云〕陳琳。你那裏去。〔正末云〕奴婢往後花園採辦時新果品來。〔劉皇后云〕别無甚公事麽。〔正末云〕别無甚公事。〔劉皇后云〕這等。你去罷。〔正末做捧盒急走科〕〔劉皇后云〕你且轉來。〔正末回放盒跪科云〕娘娘有甚分付。〔劉皇后云〕這厮。我放你去。就如弩箭離弦。脚步兒可走的快。我叫你轉來。就如氈上拖毛。脚步兒可這等慢。必定有些蹊蹺。陳琳。我問你。東果園西果園南果園北果園都有果品。你可是那一箇園裏採的。那果品是何名降。你對我從實説來。説的是。萬事罷論。説的不是。我不道的饒了你哩。〔正末云〕娘娘停嗔息怒。聽奴婢細説一徧咱。〔唱〕

【紅芍藥】御園中百卉鬭争開。另巍巍將根脚兒培栽。則爲這東君惜愛降甘澤。因此上結子成胎。〔劉皇后云〕你在那裏摘將來的。〔正末唱〕恰便似娘腸肚摘將下來。〔劉皇后云〕甚麽顏色。〔正末唱〕天生的顏色兒紅白。〔劉皇后云〕爲何要放在這箇盒兒裏。〔正末唱〕則爲他不堪日炙與風篩。特賜這黄封盒内好藏埋。〔劉皇后云〕待我猜來。莫不是石榴。〔正末唱〕

【菩薩梁州】石榴長在金堦。〔劉皇后云〕莫不是核桃。〔正末唱〕合逃出您宮外。〔劉皇后云〕

莫不是梨兒。〔正末唱〕今宵離了後宰。〔劉皇后云〕莫不是李子。〔正末唱〕這玉皇李子苦盡甘來。也是他天然異種出羣材。開時節不許遊蜂採。摘時節則願的君王戴。〔劉皇后云〕李子有甚好處。萬歲爺倒喜着他。待我把這樹都砍壞了者。〔正末唱〕娘娘也偏生你意兒歹。怎忍見片片殘紅點碧苔。陪伴他這古木崩崖。

〔劉皇后云〕陳琳。那裏聽的你這巧言令色。則待我揭開盒兒。看箇明白。果然没有夾帶。我纔放你出去。〔正末云〕這粧盒兒有甚夾帶來。〔唱〕

【罵玉郎】我便是蘇秦般嘴巧舌頭快。我這裏越分説他那裏越疑猜。常言道脱空到底終須敗。〔劉皇后云〕取盒兒過來。待我揭開看波。〔正末用手按盒科云〕娘娘。這盒蓋開不的。上有黄封御筆。須和娘娘同到萬歲爺根前面説過時。方纔敢開這盒蓋你看。〔劉皇后云〕我管甚麽黄封御筆。則等我揭開看看。〔正末按住科唱〕可著我怎剾劃怎剾劃。要揭開要揭開粧盒蓋。〔劉皇后做怒科云〕陳琳。你不揭開盒兒我看。要我自動手麽。〔正末唱〕

【感皇恩】呀。見娘娘走向前唉。可不我陳琳呵這死罪應該。〔劉皇后云〕我只要辯個虛實。覷箇真假。審箇明白。〔正末唱〕他待要辯箇虛實。覷箇真假。審箇明白。〔寇承御慌上科云〕請娘娘回去。聖駕幸中宮。要排筵宴哩。〔劉皇后云〕陳琳。恰好了你。若不是駕幸中宮。我肯就放了你出去。待明日這等果品滿滿的裝一盒兒。送到我宮裏來。〔並下〕〔正末云〕知道。〔唱〕見承御慌傳聖旨。請娘娘疾便回來。道鑾輿。在寢殿。要把御筵排。

〔做捧盒科〕〔唱〕

【採茶歌】一來是鬼神差。二來是搭救這小嬰孩。誰想道滴溜溜九天飛下一紙赦書來。陳琳呵則我似刀刃上偷全得螻蟻命。太子也你便似釣竿頭活脱了巨鰲腮。

〔云〕適纔被劉娘娘纏了這一會。不見太子做聲。敢怕悶死了。待我打開盒蓋看咱。〔做跪揭看科云〕謝天地。太子方纔睡覺。在盒兒裏伸腰哩。〔唱〕

【二煞】小儲君在盒子内多寬泰。則我這潑性命從鋮關裏透出來。我這裏忙趨疾走楚王宅。蕩一縷塵埃。恨不得到這一座濯龍門側。將兩步爲一驀。〔帶云〕我這一去見南清宫八大王呵。〔唱〕只要他做玉顆神珠在掌上擡。我方纔的放下心懷。

〔云〕且喜出宫了也。我大着膽行幾步咱。〔做走科〕〔唱〕

【黄鍾尾】從今後跳出了九重圍子連環寨。脱離了十面埋伏大會垓。走蛟龍。投大海。

縱彩鳳。颺天外。小儲君。好驚駭。劉皇后。肯躭待。便是蛇蝎心腸。不似般恁毒害。把一箇太子提起來。望着那花斑石殿堦。哎。娘娘也你拾的箇孩兒敢可也落的價摔。〔下〕

〔音釋〕重平聲　罩嘲去聲　客楷上聲　將去聲　相去聲　閬音浪　埃音哀　剗音産　虬音求　槅皆上聲　碾尼蹇切　側齋上聲　策釵上聲　窄齋上聲　綹音柳　白巴埋切　磣森上聲　磕音可　哏狠平聲　掙爭去聲　閫音債　探平聲　色篩上聲　格皆上聲　卉音毀　澤池齋切　刣音擺　劃胡乖切　唉音哀　刃仁去聲　宅池齋切　驀音賣　颺揚去聲　蝎音歇　摔升擺切

楔子

〔外扮楚王引官校錦衣花帽上詩云〕封土何嘗出帝城。早朝唯少静鞭聲。懷中賜得黃金鍊。直使千官膽暗驚。某乃楚王趙德芳。與當今嫡親兄弟。世人稱爲南清宮八大王者是也。身居王位。心在天朝。禮賢士若鳳麟。遠姦邪如蛇蝎。皇兄賜俺金鍊一條。專打不忠之輩。每每懷藏袖中。攜之出入。以此在朝官員。見俺無不心寒膽落。今日早朝回宮。在這獨角亭子閒坐。且看有什麽人來。〔正末抱粧盒上云〕我陳琳救出太子。不敢投別處去。只有南清宮八大王。是他嫡親叔父。可以收留太子。撫養成人。這裏正是楚府門首。門上的。與我報復去。說有穿宮内使陳琳。奉萬歲爺的命。來獻時新果品與大王上壽者。〔官校報科云〕報大王得知。有穿宮內使陳琳奉旨來獻壽哩。〔楚王云〕着他過來。〔官校云〕着過去。〔正末做入叩頭科云〕大王千歲。〔楚王云〕你這粧盒兒有什麽時新果品那。〔正末云〕萬歲爺專爲與大王上壽。賜出黄封粧盒。着陳琳往後花園採辦果品。適遇一樁天大的事。特來報知。這果品還不曾採得。〔楚王云〕是甚麽事。〔正末云〕大王。有西宮李美人。生下太子。被劉娘娘懷嫉妬的心腸。着宮女寇承御誆太子出宮來。要將裙刀刺死。丢於金水橋河下。那寇承御因見紅光紫氣罩定太子身上。所以不敢下手。適撞見陳琳往後花園去。兩箇商量。要得同救太子。只的藏在黄封粧盒之中。出的宮來。再無别處投去。止有大王是太子嫡親叔父。可以收留。〔做開盒跪科云〕只望大王看萬歲爺面上。好生撫養長大。日後江山有託。可不是大王之功也。〔楚王云〕陳琳。你這等怕劉皇后那。〔正末云〕可知怕哩。〔楚王云〕你怕我也怕。我府裏斷不收留。你依舊拿了這盒子去。〔陳琳云〕大王。你差了也。〔楚王云〕陳琳。我怎生差了來。〔正末做跪太子唱〕

【仙吕賞花時】大王也你須是一脈流傳親叔姪。怎不念萬里江山託付誰。〔帶云〕大王。你若不收呵。〔唱〕我則索抱太子撞街基。〔楚王云〕陳琳。你快住者。我是玉葉金枝。怕那劉皇后怎的。恰纔我鬭你耍哩。你抱太子過來。與我看波。〔做接太子在手科云〕你看他生的龍顔鳳目。他日必爲太平天子。謝天地我宋家有福。得此一男一女。兩箇忠臣。救到我府中。校尉。快去分付宮人。只揀有乳食的。着他好生撫養太子。等他長大成人。接我宋家後代。休教辜負了這兩箇忠臣的一場好意。〔官校抱太子下〕〔正末叩謝科〕〔唱〕這一場先憂後喜。〔帶云〕陳琳願領這粧盒去。依舊採了果品來上壽也。〔唱〕也不枉了我這抱粧盒冒死出宮闈。

〔楚王云〕陳琳去了也。我想陳琳思量救駕。報答皇恩。已不是尋常閹宦之比。那寇承御是箇宮女。一發難得。且待我收留太子。擡舉他。到十年之後。慢慢的奏與皇兄知道。也不要埋没他兩箇的忠心。〔詩云〕幸宮臣肯把潛龍救。我親叔父怎敢辭生受。待十年奏與聖人知。直教他羞殺劉皇后。〔官校隨下〕

〔音釋〕閹音醃

第三折

〔駕同劉皇后引內官綵女上詩云〕日月光天德。山河壯帝居。太平無一事。回首憶關雎。寡人御極以來。幸喜四海昇平。八方寧靖。因乏嗣子。每切憂心。雖嘗聽史官之奏陳。也曾廣後宮之御幸。終是宜男未效。繼體無人。教寡人如何不煩惱也。〔劉皇后云〕天祐宋室。螽斯麟趾之慶。當必有期。願陛下自寬。〔楚王領小末扮太子二校尉隨上云〕某楚王今日爲何領着太子見我皇兄去。只因寇承御同陳琳救出太子。送到我府中收養。整整擡舉了十年光景。想劉皇后也難下手了。我皇兄一向爲着乏嗣。眉頭不曾有展放之日。我領去朝見皇兄。只待問起時節。因而説開就裏。使他母子團圓。多少是好。宮官。快報復去。有趙德芳帶領世子朝見。〔內官報科〕〔楚王入見跪科云〕臣趙德芳見。〔駕云〕御弟免禮。〔太子拜見科云〕願陛下萬歲萬歲萬萬歲。〔駕云〕御弟。這是你第幾個世子。〔楚王云〕這箇是臣的幼子。是第十二箇。〔駕做看科云〕看他生相似龍行虎步。好生不凡。今年多大年紀了。〔太子云〕臣生十歲了也。〔駕云〕御弟。你這世子是那箇美人所出。〔楚王云〕本李美。〔劉皇后云〕且住者。今日有事忙哩。改日另行奏知萬歲。賤妾置酒在椒風館中。請飲宴去來。〔做扯駕手同下〕〔楚王做歎科云〕嗨。我則説的李美兩箇字。還不曾道出那人字來。這劉皇后就攙着皇兄飲宴去了。好狠人也。劉皇后。你左使這　片黑心腸做甚麽。太子養在我宫中。已長成十歲了。我怕你還誆的去撇在金水橋河下哩。我且再看機會。奏知皇兄便了。世子。你且隨我回府去來。〔太子云〕理會的。〔並下〕〔劉皇后引宫女上云〕事不關心。關心者亂。十年前李美人生下一子。我着寇承御與我所算了他的。昨日楚王引着小厮來朝見。我一見了他這聲音舉止。與李美人好生厮似。問他年紀。又是十歲。我已是懷着一肚子疑心了。萬歲問道那箇美人所出。那楚王道李美。剛則説的兩箇字。我便扯着萬歲的手。説道。且到椒風館飲宴去。我若不如此。那楚王説出這詳細來。可怎了也。我如今唤寇承御出來。則問他要這李美人所生之子。看他説甚的來。宫娥。與我唤將寇承御來者。〔宫女叫云〕寇承御。娘娘唤你哩。〔承御上見科云〕娘娘。唤寇承御有何分付。〔劉皇后云〕你不跪着。〔承御云〕有何罪哩。〔劉皇后云〕寇承御。我問你。十年前李美人所生的孩子。如今在那裏了。〔承御云〕呀。這是十年前的事。怎麽冷灰裏爆出火來那。娘娘。我依着你將裙刀刺死。丢在金水橋河下了也。〔劉皇后云〕既在金水橋河下。你與我去打撈他屍首來我看。〔承御云〕死過十年了。這屍首着我那裏打撈去。〔劉皇后云〕這妮子不肯説實話。不打不招。宮娥。與我唤十箇内使來行杖。待我親問這樁事咱。〔宮女做唤内使上擺科〕〔劉皇后云〕一壁厢准備着大棒子者。〔内使云〕理會的。〔劉皇后云〕兀那寇承御。你老實説來。當初那小的安在。〔承御云〕委實丢在河裏了。〔劉皇后云〕你還説謊哩。與我打着。〔内使打科云〕一十。二十。三十。〔承御云〕哎喲。打死我也。〔劉皇后云〕兀那寇承御。你與我實實的招了者。你則説那小的在也不在。〔承御云〕娘娘便打殺我呵。也則是丢在河裏死久了也。〔劉皇后云〕這妮子癩肉頑皮。倒是熬得打的。再與我着實打呀。〔内使打科云〕一十。二十。三十。〔劉皇后云〕這妮子越打越不肯招。我想當日親到金水橋看去。只見陳琳那厮。抱着箇粧盒。在垂楊樹下遮遮掩掩。見我來好生慌張。其時我也疑心那盒兒裏必有夾帶。爲聖駕到中宮來。不曾揭開盒兒看的。想必陳琳那厮知些情弊。宮娥每。與我唤將陳琳來者。〔宮女叫云〕陳琳安在。劉娘娘唤你哩。〔正末云〕自家陳琳的便是。今有劉娘娘閉着宮門。勘問寇承御。使人來唤我。這十年前的事可發了也。劉娘娘。這事你也只該罷了。定要勘問他怎的。〔唱〕

【雙調新水令】則聽得閉宮門推勘這女嬌姿。多應是十年前那一場公事。赤緊的寇夫人先膽寒。劉皇后你可也不心慈。不弱似吕太后當時。恰便待鴆了如意戕了戚氏。

【駐馬聽】他使着這嫉妬的心兒。只待要六宮人不生一箇子。搜尋那李美人不是。大剛來一碗飯怎插兩張匙。做妃嬪倒去暗通私。賞宮娥又不敢明宣賜。你道他怎爲此。

單則怕鳳樓前引得羊車至。

〔做入見叩頭科云〕娘娘喚陳琳。那廂使用。〔劉皇后云〕兀那陳琳。今有寇承御。十年前我曾使他到金水橋河邊幹一件事來。今日問他。抵死不肯招。你與我行杖者。〔正末云〕娘娘。我陳琳手無縛鷄捉鼠之力。行不的杖。〔劉皇后做怒科云〕你敢違我的懿旨麼。〔正末做叩頭科云〕小臣情願行杖。〔做打杖科〕〔劉皇后云〕陳琳。你揀那大棒子打着。一下子打死了他。做的箇死無對證哩。〔正末云〕待我揀那小棒子打波。〔劉皇后云〕陳琳。你把小棒打他。怕他打的疼呵。指攀你下來麼。〔正末云〕大棒子又不是。小棒子又不是。則揀中樣的打便了。〔做打科云〕寇承御。你快招了者。招了者。〔唱〕

【沽美酒】打的你活不活死不死。〔寇承御云〕我委的丢在河裏了也。〔正末唱〕則要你一則一二則二。〔做低説科云〕承御。你不道來。〔唱〕可不道保護潛龍掌命司。這句話入於咱耳。到今日自尋思。

〔劉皇后云〕陳琳。你怎麽不打。這事定要還我一箇下落。〔正末唱〕

【太平令】非是我挑茶斡刺。則問你李美人生下的孩兒。要説箇丁一卯二。不許你差三錯四。你則説滰死。太子。這箇口詞。休連累陳琳兩字。

〔劉皇后云〕陳琳。你怎的這般打。敢怕他指攀你來那。〔正末唱〕

【雁兒落】我欲待輕打呵又恐怕違了懿旨。我欲待重打呵又恐怕他吐出些瑕玼。不争我打斷他口内詞。只教他說不的心間事。

【得勝令】呀。你正是閉口抹胭脂。得推辭便推辭。〔承御云〕打了我這許多。不似這幾下的能重。待我挣起來。看是那箇。〔正末唱〕他眼瞪瞪瞅我有十餘次。我怎敢實丕丕湯着他一棍兒。〔劉皇后云〕陳琳。你怎麽不打呀。〔正末唱〕娘娘也孜孜。則見他不轉睛將咱視。〔承御云〕打殺我也。〔正末唱〕寇承御你休得要雌也波雌。我打你箇忠臣不怕死。

〔承御做看科云〕打我的元來是陳琳。陳琳。你剗的也來打我那。〔劉皇后云〕早攀下來了也。〔正末跪科云〕娘娘。那厮打得昏了。休聽他胡攀亂指者。〔唱〕

【川撥棹】則見他倒在階址。這嫩皮膚青間紫。則他這細褭褭的身子。瘦怯怯的腰肢。打得他慌張張把陳琳便指。你暢好是不三思。怎說道我根前信有之。

【七弟兄】喒兩箇對詞。對詞。恰便似打官司。你道是藏藏藏怕絕了君王嗣。今日箇指指指道陳琳便是箇證盟師。則你那狠狠狠寇承御做了喒追魂使。

〔做打科〕〔承御云〕陳琳。你一發打幾下。打殺我罷。〔正末唱〕

【梅花酒】呀。雪消也見死屍。打的你氣咽聲絲。倒着我抹淚揉眵。〔承御云〕陳琳。你怕什麽哩。〔正末唱〕我則怕連累了玉葉金枝。你常好有上稍無下稍。也不索多議論少成事。〔劉皇后云〕這一日你見我來。你就躲在那金水橋邊垂楊樹下去。可不是這太子你曾看見那。

〔正末跪科云〕我陳琳並不曾看見什麽太子。待我問寇承御咱。〔做問科云〕寇承御。你這一日可曾遇見我陳琳麽。〔承御云〕我不曾遇見陳琳來。〔正末云〕娘娘。寇承御道不曾遇見我陳琳。〔劉皇后云〕這等。陳琳你再打着呀。〔正末做打科〕〔唱〕你那其間抱太子御溝邊。見咱時楊柳岸。你親自對咱家痛嗟咨。

【收江南】呀。你則説金水橋撲通的丢下箇半生半死小孩兒。〔劉皇后云〕陳琳。這屍首只在河裏。與我打撈去來。〔正末云〕娘娘。可是十年了也。〔唱〕這些時可不喂了那遊來遊去活魚兒。〔劉皇后云〕我也不管。只要你與我問這樁事一箇明白。〔正末云〕這事怎了也。〔唱〕兀的不是箇難開難解悶弓兒。娘娘也甚意兒。怎揣與我這該敲該剮罪名兒。

〔承御云〕娘娘。你打我怎的。〔詩云〕人生在世總無常。若箇留名史册香。大鵬飛上梧桐樹。自有傍人説短長。〔做撞堦死科下〕〔正末跪云〕娘娘。那寇承御被打不過。自撞金堦死了也。〔劉皇后云〕那厮死了。可不好了。你做的個死無對證。叫内使們與我拿下陳琳者。〔净扮内使上云〕萬歲爺立着宣陳琳哩。〔劉皇后云〕既是萬歲宣他。且着他去。待我慢慢的細審他。這粧盒有夾帶没夾帶。不道的便輕輕素放了他哩。〔並下〕〔正末云〕劉娘娘。你好狠也。陳琳好險也。〔唱〕

【鴛鴦尾煞】劉娘娘不索把三尺青鋒賜。寇夫人他自揀一搭金堦死。枉了也審問根由。折證言詞。拷打千般。供招半紙。唱道女使丫鬟煞强似男兒志。端的箇忠直無私。

堪圖寫在香馥馥汗青史。〔下〕

〔音釋〕雎音疽　螽音中　攙初銜切　鴆沉去聲　彘音治　斡蛙果切　玼音此　瞪音澄　瞅楚九切
間去聲　三去聲　使去聲　揉音柔　哆音嗤　剮音寡

第四折

〔太子扮仁宗引二宮女四内官隨上詩云〕少年寄養楚宮中。虎步龍行自不同。今日親承高帝業。也應修舉代來功。寡人宋仁宗是也。自幼收養楚王宮中。多虧叔父擡舉。常時說我是粧盒兒盛着。送到楚府收養的。那宮娥寇承御。穿宮内使陳琳兩箇。甚是有功於我。却也不得其詳。我十歲時。曾攙我去朝見。父皇道是我龍行虎步。有太平天子之相。問叔父那個美人所出。叔父道。本是李美。還不曾說出個人字來。其時劉太后便邀父皇入宮飲宴去了。我回楚府來。也曾細問叔父。我叔父道再過幾時。好對我說。不覺又過了十年光景。前者我父皇病重。遺命取楚王第十二子承繼大統。可正是寡人。記得入宮之初。寡人去到各宮朝見。那劉太后獨不容我到西宮去。元來西宮是李美人所居。敢是叔父十年前說那李美人。我就是他所生之子。未可知也。如今父皇歸天。寡人即位。劉太后不得垂簾聽政。一切朝中之事。無小無大。盡屬寡人。查問宮女寇承御所在。說已死過多年了。今日朝罷回宮。不免喚那老宮監陳琳出來。訪個詳細。必有分曉。内侍們。與我宣陳琳來者。〔内官云〕領旨。陳琳安在。〔正末上云〕過日月好疾也。自從抱粧盒救出

太子來。可早二十年了也。今日登了寶位。宣喚老臣。須索走一遭也呵。〔唱〕

【中呂粉蝶兒】日月其除。草生合玉堦輦路。那些時一箇箇宮樣粧梳。端的是賽陽臺。欺洛浦。生得來如花似玉。未知他福分何如。幸不幸總歸天數。

【醉春風】那一箇劉娘娘占盡了寢殿百年歡。這一箇李美人整受了冷宮中一世苦。他只道使心機斷送了小潛龍。怎知道做了當朝的主。主。他不合意狠腸毒。則待要除根翦草。不肯着開花滿樹。

〔做入見叩頭科云〕萬歲。呼喚陳琳。有何差遣。〔仁宗云〕寡人宣你來。不爲别事。我常見叔父與我說。是粧盒兒盛我送楚府中寄養的。又說宮娥寇承御。穿宮内使陳琳兩個。甚是有功於我。教我不要忘了他。前日我查訪寇承御所在。說已死過多年了。只有你還在。你可將上項的事。備細說與寡人聽咱。〔正末云〕萬歲爺不嫌絮煩。聽奴婢試說一偏。〔唱〕

【石榴花】六宮中多少女嬌姝。他可也每夜盼羊車。都是那千妖百豔美人圖。却元來都命犯着寡宿。注定孤獨。到黄昏半掩迎風户。知他是幾下裏短歎長吁。這的是天教怨女傷情處。那一箇不候到二更初。

【鬭鵪鶉】不承望似水如魚。只要得殢雲殢雨。陪伴他繡榻香茵。出入在華堂錦屋。你只看月色無心照索居。也別做一段的苦。空熬他漏永更長。聽了些晨鐘的這暮鼓。

〔仁宗云〕且住者。陳琳。你這一翻說話。都是那六宮中盼望之情。你說他怎的。我聞得父皇在御園中怎生打金彈來。從頭至尾。說與寡人聽者。〔正末唱〕

【普天樂】想當日在御園中。先帝也可便閒行步。正遇着春風澹蕩。春色榮敷。恰覷着錦鳩兒要中他。打的那金彈子無尋處。傳示着衆妃嬪向花叢裏分頭去。〔帶云〕其時却是西宮李美人拾得這金彈來。〔唱〕偏是他李美人拾得在荒蕪。多則是天生分福。又遇着姻緣對付。成就了麟趾關雎。

〔仁宗云〕寡人正要問你。這事既是李美人拾得金彈。生下太子。如今這太子却在那裏。你不可隱藏。一一的說個明白。與寡人知道。〔正末跪云〕萬歲赦奴婢死罪。方纔敢說。〔仁宗云〕你放心。只管說來。〔正末叩頭科云〕先帝當夜就駕幸西宮。那李美人果生太子。被劉。〔做住科云〕奴婢不敢說。〔仁宗云〕有寡人哩。你但說不妨。〔正末云〕被劉太后起嫉妒的心腸。着宮娥寇承御詐出宮來。將裙刀刺死。丟於金水橋河下。寇承御想道。先帝正愁乏嗣。不敢下手。一心要救太子。只是獨力難加。向天禱告。要得一個人來商量計策。恰值奴婢奉先帝之命。抱粧盒到後花園採辦果品。與楚王上壽去。那寇承御叫住奴婢。商量道。救太子出宮去。再無別處可投。止有楚王是親叔父。可以收養的。現今差去到楚府上壽。豈不是個天意。就將太子安放粧盒裏面。正待要走。不想劉太后又撞過來。把奴婢喝住。定要揭開盒蓋看呵。奴婢抵死將盒蓋按住。則說盒上現有黄封御筆。除非親到先帝御前。纔好開看。惹的劉太后發起惱來。親自動手。正要揭開這盒蓋兒。〔做舉手科云〕謝天地適值先帝駕幸中宫。劉太后忙忙的接駕去了。奴婢方纔脱的這性命。好不險也。〔唱〕

【上小樓】劉太后有十分狠毒。一時嫉妬。全不想萬載江山。只待使千般惡計。百樣虧圖。將宫女。寇承御。闇行囑付。把太子磣可可着他死生别路。

〔仁宗云〕這等説來。那太子正是寡人。可不多虧了你兩個救駕之功。你還把向後的事。細説一徧。寡人試聽者。〔正末云〕若不是萬歲洪福齊天。怎能勾這等百靈咸助那。〔唱〕

【幺篇】一來是有洪福。二來是天祐護。俺兩箇設計施方。併膽同心。捨命捐軀。敢可便抱定粧盒。背却宫娥。疾行前去。不防他劉太后劈頭相遇。

〔仁宗云〕你這粧盒既是有御賜黄封的。就也不該怕太后了。〔正末跪云〕奴婢見劉太后自要揭開盒蓋。險些兒諕殺了也。〔唱〕

【十二月】恰轉過雕闌數曲。行不到百步其餘。俺陳琳便有張良般伎倆。怎當那劉太后有吕氏般機謀。可搭的把咽喉來當住。諕得喒魂魄全無。

〔仁宗云〕那時節寡人在粧盒兒裏。可是如何。〔正末唱〕

【堯民歌】小儲君倒也安安穩穩守着粧盒做護身符。則是我陳琳兢兢戰戰抱着箇天大悶葫蘆。那劉太后嗔嗔忿忿這等左來右去忒麤疎。急的俺忐忐忑忑把花言巧語謾支吾。當初當也波初。俺也拚的斷挺觸。〔帶云〕則被劉太后呵。〔唱〕險揭開粧盒覷。〔仁宗云〕這等。你怎生送的我到楚王府裏去那。〔正末唱〕

【耍孩兒】俺則道這回定把機關露。敢陳琳也不知死所。元來是聖明天子百靈扶。早則去迎接鑾輿。恰便似頓開金鎖飛龍子。摔碎雕籠放鳳雛。纔出的這宮門去。因此上宗祧有託。民社無虞。

〔仁宗云〕與你同救我的寇承御。他可怎的死了。你説與我知道波。〔正末云〕奴婢送太子到楚府去後。長成十歲。那楚王曾攜太子入朝。劉太后看見相貌不凡。想起十年前事。勘問寇承御。要還他太子下落。那寇承御只不肯招。自撞金堦而死。可憐人也。〔唱〕

【二煞】十年前曾入朝。劉太后見相貌殊。平空掇起心頭怒。要問他西宮閤下兒存否。金水溝邊事有無。可憐受盡多冤楚。不能彀題名丹闕。只落得埋骨黃壚。

〔仁宗做墮淚科云〕那寇承御爲救寡人。撞堦身死。着寡人好生悲感。只是劉太后懷嫉妬心腸。做這等逆天悖理的勾當。寡人若究起前事。又怕傷損我先帝盛德。如今姑置不理。將西宮改爲合德宮。奉李美人爲純聖皇太后。寡人每日問安視膳。與太子禮節無異。楚王撫養功多。加賜莊田萬頃。寇承御與他起建墳墓。封爲忠烈夫人。置守塚三十家。祭田千畝。陳琳封爲保定公。賜城中甲第一區。歲支俸銀萬兩。禄米三千石。選宗族賢能者。承繼其後。世奉國恩。〔詩云〕劉氏滔天計已窮。恐傷先帝且姑容。庄田特賜親王府。徽號先加太后宮。白骨亡魂封典厚。蒼顏老監錫恩

隆。從茲永享昇平福。萬歲千秋共祝嵩。〔正末做叩頭謝科云〕願陛下萬萬歲萬萬歲。〔唱〕

【尾煞】死了的墓頂上加贈封。活在的殿堦前賜俸禄。纔表得到頭善惡由人做。也則爲救了這萬萬歲當今太平主。

〔音釋〕應平聲　盛音成　玉于句切　分去聲　毒東盧切　姝音朱　宿須上聲　獨東盧切　犹音尤

殢音膩　屋音塢　福音府　捐音元　曲丘雨切　謀音謨　忐音毯　忑音忒　觸音楚　祧音挑　閤音葛　禄音路

題目　李美人御園拾彈丸

正名　金水橋陳琳抱粧盒

趙氏孤兒大報讎雜劇

紀君祥 撰

楔子

〔净扮屠岸賈領卒子上詩云〕人無害虎心。虎有傷人意。當時不盡情。過後空淘氣。某乃晉國大將屠岸賈是也。俺主靈公在位。文武千員。其信任的只有一文一武。文者是趙盾。武者即某矣。俺二人文武不和。常有傷害趙盾之心。争奈不能入手。那趙盾兒子喚做趙朔。現爲靈公駙馬。某也曾遣一勇士鉏麑。仗着短刀越墻而過。要刺殺趙盾。誰想鉏麑觸樹而死。那趙盾爲勸農出到郊外。見一餓夫在桑樹下垂死。將酒飯賜他飽餐了一頓。其人不辭而去。後來西戎國進貢一犬。呼曰神獒。靈公賜與某家。自從得了那個神獒。便有了害趙盾之計。將神獒鎖在净房中。三五日不與飲食。於後花園中紮下一箇草人。紫袍玉帶。象簡烏靴。與趙盾一般打扮。草人腹中懸·付羊心肺。某牽出神獒來。將趙盾紫袍剖開。着神獒飽餐一頓。依舊鎖入净房中。又餓了三五日。復行牽出那神獒。撲着便咬。剖開紫袍。將羊心肺又飽餐一頓。如此試驗百日。度其可用。某因入見靈公。只説今時不忠不孝之人。甚有欺君之意。靈公一聞其言。不勝大惱。便向某索問其人。某言西戎國進來的神獒。性最靈異。他便認的。靈公大喜。説當初堯舜之時。有獬豸能觸邪人。誰想我晉國有此神獒。今在何處。某牽上那神獒去。其時趙盾紫袍玉帶。正立在靈公坐榻之邊。

神獒見了。撲着他便咬。靈公言。屠岸賈你放了神獒。兀的不是讒臣也。某放了神獒。趕着趙盾繞殿而走。爭奈傍邊惱了一人。乃是殿前太尉提彌明。一瓜搥打倒神獒。一手揪住腦杓皮。一手搬住下嗑子。只一劈將那神獒分爲兩半。趙盾出的殿門。便尋他原乘的駟馬車。某已使人將駟馬摘了二馬。雙輪去了一輪。上的車來。不能前去。傍邊轉過一箇壯士。一臂扶輪。一手策馬。逢山開路。救出趙盾去了。你道其人是誰。就是那桑樹下餓夫靈輒。某在靈公根前說過。將趙盾三百口滿門良賤。誅盡殺絕。止有趙朔與公主在府中。爲他是箇駙馬。不好擅殺。某想剪草除根。萌芽不發。乃詐傳靈公的命。差一使臣將着三般朝典。是弓絃藥酒短刀。着趙朔服那一般朝典身亡。某已分付他疾去早來。回我的話。〔詩云〕三百家屬已滅門。止有趙朔一親人。不論那般朝典死。便教剪草盡除根。〔下〕〔冲末扮趙朔同旦公主上〕〔趙朔云〕小官趙朔。官拜都尉之職。誰想屠岸賈與我父文武不和。搬弄靈公。將俺三百口滿門良賤。誅盡殺絕了也。公主。你聽我遺言。你如今腹懷有孕。若是你添箇女兒。更無話說。若是箇小廝兒呵。我就腹中與他箇小名。喚做趙氏孤兒。待他長立成人。與俺父母雪冤報讎也。〔旦兒哭科云〕兀的不痛殺我也。〔外扮使命領從人上云〕小官奉主公的命。將三般朝典是弓絃藥酒短刀。賜與駙馬趙朔。隨他服那一般朝典。取速而亡。然後將公主囚禁府中。小官不敢久停久住。即刻傳命走一遭去。可早來到他府門首也。〔見科云〕趙朔跪者。聽主公的命。爲你一家不忠不孝。欺公壞法。將您滿門良賤。盡行誅戮。尚有餘辜。姑念趙朔有一脈之親。不忍加誅。特賜三般朝典。隨意取一而死。其公主囚禁在府。斷

絶親疏。不許往來。兀那趙朔。聖命不可違慢。你早早自盡者。〔趙朔云〕公主。似此可怎了也。〔唱〕

【仙吕賞花時】枉了我報主的忠良一旦休。只他那蠹國的姦臣權在手。他平白地使機謀。將俺雲陽市斬首。兀的是出氣力的下場頭。

〔旦兒云〕天那。可憐害的俺一家死無葬身之地也。〔趙朔唱〕

【么篇】落不的身埋在故丘。〔云〕公主。我囑付你的説話。你牢記者。〔旦兒云〕妾身知道了也。〔趙朔唱〕分付了腮邊雨淚流。俺一句一回愁。待孩兒他年長後。着與俺這三百口可兀的報冤讎。〔死科下〕

〔旦兒云〕駙馬。則被你痛殺我也。〔下〕〔使命云〕趙朔用短刀身亡了也。公主已囚在府中。小官須回主公的話去來。〔詩云〕西戎當日進神獒。趙家百口命難逃。可憐公主猶囚禁。趙朔能無决短刀。〔下〕

〔音釋〕賈音古　盾音遯　鉏音雛　麑音移　獒音敖　紮音札　勝平聲　使去聲　長音掌　蠹音妬

第一折

〔屠岸賈上云〕某屠岸賈。只爲公主怕他添了箇小厮兒。久以後成人長大。他不是我的讎人。我已將公主囚在府中。這些時該分娩了。怎麼差去的人去了許久。還不見來回報。〔卒子上報科云〕報的元帥得知。公主囚在府中。添了箇小厮兒。喚做趙氏孤兒哩。〔屠岸賈云〕是真箇喚做趙氏孤兒。等一月滿足。殺這小厮也不爲遲。令人傳我的號令去。着下將軍韓厥。把住府門。不搜進去的。只搜出來的。若有盜出趙氏孤兒者。全家處斬。九族不留。一壁與我張掛榜文。徧告諸將。休得違誤。自取其罪。〔詞云〕不争晋公主懷孕在身。産孤兒是我讐人。待滿月鋼刀鍘死。纔稱我削草除根。〔下〕〔旦兒抱倈兒上詩云〕天下人煩惱。都在我心頭。猶如秋夜雨。一點一聲愁。妾身晋室公主。被姦臣屠岸賈將俺趙家滿門良賤。誅盡殺絶。今日所生一子。記的駙馬臨亡之時。曾有遺言。若是添箇小厮兒。喚做趙氏孤兒。待他久後成人長大。與父母雪冤報讐。天那。怎能彀將這孩兒送出的這府門去。可也好也。我想起來。目下再無親人。只有俺家門下程嬰。在家屬上無他的名字。我如今只等程嬰來時。我自有箇主意。〔外扮程嬰背藥箱上云〕自家程嬰是也。元是箇草澤醫人。向在駙馬府門下。蒙他十分優待。與常人不同可奈屠岸賈賊臣將趙家滿門良賤。誅盡殺絶。幸得家屬上無有我的名字。如今公主囚在府中。是我每日傳茶送飯。那公主眼下雖然生的一箇小厮。取名趙氏孤兒。等他長立成人。與父母報讐雪冤。只怕出不得屠賊之手。也是枉然。聞的公主呼喚。想是産後要什麽湯藥。須索走一遭去。可早來到府門首也。不必報復。徑自過去。〔程嬰見科云〕公主呼喚程嬰。有何事。〔旦兒云〕俺趙家一門。好死的苦楚也。程嬰。喚你來别無甚事。我如今添了箇孩兒。他父臨亡之時。取下他一箇小名。喚做趙氏孤兒。程嬰。你一向在俺趙家門下走動。也不曾歹看承你。你怎生將這個孩兒掩藏出去。久後成人長大。與他趙氏報讎。〔程嬰云〕公主。你還不知道。屠岸賈賊臣聞知你產下趙氏孤兒。四城門張掛榜文。但有掩藏孤兒的。全家處斬。九族不留。我怎麽掩藏的他出去。〔旦兒云〕程嬰。〔詩云〕可不道遇急思親戚。臨危託故人。你若是救出親生子。便是俺趙家留得這條根。〔做跪科云〕程嬰。你則可憐見俺趙家三百口。都在這孩兒身上哩。〔程嬰云〕公主請起。假若是我掩藏出小舍人去。屠岸賈得知。問你要趙氏孤兒。你説道。我與了程嬰也。俺一家兒便死了也罷。這小舍人休想是活的。〔旦兒云〕罷罷罷。程嬰。我教你去的放心。〔詩云〕程嬰心下且休慌。聽吾説罷淚千行。他父親身在刀頭死。〔做拏裙帶縊死科云〕罷罷罷。爲母的也相隨一命亡。〔下〕〔程嬰云〕誰想公主自縊死了也。我不敢久停久住。打開這藥箱。將小舍人放在裏面。再將些生藥遮住身子。天也。可憐見趙家三百餘口。誅盡殺絶。止有一點點孩兒。我如今救的他出去。你便有福。我便成功。若是搜將出來呵。你便身亡。俺一家兒都也性命不保。〔詩云〕程嬰心下自裁劃。趙家門户實堪哀。只要你出的九重帥府連環寨。便是脱却天羅地網災。〔下〕〔正末扮韓厥領卒子上云〕某下將軍韓厥是也。佐於屠岸賈麾下。著某把守公主的府門。可是爲何。只因公主生下一子。唤做趙氏孤兒。恐怕有人遞盜將去。着某在府門上搜出來時。將他全家處斬。九族不留。小校。將公主府門把的嚴整者。嗨。屠岸賈。都似你這般損壞忠良。幾時是了也呵。〔唱〕

【仙吕點絳唇】列國紛紛。莫强於晋。纔安穩。怎有這屠岸賈賊臣。他則把忠孝的公

卿損。

【混江龍】不甫能風調雨順。太平年寵用着這般人。忠孝的在市曹中斬首。姦佞的在帥府内安身。現如今全作威來全作福。還説甚半由君也半由臣。他他他把爪和牙布滿在朝門。但違拗的早一箇箇誅夷盡。多喒是人間惡煞。可什麼閫外將軍。

〔云〕我想屠岸賈與趙盾兩家兒結下這等深讎。幾時可解也。〔唱〕

【油葫蘆】他待要剪草防芽絶禍根。使着俺把府門。俺也是於家爲國舊時臣。那一箇藏孤兒的便不合將他隱。這一箇殺孤兒的你可也心何忍。〔帶云〕屠岸賈。你好狠也。〔唱〕有一日怒了上蒼。惱了下民。怎不怕沸騰騰萬口争談論。天也顯着箇青臉兒不饒人。

【天下樂】却不道遠在兒孫近在身。哎你箇賊也波臣。和趙盾。豈可二十載同僚没些兒義分。便興心使歹心。指賢人作歹人。他兩箇細評論還是那箇狠。

〔云〕令人。門首覷者。看有甚麼人出府門來。報復某家知道。〔卒子云〕理會的。〔程嬰做慌走上云〕我抱着這藥箱。裏面有趙氏孤兒。天也可憐。喜的韓厥將軍把住府門。他須是我老相公擡舉來的。若是撞的出去。我與小舍人性命都得活也。〔做出門科〕〔正末云〕小校。拏回那抱藥箱兒的人來。你是甚麼人。〔程嬰云〕我是箇草澤醫人。姓程。是程嬰。〔正末云〕你在那裏去來。〔程嬰云〕我在公主府内煎湯下藥來。〔正末云〕你下甚麽藥。〔程嬰云〕下了箇益母湯。〔正末云〕你這箱兒裏面甚麽物件。〔程嬰云〕都是生藥。〔正末云〕是甚麽生藥。〔程嬰云〕都是桔梗甘草薄荷。〔正末云〕可有什麽夾帶。〔程嬰云〕並無夾帶。〔正末云〕這等你去。〔程嬰做走正末叫科云〕程嬰回來。這箱兒裏面是甚麽物件。〔程嬰云〕都是生藥。〔正末云〕可有其麽夾帶。〔程嬰云〕並無夾帶。〔正末云〕你去。〔程嬰做走正末叫科云〕程嬰回來。你這其中必有暗昧。我着你去呵。似弩箭離絃。叫你回來呵。便似氈上拖毛。程嬰。你則道我不認的你哩。〔唱〕

【河西後庭花】你本是趙盾家堂上賓。我須是屠岸賈門下人。你便藏著那未滿月麒麟種。〔帶云〕程嬰你見麽。〔唱〕怎出的這不通風虎豹屯。我不是下將軍。也不將你來盤問。〔云〕程嬰。我想你多曾受趙家恩來。〔程嬰云〕是。知恩報恩。何必要説。〔正末唱〕你道是既知恩合報恩。只怕你要脱身難脱身。前和後把住門。地和天那處奔。若拿回審箇真。將孤兒往報聞。生不能。死有准。

〔云〕小校靠後。唤您便來。不唤您休來。〔卒子云〕理會的。〔正末做揭箱子見科云〕程嬰。你道是桔梗甘草薄荷。我可搜出人參來也。〔程嬰做慌跪伏科〕〔正末唱〕

【金盞兒】見孤兒額顱上汗津津。口角頭乳食歕。骨碌碌睁一雙小眼兒將咱認。悄促促箱兒裏似把聲吞緊綁綁難展足。窄狹狹怎翻身。他正是成人不自在。自在不成人。

〔程嬰詞云〕告大人停嗔息怒。聽小人從頭分訴。想趙盾晉室賢臣。屠岸賈心生嫉妬。遣神獒撲害忠良。出朝門脱身逃去。駕單輪靈輒報恩。入深山不知何處。奈靈公聽信讒言。任屠賊横行獨步。賜駙馬伏劍身亡。滅九族都無活路。將公主囚禁冷宫。那裏討親人照顧。遵遺囑唤做孤兒。子共母不能完聚。纔分娩一命歸陰。着程嬰將他掩護。久以後長立成人。與趙家看守墳墓。肯分的遇着將軍。滿望你拔刀相助。若再剪除了這點萌芽。可不斷送他滅門絶户。〔正末云〕程嬰。我若把這孤兒獻將出去。可不是一身富貴。但我韓厥是一箇頂天立地的男兒。怎肯做這般勾當。〔唱〕

【醉中天】我若是獻出去圖榮進。却不道利自己損別人。可憐他三百口親丁盡不存。着誰來雪這終天恨。〔帶云〕那屠岸賈若見這孤兒呵。〔唱〕怕不就連皮帶筋撧成虀粉。我可也没來由。立這樣没眼的功勳。

〔云〕程嬰。你抱的這孤兒出去。若屠岸賈問呵。我自與你回話。〔程嬰云〕索謝了將軍。〔做抱箱兒走出又回跪科〕〔正末云〕程嬰。我説放你去。難道耍你。可快出去。〔程嬰云〕索謝了將軍。〔做走又回跪科〕〔正末云〕程嬰。你怎生又回來。〔唱〕

【金盞兒】敢猜着我調假不爲真。那知道蕙歎惜芝焚。去不去我幾回家將伊儘。可怎生到門前兜的又回身。〔帶云〕程嬰。〔唱〕你既没包身膽。誰着你强做保孤人。可不道忠臣不怕死。怕死不忠臣。

〔程嬰云〕將軍。我若出的這府門去。你報與屠岸賈知道。別差將軍趕來拏住我程嬰。這箇孤兒萬無活理。罷罷罷。將軍你拏將程嬰去。請功受賞。我與趙氏孤兒。情願一處身亡便了。〔正末云〕程嬰。你好去的不放心也。〔唱〕

【醉扶歸】你爲趙氏存遺胤。我於屠賊有何親。却待要喬做人情遣衆軍。打一箇迴風陣。你又忠我可也又信。你若肯捨殘生我也願把這頭來刎。

【青歌兒】端的是一言一言難盡。〔帶云〕程嬰。〔唱〕你也忒眼内眼内無珍。將孤兒好去深山深處隱。那其間教訓成人。演武修文。重掌三軍。拿住賊臣。碎首分身。報答亡魂。也不負了我和你硬踹着是非門。擔危困。

〔帶云〕程嬰。你去的放心者。〔唱〕

【賺煞尾】能可在我身兒上討明白。怎肯向賊子行捱推問。猛拚着撞階基圖箇自盡。便留不得香名萬古聞。也好伴鉏麑共做忠魂。你你你要慇懃。照覷晨昏。他須是趙氏門中一命根。直等待他年長進。纔說與從前話本。是必教報讎人休亡了我這大恩人。〔自刎下〕

〔程嬰云〕呀。韓將軍自刎了也。則怕軍校得知。報與屠岸賈知道。怎生是好。我抱着孤兒須索逃命去來。〔詩云〕韓將軍果是忠良。爲孤兒自刎身亡。我如今放心前去。太平庄再做商量。〔下〕

〔音釋〕娩音免　钀音闈　稱去聲　行音杭　縊音記　劃胡乖切　重平聲　賊則平聲　拗腰上聲
閫坤上聲　解上聲　載上聲　分去聲　論平聲　種上聲　屯音豚　歕鋪門切　斷端去聲
當去聲　別邦爺切　强溪養切　將去聲　胤音孕　白巴埋切　刎文上聲

第二折

〔屠岸賈領卒子上云〕事不關心。關心者亂。某屠岸賈只爲公主生下一箇小的。喚做趙氏孤兒。我差下將軍韓厥把住府門。搜檢姦細。一面張掛榜文。若有掩藏趙氏孤兒者。全家處斬。九族不留。怕那趙氏孤兒。會飛上天去。怎麼這早晚還不見送到孤兒。故我放心不下。令人。與我門外觀者。〔卒子報科云〕報元帥。禍事到了也。〔屠岸賈云〕禍從何來。〔卒子云〕公主在府中將裙帶自縊而死。把府門的韓厥將軍。也自刎身亡了也。〔屠岸賈云〕韓厥爲何自刎了。必然走了趙氏孤兒。怎生是好。眉頭一皺。計上心來。我如今不免詐傳靈公的命。把晉國内但是半歲之下。一月之上。新添的小廝。都與我拘刷將來。見一箇剁三劍。其中必然有趙氏孤兒。可不除了我這腹心之害。令人。與我張掛榜文。着晉國内但是半歲之下。一月之上。新添的小廝。都拘刷到我帥府中來聽令。違者全家處斬。九族不留。〔詩云〕我拘刷盡晉國嬰孩。料孤兒没處藏埋。一任他金枝玉葉。難逃我劍下之災。〔下〕〔正末扮公孫杵臼領家童上云〕老夫公孫杵臼是也。在晉靈公位下爲中大夫之職。只因年紀高大。見屠岸賈專權。老夫掌不得王事。罷職歸農。苫庄三頃地。扶手

一張鋤。住在這呂呂太平庄上。往常我夜眠斗帳聽寒角。如今斜倚柴門數雁行。倒大來悠哉也呵。〔唱〕

【南呂一枝花】兀的不屈沉殺大丈夫。損壞了真梁棟。被那些腌臢屠狗輩。欺負俺慷慨鈞鰲翁。正遇着不道的靈公。偏賊子加恩寵。著賢人受困窮。若不是急流中將脚步抽迴。險些兒鬧市裏把頭皮斷送。

【梁州第七】他他他在元帥府揚威也那耀勇。我我我在太平莊罷職歸農。再休想鵷班豹尾相隨從。他如今官高一品。位極三公。户封八縣。禄享千鍾。見不平處有眼如矇。聽呪罵處有耳如聾。他他他只將那會諂諛的着列鼎重裀。害忠良的便加官請俸。耗國家的都敘爵論功。他他他只貪着目前受用。全不省爬的高來可也跌的來腫。怎如俺守田園學耕種。早跳出傷人餓虎叢。倒大來從容。

〔程嬰上云〕程嬰。你好慌也。小舍人。你好險也。屠岸賈。你好狠也。我程嬰雖然擔着箇死。撞出城來。聞的那屠岸賈見説走了趙氏孤兒。要將普國内半歲之下一月之上小孩兒每。都拘攝到元帥府裏。不問是孤兒不是孤兒。他一箇箇親手刴做三段。我將的這小舍人送到那廂去好。有了。我想呂呂太平莊上公孫杵臼。他與趙盾是一殿之臣。最相交厚。他如今罷職歸農。那老宰輔是箇忠直的人。那裏堪可掩藏。我如今來到莊上。就在這芭棚下。放下這藥箱。小舍人。你且權時歇息咱。我見了公孫杵臼便來看你。家童報復去。道有程嬰求見。〔家童報科云〕有程嬰在於門首。〔正末云〕道有請。〔家童云〕請進。〔正末見科云〕程嬰。你來有何事。〔程嬰云〕在下見老宰輔在這太平莊上。特來相訪。〔正末云〕自從我罷官之後。衆宰輔每好麽。〔程嬰云〕嗨。這不比老宰輔爲官時節。如今屠岸賈專權。較往常都不同了也。〔正末云〕也該着衆宰輔每勸諫勸諫。〔程嬰云〕老宰輔。這等賊臣自古有之。便是那唐虞之世。也還有四凶哩。〔正末唱〕

【隔尾】你道是古來多被姦臣弄。便是聖世何嘗没四凶。誰似這萬人恨千人嫌一人重。他不廉不公。不孝不忠。單只會把趙盾全家殺的箇絶了種。

〔程嬰云〕老宰輔。幸得皇天有眼。趙氏還未絶種哩。〔正末云〕他家滿門良賤三百餘口。誅盡殺絶。便是駙馬也被三般朝典短刀自刎了。公主也將裙帶縊死了。還有什麽種在那裏。〔程嬰云〕那前項的事。老宰輔都已知道。不必説了。近日公主囚禁府中。生下一子。唤做孤兒。這不是趙家是那家的種。但恐屠岸賈得知。又要殺壞。若殺了這一箇小的。可不將趙家真絶了種也。〔正末云〕如今這孤兒却在那裏。不知可有人救的出來麽。〔程嬰云〕老宰輔既有這點見憐之意。在下敢不實説。公主臨亡時將這孤兒交付與了程嬰。着好生照覷他。待到成人長大。與父母報讎雪恨。我程嬰抱的這孤兒出門。被韓厥將軍要拏的去報與屠岸賈。是程嬰數説了一場。那韓厥將軍放我出了府門。自刎而亡。如今將的這孤兒無處掩藏。我特來投奔老宰輔。我想宰輔與趙盾元是一殿之臣。必然交厚。怎生可憐見救這箇孤兒咱。〔正末云〕那孤兒今在何處。〔程嬰云〕現在芭棚下哩。〔正末云〕休驚諕著孤兒。你快抱的來。〔程嬰做取箱開看科云〕謝天地。小舍人還睡着哩。

〔正末接科〕〔唱〕

【牧羊關】這孩兒未生時絶了親戚。懷着時滅了祖宗。便長成人也則是少吉多凶。他父親斬首在雲陽。他娘呵囚在禁中。那裏是有血腥的白衣相。則是箇無恩念的黑頭蟲。〔程嬰云〕趙氏一家。全靠着這小舍人。要他報讎哩。〔正末唱〕**你道他是箇報父母的真男子。我道來則是箇妨爺娘的小業種。**

〔程嬰云〕老宰輔不知。那屠岸賈爲走了趙氏孤兒。普國內小的都拘刷將來。要傷害性命。老宰輔。我如今將趙氏孤兒偷藏在老宰輔根前。一者報趙駙馬平日優待之恩。二者要救晉國小兒之命。念程嬰年近四旬有五。所生一子。未經滿月。待假粧做趙氏孤兒。等老宰輔告首與屠岸賈去。只説程嬰藏着孤兒。把俺父子二人。一處身死。老宰輔慢慢的擡舉的孤兒成人長大。與他父母報讎。可不好也。〔正末云〕程嬰。你如今多大年紀了。〔程嬰云〕在下四十五歲了。〔正末云〕這小的算着二十年呵。方報的父母讎恨。你再着二十年。也只是六十五歲。我冉着二十年呵。可不九十歲了。其時存亡未知。怎麽還與趙家報的讎。程嬰。你肯捨的你孩兒。倒將來交付與我。你自首告屠岸賈處。説道太平莊上公孫杵臼藏着趙氏孤兒。那屠岸賈領兵校來拏住。我和你親兒一處而死。你將的趙氏孤兒擡舉成人。與他父母報讎。方纔是箇長策。〔程嬰云〕老宰輔。是則是。怎麽難爲的你老宰輔。你則將我的孩兒假粧做趙氏孤兒。報與屠岸賈去。等俺父子二人一處

而死罷。〔正末云〕程嬰。我一言已定。再不必多疑了。〔唱〕

【紅芍藥】須二十年酬報的主人公。恁時節纔稱心胸。只怕我遲疾死後一場空。〔程嬰云〕老宰輔。你精神還强健哩。〔正末唱〕我精神比往日難同。閃下這小孩童怎見功。你急切裏老不的形容。正好替趙家出力做先鋒。〔帶云〕程嬰。你只依着我便了。〔唱〕我委實的捱不徹暮鼓晨鐘。

〔程嬰云〕老宰輔。你好好的在家。我程嬰不識進退。平白地將着這愁布袋連累你老宰輔。以此放心不下。〔正末云〕程嬰。你說那裏話。我是七十歲的人。死是常事。也不爭這早晚。〔唱〕

【菩薩梁州】向這傀儡棚中。鼓笛搬弄。只當做場短夢。猛回頭早老盡英雄。有恩不報怎相逢。見義不爲非爲勇。〔程嬰云〕老宰輔既應承了。休要失信。〔正末唱〕言而無信言何用。〔程嬰云〕老宰輔。你若存的趙氏孤兒。當名標青史。萬古留芳。〔正末唱〕也不索把咱來厮陪奉。大丈夫何愁一命終。况兼我白髮鬖鬆。

〔程嬰云〕老宰輔。還有一件。若是屠岸賈拏住老宰輔。你怎熬的這三推六問。少不得指攀我程嬰下來。俺父子兩個死是分内。只可惜趙氏孤兒。終歸一死。可不把你老宰輔乾累了也。〔正末云〕程嬰。你也說的是。我想那屠岸賈與趙駙馬呵。〔唱〕

【三煞】這兩家做下敵頭重。但要訪的孤兒有影踪。必然把太平莊上兵圍擁。鐵桶般密不通風。〔云〕那屠岸賈拿住了我。高聲喝道。老匹夫豈不見三日前出下榜文。偏是你藏下趙氏孤兒。與俺作對。請波請波。〔唱〕則説老匹夫請先入甕。也須知榜揭處天都動。偏你這罷職歸田一老農。公然敢剔蝎撩蜂。

【二煞】他把繃扒吊拷般般用。情節根由細細窮。那其間枯皮朽骨難禁痛。少不得從實攀供。可知道你個程嬰怕恐。〔帶云〕程嬰。你放心者。〔唱〕我從來一諾似千金重。便將我送上刀山與劍峯。斷不做有始無終。

〔云〕程嬰。你則放心前去。擡舉的這孤兒成人長大。與他父母報讎雪恨。老夫一死。何足道哉。〔唱〕

【煞尾】憑着趙家枝葉千年永。晉國山河百二雄。顯耀英材統軍衆。威壓諸邦盡伏拱。偏拜公卿訴苦衷。禍難當初起下宫。可憐三百口親丁飲劍鋒。剛留得孤苦伶仃一小童。巴到今朝襲父封。提起冤讎淚如湧。要請甚旗牌下九重。早拿出奸臣帥府中。斷首分骸祭祖宗。九族全誅不寬縱。恁時節纔不負你冒死存孤報主公。便是我也甘心兒葬近要離路傍塚。〔下〕

〔程嬰云〕事勢急了。我依舊將這孤兒抱的我家去。將我的孩兒送到太平莊上來。〔詩云〕甘將自己親生子。偷换他家趙氏孤。這本程嬰義分應該得。只可惜遺累公孫老大夫。〔下〕

〔音釋〕苫聲占切　數上聲　從去聲　從音匆　首去聲　傀匡委切　儡音壘　笛于梨切　髼音蓬　繃音崩　禁平聲　諾囊入聲　難去聲　要平聲

第三折

〔屠岸賈領卒子上云〕兀的不走了趙氏孤兒也。某已曾張掛榜文。限三日之內。不將孤兒出首。即將晋國內小兒但是半歲以下。一月以上。都拘刷到我帥府中。盡行誅戮。令人。門首覷者。若有首告之人。報復某家知道。〔程嬰上云〕自家程嬰是也。昨日將我的孩兒送與公孫杵臼去了。我今日到屠岸賈根前首告去來。令人報復去。道有了趙氏孤兒也。〔卒子云〕你則在這裏。等我報復去。〔報科云〕報的元帥得知。有人來報趙氏孤兒有了也。〔屠岸賈云〕在那裏。〔卒子云〕現在門首哩。〔屠岸賈云〕着他過來。〔卒子云〕着過來。〔做見科屠岸賈云〕兀那廝。你是何人。〔程嬰云〕小人是個草澤醫士程嬰。〔屠岸賈云〕趙氏孤兒今在何處。〔程嬰云〕在呂呂太平莊上公孫杵臼家藏着哩。〔屠岸賈云〕你怎生知道來。〔程嬰云〕小人與公孫杵臼曾有一面之交。我去探望他。誰想卧房中錦繃繡褥上。躺着一個小孩兒。我想公孫杵臼年紀七十。從來没兒没女。這個是那裏來的。我説道這小的莫非是趙氏孤兒麼。只見他登時變色不能答應。以此知孤兒在公孫杵臼家裏。〔屠岸賈云〕咄。你這匹夫。你怎瞞的過我。你和公孫杵臼往日無讎。近日無冤。你因何告他藏着趙氏孤兒。你敢是知情麼。説的是萬事全休。説的不是。令人。磨的劍快。先殺了這個匹夫者。〔程嬰云〕告元帥暫息雷霆之怒。略罷虎狼之威。聽小人訴説一遍咱。我小人與公孫杵臼原無讎隙。只因元帥傳下榜文。要將晋國内小兒拘刷到帥府。盡行殺壞。我一來爲救普國内小兒之命。二來小人四旬有五。近生一子。尚未滿月。元帥軍令。不敢不獻出來。可不小人也絶後了。我想有了趙氏孤兒。便不損壞一國生靈。連小人的孩兒也得無事。所以出首。〔詩云〕告大人暫停嗔怒。這便是首告緣故。雖然救普國生靈。其實怕程家絶户。〔屠岸賈笑科云〕哦。是了。公孫杵臼元與趙盾一殿之臣。可知有這事來。令人。則今日點就本部下人馬。同程嬰到太平莊上拿公孫杵臼走一遭去。〔同下〕〔正末公孫杵臼上云〕老夫公孫杵臼是也。想昨日與程嬰商議。救趙氏孤兒一事。今日他到屠岸賈府中首告去了。這早晚屠岸賈這廝必然來也呵。〔唱〕

【雙調新水令】我則見蕩征塵飛過小溪橋。多管是損忠良賊徒來到。齊臻臻擺着士卒。明晃晃列着槍刀。眼見的我死在今朝。更避甚痛笞掠。

〔屠岸賈同程嬰領卒子上云〕來到這吕吕太平莊上也。令人。與我圍了太平莊者。程嬰。那裏是公孫杵臼宅院。〔程嬰云〕則這個便是。〔屠岸賈云〕拿過那老匹夫來。公孫杵臼。你知罪麽。〔正末云〕我不知罪。〔屠岸賈云〕我知你個老匹夫和趙盾是一殿之臣。你怎敢掩藏着趙氏孤兒。〔正末云〕老元帥。我有熊心豹膽。怎敢掩藏着趙氏孤兒。〔屠岸賈云〕不打不招。令人。與我揀大棒子着實打者。〔卒子做打科正末唱〕

【駐馬聽】想着我罷職辭朝。曾與趙盾名爲刎頸交。〔云〕這事是誰見來。〔屠岸賈云〕現有程嬰首告着你哩。〔正末唱〕是那個埋情出告。元來這程嬰舌是斬身刀。〔云〕你殺了趙家滿門良賤三百餘口。則剩下這孩兒。你又要傷他性命。〔唱〕你正是狂風偏縱撲天鵰。嚴霜故打枯根草。不争把孤兒又殺壞了。可着他三百口冤讎甚人來報。

〔屠岸賈云〕老匹夫。你把孤兒藏在那裏。快招出來。免受刑法。〔正末云〕我有甚麼孤兒藏在那裏。誰見來。〔屠岸賈云〕你不招。令人。與我採下去着實打者。〔做打科屠岸賈云〕這老匹夫賴肉頑皮。不肯招承。可惱可惱。程嬰。這原是你出首的。就着你替我行杖者。〔程嬰云〕元帥。小人是個草澤醫士。撮藥尚然腕弱。怎生行的杖。〔屠岸賈云〕程嬰。你不行杖。敢怕指攀出你麼。〔程嬰云〕元帥。小人行杖便了。〔做拿杖子科屠岸賈云〕程嬰。我見你把棍子揀了又揀。只揀着那細棍子。敢怕打的他疼了。要指攀下你來。〔程嬰云〕我就拿大棍子打者。〔屠岸賈云〕住者。你頭裏只揀着那細棍子打。如今你却拿起大棍子來。三兩下打死了呵。你就做的箇死無招對。〔程嬰云〕着我拿細棍子又不是。拿大棍子又不是。好着我兩下做人難也。〔屠岸賈云〕程嬰。你只拿着那中等棍子打。公孫杵臼老匹夫。你可知道行杖的就是程嬰麼。〔程嬰行杖科云〕快招了者。〔三科了〕〔正末云〕哎喲。打了這一日。不似這幾棍子打的我疼。是誰打我來。〔屠岸賈云〕是程嬰打你來。〔正末云〕程嬰。你剗的打我那。〔程嬰云〕元帥。打的這老頭兒兀的不胡説哩。

〔正末唱〕

【雁兒落】是那一個實丕丕將着麤棍敲。打的來痛殺殺精皮掉。我和你狠程嬰有甚的讎。却教我老公孫受這般虐。

〔程嬰云〕快招了者。〔正末云〕我招我招。〔唱〕

【得勝令】打的我無縫可能逃有口屈成招。莫不是那孤兒他知道。故意的把咱家指定了。〔程嬰做慌科〕〔正末唱〕我委實的難熬尚兀自强着牙根兒鬧。暗地裏偷瞧。只見他早諕的腿脡兒摇。

〔程嬰云〕你快招罷。省得打殺你。〔正末云〕有有有。〔唱〕

【水仙子】俺二人商議要救這小兒曹。〔屠岸賈云〕可知道指攀下來也。你説二人。一個是你了。那一個是誰。你實説將出來。我饒你的性命。〔正末云〕你要我説那一個。我説我説。〔唱〕哎一句話來到我舌尖上却嚥了。〔屠岸賈云〕程嬰。這樁事敢有你麽。〔程嬰云〕兀那老頭兒。你休妄指平人。〔正末云〕程嬰。你慌怎麽。〔唱〕我怎生把你程嬰道。似這般有上梢無下梢。〔屠岸賈云〕你頭裏説兩個。你怎生這一會兒可説無了。〔正末唱〕只被你打的來不知一個顛倒。〔屠岸賈云〕你還不説。我就打死你個老匹夫。〔正末唱〕遮莫便打的我皮都綻。肉盡銷。休想我有半字兒攀着。

〔卒子抱倈兒上科云〕元帥爺賀喜。土洞中搜出個趙氏孤兒來了也。〔屠岸賈笑科云〕將那小的拿近前來。我親自下手。剁做三段。兀那老匹夫。你道無有趙氏孤兒。這箇是誰。〔正末唱〕

【川撥棹】你當日演神獒把忠臣來撲咬。逼的他走死荒郊。刎死鋼刀。縊死裙腰。將三百口全家老小盡行誅勦。並没那半個兒剩落。還不厭你心苗。〔屠岸賈云〕我見了這孤兒。就不由我不惱也。〔正末唱〕

【七弟兄】我只見他左瞧。右瞧。怒咆哮。火不騰改變了猙獰貌。按獅蠻拽札起錦征袍。把龍泉扯離出沙魚鞘。〔屠岸賈怒云〕我拔出這劍來。一劍。兩劍。三劍。〔程嬰做驚疼科屠岸賈云〕把這一箇小業種剁了三劍。兀的不稱了我平生所願也。〔正末唱〕

【梅花酒】呀。見孩兒卧血泊。那一個哭哭號號。這一個怨怨焦焦。連我也戰戰摇摇。直恁般歹做作。只除是没天道。呀。想孩兒離褥草。到今日恰十朝。刀下處怎耽饒。空生長枉劬勞。還説甚要防老。

【收江南】呀。兀的不是家富小兒驕。〔程嬰掩淚科〕〔正末唱〕見程嬰心似熱油澆。淚珠兒不敢對人抛。背地裏揾了。没來由割捨的親生骨肉吃三刀。〔云〕屠岸賈那賊。你試覷者。上有天哩。怎肯饒過的你。我死打甚麽不緊。〔唱〕

【鴛鴦煞】我七旬死後偏何老。這孩兒一歲死後偏知小。俺兩個一處身亡。落的個萬代名標。我囑付你個後死的程嬰。休別了横亡的趙朔。暢道是光陰過去的疾。冤讎報復的早。將那廝萬剮千刀。切莫要輕輕的素放了。

〔正末撞科云〕我撞堦基。覓箇死處。〔下〕〔卒子報科云〕公孫杵臼撞堦基身死了也。〔屠岸賈笑科〕那老匹夫既然撞死。可也罷了。〔做笑科云〕程嬰。這一樁裏多虧了你。若不是你呵。如何殺的趙氏孤兒。〔程嬰云〕元帥。小人原與趙氏無讎。一來救普國内衆生。二來小人根前也有個孩兒。未曾滿月。若不搜的那趙氏孤兒出來。我這孩兒也無活的人也。〔屠岸賈云〕程嬰。你是我心腹之人。不如只在我家中做個門客。擡舉你那孩兒成人長大。在你根前習文。送在我根前演武。我也年近五旬。尚無子嗣。就將你的孩兒與我做個義兒。我偌大年紀了。後來我的官位。也等你的孩兒討箇應襲。你意下如何。〔程嬰云〕多謝元帥擡舉。〔屠岸賈詩云〕則爲朝綱中獨顯趙盾。不由我心中生忿。如今削除了這點萌芽。方纔是永無後釁。〔同下〕

〔音釋〕掠音料　虐音要　縫去聲　强音絳　着池燒切　剿精小切　落音澇　咆音袍　哮希交切
狰音撑　獰音能　離去聲　鞘音笑　泊巴毛切　號平聲　作音早　十繩知切　揾温去聲
朔聲卯切　應平聲

第四折

〔屠岸賈領卒子上云〕某屠岸賈自從殺了趙氏孤兒。可早二十年光景也。有程嬰的孩兒。因爲過繼與我。喚做屠成。教的他十八般武藝。無有不拈。無有不會。這孩兒弓馬到强似我。就着我這孩兒的威力。早晚定計。弒了靈公。奪了晋國。可將我的官位都與孩兒做了。方是平生願足。適纔孩兒往教場中演習弓馬去了。等他來時。再做商議。〔下〕〔程嬰拿手卷上詩云〕日月催人老。光陰趲少年。心中無限事。未敢盡明言。過日月好疾也。自到屠府中。今經二十年光景。擡舉的我那孩兒二十歲。官名唤做程勃。我根前習文。屠岸賈根前習武。甚有機謀。熟閑弓馬。那屠岸賈將我的孩兒十分見喜。他豈知就裏的事。只是一件。連我這孩兒心下也還是懵懵懂懂的。老夫今年六十五歲。倘或有些好歹呵。着誰人説與孩兒知道。替他趙氏報讎。以此躊躇展轉。晝夜無眠。我如今將從前屈死的忠臣良將。畫成一個手卷。倘若孩兒問老夫呵。我一樁樁剖説前事。這孩兒必然與父母報讎也。我且在書房中悶坐着。只等孩兒到來。自有個理會。〔正末扮程勃上云〕某程勃是也。這壁厢爹爹是程嬰。那壁厢爹爹可是屠岸賈。我白日演武。到晚習文。如今在教場中回來。見我這壁厢爹爹走一遭去也呵。〔唱〕

【中吕粉蝶兒】引着些本部下軍卒。提起來殺人心半星不懼。每日家習演兵書。憑着我快相持能對壘。直使的諸邦降伏。俺父親英勇誰如。我擠着個盡心兒扶助。

【醉春風】我則待扶明主晋靈公。助賢臣屠岸賈。憑着我能文善武萬人敵。俺父親將我來許。許。可不道馬壯人强。父慈子孝。怕甚麽主憂臣辱。

〔程嬰云〕我展開這手卷。好可憐也。單爲這趙氏孤兒。送了多少賢臣烈士。連我的孩兒也在這裏面身死了也。〔正末云〕令人。接了馬者。這壁厢爹爹在那裏。〔卒子云〕在書房中看書哩。〔正末云〕令人報復去。〔卒子報科云〕有程勃來了也。〔程嬰云〕着他過來。〔卒子云〕着過去。〔正末做見科云〕這壁廂爹爹。您孩兒教場中回來了也。〔程嬰云〕你吃飯去。〔止末云〕我出的這門來。想俺這壁廂爹爹。每日見我心中喜歡。今日見我來。心中可甚煩惱。垂淚不止。不知主着何意。我過去問他。誰欺負着你來。對您孩兒說。我不道的饒了他哩。〔程嬰云〕我便與你說呵。也與你父親母親做不的主。你只吃飯去。〔程嬰做眼淚科〕〔正末云〕兀的不徯倖殺我也。〔唱〕

【迎仙客】因甚的掩淚珠。〔程嬰做吁氣科正末唱〕氣長吁。我恰纔叉定手向前來緊趨伏。〔帶云〕則俺見這壁廂爹爹呵。〔唱〕慽支支惡心煩。勃騰騰生忿怒。〔帶云〕是甚麼人敢欺負你來。〔唱〕我這裏低首躊躇。〔帶云〕既然没的人欺負你呵。〔唱〕那裏是話不投機處。

〔程嬰云〕程勃。你在書房中看書。我往後堂中去去再來。〔做遺手卷虛下〕〔正末云〕哦。元來遺下一個手卷在此。可是甚的文書。待我展開看咱。〔做看科云〕好是奇怪。那個穿紅的拽着惡犬。撲着個穿紫的。又有個拿瓜鎚的打死了那惡犬。這一個手扶着一輛車。又是没半邊車輪的。這一個自家撞死槐樹之下。可是甚麼故事。又不寫出個姓名。教我那裏知道。〔唱〕

【紅繡鞋】畫着的是青鴉鴉幾株桑樹。閙炒炒一簇田夫。這一個可磕擦緊扶定一輪車。有一個將瓜鎚親手舉。有一個觸槐樹早身殂。又一個惡犬兒只向着這穿紫的頻去撲。

〔云〕待我再看來這一個將軍前面擺着弓弦藥酒短刀三件。却將短刀自刎死了。怎麼這一個將軍也引劍自刎而死。又有個醫人手扶着藥廂兒跪着。這一個婦人抱着個小孩兒。却像要交付醫人的意思。呀。元來這婦人也將裙帶自縊死了。好可憐人也。〔唱〕

【石榴花】我只見這一個身着錦襜褕。手引着弓弦藥酒短刀誅。怎又有個將軍自刎血模糊。這一個扶着藥箱兒跪伏。這一個抱着小孩兒交付。可憐穿珠帶玉良家婦。他將着裙帶兒縊死何辜。好着我沈吟半晌無分訴。這畫的是傒倖殺我也悶葫蘆。

〔云〕我仔細看來。那穿紅的也好狠哩。又將一個白鬚老兒打的好苦也。〔唱〕

【鬭鵪鶉】我則見這穿紅的匹夫。將着這白鬚的來毆辱。兀的不惱亂我的心腸。氣填我這肺腑〔帶云〕這一家兒若與我關親呵。〔唱〕我可也不殺了賊臣不是丈夫。我可便敢與他做主。這血泊中躺的不知是那個親丁。這市曹中殺的也不知是誰家上祖。

〔云〕到底只是不明白。須待俺這壁廂爹爹出來。問明這樁事。可也免的疑惑。〔程嬰上云〕程勃。我久聽多時了也。〔正末云〕這壁廂爹爹可説與您孩兒知道。〔程嬰云〕程勃。你要我説這樁故事。倒也和你關親哩。〔正末云〕你則明明白白的説與您孩兒咱。〔程嬰云〕程勃。你聽者。這樁兒故事好長哩。當初那穿紅的和這穿紫的。元是一殿之臣。争奈兩個文武不和。因此做下對頭。已非一日。那穿紅的想道。先下手爲强。後下手遭殃。暗地遣一刺客。唤做鉏麑。藏着短刀。越墻而過。要刺殺這穿紫的。誰想這穿紫的老宰輔。每夜燒香。禱告天地。專一片報國之心。無半點于家之意。那人道我若刺了這個老宰輔。我便是逆天行事。斷然不可。若回去見那穿紅的。少不得是死。罷罷罷。〔詩云〕他手攜利刃暗藏埋。因見忠良却悔來。方知公道明如日。此夜鉏麑自觸槐。〔正末云〕這箇觸槐而死的是鉏麑麽。〔程嬰云〕可知是哩。這箇穿紫的爲春間勸農出到郊外。可在桑樹下見一壯士。仰面張口而卧。穿紫的問其緣故。那壯士言某乃是靈輒。因每頓吃一斗米的飯。大主人家養活不過。將我趕逐出來。欲待摘他桑椹子吃。又道我偷他的。因此仰面而卧。等那桑椹子吊在口中便吃。吊不在口中。寧可餓死。不受人耻辱。穿紫的説。此烈士也。遂將酒食賜與餓夫。飽餐了一頓。不辭而去。這穿紫的並無嗔怒之心。程勃。這見得老宰輔的德量處。〔詩云〕爲乘春令勸耕初。巡徧郊原日未晡。壺漿簞食因誰下。剛濟桑間一餓夫。〔正末云〕哦。這桑樹下餓夫。唤做靈輒。〔程嬰云〕程勃。你緊記者。又一日。西戎國貢進神獒。是一隻狗。身高四尺者。其名爲獒。晋靈公將神獒賜與那穿紅的。正要謀害這穿紫的。即于後園中紮一草人。與穿紫的一般打扮。將草人腹中懸一付羊心肺。將神獒餓了五七日。然後剖開草人腹中。飽餐一頓。如此演成百日。去向靈公説道。如今朝中豈無不忠不孝的人。懷着欺君之意。靈公問道。其人安在。那穿紅的説。前者賜與臣的神獒。便能認的。那穿紅的牽上神獒去。這穿紫的正立于殿上。那神獒認着是草人。向前便撲。趕的這穿紫的繞殿而走。傍邊惱了一人。乃是殿前太尉提彌明。舉起金瓜。打倒神獒。用手揪住腦杓皮。則一劈劈爲兩半。〔詩云〕賊臣姦計有千條。逼的忠良没處逃。殿前自有英雄漢。早將毒手劈神獒。〔正末云〕這隻惡犬。唤做神獒。打死這惡犬的。是提彌明。〔程嬰云〕是。那老宰輔出的殿門。正待上車。豈知被那穿紅的把他那駟馬車四馬摘了二馬。雙輪摘了一輪。不能前去。傍邊轉過壯士。一臂扶輪。一手策馬。磨衣見皮。磨皮見肉。磨肉見筋。磨筋見骨。磨骨見髓。捧轂推輪。逃往野外。你道這個是何人。可就是桑間餓夫靈輒者是也。〔詩云〕紫衣逃難出宮門。駟馬雙輪摘一輪。却是靈輒強扶歸野外。報取桑間一飯恩。〔正末云〕您孩兒記的。元來就是仰卧于桑樹下的那個靈輒。〔程嬰云〕是。〔正末云〕這壁厢爹爹。這箇穿紅的那厮好狠也。他叫甚麼名氏。〔程嬰云〕程勃。我忘了他姓名也。〔正末云〕這箇穿紫的。可是姓甚麼。〔程嬰云〕這個穿紫的。姓趙。是趙盾丞相。他和你也關親哩。〔正末云〕您孩兒聽的説有箇趙盾丞相。倒也不曾掛意。〔程嬰云〕程勃。我今番説與你呵。你則緊緊記者。〔正末云〕那手卷上還有哩。你可再説與您孩兒聽咱。〔程嬰云〕那箇穿紅的。把這趙盾家三百口滿門良賤誅盡殺絶了。止有一子趙朔。是箇駙馬。那穿紅的詐傳靈公的命。將三般朝典賜他。却是弓弦藥酒短刀。要他憑着取一件自盡。其時公主腹懷有孕。趙朔遺言。我若死後。你添的個小厮兒呵。可名趙氏孤兒。與俺三百口報讎。誰想趙朔短刀刎死。那穿紅的將公主囚禁府中。生下趙氏孤兒。那穿紅的得知。早差下將軍韓厥。把住府門。專防有人藏了孤兒出去。這公主有個門下心腹的人。喚做草澤醫士程嬰。〔正末云〕這壁厢爹爹。你敢就是他麽。〔程嬰云〕天下有多少同名同姓的人。他另是一個程嬰。這公主將孤兒交付了那個程嬰。就將裙帶自縊而死。那程嬰抱着這孤兒。來到府門上。撞見韓厥將軍。搜出孤兒來。被程嬰説了兩句。誰想韓厥將軍也拔劍自刎了。〔詩云〕那醫人全無怕懼。將孤兒私藏出去。正撞見忠義將軍。甘身死不教拿住。〔正末云〕

這將軍爲趙氏孤兒。自刎身亡了。是箇好男子。我記着他喚做韓厥。〔程嬰云〕是是是。正是韓厥。誰想那穿紅的得知。將普國内半歲之下一月之上小孩兒每。都拘刷到他府來。每人剁做三劍。必然殺了趙氏孤兒。〔正末做怒科云〕那穿紅的好狠也。〔程嬰云〕可知他狠哩。誰想這程嬰也生的箇孩兒。尚未滿月。假粧做趙氏孤兒。送到吕吕太平庄上公孫杵臼跟前。〔正末云〕那公孫杵臼却是何人。〔程嬰云〕這個老宰輔。和趙盾是一殿之臣。程嬰對他説道。老宰輔。你收着這趙氏孤兒。去報與穿紅的道。程嬰藏着孤兒。將俺父子一處身死。你擡舉的孤兒成人長大。與他父母報讎。有何不可。公孫杵臼説道。我如今年邁了也。程嬰。你捨的你這孩兒。假粧做趙氏孤兒。藏在老夫跟前。你報與穿紅的去。我與你孩兒一處身亡。你藏着孤兒。日後與他父母報讎纔是。〔正末云〕他那箇程嬰肯捨他那孩兒麽。〔程嬰云〕他的性命也要捨哩。量他那孩兒打甚麽不緊。他將自己的孩兒假粧做了孤兒。送與公孫杵臼處。報與那穿紅的得知。將公孫杵臼三推六問。吊拷綳扒。追出那假的趙氏孤兒來。剁做三劍。公孫杵臼自家撞堦而死。這樁事經今二十年光景了也。這趙氏孤兒見今長成二十歲。不能與父母報讎。説兀的做甚。〔詩云〕他一貌堂堂七尺軀。學成文武待何如。乘車祖父歸何處。滿門良賤盡遭誅。冷宮老母懸梁縊。法場親父引刀殂。冤恨至今猶未報。枉做人間大丈夫。〔正末云〕你説了這一日。您孩兒如睡裏夢裏。只不省的。〔程嬰云〕元來你還不知哩。如今那穿紅的正是姦臣屠岸賈。趙盾是你公公。趙朔是你父親。公主是你母親。〔詩云〕我如今一一説到底。你剗地不知頭共尾。我是存孤棄子老程嬰。兀的趙氏孤兒便是你。〔正末云〕元來趙氏孤兒正是我。兀的不氣殺我也。〔正末做倒程嬰扶科云〕小主人甦醒者。〔正末云〕兀的不痛殺我也。〔唱〕

【普天樂】聽的你說從初。纔使我知緣故。空長了我這二十年的歲月。生了我這七尺的身軀。元來自刎的是父親。自縊的咱老母。說到淒涼傷心處。便是那鐵石人也放聲啼哭。我捹着生擒那個老匹夫。只要他償還俺一朝的臣宰。更和那合宅的家屬。

〔云〕你不說呵。您孩兒怎生知道。爹爹請坐。受你孩兒幾拜。〔正末拜科程嬰云〕今日成就了你趙家枝葉。送的俺一家兒剪草除根了也。〔做哭科正末唱〕

【上小樓】若不是爹爹照覷。把您孩兒擡舉。可不的二十年前。早撄鋒刃。久喪溝渠。恨只恨屠岸賈。那匹夫。尋根拔樹。險送的俺一家兒滅門絕户。

【么篇】他他他把俺一姓戮。我我我也還他九族屠。〔程嬰云〕小主人。你休大驚小怪的。恐怕屠賊知道。〔正末云〕我和他一不做二不休。〔唱〕那怕他牽着神獒。擁着家兵。使着權術。你只看這一個。那一個。都是爲誰而卒。豈可我做兒的倒安然如故。

〔云〕爹爹放心。到明日我先見過了主公。和那滿朝的卿相。親自殺那賊去。〔唱〕

【耍孩兒】到明朝若與讎人遇。我迎頭兒把他當住。也不須別用軍和卒。只將咱猿臂輕舒。早提番玉勒雕鞍轡。扯下金花皂蓋車。死狗似拖將去。我只問他人心安在。

天理何如。

【二煞】誰着你使英雄忒使過。做冤讎能做毒。少不的一還一報無虛誤。你當初屈勘公孫老。今日猶存趙氏孤。再休想咱容恕。我將他輕輕擲下。慢慢開除。

【一煞】摘了他斗來大印一顆。剥了他花來簇幾套服。把麻繩背綁在將軍柱。把鐵鉗拔出他斕斑舌。把錐子生跳他賊眼珠。把尖刀細剮他渾身肉。把鋼鎚敲殘他骨髓。把銅鍘切掉他頭顱。

【煞尾】尚兀自勃騰騰怒怎消。黑沈沈怨未復。也只爲二十年的逆子妄認他人父。到今日三百口的冤魂方纔家自有主。〔下〕

〔程嬰云〕到明日小主人必然擒拿這老賊。我須隨後接應去來。〔下〕

〔音釋〕懵蒙上聲　懂音董　卒從蘇切　降奚江切　伏房夫切　敵丁梨切　辱如去聲　𢡱音必　撲音普　思去聲　襜癡髯切　褕音魚　椹音甚　哭音苦　屬繩朱切　戮音慮　術繩朱切　轡音配　過平聲　毒東盧切　服房夫切　鉗其炎切　肉如去聲　復房夫切

第五折

〔外扮魏絳領張千上云〕小官乃晉國上卿魏絳是也。方今悼公在位。有屠岸賈專權。將趙盾滿門良賤盡皆殺絶。誰想趙朔門下有個程嬰。掩藏了趙氏孤兒。今經二十年光景。改名程勃。今早奏知主公。要擒拿屠岸賈。雪父之讎。奉主公的命。道屠岸賈兵權太重。誠恐一時激變。着程勃暗暗的自行捉獲。仍將他闔門良賤。齠齔不留。成功之後。另加封賞。小官不敢輕洩。須親對程勃傳命去來。〔詩云〕忠臣受屠戮。沈冤二十年。今朝取姦賊。方知冤報冤。〔下〕〔正末躧馬仗劍上云〕某程勃今早奏知主公。擒拿屠岸賈。報父祖之讎。這老賊是好無禮也呵。〔唱〕

【正宮端正好】也不索列兵卒。排軍將。動着些闊劍長鎗。我今日報讎捨命誅姦黨。總是他命盡也合身喪。

【滾繡毬】只在這鬧街坊。弄一場。我和他決無輕放。恰便似虎撲綿羊。我可也不索慌。不索忙。早把手脚兒十分打當。看那厮怎做隄防。我將這二十年積下冤讎報。三百口亡來性命償。我便死也何妨。

〔云〕我只在這鬧市中等候着。那老賊敢待來也。〔屠岸賈領卒子上云〕今日在元帥府回還私宅中去。令人。擺開頭踏。慢慢的行者。〔正末云〕兀的不是那老賊來了也。〔唱〕

【倘秀才】你看那雄赳赳頭踏數行。鬧攘攘跟隨的在兩廂。你看他腆着胸脯粧些兒勢況。我這裏驟馬如流水。掣劍似秋霜。向前來賭當。

〔屠岸賈云〕屠成。你來做甚麽。〔正末云〕兀那老賊。我不是屠成。則我是趙氏孤兒。二十年前你將俺三百口滿門良賤。誅盡殺絶。我今日擒拿你箇老匹夫。報俺家的冤讎也。〔屠岸賈云〕誰這

般道來。〔正末云〕是程嬰道來。〔屠岸賈云〕這孩子手脚來的不中。我只是走的乾净。〔正末云〕你這賊走那裏去。〔唱〕

【笑和尚】我我我儘威風八面揚。你你你怎掙闘怎攔擋。早早早諕的他魂飄蕩。休休休再口强。是是是不商量。來來來可疋塔的提離了鞍轎上。

〔正末做拿住科程嬰慌上云〕則怕小主人有失。我隨後接應去。謝天地。小主人拿住屠岸賈了也。〔正末云〕令人。將這匹夫執縛定了。見主公去來。〔同下〕〔魏絳同張千上云〕小官魏絳的便是。今有程勃擒拿屠岸賈去了。令人。門首覷者。若來時報復某知道。〔正末同程嬰拿屠岸賈上正末云〕父親。俺和你同見主公去來。〔見科云〕老宰輔。可憐俺家三百口沈冤。今日拿住了屠岸賈也。〔魏絳云〕拿將過來。兀那屠岸賈。你這損害忠良的姦賊。今被程勃拿來。有何理說。〔屠岸賈云〕我成則爲王。敗則爲虜。事已至此。惟求早死而已。〔正末云〕老宰輔與程勃做主咱。〔魏絳云〕屠岸賈。你今日要早死。我偏要你慢死。令人。與我將這賊釘上木驢。細細的剮上三千刀。皮肉都盡。方纔斷首開膛。休着他死的早了。〔正末唱〕

【脱布衫】將那廝釘木驢推上雲陽。休便要斷首開膛。直剁的他做一堝兒肉醬。也消不得俺滿懷惆悵。

〔程嬰云〕小主人。你今日報了冤讎。復了本姓。則可憐老漢一家兒皆無所靠也。〔正末唱〕

【小梁州】誰肯捨了親兒把别姓藏。似你這恩德難忘。我待請個丹青妙手不尋常。傳

着你真容相。侍奉在俺家堂。〔程嬰云〕我有什麽恩德在那裏。勞小主人這等費心。〔正末唱〕

【幺篇】你則那三年乳哺曾無曠。可不勝懷擔十月時光。幸今朝出萬死。身無恙。便日夕裏焚香供養。也報不的你養爺娘。〔魏絳云〕程嬰程勃。你兩箇望闕跪者。聽主公的命。〔詞云〕則爲屠岸賈損害忠良。百般的撓亂朝綱。將趙盾滿門良賤。都一朝無罪遭殃。那其間頗多仗義。豈真謂天道微茫。幸孤兒能償積怨。把姦臣身首分張。可復姓賜名趙武。襲父祖列爵卿行。韓厥後仍爲上將。給程嬰十頃田莊。老公孫立碑造墓。彌明輩概與褒揚。普國内從今更始。同瞻仰主德無疆。〔程嬰正末謝恩科正末唱〕

【黄鍾尾】謝君恩普國多沾降。把姦賊全家盡滅亡。賜孤兒改名望。襲父祖拜卿相。忠義士各褒獎。是軍官還職掌。是窮民與收養。已死喪給封葬。現生存受爵賞。這恩臨似天廣。端爲誰敢虚讓。誓捐生在戰場。着鄰邦並歸向。落的個史册上標名留與後人講。

〔音釋〕齠音條　齓音櫬　閫音債　轎音蹺　堝音窩　褒音包

題目　公孫杵臼耻勘問

正名　趙氏孤兒大報讎

感天動地竇娥冤雜劇

關漢卿撰

楔子

〔卜兒蔡婆上詩云〕花有重開日。人無再少年。不須長富貴。安樂是神仙。老身蔡婆婆是也。楚州人氏。嫡親三口兒家屬。不幸夫主亡逝已過。止有一箇孩兒。年長八歲。俺娘兒兩箇。過其日月。家中頗有些錢財。這裏一箇竇秀才。從去年問我借了二十兩銀子。如今本利該銀四十兩。我數次索取。那竇秀才只說貧難。没得還我。他有一個女兒。今年七歲。生得可喜。長得可愛。我有心看上他與我家做箇媳婦。就准了這四十兩銀子。豈不兩得其便。他說今日好日辰。親送女兒到我家來。老身且不索錢去。專在家中等候。這早晚竇秀才敢待來也。〔冲末扮竇天章引正旦扮端雲上詩云〕讀盡縹緗萬卷書。可憐貧殺馬相如。漢庭一日承恩召。不說當壚說子虚。小生姓竇名天章。祖貫長安京兆人也。幼習儒業。飽有文章。争奈時運不通。功名未遂。不幸渾家亡化已過。撇下這個女孩兒。小字端雲。從三歲上亡了他母親。如今孩兒七歲了也。小生一貧如洗。流落在這楚州居住。此間一箇蔡婆婆。他家廣有錢物。小生因無盤纏。曾借了他二十兩銀子。到今本利該對還他四十兩。他數次問小生索取。教我把甚麽還他。誰想蔡婆婆常常着人來說。要小生女孩兒做他兒媳婦。況如今春榜動。選場開。正待上朝取應。又苦盤纏缺少。小生出於無奈。只得將女孩兒端雲。送與蔡婆婆做兒媳婦去。〔做歎科云〕嗨。這箇那裏是做媳婦。分明是賣與他一般。就准了他那先借的四十兩銀子。分外但得些少東西。勾小生應舉之費。便也過望了。説話之間。早來到他家門首。婆婆在家麽。〔卜兒上云〕秀才請家裏坐。老身等候多時也。〔做相見科竇天章云〕小生今日一逕的將女孩兒送來與婆婆。怎敢説做媳婦。只與婆婆早晚使用。小生目下就要上朝進取功名去。留下女孩兒在此。只望婆婆看覷則箇。〔卜兒云〕這等。你是我親家了。你本利少我四十兩銀子。兀的是借錢的文書還了你。再送你十兩銀子做盤纏。親家。你休嫌輕少。〔竇天章做謝科云〕多謝了婆婆。先少你許多銀子都不要我還了。今又送我盤纏。此恩異日必當重報。婆婆。女孩兒早晚呆癡。看小生薄面。看覷女孩兒咱。〔卜兒云〕親家。這不消你囑付。令愛到我家。就做親女兒一般看承他。你只管放心的去。〔竇天章云〕婆婆。端雲孩兒該打呵。看小生面則罵幾句。當罵呵則處分幾句。孩兒。你也不比在我跟前。我是你親爺。將就的你。你如今在這裏。早晚若頑劣呵。你只討那打罵喫。兒嚛。我也是出於無奈。〔做悲科〕〔唱〕

【仙吕賞花時】我也只爲無計營生四壁貧。因此上割捨得親兒在兩處分。從今日遠踐洛陽塵。又不知歸期定准。則落的無語闇消魂。〔下〕

〔卜兒云〕竇秀才留下他這女孩兒與我做媳婦兒。他一逕上朝應舉去了。〔正旦做悲科云〕爹爹。你直下的撇了我孩兒去也。〔卜兒云〕媳婦兒。你在我家。我是親婆。你是親媳婦。只當自家骨肉一般。你不要啼哭。跟着老身前後執料去來。〔同下〕

〔音釋〕縹音飄　緗音湘

第一折

〔浄扮賽盧醫上詩云〕行醫有斟酌。下藥依本草。死的醫不活。活的醫死了。自家姓盧。人道我一手好醫。都叫做賽盧醫。在這山陽縣南門開着生藥局。在城有箇蔡婆婆。我問他借了十兩銀子。本利該還他二十兩。數次來討這銀子。我又無的還他。若不來便罷。若來呵我自有箇主意。我且在這藥舖中坐下。看有甚麽人來。〔卜兒上云〕老身蔡婆婆。我一向搬在山陽縣居住。儘也静辦。自十三年前竇天章秀才留下端雲孩兒與我做兒媳婦。改了他小名。唤做竇娥。自成親之後。不上二年。不想我這孩兒害弱癥死了。媳婦兒守寡又早三箇年頭。服孝將除了也。我和媳婦兒説知。我往城外賽盧醫家索錢去也。〔做行科云〕驀過隅頭。轉過屋角。早來到他家門首。賽盧醫在家麽。〔盧醫云〕婆婆。家裏來。〔卜兒云〕我這兩箇銀子長遠了。你還了我罷。〔盧醫云〕婆婆。我家裏無銀子。你跟我莊上去取銀子還你。〔卜兒云〕我跟你去。〔做行科〕〔盧醫云〕來到此處。東也無人。西也無人。這裏不下手等甚麽。我隨身帶的有繩子。兀那婆婆。誰唤你哩。〔卜兒云〕在那裏。〔做勒卜兒科孛老同副浄張驢兒衝上賽盧醫慌走下孛老救卜兒科張驢兒云〕爹。是箇婆婆。争些勒殺了。〔孛老云〕兀那婆婆。你是那裏人氏。姓甚名誰。因甚着這箇人將你勒死。〔卜兒云〕老身姓蔡。在城人氏。止有箇寡媳婦兒相守過日。因爲賽盧醫少我二十兩銀子。今日與他取討。誰想他賺我到無人去處。要勒死我。賴這銀子。若不是遇着老的和哥哥呵。那得老身性命來。〔張驢兒云〕爹。你聽的他説麽。他家還有箇媳婦哩。救了他性命。他少不得要謝我。不若你要這婆子。我要他媳婦兒。何等兩便。你和他説去。〔孛老云〕兀那婆婆。你無丈夫。我無渾家。你肯與我做箇老婆。意下如何。〔卜兒云〕是何言語。待我回家多備些錢鈔相謝。〔張驢兒云〕你敢是不肯。故意將錢鈔哄我。賽盧醫的繩子還在。我仍舊勒死了你罷。〔做拿繩科〕〔卜兒云〕哥哥。待我慢慢地尋思咱。〔張驢兒云〕你尋思些甚麽。你隨我老子。我便要你媳婦兒。〔卜兒背云〕我不依他。他又勒殺我。罷罷罷。你爺兒兩箇隨我到家中去來。〔同下〕〔正旦上云〕妾身姓竇。小字端雲。祖居楚州人氏。我三歲上亡了母親。七歲上離了父親。俺父親將我嫁與蔡婆婆爲兒媳婦。改名竇娥。至十七歲與夫成親。不幸丈夫亡化。可早三年光景。我今二十歲也。這南門外有箇賽盧醫。他少俺婆婆銀子。本利該二十兩。數次索取不還。今日俺婆婆親自索取去了。竇娥也。你這命好苦也呵。〔唱〕

【仙吕點絳唇】滿腹閒愁。數年禁受。天知否。天若是知我情由。怕不待和天瘦。

【混江龍】則問那黄昏白晝。兩般兒忘飡廢寢幾時休。大都來昨宵夢裏。和着這今日心頭。催人淚的是錦爛熳花枝横繡闥。斷人腸的是剔團圞月色掛粧樓。長則是急煎煎按不住意中焦。悶沉沉展不徹眉尖皺。越覺的情懷冗冗。心緒悠悠。

〔云〕似這等憂愁。不知幾時是了也呵。〔唱〕

【油葫蘆】莫不是八字兒該載着一世憂。誰似我無盡頭。須知道人心不似水長流。我從三歲母親身亡後。到七歲與父分離久。嫁的箇同住人。他可又拔着短籌。撇的俺婆婦每都把空房守。端的箇有誰問有誰偢。

【天下樂】莫不是前世裏燒香不到頭。今也波生。招禍尤。勸今人早將來世修。我將這婆侍養。我將這服孝守。我言詞須應口。

〔云〕婆婆索錢去了。怎生這早晚不見回來。〔卜兒同孛老張驢兒上〕〔卜兒云〕你爺兒兩箇且在門首。等我先進去。〔張驢兒云〕妳妳。你先進去。就說女壻在門首哩。〔卜兒見正旦科〕〔正旦云〕妳妳回來了。你喫飯麽。〔卜兒做哭科云〕孩兒也。你教我怎生說波。〔正旦唱〕

【一半兒】爲甚麽泪漫漫不住點兒流。莫不是爲索債與人家惹争鬬。我這裏連忙迎接慌問候。他那裏要説緣由。〔卜兒云〕羞人答答的。教我怎生説波。〔正旦唱〕則見他一半兒徘徊一半兒醜。

〔云〕婆婆。你爲甚麽煩惱啼哭那。〔卜兒云〕我問賽盧醫討銀子去。他賺我到無人去處。行起兇來。要勒死我。虧了一箇張老并他兒子張驢兒。救得我性命。那張老就要我招他做丈夫。因這等煩惱。〔正旦云〕婆婆。這箇怕不中麽。你再尋思咱。俺家裏又不是没有飯吃。没有衣穿。又不是少欠錢債。被人催逼不過。况你年紀高大。六十以外的人。怎生又招丈夫那。〔卜兒云〕孩兒也。

你説的豈不是。但是我的性命全虧他這爺兒兩箇救的。我也曾説道待我到家。多將些錢物酬謝你救命之恩。不知他怎生知道我家裏有箇媳婦兒。道我婆媳婦又没老公。他爺兒兩箇又没老婆。正是天緣天對。若不隨順他。依舊要勒死我。那時節我就慌張了。莫説自己許了他。連你也許了他。兒也。這也是出於無奈。〔正旦云〕婆婆。你聽我説波。〔唱〕

【後庭花】避凶神要擇好日頭。拜家堂要將香火修。梳着箇霜雪般白鬏髻。怎將這雲霞般錦帕兜。怪不的女大不中留。你如今六旬左右。可不道到中年萬事休。舊恩愛一筆勾。新夫妻兩意投。枉教人笑破口。

〔卜兒云〕我的性命都是他爺兒兩箇救的。事到如今。也顧不得别人笑話了。〔正旦唱〕

【青哥兒】你雖然是得他得他營救。須不是筍條筍條年幼。剗的便巧畫蛾眉成配偶。想當初你夫主遺留。替你圖謀。置下田疇。蚤晚羹粥。寒暑衣裘。滿望你鰥寡孤獨。無捱無靠。母子每到白頭。公公也則落得乾生受。

〔卜兒云〕孩兒也。他如今只待過門。喜事匆匆的教我怎生回得他去。〔正旦唱〕

【寄生草】你道他匆匆喜。我替你倒細細愁。愁則愁興闌刪嗾不下交歡酒。愁則愁眼昏騰扭不上同心扣。愁則愁意朦朧睡不穩芙蓉褥。你待要笙歌引至畫堂前。我道這姻緣敢落在他人後。

〔卜兒云〕孩兒也。再不要説我了。他爺兒兩箇。都在門首等候。事已至此。不若連你也招了女壻罷。〔正旦云〕婆婆。你要招你自招。我並然不要女壻。〔卜兒云〕那箇是要女壻的。争奈他爺兒兩箇自家捱過門來。教我如何是好。〔張驢兒云〕我們今日招過門去也。帽兒光光。今日做箇新郎。袖兒窄窄。今日做箇嬌客。好女壻。好女壻。不枉了。不枉了。〔同孛老入拜科〕〔正旦做不禮科云〕兀那厮。靠後。〔唱〕

【賺煞】我想這婦人每休信那男兒口。婆婆也怕没的貞心兒自守。到今日招着箇村老子。領着箇半死囚。〔張驢兒做嘴臉科云〕你看我爺兒兩箇這等身段。儘也選得女壻過。你不要錯過了好時辰。我和你早些兒拜堂罷。〔正旦不禮科唱〕**則被你坑殺人燕侶鶯儔。婆婆也你豈不知羞。俺公公撞府冲州。闒闖的銅斗兒家緣百事有。想着俺公公置就。怎忍教張驢兒情受。**〔張驢兒做扯正旦拜科正旦推跌科唱〕**兀的不是俺没丈夫的婦女下場頭。**〔下〕

〔卜兒云〕你老人家不要惱懆。難道你有活命之恩。我豈不思量報你。只是我那媳婦兒氣性最不好惹的。既是他不肯招你兒子。教我怎好招你老人家。我如今拚的好酒好飯。養你爺兒兩箇在家。待我慢慢的勸化俺媳婦兒。待他有箇回心轉意。再作區處。〔張驢兒云〕這歪剌骨便是黄花女兒。剛剛扯的一把。也不消這等使性。平空的推了我一交。我肯乾罷。就當面賭箇誓與你。我今生今世不要他做老婆。我也不算好男子。〔詞云〕美婦人我見過萬千向外。不似這小妮子生得十分憊賴。我救了你老性命死裏重生。怎割捨得不肯把肉身陪待。〔同下〕

〔音釋〕酌音沼　禁平聲　闥湯打切　鬏丁梨切　剗音産　粥音周　鰥音關　興去聲　褥柔去聲　窄齋上聲　客音楷　鬧争去聲　鬩音債　懆音竈　憊音敗　重平聲

第二折

〔賽盧醫上詩云〕小子太醫出身。也不知道醫死多人。何嘗怕人告發。關了一日店門。在城有箇蔡家婆子。剛少他二十兩花銀。屢屢親來索取。争些捹斷脊筋。也是我一時智短。將他賺到荒村。撞見兩箇不識姓名男子。一聲嚷道。浪蕩乾坤。怎敢行兇撒潑。擅自勒死平民。唬得我丢了繩索。放開脚步飛奔。雖然一夜無事。終覺失精落魂。方知人命關天關地。如何看做壁上灰塵。從今改過行業。要得滅罪修因。將以前醫死的性命。一箇箇都與他一卷超度的經文。小子賽盧醫的便是。只爲要賴蔡婆婆二十兩銀子。賺他到荒僻去處。正待勒死他。誰想遇見兩箇漢子。救了他去。若是再來討債時節。教我怎生見他。常言道的好。三十六計。走爲上計。喜得我是孤身。又無家小連累。不若收拾了細軟行李。打箇包兒。悄悄的躲到別處。另做營生。豈不乾净。〔張驢兒上云〕自家張驢兒。可奈那竇娥百般的不肯隨順我。如今那老婆子害病。我討服毒藥與他喫了。藥死那老婆子。這小妮子好歹做我的老婆。〔做行科云〕且住。城裏人耳目廣口舌多。倘見我討毒藥。可不嚷出事來。我前日看見南門外有箇藥鋪。此處冷静。正好討藥。〔做到科叫云〕太醫哥哥。我來討藥的。〔賽盧醫云〕你討甚麽藥。〔張驢兒云〕我討服毒藥。〔賽盧醫云〕誰敢合毒藥與你。這厮好大膽也。〔張驢兒云〕你真箇不肯與我藥麽。〔賽盧醫云〕我不與你。你就怎地我。〔張驢兒做拖盧云〕好呀。前日謀死蔡婆婆的不是你來。你説我不認的你哩。我拖你見官去。〔賽盧醫做慌科云〕大哥。你放我。有藥有藥。〔做與藥科張驢兒云〕既然有了藥。且饒你罷。正是得放手時須放手。得饒人處且饒人。〔下〕〔賽盧醫云〕可不悔氣。剛剛討藥的這人。就是救那婆子的。我今日與了他這服毒藥去了。以後事發。越越要連累我。趁早兒關上藥鋪。到涿州賣老鼠藥去也。〔下〕〔卜兒上做病伏几科〕〔孛老同張驢兒上云〕老漢自到蔡婆婆家來。本望做箇接脚。却被他媳婦堅執不從。那婆婆一向收留俺爺兒兩箇在家同住。只説好事不在忙。等慢慢裏勸轉他媳婦。誰想他婆婆又害起病來。孩兒。你可曾算我兩箇的八字。紅鸞天喜幾時到命哩。〔張驢兒云〕要看什麽天喜到命。只賭本事。做得去自去做。〔孛老云〕孩兒也。蔡婆婆害病好幾日了。我與你去問病波。〔做見卜兒問科云〕婆婆。你今日病體如何。〔卜兒云〕我身子十分不快哩。〔孛老云〕你可想些甚麽吃。〔卜兒云〕我思量些羊肚兒湯吃。〔孛老云〕孩兒你對竇娥説。做些羊肚兒湯與婆婆吃。〔張驢兒向古門云〕竇娥。婆婆想羊肚兒湯吃。快安排將來。〔正旦持湯上云〕妾身竇娥是也。有俺婆婆不快。想羊肚湯吃。我親自安排了與婆婆吃去。婆婆也。我這寡婦人家。凡事也要避些嫌疑。怎好收留那張驢兒父子兩箇。非親非眷的一家兒同住。豈不惹外人談議。婆婆也。你莫要背地裏許了他親事連我也累做不清不潔的。我想這婦人心好難保也呵。〔唱〕

【南吕一枝花】他則待一生鴛帳眠。那裏肯半夜空房睡。他本是張郎婦。又做了李郎

妻。有一等婦女每相隨。並不説家克計。則打聽些閒是非。説一會不明白打鳳的機關。使了些調虛囂撈龍的見識。

【梁州第七】這一箇似卓氏般當罏滌器。這一箇似孟光般舉案齊眉。説的來藏頭蓋脚多怜悧。道着難曉。做出纔知。舊恩忘却。新愛偏宜。墳頭上土脉猶濕。架兒上又換新衣。那裏有奔喪處哭倒長城。那裏有浣紗時甘投大水。那裏有上山來便化頑石。可悲。可恥。婦人家直恁的無仁義。多淫奔少志氣。虧殺前人在那裏。更休説本性難移。

〔云〕婆婆。羊腊兒湯做成了。你吃些兒波。〔張驢兒云〕等我拿去。〔做接嘗科云〕這裏面少些鹽醋。你去取來。〔正旦下〕〔張驢兒放藥科〕〔正旦上云〕這不是鹽醋。〔張驢兒云〕你傾下些。〔正旦唱〕

【隔尾】你説道少鹽欠醋無滋味。加料添椒纔脆美。但願娘親蚤痊濟。飲羹湯一杯。勝甘露灌體。得一個身子平安倒大來喜。

〔孛老云〕孩兒。羊腊湯有了不曾。〔張驢兒云〕湯有了。你拿過去。〔孛老將湯云〕婆婆。你吃些湯兒。〔卜兒云〕有累你。〔做嘔科云〕我如今打嘔。不要這湯吃了。你老人家吃罷。〔孛老云〕這湯特做來與你吃的。便不要吃。也吃一口兒。〔卜兒云〕我不吃了。你老人家請吃。〔孛老吃科〕

〔正旦唱〕

【賀新郎】一箇道你請喫。一箇道婆先喫。這言語聽也難聽。我可是氣也不氣。想他家與咱家有甚的親和戚。怎不記舊日夫妻情意。也曾有百縱千隨。婆婆也你莫不爲黄金浮世寶。白髮故人稀。因此上把舊恩情全不比新知契。則待要百年同墓穴。那裏肯千里送寒衣。

〔孛老云〕我吃下這湯去。怎覺昏昏沉沉的起來。〔做倒科〕〔卜兒慌科云〕你老人家放精神着。你扎挣着些兒。〔做哭科云〕兀的不是死了也。〔正旦唱〕

【鬬蝦蟆】空悲戚。没理會。人生死是輪迴。感着這般病疾。值着這般時勢。可是風寒暑濕。或是饑飽勞役。各人證候自知。人命關天關地。别人怎生替得。壽數非干今世。相守三朝五夕。説甚一家一計。又無羊酒段匹。又無花紅財禮。把手爲活過日。撒手如同休棄。不是竇娥忤逆。生怕傍人論議。不如聽咱勸你。認箇自家悔氣。割捨的一具棺材。停置幾件布帛。收拾出了咱家門裏。送入他家墳地。這不是你那從小兒年紀指脚的夫妻。我其實不關親。無半點恓惶淚。休得要心如醉。意似癡。便這等嗟嗟怨怨。哭哭啼啼。

〔張驢兒云〕好也囉。你把我老子藥死了。更待乾罷。〔卜兒云〕孩兒。這事怎了也。〔正旦云〕我

有什麽藥在那裏。都是他要鹽醋時。自家傾在湯兒裏的。〔唱〕

【隔尾】這廝搬調咱老母收留你。自藥死親爺。待要誆嚇誰。〔張驢兒云〕我家的老子。倒說是我做兒子的藥死了。人也不信。〔做叫科云〕四鄰八舍聽着。竇娥藥殺我家老子哩。〔卜兒云〕罷麽。你不要大驚小怪的。嚇殺我也。〔張驢兒云〕你可怕麽。〔卜兒云〕可知怕哩。〔張驢兒云〕你要饒麽。〔卜兒云〕可知要饒哩。〔張驢兒云〕你教竇娥隨順了我。叫我三聲的的親親的丈夫。我便饒了他。〔卜兒云〕孩兒也。你隨順了他罷。〔正旦云〕婆婆。你怎說這般言語。〔唱〕我一馬難將兩鞍鞴。想男兒在日。曾兩年匹配。却教我改嫁別人其實做不得。

〔張驢兒云〕竇娥。你藥殺了俺老子。你要官休要私休。〔正旦云〕怎生是官休。怎生是私休。〔張驢兒云〕你要官休呵。拖你到官司。把你三推六問。你這等瘦弱身子。當不過拷打。怕你不招認藥死我老子的罪犯。你要私休呵。你早些與我做了老婆。倒也便宜了你。〔正旦云〕我又不曾藥死你老子。情願和你見官去來。〔張驢兒拖正旦卜兒下〕〔净扮孤引祗候上詩云〕我做官人勝別人。告狀來的要金銀。若是上司當刷卷。在家推病不出門。下官楚州太守桃杌是也。今早升廳坐衙。左右喝攛廂。〔祗候幺喝科〕〔張驢兒拖正旦卜兒上云〕告狀。告狀。〔祗候云〕拏過來。〔做跪見孤亦跪科云〕請起。〔祗候云〕相公。他是告狀的。怎生跪着他。〔孤云〕你不知道。但來告狀的。就是我衣食父母。〔祗候幺喝科孤云〕那箇是原告。那箇是被告。從實說來。〔張驢兒云〕小人是原告張驢兒。告這媳婦兒唤做竇娥。合毒藥下在羊肚湯兒裏。藥死了俺的老子。這個唤做蔡婆婆。

就是俺的後母。望大人與小人做主咱。〔孤云〕是那一個下的毒藥。〔正旦云〕不干小婦人事。〔卜兒云〕也不干老婦人事。〔張驢兒云〕也不干我事。〔孤云〕都不是。敢是我下的毒藥來。〔正旦云〕我婆婆也不是他後母。他自姓張。我家姓蔡。我婆婆因爲與賽盧醫索錢。被他賺到郊外勒死。我婆婆却得他爺兒兩箇救了性命。因此我婆婆收留他爺兒兩箇在家。養膳終身。報他的恩德。誰知他兩箇倒起不良之心。冒認婆婆做了接脚。要逼勒小婦人做他媳婦。小婦人元是有丈夫的。服孝未滿。堅執不從。適值我婆婆患病。着小婦人安排羊肚湯兒吃。不知張驢兒那裏討得毒藥在身。接過湯來。只說少些鹽醋。支轉小婦人。闇地傾下毒藥。也是天幸。我婆婆忽然嘔吐。不要湯吃。讓與他老子吃。纔吃的幾口。便死了。與小婦人並無干涉。只望大人高擡明鏡。替小婦人做主咱。〔唱〕

【牧羊關】大人你明如鏡。清似水。照妾身肝膽虛實。那羹本五味俱全。除了外百事不知。他推道嘗滋味。喫下去便昏迷。不是妾訟庭上胡支對。大人也却教我平白地説甚的。

〔張驢兒云〕大人詳情。他自姓蔡。我自姓張。他婆婆不招俺父親接脚。他養我父子兩箇在家做甚麽。這媳婦年紀兒雖小。極是箇賴骨頑皮。不怕打的。〔孤云〕人是賤蟲。不打不招。左右。與我選大棍子打着。〔祗候打正旦三次噴水科〕〔正旦唱〕

【罵玉郎】這無情棍棒教我捱不的。婆婆也須是你自做下怨他誰。勸普天下前婚後嫁婆娘每。都看取。我這般。傍州例。

【感皇恩】呀。是誰人唱叫揚疾。不由我不魄散魂飛。恰消停。纔蘇醒。又昏迷。捱千般打拷。萬種凌逼。一杖下。一道血。一層皮。

【採茶歌】打的我肉都飛。血淋漓。腹中冤枉有誰知。則我這小婦人毒藥來從何處也。天那。怎麽的覆盆不照太陽暉。

〔孤云〕你招也不招。〔正旦云〕委的不是小婦人下毒藥來。〔孤云〕既然不是你。與我打那婆子。〔正旦忙云〕住住住。休打我婆婆。情願我招了罷。是我藥死公公來。〔孤云〕既然招了。着他畫了伏狀。將枷來枷上。下在死囚牢裏去。到來日判箇斬字。押付市曹典刑。〔卜兒哭科云〕竇娥孩兒。這都是我送了你性命。兀的不痛殺我也。〔正旦唱〕

【黃鍾尾】我做了箇銜冤負屈没頭鬼。怎肯便放了你好色荒淫漏面賊。想人心不可欺。冤枉事天地知。爭到頭競到底。到如今待怎的。情願認藥殺公公。與了招罪。婆婆也。我若是不死呵如何救得你。〔隨衹候押下〕

〔張驢兒做叩頭科云〕謝青天老爺做主。明日殺了竇娥。纔與小人的老子報的冤。〔卜兒哭科云〕明日市曹中殺竇娥孩兒也。兀的不痛殺我也。〔孤云〕張驢兒。蔡婆婆。都取保狀。着隨衙聽候。左右打散堂鼓。將馬來。回私宅去也。〔同下〕

〔音釋〕行音杭　合音鴿　克康美切　囂音梟　滌音體　濕傷以切　石繩知切　脆音翠　嘔歐上聲
戚倉洗切　疾精妻切　役銀計切　得烹美切　夕星西切　匹鋪米切　日人智切　逆銀計切
拾繩知切　嚇黑平聲　鞴音備　實繩知切　答青癡切　的音底　逼兵迷切　賊則平聲

第三折

〔外扮監斬官上云〕下官監斬官是也。今日處決犯人。着做公的把住巷口。休放往來人閒走。〔净扮公人鼓三通鑼三下科劊子磨旗提刀押正旦帶枷上劊子云〕行動些。行動些。監斬官去法場上多時了。〔正旦唱〕

【正宫端正好】没來由犯王法。不隄防遭刑憲。叫聲屈動地驚天。頃刻間遊魂先赴森羅殿。怎不將天地也生埋怨。

【滚繡毬】有日月朝暮懸。有鬼神掌著生死權。天地也只合把清濁分辨。可怎生糊突了盗跖顔淵。爲善的受貧窮更命短。造惡的享富貴又壽延。天地也做得箇怕硬欺軟。却元來也這般順水推船。地也你不分好歹何爲地。天也你錯勘賢愚枉做天。哎。只落得兩淚漣漣。

〔劊子云〕快行動些。悮了時辰也。〔正旦唱〕

【倘秀才】則被這枷紐的我左側右偏。人擁的我前合後偃。我竇娥向哥哥行有句言。〔劊子云〕你有甚麽話説。〔正旦唱〕前街裏去心懷恨。後街裏去死無冤。休推辭路遠。

〔劊子云〕你如今到法場上面。有甚麽親眷要見的。可教他過來見你一面也好。〔正旦唱〕

【叨叨令】可憐我孤身隻影無親眷。則落的吞聲忍氣空嗟怨。〔劊子云〕難道你爺娘家也没的。〔正旦云〕止有個爹爹。十三年前上朝取應去了。至今杳無音信。〔唱〕蚤已是十年多不覩爹爹面。〔劊子云〕你適纔要我往後街裏去。是什麽主意。〔正旦唱〕怕則怕前街裏被我婆婆見。〔劊子云〕你的性命也顧不得。怕他見怎的。〔正旦云〕俺婆婆若見我披枷帶鎖赴法場飡刀去呵。〔唱〕枉將他氣殺也麽哥。枉將他氣殺也麽哥。告哥哥臨危好與人行方便。

〔卜兒哭上科云〕天那。兀的不是我媳婦兒。〔劊子云〕婆子。靠後。〔正旦云〕既是俺婆婆來了。叫他來。待我囑付他幾句話咱。〔劊子云〕那婆子近前來。你媳婦要囑付你話哩。〔卜兒云〕孩兒。痛殺我也。〔正旦云〕婆婆。那張驢兒把毒藥放在羊肚兒湯裏。實指望藥死了你。要霸佔我爲妻。不想婆婆讓與他老子吃。倒把他老子藥死了。我怕連累婆婆。屈招了藥死公公。今日赴法場典刑。婆婆。此後遇着冬時年節。月一十五。有瀽不了的漿水飯。瀽半碗兒與我吃。燒不了的紙錢。與竇娥燒一陌兒。則是看你死的孩兒面上。〔唱〕

【快活三】念竇娥葫蘆提。當罪愆。念竇娥身首不完全。念竇娥從前已往幹家緣。婆婆也。你只看竇娥少爺無娘面。

【鮑老兒】念竇娥伏侍婆婆這幾年。遇時節將碗凉漿奠。你去那受刑法屍骸上烈些紙錢。只當把你亡化的孩兒薦。〔卜兒哭科云〕孩兒放心。這個老身都記得。天那。兀的不痛殺我也。〔正旦唱〕婆婆也再也不要啼啼哭哭。煩煩惱惱。怨氣衝天。這都是我做竇娥的沒時沒運。不明不闇。負屈銜冤。

〔劊子做喝科云〕兀那婆子靠後。時辰到了也。〔正旦跪科〕〔劊子開枷科〕〔正旦云〕竇娥告監斬大人。有一事肯依。竇娥便死而無怨。〔監斬官云〕你有什麼事。你說。〔正旦云〕要一領净席。等我竇娥站立。又要丈二白練挂在旗鎗上。若是我竇娥委實冤枉。刀過處頭落。一腔熱血休半點兒沾在地下。都飛在白練上者。〔監斬官云〕這箇就依你。打甚麼不緊。〔劊子做取席站科又取白練挂旗上科〕〔正旦唱〕

【耍孩兒】不是我竇娥罰下這等無頭願。委實的冤情不淺。若沒些兒靈聖與世人傳。也不見得湛湛青天。我不要半星熱血紅塵灑。都只在八尺旗鎗素練懸。等他四下裏皆瞧見。這就是咱萇弘化碧。望帝啼鵑。

〔劊子云〕你還有甚的說話。此時不對監斬大人說。幾時說那。〔正旦再跪科云〕大人。如今是三伏天道。若竇娥委實冤枉。身死之後。天降三尺瑞雪。遮掩了竇娥屍首。〔監斬官云〕這等三伏天道。你便有衝天的怨氣。也召不得一片雪來。可不胡說。〔正旦唱〕

【二煞】你道是暑氣暄。不是那下雪天。豈不聞飛霜六月因鄒衍。若果有一腔怨氣噴如火。定要感的六出冰花滚似綿。免着我屍骸現。要什麽素車白馬。斷送出古陌荒阡。

〔正旦再跪科云〕大人。我竇娥死的委實冤枉。從今以後。着這楚州亢旱三年。〔監斬官云〕打嘴。那有這等説話。〔正旦唱〕

【一煞】你道是天公不可期。人心不可憐。不知皇天也肯從人願。做甚麽三年不見甘霖降。也只爲東海曾經孝婦冤。如今輪到你山陽縣。這都是官吏每無心正法。使百姓有口難言。

〔劊子做磨旗科云〕怎麽這一會兒天色陰了也。〔内做風科劊子云〕好冷風也。〔正旦唱〕

【煞尾】浮雲爲我陰。悲風爲我旋。三椿兒誓願明題徧。〔做哭科云〕婆婆也。直等待雪飛六月。亢旱三年呵。〔唱〕那其間纔把你個屈死的冤魂這竇娥顯。

〔劊子做開刀正旦倒科〕〔監斬官驚云〕呀。真箇下雪了。有這等異事。〔劊子云〕我也道平日殺人滿地都是鮮血。這箇竇娥的血。都飛在那丈二白練上。並無半點落地。委實奇怪。〔監斬官云〕這死罪必有冤枉。早兩椿兒應驗了。不知亢旱三年的説話。准也不准。且看後來如何。左右。也不必等待雪晴。便與我擡他屍首。還了那蔡婆婆去罷。〔衆應科擡屍下〕

〔音釋〕濁之娑切　跖音質　萇音腸

第四折

〔竇天章冠帶引丑張千祗從上詩云〕獨立空堂思黯然。高峯月出滿林烟。非關有事人難睡。自是驚魂夜不眠。老夫竇天章是也。自離了我那端雲孩兒。可蚤十六年光景。老夫自到京師。一舉及第。官拜參知政事。只因老夫廉能清正。節操堅剛。謝聖恩可憐。加老夫兩淮提刑肅政廉訪使之職。隨處審囚刷卷。體察濫官污吏。容老夫先斬後奏。老夫一喜一悲。喜呵老夫身居臺省。職掌刑名。勢劍金牌。威權萬里。悲呵有端雲孩兒。七歲上與了蔡婆婆爲兒媳婦。老夫自得官之後。使人往楚州問蔡婆婆家。他鄰里街坊道。自當年蔡婆婆不知搬在那裏去了。至今音信皆無。老夫爲端雲孩兒啼哭的眼目昏花。憂愁的鬢髮斑白。今日來到這淮南地面。不知這楚州爲何三年不雨。老夫今在這州廳安歇。張千。說與那州中大小屬官。今日免參。明日蚤見。〔張千向古門云〕一應大小屬官。今日免參。明日蚤見。〔竇天章云〕張千。說與那六房吏典。但有合刷照文卷。都將來。待老夫燈下看幾宗波。〔張千送文卷科竇天章云〕張千。你與我掌上燈。你每都辛苦了。自去歇息罷。我喚你便來。不喚你休來。〔張千點燈同祗從下竇天章云〕我將這文卷看幾宗咱。一起犯人竇娥。將毒藥致死公公。我纔看頭一宗文卷。就與老夫同姓。這藥死公公的罪名犯在十惡不赦。俺同姓之人。也有不畏法度的。這是問結了的文書。不看他罷。我將這文卷壓在底下。別看一宗咱。〔做打呵欠科云〕不覺的一陣昏沉上來。皆因老夫年紀高大。鞍馬勞困之故。待我搭伏定

書案。歇息些兒咱。〔做睡科魂旦上唱〕

【雙調新水令】我每日哭啼啼守住望鄉臺。急煎煎把讎人等待。慢騰騰昏地裏走。足律律旋風中來。則被這霧鎖雲埋。攛掇的鬼魂快。

〔魂旦望科云〕門神户尉不放我進去。我是廉訪使竇天章女孩兒。因我屈死。父親不知。特來託一夢與他咱。〔唱〕

【沉醉東風】我是那提刑的女孩。須不比現世的妖怪。怎不容我到燈影前。却攔截在門桯外。〔做叫科云〕我那爺爺呵。〔唱〕枉自有勢劍金牌。把俺這屈死三年的腐骨骸。怎脱離無邊苦海。

〔做入見哭科竇天章亦哭科云〕端雲孩兒。你在那裏來。〔魂旦虚下〕〔竇天章做醒科云〕好是奇怪也。老夫纔合眼去。夢見端雲孩兒恰便似來我跟前一般。如今在那裏。我且再看這文卷咱。〔魂旦上做弄燈科〕〔竇天章云〕奇怪。我正要看文卷。怎生這燈忽明忽滅的。張千也睡着了。我自己剔燈咱。〔做剔燈魂旦翻文卷科竇天章云〕我剔的這燈明了也。再看幾宗文卷。一起犯人竇娥藥死公公。〔做疑怪科云〕這一宗文卷我爲頭看過。壓在文卷底下。怎生又在這上頭。這幾時問結了的。還壓在底下。我别看一宗文卷波。〔魂旦再弄燈科竇天章云〕怎麽。這燈又是半明半闇的。我再剔這燈咱。〔做剔燈魂旦再翻文卷科竇天章云〕我剔的這燈明了。我另拿一宗文卷看咱。一起犯人竇娥藥死公公。呸。好是奇怪。我纔將這文書分明壓在底下。剛剔了這燈。怎生又翻在面上。

莫不是楚州後廳裹有鬼麽。便無鬼呵這樁事必有冤枉。將這文卷再壓在底下。待我另看一宗如何。〔魂旦又弄燈科竇天章云〕怎生。這燈又不明了。敢有鬼弄這燈。我再剔一剔去。〔做剔燈科魂旦上做撞見科竇天章舉劍擊桌科云〕呸。我説有鬼。兀那鬼魂。老夫是朝廷欽差帶牌走馬肅政廉訪使。你向前來一劍揮之兩段。張千。虧你也睡的着。快起來。有鬼有鬼。兀的不嚇殺老夫也。〔魂旦唱〕

【喬牌兒】則見他疑心兒胡亂猜。聽了我這哭聲兒轉驚駭。哎。你個竇天章直恁的威風大。且受我竇娥這一拜。

〔竇天章云〕兀那鬼魂。你道竇天章是你父親。受你孩兒竇娥拜。你敢錯認了也。我的女兒叫做端雲。七歲上與了蔡婆婆爲兒媳婦。你是竇娥。名字差了。怎生是我女孩兒。〔魂旦云〕父親。你將我與了蔡婆婆家。改名做竇娥了也。〔竇天章云〕你便是端雲孩兒。我不問你别的。這藥死公公是你不是。〔魂旦云〕是你孩兒來。〔竇天章云〕噤聲。你這小妮子。老夫爲你啼哭的眼也花了。憂愁的頭也白了。你剗地犯了十惡大罪。受了典刑。我今日官居臺省。職掌刑名。來此兩淮審囚刷卷。體察濫官污吏。你是我親生之女。老夫將你治不的。怎治他人。我當初將你嫁與他家呵。要你三從四德。三從者在家從父。出嫁從夫。夫死從子。四德者事公姑。敬夫主。和妯娌。睦街坊。今三從四德全無。剗地犯了十惡大罪。我竇家三輩無犯法之男。五世無再婚之女。到今日被你辱没祖宗世德。又連累我的清名。你快與我細吐真情。不要虚言支對。若説的有半釐差錯。牒發你城隍祠内。着你永世不得人身。罰在陰山。永爲餓鬼。〔魂旦云〕父親停嗔息怒。暫罷狼虎之威。聽你孩兒慢慢的説一徧咱。我三歲上亡了母親。七歲上離了父親。你將我送與蔡婆婆做兒媳婦。至十七歲與夫配合。纔得兩年。不幸兒夫亡化。和俺婆婆守寡。這山陽縣南門外有個賽盧醫。他少俺婆婆二十兩銀子。俺婆婆去取討。被他賺到郊外。要將婆婆勒死。不想撞見張驢兒父子兩個。救了俺婆婆性命。那張驢兒知道我家有個守寡的媳婦。便道你婆兒媳婦既無丈夫。不若招我父子兩個。俺婆婆初也不肯。那張驢兒道你若不肯。我依舊勒死你。俺婆婆懼怕。不得已含糊許了。只得將他父子兩個領到家中。養他過世。有張驢兒數次調戲你女孩兒。我堅執不從。那一日俺婆婆身子不快。想羊肚兒湯喫。你孩兒安排了湯。適值張驢兒父子兩個問病。道將湯來我嘗一嘗。説湯便好。只少些鹽醋。賺的我去取鹽醋。他就闇地裏下了毒藥。實指望藥殺俺婆婆。要强逼我成親。不想俺婆婆偶然發嘔。不要湯吃。却讓與老張吃。隨即七竅流血藥死了。張驢兒便道竇娥藥死了俺老子。你要官休要私休。我便道怎生是官休。怎生是私休。他道要官休告到官司。你與俺老子償命。若私休你便與我做老婆。你孩兒便道好馬不鞴雙鞍。烈女不更二夫。我至死不與你做媳婦。我情願和你見官去。他將你孩兒拖到官中。受盡三推六問。吊拷綳扒。便打死孩兒也不肯認。怎當州官見你孩兒不認。便要拷打俺婆婆。我怕婆婆年老。受刑不起。只得屈認了。因此押赴法場。將我典刑。你孩兒對天發下三樁誓願。第一樁要丈二白練掛在旗鎗上。若係冤枉。刀過頭落。一腔熱血休滴在地下。都飛在白練上。第二樁現今三伏天道。下三尺瑞雪。遮掩你孩兒屍首。第三樁着他楚州大旱三年。果然血飛上白練。六月下雪。三年不雨。都是爲你孩兒來。〔詩云〕不告官司只告天。心中怨氣口難言。防他老母遭刑憲。情願無辭認罪愆。三尺瓊花骸骨掩。一腔鮮血練旗懸。豈獨霜飛鄒衍屈。今朝方表竇娥冤。〔唱〕

【雁兒落】你看這文卷曾道來不道來。則我這冤枉要忍耐如何耐。我不肯順他人倒着我赴法場。我不肯辱祖上倒把我殘生壞。

【得勝令】呀。今日箇搭伏定攝魂臺。一靈兒怨哀哀。父親也。你現掌着刑名事。親蒙聖主差。端詳這文冊。那廝亂綱常當合敗。便萬剮了喬才。還道報冤讎不暢懷。

〔竇天章做泣科云〕哎。我屈死的兒也。則被你痛殺我也。我且問你。這楚州三年不雨。可真個是爲你來。〔魂旦云〕是爲你孩兒來。〔竇天章云〕有這等事。到來朝我與你做主。〔詩云〕白頭親苦痛哀哉。屈殺了你個青春女孩。只恐怕天明了你且回去。到來日我將文卷改正明白。〔魂旦暫下〕〔竇天章云〕呀。天色明了也。張千。我昨日看幾宗文卷。中間有一鬼魂來訴冤枉。我喚你好幾次。你再也不應。直恁的好睡那。〔張千云〕我小人兩個鼻子孔一夜不曾閉。並不聽見女鬼訴什麽冤狀。也不曾聽見相公呼喚。〔竇天章做叱科云〕嗯。今蚤升廳坐衙。張千。喝攛廂者。〔張千做幺喝科云〕在衙人馬平安。擡書案。〔禀云〕州官見。〔外扮州官入參科〕〔張千云〕該房吏典見。〔丑扮吏入參見科〕〔竇天章問云〕你這楚州一郡。三年不雨。是爲着何來。〔州官云〕這個是天道亢旱。楚州百姓之災。小官等不知其罪。〔竇天章做怒云〕你等不知罪麽。那山陽縣有用毒藥謀死公公犯婦竇娥。他問斬之時。曾發願道。若是果有冤枉。着你楚州三年不雨。寸草不生。可有這件事來。〔州官云〕這罪是前陞任桃州守問成的。現有文卷。〔竇天章云〕這等糊突的官。也着他陞去。你是繼他任的。三年之中。可曾祭這冤婦麽。〔州官云〕此犯係十惡大罪。元不曾有祠。所以不曾祭得。〔竇天章云〕昔日漢朝有一孝婦守寡。其姑自縊身死。其姑女告孝婦殺姑。東海太守將孝婦斬了。只爲一婦含冤。致令三年不雨。後于公治獄。彷彿見孝婦抱卷哭於廳前。于公將文卷改正。親祭孝婦之墓。天乃大雨。今日你楚州大旱。豈不正與此事相類。張千。分付該房僉牌下山陽縣。着拘張驢兒賽盧醫蔡婆婆一起人犯。火速解審。毋得違悞片刻者。〔張千云〕理會的。〔下〕〔丑扮解子押張驢兒蔡婆婆同張千上禀云〕山陽縣解到審犯聽點。〔竇天章云〕張驢兒。〔張驢兒云〕有。〔竇天章云〕蔡婆婆。〔蔡婆婆云〕有。〔竇天章云〕怎麽賽盧醫是緊要人犯不到。〔解子云〕賽盧醫三年前在逃。一面着廣捕批緝拿去了。待獲日解審。〔竇天章云〕張驢兒。那蔡婆婆是你的後母麽。〔張驢兒云〕母親好冒認的。委實是。〔竇天章云〕這藥死你父親的毒藥。卷上不見有合藥的人。是那個的毒藥。〔張驢兒云〕是竇娥自合就的毒藥。〔竇天章云〕這毒藥必有一個賣藥的醫舖。想竇娥是個少年寡婦。那裏討這藥來。張驢兒。敢是你合的毒藥麽。〔張驢兒云〕若是小人合的毒藥。不藥別人。倒藥死自家老子。〔竇天章云〕我那屈死的兒嚛。這一節是緊要公案。你不自來折辯。怎得一個明白。你如今冤魂。却在那裏。〔魂旦上云〕張驢兒。這藥不是你合的是那個合的。〔張驢兒做怕科云〕有鬼有鬼。撮鹽入水。太上老君。急急如律令。敕。〔魂旦云〕張驢兒。你當日下毒藥在羊肚兒湯裏。本意藥死俺婆婆。要逼勒我做渾家。不想俺婆婆不吃。讓與你父親吃。被藥死了。你今日還敢賴哩。〔唱〕

【川撥棹】猛見了你這喫敲材。我只問你這毒藥從何處來。你本意待闇裏栽排。要逼勒我和諧。倒把你親爺毒害。怎教咱替你躭罪責。

〔魂旦做打張驢兒科〕〔張驢兒做避科云〕太上老君。急急如律令。敕。大人說這毒藥必有個賣藥的醫舖。若尋得這賣藥的人來。和小人折對。死也無詞。〔丑扮解子解賽盧醫上云〕山陽縣續解到犯人一名賽盧醫。〔張千喝云〕當面。〔竇天章云〕你三年前要勒死蔡婆婆。賴他銀子。這事怎麽說。〔賽盧醫叩頭科云〕小的要賴蔡婆婆銀子的情是有的。當被兩個漢子救了。那婆婆並不曾死。〔竇天章云〕這兩個漢子你認的他叫做什麽名姓。〔賽盧醫云〕小的認便認的。慌忙之際。可不曾問的他名姓。〔竇天章云〕現有一個在階下。你去認來。〔賽盧醫做下認科云〕這個是蔡婆婆。〔指張驢兒云〕想必這毒藥事發了。〔上云〕是這一個。容小的訴禀。當日要勒死蔡婆婆時。正遇見他爺兒兩個。救了那婆婆去。過得幾日。他到小的舖中討服毒藥。小的是念佛吃齋人。不敢做昧心的事。說道舖中只有官料藥。並無什麽毒藥。他就睁着眼道。你昨日在郊外要勒死蔡婆婆。我拖你見官去。小的一生最怕的是見官。只得將一服毒藥與了他去。小的見他生相是個惡的。一定拿這藥去藥死了人。久後敗露。必然連累。小的一向逃在涿州地方。賣些老鼠藥。剛剛是老鼠被藥殺了好幾個。藥死人的藥。其實再也不曾合。〔魂旦唱〕

【七弟兄】你只爲賴財放乖。要當災。〔帶云〕這毒藥呵。〔唱〕原來是你賽盧醫出賣張驢兒買。没來由填做我犯由牌。到今日官去衙門在。

〔竇天章云〕帶那蔡婆婆上來。我看你也六十外人了。家中又是有錢鈔的。如何又嫁了老張。做出這等事來。〔蔡婆婆云〕老婦人因爲他爺兒兩個救了我的性命。收留他在家養膳過世。那張驢兒常說。要將他老子接脚進來。老婦人並不曾許他。〔竇天章云〕這等說。你那媳婦就不該認做藥死公公了。〔魂旦云〕當日問官要打俺婆婆。我怕他年老受刑不起。因此咱認做藥死公公。委實是屈招個。〔唱〕

【梅花酒】你道是咱不該。這招狀供寫的明白。本一點孝順的心懷。倒做了惹禍的胚胎。我只道官吏每還覆勘。怎將咱屈斬首在長街。第一要素旗鎗鮮血灑。第二要三尺雪將死屍埋。第三要三年旱示天灾。咱誓願委實大。

【收江南】呀。這的是衙門從古向南開。就中無個不寃哉。痛殺我嬌姿弱體閉泉臺。蚤三年以外。則落的悠悠流恨似長淮。

〔竇天章云〕端雲兒也。你這寃枉我已盡知。你且回去。待我將這一起人犯。并原問官吏。另行定罪。改日做個水陸道場。超度你生天便了。〔魂旦拜科唱〕

【鴛鴦煞尾】從今後把金牌勢劍從頭擺。將濫官污吏都殺壞。與天子分憂。萬民除害。

〔云〕我可忘了一件。爹爹。俺婆婆年紀高大。無人侍養。你可收恤家中。替你孩兒盡養生送死之禮。我便九泉之下。可也瞑目。〔竇天章云〕好孝順的兒也。〔魂旦唱〕囑付你爹爹。收養我妳妳。可憐他無婦無兒誰管顧年衰邁。再將那文卷舒開。〔帶云〕爹爹。也把我竇娥名下。〔唱〕屈死的於伏罪名兒改。〔下〕

〔竇天章云〕喚那蔡婆婆上來。你可認得我麽。〔蔡婆婆云〕老婦人眼花了。不認的。〔竇天章云〕我便是竇天章。適纔的鬼魂。便是我屈死的女孩兒端雲。你這一行人。聽我下斷。張驢兒毒殺親爺。姦佔寡婦。合擬凌遲。押付市曹中。釘上木驢。剮一百二十刀處死。陞任州守桃杌并該房吏典。刑名違錯。各杖一百。永不敘用。賽盧醫不合賴錢勒死平民。又不合修合毒藥致傷人命。發烟障地面。永遠充軍。蔡婆婆我家收養。竇娥罪改正明白。〔詞云〕莫道我念亡女與他滅罪消愆。也只可憐見楚州郡大旱三年。昔于公曾表白東海孝婦。果然是感召得靈雨如泉。豈可便推諉道天災代有。竟不想人之意感應通天。今日個將文卷重行改正。方顯的王家法不使民冤。

〔音釋〕黯衣減切　足臧取切　攛粗酸切　桯音汀　離去聲　妯音逐　娌音里　冊叙去聲　剮音寡　縊音計　責齋上聲　相去聲　胚鋪梅切

題目　秉鑑持衡廉訪法
正名　感天動地竇娥冤

梁山泊李逵負荆雜劇

康進之撰

第一折

〔冲末扮宋江同外扮吴學究净扮魯智深領卒子上宋江詩云〕澗水潺潺遶寨門。野花斜插滲青巾。杏黄旗上七個字。替天行道救生民。某姓宋名江字公明。綽號順天呼保義者是也。曾爲鄆州鄆城縣把筆司吏。因帶酒殺了閻婆惜。迭配江州牢城。路經這梁山過。遇見晁蓋哥哥。救某上山。後來哥哥三打祝家莊身亡。衆兄弟推某爲頭領。某聚三十六大夥。七十二小夥。半垓來的小僂儸。威鎮山東。令行河北。某喜的是兩個節令。清明三月三。重陽九月九。如今遇這清明三月三。放衆弟兄下山上墳祭掃。三日已了。都要上山。若違令者。必當斬首。〔詩云〕俺威令誰人不怕。只放你三日嚴假。若違了半個時辰。上山來决無乾罷。〔下〕〔老王林上云〕曲律竿頭懸草稕。緑楊影裏撥琵琶。高陽公子休空過。不比尋常賣酒家。老漢姓王名林。在這杏花莊居住。開着一個小酒務兒。做些生意。嫡親的三口兒家屬。婆婆早年亡化過了。止有一個女孩兒。年長十八歲。唤做滿堂嬌。未曾許聘他人。俺這裏靠着這梁山較近。但是山上頭領都在俺家買酒吃。今日燒的鏇鍋兒熱着。看有甚麽人來。〔净扮宋剛丑扮魯智恩上〕〔宋剛云〕柴又不貴。米又不貴。兩個油嘴。正是一對。某乃宋剛。這個兄弟叫做魯智恩。俺與這梁山泊較近。俺兩個則是假名託姓。我便認做宋江。兄弟便認做魯智深。來到這杏花莊老王林家買一鍾酒吃。〔見王林科云〕老王林。有酒麼。〔王林云〕哥哥。有酒有酒。家裏請坐。〔宋剛云〕打五百長錢酒來。老王林。你認得我兩人麼。〔王林云〕我老漢眼花。不認的哥哥們。〔宋剛云〕俺便是宋江。這個兄弟便是魯智深。俺那山上頭領。多有來你這裏打攪。若有欺負你的。你上梁山來告我。我與你做主。〔王林云〕你山上頭領。都是替天行道的好漢。並沒有這事。只是老漢不認的太僕。休怪休怪。早知太僕來到。只合遠接。接待不及。勿令見罪。老漢在這裏。多虧了頭領哥哥照顧老漢。〔做遞酒科云〕太僕請滿飲此盃。〔宋剛飲科〕〔王林云〕再將酒來。〔魯智恩飲酒科云〕哥哥好酒。〔宋剛云〕老王。你家裏還有甚麼人。〔王林云〕老漢家中並無甚麼人。有個女孩兒。喚做滿堂嬌。年長一十八歲。未曾許聘他人。老漢別無甚麼孝順。着孩兒出來與太僕遞鍾酒兒。也表老漢一點心。〔宋剛云〕既是閨女。不要他出來罷。〔魯智恩云〕哥哥怕甚麼。着他出來。〔王林云〕滿堂嬌孩兒。你出來。〔旦兒扮滿堂嬌云〕父親喚我做甚麼。〔王林云〕孩兒。你不知道。如今有梁山上宋公明親身在此。你出來遞他一鍾兒酒。〔旦兒云〕父親。則怕不中麼。〔王林云〕不妨事。〔旦兒做見科〕〔宋剛云〕我一生怕聞脂粉氣。靠後些。〔王林云〕孩兒。與二位太僕遞一鍾兒酒。〔旦做遞酒科〕〔宋剛云〕我也遞老王一鍾酒。〔做與王林酒科〕〔宋剛云〕你這老人家。這衣服怎麼破了。把我這紅絹褡膊與你補這破處。〔老王林接衣科〕〔魯智恩云〕你還不知道。纔此這杯酒是肯酒。這褡膊是紅定。把你這女孩兒與俺宋公明哥哥做壓寨夫人。只借你女孩兒去三日。第四日便送來還你。俺回山去也。

〔領旦下〕〔王林云〕老漢眼睛一對。臂膊一雙。只看着這個女孩兒。似這般可怎麽了也。〔做哭科〕〔正末扮李逵做帶醉上云〕吃酒不醉不如醒也。俺梁山泊上山兒李逵的便是。人見我生得黑。起個綽號叫俺做黑旋風。奉宋公明哥哥將令。放俺三日假限。踏青賞翫。不免下山去老王林家再買幾壺酒。吃個爛醉也呵。〔唱〕

【仙吕點絳唇】飲興難酬。醉魂依舊。尋村酒。恰問罷王留。〔云〕俺問王留道。那裏有酒。那厮不説便走。俺喝道。走那裏去。被俺趕上一把揪住張口毛。恰待要打。那王留道。休打休打。爹爹。有。〔唱〕**王留道兀那裏人家有。**

【混江龍】可正是清明時候。却言風雨替花愁。和風漸起。暮雨初收。俺則見楊柳半藏沽酒市。桃花深映釣魚舟。更和這碧粼粼春水波紋縐。有往來社燕。遠近沙鷗。

〔云〕人道我梁山泊無有景致。俺打那厮的嘴。〔唱〕

【醉中天】俺這裏霧鎖着青山秀。烟罩定緑楊洲。〔云〕那桃樹上一個黄鶯兒。將那桃花瓣兒啗阿啗阿。啗的下來。落在水中。是好看也。我曾聽的誰説來。我試想咱。哦。想起來了也。俺學究哥哥道來。〔唱〕**他道是輕薄桃花逐水流。**〔云〕俺綽起這桃花瓣兒來。我試看咱。好紅紅的桃花瓣兒。〔做笑科云〕你看我好黑指頭也。〔唱〕**恰便是粉襯的這胭脂透。**〔云〕可惜了你這瓣兒。俺放你趁那一般的瓣兒去。我與你趕。與你趕。貪趕桃花瓣兒。〔唱〕**早來到這草橋店垂楊的渡**

口。〔云〕不中則怕誤了俺哥哥的將令。我索回去也。〔唱〕待不吃呵又被這酒旗兒將我來相迤逗。他他他舞東風在曲律杆頭。

〔云〕兀那王林。有酒麽。不則這般白吃你的。與你一抄碎金子。與你做酒錢。〔王林做採淚科云〕要他那碎金子做甚麽。〔正末笑科云〕他口裏説不要。可揣在懷裏。老王將酒來。〔王林云〕有酒有酒。〔做篩酒科〕〔正末云〕我吃這酒在肚裏。則是翻也翻的。不吃更待乾罷。〔唱〕

【油葫蘆】往常時酒債尋常行處有。十欠着九。〔帶云〕老王也。〔唱〕則你這杏花莊壓盡他謝家樓。你與我便熟油般造下春醅酒。你與我花羔般煮下肥羊肉。一壁廂肉又熟。一壁廂酒正篘。抵多少錦封未拆香先透。我則待乘興飲兩三甌。

【天下樂】可正是一盞能消萬種愁。〔云〕老王也。喒吃了這酒呵。〔唱〕把煩惱都也波丟。都丟在腦背後。這些時吃一個没了休。〔帶云〕我醉了呵。〔唱〕遮莫我倒在路邊。遮莫我卧在甕頭。〔做吐科云〕老王倈。〔唱〕直醉的來在這搭裏嘔。

〔云〕老王。這酒寒。快鏇熱酒來。〔王林云〕老漢知道。〔做換酒科哭云〕我那滿堂嬌兒也。〔正末云〕快釃熱酒來。〔王林又哭云〕我那滿堂嬌兒也。〔正末云〕老王。我不曾與你酒錢來。你怎麽這般煩惱。〔王林云〕哥哥。不干你事。我自有撇不下的煩惱哩。你則吃酒。〔正末唱〕

【賞花時】喒兩個每日尊前語話投。今日呵爲甚將咱佯不偢。〔王林云〕你不知道。我自嫁我的女孩兒。爲此着惱。〔正末唱〕**哎。你箇呆老子暢好是忒搊搜。**〔云〕比似你這般煩惱。休嫁他不的。〔王林哭科云〕哎喲。我那滿堂嬌兒也。〔正末唱〕**你何不養着他到蒼顔皓首。**〔云〕你曉的世上有三不留麽。〔王林云〕哥。是那三不留。〔正末云〕蠶老不中留。人老不中留。〔唱〕**呆老子常言道女大不中留。**

〔云〕我問你那女孩兒。嫁了個甚麽人。〔王林云〕哥。我那女孩兒嫁人。我怎麽煩惱。則是悔氣。被一箇賊漢奪將去了。〔正末做打科云〕你道是賊漢。是我奪了你女孩兒來。〔唱〕

【金盞兒】我這裏猛睜眸。他那裏巧舌頭。是非只爲多開口。但半星兒虚謬。惱翻我怎干休。一把火將你那草團瓢燒成爲腐炭。盛酒甕摔做碎瓷甌。〔帶云〕綽起俺兩把板斧來。〔唱〕**砍折你那蟠根桑棗樹。活殺您那闊角水黄牛。**

〔云〕兀那老王。你説的是。萬事皆休。説的不是。我不道的饒你哩。〔王林云〕太僕停嗔息怒。聽老漢漫漫的説與你聽。有兩個人來吃酒。他説我一個是宋江。一個是魯智深。老漢便道。正是梁山泊上太僕。我無甚孝順。我只一個十八歲女孩兒。叫做滿堂嬌。着他出來拜見。與太僕遞一杯兒酒。也表老漢的一點心。我叫出我那女孩兒來。與那宋江魯智深遞了三杯酒。那宋江也回遞了我三鍾酒。他又把紅褡膊揣在我懷裏。那魯智深説這三鍾酒是肯酒。這紅褡膊是紅定。俺宋江哥哥有一百八個頭領。單只少一個人哩。你將這十八歲的滿堂嬌。與俺哥哥做個壓寨夫人。則今日好日辰。俺兩個便上梁山泊去也。許我三日之後。便送女孩兒來家。他兩個説罷。就將女孩兒領去了。老漢偌大年紀。眼睛一對。臂膊一雙。則覷着我那女孩兒。他平白地把我女孩兒强搶將去。哥。教我怎麼不煩惱。〔正末云〕有甚麼見證。〔王林云〕有紅絹褡膊便是見證。〔正末云〕我待不信來。那個士大夫有這東西。老王。你做下一瓮好酒。宰下一個好牛犢兒。只等三日之後。我輕輕的把着手兒。送將你那滿堂嬌孩兒來家。你意下如何。〔王林云〕哥。你若送將我那女孩兒來家。老漢莫要説一瓮酒。一個牛犢兒。便殺身也報答大恩不盡。〔正末唱〕

【賺煞】管着你目下見讎人。則不要口似無梁斗。一句句言如劈竹。〔帶云〕宋江倈。〔唱〕**不争你這一度風流倒出了一度醜。誓今番潑水難收。到那裏問緣由。怎敢便信口胡噏。則要你肚囊裏揣着狀本熟。不要你將無來作有。則要你依前來依後。**〔云〕我如今回去見俺宋公明。數説他這罪過。就着他辭了三十六大夥。七十二小夥。半垓來小僂儸。同着魯智深一徑離了山寨。到你莊上。那時節我若叫你出來。你可休似烏龜一般。縮了頭再也不肯出來。〔王林云〕老漢若不見他。萬事休論。我若見了他。我認的他兩個。恨不的咬掉他一塊肉來。我怎麼肯不出見他。〔正末云〕老王。兀的不是俺宋江哥哥。他道没也。老兒。俺鬬你耍哩。〔唱〕**你可也休翻做了鑞鎗頭。**〔下〕

〔王林云〕李逵哥哥去了。我也收拾過舖面。專等三日之後。送滿堂嬌孩兒來家。滿堂嬌孩兒。則被你痛殺我也。〔下〕

〔音釋〕潺鋤山切　滲森去聲　鄆云去聲　稕音準　粼音鄰　罩嘲去聲　瓣旁慢切　襯初艮切　迤

音移　逗音豆　醅音胚　肉柔去聲　熟裳由切　簜又搜切　盛音成　竹音肘　噣音鄒

第二折

〔宋江同吴學究魯智深領卒子上〕〔宋江詩云〕旗幟無非人血染。燈油盡是腦漿熬。鴉啣肝肺扎煞尾。狗咽骷髏抖搜毛。某乃宋江是也。因清明節令。放衆頭領下山踏青賞翫去了。今日可早三日光景也。在那聚義堂上。三通鼓罷。都要來齊。小僂儸。寨門首覷者。看是那一個先來。〔卒子云〕理會得。〔正末上云〕自家李山兒的便是。將着這紅褡膊見宋江走一遭來。〔唱〕

【正宫端正好】抖搜着黑精神。扎煞開黄髭髮。則今番不許收拾。俺可也磨拳擦掌。行行裏按不住莽撞心頭氣。

【滚繡毬】宋江㖿這是甚所爲。甚道理。不知他主着何意。激的我怒氣如雷。可不道他是誰。我是誰。俺兩箇半生來豈有些嫌隙。到今日却做了日月交食。不争幾句閒言語。我則怕惡識多年舊面皮。展轉猜疑。

〔云〕小僂儸報復去。道我李山兒來了也。〔卒子做報科云〕喏。報的哥哥得知。有李山兒來了也。〔宋江云〕着他過來。〔卒子云〕着過去。〔做見科〕〔正末云〕學究哥哥。喏。帽兒光光。今日做個新郎。袖兒窄窄。今日做個嬌客。俺宋公明在那裏。請出來和俺拜兩拜。俺有些零碎金銀在這裏。送與嫂嫂做拜見錢。〔宋江云〕這廝好無禮也。與學究哥哥施禮。不與我施禮。這廝胡言亂語

的。有甚麼説話。〔正末唱〕

【倘秀才】哎。你箇刎頸的知交慶喜。〔宋江云〕慶什麼喜。〔正末唱〕則你那壓寨的夫人在那裏。〔指魯智深科云〕禿驢。你做的好事來。〔唱〕打乾净毬兒不道的走了你。〔宋江云〕怎麼。智深兄弟。也有你那。〔正末唱〕强賭當。硬支持。要見個到底。

〔宋江云〕山兒。你下山去。有什麼事。何不就明對我説。〔正末做惱不言語科〕〔宋江云〕山兒。既然不好和我説。你就對學究哥哥根前説波。〔正末唱〕

【滾繡毬】俺哥哥要娶妻。這禿厮會做媒。〔宋江云〕智深兄弟。説你曾做什麼媒來。〔魯智深云〕你看這厮。到山下去噇了多少酒。醉的來似踹不殺的老鼠一般。知他支支的説甚麼哩。〔正末唱〕元來個梁山泊有天無日。〔做拔斧斫旗科〕〔唱〕就恨不斫倒這一面黄旗。〔衆做奪斧科〕〔宋江云〕你這鐵牛。有甚麼事也不查個明白。就提起板斧來。要斫倒我杏黄旗。是何道理。〔學究云〕山兒。你也忒口快心直哩。〔正末唱〕你道我忒口快。忒心直。還待要獻勤出力。〔做喊科云〕衆兄弟們都來。〔宋江云〕都來做甚麼。〔正末唱〕則不如做箇會六親慶喜的筵席。〔宋江云〕做甚麼筵席。〔正末唱〕走不了你箇撮合山師父唐三藏。更和這新女壻郎君哎你箇柳盜跖。看那個便宜。

〔宋江云〕山兒。你下山在那裏吃酒。遇着甚人。想必説我些甚麼。你從頭兒説。則要説的明白。

〔正末唱〕

【倘秀才】不争你搶了他花朵般青春豔質。這其間拋閃殺那艸橋店白頭老的。〔宋江云〕這事其中必有暗昧。〔正末唱〕這樁事分明甚暗昧。生割捨。痛悲悽。〔帶云〕宋江唻。〔唱〕他其實怨你。

〔宋江云〕元來是老王林的女孩兒。説我搶將來了。休道不是我。便是我搶將來。那老子可是喜歡也是煩惱。你説我試聽。〔正末唱〕

【叨叨令】那老兒一會家便哭啼啼在那茅店裏。〔帶云〕覷着山寨。宋江好恨也。〔唱〕他這般急張拘諸的立。那老兒一會家便怒吽吽在那柴門外〔帶云〕哭道。我那滿堂嬌兒也。〔唱〕他這般乞留曲律的氣。〔宋江云〕他怎生煩惱那。〔正末唱〕那老兒一會家便悶沉沉在那酒甕邊。〔帶云〕那老兒拿起瓢來。揭開蒲墩。舀一瓢冷酒來。汩汩的嚥了。〔唱〕他這般迷留没亂的醉。那老兒托着一片薦頭便慢騰騰放在土坑上。〔帶云〕他出的門來。看一看。又不見來。哭道。我那滿堂嬌兒也。〔唱〕他這般壹留兀渌的睡。似這般過不的也麼哥。似這般過不的也麼哥。〔宋江云〕這廝怎的。〔正末唱〕他道俺梁山泊水不甜人不義。

〔宋江云〕學究兄弟。想必有那依艸附木。冒着俺家名姓。做這等事情的。也不可知。只是山兒也該討個顯證纔得分曉。〔正末云〕自有。有這紅褡膊。不是顯證。〔宋江云〕山兒。我今日和你打個賭賽。若是我搶將他女孩兒來。輸我這六陽會首。若不是我。你輸些甚麼。〔正末云〕哥。你與我賭頭罷。您兄弟擺一席酒。〔宋江云〕擺一席酒。到好了你。須要配得上我的。〔正末云〕罷罷罷。哥。倘若不是你。我情願納這顆牛頭。〔宋江云〕既如此。立下軍狀。學究兄弟收着。〔正末云〕難道花和尚就饒了他。〔魯智深云〕我這光頭不賭他罷。省的你叫不利市。〔做立狀科〕〔正末唱〕

【一煞】則爲你兩頭白麵搬興廢。轉背言詞説是非。這廝敢狗行狼心。虎頭蛇尾。不是我節外生枝。囊裏盛錐。誰着你奪人愛女。逞己風流。被咱都知。〔宋江云〕你看黑牛這村沙様勢那。〔正末唱〕休怪我村沙様勢。平地上起孤堆。

〔宋江云〕若不是我呵。我不道的饒了你哩。〔正末唱〕

【黄鍾尾】那怕你指天畫地能瞞鬼。步線行針待哄誰。又不是不精細。又不是不伶俐。〔宋江云〕我和你就下山去。〔正末唱〕下山寨。到那裏。李山兒。共質對。認的真。覷的實。割你頭。塞你嘴。〔宋江云〕這鐵牛怎敢無禮。〔正末唱〕非鐵牛。敢無禮。既賭賽。怎翻悔。莫説這三十六英雄一個個都是弟兄輩。〔云〕衆兄弟每都來聽着。〔宋江云〕你着他聽什麽。〔正末云〕俺如今和宋江魯智深同到那杏花莊上。只等那老王林道出一個是字兒。你那做媒的花和尚。休要怪我一斧分開兩個瓢。誰着你拐了一十八歲滿堂嬌。單把宋江一個留將下。待我親手伏侍哥哥這一遭。〔宋江云〕你怎生伏侍我。〔正末云〕我伏侍你。我伏侍你。一隻手揪住衣領。一只手揝住腰帶。滴留撲摔個一字。闊脚板踏住胸脯。舉起我那板斧來。覷着脖子上可叉。〔唱〕便跳出你那七代先靈也將我來勸不得。〔下〕

〔宋江云〕山兒去了也。小僂儸鞴兩匹馬來。某和智深兄弟親下山寨。與老王林質對去走一遭。

〔詩云〕老王林出乖露醜。李山兒將没做有。如今去杏花莊前。看誰輸六陽魁首。〔同下〕

〔音釋〕嗛與唧同　咽坤上聲　髟音利　揢繩知切　唻郎爹切　隙音豈　食繩知切　刎文上聲　當去聲　噇音床　日人智切　直征移切　力音利　席星西切　跖張耻切　便平聲　質張耻切　的音底　立音利　吽音烘　舀音杳　汩音谷　實繩知切　揝簪上聲　摔升擺切　得當美切　鞴音備

第三折

〔王林做哭上云〕我那滿堂嬌兒也。則被你想殺我也。老漢王林。被那兩個賊漢將我那女孩兒搶將去了。今日又是三日也。昨日有那李逵哥哥去梁山上尋那宋江魯智深。要來對證這一樁事哩。老漢如今收拾下些茶飯。等候則個。〔做哭科云〕我那滿堂嬌兒。説道今日第三日。送他來家。不知來也是不來。則被你想殺我也。〔宋江同智深正末上〕〔宋江云〕智深兄弟。喒行動些。你看那山兒。俺在頭裏走。他可在後面。俺在後面走。他可在前面。敢怕我兩個逃走了那。〔正末云〕你也等我一等波。聽見到丈人家去。你好喜歡也。〔宋江云〕智深兄弟。你看他那厮迷言迷語的。到那

裏認的不是。山兒。我不道的饒了你哩。〔正末唱〕

【商調集賢賓】過的這翠巍巍一帶山崖脚。遥望見滴溜溜的酒旗招。想悲歡不同昨夜。論真假只在今朝。〔云〕花和尚。你也小脚兒。這般走不動。多則是做媒的心虚。不敢走哩。〔魯智深云〕你看這厮。〔正末唱〕魯智深似窟裏拔蛇。〔云〕宋公明。你也行動些兒。你只是拐了人家女孩兒。害羞也不敢走哩。〔宋江云〕你看他波。〔正末唱〕宋公明似氈上拖毛。則俺那周瓊姬。你可甚麽王子喬。玉人在何處吹簫。我不合蹬翻了鶯燕友。拆散了這鳳鸞交。

〔云〕我今日同你兩個來這杏花莊上呵。〔唱〕

【逍遥樂】倒做了逢山開道。〔魯智深云〕山兒。我還要你遇水搭橋哩。〔正末唱〕你休得順水推船。偏不許我過河拆橋。〔宋江做前走科〕〔正末唱〕當不的他納胯挪腰。〔宋江云〕山兒。你不記得上山時。認俺做哥哥。也曾有八拜之交哩。〔正末唱〕哥也你只說在先時有八拜之交。元來是花木瓜兒外看好。不由咱不回頭兒暗笑。待和你争甚麽頭角。辯甚的衷腸。惜甚的皮毛。

〔云〕這是老王林門首。哥也。你莫言語。等我去喚門。〔宋江云〕我知道。〔正末叫門科〕老王。老王。開門來。〔王林做打盹〕〔正末又叫科〕〔云〕老王。開門來。我將你那女孩兒送來了也。〔王林做驚醒科云〕真個來了。我開開這門。〔做抱正末科云〕我那滿堂嬌兒也。呸。原來不是。〔正

末唱）

【醋葫蘆】這老兒外名喚做半槽。就裏帶着一杓。是則是去了你那一十八歲這箇滿堂嬌。更做你家年紀老。（云）俺叫了兩三聲不開門。第三聲道送將你那滿堂嬌女孩兒來了。他開開門。摟着俺那黑膊子。叫道。我那滿堂嬌兒也。（唱）老兒也似這般煩惱的無顛無倒。越惹你揉眵抹淚哭嚎咷。

（云）哥也。進家裏來坐着。（宋江魯智深做入坐科）（正末云）他是一個老人家。你可休謊他。我如今着他認你也。老王。你過去認波。（王林云）老漢正要認他哩。（宋江云）兀那老子。你近前來。我就是宋江。我與你説。那個奪將你那女孩兒去。則要你認的是者。我與山兒賭着六陽會首哩。（正末云）老王。你認去。可正是他麽。（王林做認科云）不是他。不是他。（宋江云）可如何。（正末云）哥也。你等他好好認咱。怎麽先睁着眼嚇他。這一嚇他還敢認你那。兀的老王。只爲你那女孩兒。俺弟兄兩個賭着頭哩。老王。兀那個不是你那女壻。拐了滿堂嬌孩兒的宋江。（王林做再認摇頭科云）不是。不是。（宋江云）可何如。（正末唱）

【幺篇】你則合低頭就坐來。誰着你睁睛先去瞧。則你個宋公明威勢怎生豪。剛一瞅早將他魂靈嚇掉了。這便是你替天行道。則俺那無情板斧肯擔饒。

（云）老王你來。兀那秃廝。便是做媒的魯智深。你再去認咱。（魯智深云）你快認來。（王林做再認科云）不是。不是。那兩個一個是青眼兒長子。如今這個是黑矮的。那一個是稀頭髮臘梨。如

今這個是剃頭髮的和尚。不是不是。〔魯智深云〕山兒。我可是哩。〔正末云〕你這秃厮。由他自認。你先幺喝一聲怎麽。〔唱〕

【幺篇】誰不知你是鎮關西魯智深。離五臺山纔落草。便在黑影中摸索也應着。只被你爆雷似一聲先諕倒那呆老子怕不知名號。〔帶云〕適纔間他也待認來。〔唱〕只見他摇頭側腦費量度。

〔宋江云〕既然認的不是。智深兄弟。我們先回山去。等鐵牛自來支對。〔正末云〕老王。我的兒。你再認去。〔王林云〕哥。我説不是他。就不是他了。教我再認怎的。〔正末做打王林科〕〔王林云〕可憐見打殺老漢也。〔正末唱〕

【後庭花】打這老子没肚皮攬瀉藥。偏不的我敦葫蘆摔馬杓。〔宋江云〕小僂儸。將馬來。俺與魯家兄弟先回去也。〔正末云〕你道是弟兄每將馬來。先回山寨上去。我道哥也。你再坐一坐。等那老子再細認波。〔唱〕哥哥道鞴馬來還山寨。〔帶云〕哎。哥也。羞的你兄弟。〔唱〕恰便似牽驢上板橋。惱的我怒難消。踹匾了盛漿鐵落。轆轤上截井索。芭棚下潍副槽。擲碎了舀酒瓢。砍折了切菜刀。

【雙鴈兒】就恨不一把火刮刮撈撈燒了你這艸團瓢。將人來險中倒。氣得咱一似那鯽魚跳。可不道家有老敬老。家有小敬小。

〔宋江云〕智深兄弟。喒和你回山寨去。〔詩云〕堪笑山兒忒慕古。無事空將頭共賭。早早回來山寨中。舒出脖子受板斧。〔同魯智深下〕〔正末做歎科云〕嗨。這的是山兒不是了也。〔唱〕

【浪裏來煞】方信道人心未易知。燈臺不自照。從今後開眼見箇低高。没來由共哥哥賭賽着使不的三家來便廝靠。則這三寸舌是俺斬身刀。〔下〕

〔王林云〕李逵哥哥去了也。他今日果然領將兩個人來。着我認道是也不是。元來一個是真宋江。一個是真魯智深。都不是拐我女孩兒的。不知被那兩個天殺的拐了我滿堂嬌兒去。則被你想殺我也。〔宋剛做打噎同魯智恩旦兒上云〕打噎耳朵熱。一定有人說。可早來到杏花庄也。我那太山在那裏。我每原許三日後。送你女孩兒回家。如今來也。〔王林做相見抱旦哭科云〕我那滿堂嬌兒也。〔宋剛云〕太山。我可不說謊。准准三日。送你令愛還家。〔王林云〕多謝太僕擡舉。老漢只是家寒。急切裏不曾備的喜酒。且到我女兒房裏吃一杯淡酒去。待明日宰個小小雞兒請你。〔魯智恩云〕老王。我那山寨上有的是羊酒。我教小僂儸趕二三十個肥羊。擡四五十擔好酒送你。〔王林云〕多謝太僕。只是老漢没的謝媒紅送你。惶恐殺人也。〔宋剛云〕俺們且到夫人房裏去吃酒來。〔下〕〔王林云〕這兩個賊漢元來不是梁山泊上頭領。他拐了我女孩兒。左右弄做破罐子。倒也罷了。只可惜那李逵哥哥。一片熱心。賭着頭來。這須不是耍處。我如今將酒冷一碗。熱一碗。勸那兩個賊漢吃的爛醉。到晚間等他睡了。我悄悄驀上梁山。報與宋公明知道。搭救李逵。有何不可。〔詩云〕做甚麽老王林夜走梁山道。也則爲李山兒恩義須當報。但愁他一湧性殺了假宋江。連

累我滿堂嬌要帶前夫孝。〔下〕

〔音釋〕脚音皎　杓繩昭切　眵抽支切　謕音夏　瞅楚九切　著池燒切　爆音豹　度多勞切　藥音耀　落音澇　索音嫂　中去聲　嚏音替　驀音陌

第四折

〔宋江同吴學究魯智深領卒子上云〕某乃宋江是也。學究兄弟。頗奈李山兒無禮。我和他打下賭賽。到那裏果然認的不是。我與魯家兄弟先回來了。只等山兒來時。便當斬首。小僂儸。踏着山崗望者。這早晚山兒敢待來也。〔正末做負荆上云〕黑旋風。你好是没來由也。爲着別人。輸了自己。我今日無計所柰。砍了這一束荆杖。負在背上。回山寨見俺公明哥哥去也呵。〔唱〕

【雙調新水令】這一場煩惱可也迭人來。没來由共哥哥賭賽。袒下我這紅納襖。跌綻我這舊皮鞋。心下量猜。〔帶云〕到山寨上。哥哥不打。則要頭。〔唱〕怎發付脖項上這一塊。

【駐馬聽】有心待不顧形骸。〔帶云〕這碧湛湛石崖。不得底的深澗。我待跳下去。休説一個。便是十個黑旋風也不見了。〔唱〕兩三番自投碧湛崖。敬臨山寨。行一步如上嚇魂臺。我死後墓頂頭誰定遠鄉牌。靈位邊誰咒生天界。怎擘劃。但得箇完全屍首便是十分采。

【攪箏琶】我來到轅門外。見小校雁行排。〔帶云〕往常時我來呵。〔唱〕他這般退後趨前。〔帶云〕怎麽今日的。〔唱〕他將我佯呆不睬。〔做偷瞧科云〕哦。元來是俺宋公明哥哥和衆兄弟都升堂了也。〔唱〕他對着那有期會的衆英才。一個個穩坐擡頦。我説的明白。道莽撞的廉頗請罪來。死也應該。

〔見科〕〔宋江云〕山兒。你來了也。你背着甚麽哩。〔正末云〕哥哥。您兄弟山澗直下砍了一束荆杖。告哥哥打幾下。您兄弟一時間没見識。做這等的事來。〔唱〕

【沉醉東風】呼保義哥哥見責。我李山兒情願餐柴。第一來看着喒兄弟情。第二來少欠他膿血債。休道您兄弟不伏燒埋。由你便直打到梨花月上來。若不打這頑皮不改。

〔宋江云〕我元與你賭頭。不曾賭打。小僂儸。將李山兒踹下聚義堂斬首報來。〔正末云〕學究哥。你勸一勸兒。智深哥。你也勸一勸兒。〔學究同魯智深勸科〕〔宋江云〕這是軍狀。我不打他。則要他那顆頭。〔正末云〕哥。你道甚麽哩。〔宋江云〕我不打你。則要你那顆頭。〔正末云〕哥哥。你真個不肯打。打一下是一下疼。那殺的只是一刀。倒不疼哩。〔宋江云〕我不打你。〔正末云〕不打。謝了哥哥也。〔做走科〕〔宋江云〕你走那裏去。〔正末云〕哥哥道是不打我。〔宋江云〕我和你打賭賽。我則要你那六陽會首。〔正末云〕罷罷罷。他殺不如自殺。借哥哥劍來。待我自刎而亡。〔宋江云〕也罷。小僂儸將劍來遞與他。〔正末做接劍科云〕這劍可不元是我的。想當日跟着哥哥打圍獵射。在那官道傍邊。衆人都看見一條大蟒蛇攔路。我走到根前。並無蟒蛇。可是一口太阿寶劍。我得了這劍。獻與俺哥哥懸帶。數日前我曾聽得支楞楞的劍響。想殺別人。不想道殺害自己也。〔唱〕

【步步嬌】則聽得寶劍聲鳴使我心驚駭。端的個風團快。似這般好器械。一柞來銅錢恰便似砍麻稭。〔帶云〕想您兄弟十載相依。那般恩義。都也不消說了。〔唱〕**還說甚舊情懷。早砍取我半壁天靈蓋。**

〔王林衝上叫科云〕刀下留人。告太僕。那個賊漢送將我那女孩兒來了。我將他兩個灌醉在家裏。一徑的來報知。太僕與老漢做主咱。〔宋江云〕山兒。我如今放你去。若拿得這兩個棍徒。將功折罪。若拿不得。二罪俱罰。你敢去麽。〔正末做笑科云〕這是揉着我山兒的痒處。管教他甕中捉鱉。手到拿來。〔學究云〕雖然如此。他有兩副鞍馬。你一個如何拿的他住。萬一被他走了。可不輸了我梁山泊上的氣概。魯家兄弟。你幫山兒同走一遭。〔魯智深云〕那山兒開口便罵我秃厮會做媒。兩次三番要那王林認我。是甚主意。他如今有本事自去拿那兩個。我魯智深決不幫他。〔學究云〕你只看聚義兩個字。不要因這小忿。壞了大體面。〔宋江云〕這也説的是。智深兄弟。你就同他去拿那兩個頂名冒姓的賊漢來。〔魯智深云〕既是哥哥分付。您兄弟敢不同去。〔同下〕〔宋剛魯智恩上云〕好酒。俺們昨夜都醉了也。今早日高三丈。還不見太山出來。敢是也醉倒了。〔正末同魯智深王林上云〕賊漢。你太山不在這裏。〔做見就打科宋剛云〕兀那大漢。你也通個名姓。怎麽動手便打。〔正末云〕你要問俺名姓。若説出來。直諕的你尿流屁滚。我就是梁山泊上黑爹爹李逵。這個哥哥是真正花和尚魯智深。〔做打科唱〕

【喬牌兒】你頂着鬼名兒會使乖。到今日當天敗。誰許這滿堂嬌壓你那鶯花寨。也不是我黑爹爹忒性歹。

〔宋剛云〕這是真命强盜。我們打他不過。走走走。〔做走科〕〔正末云〕這厮走那裏去。〔做追上再打科〕〔唱〕

【殿前歡】我打你這喫敲材。直著你皮殘骨斷肉都開。那怕你會飛騰就透出青霄外。早則是手到拿來。你你你好一個魯智深不吃齋。好一個呼保義能貪色。如今去親身對證休嗔怪。須不是我倚强凌弱。還是你自攬禍招災。

〔做拿住二賊科〕〔正末云〕這賊早拿住了也。〔王林同旦兒做拜科〕〔魯智深云〕兀那老頭兒不要拜。明日你同女兒到山寨來拜謝宋頭領便了。〔同正末押二賊下〕〔王林云〕他們拿這兩個賊漢去了也。今日纔出的俺那一口臭氣。我兒。等待明日牽羊擔酒。親上梁山去。拜謝宋江頭領走一遭。〔旦兒做打戰科王林云〕我兒不要苦。這樣賊漢有甚麽好處。等我慢慢的揀一個好的嫁他便了。〔同下〕〔宋江同吴學究領卒子上云〕學究兄弟。怎生李山兒同魯智深到杏花莊去了許久。還不見來。俺山上該差人接應他麽。〔學究云〕這兩個賊子到的那裏。不必差人接應。只早晚敢待來也。〔卒子做報科云〕喏。報的哥哥得知。兩位頭領得勝回來了也。〔正末同魯智深押二賊上云〕那兩個賊漢擒拿在此。請哥哥發落。〔宋江云〕好宋江。好魯智深。你怎麽假名冒姓。壞我家的名目。小僂儸。將他綁在那花標樹上。取這兩副心肝。與咱配酒。梟他首級。懸掛通衢警衆。〔卒子云〕理會的。〔拿二賊下〕〔正末唱〕

【離亭宴煞】蓼兒洼裏開筵待。花標樹下肥羊宰。酒盡呵拚當再買。涎鄧鄧眼睛剜。滴屑屑手脚卸。磣可可心肝摘。餓虎口中將脆骨奪。驪龍頷下把明珠握。生擒他一場利害。〔帶云〕智深哥哥。〔唱〕我也則要洗清你這强打挣的執柯人。〔帶云〕公明哥哥。〔唱〕出脱你這乾風情的畫眉客。

〔宋江云〕今日就聚義堂上。設下賞功筵席。與李山兒魯智深慶喜者。〔詩云〕宋公明行道替天。衆英雄聚義林泉。李山兒拔刀相助。老王林父子團圓。

〔音釋〕劃胡乖切　行音杭　白巴埋切　頗平聲　應平聲　責齋上聲　蟒音莽　阿何哥切　柞音詐　稭音皆　揉與撓同　色篩上聲　磣初錦切　摘齋上聲　握歪上聲　客音楷

題目　杏花莊王林告狀

正名　梁山泊李逵負荆

蕭淑蘭情寄菩薩蠻雜劇

賈仲名撰

第一折

〔冲末扮張世英上詩云〕雖無汗馬眠霜苦。曾受囊螢映雪勞。金榜一朝標姓字。此時方顯讀書高。小生姓張名世英。字雲傑。浙江温州府人氏。自幼苦志勤學。經史皆通。所有蕭山縣友人蕭公讓有二子。命小生作館賓到此兩月餘矣。公讓待我甚厚。今日舉家俱往墳頭拜掃。獨留小生在書房閒坐。小生乘暇。往東村望幾個朋友釋悶去來。〔下〕〔外扮蕭公讓引老旦崔氏上詩云〕龍出海時千尺浪。鳳歸雲去萬條霞。詩書不入時人耳。金玉難藏烈士家。自家姓蕭名讓。字公讓。祖居蕭山縣人氏。嫡親的五口兒。大嫂崔氏。有兩個孩兒。有個妹子。小字淑蘭。父母在時。曾從師讀書。深曉文義。善能吟咏年方一十九歲。容貌非常。未曾許聘於人。今日清明。舉家俱往祖塋祭祀。妹子身體有些不快。不能去的。留下管家嬷嬷并梅香看視。問候湯粥。俺祭掃畢便回來也。手下人。收拾春盛盒擔。往山頭走一遭去。〔同下〕〔正旦扮蕭淑蘭引梅香上云〕妾身姓蕭。小字淑蘭。父母早亡。依兄嫂恩養。兩月前家兄請温州張雲傑作館賓。與家兄相處。妾窺見那生外貌俊雅。内性温良。更兼才華藻麗。非凡器也。妾數日間行忘止。食忘餐。心在那生身上。今日清明節令。滿門家眷都去上墳。妾託病不去。欲引梅香往後花園中親與那生相見。別有話說。暗想

情是人間何物也呵。〔唱〕

【仙吕八聲甘州】傷春病染。鬱悶沉沉。鬼病懨懨。相思即漸。碧窗唾漬稠粘。幾縷柔絲空繫情。滿院楊花不捲簾。鬢軃楚雲鬆。嬾對粧奩。

【混江龍】曉來情厭。收拾心事上眉尖。把金錢暗卜。龜卦時占。杏臉胭消嬌淡淡。柳腰香褪弱纖纖。料應也是前生欠。因無兄嫂。有失拘鈐。

【油葫蘆】這些時斗帳春寒起未忺。睡不甜。任教曉日壓重檐。〔帶云〕那生好一表人物也。〔唱〕將他那模樣兒心坎上頻頻墊。名字兒口角頭時時念。想他性格兒沉。語話兒謙。繡牀無意閒攀占。嬾把綵絨撏。

【天下樂】我如今紝得金針却倒拈。牙尖。抵玉纖。羅帕上淚痕千萬點。恐梅香冷句兒劖。怕妳娘閒話兒簽。我則索强支吾陪笑臉。

〔云〕梅香。那生敢在書院裏。喒和你去來。〔梅香云〕這所在正是他書院。〔張世英上云〕小生從東村裏探了幾個朋友。回書院中温習經史去來。〔做望見旦科云〕誰家女子。來到這裏。〔正旦唱〕

【那吒令】向湖山緊覘。惹游絲滿臉。惹游絲滿臉。驚飛花亂颭。驚飛花亂颭。蕩殘紅數點。〔旦見張科云〕先生萬福。〔張不睬科〕〔正旦唱〕我禮忙迎情欲親。他頭不擡身微欠。真所謂君子謙謙。

〔張世英云〕那壁小娘子是誰氏之家。〔正旦云〕妾身乃蕭公讓之妹也。知先生文學之士。妾有所盼。先生意下如何。〔張世英云〕是何言哉。蕭公待我爲嘉賓。小生素無瑕玷。你快轉去。恐兄嫂回來。〔做躲科〕〔正旦唱〕

【鵲踏枝】則見他氣炎炎。那裏也笑掀髯。顯出些外貌威嚴。内性清廉。他避我遮遮掩掩。抵多少等等潛潛。

〔張世英云〕女人家不遵父母之命。不從媒妁之言。廉恥不拘。與外人交言。是何禮也。〔正旦唱〕

【寄生草】你惱怎麽陶學士蘇子瞻。改不了强文憱醋饑寒臉。斷不了詩云子曰酸風欠。離不了之乎者也腌窮儉。想你也夢不到翔龍飛鳳五雲樓。心則在嗚鷄吠犬三家店。

〔張世英怒科云〕早是我哩。他人怎了。全不怕當家尊嫂惡。恩養劣兄嚴。〔正旦唱〕

【金盞兒】這生不心忺倒憎嫌。早則騰騰烈火飛紅燄。將姻緣簿親檢自撕撏。若得咱香腮容並貼。玉體肯相沾。怕甚麽當家尊嫂惡。恩養劣兄嚴。

〔張世英云〕女孩兒家休要弄險。俺讀書人豈肯做這等非禮之事。可不喪了行止。倘被兄嫂察知。何面目廝見。豈不羞慚。〔正旦唱〕

【後庭花】你道女孩兒家休弄險。你讀書人不會諂。爲非事無行止。見家兄有甚臉。不索你話兒咕。你須惡厭。不由我腮斗兒上添笑靨。

〔張世英云〕休道是兄嫂知道。則那妳母梅香知呵。早晚説與令兄。如何隱得。可不你我何安。〔正旦唱〕

【醉中天】怕甚麼妳母舌兒塹。梅香嘴兒尖。恐早晚根前冷句兒添。便知道也難憑驗。家醜事必然羞掩。放心波風流雙漸。〔張世英云〕小生此間難住。必尋退步。〔正旦唱〕早則麼嬾折腰歸去陶潛。〔梅香云〕姐姐。這秀才好淡屌麽。〔正旦云〕好惶恐人也。〔唱〕

【賺煞】秀才每難託志誠心。好喫開荒劍。一條擔兩下裏脱尖。有多少胡講歪談信口呫。喬文物拘恥拘廉。我看你瘦懨懨眼札眉苫。多敢是家菜不甜野菜甜。你也消不得俺嬌滴滴桃腮杏臉。香馥馥玉温花艷。則好去破窑中風雪斷虀鹽。〔下〕

〔音釋〕盛平聲　嚲音朵　奩音廉　拾繩知切　鈐其炎切　忺希兼切　墊音店　占去聲　撏詞纖切　紝音壬　劖初銜切　簽音僉　覘癡髯切　颭占上聲　妁音酌　强音絳　憿音鱉　撕音斯　呫店平聲　惡烏去聲　靨音掩　塹僉去聲　屌彫上聲　苫聲占切

第二折

〔張世英上云〕昨日蕭公舉家拜掃。不想家中有蕭公之妹。小生回書院來。在後園中正遇此女。乃出淫言相戲。小生昨晚酒席間欲要説與蕭公。又不好看相。如今將學生放假三日。且在書房中獨坐些兒。好悶人也。〔正旦扮嬷嬷上云〕老身是蕭公家管家的嬷嬷。兩月前東人命温州張。雲傑作館賓。那秀才情通九經。不料東人妹淑蘭留心於那生身上。終日魂勞夢斷。夜來清明。滿家上墳。惟淑蘭託疾不往。意欲後園與那生相會。不想那生胸襟正大。半步無邪。反將惡言相觸。事不諧矣。淑蘭惶媿。昨夜廢寢忘餐。推牀倒枕。無計所託。親與老身説知。作了一詞名菩薩蠻。着我送與那生。看他是如何。老身欲待行來。又恐東人知道見責。欲要不行。可憐淑蘭自幼便失父母。孤苦到今。俺須索與他成就此事。走一遭去。〔唱〕

【越調耍三台】姐姐命親分付。爲張秀才丁寧使俺。您穩放着個先憂後喜。我空懷着個有苦無甘。煩惱這場非是攬。惡風聲委實心慘。則爲他粉悴胭憔。端的是香消也那玉減。

【紫花兒序】姐姐怕不心勞意攘。哥哥又不性躁情乖。嫂嫂可要坐守行監。他如今看衣褪。漸漸裙攙。春衫雙袖漫漫將淚揞。不明不暗。幾時配上金釵。接上瓊簪。

〔做見張科云〕先生萬福。〔張世英云〕嬷嬷何來。莫非東人有命麽。〔嬷嬷云〕非也。老身花園中行來。信步至此。先生。兀的無聊那。〔唱〕

【小桃紅】你九經三史煞曾諳。習典故觀通鑑。課賦吟詩有風範。更非凡。臨帖寫字知個濃淡。把古今博覽。將前人比勘。那一事不詳參。

〔云〕先生九經皆通。無書不讀。豈不曉三綱五常之理。聖人言男子三十而娶。又云不孝有三。無後爲大。何不求一門親事。老身當爲月老。聘結良姻。先生尊意如何。〔張世英云〕嬤嬤言之甚善。但小生在此處館。惟知守嚴父之訓。讀聖人之書。豈有求親之念哉。〔嬤嬤唱〕

【金蕉葉】銜一味詩魔酒酣。引不動狂心怪膽。聖人言不孝有三。絶子嗣無後怎敢。

〔云〕先生容稟。東人有一妹。小字淑蘭。年方一十九歲。未曾許聘他人。先生意下若諾。老身達知東人。招爲貴客。先生如此聰明。淑蘭更兼温雅。真淑女可配君子也。〔張世英云〕小生今在蕭公門下處館。嬤嬤何出此言。倘蕭公察知。何面目立于蕭公門下。〔嬤嬤唱〕

【鬼三台】我着些言語來探。將他來賺。他那裏急截舌緊攙。秀才每自古眼睛饞。不似這生忒銅心鐵膽。哎。你個顔叔子秉燭真個堪柳下惠開懷没店三。酸溜溜魯論齊論。醋滴滴周南召南。

〔背云〕將這詞與他。這生必然動念也。〔做遞詞科云〕小姐有詞一章。望先生改削。〔張世英接看讀科云〕君心情遠迷蓬島。妾心命薄連芳草。芳草正凄凄。君心知不知。妾身輕似葉。君意堅如鐵。妾意爲君多。君心棄妾何。右詞寄菩薩蠻。不才妾淑蘭謹奉文郎雲傑吟几電覽是幸。就請回音。再拜。〔張世英云〕嬤嬤。你乃蕭公管家老者。蕭公共汝一家無外。怎生持此淫詞戲我。是何道理。〔嬤嬤唱〕

【調笑令】説的我面慘。轉羞慚。你因甚。相通這書一緘。莫怪我等閒特故來摇撼。

赤緊的張橫渠不肯貪婪。只待要坐取公侯伯子男。氣昂昂闊論高談。

〔張世英云〕昨朝行之。今日如此。似此小生當告辭。有何面目立于蕭公之門。恥見天下士大夫也。〔嬷嬷唱〕

【禿厮兒】俺那崔氏女正紅愁緑慘。你個張君瑞待面北眉南。着我老紅娘將兩下裏做一擔擔。請先生省言剗。喃喃。

【聖藥王】一迷裏口似潑鈔怎撲揞。那裏肯周而不比且包含。本待成就您。顛倒連累喒。諕的我手忙脚亂似癡憨。似尋虎窟覓龍潭。

〔張世英怒科云〕既讀孔聖之書。必達周公之禮。閉了書房門。便去與蕭公説知。〔嬷嬷唱〕

【絡絲娘】將韓王殿忽然火熖。藍橋驛平空水渰。〔云〕你道既讀孔聖之書。必達周公之禮。可知可知。〔唱〕人前面古怪剛直假撇欠。〔做冷笑科唱〕只怕您背地裏荒淫愚濫。

〔張世英云〕看來都是你搬調這一樁事。我則説與蕭公去。〔嬷嬷攔科唱〕

【雪裏梅】空着我功退似游蠶。早則罷暮四與朝三。這生性狠情毒。老身驚心戰膽。姐姐也你敢愁添病感。

〔張世英云〕這首詞便是指證。蕭公見了。必有話説。〔嬷嬷云〕先生罷波。〔做拜科唱〕

【收尾】請學士忍耐權時暫。何必恁高聲怒喊。直待教兄嫂逼臨了他。着主人公葬送

了俺。〔下〕

〔張世英云〕誰想有此事。小生必當退步。恐蕭公知此。難以分辯。只除如此。且往西興朋友家住數日。在此壁間留詩一首。使蕭公知之。好往西興來接我也。〔做寫科〕〔詩云〕感公清盼寄餘生。三載交游兩月情。別去難言心下事。月明酒醒在西興。琴書衣衾。我皆不動。只是單身去咱。〔下〕〔蕭公讓上云〕今日無甚事。書房中望雲傑閒話片時。〔做到科云〕怎生不見雲傑。必是望朋友去了。〔做見壁詩科驚云〕此詩必有緣故。莫非俺家孩兒每侍奉不周。故使如此。琴劍鋪陳。皆不曾動。他往西興去。准在朋友家停住。可也容易。我修一簡帖。遣一僕到西興去請他。若不如此。雲傑平日與人寡合。怎肯自回。〔做寫書科云〕書已寫就了也。便令人早接去。〔詩云〕與雲傑交情非薄。詳詩意有何不樂。遣使者直至西興。請回來便知下落。〔下〕

〔音釋〕攙初銜切　揞音俺　衕音肫　探平聲　賺音湛　緘鑑平聲　撼含去聲　婪音藍　擔平聲　釤音衫　喒音昝　憨音酣　爁音覽　瀺衣監切

第三折

〔正旦抱病梅香扶上云〕妾身昨日與張秀才相見。不想他如此古憋。事不得諧。今日着管家嬤嬤持菩薩蠻詞一首。戲而挑逗。誰想那生仍將惡語相犯。嬤嬤回來說了。越增愁懷數倍。舉家盡知。止瞞着兄嫂。一會家尋思起來。我心中好是煩惱人也呵。〔唱〕

【雙調五供養】肌削玉。釧鬆金。陡恁的悶廣愁深。空着我乾忍恥。枉留心。都是我忒輕浮。欠檢束。正好教他撒沁。則索咬定牙兒暗。這文君待駕車。誰承望司馬抛琴。

〔老旦上云〕妾身乃蕭公讓渾家崔氏是也。聞知小姑感疾。特來探望一遭。〔做見科云〕姑姑因甚染病。可請良醫調理服藥。〔正旦唱〕

【落梅風】離魂魄。似失心。思昏沉悶圍愁浸。白日裏忘餐夜廢寢。自尋思不知因甚。

〔老旦云〕姑姑因甚上得病。説與我。着人去對證取藥。姑姑。你休要隱諱。恐怕日深一日。難以調理。〔正旦唱〕

【喬牌兒】嫂嫂待將咱病審。我無語似害痳。是前日打鞦韆鬬草處無拘禁。脱衣時敢被風侵。

〔老旦云〕雖是感冒。怎生這等沉重。茶飯也不思進些。〔正旦唱〕

【折桂令】至如今茶不茶飯不飯心内陰陰。有時節透頂炎炎。有時節徹骨森森。頭眩旋旋。眼昏暗暗。身倦沉沉。一會家發增寒脾神凛凛。一會家添潮熱冷汗淋淋。病來時難灸難針。心疼時難忍難禁。人問時難訴難分。茶飯上不想不尋。

〔正旦做睡科老旦云〕姑姑睡着了。休驚醒他。梅香。恐要甚麽湯粥吃。便與我說。再來望他。〔下旦做夢張世英上科正旦云〕先生萬福。〔張世英不語科正旦唱〕

【慶宣和】信步謾將花徑臨。掩映着柳影花陰。害的我瘦骨岩岩死臨侵。端的是爲您。爲您。

〔張世英推旦科云〕您休推睡裏夢裏。〔下正旦驚醒科唱〕

【殿前歡】這生好不知音。虛度了春宵一刻價千金。空閒了瑣窗朱户鴛鴦枕。翡翠羅衾。早則麽韓吏部李翰林。一任教他恁。誰想你睡夢裏也將人冷侵。待古裏掂折了玉簪。摔碎了瑶琴。

〔梅香云〕姐姐。你知道麽。張秀才不曾作別。就往西興去了。你哥哥修書差人請去哩。〔正旦云〕既然如此。我再作一詞。瞞着哥哥。封於書内。寄與那生。看他心意如何。梅香。將紙筆過來。〔梅香云〕紙筆在此。〔正旦寫詞科唱〕

【雁兒落】把西興路黄犬尋。南浦道青鸞任。信手的聯成腸斷詞。抵多少織就回文錦。

【得勝令】早難道詩對會家吟。他全没些惜花心。點勾般圈紅問描朱似刷畫兒臨。表數句佳音。字字胭脂滲。書兩字泥金行行血淚浸。

〔云〕寫就了也。我念一徧。不才妾蕭淑蘭病中作詞一闋。詞寄菩薩蠻。奉上文郎雲傑翰座。謹望挽回春色。詞不盡言。言不盡意。〔詞云〕無情水滿西興渡。多情人往西興去。西興去路遥。教奴魂夢勞。今將心内苦。聯作相思句。君若見情詞。同諧連理枝。梅香。你仔細與我放在書内。不要着哥哥嫂嫂知道。〔梅香云〕理會的。〔正旦唱〕

【鴛鴦煞】病淹煎苦被東風禁。淚連綿惟把春衫滲。飯不湯匙。繡不拈針。暢道閨思添多。愁懷轉深。烟冷龍沉銀蠟消紅淋。想起他這狠切的毒心。好着我半晌沉吟倒替他嘇。〔下〕

〔音釋〕沁侵去聲　喑音蔭　禁平聲　掂店平聲　摔音洒　滲森去聲　行音杭　浸音侵　淋林去聲　毒東盧切　磣森上聲

第四折

〔蕭公讓同老旦上云〕我修了書到西興去。請那張雲傑。不想書内有菩薩蠻詞一首。是吾妹淑蘭所作。寄情雲傑。細審其故。雲傑無心。皆是吾妹所爲。况兼淑蘭染病。也只爲此。大嫂。我仔細想來。莫若遣幣帛羔雁酒禮花紅。着官媒説合。招贅雲傑爲壻。看我一雙父母同胞情分。省教他人恥笑。大嫂。你心下如何。〔老旦云〕你既主張了罷。也免的出醜揚疾。也見我祖宗家門清潔。我意正如此。擇吉日良辰。一應合用禮物不要少了。一則外人好看。二則小姑寬心。〔蕭公讓云〕事不宜遲。收拾了便令媒人速去。〔詩云〕兄妹本同胞。那能不相惜。去請西興人。來作東牀客。

〔同下張世英上云〕小生張世英。自到西興朋友家住經半月。誰想蕭公爲他令妹。倒遣媒人來説親事。使小生如之奈何。古人云。男子生而願爲之有室。女子生而願爲之有家。一來公讓如此美意。二來男婚女聘。人倫大禮。不負此女初心。况其家本名門。何辱於小生。今日便回蕭山去成就此事。不爲過也。〔下〕〔正旦同梅香上〕〔梅香云〕姐姐。早則歡喜也。哥哥下三千貫正財禮錢招張雲傑爲壻。羔雁茶禮。斷送房奩。盡行出辦。足滿姐姐平生所望。〔正旦云〕好慚愧也呵。〔唱〕

【黄鍾醉花陰】離恨閒愁早填滿。俺主人非長是短。謝兄嫂得團圞。陪羔雁花紅。下正禮三千貫。度量闊。眼皮寬。把斷送房奩全盡管。

【喜遷鶯】納幣帛綾段。不斷頭花擔盒盤堪觀。披掛的遍身紅滿。來往官媒一刬地錦繡攢。人亂攛。親屬交錯。羅綺彌漫。

〔浄扮官媒引鼓樂上請新郎科〕〔張世英上云〕這親事非吾樂就。只爲令兄尊命。不敢有違。勉强而已。〔正旦唱〕

【出隊子】這都是姻緣前判。幸今生得聚完。玉肩同並赴雲端。素手相攜跨綵鸞。清韻雙吹鳴鳳管。

〔張世英云〕我張世英若非令兄相待之厚。不負卿之初心。豈敢玷污名教。致有今日。〔正旦冷笑科唱〕

【刮地風】剗地亂講歪談一萬端。尚古自苦澁寒酸。聽笙簧一派聲撩亂。翠擁珠攢。舞態輕盈。歌聲紓緩。香篆靄。絳蠟明。低垂簾幔。端的個畫堂深。和氣暖。受用千般。

〔梅香云〕夜涼風定。月朗天晴。香清燈燦。歌舞吹彈。正好交杯勸盞。一壁厢動樂者。〔做奏樂交杯科〕〔正旦唱〕

【四門子】香馥馥合巹杯交换。正良宵勝事攢。碧天邊燦燦寒星煥。碾冰輪皓月團團。樂意的酬。儘興的拚。貪歡娱自然嫌漏短。樂意的酬。儘興的拚。索强似風亭月館。

〔媒請兄嫂蕭公讓同老旦上相見科〕〔蕭公讓云〕雲傑男女匹配。人道之大。吾妹粧殘貌陋。有辱足下。皆由不忘雅意。故得有此。〔張世英云〕久賴公讓厚庇。又得結姻於令妹。深感不淺。若非平昔之舊。安敢如此。但不知小生將何圖報耳。〔蕭公讓云〕雲傑太謙。下次人等掛起圖畫。點上花燭。再整筵宴。樂此良夜。〔做送酒科〕〔正旦唱〕

【水仙子】酒斟着鸚鵡盃。光映着瑪瑙盤。茶烹着丹鳳髓。香浮着碧玉碗。開銀屏金孔雀綠嫩紅嬌。隱錦褥繡芙蓉枝繁葉亂。嵌玲瓏香毬掛金縷團梅紅羅鮫綃帳舞鳳飛鸞。是是是東鄰女曾窺宋玉垣。喜喜喜果相逢翡翠銀花幔。早早早同心帶扣雙挽結交歡。
〔張世英云〕小生暗想。此係宿緣。恐非人力所能謀也。〔蕭公讓云〕此言最善。這都是天意暗合人心。豈不是個大喜事。〔正旦唱〕
【古寨兒令】我這裏偷看。不由人心歡。没褒彈。忒丰韻表正形端趁着這風和月圓春夜煖。逢天喜值紅鸞。配宿緣成仙伴。
〔蕭公讓云〕嗒這江南風景。如此夜宴。月光照耀。燈燭輝煌。錦繡羅列。圖畫張掛。百味珍羞。水陸俱備。端的好富麗也。〔做送酒科〕〔張世英云〕嗒如此受用。誠爲可樂。小生便當盡醉。豈敢推辭。〔正旦唱〕
【神仗兒】荔枝漿乳酪蜜團。甘蔗汁酥油餹拌。薔薇露秋菊春蘭。紫蘇鹽薑醋薦款。碧芥芽葱針寸段。〔云〕梅香。你看這生在書院相見之時。許多道學身分。今都到那裏去了。〔唱〕細端詳俊沈嬌潘。可不道尊瞻視。正衣冠。
〔蕭公讓云〕小的每。與我大吹大擂者。〔做奏樂科〕〔媒念詩云〕碧漢飛雙鳳。瑶池宿兩鴛。洞房花燭夜。人月共團圓。〔正旦唱〕
【尾聲】錦片前程今美滿。舞菱花一對青鸞。早不入鳳臺閒玉管。
〔音釋〕澁音瑟　馥房夫切　沓音謹　髓桑嘴切　嵌音闞　酪音澇　拌音伴

題目　賢嫂嫂合成金貫鎖
　　　親哥哥配上玉連環
正名　張世英飽存君子志
　　　蕭淑蘭情寄菩薩蠻

錦雲堂暗定連環計雜劇

第一折

〔浄扮董卓領外扮李儒李肅卒子上詩云〕擁兵入衛立奇功。文武羣臣避下風。九錫恩深猶未厭。私心不老漢朝中。某姓董名卓。字仲穎。乃隴西臨洮人也。自幼爲將。頗有邊功。比因十常侍作亂。何進薦某入朝。遂至官封太師之職。如今又加九錫。一車馬。二衣服。三樂器。四朱户。五納陛。六虎賁。七斧鉞。八弓矢。九秬鬯。出稱警。入稱蹕。頒曰詔。降曰制。言曰宣。語曰敕。某每入朝。但將這腰間的寶劍微露霜刃。嚇的文武百官。人人失色。且莫説我手下許多謀臣戰將。則這個叫做李儒。這個叫做李肅。也都勇過賁育。智賽孫吴。名馬數千羣。雄兵十萬隊。以此横行京兆。威震長安。覷奪漢家天下。直如反掌耳。止有王允那厮。多有詭計。一心常對着我。我也常常防備他。但是他行住坐卧。我就着人跟隨着。看他動静。早來通報。今日俺在太師府閒坐。有人來説。那厮出了朝門。不回私宅。逕往太尉楊彪家去了。則怕他兩個商量出甚麽計較來。俺不免親身直至楊彪家。覷破那厮。走一遭去。〔詩云〕從來此賊多姦計。教咱如何不防備。雖則人無害虎心。争奈虎有傷人意。〔下〕〔外扮楊彪領祗從上云〕老夫姓楊名彪。字文先。弘農華陰人氏。現爲殿中太尉之職。方今漢朝獻帝在位。被那董卓專權。擅作威福。生殺由己。

文武百官。皆凜凜不敢正目而視。因此聖人懷憂。無可奈何。便好道主憂臣辱。主辱臣死。若不與主上分憂。豈爲臣子之道。老夫欲待乘其機會。剿滅姦雄。争奈他家奴吕布。英勇過人。一時難以下手。老夫想來。則除是司徒王允。此人足智多謀。可與共事。我如今約他來商議。早間着人請去了。不見到來。左右。門首覷着。若王司徒來時。報復俺知道。〔祗從云〕理會的。〔正末扮王允上云〕老夫姓王名允。字子師。太原祁人也。自舉孝廉以來。謝聖恩可憐。加爲大司徒之職。争奈董卓弄權。將危漢室。羣臣畏懼。莫敢誰何。今有太尉楊彪。令人來請。不知爲着甚事。須索走一遭去。慚愧老夫年邁無能。虚叨爵禄也呵。〔唱〕

【仙吕點絳唇】俺可也虚度春秋。强捱昏晝。空生受。肥馬輕裘。爲甚事擔消瘦。

【混江龍】則爲這漢家宇宙。好着俺兩條眉鎖廟廊愁。恰便似花開值雨。怎的箇葉落歸秋。俺只問鴛鷺班中怎容的諸盗賊。麒麟閣上是畫的甚公侯。做官時都氣勃勃待超前。立功處早退怯怯甘居後。若得他一人定國。也不枉萬代名留。

〔云〕可早來到門首也。令人報復去。〔祗從做報科〕〔楊彪云〕道有請。〔祗從云〕請進。〔做見科正末云〕太尉請老夫來。有何事商議。〔楊彪云〕請司徒來。别無甚事。想楚漢争雄。創立江山。四百餘載。流傳至俺主獻帝。艱難極矣。今有董卓專權。欺壓羣臣。無計可奈。老夫遍觀朝中。足智多謀。無如司徒者。不知怎生出箇妙策。共立大功。司徒意下如何。〔正末唱〕

【油葫蘆】想當日楚漢興兵争戰秋。君與臣猶未剖。他也曾中分天下指鴻溝。〔楊彪云〕

既然中分天下。怎獨是我漢朝成其王業。流傳四百餘年。這都誰人之力也。〔正末唱〕這其間多虧了張子房説地談天口。韓元帥握霧拏雲手。那一個能戰敵。那一個善計謀。他把千年基業扶持就。端的是分破帝王憂。

〔楊彪云〕如今董卓專權。威振中外。想起當日各處諸侯。勒兵百萬。在于虎牢關下。不曾得他一根折箭。似此强横。如何剿除也。〔正末唱〕

【天下樂】我則怕煩惱皆因强出頭。想十八路諸也波侯。題起來滿面羞。〔楊彪云〕若不是劉關張三人破吕布一陣。天下諸侯可不羞死也。〔正末唱〕想當日虎牢關一時難措手。到如今文官每盡拜降。武將每皆遁走。慣的那廝呵千自在百自由。

〔楊彪云〕今日小官奉聖人的命。請司徒來商議。怎生出個計較。擒拿董卓。〔正末云〕太尉。噤聲。那賊臣董卓權重勢大。非可容易剿滅。况他耳目布滿朝端。我等計議。倘或漏洩。豈不反取其禍。〔楊彪云〕雖然如此。奈吾等世爲漢臣。誓不與這賊並立。但有可圖。捹以身命殉之。他非所懼也。〔董卓領卒子冲上云〕某乃董卓是也。我今日直至楊彪家中。覷破這老賊去。令人報復去。道有董太師在於門首。〔祇從做報科〕報的老爺得知。有董太師來了也。〔楊彪做驚科云〕果如司徒所料。董太師來了也。吾等便當出迎。〔同出迎董卓見科云〕哦。王司徒也在此。你兩個這裏商議些甚麽哩。〔楊彪云〕小官與王司徒偶因朝罷相過。叙些閒話而已。並不曾商議甚的。〔董卓云〕王允。你兩個見我到門。似有驚駭之色。莫非要害我麽。〔正末云〕俺等軀命皆在太師掌握。

豈敢有此。〔唱〕

【後庭花】没阿只你箇董太師掌大權。〔董卓做笑科云〕我這權元也不小。〔正末唱〕吕温侯爲帥首。俺可也同商議。待擇箇好日頭。〔董卓云〕元來你們要擇箇好日頭。敢是商量請我吃酒麽。〔正末云〕非也。待請太師早登大位耳。〔董卓笑云〕只怕孤家到不得這地位。〔正末唱〕見説的話相投。〔董卓云〕若果有此日呵。你等但説的。我便依卿所奏也。〔正末唱〕便道是依卿所奏。〔做背科唱〕只怕你這狠心腸無了休。

〔董卓云〕楊太尉。俺問你。從古以來。也有將平天冠讓人戴的麽。〔楊彪云〕古語有云。有道伐無道。湯放桀。武王殺紂是也。無德讓有德。堯禪舜。舜禪禹是也。〔董卓云〕王司徒。這等看來。今日之事。亦可知矣。〔正末唱〕

【那吒令】有一個虞舜帝。他承唐祚温恭自守。有一個秦始皇。他併周家强梁不久。有一個新巨君。他篡漢室狂乖出醜。〔董卓云〕孤家爲這一事。用了多少機謀。一時不得成就。以此心中好生着惱。〔正末唱〕你如今怕甚麽計不成。怕甚麽謀難就。便待要一勇性亂舉戈矛。

〔董卓云〕孤家看來。朝裏朝外。唯我獨尊。若要舉事之時。那一個敢道個不字兒的。俺就着他立生災禍。身家難保。九族不留。〔正末云〕王允夜觀乾象。漢家氣數已盡。太師功德巍巍。當代漢

而有天下也。只在這早晚了。〔唱〕

【鵲踏枝】你可也强承頭。大睁眸。豈不見天象璇璣。氣運周流。〔董卓做笑科云〕既然天象如此。只怕孤家没這福分。〔正末云〕元來太師不知。近日銀臺門内築一高臺。此非爲禪授而何。〔唱〕早築下高臺禪授。休忘了俺兩個王允楊彪。

〔董卓云〕孤家要圖大事。這文武重臣。順我者爲恩。逆我者爲讎。豈不切切的謹記於心也。〔正末唱〕

【寄生草】這本是服德非關力。你休便將恩認做讎。則願你仗龍泉掃蕩風塵垢。按龍韜補盡乾坤漏。坐龍庭穩占江山秀。〔董卓云〕此事只宜疾不宜遲也。〔正末唱〕則願你順人和有麝自然香。休得要逆天心無禍誰能勾。

〔董卓云〕這事全仗你衆公卿扶持一扶持。孤家自有重報。〔楊彪云〕請太師放心。略寬三五日。選得吉辰。衆公卿便來奉迎也。〔董卓云〕太尉司徒。孤家入朝以來。手握重兵。數百餘萬。勇猛之將。如吕布者非止一人。生殺廢置。但憑孤口。要奪漢家天下。如探囊取物。亦有何難。既是銀臺門已有築臺授禪之意。俺如今且回府去。整備平天冠。等候便了。雖然如此。恐防日久變生。只是早幾日的好。〔詩云〕觀乾象漢已天亡。况孤家久握朝綱。也終防别生事故。休遲緩自取其殃。〔下〕〔楊彪云〕這匹夫好無禮也。一心要侵奪漢家天下。司徒。計將奈何。〔正末唱〕

【金盞兒】我本是一重愁。翻做了兩重愁。方信道是非只爲多開口。〔楊彪云〕司徒怎生定計擒拿此賊。方可保安漢室江山。〔正末唱〕待教我神機妙策苦搜求。怎做的姜子牙能伐紂。張子房會興劉。〔楊彪云〕小官覷司徒也不弱於先賢。只要先算計了呂布一人。那董卓便易擒矣。〔正末唱〕你待要剿除了董太師。甚法兒所算了呂温侯。

〔楊彪云〕此事全仗司徒用計。〔正末做沈吟科云〕太尉。你且放心。容小官思忖來。〔唱〕

【賺煞】攬這場强熬煎。自尋些閒僝僽。少不的三五夜蒼顏皓首。〔楊彪云〕人年不滿百。常懷千歲憂。司徒。我和你這煩惱何時是了也。〔正末唱〕那些個百歲常懷千歲憂。搜尋遍四大神州。運機籌。這功績難收。可惜萬里江山一旦休。〔楊彪云〕適在老賊之前。約下三五日間。便有分曉。司徒。須要早圖。休得誤事。〔正末唱〕眼見的烏飛兔走。争奈這龍争虎鬭。將一箇悶弓兒拽扎在我心頭。〔下〕

〔楊彪云〕王允此一去。必然用計擒拿董卓。保安漢室天下。老夫悄悄的自去回聖人話便了。〔詩云〕漢室江山誓共扶。肯容賊子有狂圖。計就月中擒玉兔。謀成日裏捉金烏。〔下〕

【音釋】洮音逃　比音避　賁音奔　鬯音唱　蹕音必　過平聲　華去聲　横去聲　强欺養切　降奚江切　阿何哥切　璇音旋　璣音幾　重平聲　僝鋤山切　僽音驟

第二折

〔董卓李儒李肅卒子上詩云〕文武朝臣不見過。銀臺門事竟如何。只爲龍床難得坐。一夜心焦白髮多。某乃董卓是也。頗奈王允等衆官好生無禮。他每説早晚選定吉日。便來迎俺。登其大位。我看黄曆上儘有好日子。怎麽還不見來相請。令人門首覷者。若王允等衆官來時。報復我知道。〔卒子云〕理會的。〔外扮太白星官抱布上云〕世俗的人。跟貧道出家去來。我着你個個成仙。人人了道。這裏也無人。貧道乃上界太白星是也。生居金地。出在庚方。鑒人間善惡無差。辨世上榮枯有准。因朝天帝回來。覷見下方董卓弄權。要謀漢家天下。上蒼致怒。衆神不喜。故差貧道點化此人。看他省的也不省的。這是董卓門首。〔做三笑科云〕董太師。你好個大志氣也。〔做三哭科云〕董太師。你這早晚死也。〔卒子做報科云〕報太師爺。門首有個風魔的先生。望着府門大笑三聲。大哭三聲。打着他不去。特來報知。〔董卓云〕有這等事。待我親自出去試看咱。〔做見科〕〔太白云〕呵呵呵。董卓。你這早晚死也。〔董卓云〕這個正是風僧狂道。令人。與我拿住者。〔做拿不住科〕〔董卓云〕我自已拏這厮去。〔做攧布科下〕〔董卓云〕哎喲。打殺我也。他怎生不見了。且看打我的是什麽物件。〔做取看科云〕元來是一疋布。兩頭兩個口字。中間裏有兩行字。寫着道。千里草青青。卜曰十長生。李儒。你知道麽。〔李儒云〕太師。李儒仔細參詳。不解此意。則除是蔡邕學士。他可懂的。〔董卓云〕吾兒言者當也。李肅。與我喚將蔡邕來者。〔李肅云〕蔡學士安在。〔外扮蔡邕上云〕小官姓蔡名邕。字伯喈。祖居陳留郡人氏。官拜學士之職。有太師相請。不知爲着甚事。須索見去。〔做報見科蔡邕云〕太師呼喚小官。有何見諭。〔董卓云〕蔡學士。我正在府中閒坐。有一箇風魔的先生。望着府門哭三聲笑三聲。我出去看他。被他拿一物件當頭打將過來。正要着人拏他。早化一道金光不見了。如今他這物件現在於此。我不解其意。喚學士來試看咱。〔蔡邕云〕既如此。請借一看。〔做看科云〕哦。是一疋布。可長一丈。上面有兩行字。千里草青青。卜曰十長生。〔做背科云〕這老賊當來必死在呂布之手。則除是這般。〔回云〕太師。據蔡邕看來。布上有兩行字。千里草青青。卜曰十長生。千字下面着箇里字。千字上面着箇草頭。可不是箇董字。卜字下面着箇曰字。曰字下面着箇十字。可不是箇卓字。這是包藏着太師的尊諱。這是一疋布。兩頭兩箇口字。上下疊起。可不是箇呂字。這是包藏着呂布二字。布可長一丈。是報太師有十全之喜。皆憑呂布英雄。此乃天意。亦人力也。〔董卓做笑科云〕學士言者當也。我若成其大事。這左丞相位兒就是你坐。〔蔡邕云〕則怕太師忘了。〔董卓云〕說的是。常言道貴人多忘事。就將此布你收的去。我若成其大事。拏將這布來。這左丞相就是你的了也。〔蔡邕云〕多謝太師。小官告退。出的這門來。我蔡邕本爲父母之故。不得已投託董卓門下。如今拏這布悄悄的到王司徒府中。與他商量。走一遭去。〔下〕〔董卓云〕蔡邕去了麼。兀的不歡喜殺老夫也。〔詩云〕憑着俺呂布孩兒。成大事今日今時。方信道人有善願。果然是天必從之。〔同衆下〕〔正末上云〕老夫王允是也。昨日楊太尉口傳密詔。着老夫定計擒拏董卓。老夫想來他權勢重大。况兼吕布有萬夫不當之勇。展轉尋思。並無一計。怎生是好。天色晚了也。不免掩上宅門。再思想波。〔蔡邕上云〕這是司徒門首。我試喚門咱。〔做喚門科〕〔正末出看科云〕喚門的是誰。〔蔡邕云〕是小官蔡邕。〔做見科正末云〕學士爲何至此。〔蔡邕云〕丞相。小官無事也不來。那董太師在私宅中閒坐。忽有一箇乞化先生。望着他府門大笑三聲。大哭三聲。太師大怒。着人拏他。被他將一物件望着太師打來。化一道金光不見了。這就是打的那物件。司徒請看。〔正末做接看科云〕原來是一疋布。布上有兩行字。千里草青青。卜曰十長生。那草字着個千字里字。卜字着個曰字十字。可不是董卓二字。〔蔡邕云〕解的是。〔正末做再看科云〕布上兩頭一個口字。分明是藏着吕布二字。但這布不長九尺。又不長一丈一尺。主何意思。這個却解不過來。〔蔡邕云〕有甚難解處。這布足足一丈。單主着董卓數足。早晚死也。若死必在吕布之手。〔正末云〕學士差矣。那吕布是董卓的養子。他如何肯殺董卓。〔蔡邕云〕董卓比丁建陽如何。司徒。你怎生立一人之下。坐萬人之上。調和鼎鼐。燮理陰陽。但能使吕布生心。董卓不足圖矣。小官不才。願獻一策。名曰連環計。天色已晚。小官告回。〔下〕〔正末云〕學士去了也。他説便説的好。只是這連環計將何下手。丢下一樁悶公事在俺心上。兀的不傒倖殺人也呵。〔唱〕

【南吕一枝花】急切裏稱不的王允心。酬不了吾皇願。擒不到董太師。立不起漢山川。則着我算後思前。將百計搜尋遍。奈一時難布展。憂的我神思竭默默無言。愁的我魂膽喪兢兢打戰。

〔云〕似這等憂愁。着俺何時是了也。〔唱〕

【梁州第七】憂的是防禍亂似防天之墜。愁的是傍姦雄似傍虎而眠。赤緊的翻騰世事雲千變。霎時間朱顏易改。皓首相纏。憿懆的我渾如癡掙。直似風顛。恰便似悶弓兒在心下熬煎。快刀兒腹内盤旋。空着我王司徒實丕丕忠孝雙持。怎當他董太師惡狠狠威權獨擅。更和那吕温侯氣昂昂智勇兼全。幾番。告天。奈天天相隔人寰遠。偏不肯行方便。可憐我一點丹心鐵石堅。落的徒然。

〔云〕心中困倦。且到後花園消散一回咱。這是牡丹亭子上。家僮。取琴過來者。〔家僮上遞琴科云〕琴在此。〔正末做歎科云〕哀哉。漢室將傾。非人力可挽。不免對月彈琴。作歌一首。〔做撫琴科〕〔歌曰〕吁嗟炎漢兮末運否。姦臣弄權兮干戈起。吕布驍勇兮爲爪牙。虎牢一戰兮衆皆靡。天子遷都兮入長安。如鳥離巢兮魚失水。三百餘年兮基業傾。二十四帝兮今已矣。老夫慷慨兮懷國讎。恨不拔劍兮梟其頭。争奈年華兮值衰暮。况復朝臣兮無可謀。空承密詔兮在衣帶。竟乏奇計兮能分憂。日夜躊躇兮心欲碎。臨風浩歎兮淚横流。〔旦兒扮貂蟬領梅香上云〕妾身貂蟬是也。自從與吕布失散。不想流落於此。幸遇司徒老爺看待如親女一般。只是這樁心事。難以剖露。如今月明人静。不免領着梅香。後花園中燒香走一遭去。〔梅香云〕姐姐。你行動些。〔正末做見避科唱〕

【隔尾】我則道忒楞楞宿鳥在花陰串。原來是嬌滴滴佳人將竹徑穿。把玉露蒼苔任踏踐。〔梅香云〕姐姐。在這芍藥闌邊放下香桌兒好麽。〔正末唱〕俺掩在湖山石這邊。他行到芍藥闌那邊。〔旦兒做氣喘科〕〔正末唱〕我見他手纖纖搭扶着丁香樹兒喘。

〔旦兒云〕梅香。將香來者。〔梅香云〕姐姐。請上香咱。〔旦兒云〕池畔分開並蒂蓮。可堪間阻又經年。鶼鶼比翼難成就。一炷清香禱告天。妾身貂蟬。本呂布之妻。自從臨洮府與夫主失散。妾身流落司徒府中。幸得老爺將我如親女相待。争柰夫主呂布。不知下落。我如今在後花園中燒一炷夜香。對天禱告。願俺夫妻每早早的完聚咱。柳影花陰月半空。獸爐香裊散清風。心間多少傷情事。盡在深深兩拜中。〔梅香云〕我替姐姐再燒一炷香。天那。俺曾聽的有人説來。道是人中呂布。女中貂蟬。不枉了一對兒好夫妻。若能得早早成雙。可也拖帶梅香咱。〔正末唱〕

【四塊玉】我則道他瘦懨懨苦病纏。却元來悄促促䠆閨怨。方信道色膽從來大似天。〔旦兒做泣科〕〔正末唱〕則見他淚痕兒界破殘粧面。我可甚治家如治國。他也不能守禮似守身。都做的顧後不顧前。

〔云〕貂蟬。你在這裏做甚麽。敢如此大膽也。〔梅香云〕決撒了。老爺都聽見了也。〔旦兒云〕你孩兒在此不曾説甚麽。則爲身子不快。特來燒香。〔正末云〕噤聲。〔唱〕

【罵玉郎】還待要花言巧語將咱騙。你恰纔個焚香拜告青天。深深頂禮親發願。似這等心又虔。意又堅。可則是保你身無倦。

〔旦兒云〕你孩兒並無别願。見此好天良夜。一心則是拜月焚香。不曾敢説些甚麽。〔正末唱〕

【感皇恩】呀。你説甚麽再遞絲鞭。重整良緣。是誰人打散了你這錦紋鴦。分開了雙飛燕。斫斷了並頭蓮。害的你一生恨惹。則爲這兩下情牽。〔旦兒云〕你孩兒並無此言。〔正末云〕你還賴哩。〔唱〕我則問你遭間阻。經離别。是何年。〔旦兒云〕你孩兒則爲身子不快。因此拜月焚香。委實的並無别意。〔正末唱〕【採花歌】則你這腹中冤。口中言。聲聲道天公怎不把人憐。〔梅香云〕俺姐姐並不曾説甚麽。我若説謊。就變一個哈叭狗兒。〔正末云〕哇。〔唱〕你道是吕布人中多俊雅。貂蟬世上最妖妍。

〔旦兒云〕你孩兒端的不曾説甚麽來。〔正末云〕貂蟬。我聽的你説則願夫妻每早早團圓。那一個是你丈夫從實的説來。若一字不實。我打死你這小賤人。决無乾罷。〔貂蟬跪云〕望老爺停嗔息怒。暫罷虎狼之威。聽您孩兒慢慢的説來。您孩兒不是這裏人。是忻州木耳村人氏。任昂之女。小字紅昌。因漢靈帝刷選宫女。將您孩兒取入宫中。掌貂蟬冠來。因此唤做貂蟬。靈帝將您孩兒賜與丁建陽。當日吕布爲丁建陽養子。丁建陽却將您孩兒配與吕布爲妻。後來黄巾賊作亂。俺夫妻二人陣上失散。不知吕布去向。您孩兒幸得落在老爺府中。如親女一般看待。真個重生再養之恩。無能圖報。昨日與妳妳在看街樓上。見一行步從擺着頭踏過來。那赤兔馬上可正是吕布。您孩兒因此上燒香禱告。要得夫婦團圓。不期被老爺聽見。罪當萬死。〔正末云〕貂蟬。此言是實麽。〔旦兒云〕老爺。您孩兒並不敢説謊。〔正末云〕嗨。蔡學士。你好能也。兀的不是連環計。

却在這妮子身上。〔唱〕

【絮蝦蟆】這的是天意隨人轉。也顯得我忠心爲國專。背地裏自欣然。何須別尋空便。何須更圖機變。不索共他陣面。不索和他交戰。我這條妙計久遠。我這條妙計長便。蒼生要解倒懸。社稷從此保全。賊臣董卓弄權。端的勢焰薰天。若有半點風聲漏傳。可不滅盡滿門良賤。憂的咱憂的咱意攘情顛。心似油煎。誰承望俺家裏。搜尋出這美女嬋娟。到來日開筵。向脂粉叢中倒暗暗的藏着征戰。這計謀。怎脱免。〔帶云〕貂蟬。〔唱〕我着你夫妻美滿。永遠團圓。

〔云〕孩兒。你若肯依着您父親一樁事呵。我便着你夫妻每團圓也。〔旦兒云〕老爺休道是一樁事。就是十樁事。您孩兒也依的。但不知是那一樁事。〔正末云〕我想春秋時節。有個鱄諸之妻。力贊夫主。助成大功。到我朝有個王陵之母。伏劍而死。遣其子事漢。無生二心。後來俱名登史册。人人傳頌。你如今肯替父親出此一計。使我得陰圖董卓。重整朝綱。便當着你夫妻們永遠團圓。兒也。你休顧那胖董卓一時春點污。博一個救帝主萬代姓名香。〔旦兒云〕父親。我隨你要孩兒怎的。〔正末云〕既然這等。孩兒。你且歸後堂中去。〔旦兒云〕理會的。欲教青史留遺跡。敢惜紅顏別事人。〔下〕〔正末云〕季旅那裏。〔净扮季旅上云〕自家不是别人。是這王司徒堂候官季旅的便是。老爺呼唤。不知有甚事。須索見來。〔做見科云〕老爺呼唤季旅。那廂使用。〔正末云〕季旅。你與我一面分付掌酒宴的安排筵席伺候。一面到太師府傍温侯的私宅。請吕布來者。〔季旅云〕理會的。〔下〕〔正末云〕季旅去了。我料呂布必然來赴席也。若來時。我自有個主意。正是不施萬丈深潭計。怎得鰲魚上釣鈎。〔下〕〔冲末扮呂布領卒子上詩云〕人又英雄馬又驍。太師親賜赤麟袍。世人問我名和姓。曾見横行出虎牢。某姓呂名布。字奉先。在於虎牢關上。殺退十八路諸侯。威振天下。官封温侯之職。見佐董太師門下。名爲養子。寵冠羣臣。除了征戰之外。無過是吃酒耍子。今日營中無事。且看甚麼人來請我。〔季旅上云〕自家季旅。奉着司徒的言語。請呂温侯走一遭去。可早來到私宅門首。門上的報復去。説有王司徒差官季旅要見。〔卒子做報科〕〔呂布云〕着他過來。〔卒子云〕差官進。〔季旅做見科〕〔呂布云〕季旅。你此來有甚事。〔季旅云〕奉司徒之命。道近日邊報頗稀。特治小筵。屈温侯爺一叙。〔呂布笑云〕我道這老匹夫强不過。你先去。我便來也。〔季旅云〕我季旅就回話去。只望温侯爺早些命駕。〔下〕〔呂布云〕季旅去了也。左右。收拾鞍馬。就到王允府中赴宴走一遭去來。〔下〕〔正末引季旅祗候上云〕老夫王允。早間着季旅請呂布去。他説就來。令人。門外覷者。若温侯來時。快報知道。〔季旅云〕理會的。〔呂布引卒子上云〕這是王司徒府門首了。左右。接了馬者。〔季旅做報科〕〔正末忙接科云〕早知温侯來到。只合遠接。接待不及。勿令見罪。〔呂布云〕你是朝中老臣。怎生行這等禮。忒謙遜了。只怕不當麽。〔正末云〕不敢。得温侯慨臨。我老夫增光多矣。令人。擡上果桌來者。〔做擡果桌正末遞酒科云〕奉先。請滿飲此杯。〔呂布云〕量呂布有何德能。着老宰輔置酒張筵。如此重待。呂布何以克當。〔正末唱〕

【牧羊關】想王允官銜小。才藝淺。怎當的公子登筵。〔吕布云〕老宰輔。你請我有何主意。〔正末云〕我王允也别無他意。只重奉先的威名耳。〔唱〕願温侯家給千兵。願温侯户封八縣。願温侯早掌元戎印。願温侯早受帝王宣。願温侯皂蓋飛頭上。願温侯朱衣列馬前。

〔吕布做笑科云〕多謝老宰輔盛意。只怕吕布没福。〔正末云〕老夫幼習天文。見漢家氣數盡矣。太師功德巍巍。指日之間。必登高位。只望温侯提拔王允咱。〔吕布云〕老宰輔。你但放心。若太師成了大事。這左丞相少不得是你做。〔正末做遞酒科云〕多謝多謝。請奉先滿飲此杯。〔吕布云〕酒忒緊了。待俺慢慢的飲幾杯。〔正末云〕便好道筵前無樂。不成歡樂。令人。傳語後堂中。請出貂蟬小姐來者。〔旦兒領梅香上科云〕父親。呼唤您孩兒有何事。〔正末云〕孩兒也。吕布現在前廳上。他帶了酒也。你只推不認的。與他遞一杯。就歌一曲。看他説甚麽。〔旦兒云〕理會的。〔正末領旦兒見吕布科云〕小姐。把體面見了温侯者。〔旦兒做拜科云〕温侯萬福。〔吕布忙回禮科云〕小姐免禮。〔正末云〕孩兒。與温侯遞一杯兒酒。〔旦兒云〕將酒來。〔梅香云〕酒在此。〔旦兒做送酒科云〕温侯。請滿飲此杯。〔吕布做接酒飲科云〕老宰輔。吕布已醉。有失禮體。酒勾了也。〔正末云〕奉先請寬懷暢飲。便醉也何妨。孩兒。你唱個曲兒奉温侯的酒。〔旦兒唱〕

【雙調折桂令】幼年間曾事君王。不甫能出賜英雄。得配鴛鴦。只爲那半路風波。三年阻隔。兩地分張。想當初避兵時干戈擾攘。到如今太平年黎庶安康。但願美滿成雙。拜謝穹蒼。早難道對面相逢。便剗的忘了紅昌。

〔呂布做打認科云〕這不是貂蟬。他怎生得到這裏來。〔正末背云〕果有此事。這厮中計了也。

〔唱〕

【隔尾】一箇眼傳情羞掩芙蓉面。一箇坐不穩難登玳瑁筵。則見他佯帶酒推更衣且寬轉。〔呂布云〕老宰輔。乞恕呂布踈狂之罪。〔正末唱〕請温侯穩便。〔呂布做嘔科云〕呂布酒醉了。混踐華堂。豈不得罪。〔正末唱〕有甚麼混踐。〔云〕奉先請坐。老夫前後執料去咱。〔唱〕我口兒裏説話將身軀倒退的遠。〔虚下〕

〔呂布低云〕老宰輔去了也。貂蟬。〔旦兒應科〕〔呂布云〕妻也。你怎生却在這裏。〔旦兒云〕自從俺臨洮失散。流落在司徒府中。不想今日纔得相見。奉先。則被你痛殺我也。〔旦兒做哭呂布掩泣科云〕貂蟬兀的不想殺我也。〔正末冲上云〕你兩個説甚麼哩。〔呂布同旦兒跪科〕〔正末唱〕

【哭皇天】被我偷睛兒早瞧見。〔呂布云〕我呂布實是酒醉了也。〔正末唱〕那兩個私情的忒自專。〔旦兒云〕您孩兒並不曾敢説甚麼。〔正末云〕噤聲。〔唱〕你這賤媳婦無斷送。〔呂布云〕這都是呂布之罪。不干他事。〔正末唱〕你這新女壻省財錢。覰的咱渾如芥蘚。俺好意的張筵置酒。你走將來賣俏行姦。暢好是厮踏踏厮踏踏也波呂奉先。〔呂布云〕老宰輔不知。聽呂布慢慢的説一遍。他本忻州木耳村人氏。任昂之女。小字紅昌。因漢靈帝選入宮中。掌貂蟬冠來。故名貂蟬。後靈帝賜與丁建陽。當日呂布與建陽爲養子。建陽將貂蟬配與呂布爲妻。因黄巾賊作亂。

在陣上失散。一向不知下落。元來在老宰輔處。因此吕布不勝分離之感。只望老宰輔怎生可憐見。着俺夫妻再得團圓。吕布至死也不忘大德。當效犬馬之報。〔正末云〕我兒。你有何言。〔旦兒云〕委實如此。只望父親恕罪。〔正末云〕既如此。温侯請起。〔唱〕**説甚麽單絲不線。我着你缺月再圓。**

〔云〕孩兒。你自回後堂中去。〔旦兒同梅香下〕〔正末唱〕

【烏夜啼】俺只道侯門一入如天遠。〔云〕這個不是老夫的私宅。〔吕布云〕不是老宰輔私宅。可是那裏。〔正末唱〕**誰承望漢劉晨誤入桃源。枉着你佳人受盡相思怨。早兩箇攜手挨肩。共枕同眠。則待要寶驊騮再接紫絲鞭。怎肯教錦鴛鴦深鎖黄金殿。美前程。新姻眷。一任的春風院宇。夜月庭軒。**

〔云〕温侯。你若不説。老夫怎生得知。我尋也尋不着這門親事。我便選吉日良辰。倒賠三千貫奩房斷送。將貂蟬配與温侯爲妻。你意下如何。〔吕布云〕多謝了老宰輔。貂蟬的父親。便是吕布的父親哩。此恩必當重報也。〔正末云〕温侯。可則一件。則怕太師知道。見王允之罪麽。〔吕布云〕不妨事。俺父親知道。更是歡喜。〔正末云〕既然這等呵。將軍。你放心。老夫到來日。再安排一個筵席。敬請太師。一來商議大事。二來就題你這門親事。有何不可。〔吕布云〕太山。爲您孩兒如此般用心。吕布至死也不敢忘報。酒勾了也。吕布告回。〔正末云〕將軍勿罪。〔吕布云〕不敢不敢。我出的這門來。還俺私宅去也。〔詩云〕偶赴侯門宴。依然逢故妻。重諧雙鳳侶。不似五羊皮。〔下〕〔正末云〕吕布去了也。季旅。你再到太師府中。道王允請太師飲宴。他若不來時節。你便道王允專請太師商議大事。願無他阻。〔季旅云〕理會的。〔正末云〕我料董卓一武夫耳。見説商議大事。必然肯來。〔唱〕

【黄鍾尾】到明朝安排下鴻門擺設重瞳宴。准備着打鳳機關吕后筵。用心腸。使機見。這權術。要巧便。奏笙歌。列管絃。花如錦。酒似川。我更謙下。做軟善。董太師。酒性顛。見紅顔。决顧戀。那其間我把這美貌貂蟬僞托獻。暗暗的對天説呪願。〔帶云〕你道我願甚的來。〔唱〕**則願的早滅了賊臣將俺那聖明來顯。**〔同季旅祗候下〕

〔音釋〕行音杭　鼐音奈　燮音屑　稱去聲　慅音竈　喘川上聲　間去聲　從去聲　解上聲　轉音專　强雞漾切　中去聲　推退平聲　斷端去聲　省生上聲　勝平聲

第三折

〔董卓領祗候上云〕某董卓是也。前日太尉楊彪。司徒王允。他兩個説銀臺門築起一座高臺。只在三五日間。請某授禪。怎麽這幾時還不見回話。那楊彪老賊。元是個倔强的人。便也罷了。難道王允也來欺我。令人。門首覷者。但有衆公卿來時。報復我家知道。〔祗候云〕理會的。〔季旅上云〕自家季旅的便是。奉着俺老爺言語。着我請董太師。可早來到府門首。左右報復去。道有王司徒差官季旅在於門首。〔祗候做報科〕〔董卓云〕着他進來。〔祗候云〕着過去。〔見科董卓云〕季旅。你來怎麼。〔季旅云〕俺王允着季旅來請太師爺飲宴。〔董卓云〕季旅。我心中自有大事。要與衆公卿計議。量你那一席酒打甚麼緊。你回去與那王允老頭兒道。我不要你那酒吃。〔季旅云〕太師爺。俺王允曾説來。道此酒不爲他設。單請太師爺要商議大事哩。〔董卓云〕哦。原來要請我商議大事。季旅。你先回去。我隨後便來也。〔季旅云〕理會的。出的府門來。不敢久停久住。回老爺的話去。〔下〕〔董卓云〕季旅去了也。令人。安排車駕。親到王允宅上赴宴走一遭去。〔做暗笑科云〕若是酒筵間有些好歹。就將這老匹夫結果了罷。〔下〕〔正末領祗候上云〕老夫王允。差季旅往太師府中請董卓去了。想那老賊這早晚敢待來也。〔唱〕

【正宫端正好】仗才能。憑謀量。不須動闊劍長鎗。無非是偎紅倚翠如屏障。早擺設的都停當。

【滚繡毬】爐焚着寶篆香。酒斟着玉液漿。奏笙歌樂聲嘹喨。今日箇畫堂中别是風光。雖然是錦繡鄉。暗藏着戰鬬場。則争無虎賁郎將。玳筵前擁出紅粧。我只待窩弓藥箭擒狼虎。布網張羅打鳳凰。不比尋常。

〔季旅上云〕自家季旅的便是。適纔請了太師。回俺老爺的話去。〔做見科〕〔正末云〕季旅。你請董太師如何。〔季旅云〕奉老爺的言語。去請董太師。他初意甚是不喜。見説商議大事。他的面色就轉過來了。説道。你先去。我隨後便來也。〔正末云〕季旅。你到門外覷者。遠遠的望見太師頭踏。快來報復我知道。〔季旅云〕理會的。〔董卓引李儒李肅卒子上詩云〕王家設宴莫猜疑。就裏機關我自知。若有半聲言不合。踹平宅第作污池。某乃董太師是也。今日王允請某飲酒。衆將就屯軍在門首者。〔衆應科〕〔季旅慌報云〕報的老爺得知。有董太師來了也。〔正末云〕老夫親自接待去咱。〔跪見科云〕有勞太師貴脚來踏賤地。王允不及遠迎。乞恕死罪。〔董卓云〕王司徒。你偌大的官職。當街裏跪着。外人觀看不雅。請起。〔正末云〕小官理當。王允早是今日請的太師赴宴。若遲三五日呵。太師登了九五之位。那時君臣名分。就如天地隔絶。再也不能展其僚寀之歡。故此斗膽奉邀。只望太師勿罪。〔董卓做大笑科云〕只怕老夫到不得這地位。〔正末云〕令人。與我擡上果桌來者。〔季旅做擡果桌正末遞酒科云〕太師。請滿飲此杯。〔董卓云〕住者。酒也要喫。話也要説的明白。你那銀臺門這事。准在何日。你若説的明白我便喫。〔正末科云〕稟太師。此事已有成議。不出三日矣。〔董卓云〕若只是三日。打甚麽緊。司徒。將酒來。我喫我喫。〔做接飲正末再遞科云〕請太師連飲三杯。做個定席酒。〔董卓三飲科云〕我觀朝中公卿。有不如意者。輕則抉其眼。割其舌。重則斷其頭。再重則滅其族。唯有你這老頭兒禮度謙恭。言詞卑遜。甚合吾意。古語有云。謙謙終吉。司徒之謂也。〔正末云〕謝太師擡舉。〔唱〕

【伴讀書】見太師言分朗。教王允聽明降。説道是指日當朝多興旺。百司文武皆陞賞。那其間新情舊意休偏向。願太師福壽無疆。

〔董卓云〕司徒。孤家若成了大事。管着你身居極品。位列諸侯之上。〔正末唱〕

【笑和尚】願太師暮登天子堂。〔董卓云〕若果有這日。李肅加爲甚麽官。〔正末唱〕李肅做先鋒將。〔董卓云〕是了。吾兒吕布。可加爲甚麼官。〔正末唱〕吕布坐金頂蓮花帳。〔董卓云〕這個正當。〔做笑科云〕司徒。你可要做甚麼官。〔正末唱〕臣則是掌圖書佐廟廊。又不曾擐甲胄戰沙場。〔董卓云〕雖然如此。你可端的要做甚麼官。〔正末唱〕望太師着王允做一箇頭廳相。〔董卓云〕我道你爲甚麼請我。可原來則爲這個官兒。打甚麼緊。我若是三五日成其大事。這左丞相一定是你做。〔正末做拜謝科云〕只願太師無忘今日之言也。令人。將酒來。〔季旅云〕酒在此。〔正末做奉酒科云〕太師。請滿飲此盃。〔董卓云〕住者。這酒忒緊了。天氣暄熱。我身上有些困倦。暫且歇息咱。〔做盹科〕〔正末云〕季旅。太師帶了酒也。傳報後堂。着梅香伏侍貂蟬小姐出來。與太師打扇波。〔季旅做唤科〕〔旦兒引梅香持扇上云〕父親。唤您孩兒有何事。〔正末云〕兒也。董卓現在前廳上帶酒睡着了也。你與他打扇去。〔旦兒云〕理會的。〔打扇科〕〔正末唱〕

【滚繡毬】油掠的鬓髻兒光。粉搽的臉道兒香。畫的來月眉新様。穿的是藕絲嫩新織仙裳。若是這女豔粧。勸玉觴。殷勤的滿斟低唱。十指露春笋纖長。我則要削除漢帝心頭病。便是你醫治姦邪海上方。不索商量。

〔董卓做醒科云〕呀。這般透骨的凉風。打扇的是甚麼人。〔做見旦兒科云〕好女子也。似此顔色。人間少有。敢則是天仙麽。好女子也。好女子也。近前來。我與你同飲幾杯。〔旦兒做羞科〕〔正末背云〕這老賊兀的不中計了也。〔唱〕

【叨叨令】見董卓厮琅琅將酒盞躬身放。〔董卓云〕好美貌的女子。我府裏雖有千數丫鬟。並無一個能及之者。怎麽這老頭兒有那等好的。〔正末唱〕他把那嬌滴滴豔質從頭相。〔董卓做扯旦兒科云〕你便近着我些。有何妨礙。〔正末唱〕見貂蟬羞答答身子兒難親傍。〔董卓做看旦兒科云〕好女子也。〔正末唱〕那老賊涎鄧鄧的眼腦兒偷睛望。〔董卓云〕好女子也。你靠前些。〔正末唱〕這廝早則中計也波哥。早則中計也波哥。我推箇支分厨下離了筵上。〔董卓云〕我看這女子。生的有沈魚落雁之容。閉月羞花之貌。好女子也呵。呀。好涼風也呵。小姐。你近前來。扇的緊着。〔旦兒做摔扇科下〕〔董卓做趕科云〕王允。恰纔那打扇的可是誰家女子。〔正末云〕是王允的女孩兒。未曾許配他人哩。〔董卓云〕呀。原來是司徒的女孩兒。這等。你怎着他與我打扇。〔正末云〕古人敬客。往往出妻獻子。不以爲嫌。何況王允已將身許太師。豈惜一女子乎。〔董卓云〕司徒。我三五日間成其大事。則少這麽一個好夫人。司徒。你若肯與了我呵。堪可兩全其美也。〔正末云〕若不嫌小女殘粧貌陋。願送太師爲妾。〔董卓云〕怎麽説做妾。便做夫人。只怕老夫消受不起。〔顧取玉帶科云〕蒙司徒許諾。敢以玉帶爲聘。〔正末受科云〕多謝太師。〔董卓云〕司徒。今日難同往日。既是你的令愛與了我做夫人。你久後就是國老皇丈哩。我就是你的女壻。女壻就是兒子。你就是我的父親哩。父親請坐。受你兒子兩拜咱。〔做拜正末忙答拜科〕〔董卓云〕我有一句不揣的話。敢説麽。〔正末云〕太師有何分付。〔董卓云〕你既然將女孩兒許了我。他就是我家的人了。着他再出來遞一杯酒。可不好那。〔正末云〕太師分付。敢不唯命。季旅。傳語後堂。快喚貂蟬小姐出來。〔旦兒上正末云〕兒也。把體面與太師遞一杯酒者。

〔旦兒做遞酒科〕〔董卓笑云〕夫人遞酒。休道是酒。便是尿我也喫。拏大鍾子來。若没大鍾子。便脚盆也罷。好女子。好女子。越看越生的好。岳丈。今日難同往日。多承款待。酒已勾了。我喫不得了。看定明日是個吉辰。就送令愛過了門罷。我則在太師府裏坐下。專等岳丈送夫人來。我也備一個小小席面。管待岳丈。休得錯過了佳期。使我懸望。〔正末云〕既然太師看得來日是個吉日良辰。老夫倒賠三千貫房奩斷送。將小女送過太師府中來也。〔董卓云〕岳丈。我聽的你對堂候官説。喚什麽刁舌小姐。恰纔見他説話是好好的。舌頭一些也不刁。〔正末云〕不是刁舌。小字唤做貂蟬。〔董卓笑云〕公侯帶的冠是貂蟬冠。令愛小字貂蟬。這是明明該做我家夫人了。〔梅香云〕俺小姐如今做了太師爺夫人。太師爺戴了平天冠。俺小姐也不叫貂蟬了。〔董卓云〕我明日在太師府裏。專等岳丈送貂蟬來過門。我告回也。〔下〕〔正末云〕董卓去了也。季旅。收拾車輛。到來日傍晚。送貂蟬小姐到太師府去來。〔同下〕〔董卓領李儒李肅祗候女使上云〕李儒李肅。我昨日分付你每安排筵席。可齊整了麽。〔李儒云〕齊備多時了。〔董卓云〕王司徒今日送貂蟬小姐來。與我做夫人。就急的我一夜不曾睡。早准備下拜堂過門的物件。没一些兒不停當。天色漸晚。敢待來也。〔正末領旦兒奏鼓樂上〕〔正末云〕鼓樂響着。令人報與太師知道。有王允在於門首。〔李儒做報科云〕報的太師得知。有王司徒送親來也。〔董卓云〕快有請。〔做入見科〕〔董卓笑云〕岳丈。你不失信。我説你是個好人。如今我夫人在那裏。〔正末云〕在車兒上哩。〔董卓云〕請下車來。專房。好好伏侍夫人到後堂中插戴去。〔女使出迎旦兒下〕〔董卓云〕令人。將酒來。今日難同往日。你便是我泰山岳丈。〔做遞酒科云〕岳丈。請滿飲此杯。〔正末云〕王允不敢。太師先請。〔董卓云〕岳丈請。〔正末飲科云〕王允飲過了。〔回酒科云〕請太師滿飲一杯。〔董卓云〕將來。我飲一鍾。遞一鍾。喫到天明也不妨。只是今晚還有些生活。容老夫改日再做筵席罷。〔正末云〕酒也勾了。王允告回。〔下〕〔董卓云〕岳丈勿罪。李儒。後堂中開宴。我與夫人喫交杯酒去來。〔同衆下〕〔呂布上云〕某乃呂布是也。王司徒説道。今夜送貂蟬來與我爲妻。不想到府門外。細車兒盒擔鼓樂都進去了。連王司徒也不出來。莫非這老賊敢胡做麼。我則在門首等着。且待王允出來。看他説甚麼。〔正末上云〕那老賊回後堂中去了也。〔唱〕

【快活三】見董卓帶春風入後堂。〔呂布做迎科云〕老宰輔。呂布在此等候多時也。〔正末云〕噤聲。〔唱〕剗的你和夜月待西厢父子每都要帽光光。做出這喬模樣。

〔呂布云〕老宰輔。你令愛原是呂布之妻。流落在你府中。昨日酒席上親口許了呂布。今日可送進太師府裏去了。是何道理。〔正末唱〕

【鮑老兒】你這裏鼓舌摇唇説短長。則俺那新媳婦在車兒上。盼不見畫戟雕鞍舊日郎。呪駡殺王丞相。枉了你揚威耀武。盡忠竭節。定國安邦。偏容他鴟鴞弄舌。烏鴉展翅。强配鸞凰。

〔呂布云〕老司徒。你令愛端的何處。〔正末云〕温侯不知。昨日我請太師飲酒。題你這椿親事。太師十分大喜。道喚媳婦出來。我看看咱。老夫不合喚出貂蟬。拜了太師四拜。誰想這老賊看見貂蟬顏色。起了那一點禽獸的肚腸。今日車兒來到府門首。他就撥着許多女使。將貂蟬邀下車兒。擁入後堂去了。温侯也。枉了你是一個大丈夫。與妻子做不的個主。要你何用。那裏有做公公的將媳婦兒强納爲妾。呸。兀的不羞殺我也。〔吕布云〕若是老宰輔不説。我怎生得知。這老匹夫原來行這等不仁的勾當。兀的不氣殺我也。〔正末唱〕

【耍孩兒】覷你箇吕温侯本是英雄將。則這條方天戟有誰人抵當。也曾虎牢關外把姓名揚。唬的衆諸侯膽落魂亡。你本是扶持社稷擎天柱。平定乾坤架海梁。你有仁義他無辭讓。怎將那連雲相府。生扭做行雨高唐。

〔吕布云〕董卓老匹夫。好無禮也。我吕布與貂蟬。本是綰角兒夫妻。那老匹夫既認吕布爲義子。豈有這等家法。〔正末云〕可知道没有這等家法。〔唱〕

【二煞】他斂黄金盡四方。怕没紅顏滿洞房。怎麽禽獸般做的能淫蕩。你當初把離愁泣訴華筵畔。到今日將密愛輕分半壁厢。還顧甚多恩養。便不想臣能報國。也索要夫與妻綱。

〔吕布云〕老宰輔且請回府去。我今夜晚間。若見了貂蟬。問他緣故。我不道的饒了那老賊哩。

〔正末唱〕

【煞尾】雖然是女娘家不氣長。從來個做男兒當自强。若要你勃騰騰怒發三千丈。則除今夜裏親見貂蟬細細的訪。〔下〕

〔呂布云〕叵奈這老賊無禮。强奪了我貂蟬。更待乾罷。如今直到後堂中。尋那老賊去。〔虚下〕〔董卓領旦兒女使上云〕我好快活也。專房。擡上果桌來。等夫人與我遞一杯酒。喫個爛醉。也好助些春興。〔旦兒做遞酒董卓連飲科云〕我再飲一杯。夫人。你也飲一杯。專房。一壁廂收拾鋪陳。我與夫人歇息咱。〔做睡科〕〔呂布上云〕這是老賊卧房前。怎生得貂蟬出來。我見一面。可也好也。〔旦兒云〕這老賊醉了也。我聽的人説。這花園中有一個小角門兒。通着呂布的私宅。我試看咱。果然有個小角門兒。我推開這門來。〔呂布云〕這來的莫不是貂蟬麽。待我叫他一聲。貂蟬。〔旦兒云〕兀的不是奉先。〔做見科呂布云〕兀的不是貂蟬。〔旦兒云〕呂布。羞殺我也。我的車兒來到你私宅門首。被太師着許多人將我邀進府中去。那裏有公公納媳婦的道理。奉先。你是個男子漢。頂天立地。噙齒戴髮。與老婆做不的主。要你何用。呸。你羞麽。〔詩云〕我是年少青春一女流。今番説與你因由。縱然掬盡西江水。呸。難洗今朝臉上羞。〔呂布云〕妻也。這事我盡知道了。轉過這角門兒。那壁是我宅子。喒兩個説話去來。〔董卓做醒科云〕夫人夫人。可怎生不見夫人。他往那裏去了。〔做尋科云〕呀。這小角門可怎生開着。這壁却是吾兒呂布的私宅。我試尋咱。夫人那裏。〔旦兒云〕奉先。兀的不是老賊來了也。〔呂布云〕不妨事。我躲在這影壁邊。聽他説甚麽。着這老賊喫我一拳。〔董卓云〕夫人。你可怎生到呂布宅裏去。莫非這畜生敢來調戲你麽。〔做見科云〕元來這畜生在這裏。呂布。我不殺你。誓不姓董。〔呂布做打董卓科云〕着打倒這老賊也。不中。我索走走走。〔下〕〔董卓做倒〕〔旦兒忙扶起董卓科云〕哎呀。這畜生打死我也。李肅安在。〔李肅上云〕太師呼喚李肅。有何分付。〔董卓云〕李肅。可柰呂布這畜生無禮。公然來調戲我的夫人。被我撞見。他倒把我一拳打倒在地。他走了也。你與我拏那畜生去。小心在意。疾去早來。〔李肅云〕得令。怎麼有這等事。我如今擒拏呂布走一遭去。正是恨小非君子。無毒不丈夫。〔下〕〔董卓云〕李肅拏這畜生去了也。不怕這畜生不來。夫人。我渾身跌得疼痛。你好生扶着我回後堂中去。〔旦兒云〕幸得太師早來。不曾被那厮點污。太師且自保重者。〔做扶下〕

【音釋】當去聲　將去聲　屯音豚　擐音患　養去聲　興去聲

第四折

〔李肅戎裝上詩云〕太山頂上刀磨缺。北海波中馬飲枯。男兒三十不遂意。枉做堂堂大丈夫。某乃白袍李肅是也。王允將貂蟬許了俺太師做夫人。誰想呂布這畜生窺見美色。公然敢來調戲。他被俺太師撞破。他倒打上一拳。逃走去了。没些尊卑。端的情理難容。如今太師着我披袍貫甲。插箭彎弓。務要擒拏呂布。以雪其恨。不免沿路尾着他馬跡追趕去來。〔下〕〔正末上云〕老夫王允。設此連環之計。未知如何也呵。〔唱〕

【雙調新水令】空着我兩頭三面用心機。則爲這漢江山有人希覬。偏生的銅壺傳漏永。皓月上窗遲。徹夜徘徊。睡不到眼兒內。

〔云〕這早晚夜半也。可怎生無個信息來。〔唱〕

【駐馬聽】董太師燕約鶯期。歡喜殺肉重千斤新女壻。吕温侯鸞孤鳳隻。煩惱殺情分兩處舊嬌妻。貂蟬女淚珠兒滴滿了鳳凰杯。吕温侯怒風兒吹散了鴛鴦會。因此上自驚疑。則怕那一枝洩漏春消息。

〔吕布上云〕俺吕布一拳打倒那老賊。他必然差人來拏我。俺且躲在王司徒府中。與他商議。務要殺了那老賊。奪回貂蟬。纔稱我平生之願。這是司徒府門首。待我喚咱。開門來。開門來。〔正末云〕這喚門的好似吕布的聲音。這廝敢中計也。〔唱〕

【步步嬌】猛聽的門外人聲自慚愧。若不是中了咱家計。怎這等廝琅琅連扣擊。〔再做聽科唱〕現如今夜静更闌是阿誰。忙出去問真實。〔云〕我開開這門。看是誰咱。〔吕布云〕老宰輔。是您孩兒吕布。〔正末唱〕則見他氣丕丕的斜倚着門兒立。

〔云〕温侯。請入家裏來説話。這早晚爲何事到此。〔吕布云〕老宰輔。因爲那老賊不仁。被吕布一拳打倒了也。特來和老宰輔説知。似這等姦臣賊子。要他何用。不若商量一個計策。使我吕布得報此讎。〔正末唱〕

【胡十八】據着我王允的心。怎不替你箇奉先氣。枉了你廝幫助。廝扶持。普天下不似那箇老無知。行這般所爲。驢馬的見識。這便是出氣力。出氣力落來的。

〔吕布做憤怒科云〕我如今一不做。二不休。這老賊必死於吕布之手。〔正末云〕奉先且不要發惱。再慢慢的商議波。〔李肅上云〕某李肅奉太師的將令。着我擒拏吕布。一路尾着他追來。這是王允的私宅。想是他躲在這裏。我試唤門咱。司徒。開門來。開門來。〔吕布云〕老宰輔。兀的不是李肅唤門哩。必然那老賊着他來拏我。怎生是了。〔正末云〕不妨事。你且躲在壁衣後面。待我開門去。〔做出見科〕〔李肅云〕王司徒是何道理。你的女孩兒送與太師。便則與太師。若與吕布。便則與吕布。怎麼不明不白。着他父子每胡廝鬧了一夜。被吕布一拳將太師打倒在地。半晌爬不起來。如今奉太師的命。着我領兵擒拿吕布。一路趕着。見他進你這宅子裏來了。你快快獻出來。休要庇護他。莫説太師了不得着惱。便是我李肅也不道的饒了你這老頭兒哩。〔正末云〕將軍息怒。我想你祖公公李通。也曾在雲臺門聚二十八將。漸臺上誅了王莽。扶立起後漢一十二帝。到今二百餘年天下。多虧了你那祖公公李通將軍。你本是忠臣之後。怎生在那賊臣手下。久後擔着萬代臭罵。可不連你那祖公公李通忠孝之名。都沾污了。想貂蟬原是吕布之妻。董卓見他生得有些顔色。强要納他爲妾。將軍。若是你的妻子董卓也强奪了。你可意下如何。〔李肅云〕老司徒。你若不説。我怎得知道。原來是這老賊無恥。倒是吕布兄弟還容忍得過。若我白袍李肅呵。殺了那老賊多時也。如今吕布兄弟在那裏。待我助他一臂之力。同殺那老賊去。〔正末云〕温侯。你此時還不出來。待要怎的。〔吕布做出見拜科云〕哥哥。你兄弟險氣殺了也。〔李肅做扶起科云〕兄弟。原來是這老賊無禮。我助你一臂之力。同殺那老賊去。〔正末云〕將軍既有此心。可隨我同見聖人去來。〔同下〕〔楊彪領卒子上云〕老夫楊彪是也。只爲董卓專權。謀遷漢室。着老夫晝夜躊躇。無計所出。這幾日連王司徒也不見來。好是煩惱人也。〔正末同吕布李肅上云〕此間是楊太尉門首。令人報復去。道有王司徒要見。〔卒子做報入見科〕〔楊彪云〕司徒。這等慌慌促促而來。却是爲何。〔正末云〕今有吕布李肅。共肯出力擒拿董卓。老夫特來和老太尉計議。二位將軍現在門外。〔楊彪云〕既如此。何不請進。〔吕布李肅做入見科〕〔楊彪云〕難得二位將軍有如此忠義之心。若肯扶助漢家。擒拏董卓。小官即當奏知聖人。自有加官重賞。〔李肅云〕告老太尉得知。俺吕布兄弟將董卓打上一拳。已做騎虎之勢。不兩立了。但是董卓威權太盛。滿朝中那一個不是他爪牙心腹。此舉若非萬全。反取其禍。老太尉當與司徒作速定計。如迅雷一發不及掩耳。方能成事。我兩個無過是一勇之夫。但有出力去處。自當效命。生死不辭。〔楊彪云〕將軍説的極是。吾與司徒已有密計了。請先到銀臺門下藏伏。只等宣出詔書。二位將軍便一齊向前。誅討漢賊。則莫大之功成。不朽之名立矣。〔李肅同吕布先下〕〔楊彪云〕喜得吕布與董卓有隙。豈非天敗。只是銀臺門授禪的事。須要着人去迎請董卓入朝。還該着那一個官兒去纔好。〔正末云〕必須蔡邕學士去。此賊纔不生疑。〔楊彪云〕是。令人快請蔡邕學士來者。〔卒子云〕蔡學士有請。〔蔡邕上詩云〕自小生來好撫琴。高山流水號知音。當時不見螳螂事。錯怪東君有殺心。小官蔡邕是也。楊太尉着人相請。須索走一遭去。〔卒子做報科〕〔蔡邕見云〕二位大人召小官來。有何事也。〔楊彪云〕今日特奉密詔。着學士迎請董卓入朝授禪。若得賺入朝門。擒拏了董卓。學士之功。非同小可。〔蔡邕云〕大人放心。小官憑三寸不爛之舌。説董卓入朝。必無佅阻。只要二位大人小心着意。共立大功便了。〔正末云〕且喜蔡學士肯去迎請董卓。吾等即當奏知聖人。頒下詔書。不可遲也。〔同楊彪下〕〔蔡邕做行科云〕驀過長街。轉過短陌。此間是太師府門首。我索喚門咱。門裏有人麼。〔董卓引李儒祗候上云〕李儒。是誰喚門哩。〔李儒做聽科云〕是學士蔡邕喚門。〔董卓云〕是蔡邕喚門。李儒開了這角門兒。着他入來。〔李儒云〕我開開這門。學士請進。〔做見科〕〔董卓云〕蔡邕。此一來爲何。〔蔡邕做跪科云〕稟上太師。今日是黄道吉日。滿朝衆公卿都在銀臺門。敦請太師入朝授禪。〔董卓做笑科云〕好好好。我也有這一日。學士。你是第一功。令人。將朝服來。〔李儒做看朝服科云〕今日不可入朝。這朝服都被蟲鼠咬壞了也。若入朝。必然不利。〔董卓云〕蔡邕。我不入朝去了。我這朝服遍身都着蟲鼠咬壞。恐不中麼。〔蔡邕云〕太師。此乃是鼎新革故。欲換衮龍袍耳。〔董卓云〕蔡邕。你是我心腹之人。言者當也。我到銀臺門内。便當換了衮龍袍。要那舊朝服何用。蔡邕説的是。李儒説的不是。令人。開了中門者。〔李儒做看科云〕太師。今日不可出門。被蜘蛛羅網罩定府門内外。此一去恐遭羅網之災。〔董卓云〕蔡邕。我不去了。這其間必然有甚麼詐僞。故見此不吉之兆。〔蔡邕云〕太師。這也喚做鼎新革故。若到的銀臺門登了寳位。便當遮羅天下。這一座私宅也不要他了。〔董卓云〕學士説的是。李儒説的不是。令人。與我輛起車來。〔李儒做看云〕呀。怎麼駟馬車折其一輪。此事大不利。太師。今日不可登車。這一去敢有去的路。無有來的路也。〔蔡邕云〕太師到的銀臺門。衆公卿接着。便乘五輅之車。何止駟馬。這個也喚做鼎新革故。〔董卓云〕學士説的是。李儒説的不是。若敢再言。必當斬首。〔李儒云〕罷罷罷。我百般的阻當。不肯聽從。你此一去必遭喪身滅族之禍。那其間休説李儒不曾諫你。〔做歎科云〕你的事敗。我也要這性命做甚麼。就今日辭別了太師。不如撞車而死。免遭賊人之手。〔做撞死科〕〔下〕〔祗候報云〕報的太師得知。有李儒撞車而死也。〔董卓云〕嗨。李儒撞車死了。李儒孩兒也。你好没福。你好没福。〔做行科云〕蔡邕。來到朝門之外。怎麽不見百官接駕。〔蔡邕云〕文武百官都在銀臺門裏接待哩。〔董卓云〕這等。我下了車。步行進銀臺門去。〔蔡邕云〕蔡邕先去報知。領大小官員出來迎接也。〔董卓云〕你説的是。你説的是。〔蔡邕云〕我入的這門來。令人。關上門者。〔下〕〔董卓云〕可怎生蔡邕進去。將門倒關上了。此事有變。我且回去。〔正末同楊彪蔡邕領卒子上〕〔正末云〕兀那賊臣董卓。你那裏去。你知罪麽。〔董卓云〕兀那王允。我有何罪。〔正末云〕蔡邕。你高高的讀那詔書。賊臣聽者。〔蔡邕讀詔書科云〕皇帝詔曰。朕以凉德。忝嗣丕基。常隕墜是懼。往者大將軍何進謀除閹宦。妄召賊臣。遂擁兵入朝。竊弄威柄。朕實悔悼于厥心。幸賴祖宗之靈。天殛其惡。可着焚屍通衢。以警中外。其餘徒黨。咸赦勿問。故兹詔示。〔董卓云〕這事不中。只索逃命。走走走。〔李肅領卒子上云〕兀那老賊。走那裏去。喫我一鎗。〔董卓云〕好李肅。好李肅。你怎敢刺我。吾兒呂布安在。〔呂布冲上云〕老賊休走。喫我一戟。〔呂布做刺董卓跌倒科云〕呸。好悔氣。遇這等兩個孝順兒子。一發連夫人貂蟬也着他拏繩子來綑縛了我罷。〔李肅呂布做綁董卓科〕〔楊彪云〕今日誅了董卓。保安了

漢室江山。多虧了老司徒的妙計也。〔正末唱〕

【雁兒落】他下的你下的。你有義他無義。人無害虎心。虎有傷人意。

〔楊彪云〕那董卓自謂威權在手。覷得漢家天下。旦夕可圖。豈知有這今日。〔正末唱〕

【得勝令】方信道天網自恢恢。業重禍相隨。他認做威福長堪假。怎知道江山不可移。今日個燃臍。也是他自做下滔天罪。我和你揚眉。不枉了捨殘生救主危。

〔楊彪云〕今日此舉。若非司徒定計。豈能成功。小官即當奏知聖人。重加封賞。〔正末云〕托賴天子洪福。王允何功之有。〔唱〕

【掛玉鈎】這都是天地神靈暗護持。因此上感動的英雄輩。〔楊彪云〕我想董卓倚恃呂布。結爲養子。怎麼就肯歸順朝廷。共討此賊。却是爲何。〔正末唱〕誰承望義女貂蟬正是呂布妻。他不合相調戲。〔楊彪云〕這事我已盡知了。但呂布一個便要報讎。那李肅也是董卓的養子。爲何都肯順俺。〔正末云〕那董卓爲貂蟬之故。差李肅擒拏呂布。到我府中。被我把幾句忠義的説話激發他。連李肅也不忿其事。因此拔刀相助。得成大功。皆二人之力也。〔唱〕呂布有蓋世威。李肅有冲天氣。若非他歸順了皇朝。誰與咱剿滅這姦賊。

〔楊彪云〕既如此小官便當奏知聖人。叙功行賞者。〔下〕〔蔡邕云〕當日蔡邕曾説來。道這董卓必死于呂布之手。若要離間他父子。必用美女連環之計。不知老司徒可還記得否。〔正末云〕果然如

學士所料。〔唱〕

【水仙子】元來那風道人擲布本仙機。蔡學士你爲謀蚤預知。董太師果斷送在連環計。吕温侯有膽力。如今個楊太尉奏上丹墀。〔楊彪上云〕你衆官望闕跪者。聽聖人的命。〔正末同衆跪科〕〔楊彪云〕卓本關西一武騎。自恃雄豪足蓋世。親提健卒入朝來。眼底全無漢皇帝。攬權擅威行不道。納用子妻如狗彘。腹心牙爪盡崩離。已知此虜爲天棄。即今斬首銀臺門。焚屍長安正厥罪。蔡邕學士多智謀。往來其間用遊説。特加禮部侍郎銜。兼掌中書知誥制。吕布討賊建首功。封王出鎮幽燕地。其妻貂蟬亦國君。隨夫之爵身榮貴。李肅曾是卓家奴。晚能自拔來歸義。可以驃騎大將軍。仍領羽林作環衛。老臣王允懷主憂。當筵巧使連環計。是用報卿左丞相。與國同休永無替。〔衆謝恩科〕〔王允云〕臣允老矣。恐不能久在朝端。扶助主上。〔唱〕願聖主千年壽。保皇家萬代基。容王允可便拂袖而歸。〔衆下〕

〔音釋〕覬音記　隻張恥切　擊巾以切　實繩知切　立音利　識傷以切　力音利　的音底　輅音路　閹音醃　殛音急　賊則平聲　騎去聲　説音税

題目　銀臺門詐傳授禪文

正名　錦雲堂暗定連環計

羅李郎大鬧相國寺雜劇

張國寶撰

楔子

〔冲末扮蘇文順同外扮孟倉士上〕〔蘇文順詩云〕坐守寒窗二十春。虀鹽樂道不知貧。腹中曉盡古今事。命裏不如天下人。小生蘇文順便是。這一個是我同堂學業八拜文的弟兄。是孟倉士。祖居陳州人氏。嫡親的三口兒。近新來渾家亡逝已過。撇下這個女孩兒。叫做定奴。兄弟早年喪妻。撇下這個小厮。叫做湯哥。我又有個結義的哥哥。平日織造羅段爲生。又在羅家入贅。他姓李。人順口兒都唤他做羅李郎。俺弟兄兩人。學成滿腹文章。待去上朝取應。争奈無有盤纏。將這一雙男女質當些小鈔物。進取功名去也。孟家兄弟。俺和你須索求告羅李郎走一遭去來。〔孟倉士云〕哥哥請。小弟隨往。〔下〕〔正末扮羅李郎丑扮侯興上云〕老夫陳州人氏。姓李名玉。字和之。年幼時織造羅段爲生。又在羅家入贅。人口順都唤我做羅李郎。婆婆早年亡過。這個小的是侯興。他在我家三輩兒了。他的公公伏侍我的公公。他的父親伏侍我的父親。生下這個小的伏侍老夫。〔侯云〕老爹。你也好與我一紙從良的文書了。〔正末云〕你看這厮波。我有兩個結義弟兄。一個是蘇文順。一個是孟倉士。他兩個學成滿腹文章。待要上朝取應。來辭别老夫。侯興。門首看着。您叔父來時。報復我知道。〔蘇孟引净扮湯哥旦扮定奴上云〕兄弟。早來到他家門首也。

〔見侯興科云〕侯興。你報哥哥去。道蘇文順孟倉士在于門首。〔侯興報科云〕老爹。門外二位叔父來了。〔正末云〕道有請。〔見科〕〔蘇文順云〕哥哥您兄弟一徑的來。俺二人待要上朝取應。爭奈盤纏缺少。起身不得。止有這一對孩兒。我的女孩兒喚做定奴兒弟的孩兒喚做湯哥。在哥哥跟前質當些少盤纏。上朝取應去。〔正末云〕既然兄弟上朝取應去。侯興。取兩個銀子來。〔侯興云〕銀子在此。〔正末云〕兄弟。這兩錠銀子送二位做盤纏。休嫌輕意。〔蘇文順云〕你兄弟二人在哥哥面前還立了一紙文書纔是。〔正末云〕既爲友義。豈論錢財。〔唱〕

【仙呂端正好】喒意相投。情相睦。索甚立質當文書。〔蘇文順云〕則望哥哥看覷這兩個孩兒。〔正末唱〕您兒女就是咱兒女。我怎肯兩樣三般覷。

〔蘇孟悲科云〕孩兒呵。也是我出于無柰。〔正末唱〕

【幺篇】你則放心懷應舉求官去。相别後便進長途。更休辭跋涉躭辛苦。拋家業。赴皇都。憑才藝。仗詩書。同射策。覲鑾輿。登御宴。飲芳醑。衣紫綬。帶金魚。我言語。並無虛。則願你早上青霄路。〔下〕

〔蘇文順云〕喒兄弟蒙賜盤纏。兩個兒女又蒙看覷。則今日拜辭了哥哥。收拾琴劍書箱。上朝取應走一遭去也。〔詩云〕爲功名無柰相催。便登程趲赴春闈。〔孟倉士詩云〕可憐我一家骨肉。淚盈盈兩處偷垂。〔同下〕

〔音釋〕睦音暮　醑音胥

第一折

〔正末引倈興旦兒倈兒上云〕過日月好疾也呵。自從兩個兄弟去了。可早二十年光景。撇下兩個孩兒定奴湯哥。老夫與他婚配成家。所生一子。立春日生。就喚名受春。兩個兄弟不知幾時回來。則被這湯哥孩兒逐日飲酒非爲。不依公道。兀的不害殺我也。〔唱〕

【仙吕點絳唇】蝸角蠅頭。利名營勾。空生受。浮世悠悠。歲月頻回首。

【混江龍】假若便功名成就。算來則是拖官囚。掙閣的封妻蔭子。拜相封侯。可正是今日不知明日事。前人田土後人收。到頭來只落得個誰消受。如風中秉燭。似水上浮漚。

【油葫蘆】身似飄飄不纜舟。幾時得巴到岸口。想當初莊子嘆骷髏。一朝身死無人救。三寸氣在千般有。今日春。明日秋。金烏玉兔東西走。斷送一生休。

〔帶云〕想老夫少年時做家呵。〔唱〕

【天下樂】俺也曾蚤起遲眠使計謀。營也波求。肯罷手。使行錢在城打着課頭。村裏有大葉桑。闊角牛。每年家田蠶百倍收。

〔外扮酒家上云〕湯舍。湯舍。在家裏麽。〔正末云〕倈興。做甚麽鬧炒。〔倈興看科云〕老爹。門首有人叫湯舍討酒錢。〔正末云〕咱家誰做官來。叫湯舍。〔侯興云〕討酒錢哩。〔正末云〕他少多少錢。〔侯興出門問云〕他少你多少錢。〔外云〕少一千餅酒錢。〔侯興云〕老爹。少他一千餅酒錢。〔正末唱〕

【後庭花】逐朝家飲興酬。全不將學業修。教你向芸窗下把書埋首。却元來糟房中酒浸頭。直恁般好風流。半年不勾。早吃下一千餅香糯酒。

〔云〕侯興。該多少一餅。算還了罷。〔侯興問云〕多少錢一餅。〔外云〕兩貫一餅。〔侯興云〕你算該多少。〔外云〕兩貫一餅。二餅四貫。四餅八貫。八餅十六貫。〔做咳嗽呵云〕是這等算還我。〔侯興云〕還了你錢。你去罷。〔外下〕〔外扮樂人上云〕湯舍在家麼。〔正末云〕侯興。怎麼又這般鬧炒。〔侯興看科云〕你要甚麼。〔外云〕我討樂歌錢。〔侯興云〕老爹。討樂歌錢的。〔正末云〕怎生喚做樂歌錢。〔侯興云〕阿。這老爹一竅也不通。樂歌錢是和小娘每吃酒耍子。樂人彈唱伏侍的。〔正末唱〕

【醉中天】這厮結纜着章臺柳。鋪買下謝家樓。我但到官陳詞見的勾。〔帶云〕若不受狀呵。〔唱〕我將皇城叩。索共那五奴虔婆出頭。這債到底俺湯哥兒承受。休休休免得定刑名笞杖徒流。

【一半兒】你這般借錢取債結交遊。做大粧幺不害羞。知你那爺貧也富也活也死也那無共有。你那一日不秦樓。正是幾處笙歌幾處愁。

〔云〕侯興。你算還他罷。〔侯興問云〕該多少。〔外云〕該二千貫。〔侯興云〕怎生少偌多。〔外云〕實實的少這些。我不説謊。〔侯興云〕我還了你錢。你這廝下次再不要賒與他。則要見錢。〔外下〕〔丑扮廝打上云〕打下牙來了也。〔正末云〕又是甚麽人鬧炒。〔侯興看科云〕老爹。湯舍打殺人也。〔正末云〕在那裏。〔侯興云〕在門首。〔正末云〕我自去看。〔見丑問云〕哥哥。你怎地來。〔丑云〕您湯哥打下了我門牙。我沃了來。〔正末云〕侯興。他打下牙來。你怎生説打死人。〔侯興云〕打下牙來。害了破傷風不要死那。〔正末云〕哥哥家裏來。〔唱〕

【醉扶歸】常教我兩葉眉兒皺。一點赤心愁。却不道父母惟其疾病憂。常落在別人彀。〔云〕侯興。拿一錠銀子來。〔侯與銀科〕〔正末唱〕**與你這一錠銀鐃過罷手。**〔云〕哥哥若忙呵。便回去。若閒呵。等我尋那廝去。〔唱〕**若來時不道的輕放了那賊禽獸。**

〔丑云〕老的。我回去也。〔做出門科云〕打了一個門牙。得了一錠銀子。早着他都打下了也好那。〔下〕〔正末云〕侯興。你不問那裏。尋將那廝來者。〔浄做醉科上云〕衆弟兄少罪少罪。一席好酒。我湯哥今日有一個新下城的旦色。喚做甚麽宜時秀。好個姐姐。感承我那衆弟兄作成我入馬。衆弟兄安排酒。買了二十瓶。推倒十瓶。瀽了五瓶。打了三瓶。丢了二瓶。不覺怎麽醉了。好姐姐唱了一日。不曾聽得一句。知他唱的是甚麽。則記的臨上馬鍾剛唱了一句。〔做唱科〕零落了梧桐葉兒。則唱了這一句。我又吃了八十四鍾。〔侯興見科云〕小哥。你醉了也。〔浄打侯科云〕我幾曾醉。〔侯扶科云〕小哥你醉了。老爹叫我來尋你。喒家去來。〔做入門見正末科〕〔正末云〕這廝

兀的不醉了也。〔唱〕

【後庭花】你因酒上没做有。爲花上恩變做仇。你交財上不應口。争氣處打破頭。這四件忒精熟。諸般懶就。這便是你男兒得志秋。

〔浄云〕老爹掙闔了許來大家私。您孩兒正好快活哩。可不道飲酒只待飲深甌。帶花須帶大開頭。

〔正末唱〕

【金盞兒】你待縱酒飲深甌。花帶大開頭。因花爲酒添憔瘦。還道是有花方酌酒。無月不登樓。早辰間因酒病。到晚來爲花愁。可不道野花村務酒。〔帶云〕定奴兒。靠後。〔唱〕知滋味便合休。

〔云〕誰着你又吃醉了。躺着。須要痛决。〔浄躺下科〕〔旦兒云〕父親看定奴面上。饒了湯哥者。〔浄叫疼科〕〔正末云〕你看這廝波。誰曾打着你來。〔浄云〕你打幾下倒好。〔正末云〕怎生打幾下倒好。〔浄云〕父親。今日打您孩兒幾下。明日我那衆弟兄知道呵。湯哥着他老爹打了一頓。衆人安排酒軟痛又是一醉。〔正末云〕你看他波。你從今須斷了酒者。〔浄云〕父親教我斷酒。我不敢不斷。我則告寬我三日假。〔正末云〕怎生告三日假。〔浄云〕頭一日殺五個羊請衆兄弟每來吃一醉。喚做辭酒。第二日再安排一席。可便是斷酒。第三日再安排一席。喚做開酒。〔正末云〕你看這廝波。你快與我斷了酒者。〔浄云〕你孩兒再吃酒。賭一個痛咒。〔正末云〕你賭甚麼咒。〔浄云〕你孩兒再吃酒。我就吃蜜蜂兒的屎。〔正末唱〕

【賺煞】你少不的賣了莊田。折了孳畜。將我這逆耳良言不瞅。愚濫荒淫出盡醜。我一片幹家心話不相投。没來由。枉把你收留。莫爲兒孫作馬牛。你戀着紅裙翠袖。折倒的你黄乾黑瘦。〔帶云〕古人言的不錯呵。要兒自養。要穀自種。〔唱〕這是我養别人兒女下場頭。〔下〕

〔浄尋思科云〕且慢者。我敢不是羅李郎的兒子。我待要問人。問誰的是。家中有個侯興。年紀大似我。他必然知道。我問他一聲。怕做甚麽。〔唤云〕侯興你來。我和你説話。〔侯興云〕小哥也。你有甚麽説話。〔浄云〕侯興。你在家中許多年。家中事務。你知的詳細。恰纔老的去時。怎生説兒要自養。穀要自種。我則怕不是羅李郎的兒子麽。〔侯興云〕我家老爹則養的一個。你是他的親兒。〔浄云〕侯興。你若不説實情。我關上這門一頓打殺你。〔侯興云〕小哥。你不是他的親兒子。倒是我老侯的親兒子不成。〔浄云〕拿棍子來。你快説。〔侯興云〕小哥。你不要懆暴。我且門外看一看。〔看科云〕前後無人。〔入門云〕小哥。我説則説你休忘了侯興。〔浄云〕侯興哥哥。你若和我説時。我不忘了你。〔侯興云〕可知不是羅李郎的兒子。你父親在京師做大官哩。你只管在這裏要討這許多不自在吃。你不如去京師尋你父親。可不好那。你則尋着時。休忘了我侯興。〔浄云〕你那裏是我哥。就是我父母一般。則今日辭了哥哥。便索往京師尋找父親走一遭去也。〔下〕

〔音釋〕勾去聲　闞音債　纜覽去聲　糯囊佐切　竅巧去聲　沃音屋　熟裳由切　畜丑去聲　懆音竈

楔子

〔侯興做報科云〕老爹。禍事也。禍事也。〔正末上云〕做甚麽。大驚小怪的。〔侯興云〕老爹頭裏打小哥時。打了他幾下。倒也罷了。臨了説上兩句。兒要自養。穀要自種。小哥正坐中間。不知那個不得好死的歹弟子孩兒道。小哥不是羅李郎的兒子。你父親在京師做大官哩。他忿着一口氣。往京師尋他父親去了也。〔正末云〕是誰那般道來。〔侯興云〕莫不我侯興説謊。〔正末云〕侯興。槽頭快馬鞴上一匹。多帶些錢物。不問那裏。與我尋將來。〔唱〕

【仙呂賞花時】我不是引的狼來屋裏窩。尋的蚰蜒鑽耳朵。問甚麽山嶮峻。路嵯峨。山遥水闊。我則你手裏要湯哥。〔下〕

〔侯興云〕老爹教我趕湯哥去。我如今拿着兩個假銀子。騎着一匹快馬。到的前途。趕上他。與他這兩錠假銀子。有人拿住他。也是死的。我上的這馬。不問那裏趕將去。〔下〕〔浄上云〕事要前思。免勞後悔。一時間忿着一口氣。走將出來。往日我四城門也不曾出。如今要往京師尋俺父親去。知道是那裏去。怎生得個人趕我回去。可也是好。〔侯興上云〕我騎着快馬。怎麽百般不肯走。我加上幾鞭子。把馬打動些。〔浄云〕遠遠來的不是侯興。〔唤科云〕侯興哥哥。〔侯興云〕誰叫我哩。〔浄云〕侯興哥哥。我叫你哩。〔侯興云〕原來是小哥。〔做跪跌科〕〔浄云〕哥哥。你不騎着馬哩。〔侯興云〕我忘記了下馬。〔浄云〕敢是老爹叫你來趕我回家裏去。我回去。我回去。〔侯興做攔科云〕小哥。你那裏去。你家去便是死的。〔净云〕怎麽回家去便是死的。我老爹怎麽説來。〔侯興云〕老爹説。你拐了金銀錢鈔。官府中告下狀來。正捉拿你哩。〔净云〕我要往京師去。無有盤纏。怎生是好。〔侯興云〕小哥。我隨身有帶的東西在這裏。我與了小哥。你則休忘了我。〔净云〕哥哥有甚盤纏與我些。怎敢忘了你。〔侯興云〕小哥。我與你春衣一套。銀子兩錠。鞍馬一副。〔净云〕怎生馬揣在懷裏。〔侯興云〕小哥。是懷馬兒。你慢慢的去到的京師。尋着你父親。休忘了侯興。你去你去。〔净云〕有了盤纏。我須索往京師尋俺父親走一遭去也。〔下〕〔侯興云〕湯哥若到前路。無了盤纏。使銀子呵。着人拿住。也是個死。我到家裏説了。氣殺那老子。也是個死。可不定奴兒與我做了老婆。家緣過活都是我的。憑着我一片好心。天也與我半碗飯吃。

〔下〕

〔音釋〕鞴音備　蚰音由　蜒音延　嶮與險同　嵯音磋　闒音顆

第二折

〔外扮銀匠上云〕自家是個銀匠。清早起來。開開舖兒。看有甚麽人來。〔净上云〕一路上將盤纏都使盡了。則有這兩個銀子。拿去銀匠鋪裏換些錢鈔使用。〔見科云〕哥哥作揖。〔外云〕你待怎地。〔净云〕我有一錠銀子。換些盤纏使用。你要也不要。〔外云〕將來我看。〔净云〕這不是銀子。你看。〔外看科云〕哥哥。你再有麽。〔净云〕我這裏還有一個。〔外云〕將來我看。好也。原來是假銀子。明有禁例。我和你見官府去來。〔净云〕侯興也。元來哄我。則被你歹弟子孩兒。兀的不害殺我也。〔同下〕〔正末引旦兒倈兒上云〕自從湯哥兒去了。心中多少憂慮也呵。〔唱〕

【南呂一枝花】這些時悶懨懨心不歡。愁慼慼情不樂。直爭爭髮似揪。熱烘烘面如燒。心痒難揉。都爲他無消耗。湯哥兒那裏去了。去不到半月十朝。只恁的魚沉雁杳。

【梁州第七】把不定心喬意怯。立不定肉顫身搖。出門去没一個人知道。恰便似石沉大海。鐵墜江濤。知他在何方歸着。甚處流落。只爲他孤身去梗泛萍漂。撇的俺三口兒夢斷魂勞。〔帶云〕湯哥兒。自從去了你呵。〔唱〕我是你堂上尊撇的來這般懒懒焦焦。懷内子。〔帶云〕道俺爹爹這早晚不來家呵。〔唱〕也這般煩煩惱惱。哎。連你這嬌滴滴脚頭妻也這般灑灑瀟瀟。我如今與他定約。侯興那廝若是尋來到。〔帶云〕你若回來呵。〔唱〕我合道處再不道。任憑他把銅斗兒家私使盡了。常言道口是心苗。

〔侯興悲科上云〕我那湯哥也。我那裏有這淚。我只説湯哥死了。那老的是氣性大的人。氣殺那老的。家緣過活都是我的。定奴兒也是我老婆。〔見科云〕老爹。侯興來了也。〔正末云〕侯興。你來了。您哥哥在那裏。〔侯興云〕哥哥便來也。〔正末云〕湯哥兒。你怎不家裏來。〔唱〕

【四塊玉】這廝便虚話多。實心少。諕的我半晌家如同熱油澆。〔帶云〕侯興。你哥哥在那裏。叫他過來。〔唱〕你有和無打快疾忙道。他可又不肯言。不肯告。則被你將人徯倖倒。

〔侯興云〕老爹。我説則説。你休煩惱。老爹使侯興飛馬趕去。一趕就趕上了小哥。那小哥見了我呵。道侯興。老爹着你趕我來。我説是老爹着我趕你。小哥回家去罷。小哥説。我四五日不曾吃飯。那邊賣的油煠骨朵兒。你買些來我吃。我侯興買了五貫錢的油煠骨朵兒。小哥一頓吃完。就脹死了。〔正末云〕哎喲。苦痛殺我也。〔做氣倒科〕〔侯興云〕老爹甦醒者。〔正末醒起悲科〕〔唱〕

【紅芍藥】怎想他抛家失業被病纏縛。只因他半世虚飄。不争你便奄然客死在荒郊。却將俺斷送了根苗。閃下你白頭爺死去了。定奴兒痛哭號咷。受春兒不住把魂招。哎。黑婁婁那一口涎潮。

〔帶云〕湯哥兒那裏去了。〔唱〕

【菩薩梁州】不由我不峨峨的身摇。拂拂的心跳。烘烘的氣倒。悠悠的魄散魂消。天那惡風兒吹折嫩枝條。嚴霜偏打枯根草。我别無人則把你個孩兒靠。兒呵你休做了猫兒向屋頭溺。似你這血氣方剛怎便夭。倒叫我衰老子爲兒穿孝。

〔帶云〕定奴孩兒。快設靈位香桌來。〔唱〕

【牧羊關】我安了靈位。排了果桌。向大門外將紙錢忙燒。一靈兒蕩蕩悠悠。冥冥杳杳。〔帶云〕我那定奴兒呵。〔唱〕你現放着父死無人葬。怎做得家富小兒嬌。〔悲科〕〔唱〕

哎。可憐我孤影空相弔。那裏也養小防備老。

〔做燒紙起旋風科〕〔正末唱〕

【梧桐樹】教我戰篤速如發瘧。汗淋漓似水澆。見一個旋風兒足律律將人繞。莫不是作念的你湯哥鬧。

〔侯興詐倒科作魂云〕我是湯哥來了也。〔正末云〕你來做甚麼。〔侯興云〕老爹。我不幸死了。我囑付你的言語。你記者。我有三件事遺留的話。不要違我的。〔正末云〕孩兒。可是那三件事。〔侯興云〕頭一件事家緣過活。分與侯興一半。〔正末云〕這是誰說來。〔侯興云〕是我湯哥說來。〔正末云〕依的。〔侯興云〕第二件。侯興伏侍多年了。與他一紙從良的文書。〔正末云〕誰說來。〔侯興云〕是我湯哥說來。〔正末云〕依的。依的。〔侯興云〕第三件。把定奴與侯興做老婆。〔正末云〕是誰說來。〔侯興云〕我說來。〔做醒科云〕老爹。我恰纔怎生來。〔正末云〕恰纔湯哥附着你來。〔侯興悲科云〕我那有靈聖的哥哥。不知說甚麼來。〔正末云〕你哥哥分付三件事。〔侯興云〕可是那三件事。〔正末唱〕

【隔尾】要從良便寫約無差錯。〔侯興云〕我不要。〔正末云〕我道你是家生孩兒。一定不要。〔唱〕他要家私停分有下梢。〔侯興云〕我也不要。〔正末云〕哦。你也不要。〔侯興云〕老爹。這是兩件。第三件怎麼說哩。〔旦兒云〕老爹。你是必休說。〔正末唱〕定奴兒與你爲妻你可是要也不要。〔侯興云〕這件我若不要。害疔瘡。〔正末唱〕奮約。想度。把我半世兒清名誤賺了。

〔云〕老夫這一會身體有些不快。定奴孩兒。燒些湯來我吃。〔旦兒下科〕〔正末唱〕

【牧羊關】我腦袋似石頭墜。身軀似繩索縛。但行着不覺低高。這的是些悶都在心頭。氣刺着肋梢。你喚醫人忙裏藥。請大夫把病來調。我澁的難行立。轟的則待倒。

〔云〕定奴孩兒。拿些湯來我吃。〔旦兒拿粥上〕〔正末接科〕〔俟興怒云〕我駡你老不才。我的媳婦。你如何捻他手。〔做推正末倒科〕〔俟興云〕老婆。收拾些家私錢物。咱和你走了罷。〔扯旦兒同下〕〔正末醒科云〕街坊救人咱。俟興逼盜家私。拐帶我媳婦兒走了。料想湯哥也不曾死。我收拾些盤纏。封鎖了門户。央街坊看一看。我不問那裏。好歹尋着我那孩兒去來。〔內云〕老的。你四城門也不曾出。你可那裏尋他去。〔正末云〕哥也。你放心者。〔唱〕

【尾煞】問甚麽家家門外長安道。買賣歸來汗未消。打聽的湯哥有些音耗。那堝裏遇着。那搭裏撞着。我把那背義的奴胎不道的素放了。〔下〕

〔音釋〕樂音澇　揉與撓同　顫音戰　落音澇　懒音鰲　約音杳　煠音查　縛房包切　咷音逃　涎徐煎切　溺泥叫切　瘧音要　旋去聲　錯音草　窨音蔭　度多勞切　藥音耀　澁音瑟　轟音烘　堝音窩　着池燒切

第三折

〔蘇文順引張千上詩云〕白髮刁騷兩鬢侵。老來灰盡少年心。雖然博得官兒做。争奈家鄉没信音。老夫蘇文順。自離了羅李郎哥哥。早二十年光景也。從别後到于帝都闕下。謝聖恩可憐。累遷尚書左丞之職。求歸不允。因此二十多年。不曾差人回去。討問我定奴兒消息。我想來。羅李郎是我八拜交的哥哥。料他看承。就似他自家骨血一般。必然不至流落。我兄弟孟倉士。做到禮部侍郎。也不放歸去。他也不曾通一個家信。總是這主意。我如今奉聖人命。敕修相國寺。只等修造完備。御駕要來降香。但老夫年紀高大。無人服侍。張千。你去街市上。有賣的或兒或女。買一個來與我喂眼。二來與我執唾盂。疾去早來。〔張千云〕理會的。〔同下〕〔丑扮甲頭上云〕自家是敕修相國寺甲頭。管着這做工的衆多夫役。放他吃飯去了。怎生不見做工。〔衆夫役上磨磚科〕〔甲頭云〕怎麽則少湯哥在那裏。〔净孛籃挑土筐上云〕做子弟的看様也。湯哥。你不信好人言。果有恓惶事。我往常是怎生來。〔唱〕

【商調金菊香】往常時秦樓謝館飲金巵。柳陌花街占表子。爺娘道着風過耳。烟花擔沉的來無似。則被你壓殺我也那土筐兒。

〔正末上云〕老夫羅李郎。自離了陳州。迤逞行來。又早許多程途了也。〔唱〕

【商調集賢賓】出陳州五里巴堠子。無明夜到京師。指東畫西去了義子。走南料北不

見孩兒。也不索喚師婆擂鼓邀神。請山人占卦揲蓍。則我這眉尖悶鎖無鑰匙。空教我抹淚揉眵。只被他明明的搶了媳婦。停停的要了家私。

【逍遥樂】閃的我單身獨自。又不敢對人聲揚。只自己感嘆嗟咨。潑性命似風裏游絲。

〔帶云〕你若死呵。〔唱〕落得一碗涼漿一陌紙。街坊論説。鄰里計較。弟兄笑恥。

〔云〕來到這柳陰下。暫歇一歇。我一會家想起來。我那好聰明的兒也。拆白道字。頂針續麻。無般不曉。無般不會。〔唱〕

【梧葉兒】冬賞紅鑪閣。閒吟白雪詩。到春來賞紅杏染胭脂。到夏把荷蓮採。滿斟着金屈巵。若到的暮秋時。〔帶云〕湯哥兒唻。〔唱〕再唱甚麽零落了梧桐葉兒。

〔云〕天色晚了也。須索進城去來。〔唱〕

【後庭花】人都道你是教師。人都道你是浪子。上長街百十樣風流事。到家中一千場五代史。自尋思。全不肯改志。引興兒共保兒。穿茶坊入酒肆。把家財胡亂使。占猱兒養弟子。我良言須逆耳。

【雙雁兒】白頭翁先哭少年兒。想天公。也有私。教老拙遭逢着這場事。遠遠的不避辭。特特的來到此。

〔云〕我進得城來。這是一個客店。小二哥在那裏。〔丑扮店小二上云〕誰叫誰叫。〔正末云〕小二哥。我這包裹寄一寄。我就在這裏安歇。天色還早哩。那裏有甚麼游玩去處。待我去閒走一走。

〔小二云〕有一座相國寺。那裏好去游玩。〔正末云〕小二哥。照顧包裹。我回來只在這裏宿歇。

〔小二云〕你行李在我家裏不妨事。你自去。我安排下茶飯等你。〔正末唱〕

【金菊香】恰離了招商打火店門兒。早來到物穰人稠土市子。好門面好鋪席好庫司。門畫雞兒。行行買賣忒如斯。

〔云〕來到這所在。是好一座寺院也。〔唱〕

【幺篇】彩畫的紅近着白青間着紫。無褒彈無破綻没瑕疵。托賴着一人有慶兆民賴之。是當今敕賜。保護着玉葉共金枝。

〔做見甲頭科問云〕這一火人都是爲甚麼來。〔甲頭云〕這些都是犯罪該死的。聖恩免死。着在相國寺做工。老的。你問他怎麼。〔正末云〕我待捨些飯與他每吃。哥哥。可是敢麼。〔甲頭云〕那裏不是積福處。則管捨。不妨事。〔正末見雜當云〕哥哥。與你些碎銀子。你蒸下多少飯我都要。

〔雜當云〕則有三扇饅頭。〔正末云〕少呵。再來取。〔正末散飯科唱〕

【幺篇】見這遭囚夫役兩行兒。我買了恰下甑的饅頭三扇子。一人兩個休怨咨。但願聖主寬慈。須有恩赦到來時。

〔云〕到這個哥哥跟前。可無了。等我再拿來時。與你四個。休怪休怪。〔净云〕嗨。你看我造物低。剛分到我跟前可無了。〔正末辭甲頭下科云〕哥哥休怪。我明日再來。〔甲頭云〕老的。生受了。〔净做認正末科云〕這老的莫不是我父親羅李郎。怎麼到這裏。是不是。我叫他一聲。〔叫云〕羅李郎父親。〔正末云〕誰叫老漢。〔甲頭云〕並不曾有人叫你。〔正末云〕是老漢年紀高大了。則聽得有人叫羅李郎。哥哥休怪。老漢回去了。〔净云〕正是我的父親羅李郎。我再叫他一聲。羅李郎父親。〔正末云〕誰叫老漢哩。老漢陳州人氏。則我便是羅李郎。〔甲頭云〕不曾有人叫。〔正末云〕不曾有人叫。老漢回店中去也。〔净云〕正是我的父親。再唤他一聲。羅李郎父親。〔正末唱〕

【醋葫蘆】不知是那個小厮。一聲聲唤這老子。和那熬煎我的須索辨個雄雌。〔净云〕是我叫你來。〔正末唱〕我這裏孜孜的端詳了多半時。好和我那亡過的湯哥相似。是神是鬼遠些兒。

〔净云〕父親。我是人。〔正末云〕你道你是人。我叫你三聲。一聲高似一聲。便是人。一聲低似一聲。便是鬼。〔净云〕父親。你叫。〔正末叫云〕湯哥兒。〔净應云〕哦。〔正末再叫云〕湯哥兒。〔净應云〕哦。〔正末又叫云〕湯哥兒。〔净低應科〕〔正末云〕有鬼也。〔唱〕

【么篇】兒呵我爲你多念些經。剩烈些紙。我不合一路上作念你許多時。離鄉背井將你來僝僽死。須不于是你爹爹不是。可憐殺孤魂無主遠鄉兒。

〔净云〕父親我不是鬼。是人。〔正末細認科云〕兒也。你爲甚麽披枷帶鎖的。〔净云〕父親聽你孩兒慢慢説來。當初一日。父親着侯興尋將你兒來。要打不曾打。父親説道。觳要自種。兒要自養。我問侯興道。老爹説穀要自種。兒要自養。我敢不是老爹親兒麽。侯興道。小哥。你可知不是他的親兒。你父親現在京師做大官。比似在此受氣。你尋你父親去。您孩兒忿那一口氣。出的城門。衣服盤纏。一些没有。恰待要回家來。又不敢來。正煩惱間。侯興趕上。我道侯興。父親使你來趕我。我回去罷。侯興道。你往那裏去。你剗地不知道哩。老爹在官府告下狀來。説你拐帶金銀財物。使人捉拿你哩。我便道似此怎生是好。侯興便與了我兩錠銀子做盤纏。誰想是假銀子。把我拿到官司。三推六問。吊拷繃扒。打的孩兒招了。本該死罪。謝得天恩。大赦免死。發在這相國寺做工。父親。你救孩兒咱。〔正末云〕侯興回來説你死了。又拿回一個骨殖匣子。寄在人家。因我有病。把定奴母子拐的走了。我因此纔來尋你。〔唱〕

【幺篇】那廝却有一二。咱家無三思。將那謊局段則向俺跟前使。那廝正是咬人狗兒不露齒。其餘都不是。那匣子裏却是誰的骨殖兒。

〔净云〕父親。你只是搭救你兒咱。〔正末云〕兒也。我捨了半個家當。好歹搭救你。你這般受苦。目下怎生得個自在。〔净云〕父親。我得做個甲頭。便得自在。〔正末云〕你便怎生得做甲頭。〔净云〕父親。你與他些錢物。買這甲頭與孩兒做。您孩兒便得自在。〔正末見甲頭云〕哥哥。這個是我的孩兒。我與你些錢物。把這甲頭賣與我孩兒做罷。〔甲頭云〕這裏街上没有賣甲頭的。罷也。只要銀子。你有十兩銀子與我。我就今日賣與湯哥做了甲頭。我替他當夫役。〔净做甲頭科云〕衆夫役。快做工。〔正末云〕孩兒。你放心。我好歹救你。但總要拿住侯興這賊奴。方得稱心也。

〔唱〕

【浪裏來煞】我捨着金鐘撞破盆。好鞋踏臭屎。但得個軸頭兒也有抹着時。我拚的撇皇城。撾怨鼓。插狀子。怕甚麼金瓜武士。我和那潑奴胎情願打官司。〔衆下〕

〔音釋〕盂音余　迤音移　浬音里　堠音后　揲音舌　蓍音詩　鑰音藥　眵抽支切　猱音撓　褒音包　甑晶去聲　孱鋤山切　僽音驟　三去聲　撾莊瓜切

第四折

〔蘇文順引張千倈兒上云〕自家蘇文順。前日教張千買了個小廝。執着銀唾盂。還不勾一兩日。他將唾盂兒不見了。必然遞盜與他大的拿去。張千。把這小廝弔將起來。〔張千吊倈科〕〔净上云〕自從做了甲頭。好生自在。我前後游玩一回。來到這門首。〔倈兒云〕兀的不是俺爹爹。〔净驚看科云〕受春兒也。你怎生在這裏。〔倈云〕侯興拐出我來。賣與這老爹家。〔蘇文順云〕張千。拿過那廝來。〔張千拿净跪科〕〔蘇文順云〕你是甚麼人。我吊的小廝。干你甚事。〔净云〕這個小的。是我的孩兒。〔蘇文順云〕是了。這唾盂是這小廝遞盜與他了。把這廝也吊起來。〔吊净科〕〔净云〕嗨。正是官高必險。天那。教誰人救我也。〔正末上云〕誰想這裏得見我孩兒。我好歹救他去來。〔唱〕

【雙調新水令】爲湯哥哭的我眼睛昏。教我在他鄉有家難奔。花發時起怪風。月圓後長浮雲。但有個兒孫。誰待受這愁困。

【步步嬌】想着我前世裏原無兒孫分。遭逢着寡宿孤辰運。我全然不受貧。想着那輩車後拖麻的是誰家胤。我死後誰與我上新墳。這煩惱何時盡。

【沉醉東風】我與你送茶飯厨中有人。他把我厮禁持眼裏無珍。我心慈。他心狠。全無些父子情分。則願得鐵鎖沉枷早離身。我落一覺安眠睡穩。

【胡十八】恰過了六市。來到三門。揉開我這汪淚眼。打拍我這老精神。想着他行行不住叫聲頻。莫不是他錯認。到今日忘魂。不由我嗔忿忿。不由我怒氲氲。

〔倈云〕那來的不是我羅李郎爺爺。待我叫他一聲。羅李郎爺爺。你救我咱。〔正末云〕好奇怪。怎麼又有人叫我。〔唱〕

【川撥棹】誰家的小魔軍。兩三番廝逗人。我這裏扭項回身。吃我會搶問。你暢好是不知個高低遠近。向前來審問的真。

〔倈云〕羅李郎爺爺。你救我咱。〔正末唱〕

【七弟兄】我只道是甚人。原來是受春。你爲何因。因甚的違條犯法遭推問。見他撲簌簌眼裏搵啼痕。教我滴屑屑手脚難停穩。

【搗練子】兀的不驚了七魄。諕了三魂。〔净云〕老爹。快來救我。〔正末云〕怎麼又是一個叫我。〔看科〕〔唱〕我則見湯哥兒吊得不沾塵。告哥哥説個緣因。怎生的惹禍根。

〔張千云〕這老子。他是你甚麽親眷。老無知。這裏是甚麽所在。〔正末唱〕

【梅花酒】這哥哥恁地狠。没些兒淹潤。一剗地沙村。倒把人尋趁。〔張千云〕我打你這個老弟子孩兒。〔做打科〕〔正末唱〕軟肋上粗棍子搠。面皮上大拳墩。〔張千云〕兀那老的。你和他甚麽親。他是你甚麽人。〔正末唱〕又不是世故人。他是我小兒孫。〔張千云〕你可是他甚麽人。〔正末唱〕我須是他老家尊。

〔張千云〕元來你們一家兒都在這裏。〔正末唱〕

【收江南】哥也更怕我不因親者强來親。單饒了他兩個與些金銀。〔張千云〕我不敢要銀子。你自家告相公去。〔正末唱〕哥哥是心直口快射糧軍。哥哥是好人。我這裏低腰曲脊進衙門。

〔正末見官科唱〕

【乾荷葉】老漢是愚民。特地來訴詞因。〔蘇文順云〕那老的。那裏人氏。〔正末云〕我聽這官人聲氣。也是我陳州人。〔唱〕我可便家住在陳州郡。總饒你滿園春。萬花新。争如得見當鄉人。〔正末做認科〕〔蘇文順云〕你敢認的我麽。〔正末唱〕你暢好是安樂也蘇文順。

〔蘇文順云〕那壁敢是羅李郎哥哥麽。哥哥。你在那裏來。〔相見科〕〔正末云〕門外有個親眷。在那裏吊着哩。〔蘇文順云〕張千。將那吊着的人與我放下來。〔正末云〕兄弟。我自己解去。〔做解科云〕這壁有個親眷。你進去拜他去。〔浄云〕老爹。我那得親眷來。〔正末唱〕

【沽美酒】拜了呵再不着榆木枷壓項筋。粗鐵鎖束腰身。穩情取白馬紅纓彩色新。將你那破衣服重加整頓。施禮數叙寒温。

〔正末引浄入拜科〕〔蘇文順云〕這拜的是誰。〔正末唱〕

【太平令】拜的你不須審問。〔蘇文順云〕哥哥。他是誰。〔正末唱〕他便是定奴的女壻郎君。您去了二十載不通音信。十八上纔成秦晉。〔蘇文順云〕哥哥。你怎生匹配他兩個來。〔正末云〕我也曾勘婚。過門。便就親。結果了他夫妻和順。

〔浄云〕老爹。我拜的是誰。〔正末云〕是你丈人。〔浄云〕是我丈人。我恰纔在他門前作賫來。〔孟倉士上云〕小官孟倉士是也。奉聖人的命。着小官代來降香。早到這相國寺前了。左右。接了馬者。〔見蘇文順科云〕哥哥。連日少會。〔蘇文順云〕兄弟。這裏有個大恩人。你相見咱。〔見正末科〕〔正末云〕原來是兄弟孟倉士。〔蘇文順云〕門首怎生喧鬧。〔張千云〕拿住一個偷馬的賊。連銀唾盂也追出來了。〔蘇文順云〕與我拿過來者。〔見科〕〔正末云〕兀的不是侯興。這個不是定奴孩兒。〔蘇文順見定奴孟見浄各悲科〕〔正末云〕兄弟且休煩惱。〔唱〕

【川撥棹】那的是痛歡欣。去時節曾議論。你兩個苦志修文。温故知新。這的是顯耀男兒氣分。只願你早成名天下聞。

〔云〕受春孩兒。過來見你老爺。〔孟倉士云〕這小的是誰。〔正末唱〕

【亂柳葉】這孩兒是你的親孫。這官人是你的家尊。哎。你個定奴兒快疾將你爺來認。早是我希颩胡都喜。則管裏迷丟答都問。我須是匹配你的大媒人。

〔淨云〕今日俺親爺見親兒。親兒見親爺。怎不歡喜。老爹你過來。干你甚事。〔推正末科〕〔旦兒云〕今日親爺見親女。親女見親爺。怎不歡喜。老爹你過來。干你甚事。〔推正末做悲科唱〕

【水仙子】我好生的和勸到半時辰。親的原來則是親。親兒親女把親爺認。中間裏干閃下老業人。我死後做了個無主孤魂。他雖是生身父。我也有養育恩。二十年枉受辛勤。

〔蘇文順云〕兄弟。羅李郎哥哥有大恩於喒。他年老無兒。喒兩家奉養到老。侯興送法司問罪。天下喜事。無過父子團圓。殺羊造酒。做個慶喜筵席。〔正末云〕我此一來呵。〔唱〕

【收尾】到長安受盡多勞頓。也則爲故人義分。你兩個養兒女的都到了家。可惜我趕侯興的乾折了本。

〔音釋〕轝音余　胤音孕　覺音叫　氳於君切　逗音豆　搠聲卯切　勘坎去聲　贅音綴　颩音磋

題目　莽湯哥嶮釘遠鄉牌

正名　羅李郎大鬧相國寺

看錢奴買冤家債主雜劇

楔子

〔正末扮周榮祖同旦兒張氏俫兒上云〕小人汴梁曹州人氏。姓周名榮祖。字伯成。渾家張氏。孩兒長壽。小生先世廣有家財。因祖父周奉記。敬重釋門。起蓋一所佛院。每日看經念佛。祈保平安。至我父親。一心只做人家。爲修理宅舍。這木石磚瓦。無處取辦。遂將那所佛院盡毀廢了。比及宅舍工完。我父親得了一病。百般的醫藥無效。人皆以爲不信佛教之過。我父親亡後。家私裏外。都是小生掌把。小生學成滿腹詩書。現今黄榜招賢。開放選場。大嫂。我待要應舉走一遭去。你意下如何。〔旦兒云〕秀才。不知好着俺領了長壽孩兒。一路同去麽。〔正末云〕這也使的。大嫂。有俺那祖財。攜帶不去。且埋在後面墻下。房廊屋舍。着行錢看守着。俺和你帶了孩兒。上朝取應去。但得一官半職。改換家門。可不好也。〔旦兒云〕既如此便當收拾行李。隨你同去則個。〔正末云〕大嫂。想俺祖上信佛俺父親偏不信佛。到今日都有報應也呵。〔唱〕

【仙吕賞花時】也曾將釋典儒宗細講習。無非是積善脩心爲第　。則俺這家豪富祖先積。他爲甚施仁布德。也則要博一個孝子和賢妻。

【么篇】可不道湛湛青天不可欺。舉意之前悔後遲。空內有神祇。〔帶云〕俺父親呵。

〔唱〕不合興心兒折毀。今日個客路裏怨他誰。〔同下〕

〔音釋〕習星西切　一音以　積將洗切　德當美切　祇音其

第一折

〔外扮靈派侯領鬼力上詩云〕赫奕丹青廟貌隆。天分五岳鎮西東。時人不識陰功大。但看香烟散滿空。吾神乃東嶽殿前靈派侯是也。想東嶽泰山者。羣仙之祖。萬峰之尊。天地之孫。神靈之祚。在于兖州地方。古有金輪皇帝。妻乃瀰輪仙女。夜夢吞二日。覺而有孕。所生二子。長曰金虹氏。次曰金蟬氏。金虹氏乃東嶽聖帝是也。聖帝在長白山有功。封爲古歲太嶽真人。漢明帝時封爲泰山元帥。管十八地獄。七十四司生死之期。自唐虞三代歷秦漢以來。有都天府君之位。在唐武后垂拱三年七月初一日。封爲東嶽之神。至開元十三年。加爲天齊王。宋真宗朝封爲東嶽天齊大生神聖帝。這的是天地循環。周而復始。便好道不孝謾燒千束紙。虧心空爇萬爐香。神靈本是正直做。不受人間枉法贜。如今陽世有一人。乃是賈仁。此人在吾神廟中埋天怨地。告訴神明。只説不憐憫他。想他今日必然又來告訴。吾神自有個顯應。這早晚敢待來也。〔净扮賈仁上詩云〕又無房舍又無田。每日城南窑裏眠。一般帶眼安眉漢。何事手中偏没錢。小可曹州人氏賈仁的便是。幼年間父母雙亡。别無甚親眷。則我單身獨自。人見我十分過的艱難。都唤我做窮賈兒。想人生世間。有那等富貴奢華。喫好的。穿好的。用好的。他也是一世人。偏賈仁喫了那早起的。

無那晚夕的。每日燒地眠。炙地卧。衣不遮身。食不充口。可也是一世人。天那。你也睁開眼波。兀的不窮殺賈仁也。我每日家不會做甚麼營生。則是與人家挑土築墻。和泥托坯。擔水運漿。做坌工生活度日。到晚來在那破窑中安身。今日替人家打着一堵兒墻。打起半堵兒。只爲氣力不加。還有半堵兒墻不曾打的。我如今困乏了。且歇一歇。這裏有所東嶽靈派侯廟。我去那廟中訴我這苦楚去。天那。兀的不窮殺賈仁也。〔做到廟跪科云〕我也無那香。只是捻土爲香。禱告神靈可憐見。小人是賈仁。想有那等騎鞍壓馬。穿羅着錦。喫好的。用好的。他也是一世人。我賈仁也是一世人。偏我衣不遮身。食不充口。喫了早起的。無那晚夕的。燒地眠。炙地卧。窮殺賈仁也。上聖。但有些小富貴。我也會齋僧布施。蓋寺建塔。修橋補路。惜孤念寡。敬老憐貧。我可也捨的。則是聖賢可憐見我。説話中間。覺得身體有些困倦。我且在這虚簷下暫時歇息咱。〔做睡倒科〕〔靈派侯云〕鬼力。與我攝過賈仁來者。〔問云〕兀那賈仁。你爲何在吾神廟中埋天怨地。怪恨神靈。你主何緣故。〔賈仁做拜科云〕上聖可憐見。小人怎敢埋天怨地。我想賈仁生于人世之間。衣不遮身。食不充口。喫了早起的。無那晚夕的。燒地眠。炙地卧。窮殺賈仁也。上聖可憐見。但與我些小衣禄食禄。我賈仁也會齋僧布施。蓋寺建塔。修橋補路。惜孤念寡。敬老憐貧。我可也捨的。上聖。則是可憐見咱。〔靈派侯云〕這樁可是增福神該管。鬼力。與我唤的增福神來者。〔正末扮增福神上云〕小聖增福神是也。掌管人間生死貴賤。高下六科長短之事。十八地獄。七十四司。我想塵世人心性迷癡。不知爲善。只看那奈河滹滹。金橋之上並無一人也

呵。〔唱〕

【仙呂點絳唇】這等人輕視貧乏。不恤鰥寡。天生下。一種姦猾。將神鬼都瞞諕。

〔正末云〕常言道人間私語。天聞若雷。暗室虧心。神目如電。信有之也。〔唱〕

【混江龍】你休要虛貪聲價。但存的那心田一寸是根芽。不肯道甘貧守分。都則待僥倖成家。自拏着殺子殺孫笑裏刀。怎留的好兒好女眼前花。你則看那陽間之事。正和俺陰府無差。明明折挫。暗暗消乏。這等人動則是忘人恩背人義昧人心。管甚麼敗風俗殺風景傷風化。怎能勾長享着肥羊法酒。異錦的這輕紗。

〔做見科云〕上聖呼喚小神。有何法旨。〔靈派侯云〕今陽世間有一賈仁。每日在吾廟中埋天怨地。怪恨俺神靈。你與我問他去。〔正末云〕理會的。〔做問科云〕兀那賈仁。是你怪恨俺這神靈來麼。〔賈仁云〕上聖可憐見。俺賈仁怎敢怪恨您這神靈。我則說世上有那等富貴的人。有衣穿。有食喫。又有錢鈔使。他也是一個人。偏我賈仁衣不遮身。食不充口。喫了早起的。無那晚夕的。燒地眠。炙地臥。兀的不窮殺賈仁也。則怨我小人的命薄。怎敢埋天怨地。上聖可憐見。但與我些小衣禄食禄。我也會齋僧布施。蓋寺建塔。修橋補路。惜孤念寡。敬老憐貧。我可也捨的。上聖。則是可憐見咱。〔正末云〕噤聲。〔回云〕上聖。此人平日之間。不敬天地。不孝父母。毀僧謗佛。殺生害命。當受凍餓而死。上聖管他做甚麼。〔靈派侯云〕尊神。則怕注的他這衣禄食禄差了麼。〔正末唱〕

【油葫蘆】那一個紅臉兒的閻王不是耍。揑胎兒依正法。則他注生的分數幾曾差。這等人向官員財主裏難安插。好去那驢騾狗馬裏剛投下。又不曾將他去油鍋裏煠。又不曾將他去劍樹上殺。據着那阿鼻地獄天來大。但得個人身體便可也不虧他。

〔靈派侯云〕尊神。論此等人在世。不知怎生貪財好賄。害衆成家也。〔正末唱〕

【天下樂】這等人何足人間掛齒牙。他前世裏奢華。那一片貪財心没亂煞。則他油鍋内見錢也去撾。富了他這一輩人。窮了他那數百家。今世裏受貧窮還報他。

〔賈仁云〕上聖休聽增福神説。念小人不是這様人。也是個看經念佛。喫齋把素。行善事的人。上聖怎生可憐見。與小人些小富貴。可也好也。〔正末云〕你這厮平昔之間。扭曲作直。抛撒五穀。傷殘物命。害衆成家。你怎生能勾發跡那。〔靈派侯云〕尊神。此人前生抛撒净水。作賤五穀。既然這等。今世凍死餓死。也不爲過。〔正末唱〕

【那吒令】你前世裏造下。今世裏折罰。前世裏狡猾。今世裏叫化。前世裏抛撒。今世裏餓殺。〔賈仁云〕我平昔間也是個敬天地。尊法度。和弟兄。睦六親。信佛法。禮三光。孝父母。不偷盗。我是個心慈好善的人。現如今喫長齋哩。上聖但是與我些小富貴。我做本分營生買賣去也。〔正末唱〕你使的是造惡心。但説的是虧心話。不肯做本分生涯。

〔靈派侯云〕正是虧心折盡平生福。行短天教一世貧。吾神自有點檢。怎瞞的過也。〔正末唱〕

【鵲踏枝】虧心也儘由他。造惡也怎瞞咱。上面有湛湛青天。下面有漫漫黃沙。請上聖鑒察。枉將他救拔。俺可便管他甚貧富窮達。

〔賈仁云〕上聖。我爺娘在時。也還奉養他好好的。從亡化之後。不知甚麼緣故。顛倒一日窮一日了。我也在爺娘墳上燒錢裂紙。澆茶奠酒。我這淚珠兒至今不曾乾。至是一個孝順的人。〔正末云〕噤聲。〔唱〕

【寄生草】你爺娘在生時䘮饑餓。死了也奠甚茶。則您那淚珠兒滴盡空瀟灑。漼了些漿水飯那裏肯道停時霎。巴的那紙錢灰燒過無牽掛。你可便漼了那百壺漿也濕不透墓門前。澆的那千鍾茶怎流得到黃泉下。

〔靈派侯云〕尊神。這等窮兒乍富。瞞心昧己欺天誑地。只要損別人安自己。正是一世兒不能勾發跡的。〔正末唱〕

【六幺序】這人沒錢時無些話。纔的有便說誇。打扮似大戶豪家。你看他聳起肩胛。迸定鼻凹。沒半點和氣謙洽。每日在長街市上把青驄跨。只待要弄柳拈花。馬兒上扭捏着身子兒詐。做出那般般樣勢。種種村沙。

【幺篇】則說街狹。更嫌人雜。把玉勒牢拿。玉鞭忙加。攛行花踏。喧喧嘩嘩。問甚麼先達。那肯道攀鞍下馬。直將窮民來傲慢殺。〔賈仁云〕上聖。我賈仁不是這等人。你但與我些小富貴。我也會和街坊。敬鄰里。識尊卑。知上下。只願上聖可憐見咱。〔正末唱〕他雖則消乏。也是你鄰家。須索將禮數酬答。則你那自尊自貴無高下。真乃是井底鳴蛙。似這等待窮民肚量些兒大。則你那酸寒乞儉。怎消得富貴榮華。

〔靈派侯云〕尊神。據着賈仁埋天怨地。正當凍死餓死。便好道天不生無祿之人。地不長無名之草。吾等體上帝好生之德。權且與他些福力咱。〔正末云〕既如此。待小聖看去波。〔做看科云〕上聖。據着這廝正當凍死餓死。今奉上聖法旨。權且借些福力與他。看的有曹州曹南周家莊上。他家福力所積。陰功三輩。爲他一念差池。合受折罰。我如今將那家的福力。權且借與他二十年。待到二十年後。着他雙手兒交還本主便了。〔靈派侯云〕這個使的。〔正末云〕兀那賈仁。〔賈仁做應科〕〔正末云〕你本當凍死餓死。上聖可憐見。借與你些福力。今有曹州曹南周家莊上。所積陰功三輩。只因一念差池。合受折罰。我如今將那家福力權且借與你二十年。待到二十年後。你兩隻手兒交付還他那本主。你記者。比及你去呵。索錢的可早等着你也。〔賈仁做拜謝科云〕謝上聖濟拔之恩。我便做財主去也。〔正末云〕噤聲。〔唱〕

【賺煞】則你這成家子未安身。那一個破家鬼先生下。〔賈仁云〕我若做了財主呵。穿一架子好衣服。騎着一匹好馬。去那三山骨上贈上他一鞭。那馬不剌剌。〔正末云〕做甚麽。〔賈仁云〕没。我則這般道。〔正末做笑科唱〕我則是借與你那錢龍兒入家。有限次的光陰你權掌把。〔賈仁云〕上聖可憐見。不知借與我幾十年。〔正末唱〕我則是借與你二十年仍舊還他。〔賈仁云〕上聖。怎麽可憐見。則借得小人二十年。左右是個小字兒。高處再添上一畫。借的我三十年。可也好也。〔正末云〕噤聲。這廝還不足哩。〔唱〕你還待告增加。怎知這禍福無差。貧和富都是前緣非浪假。爲甚麽桃花向三月奮發。菊花向九秋開罷。〔帶云〕你道爲甚麽那。〔唱〕也則爲這天公不放一時花。

〔靈派侯云〕兀那賈仁。據着你正當凍死餓死。吾神體上帝好生之德。權且借與你二十年福力。二十年之後。交還與那本主。便好道善有善報。惡有惡報。不是不報。時辰未到。天若不降嚴霜。松柏不如蒿草。神明若不報應。積善不如作惡。莫瞞天地莫瞞心。心不瞞時禍不侵。十二時中行好事。災星變做福星臨。〔做揮手科云〕賈仁。你休推睡裏夢裏。〔並下〕〔賈仁做醒科云〕哎呀。一覺好睡也。原來是南柯一夢。恰纔上聖分明的對我說曹州曹南周家莊上的福力。借與我二十年。我如今便做財主。財主也。知他在那裏。便好道夢是心頭想。信他做甚麽。還有半堵墻兒不曾打的哩。我可去打那半堵墻兒去。天那。兀的不窮殺賈仁也。〔下〕

〔音釋〕爇如月切　坯鋪梅切　坌滂悶切　潺鋤山切　乏扶加切　滑呼佳切　諕音夏　分去聲　僥音交　忘去聲　俗詞沮切　法方雅切　插抽鮓切　煠之沙切　殺雙鮓切　阿何哥切　鼻音疲　賄音晦　煞雙鮓切　撾莊瓜切　罰扶加切　撒殺賈切　察抽鮓切　拔邦佳切　達當加切　灑商鮓切　耍雙鮓切　胛江雅切　凹汪掛切　洽奚佳切　狹奚佳切　雜音咱　踏當加切　答音打　長音掌　剌音辣　發方雅切

第二折

〔外扮陳德甫上詩云〕耕牛無宿料。倉鼠有餘糧。萬事分已定。浮生空自忙。小可姓陳。雙名德甫。乃本處曹州曹南人氏。幼年間攻習詩書。頗親文墨。不幸父母雙亡。家道艱難。因此將儒業廢棄。與人家做個門館先生。度其日月。此處有一人是賈老員外。有萬貫家財。鵶飛不過的田産物業。油磨坊。解典庫。金銀珠翠。綾羅段疋。不知其數。他是個巨富的財主。這裏可也無人。一了他一貧如洗。專與人家挑土築墻。和泥托坯。擔水運漿。做坌工生活。常是喫了早起的。無那晚夕的。人都叫他做窮賈兒。也不知他福分生在那裏。這幾年間暴富起來。做下潑天也似家私。只是那員外雖然做個財主。争柰一文也不使。半文也不用。别人的東西恨不得擘手奪將來。自己東西捨不的與人。若與人呵就心疼殺了也。小可今日正在他家坐館。這館也不是教學的館。無過在他解典庫裏上些帳目。那員外空有家私。寸男尺女皆無。數次家常與小可説。街市上但遇着賣的或男或女。尋一個來與我兩口兒喂眼。小可已曾分付了店小二。着他打聽着。但有呵便報我知道。今日無甚事。到解典庫中看看去。〔下〕〔净扮店小二上詩云〕酒店門前三尺布。人來人往圖主顧。做下好酒一百缸。倒有九十九缸似頭醋。自家店小二的便是。俺這酒店是賈員外的。他家有個門館先生。叫做陳德甫。三五日來算一遭帳。今日下着這般大雪。我做了一缸新酒。不供養過不敢賣。待我供養上三盃酒。〔做供酒科云〕招財利市土地。俺這酒一缸勝是一缸。俺將這酒帘兒掛上。看有甚麽人來。〔正末周榮祖領旦兒倈兒上云〕小生周榮祖。嫡親的三口兒家屬。渾家張氏。孩兒長壽。自應舉去後。命運未通。功名不遂。這也罷了。豈知到的家來。事事不如意。連我祖遺家財。埋在墻下的。都被人盗去。從此衣食艱難。只得領了三口兒去洛陽探親。圖他救濟。偏生這等時運。不遇而回。正值暮冬天道。下着連日大雪。這途路上好苦楚也呵。〔旦兒云〕秀才。似這等大風大雪。俺每行動些兒。〔倈兒云〕爹爹。凍餓殺我也。〔正末唱〕

【正宫端正好】赤緊的路難通。俺可也家何在。休道是乾坤老山也頭白。似這等凍雲萬里無邊届。肯分的俺三口兒離鄉外。

〔帶云〕大嫂。你看好大雪也。〔唱〕

【滚繡毬】是誰人碾瓊瑶往下篩。是誰人翦冰花迷眼界。恰便似玉琢成六街三陌。恰便似粉粧就殿閣樓臺。〔帶云〕似這雪呵。〔唱〕便有那韓退之藍關前冷怎當。便有那孟浩然驢背上也跌下來。〔帶云〕似這雪呵。〔唱〕便有那剡溪中禁回他子猷訪戴。則俺這三口兒兀的不凍倒塵埃。〔做寒戰科帶云〕匆匆匆。〔唱〕眼見的一家受盡千般苦。可甚麽十謁朱門九不開。委實難捱。

〔旦兒云〕秀才。似這般風又大。雪又緊。俺且去那裏避一避。可也好也。〔正末云〕大嫂。俺到那酒務兒裏避雪去來。〔做見科云〕哥哥支揖。〔店小二云〕請家裏坐喫酒去。秀才。你那裏人氏。〔正末云〕哥哥。我那得那錢來買酒喫。小生是個窮秀才。三口兒探親去來。不想遇着一天大雪。

身上無衣。肚裏無食。一逕的來這裏避一避兒。哥哥。怎生可憐見咱。〔店小二云〕那一個頂着房子走哩。你們且進來避一避兒。〔正末做同進科云〕大嫂。你看這雪越下的緊了也。〔唱〕

【倘秀才】餓的我肚裏饑失魂喪魄。凍的我身上冷無顏落色。這雪呵偏向俺窮漢身邊亂灑來。〔帶云〕大嫂。〔唱〕你看雪深埋脚面。風緊透人懷。我忙將這孩兒的手揣。

〔店小二做歎科云〕你看這三口兒身上無衣。肚裏無食。偌大的風雪。到俺店肆中避避。那裏不是積福處。我早晨間供養的利市酒三鍾兒。我與那秀才鍾喫。兀那秀才。俺與你鍾酒喫。〔正末云〕哥哥。我那裏得那錢鈔來買酒喫。〔店小二云〕俺不要你錢鈔。我見你身上單寒。與你鍾酒喫。

〔正末云〕哥哥說不要小生錢。則這等與我鍾酒喫。多謝了哥哥。〔做喫酒科云〕好酒也。〔唱〕

【滚繡毬】見哥哥酒斟着磁盞臺。香濃也勝琥珀。哥哥也你莫不道小人現錢多賣。問甚麽新釀茅柴。〔帶云〕這酒呵。〔唱〕賽中山宿醞開。笑蘭陵高價擡。不枉了喚做那鳳城春色。〔帶云〕我飲一盃呵。〔唱〕恰便似重添上一件綿帛。〔帶云〕這雪呵。〔唱〕似千團柳絮隨風舞。〔帶云〕我恰纔嚥下這盃酒去呵。〔唱〕可又早兩朵桃花上臉來。便覺的和氣開懷。

〔旦兒云〕秀才。恰纔誰與你酒喫來。〔正末云〕是那賣酒的哥哥。見我身上單寒。可憐見我。與了我鍾酒喫。〔旦兒云〕我這一會兒身上寒冷不過。你怎生問那賣酒的討一鍾酒兒與我喫。可也好也。〔正末云〕大嫂。羞人答答的。教我怎生問他討酒喫。〔做對店小二揖科云〕哥哥。我那渾家問我那裏喫酒來。我便道賣酒的哥哥見我身上單寒。與了我一鍾酒兒喫。他便道我身上冷不過。怎生再討得半鍾酒兒喫。可也好也。〔店小二云〕你娘子也要鍾酒喫。來來來。俺捨這鍾酒兒與你娘子喫罷。〔正末云〕多謝了哥哥。大嫂。我討了一鍾酒來。你喫你喫。〔倈兒云〕爹爹。我也要喫一鍾。〔正末云〕兒也。你着我怎生問他討那。〔又做揖科云〕哥哥。我那孩兒道。爹爹。你那裏得這酒與妳妳喫來。我便道那賣酒的哥哥又與了我一鍾兒喫。我那孩兒便道。怎生再討的一鍾兒我喫。可也好也。〔店小二云〕這等。你一發搬在俺家中住罷。〔正末云〕哥哥。那裏不是積福處。〔店小二云〕來來來。俺再與你這一鍾兒酒。〔正末云〕多謝了哥哥。孩兒你喫你喫。〔店小二云〕比及你這等貧呵。把這小的兒與了人家可不好。〔正末云〕我怕不肯。但未知我那渾家心裏何如。〔店小二云〕你和你那娘子商量去。〔正末云〕大嫂。恰纔那賣酒的哥哥道。似你這等饑寒。將你那孩兒與了人可不好。〔旦兒云〕若與了人。倒也强似凍餓死了。只要那一分人家養的活。便與他去罷。〔正末做見店小二云〕哥哥。俺渾家肯把這個小的與了人家也。〔店小二云〕秀才。你真個要與人。〔正末云〕是。與了人罷。〔店小二云〕我這裏有個財主要。我如今領你去。〔正末云〕他家裏有兒子麽。〔店小二云〕他家兒女並没一個兒哩。〔正末唱〕

【倘秀才】賣與個有兒女的是孩兒命衰。賣與個無子嗣的是孩兒大采。撞着個有道理的爹娘呵是孩兒修福來。〔帶云〕哥哥。〔唱〕你救孩兒一身苦。强似把萬僧齋。越顯的你個哥哥敬客。

〔店小二云〕既是這等。你兩口兒則在這裏。我叫那買孩兒的人來。〔做向古門叫科云〕陳先生在家麽。〔陳德甫上云〕店小二。你喚我做甚麽。〔店小二云〕你前日分付我的事。如今有個秀才要賣他小的。你看去。〔陳德甫云〕在那裏。〔店小二云〕則這個便是。〔陳德甫做看科云〕是一箇有福的孩兒也。〔正末云〕先生支揖。〔陳德甫云〕君子恕罪。敢問秀才那裏人氏。姓甚名誰。因何就肯賣了這孩兒。〔正末云〕小生曹州人氏。姓周名榮祖。字伯成。因家業凋零。無錢使用。將自己親兒情願過房與人爲兒。先生。你可作成小生咱。〔陳德甫云〕兀那君子。我不要這孩兒。這裏有個賈老員外。他寸男尺女皆無。若是要了你這孩兒。他有潑天也似家緣家計。久後都是你這孩兒的。你跟將我來。〔正末云〕不知在那裏住。我跟將哥哥去。〔旦兒同俫兒下〕〔店小二云〕他三口兒跟的陳先生去了也。待我收拾了鋪面。也到員外家看看去。〔下〕〔賈仁同卜兒上云〕兀的不富貴殺我也。常言道人有七貧八富。信有之也。自家賈老員外的便是。這裏也無人。自從與那一分人家打墻。鉋出一石槽金銀來。那主人家也不知道。都被我悄悄的搬運家來。蓋起這房廊屋舍。解典庫。粉房。磨房。油房。酒房。做的生意就如水也似長將起來。我如今旱路上有田。水路上有船。人頭上有錢。那一個敢叫我做窮賈兒。皆以員外呼之。但是一件。自從有這家私。娶的個渾家也有好幾年了。争奈寸男尺女皆無。空有那鴉飛不過的田産。教把那一個承領。〔做歎科云〕我平昔間一文也不使。半文也不用。我可不知怎生來這麽慳悋苦尅。若有人問我要一貫鈔呵。哎呀。就如挑我一條筋相似。如今又有一等人叫我做慳賈兒。這也不必顯起。我這解典庫裏有一個門館先生。叫做陳德甫。他替我家收錢舉債。我數番家分付他。或兒或女尋一個來與我兩口兒喂眼。〔卜兒云〕員外。你既分付了他。必然訪得來也。〔賈仁云〕今日下着偌大的雪。天氣有些寒冷。下次小的每。少少的釃些熱酒兒來。則撕隻水鷄腿兒來。我與婆婆喫一鍾波。〔陳德甫同正末旦兒倈兒上云〕秀才。你且在門首等着。我先過去與員外說知。〔做見科賈仁云〕陳德甫。我數番家分付你。等你尋一個小的。怎這般不會幹事。〔陳德甫云〕員外。且喜有一個小的哩。〔賈仁云〕有在那裏。〔陳德甫云〕現在門首。〔賈仁云〕他是個甚麼人。〔陳德甫云〕他是個窮秀才。〔賈仁云〕秀才便罷了。甚麼窮秀才。〔陳德甫云〕這個員外。有那個富的來賣兒女那。〔賈仁云〕你教他過來我看。〔陳德甫出云〕兀那秀才。你過去把體面見員外者。〔正末做揖科云〕先生。你須是多與我些錢鈔。〔陳德甫云〕你要的他多少。這事都在我身上。〔正末云〕大嫂。你看着孩兒。我見員外去也。〔做入見科云〕員外支揖。〔賈仁云〕兀那秀才。你那裏人氏。姓甚名誰。〔正末云〕小生曹州人氏。姓周名榮祖。字伯成。〔賈仁云〕住了。我兩個眼裏偏生見不的這窮廝。陳德甫。你且着他靠後些。餓虱子滿屋飛哩。〔陳德甫云〕秀才。你依着員外靠後些。他那有錢的是這等性兒。〔正末做出科云〕大嫂。俺這窮的好不氣長也。〔賈仁云〕陳德甫。喒要買他這小的。也索要立一紙文書。〔陳德甫云〕你打個稿兒。〔賈仁云〕我說與你寫。立文書人周秀才。因爲無錢使用。口食不敷。難以度日。情願將自己親兒某人。年幾歲。賣與財主賈老員外爲兒。〔陳德甫云〕誰不知你有錢。只叫員外勾了。又要那財主兩字做甚麼。〔賈仁云〕陳德甫。是你擡舉我哩。

我不是財主。難道叫我窮漢。〔陳德甫云〕是是是。財主財主。〔賈仁云〕那文書後頭寫道。當日三面言定。付價多少。立約之後。兩家不許反悔。若有反悔之人。罰寶鈔一千貫與不悔之人使用。恐後無憑。立此文書。永遠爲照。〔陳德甫云〕是了。反悔之人罰寶鈔一千貫。他這正錢可是多少。〔賈仁云〕這個你莫要管我。我是個財主。他要的多少。我指甲裏彈出來的。他可也喫不了。〔陳德甫云〕是是是。我與那秀才說去。〔做出科云〕秀才。員外着你立一紙文書哩。〔正末云〕哥哥。可怎生寫那。〔陳德甫云〕他與你個稿兒。今有過路周秀才。因爲無錢使用。將自己親兒。年方幾歲。情願賣與財主賈老員外爲兒。〔正末云〕先生。這財主兩字也不消的上文書。〔陳德甫云〕他要這等寫。你就寫了罷。〔正末云〕便依着寫。〔陳德甫云〕這文書不打緊。有一件要緊。他說後面寫着。如有反悔之人。罰寶鈔一千貫與不反悔之人。〔正末云〕先生。那反悔的罰寶鈔一千貫。我這正錢可是多少。〔陳德甫云〕知他是多少。秀才。你則放心。恰纔他也曾說來。他說我是個巨富的財主。要的多少。他指甲裏彈出來的。着你喫不了哩。〔正末云〕先生說的是。將紙筆來。〔旦兒云〕秀才。喒這恩養錢可曾議定多少。你且慢寫着。〔正末云〕大嫂。恰纔先生不說來。他是個巨富的財主。他那指甲裏彈出來的。俺每也喫不了。則管裏問他多少怎的。〔唱〕

【滚繡毬】我這裏急急的研了墨濃。便待要輕輕的下了筆劃。〔倈兒云〕爹爹。你寫甚麽哩。〔正末云〕我兒也。我寫的是借錢的文書。〔倈兒云〕你說借那一個的。〔正末云〕兒也。我寫了可與你說。〔倈兒云〕我知道了也。你在那酒店裏商量。你敢要賣了我也。〔正末唱〕**呀。兒也這是**

我不得已無如之奈。〔倈兒做哭科云〕可知道無柰。則是活便一處活。死便一處死。怎下的賣了我也。〔正末哭云〕呀。兒也。想着俺子父的情呵。〔唱〕**可着我班管難擡。這孩兒情性乖。是他娘腸肚摘下來。今日將俺這子父情可都撇在九霄雲外。則俺這三口兒生扢扎兩處分開。**〔旦兒云〕怎下的撇了我這親兒。兀的不痛殺我也。〔正末哭唱〕**做娘的傷心慘慘刀剜腹。做爹的滴血簌簌淚滿腮。恰便似郭巨般活把兒埋。**

〔做寫科云〕這文書寫就了也。〔陳德甫云〕周秀才。你休煩惱。我將這文書與員外看去。〔做入科云〕員外。他寫了文書也。你看。〔賈仁云〕將來我看。今有立文書人周秀才。因爲無錢使用。口食不敷。難以度日。情願將自己親兒長壽。年七歲。賣與財主賈老員外爲兒。寫的好。寫的好。陳德甫。你則叫那小的過來。我看看咱。〔陳德甫云〕我領過那孩兒來與員外看。〔見正末云〕秀才。員外要看你那孩兒哩。〔正末云〕兒也。你如今過去。他問你姓甚麽。你說我姓賈。〔倈兒云〕我姓周。〔正末云〕姓賈。〔倈兒云〕便打殺我也則姓周。〔正末哭科云〕兒也。〔陳德甫云〕我領這孩兒過去。員外。你看好個孩兒也。〔賈仁云〕這小的是好一個孩兒也。我的兒也。你今日到我家裏。那街上人問你姓甚麽。你便道我姓賈。〔倈兒云〕我姓周。〔賈仁云〕姓賈。〔倈兒云〕我姓周。〔做打科云〕這弟子孩兒養殺也不堅。婆婆。你問他。〔卜兒云〕好兒也。明日與你做花花襖子穿。有人問你姓甚麽。你道我姓賈。〔倈兒云〕便做大紅袍與我穿。我也則是姓周。〔卜兒打科云〕這弟子孩兒養殺也不堅的。〔陳德甫云〕他父母不曾去哩。可怎麽便下的打他。〔倈兒叫科云〕

爹爹。他每打殺我也。〔正末做聽科云〕我那兒怎生這等叫。他可敢打俺孩兒也。〔唱〕

【倘秀才】俺兒也差着一個字千般的見責。〔云〕那員外好狠也。〔唱〕**那員外伸着五個指十分的便摑。打的他連耳通紅半壁腮。説又不敢高聲語。哭又不敢放聲來。他則是偷將那淚揩。**

〔做叫科云〕陳先生。陳先生。早打發俺每去波。〔陳德甫出見云〕是。我着員外打發你去。〔正末云〕先生。天色漸晚。誤了俺途程也。〔陳德甫入見科云〕員外。且喜且喜。有了兒也。〔賈仁云〕陳德甫。那秀才去了麼。改日請你喫茶。〔陳德甫云〕哎呀。他怎麼肯去。員外還不曾與他恩養錢哩。〔賈仁云〕甚麼恩養錢。隨他與我些便罷。〔陳德甫云〕這個員外。他爲無錢纔賣這個小的。怎麼倒要他恩養錢那。〔賈仁云〕陳德甫。你好没分曉。他因爲無飯的養活兒子。纔賣與我。如今要在我家喫飯。我不問他要恩養錢。他倒問我要恩養錢。〔陳德甫云〕好説。他也辛辛苦苦養這小的。與了員外爲兒。專等員外與他些恩養錢。做盤纏回家去也。〔賈仁云〕陳德甫。他若不肯。便是反悔之人。你將這小的還他去。教他罰一千貫寶鈔來與我。〔陳德甫云〕怎麼倒與你一千貫鈔。員外。你則與他些恩養錢去。〔賈仁云〕陳德甫。那秀才敢不要。都是你搗鬼。〔陳德甫云〕怎麼是我搗鬼。〔賈仁云〕陳德甫。看你的面皮。待我與他些。下次小的每開庫。〔陳德甫云〕好了。員外開庫哩。周秀才。你這一場富貴不小也。〔賈仁云〕拏來。你兜着。你兜着。〔陳德甫云〕我兜着與他多少。〔賈仁云〕與他一貫鈔。〔陳德甫云〕他這等一個孩兒。怎麼與他一貫鈔。忒少。

〔賈仁云〕一貫鈔上面有許多的寶字。你休看的輕了。你便不打緊。我便似挑我一條筋哩。倒是挑我一條筋也熬了。要打發出這一貫鈔。更覺艱難。你則與他去。他是個讀書的人。他有個要不要。也不見的。〔陳德甫云〕我便依着你。且拏與他去。〔做出見科云〕秀才你休慌。安排茶飯哩。這個是員外打發你的一貫鈔。〔旦兒云〕我幾盆兒水洗的孩兒偌大。可怎生與我一貫鈔。便買個泥娃娃兒。也買不的。〔正末云〕想我這孩兒呵。〔唱〕

【滚繡毬】也曾有三年乳十月胎。似珍珠掌上擡。甚工夫養得他偌大。須不是半路裏拾的嬰孩。〔做歎科唱〕**我雖是窮秀才。他覷人忒小哉。那些個公平買賣。量這一貫鈔值甚錢財。**〔帶云〕員外。你的意思我也猜着你了。〔陳德甫云〕你猜着甚的。〔正末唱〕**他道我貪他香餌終吞釣。我則道留下青山怕没柴。揣的個搠筆巡街。**

〔旦兒云〕還了我孩兒。我們去罷。〔陳德甫云〕你且慢些。我見員外去。〔正末云〕天色晚也。休鬬小生耍。〔陳德甫入科云〕員外。還你這鈔。〔賈仁云〕陳德甫。我說他不要麼。〔陳德甫云〕他嫌少。他說買個泥娃娃兒也買不的。〔賈仁云〕那泥娃娃兒會喫飯麼。〔陳德甫云〕員外。不是這等說。那個養兒女的算飯錢來。〔賈仁云〕陳德甫。也着你做人哩。常言道。有錢不買張口貨。因他養活不過。方纔賣與人。我不要他還飯錢也勾了。倒要我的寶鈔。我想來。都是你背地裏調唆他。我則問你怎麼與他鈔來。〔陳德甫云〕我說員外與你鈔。〔賈仁云〕可知他不要哩。你輕看我這鈔了。我教與你。你把這鈔高高的擡着道。兀那窮秀才。賈老員外與你寶鈔一貫。〔陳德甫云〕

擡的高殺。也則是一貫鈔。員外。你則快些打發他去罷。〔賈仁云〕罷罷罷。小的每開庫。再拏一貫鈔來與他。〔做與鈔科〕〔陳德甫云〕員外。你問他買甚麽東西哩。一貫一貫添。〔賈仁云〕我則是兩貫。再也没的添了。〔陳德甫云〕我且拏與他去。秀才。你放心。員外安排茶飯哩。秀才。那頭裏是一貫鈔。如今又添你一貫鈔。〔正末云〕先生。可怎生只與我兩貫。我幾盆兒水洗的孩兒偌大。先生休鬭小生耍。〔陳德甫云〕嗨。這都是領來的不是了。我再見員外去。〔做入科云〕員外。他不肯。〔賈仁云〕不要閒説。白紙上寫着黑字兒哩。若有反悔之人。罰寶鈔一千貫與不悔之人使用。這便是他反悔。你着他拏一千貫鈔來。〔陳德甫云〕他有一千貫時。可便不賣這小的了。〔賈仁云〕哦。陳德甫。你是有錢的。你買麽。快領了去着他罰一千貫鈔來與我。〔陳德甫云〕員外。你添也不添。〔賈仁云〕不添。〔陳德甫云〕你真個不添。〔賈仁云〕真個不添。〔陳德甫云〕員外。你又不肯添。那秀才又不肯去。教人中間做人也難。便好道君子成人之美。不成人之惡。罷罷罷。員外。我在你家兩個月。該與我兩貫飯錢。我如今問員外支過。凑着你這兩貫。共成四貫。打發那秀才回去。〔賈仁云〕哦。要支你的飯錢。凑上四貫錢。打發那窮秀才去。這小的還是我的。陳德甫。你原來是個好人。可則一件。你那文簿上寫的明白。道陳德甫先借過兩個月飯錢。計兩貫。〔陳德甫云〕我寫的明白了。〔做出見科云〕來來來。秀才。你可休怪。員外是個慳吝苦尅的人。他説一貫也不添。我問他支過兩月的館錢。凑成四貫鈔。送與秀才。這的是我替他出了兩貫哩。秀才休怪。〔正末云〕這等。可不難爲了你。〔陳德甫云〕秀才。你久後則休忘了我陳德

甫。〔正末云〕賈員外則與我兩貫錢。這兩貫是先生替他出的。這等呵。倒是先生齎發了小生也。〔唱〕

【倘秀才】如今這有錢的度量呵做不的三江也那四海。便受用呵多不到十年五載。我罵你個勒掯窮民狠員外。或是有人家典段疋。或是有人家當鐶釵。你則待加一倍放解。〔賈仁做出瞧科云〕這窮廝還不去哩。〔正末唱〕

【賽鴻秋】快離了他這公孫弘東閣門桯外。〔旦兒云〕秀才。俺今日撇下了孩兒。不知何日再得相見也。〔正末云〕大嫂。去罷。〔唱〕再休想漢孔融北海開尊待。〔陳德甫云〕秀才。這兩貫鈔是我與你的。〔正末云〕先生此恩。異日必當重報。〔唱〕多謝你范堯夫肯付舟中麥。〔帶云〕那員外呵。〔唱〕怎不學龐居士豫放來生債。〔賈仁做揪住怒科云〕這廝罵我。好無禮也。〔正末唱〕他他他則待掐破我三思臺。〔賈仁做推正末科云〕你這窮弟子孩兒。還不走哩。〔正末唱〕他他可便攧破我天靈蓋。〔賈仁云〕下次小的每。呼狗來咬這窮弟子孩兒。〔正末做怕科云〕大嫂。我與你去罷。〔唱〕走走走早跳出了齊孫臏這一座連環寨。〔陳德甫云〕秀才休怪。你慢慢的去。休和他一般見識。〔旦兒云〕秀才。俺行動些兒波。〔正末唱〕

【隨煞】別人家便當的一周年下架容贖解。〔帶云〕這員外呵。〔唱〕他巴到那五個月還錢本利該。納了利從頭兒再取索。還了錢文書上廝混賴。似這等無仁義愚濁的却有財。偏着俺有德行聰明的嚼虀菜。這八個字窮通怎的排。則除非天打算日頭兒輪到來。發背疔瘡是你這富漢的災。禁口傷寒着你這有錢的害。有一日賊打劫火燒了您院宅。有一日人連累抄没了舊錢債。恁時節合着鍋無錢買米柴。忍饑餓街頭做乞丐。這纔是你家破人亡見天敗。〔賈仁云〕你這窮弟子孩兒。還不走哩。〔正末云〕員外。〔唱〕你還這等苦尅瞞心罵我來。直待要犯了法遭了刑你可便恁時節改。〔同旦兒下〕

〔賈仁云〕陳德甫。那廝去了也。他去則去。敢有些怪我。〔陳德甫云〕可知哩。〔賈仁云〕陳德甫。生受你。本待要安排一盃酒致謝。我可也忙。不得工夫。後堂中盒子裏有一個燒餅。送與你喫茶罷。〔同下〕

〔音釋〕帘音廉　白巴埋切　届音戒　陌音賣　魄鋪買切　色篩上聲　珀鋪買切　醞音運　帛巴埋切　客楷上聲　鉋音袍　撕音司　劃胡乖切　簌音蘇　責齋上聲　摑乖上聲　揩楷平聲　思去聲　捌聲卯切　載上聲　桯音汀　麥音賣　三去聲　擷音跌　索篩上聲　宅池齋切　丐音蓋

第三折

〔小末扮賈長壽領興兒上詩云〕一生衣飯不曾愁。贏得人稱賈半州。何事老親能善病。教人終日皺眉頭。自家賈長壽的便是。父親是賈老員外。叫做賈仁。母親亡化已過。靠着祖宗福德。有潑天也似的家緣家計。俺父親則生的我一個。人口順都喚我做錢舍。豈知俺父親他一文也不使。半文也不用。這等慳吝的緊。俺枉叫做錢舍。不得錢在手裏。不曾用的個快活。近日俺父親染病。不能動止。興兒。我許下東嶽泰安神州燒香去。與俺父親説知。多將些錢鈔。等我去還願。興兒。跟着我見父親去來。〔下〕〔小末同興兒扶賈仁上云〕哎呀。害殺我也。〔做歎科云〕過日月好疾也。自從買了這個小的。可早二十年光景。我便一文不使。半文不用。這小的他却癡迷愚濫。只圖穿喫。看的那錢鈔便土塊般相似。他可不疼。怎知我多使了一個錢。便心疼殺了我也。〔小末云〕父親。你可想甚麽喫那。〔賈仁云〕我兒也。你不知我這病是一口氣上得的。我那一日想燒鴨兒喫。我走到街上。那一個店裏正燒鴨子。油渌渌的。我推買那鴨子。着實的搯了一把。恰好五個指頭搯的全全的。我來到家。我説盛飯來我喫。一碗飯我咂一個指頭。四碗飯咂了四個指頭。我一會瞌睡上來。就在這板櫈上。不想睡着了。被個狗餂了我這一個指頭。我着了一口氣。就成了這病。罷罷罷。我往常間一文不使。半文不用。我今病重。左右是個死人了。我可也破一破慳。使些錢。我兒。我想荳腐喫哩。〔小末云〕可買幾百錢。〔賈仁云〕買一個錢的荳腐。〔小末云〕一個錢只買得半塊荳腐。把與那個喫。興兒。你買一貫鈔罷。〔興兒云〕他則有五文錢的荳腐。記下帳。明日討還罷。〔賈仁云〕我兒。你則依着我。〔小末云〕便依着父親。只買十個錢的來。〔賈仁云〕我兒。恰纔見你把十個錢都與那賣荳腐的了。〔小末云〕他還欠着我五文哩。改日再討。〔賈仁云〕寄着五文。你可問他姓甚麽。左鄰是誰。右鄰是誰。〔正末云〕父親。你要問他鄰舍怎的。〔賈仁云〕他假是搬的走了。我這五個錢問誰討。〔小末云〕直是這等。父親。你孩兒趁父親在日。畫一軸喜神。着子孫後代供養着。〔賈仁云〕我兒也。畫喜神特不要畫前面。則畫背身兒。〔小末云〕父親。你說的差了。畫前面纔是。可怎麽畫背身的。〔賈仁云〕你那裏知道。畫匠開光明。又要喜錢。〔小末云〕父親。你也忒算計了。〔賈仁云〕我兒。我這病覷天遠。入地近。多分是死的人了。我兒。你可怎麽發送我。〔小末云〕若父親有些好歹呵。您孩兒買一個好杉木棺材與父親。〔賈仁云〕我的兒。不要買。杉木價高。我左右是死的人。曉的甚麽杉木柳木。我後門頭不有那一個喂馬槽。儘好發送了。〔小末云〕那喂馬槽短。你偌大一個身子。裝不下。〔賈仁云〕哦。槽可短。要我這身子短。可也容易。拏斧子來把我這身子攔腰剁做兩段。折疊着。可不裝下也。我兒也。我囑付你。那時節不要喒家的斧子。借別人家的斧子剁。〔小末云〕父親。俺家裏有斧子。可怎麽問人家借。〔賈仁云〕你那裏知道。我的骨頭硬。若使我家斧子剁捲了刃。又得幾文錢鋼。〔小末云〕直是這等。父親。您孩兒要上廟與父親燒香去。與我些錢鈔。〔賈仁云〕我兒。你不去燒香罷了。〔小末云〕孩兒許下香願多時了。怎好不去。〔賈仁云〕哦。你許下願來。這等。與你一貫鈔去。〔小末云〕少。〔賈仁云〕兩貫。〔小末云〕少。〔賈仁云〕罷罷罷。與你三貫。可忒多了。我兒。這一樁事要緊。我死之後休忘記討還那五文錢的荳腐。〔下〕〔興兒云〕小哥。不要聽那老員外。你自去開了庫。拏着十個金子。十個銀子。一千貫鈔。我跟着你燒香去來。〔小末云〕興兒。你説的是。我開了庫取了十個金子。十個銀子。一千貫鈔。到廟上燒香去來。〔同興兒下〕〔淨扮廟祝上詩云〕官清司吏瘦。神靈廟主肥。有人來燒紙。則搶大公鷄。小道是東嶽泰安州廟祝。明日三月二十八日。是東嶽聖帝誕辰。多有遠方人來燒香。我掃的廟宇乾淨。看有甚麼人來。〔正末同旦兒上云〕叫化咱。叫化咱。可憐見俺無捱無倚。無主無靠。賣了親兒。無人養濟。長街市上可有那等捨貧的爹爹妳妳呵。〔唱〕

【商調集賢賓】我可便區區的步行離了汴梁。〔帶云〕這途路好遠也。〔唱〕過了些山隱隱更和這水茫茫。盼了些州城縣鎮。經了些店道村坊。遥望那東岱嶽萬丈巔峯。怎不見泰安州四面兒墻匡。〔云〕婆婆。這前面不是東嶽爺爺的廟哩。〔唱〕這不是仁安殿蓋造的接上蒼。掩映着紫氣紅光。正值他春和三月天。〔帶云〕婆婆。〔唱〕早來到仙闕五雲鄉。

【逍遥樂】這的是人間天上。燒的是御賜名香。蓋的是那敕修的這廟堂。我則見不斷頭客旅經商。還口願百二十行。聽的道是兒願爹爹壽命長。又見那校椅上頂戴着親娘。我這裏千般感歎。萬種徬徨。百樣思量。〔帶云〕廟官哥哥。俺兩口兒一徑來還願的。趕燒炷兒頭香。暫借一坨兒田地。與我歇息咱。〔廟祝云〕這老人家好苦惱也。既是還香願的。我也做些好事。你老兩口兒就在這一埸兒乾净處安歇。明日絶早起來。燒了頭香去罷。〔正末云〕謝了哥哥。婆婆。我和你在此安歇。明日趕一炷頭香咱。〔旦兒云〕佛囉。俺那長壽兒也。〔小末同興兒上云〕興兒。你看這廟上人好不多哩。〔興兒云〕小哥。咱每來遲。那前面早下的滿了也。〔小末云〕天色已晚。我們揀個乾净處安歇。興兒。這搭兒乾净處。被兩口叫化的倒在這裏。你打起那叫化的去。〔興兒云〕兀那叫化的。你且過一壁。〔正末云〕你是那個。〔興兒云〕這弟子孩兒。錢舍也不認的。〔做打科〕〔正末云〕哎呀。錢舍打殺我也。〔廟祝云〕這廝無禮。甚麽錢舍。家有家主。廟有廟主。他老子那裏做官來。叫做錢舍。徒弟。拏繩子來綁了他送官去。〔興兒云〕廟官。你不要鬧。我與你一個銀子。借這堝兒田地。等俺歇息咱。〔廟祝云〕哦。你與我這個銀子。借這裏坐一坐。我正駡那老弟子孩兒。你便讓錢舍這裏坐一坐兒。自家討打喫。〔正末云〕俺這無錢的好不氣長也。〔旦兒云〕老的。喒每依着他那邊歇罷。〔正末唱〕

【金菊香】這的是雕梁畫棟聖祠堂。又不是錦帳羅幃你的卧房。怎這般斷推斷搶趕我在半壁廂。〔興兒云〕你這老弟子孩兒。口裏嘮嘮叨叨的。還説甚麽哩。〔正末唱〕你你你全不顧我這鬢雪鬢霜。〔云〕你這廝還要打誰。婆婆。你向前着。我不信。〔唱〕你可敢便打打打這個八十歲病婆娘。

〔云〕廟官哥哥。一個甚麽錢舍。將俺老兩口兒趕出來了。〔廟祝云〕他是錢舍。你兩個讓他些便了。俺明日要早起。自去睡也。〔下〕〔小末云〕你這老弟子孩兒。你告訴那廟官便怎的。我富漢打殺你這窮漢。只當拍殺個蒼蠅相似。〔正末唱〕

【醋葫蘆】你道是没錢的好受虧。有錢的好使强。你和俺須同村共疃近鄰莊。〔興兒云〕你這叫化的還强嘴哩。〔正末唱〕俺也是錢裏生來錢裏長。怎便打的俺一個不知方向。你須不是泰安州官府到此壓壇場。

〔興兒云〕官便不是官。叫做錢舍。〔正末云〕俺這無錢的好不氣長也。〔旦兒云〕老的。你與他争甚麽。俺每將就在那邊歇罷。〔正末唱〕

【梧葉兒】這都是俺前生業。可着俺便今世當。莫不是曾燒着甚麽斷頭香。揾不住腮邊淚。撓不着心上痒。割不斷俺業情腸。〔帶云〕哎。〔唱〕俺那長壽兒也我端的可便纔合眼又早眠思夢想。

〔賈仁扮魂子上云〕自家賈仁的便是。那正主兒來了。俺今日着他父子團圓。雙手交還了罷。〔做歎科云〕那小的那裏知道是他的老子。這老子那裏知道是他的兒子。我與他説知。兀那老子。那個不是你的兒子。〔正末做認科云〕俺那長壽兒也。〔小末打科〕〔賈仁又上云〕兀那小的。那個不是你老子。〔小末做叫科云〕父親。父親。〔正末應云〕哎哎哎。〔小末云〕興兒。與我打這老弟子孩兒。〔興兒云〕這叫化的好無禮也。〔正末云〕你叫我三聲父親。我應你三聲。你怎生打我那。〔唱〕

【後庭花】你不肯冬三月開暖堂。你不肯夏三月捨義漿。則你那情狠身中病。則你那心平便是海上方。您爺呵休想道得安康。穩情取無人埋葬。淚汪汪甚人來守孝堂。急慌慌爲親爺來獻香。我痛殺殺身軀兒無倚仗。他絮叨叨還口願都是謊。

【柳葉兒】他也似個人模人樣。銜一片不本分的心腸。有一朝打在你頭直上。天開眼無輕放。天還報有災殃。穩情取家破人亡。

〔小末云〕天色明了也。興兒。隨俺燒香去來。〔做上香科云〕東嶽爺爺。可憐見俺父親患病在床。但得神明保祐。指日平安。俺賈長壽情願燒三年香。望東嶽爺爺鑒察咱。〔正末同旦兒打嚏科云〕阿嚏。〔小末云〕則願俺的父親無病無痛。〔正末又打嚏科云〕阿嚏。〔小末云〕則願俺的父親無災無難。〔正末又打嚏科云〕阿嚏。〔卜兒云〕老的。喒們早些燒香去。〔正末做拜科云〕東嶽爺爺。則願俺長壽兒無病無痛。〔小末做打嚏科云〕阿嚏。〔正末云〕則願俺長壽兒無災無難。〔小末又做打嚏科云〕阿嚏。〔正末云〕則願俺長壽兒早早相見咱。〔小末又做打嚏科云〕阿嚏。〔興兒上云〕阿嚏。阿嚏。〔廟祝上云〕阿嚏。阿嚏。〔小末云〕興兒。打那老弟子孩兒。〔興兒云〕你這叫化的。快走過一邊去。〔正末做哭科云〕俺那長壽兒也。〔唱〕

【高過浪來里煞】但得見親生兒俺可也不似這悽惶。他他他明欺負俺無人侍養。〔做哭科云〕俺那長壽兒也。〔唱〕想着俺長壽年來也和他都一般家血氣方剛。〔帶云〕婆婆。〔唱〕則俺這受苦的糟糠。賣兒呵也合將咱攔當。俺可甚麼養小防備老。栽樹要陰凉。想着俺那忤逆的兒郎。便成人也不認的爺娘。有一日激惱了穹蒼。要整頓着綱常。你

可不怕那五六月的雷聲骨碌碌只在半空裏響。〔同旦兒下〕
〔小末云〕興兒。燒罷香也。隨俺回家去來。〔同下〕

第四折

〔店小二上詩云〕不是自家没主顧。争奈酒酸長似醋。這回若是又酸香。不如放倒望竿做荳腐。自家店小二的便是。開開門面。挑起望子。看有甚麼人來。〔正末同旦兒上云〕婆婆。俺燒罷香也。回家去來。〔旦兒云〕老的。俺和你行動些兒咱。〔正末唱〕

【越調鬭鵪鶉】賽五嶽靈神。爲一人聖慈。總四海神州。受千年祭祀。護百二十河。掌七十四司。獻香錢。火醮紙。積善的長生。造惡的便死。

【紫花兒序】一個那顔回短命。一個那盜跖延年。一個那伯道無兒。人都道威靈有驗。正直無私。現如今神祠東岱嶽新添一個速報司。大剛來禍無虚至。只要你惡事休行。擇其這善者從之。

〔旦兒做心疼科正末云〕婆婆。你做甚麼。〔旦兒云〕老的也。我一陣急心疼。你那裏討一杯兒酒來我喫。〔正末云〕你害急心疼。我去那酒店裏討一鍾酒去咱。哥哥。俺這婆婆害急心疼。有酒麼。教化一鍾兒。〔店小二云〕老人家。你那婆婆害急心疼呵。對門那一家兒有這急心疼的藥。施捨與人。你問他討一服去。〔正末云〕是真個。俺去對門討一服兒急心疼藥去來。〔同旦兒下〕〔店小二云〕大清早起。利市也不曾發。這兩個老的就來教化酒喫。被我支他對門討藥去了。便心疼殺他。也不干我事。我自前後執料去也。〔下〕〔陳德甫上云〕自家陳德甫的便是。過日月好疾也。自從賈老員外買了那個小的。今經可早二十年光景了。老員外一生慳吝苦尅。今亡逝已過。那小的長立成人。比他父親在日。家私越增添了。他父親在日。人都叫他做錢舍。如今那小的仗義疎財。比老員外甚是不同。人都叫他做小員外。老夫一向在他家上些帳目。這幾年間精神老憊。只得辭了館。開着一個小小藥舖。施捨些急心疼的藥。雖則普濟貧人。然也有病好的。酬謝我些藥錢。我老夫也不敢辭。好將來做藥本。今日舖裏閒坐。看有甚麽人來。〔正末同旦兒上見科云〕先生可憐見。我那婆婆害急心疼。說先生施的好藥。老漢不揣求一服兒咱。〔做揖科陳德甫云〕老人家免禮。有有有。我這一服藥與你那婆婆喫了。登時間就好。則要你與我傳名。我叫做陳德甫。〔正末云〕多謝了。先生叫做陳德甫。陳德甫。婆婆。這陳德甫名兒好熟也。〔旦兒云〕老的。咱賣孩兒時做保人的。不是陳德甫。〔正末云〕是真個。我過去認他波。〔做認科云〕陳德甫先生。元來你也這般老了也。〔陳德甫云〕這老兒就來詐熟也。〔正末唱〕

【小桃紅】你這般雪盔白髮鬢如絲。〔陳德甫云〕你說的是幾時的話。〔正末唱〕**我說的是二十年前事。**〔陳德甫云〕兀那老的。你那裏人氏。姓甚名誰。〔正末唱〕**你問我姓甚名誰那裏人氏。**〔陳德甫云〕你因何認的老夫來。〔正末唱〕**說起來痛嗟咨。常言道聞鐘始覺山藏寺。這**

搭兒裏曾賣了一個小廝。〔陳德甫云〕你莫不是賣兒子的周秀才麽。〔正末唱〕我常記的你個恩人名字。〔陳德甫云〕你還記的我齎發你那兩貫錢麽。〔正末唱〕我怎敢便忘了你那周急濟貧時。〔陳德甫云〕秀才。你歡喜咱。你那孩兒賈長壽。如今長立成人了也。〔正末云〕賈員外好麽。〔陳德甫云〕老員外亡化過了也。〔正末云〕死的好。死的好。打俺孩兒的那婦人有麽。〔陳德甫云〕那婆婆又早些死了也。〔正末云〕死的好。死的好。〔唱〕

【鬼三台】則他這龐居士。世做的虧心事。恨不把窮民勒死。滿口假悲慈。可曾有半文兒布施。〔帶云〕想他兩貫鈔强買俺孩兒時節。還要與俺算飯錢哩。〔唱〕空掌着精金嚮鈔百萬資。偏没個寸男尺女爲繼嗣。俺倒不如郭巨埋兒。也强似明達賣子。

〔云〕陳先生。俺那長壽孩兒好麽。〔陳德甫云〕賈員外的萬貫家財。都是你的孩兒賈長壽掌把着。人皆叫他做小員外哩。〔正末云〕陳先生可憐見。着俺那孩兒來厮見一面。可也好也。〔陳德甫云〕你要見他。待我尋他去。〔小末上云〕自家賈長壽的便是。自從泰安山燒香回來。父親亡逝過了。如今營葬已畢。無甚麽事。去望陳德甫叔叔走一遭。〔做撞見科云〕叔叔。我一徑來望你也。〔陳德甫云〕小員外。你歡喜咱。〔小末云〕俺喜從何來。〔陳德甫云〕我老實的説與你知。你當初元不是賈老員外的兒子。你父親是周秀才。偶然打員外家經過。我是保見人。將你賣與那員外爲兒。你今日長立成人。現有你的一雙父母在這裏。要與你相見。我説兀的做甚。二十年來把你瞞。老夫說着尚心酸。可憐你生身父母饑寒死。直與陌路傍人做一般。〔做見科云〕則這兩個。便是你的父親母親。你拜他咱。〔小末做認科云〕這是我父親母親。住住住。泰安神州。我打的不是你來。〔正末云〕婆婆。泰安神州打俺的。不是這廝麽。〔旦兒云〕俺認的。他正叫做錢舍哩。〔正末唱〕

【調笑令】俺待和這廝。斷摞的見官司。不倈俺只問你這般毆打親爺甚意思。無非倚恃着錢神把俺相輕視。〔小末云〕俺實是不認的你。〔正末云〕噤聲。到今日呵。〔唱〕可早知一家無二。父子們斷見非同造次。〔帶云〕婆婆。〔唱〕想他也只是個忤逆的孩兒。

〔陳德甫云〕端的是怎生來。老人家請息怒。〔正末云〕我告他去。〔陳德甫云〕小員外。似此怎了也。〔小末云〕叔叔。你不知道。我在泰安神州打了他來。他如今要告我去。我如今與他些東西。買囑他罷。〔陳德甫云〕與他甚麽東西。〔小末出砌末科云〕我與他一匣子金銀。只買一個不言語。〔陳德甫云〕怎麽買個不言語。〔小末云〕他若不告我。我便將這一匣子金銀都與他。若告我。我拚的把這金銀官府上下打點使用。我也不見的便輸與他。〔陳德甫云〕小員外。你放心。我和他說去。〔見正末云〕老人家。你見這一匣金銀麽。那小員外要與你買個不言語。〔正末云〕怎生是買個不言語。〔陳德甫云〕你若是不告他呵。把這匣金銀與你。你若告他呵。將這金錢去官府上下打點使用。他也没事。兩椿兒隨你自揀去。〔正末云〕婆婆。孩兒在泰安神州打俺時節。他也不認的俺。〔旦兒云〕你個愛錢的老弟子孩兒。〔正末云〕將鑰匙來開了這鎖。待我看這銀子咱。〔做看驚

科云〕這銀子上鑿着周奉記。周奉記。可不原是俺家的來。〔陳德甫云〕怎生是你家的。〔正末云〕俺祖公公正叫做周奉記哩。〔唱〕

【幺篇】猛覷了這字。是俺正明師。想祖上留傳到此時。是兒孫合着俺兒孫使。若不沙怎題着公公名氏。〔帶云〕賈員外。賈員外。〔唱〕虧了他二十年用心把鑰匙。也則是看守俺祖上的金貲。

〔店小二上云〕聞得小員外認着了他親爺親娘。我去看咱。〔做見科云〕老人家。你那婆婆害急心疼。可好了麼。〔正末云〕多謝哥哥。俺婆婆好了也。想起二十年前。曾在你店裏。你不捨與我三鍾兒酒喫麼。〔店小二云〕小子没記性。這遠年的帳都忘了也。〔正末云〕孩兒。你依着我者。陳德甫先生二十年前曾爲你齎發俺兩貫鈔。俺如今將這兩個銀子謝他。〔陳德甫云〕我則是兩貫鈔。怎好換你兩個銀子。那賈老員外一生愛錢。也不曾賺得這等厚利。這個我老夫決不敢當。〔正末唱〕

【天净紗】若不是陳先生肯把恩施。俺周榮祖争些兒雪裏停屍。則這兩貫鈔俺念兹在兹。常恐怕報不得你故人之賜。又何須苦苦推辭。

〔陳德甫云〕多謝了老員外。〔正末云〕賣酒的哥哥。我當日喫了你三鍾酒。如今還你這一個銀子。〔店小二云〕這個小子也不敢受。〔正末唱〕

【禿厮兒】論你個小本錢茶坊酒肆。有甚麽大度量仗義輕施。你也則可憐俺饑寒窮路不自支。如今這銀一個。酬謝你酒三巵。也見俺的情私。

〔店小二云〕這等。小子收了。多謝老員外。〔正末云〕孩兒。這多餘的銀子。你與我都散與那貧難無倚的。可是爲何。這二十年來俺駡的那財主每多了也。〔唱〕

【聖藥王】爲甚麽駡這厮。駡那厮。他道俺貧兒到底做貧兒。又誰知彼一時。此一時。這家私原是俺家私。相對喜孜孜。

〔小末云〕父親。您孩兒都依你便了。〔旦兒云〕俺一家兒同到泰安神州回香去來。〔正末唱〕

【收尾】這的是貧窮富貴皆輪至。〔做笑科〕〔陳德甫云〕老員外。你笑甚的來。〔正末云〕俺不笑别的。〔唱〕笑則笑賈員外一文不使。單爲這口銜墊背幾文錢。險送了拽布拖麻孝順子。

〔靈派侯上云〕周榮祖。你如今省悟了麽。這二十年光景。你可都看見了也。〔正末同衆拜伏科云〕是那方神聖降臨。愚民不知。乞賜指示。〔靈派侯云〕吾神乃靈派侯是也。你一行人都跪者。聽吾神分付。〔詞云〕想爲人禀命生于世。但做事不可瞞天地。貧與富前定不能移。笑愚夫枉使欺心計。周秀才賣子受艱難。賈員外慳吝貪財賄。若不是陳德甫仔細説分明。怎能勾周奉記父子重相會。〔同下〕

〔音釋〕跖音執　僨音敗　揉羅上聲　造音糙　巵音支　墊音店　重平聲

題目　窮秀才賣嫡親兒男

正名　看錢奴買冤家債主

都孔目風雨還牢末雜劇

李致遠撰

楔子

〔冲末扮宋江領卒子上〕〔詩云〕自幼鄆城爲小吏。因殺娼人遭迭配。宋江表字本公明。綽號順天呼保義。我乃宋江是也。山東鄆城縣人。幼年爲把筆司吏。因帶酒殺了娼妓閻婆惜。迭配江州牢城。路打梁山泊經過。有我結義哥哥晁蓋。知我平日度量寬洪。但有不得已的英雄好漢。見了我時。便助他些錢物。因此天下人都叫我做及時雨宋公明。晁蓋哥哥并衆頭領讓我坐第二把交椅。哥哥三打祝家庄身亡之後。衆兄弟讓我爲頭領。今東平府有二人。乃是劉唐史進。這兩個都一身好本事。他二人有心待要上梁山泊來。争奈不曾差人招安去。我今差山兒李逵下山去。請劉唐史進走一遭。小僂儸。説與山兒李逵。着他小心在意。疾去早來。〔詩云〕囑付他兩次三番。休違限便索回還。招安了劉唐史進。一齊的同上梁山。〔下〕〔丑扮孤引張千上〕〔詩云〕做官都説要清名。偏我要錢不要清。縱有清名没錢使。依舊連官做不成。小官姓尹名亨。字伯通。幼年進士及第。累蒙擢用。今陞東平府府尹之職。今日陞廳。坐起早衙。張千。説與六房吏典。有該僉押的文案。將來小官發落。〔正末扮李孔目同外扮史進上云〕小生東平府人氏。姓李名榮祖。幼年頗看詩書。今在東平府做着個把筆六案都孔目。這個兄弟是史進。在這衙門中爲五衙都首領。今日相公坐起早衙。有合稟的事務。須索見相公走一遭去。〔正末入見科〕〔孤云〕李孔目。有該僉押的文案將來僉押。〔正末云〕這一宗文卷。是李得打死人命事。看來是個過誤殺傷。不該抵命。則等大人發落。〔孤云〕將那李得拿上來。〔正末云〕史進。與我拿上廳來。〔史進云〕理會得。〔净扮李得上云〕某李得是也。這裏也無人。某乃梁山泊好漢山兒李逵。更改了名字。叫做李得。不想打街市經過。見一個年紀小的。打那年紀老的。我心中不平。將那年紀小的揪過來只一拳。誰想拳頭上没眼。把他打死了。被巡捕官軍將我拿住。解在東平府來。今日大人要結斷。怎生是好。〔做見科正末云〕李得。你來了也。〔李云〕孔目哥哥。怎生可憐見。〔正末云〕李得。你本是致傷人命。我心裏見你英雄好漢。我好歹要救你。如今相公問你呵。你只説誤傷人命。不該死罪。我就好番案了。〔史進云〕兀那李得。你依着孔目的言語。要救你性命哩。〔李云〕若是救了小人的性命。我今生今世報答不得你。我轉生來世。做驢做馬報答孔目哥哥。〔李入見跪科孤云〕這個便是李得。〔正末云〕這個便是。〔孤云〕兀那李得。你怎生打死人來。説你那根因。〔李云〕大人可憐見。小人見長街市上一個年紀小的打那年紀老的。小人路見不平。揪過那小的來。則一拳打死了。那年紀小的素無讎隙。誤傷其命。望大人可憐超生。〔孤云〕這正是誤傷人命。免他一死。杖脊八十。迭配沙門島去。〔正末云〕去了他那枷。杖斷八十者。〔張千行杖科〕六十。七十。八十。〔孤云〕便差個快走的解子。解赴沙門島去。〔張千云〕理會的。〔李云〕我出的這門來。多虧了孔目哥哥救我性命。哥。我問你。那個孔目姓甚麼。那裏居住。〔張千云〕他是李榮祖。在這大街街東裏居住。〔李云〕小人知道了。哎。李逵也。你好莽也。若不是孔目救了我這性命呵。可怎生了的。我如今先到李孔目門首等候着。此恩必當重報。正是虎着重箭難展爪。魚經鐵網怎番身。運去遭逢無義漢。時來報答有恩人。〔下〕〔孤云〕再有甚麼文案。將來我看。〔正末云〕這一宗文卷。是衙門中五衙都首領劉唐。誤了一個月假限。〔孤云〕張千。與我拿過劉唐來者。〔張千云〕劉唐那裏。〔净扮劉唐上云〕自家劉唐的便是。誤了一月限期。大人呼喚。須索見去咱。〔正末云〕劉唐。你見大人去。〔劉唐云〕哥哥。怎生方便劉唐咱。〔正末云〕大人怪你。一時間分説不過。你且見去。〔劉唐見跪科〕〔孤云〕劉唐。你怎生誤了一個月限期。〔劉唐云〕小人則誤了二十日假限。〔正末云〕他有假帖在此。〔孤看帖科云〕假帖上誤了一個月限。這廝説謊。〔劉唐云〕大人。路途遥遠。風雨阻隔。因此上誤了假限。大人可憐見。〔孤云〕李孔目。劉唐説風雨阻隔。路途遥遠誤限。這怎麼説。〔正末云〕小人不敢主張。任大人决斷。〔孤云〕休説他誤了假限。論説謊也該打四十。張千。拿下去杖脊四十。〔張千打科云〕一十。二十。三十。四十。〔孤云〕搶出去。〔劉唐出門科云〕哎喲。打了我這一頓。大人有心要饒我。李孔目不肯説個方便。你常踏着吉地行哩。有朝一日。文卷有些差錯。你便是廳上的孔目。我便是泥鞋窄襪走隸公人李孔目。你妬我爲冤。我妬你爲讎。大人見怪。拿下你來。喒兩個休軸頭廝抹着。正是恨小非君子。無毒不丈夫。〔下〕〔孤云〕李孔目。再有甚麼文卷。〔正末云〕此外别無文卷。〔孤云〕既無文卷。張千。牽馬來。我回私宅去也。〔下〕〔正末云〕史進兄弟。衙門中無甚事。今日是你嫂嫂生辰之日。我回家去與他

遞一杯壽酒去來。〔唱〕

【仙呂賞花時】每日衙中案事勤。無事街頭飲數巡。與妻子作生辰。更和着這幾個弟兄識認。把一杯酒同樂太平春。〔同下〕

〔音釋〕鄆雲去聲　搬音班　窄齋上聲

第一折

〔正末同旦趙氏搽旦蕭娥兩俫兒上〕〔正末云〕小生李榮祖。現爲東平府都孔目。嫡親的五口兒家屬。大嫂趙氏。二嫂蕭娥。他原是個中人。我替他禮案上除了名字。棄賤從良。就嫁我做個次妻。這孩兒叫做僧住。女兒叫做賽娘。今日是大嫂生辰之日。小的每。安排酒來。我與大嫂遞一杯酒者。〔做把盞科云〕大嫂。飲一杯壽酒。家私裏外多虧了你。〔旦云〕孔目。官府上下多生受你。孔目先飲。〔正末云〕大嫂請。〔旦做飲科〕〔正末云〕二嫂也飲一杯。〔搽旦背云〕一般都是夫妻。如何也飲一盃。〔回云〕孔目。我今日不耐煩。吃酒也不吃罷。〔李上云〕某行不更名。坐不改姓。自家是宋江手下第十三個頭領山兒李逵便是。奉宋江哥哥的將令。差我下山請劉唐史進同上梁山泊去。誰想打死了平人。本該抵命。若不是李孔目救了我呵。那得山兒這性命來。我如今到他家中拜謝孔目。走一遭去。問人來。這個門兒便是。孔目哥哥在家麼。〔正末云〕是誰喚門哩。僧住開門去。〔俫做開門科云〕我開開這門。你是甚人。〔李云〕小哥。這裏敢是李孔目宅上麽。〔俫云〕這裏便是。〔李云〕小哥。煩你去報。有一朋友來拜望。〔俫報云〕父親。有一位朋友在門首。〔正末云〕請進來。〔李進見科〕〔正末云〕呀。我道是誰。原來是李得。你來怎麽。〔李云〕李得是該死之人。多虧哥哥救了性命。特來拜謝哥哥。〔正末云〕你也姓李。我也姓李。道不的一般樹上兩般花。五百年前是一家。你多大年紀了。〔李云〕小人二十五歲。〔正末云〕我三十歲。不是我要便宜。我有心認你做個兄弟。你意下如何。〔李云〕哥哥。您兄弟願隨驢把馬也。〔正末云〕兄弟。你表德唤做甚麽。〔李云〕您兄弟不是歹人。我不是李得。〔正末云〕你不是李得可是誰。〔李云〕您兄弟是梁山泊宋江手下第十三個頭領。則我便是山兒李逵。〔搽旦背聽科云〕哎。原來李孔目結交梁山泊强盗。我聽者。看他再説甚麽。〔正末背云〕哎。原來是梁山泊好漢。我待番悔來。則怕兄弟心中不穩實。到如今也罷。兄弟。我無甚麽相送。大嫂。將你那一隻金釵與兄弟權爲路費。〔做與釵科〕〔李云〕量兄弟有何德能。受哥哥路費。恩義難忘。〔正末云〕兄弟。拜義如親。禮輕義重。笑納爲幸。〔李云〕多謝了哥哥。兄弟無物回答。這一對匾金環與哥哥權爲謝禮。〔正末云〕兄弟。我不要。你自拿去做盤費。〔李背云〕哥哥不要。則除是這般。〔回云〕則今日辭别了哥哥。便索回去也。〔拜别科〕〔正末云〕兄弟。一路上小心在意。〔李云〕我出的這門來。哥哥你放心。日後有事。必當重報。〔詩云〕我本爲請史進早赴梁山。遇孔目救我回還。待日後當圖重報。暗留下一對金環。〔下〕〔正末云〕僧住。關上門去。〔俫云〕我關上門去。〔做見環科云〕地下一對環子。我拾將起來。與俺爹爹看去。〔做見正末科云〕爹爹。我纔關門去。拾得一對金環。爹爹試看咱。〔正末云〕將來我看。〔做看科正末云〕哎。誰想他見我不受這匾金環。故意丢下去了。僧住。你將着這環子。不論前街後巷。尋着交與他去。〔倈云〕他去了好多時。那裏尋去。〔搽旦云〕僧住。你手兒的拿來我看。〔做接環見末科云〕孔目。你好没正經。小孩子家拿着金環子那裏趕那人去。〔正末云〕這等。二嫂你且收着這金環。待他來時。交付與他。〔搽旦收環科下正末見旦云〕大嫂。我在衙門中斷了一樁事。李得打死平人。我救他的性命。杖了八十。他無甚麼謝我。將着一雙匾金環子與我。他見我不受。丢下了。我教僧住趕他不上。拿回來了。〔搽旦上云〕我在這窗外聽他兩口兒再説甚麼。〔旦云〕那匾金環在那裏。〔正末云〕遞與二嫂收了。〔旦云〕他到俺家幾日光景。怎生與他收着。孔目。你尋思咱。你取回來者。〔正末云〕若取回來。不生分了他心。過幾日慢慢取罷。〔同下〕〔搽旦上云〕我原是此處一個上廳行首。爲當不過官身。納了官衫帔子。禮案上除了名字。脱賤爲良。嫁了李孔目。争奈舊性不改。這府衙裏有個典吏姓趙。我瞞着孔目和他暗暗的來往。我着人叫他去了。這早晚還不見來。〔净扮趙令史上云〕自家姓趙。在這東平府做個典吏。有這李孔目第二個渾家蕭娥。他是個中人。他原舊和我作伴。他今日又着人來喚。我須索走一遭去。可早來到也。〔做咳嗽搽旦見科云〕趙令史。你來了也。進來家裏坐。〔趙令史云〕李孔目在家麼。〔搽旦云〕孔目往衙門中去了。〔趙令史云〕今日叫我來你家做甚麼。〔搽旦云〕我有一件小事。請你來。咱兩個計議。近日李孔目衙門中救了一個死罪犯人。就認他做兄弟。與他一隻金釵做盤纏。那人回奉一雙匾金環子。〔趙令史云〕二嫂。何水無魚。何官無私。孔目既然救了他性命。那人怎得不來相謝。〔搽旦云〕令史。我聽的那人説來。他是梁山泊好漢宋江手下第十三個頭領山兒李逵便是。〔趙令史云〕那梁山泊果然有個李逵。原來孔目結交賊人。二嫂。你曉的拿賊要贓。拿姦要雙。如今那匾金環子在誰人收着。〔搽旦云〕李孔目交與我收着哩。〔趙令史云〕將來我看。〔搽旦出環科〕〔趙令史云〕好一雙匾金環。可不是梁山泊賊人帶的。那人怎生模樣。你記的麽。〔搽旦云〕那人身材長大。面皮黑色。一部鬍鬚。〔趙令史云〕可不是梁山泊賊人黑旋風山兒李逵。如今上司畫影圖形排門粉壁。捉拿他哩。你如今將着這環子衙門中出首去。我在大人案下。替你分説。二嫂。我在那裏等。你疾便早來。〔搽旦云〕令史。你如今先去衙門中等着。我便來出首。〔趙令史云〕我先去。你快些來。〔同下〕〔孤引趙令史劉唐史進上云〕下官府尹。今日陞廳。坐起早衙。張千。喝攛箱。〔張千云〕在衙人馬平安。〔搽旦云〕來到衙門首了。寃屈也。〔孤云〕張千。拿過那婦人來。〔搽旦見跪科〕〔孤云〕兀那婦人。你告甚麽。〔搽旦云〕婦人是李孔目第二個渾家。李孔目結勾梁山泊賊人山兒李逵。與他一隻金釵。那賊漢回了四兩重一雙匾金環子。大人不信呵。則這便是金環。〔孤云〕金環子正是梁山泊賊人帶的。〔趙令史上云〕相公。李孔目是執法吏。怎麽交結强賊。相公勾將他來。仔細推問他。果若是執法犯法。此罪非小。〔孤云〕便與我拿將來。今日該誰當直。〔史進云〕該史進當直。〔劉唐争科云〕該劉唐當直。〔史進云〕劉唐。該是我。〔劉唐云〕史進。你須與李孔目是一路人。〔史進云〕哥。是你當直罷。〔孤云〕劉唐。便與我拿將李孔目來者。〔劉唐云〕理會的。我出的這門來。李孔目。原來你也犯下了。便好道讎人相見。分外眼明。我領着大人的言語。拿李孔目去來。〔下〕〔史進云〕你看劉唐挾那舊讎拿哥哥去了。爭奈嫂嫂染病。我親自看哥哥走一遭去。〔下〕〔趙令史云〕相公。衙門無事請轉廳。〔孤云〕趙令史。我且轉廳。等拿將李孔目來。快報我知道。〔同下〕〔正末同旦抱病上云〕我李孔目不想大嫂染病。服藥不效。不知是甚麽癥候。〔旦云〕孔目。我這病覷天遠。入地近。眼見的。無那活的人也。〔正末云〕大嫂。且自將息你那身子。我好是煩惱也呵。〔唱〕

【仙呂點絳脣】刷卷纔回。從頭省會。來家内。大嫂又染病躭疾。空着我兩下裏難支對。

【混江龍】則爲這虛名薄利。生憂的鬢邊白髮故人稀。孩兒又語言焦聒。大嫂又性命顛危。都則爲一二載烟花新眷愛。送了俺二十年兒女舊夫妻。他與我生男長女。立計成家。如今便眼睁睁親看見摟着别人睡。他便心腸似鐵。怎不的怒氣如雷。

〔旦云〕孔目。我這病是憂思愁慮上得來的。〔正末唱〕

【油葫蘆】俺家積攢下乾柴糴下米。喒可便少甚的。〔帶云〕大嫂。這病若痊可了呵。〔唱〕我可便謝天謝地謝神祇。我不願金玉重重貴。只願的兒女年年會。我這裏自窨約。多半日。更有城中房店田中地。我可便愁着不愁衣。

【天下樂】你還待不吃不穿强支持。我只要你將也波息這病體。〔帶云〕僧住兒也。〔唱〕

你姨姨早晚在那裏。〔倈云〕敢是請太醫去了也。〔正末云〕多早晚去了。〔倈云〕早辰間去了。
〔正末唱〕我晝卯呵來的早。他請太醫直恁般遲。我看他請不來説箇甚的。
〔旦云〕孔目。你如今娶了這個婦人。將俺那二十年兒女情分。都抛撇的無了。你則是向那婦人。
〔正末唱〕
【那吒令】你恁般病。也是自己害的。我但開口。便説順着小的。他雖不中。你也不是箇善的。那婆娘重一斤。你十六兩無偏墜。不由我冷笑微微。
【鵲踏枝】你駡他潑東西。我心知。您兩箇等秤稱來。都一般輕重高低。誰與你挑唇料嘴。辨别箇誰是誰非。
〔云〕怎生這早晚不見二嫂來。〔劉唐拏鎖條史進隨上云〕劉唐哥。李孔目哥哥一時間不是了。哥哥休記舊讎。〔劉唐云〕史進。這是他自犯下來的。教我怎生回護他。早來到他門首。我喚門去。
〔史進云〕等兄弟喚門去。哥哥開門來。〔劉唐怒云〕怕驚了他家産婦。過來等我叫。李孔目。開門開門。〔正末云〕甚麼人。這等大驚小怪。待我開開這門。〔做見科〕〔正末云〕劉唐史進。你做甚麼大驚小怪的。〔劉唐云〕怎生大驚小怪的。你家裏不敢那。〔正末唱〕
【寄生草】哎。你箇狠公吏休唱叫。〔帶云〕劉唐靠前來。你看波。〔唱〕俺家裏有不快的。
〔劉唐云〕衙門中勾你哩。〔正末唱〕爲甚麼苫眉努目閒淘氣。你來我去無些禮。揎拳攞袖喬聲勢。適纔個打門時叫的你嘴皮乾。〔帶云〕有一日到衙門中呵。〔唱〕我敢粗棍子杵的你腰節碎。

〔劉唐云〕你要打我。且等我今日鎖你一鎖。〔正末云〕我伸與你脖子。你敢鎖我麼。〔劉唐云〕我怎麼不敢鎖你。〔正末云〕鎖可容易開可難。大嫂。只怕我有錯了的文案。折證的明白。我便來家也。〔同下〕〔旦云〕孔目不知爲甚麼勾當。只怕那小婦告下狀來。我又不快。眼見的無那活的人也。〔下〕〔孤引趙令史上云〕差的劉唐勾李孔目去了。這早晚還不見來。〔劉唐史進拿正末上做見科〕〔劉唐云〕大人。勾將李孔目來了也。〔孤云〕張千。拏過那婦人來。〔張千拿搽旦跪科〕〔正末云〕大人。有的事罪坐家長。容小人自認。怎生勾的二嫂來。〔做問科云〕二嫂。〔搽旦云〕大嫂迷了眼。怎生叫二嫂。〔正末云〕你有甚事在這裏。〔搽旦云〕是你犯下事。怕不連累着我那。〔孤云〕李孔目你知罪麼。〔正末云〕小人不知罪。〔孤云〕李孔目。有首告你結交强賊。受了匾金環一雙。你是執法的人。怎生犯下這等勾當。〔正末云〕大人可憐見。小人是知法的人。怎敢結交强賊。並無此事。〔趙令史云〕大人。不打不招。〔孤云〕與我打着者。〔劉唐打末科〕〔孤云〕你從實招了罷。〔正末唱〕

【醉中天】那裏有令史每結勾强賊理。如今世上媳婦論丈夫的稀。這金環也只在我家權頓寄。我應當吃不出首的官司罪。他亂打拷教我招承箇甚的。一壁廂官司又臨逼。我可甚家有賢妻。

〔孤云〕劉唐。與我打着者。〔做打科〕〔正末云〕我那裏受的這般苦楚。我知道了。這婦人當初與趙令史有姦。也要娶他來。這是我的不是了也。〔唱〕

【後庭花】告你箇掌王法的黨太尉。告你箇葫蘆提的包待制。吔。你箇有丈夫的蕭行首。天也送了我的匾金環柳盗蹠。一杖起一層皮。暢好是腕頭着力。可正官不威牙爪威。直恁般有氣勢。打到有五六十。你休學俺做小的。將普天下小婦每拘刷來。一搭裏砧刀上剁做肉泥。大鍋裏熬做汁。〔帶云〕您不信。試嘗波。〔唱〕

【青哥兒】他則是一般一般滋味。我吃了六問六問三推。我如今手搊着胸膛悔後遲。我當初憑着良媒取到我家裏。換套兒穿衣。揀口兒吃食。這婆娘飽病難醫。把贓物收執。早報與官知。斷送我頭皮。我勸你這一火良吏。再休把妓女娶爲妻。則我是傍州例。

〔趙令史云〕李孔目。休閒説。你招了罷。〔正末云〕罷罷罷。是我結勾强人來。〔孤云〕既如此。將李孔目下入死囚牢中去者。〔劉唐云〕理會的。上了枷。送入牢中去。〔做枷押正末出門科〕〔街坊領倈兒上云〕李孔目在衙門中。我送這一雙兒女去。可早來到也。〔做見科云〕李孔目。我每是街坊鄰舍。你大渾家亡化過了。這是他一雙兒女。我交付與你。我回去也。〔下〕〔正末云〕多謝多謝。只因這婦人呵。氣死我兒女夫妻。罷罷罷。〔唱〕

【賺煞】折倒了銅斗兒好家緣。錦片似莊宅地。他一劃的瞞心昧己。湛湛青天不可欺。誰承望財散人離。見兒女哭啼啼。〔云〕我眼見的無那活的人也。這兩個孩兒要在他手裏過日子。只得回嗔作喜。告他一告。二嫂。〔唱〕我則索把你來央及。你是必擡舉他來長大日。〔搽旦云〕你放心的死。我知道。〔正末唱〕誰承望匾金環事起。則爲我貪圖些小利。〔帶云〕李孔目也。〔唱〕今日箇得便宜翻做了落便宜。〔下〕

〔孤云〕兀那婦人。你隨衙聽候。另日發落。〔詩云〕莫怪咱貪酷王法無私曲。只因趙令史送了李孔目。一對匾金環。入官充罰贖。若是蕭娥没老公。今夜衙裏宿。〔衆隨下〕

〔音釋〕帔音備　刷雙寡切　疾精妻切　的音底　祇音其　窨音蔭　約音杳　日人智切　息喪擠切　苫聲占切　揎音宣　攞羅上聲　逼音彼　蹠張恥切　力音利　十繩知切　砧音針　汁張恥切　摑乖上聲　食繩知切　執張恥切　宅池齋切　剗音產　及更移切

第二折

〔劉唐上詩云〕手拿無情棒。懷揣滴淚錢。曉行狼虎路。夜伴死尸眠。自家劉唐便是。今日李孔目結勾梁山泊强賊山兒李逵。受了他一付匾金環。招伏已定。下在牢裏。當初我誤了假限。直廳打了我四十。今日他也犯下來了。下在牢裏。與我拿出來。〔史進拿正末上〕〔劉唐云〕舊規犯人入牢。先吃三十殺威棒。〔史進云〕這三十殺威棒就打死了。看史進面皮。饒了他罷。〔劉唐云〕他今日也有哀告我的日子。〔正末云〕哥哥休記舊恨。〔劉唐云〕我不和你一般見識。且入牢去。〔正末入牢科〕〔劉唐云〕兀那李孔目。我這一回有些悶倦。你唱個曲兒我聽。〔正末云〕我有甚麼心腸還唱曲兒。〔劉唐云〕你若不唱。我一頓棍子就打死你。〔正末云〕哥哥。小曲兒也罷。〔劉唐云〕你不要唱舊的。你當初怎生娶那小渾家。他又怎生出首。你都要唱在裏面。〔正末云〕哥。我唱我唱。〔唱〕

【中呂普天樂】劉唐你是狠爹爹。整折倒了我三箇月。都則爲偷寒送煖。我和他義斷恩絶。那婆娘銜一味嫉妬心。無半米着疼熱。指望和意同心成家業。到送的俺子父每兩處分別。那婆娘這其間知他是醒也醉也。我如今知他是死也活也。僧住賽娘兒呵知他是有也没也。

〔劉唐云〕史進。我如今吃飯去。你休解了他繩索。我便來。〔下〕〔史進云〕哥哥。你當初上花臺。做子弟。怎生受用快活。你說一遍。我試聽咱。〔正末云〕兄弟。一言難盡。我說你聽。〔唱〕

【商調集賢賓】想着俺二十年把筆將儒業學。〔帶云〕兄弟。我爲這婦人呵。〔唱〕折倒了銅斗兒好窠巢。怎承望浪包婁官司行出首。送的箇李孔目坐禁囚牢。豈不聞天網恢恢。也是我自受自作。赤緊的有疼熱大渾家亡過了。想俺那小冤家苦痛嚎啕。我不合癡心娶妓女。倒將犯法罪名招。

【逍遥樂】送的俺一家兒四分五落。又不敢聲揚。我則索心中窨約。没來由惹下風雹。撞着這冤業難消。又不曾把神靈觸忤着。怎做的犯法違條。我如今身纏鐵鎖。項帶沉枷。你教我怎得逍遥。〔云〕兄弟也。我且歇息一會咱。〔做睡科〕〔史進云〕哥哥睡了。我也歇息者。〔二倈送飯上云〕我是李孔目的孩兒。與俺爹爹送飯。可早來到也。爹爹。爹爹。〔正末醒科云〕兀的不是僧住賽娘的聲音。史進兄弟。〔史進醒科云〕哥哥怎的。〔正末唱〕

【醋葫蘆】我恰纔困騰騰盹睡着。牢門外誰唱叫。聽多時認的語聲高。爲甚兩三番把兄弟厮定攪。多敢是小冤家來到。告兄弟休得怕勤勞。

〔史進云〕這叫門的不是你兩個孩兒那。〔正末云〕兄弟。是僧住賽娘送飯來。〔史進云〕我出去開開這門。〔做見科云〕真個是孩兒送飯來。〔倈哭科〕〔詩云〕牢子哥哥把門開。怎不教我淚盈腮。兩個冤家别無事。只爲負屈親爺送飯來。〔史進哭科云〕孩兒。痛殺我也。你在這裏。將飯來我拿與你老子吃去。我關上這門。哥哥。孩兒送飯來。你吃些。〔做喂科〕〔正末唱〕

【幺篇】我將這一匙飯口内挑。孩兒在牢門外叫了幾遭。我爲甚兩下裏自量度。〔倈叫科云〕爹爹。〔正末唱〕孩兒我可也剛應的一聲。猛嗆了。〔做噴史進身上科〕〔唱〕展污了你衣服便休嗔鬧。告兄弟可憐見且躭饒。

〔史進云〕污了衣服不打緊。哥哥。你有甚麼言語。〔正末云〕兄弟。我眼見的無那活的人也。着孩兒過來。我看一看。死也死的甘心。〔史進云〕哥哥。我着孩兒進來。我開開這門。孩兒跟我進來。看你父親去。〔史進引倈見末云〕〔倈云〕爹爹我送飯來。〔正末云〕孩兒。兀的不痛殺我也。僧住。你那頭上怎麼破了來。〔倈云〕是二娘打破了來。〔正末哭云〕孩兒。兀的不痛殺我也。〔唱〕

【梧葉兒】把孩兒相凌辱。折倒的黄瘦了。使不的你家富小兒驕。頭上蝨如噴飯。我心中如刀攪。把衣服扯得似紙提條。〔帶云〕哎喲。僧住賽娘兒也。〔唱〕**這是兒女每没爺娘的下梢。**

〔劉唐上云〕吃了幾杯酒。牢中看賊去來。開門來。〔史進云〕劉唐來了也。教孩兒且躲在一壁者。〔做躲科〕〔史進云〕我開開這門。哥哥來了也。〔劉唐云〕史進。你敢把囚人放了繩索來。〔史進云〕您兄弟怎麼敢。〔劉唐云〕我試看去。〔做看科云〕兀的不鬆了繩索也。這兩個小的。是誰家的業種。〔做打末倈科〕〔正末云〕哥哥。只打我罷。饒了這兩個小的。〔唱〕

【後庭花】你看我痛煞煞怎動摇。脊梁上粗棍子拷。〔劉唐云〕這兩個業種是那裏來的。〔正末唱〕**把僧住支殺的拖將去。連賽娘合撲的帶了一交。哥哥你莫心焦。把往事從頭還報。白日裏非草草。牢獄中閙吵吵。將軍柱釘頭髮梢。十字下滚肚索。緊邦邦匣定脚。**

【雙雁兒】我可甚上牀猶自想明朝。養小來。防備老。不隄防哥哥驀來到。哥哥你休躁暴。孩兒難打熬。

〔搽旦上云〕我在家中打那兩個業種。一會兒不見了他。我往牢裏看李孔目去。牢子哥哥。開門。〔劉唐云〕甚麼人叫門。我開開這門。〔搽旦云〕哥哥。我來看李孔目哩。〔劉唐云〕你進去。你那兩個小的也在這裏。〔搽旦見科云〕好也。你兩個小業種。原來在這裏。〔正末唱〕

【柳葉兒】這都是後堯婆兇惡。把孩兒打拷搧揉。狠牢子又來添繩索。教我怎禁着。哎。你箇女多嬌。則被你斷送我也地網天牢。

〔劉唐云〕史進。把李孔目下在後牢裏去。〔史進云〕理會的。〔史牽入科〕〔正末唱〕

【浪裏來煞】我眼見的一命拋。也留不得三更到。孩兒也你則去街坊鄰里宿今宵。赤緊的着疼熱的親娘亡化早。害的人七顛八倒。天那這都是我五行中惡限怎生逃。〔史進押末下〕

〔搽旦云〕劉唐哥哥。我央及你。我與你兩錠銀子。你把李孔目盆吊死了可不好。〔劉唐云〕你放心。都在我身上。〔搽旦云〕你若盆弔死了李孔目。我再相謝。若死了時。和我說一聲兒。〔下〕

〔劉唐云〕要活的難。要死的可容易。那李孔目如今是我手裏物事。搓的圓。捏的匾。拚得將他盆吊死了。一來賺他幾個銀子使用。二來也償了我平生心願。我且吃杯酒去。再來下手。不爲遲哩。〔下〕

〔音釋〕月魚夜切　絶藏靴切　衠音肫　熱仁蔗切　業音夜　別皮耶切　學奚交切　巢鋤嘲切　作音早　嚎音豪　啕音逃　落音澇　雹巴毛切　着池燒切　盹頓上聲　度多勞切

第三折

〔劉唐上云〕我把李孔目盆吊死了。如今拖他出去。丢在死人坑裏。〔做背屍出放下科云〕把李孔目屍首丢在這坑裏。呀。兀的不下雨了。我回去罷。〔下〕〔正末做醒科〕〔唱〕

【雙調新水令】一靈真性離了軀腔。又被雨和風半空飄蕩。我這裏頭瞑眩。眼獐狂。七魄俱亡。剗的醒回來怎承望。

〔倈上云〕聽的人説俺爹爹死了。我去看咱。〔做見科云〕兀的不是俺爹爹。〔做叫科〕〔正末唱〕

【沉醉東風】又不是夢兒中精神惚恍。又不是身死後魂氣悠揚。又不是實丕丕地獄間。又不是虛飄飄天堂上。多喈在鬼門關被叫轉還鄉。待我手摸着心頭暗酌量。畢竟個是真是謊。

〔倈叫〕〔正末做開眼科〕〔唱〕

【胡十八】是那個扳我脊梁。是那個摸我胸膛。是那個把頭髮來揪。肐膊來搪。是那個喳喳的高叫在耳邊廂。原來是僧住和賽娘。他救到有半晌。也則爲父子每情切切。

因此上兒女每意慌慌。

〔倈云〕爹爹。你適纔已死了也。是我每叫轉來的。〔正末云〕兒也。〔唱〕

【喬牌兒】這幾時在那方。怎不見頻來往。莫不是晨昏茶飯無人掌。瘦的你也損傷。

〔倈云〕不要説起茶飯。那二娘不打我也還好過。〔正末哭科〕〔唱〕

【落梅風】苦也囉你没了親娘。偏留着二娘。把你來打的個不成模樣。常言道隔層肚皮隔垜墻。怎想他知疼着痒。

〔搽旦上云〕劉唐弔死了李孔目。則怕他説謊。我自看去。兀的不是李孔目。孔目也。我來看你哩。〔做哭科〕〔正末唱〕

【沽美酒】他他他假提着淚兩行。怎覷他這趨蹌。〔搽旦云〕孔目也。我送衣服與你穿。〔正末唱〕你大古是送千里寒衣女孟姜。可教我忙也那不忙。穿不的你那好衣裳。

【太平令】令史呵賽張鼎千般智量。哎。你個蕭行首八步周行。儘着你風流情況。做出些輕狂勢相。我這裏左想。右想。不見了僧住賽娘。〔搽旦云〕這不是僧住賽娘。〔正末唱〕兒也和俺李孔目一般悲愴。

〔搽旦云〕孔目。你敢餓了。我去備些茶飯來與你吃。〔下〕〔正末唱〕

【川撥棹】那婆娘。他覷咱如糞壤。公然的作禍爲殃。巴不得中箭着鎗。還有甚心忙意慌。待將咱好供養。

【七弟兄】這場去向。又做出甚商量。浪包婁轉眼機謀廣。惡公人狠似虎和狼。恨不的把我潑殘生逼勒登時喪。

〔搽旦叫科〕劉唐劉唐。〔劉唐上云〕孔目娘子。你叫我怎麽。〔搽旦云〕我央及你盆弔死李孔目。怎生又活了。〔劉唐云〕要活的難。要死的易。我着他還牢去。〔搽旦云〕若死了呵。我再與你一錠銀子。〔下〕〔劉唐云〕這打不死的賊。果然又活了。你仍還牢裏去。〔正末云〕劉唐哥。我也曾替你同在衙門中來。直這般狠也。〔唱〕

【梅花酒】哀告你個劉唐。可憐我媳婦先亡。兒女悽惶。我又遭着官防。你也曾共府同堂。豈没半點情腸。只指望旱苗逢澍雨。怎忍教枯草打嚴霜。願哥哥做主張。暫寬我片時光。便今生死甘當。來世裏把恩償。

〔劉唐云〕你是死罪重犯。則除死罷了。不死怎麽放得你在外面。快還牢去。〔做拖末科〕〔正末唱〕

【收江南】呀。他把我死羊般拖逩入牢房。依舊硬邦邦匣定在囚牀。便鐵石人看見也心傷。非是俺口强。則不如早些兒死了落可便早收場。

〔劉唐拖正末科〕〔正末唱〕

【鴛鴦煞】橫拖倒拽牢門上。前合後偃回頭望。囑付了僧住。叮嚀與賽娘。暢道拖出我牢門和你娘墳同葬。燒一陌紙灑一碗凉漿。欲要俺父子每團圓。則除是做一個夢兒想。〔劉唐拖正末同下〕

〔音釋〕瞑音面　眩虛眷切　搪音唐　晌賞去聲　蹌音蹡　澍音樹　迸本去聲

第四折

〔李逵上詩云〕上山鞋履不聞聲。下山鑼鼓便齊鳴。驀然一陣風來處。知是强人帶血腥。某山兒李逵是也。今有李孔目爲我下在死囚牢裏。我問宋江哥哥告了一個月假限。將着一包袱金珠財寶。下山去搭救李孔目走一遭去。〔詩云〕拜辭了宋江哥哥。並不辭道路奔波。此一去亡生捨死。救孔目出地網天羅。〔下〕〔史進上云〕自家史進便是。如今李孔目被劉唐盆吊死了。誰想又活了。復還入牢中。我須看他走一遭去。〔外扮阮小五冲上〕〔詩云〕澗水潺潺繞寨門。野花斜插滲青巾。帶糟渾酒輪盆飲。葉子黄金整秤分。某乃宋江手下頭領。綽號活閻羅阮小五的便是。奉宋江哥哥將令。着我持兩紙書招安史進劉唐。我遠遠的跟着。説這個人是史進。我試問咱。〔做見科云〕敢問尊兄貴姓。〔史進云〕在下史進。〔阮小五云〕既是史大哥。俺宋頭領着我送書來。請哥哥上山。〔史進接書科〕〔劉唐撞上扭住云〕好也。你原來結交梁山泊好漢。〔史慌科云〕不是不是。〔阮小五云〕此位是誰。〔劉唐云〕在下劉唐。〔阮小五云〕宋頭領也有書與哥哥。〔史扯劉科云〕好也。你原

來結勾梁山泊强人。〔劉唐云〕罷罷罷。俺一同到牢中救了李孔目。同上梁山兒及時雨去來。〔同下〕〔扶末阮隨上科〕〔正末唱〕

【中吕粉蝶兒】躲難逃災。行行裏兩步一驀。行不動東倒西歪。則我這五魂絶。七魄散。撇在九霄雲外。流淚盈腮。恰便似蝴蝶兒滚成一塊。

【醉春風】則我這兩隻脚似騰空。魂靈兒如渡海。想着那婆娘一片狠心腸。暢好是歹。歹。這都潑令史使的機謀。狠公人出的氣力。争些兒李孔目被他殘害。

〔李逵冲上云〕留下買路錢者。〔劉史做躲阮小五拔刃科云〕來人休得造次。〔正末云〕兀的不諕殺我也。〔唱〕

【上小樓】你可便恰纔到來。他便待將咱殺壞。諕的我戰戰兢兢。悠悠蕩蕩。跪在塵埃。猛擡頭。觀覷了。失驚打怪。〔帶云〕我道是誰。〔唱〕原來是匾金環故人猶在。

〔云〕太保。你認的我麽。〔李逵云〕你是誰。〔正末云〕我是李孔目。〔李逵云〕誰是李孔目。〔正末云〕則我便是李孔目。〔李逵詩云〕我聽言罷笑盈腮。慌忙扶上土坡臺。雲影萬重疑是夢。月明千里故人來。哥哥。你認的兄弟麽。則我便是山兒李逵。〔正末唱〕

【十二月】這一場天來大利害。則爲那匾金環惹禍招災。〔李逵云〕哥哥。你既在牢裏。怎能勾出來。〔正末唱〕這都是劉唐打開了牢獄。史進救了我屍骸。今日得遇你箇英雄劍

客。恰便似鬼使神差。〔李逵云〕哥哥。這事怎生犯了來。〔正末唱〕

【堯民歌】則被那浪包婁出首不須猜。〔李逵云〕官府怎麼就信了他。〔正末唱〕則這匾金環早做了我犯由牌。〔李逵云〕那小婦好狠也。〔正末唱〕爲受了些磣可可濕肉伴乾柴。〔李逵云〕不想今日遇着兄弟。還有性命也。〔正末唱〕恰便似九重天飛下紙赦書來。好教我傷也波懷。都是命合該。到今朝纔跳出這連環寨。

〔李逵云〕哥哥。你怎生得出這牢門來。〔正末云〕兄弟。這裏有兩個大恩人。你和他相見咱。〔李逵云〕在那裏。〔正末云〕兩個兄弟。來與李逵兄弟相見者。〔劉史上見科〕〔李逵云〕二位是誰。〔正末云〕這個便是劉唐。史進。〔李逵云〕兩位哥哥。當日我到東平府來改名李得。本奉宋頭領將令。着我下山招安你兩個。不想爲打死了人。是李孔目救我性命。迭配沙門島去。不曾見的你哩。〔劉唐云〕俺一齊上梁山見宋江哥哥去。〔趙令史搽旦倈兒同上〕〔搽旦云〕趙令史。有這兩個業種。被他牽帶不便。不如在這曠野裏。你將他勒死了罷。〔趙令史云〕我知道。〔做勒科〕〔李逵云〕兀的不有人來也。俺趕將去。〔趙令史云〕有人來了。俺走走走。〔同搽旦下〕〔李逵同劉史趕下〕〔阮小五云〕李山兒趕人去了。有兩個小的。勒死在這裏。想那人也是不良的。〔正末做看科云〕兀的不是僧住賽娘。被姦夫淫婦勒死了。我索救孩兒咱。〔唱〕

【快活三】我連忙將繩解開。早是我快疾來。猛然見了覷明白。險些兒活驚殺。

【朝天子】早是我到來。救的你醒來。怎忍見屈死在荒郊外。想着他淫婦姦夫其情忒歹。只待要斬絕了咱家代。他使着毒害。做這場佈擺。據情理難容貸。天也不蓋。地也不載。哎。則俺那賢慧嫂今何在。

〔李逵同劉史拿趙令史搽旦上云〕哥哥。拿住姦夫淫婦了也。將他兩個剖腹剜心。俺做按酒。〔阮小五云〕將這兩個潑男女拿到梁山上殺壞。與李孔目同見我宋頭領去。〔正末唱〕

【耍孩兒】你將咱做死的般相看待。怎知道還能鬧闠。却元來你也自投下捨身崖。倒要我替你扛擡。蕭娥呵你在丈夫面上偏生狠。令史呵你在官府前頭使盡乖。到今日還咱債。可不道讎人相見。分外明白。

【二煞】想着你黑的是心。白的是財。只要圖人性命將人害。且看鬼門關上誰先到枉死城中那個該。畢竟是行短的天教敗。少不得將你心肝百葉。做七事家分開。

〔宋江一行冲上云〕某宋江是也。昨差阮小五招安劉唐史進去了。又差山兒李逵救李孔目。都不見上山來。小僂儸。踏着山岡。看他來時。報復我家知道。〔正末同李阮劉史拿趙令史搽旦倈兒上見宋江科〕〔李逵云〕哥哥。你兄弟來了也。〔宋江云〕你每都來了也。誰是李孔目。劉唐。史進。〔李逵云〕這個是李孔目。這個是劉唐。這個是史進。〔宋江云〕兀那綁縛的是誰。〔李逵云〕這婦人是出首李家兄弟的。叫做蕭娥。〔阮小五云〕燒鵝倒也好配酒。〔李逵云〕那廝是趙令史。是這婦人的姦夫。〔宋江云〕那兩個小的呢。〔李逵云〕這叫僧住賽娘。是李家兄弟一雙兒女。〔宋江云〕李孔目。劉唐。史進。都做山上頭領。將這兩個潑男女剖腹剜心。與李孔目雪恨報仇。一面殺羊造酒。做個慶喜筵席。〔正末同劉史拜科云〕多謝了哥哥。〔唱〕

【煞尾】謝仁兄拔救死再生。似枯枝得雨花再開。將姦夫淫婦都殺壞。方顯的義氣仁風播四海。

〔宋江詩云〕俺梁山泊遠近馳名。要替天行道公平。忠義堂施呈氣概。結交盡四海豪英。差李逵下山探聽。到東平偶見相爭。只一拳將人打死。被官司拷打招承。論律法本該抵命。李孔目搭救殘生。李山兒知恩圖報。送金環聊表微情。被小婦當官出首。將孔目熬盡嚴刑。阮小五入牢打探。兼請他劉史同行。蕭行首剜心剖腹。趙令史號令山城。今日個英雄聚會。一個個上應罡星。早准備慶喜筵席。顯見的天理分明。

〔音釋〕活音和　殺音晒　潺鋤山切　滲森去聲　貸音泰　剜碗平聲　鬧爭去聲　閫音債　罡音剛

題目　李山兒生死報恩人

正名　都孔目風雨還牢末

洞庭湖柳毅傳書雜劇

尚仲賢撰

楔子

〔外扮涇河老龍王領水卒上〕〔詩云〕羲皇八卦定乾坤。左右還須輔弼臣。死後親承天帝命。獨魁水底作龍神。吾神乃涇河老龍王是也。我孩兒涇河小龍。有洞庭湖老龍的女兒。叫做龍女三娘。娶爲小龍媳婦。琴瑟不和。使我心中甚是不樂。且待小龍孩兒來。看有甚麽説話。〔凈扮小龍上詩云〕堂堂作靈聖。小鬼害癆病。身邊没陰人。就死也乾凈。小聖乃涇河小龍是也。有我父老龍與我娶了個媳婦。是龍女三娘。我與他前世無緣。不知怎麽説。但見了他影兒。煞是不快活。我今到父王面前。搬唆幾句言語。撚他去了。却不好哩。〔做見科云〕父親。你與我娶了個媳婦。他性兒乖劣。至今不與我相和。倚恃他父叔神通。發猛的要降着我。連父親也不看在眼裏。這等不賢之婦。我要他怎的。〔老龍云〕有這樣事。叫那小賤人來。我自有處治。〔水卒云〕理會的。龍女三娘安在。〔正旦扮龍女上云〕妾身是洞庭湖龍女三娘。俺父親母親將我嫁與涇河小龍爲妻。頗奈涇河小龍爲婢僕所惑。日見厭薄。因此上俺兩個琴瑟不和。今日公公呼唤。不知有甚事。須索走一遭去。〔做見科云〕公公。唤您媳婦兒有何事。〔老龍云〕你怎生性子乖劣。不與小龍相和。若是回心轉意便罷。若不肯時。我便有發落你處。不道的輕輕饒了你也。〔正旦做跪科云〕公公。

非關媳婦兒事。這都是小龍聽信婢僕。無端生出是非。媳婦也是龍子龍孫。豈肯反落魚鰕之手。〔老龍云〕哇。你看他。我面前。尚然口强。難怪我小龍兒也。鬼卒。與我剥下他冠袍。送他涇河岸邊牧羊去。〔詩云〕夫妻何事不相投。罰去看羊過幾秋。饒他掬盡涇河水。難洗今朝一面羞。〔下〕〔正旦做歎科云〕嗨。着我向涇河岸上牧羊去。我怎生受的這般苦楚艱難也呵。〔唱〕

【仙呂端正好】我則爲空負了雨雲期。却離了滄波會。這一場抵多少水盡鵝飛。早是我受不過狠毒的兒夫氣。更那堪不可公婆意。

【幺篇】因此上撥下這牧羊差。粧出這撈龍計。想他每無恩義本性難移。着我向野田衰艸殘紅裏。離鳳閣。近漁磯。蓬蟬鬢。蹙蛾眉。愁荏苒。淚淋漓。想父母。共親戚。哎。天那知他何日得重完備。〔下〕

〔音釋〕唆音梭　撚尼蹇切　降奚江切　强音絳　看平聲　那音挪　荏壬上聲　苒音冉　戚倉洗切　重平聲

第一折

〔冲末扮柳毅老旦扮卜兒上〕〔卜兒詩云〕教子攻書志未酬。桑榆暮景且淹留。月過十五光明少。人到中年萬事休。老身姓張。夫主姓柳。早年亡逝。身邊止有一子。名喚柳毅。今年二十三歲了。奈因家貧。不曾婚娶。孩兒。幾時是你那峥嶸發達的時節也。〔柳毅云〕母親。您孩兒學成滿腹文章。如今春榜動。選場開。您孩兒欲要進取功名去。但得一官半職。榮耀門閭。母親意下何如。〔卜兒云〕孩兒。進取功名是你讀書的本等。則要你着志者。〔柳毅云〕則今日是吉日良辰。辭别了母親。便索長行也。〔做拜别科〕〔下〕〔卜兒云〕孩兒去了也。眼望旌旗捷。耳聽好消息。〔下〕〔正旦上云〕妾身是龍女三娘。俺公公信着那涇河小龍業畜的言語。着我在涇河岸上牧羊。這那裏是個羊。都是些懶行雨的雨工。雨工。則今日風雲未遂。我與你俱淪落在水濱河嘴。恰好是一樣煩惱也呵。〔唱〕

【仙吕點絳唇】魂斷頻哭。夢回不覩。逢春暮。甚日歸湖。備把這離愁訴。

【混江龍】往常時凌波相助。則我這翠鬟高插水晶梳。到如今衣裳襤褸。容貌焦枯。不學他蕭史臺邊乘鳳客。却做了武陵溪畔牧羊奴。思往日憶當初。成縉綣。效歡娱。他鷹指爪。蟒身軀。忒躁暴。太麁疎。但言語。便喧呼。這琴瑟。怎和睦。〔帶云〕俺那龍呵。〔唱〕可曾有半點兒雨雲期。敢只是一剗的雷霆怒。則我也不戀您榮華富貴。情願受鰥寡孤獨。

〔云〕想着我在洞庭湖裏。怎生受用快活。如今折得這般。兀的不愁殺人也。〔唱〕

【油葫蘆】則我這頭上風沙臉上土。洗面皮惟淚雨。鬢鬔鬆除是冷風梳。他不去那巫山廟裏尋神女。可教我在涇河岸上學蘇武。這些時坐又不安。行又不舒。猛回頭凝

望着家何處。只落的一度一嗟吁。〔云〕我修的一封家書在此。怎得個便人寄去可也好。〔唱〕

【天下樂】俺家在南天水國居。就兒裏非無。尺素書。奈衡陽不傳鴻雁羽。黄犬又筋力疲。錦鱗又性格愚。幾遍家待相通常間阻。

〔柳毅上詩云〕客裏愁多不記春。聞鶯始覺柳條新。年年下第東歸去。羞見長安舊主人。小生柳毅是也。如今是大唐儀鳳二年。上朝應舉。命運不利。落第東歸。有一故人在於涇河縣作宦。小生就順路去訪他一遭。此間乃是涇河岸側。遠遠望見一個婦女牧羊。好生奇怪。〔做看科云〕你看他嚬眉凝睇。如有所待。不免向前問他一聲。小娘子拜揖。〔正旦云〕先生萬福。請問仙鄉何處。高姓大名。因甚到此。〔柳毅云〕小生淮陰人氏。姓柳名毅。爲應舉下第。偶然打此處經過。小娘子你姓甚名誰。爲何在此牧羊也。〔正旦云〕妾身是洞庭湖龍女三娘。俺父親將我嫁與涇河小龍爲妻。頗柰涇河小龍。躁暴不仁。爲婢僕所惑。使琴瑟不和。俺公公着我在這涇河岸上牧羊。每日早起夜眠。日炙風吹。折倒的我憔瘦了也。我如今修下家書一封。争柰没人寄去。恰好遇着先生。相煩捎帶與俺父親。但不知先生意下肯否。〔柳毅云〕我乃義夫也。聞子之言。氣血俱動。有何不肯。只是小娘子當初。何不便隨順了他。免得這般受苦。〔正旦云〕先生。你不知。聽我説一遍。〔唱〕

【那吒令】爲一言半語。受千辛萬苦。受千辛萬苦想十親九故。想十親九故。在三江五湖。可憐我差遲了這夫婦情。錯配了這姻緣簿。都則爲俺那水性的兒夫。

〔柳毅云〕小娘子。你那夫主怎生利害。你說一遍與我聽咱。〔正旦唱〕

【鵲踏枝】嗔忿忿腆着胸脯。惡哏哏竪着髭鬚。但開口吐霧吹雲。那裏是噀玉噴珠。輕咳嗽早呼風喚雨。誰不知他氣捲江湖。

〔柳毅云〕小娘子。你家在那裏住。離此涇河多遠哩。〔正旦唱〕

【寄生艸】妾身離鄉故到外府。遶着這野塘千里紅塵步。遥隔着殘霞一縷青紗霧。望不見寒波萬頃白蘋渡。〔柳毅云〕我看小娘子中注模樣。想也決不是以下人家。莫非在鵁鶄殿中生長的麽。〔正旦唱〕休道是妾身鵁鶄殿中生。多則在儂家鸂鶒洲邊住。

〔柳毅云〕呀。小娘子。據你這般說。你家在洞庭湖水中。我便要替你捎書。塵凡隔絶。怎生到得那處。〔正旦出書金釵科云〕既蒙先生許諾。我自有路徑指引你去。俺那洞庭湖口上。有一座廟宇。香案邊有一株金橙樹。里人稱爲社橘。你可將我這一根金釵兒擊響其樹。俺那裏自有人出來。〔唱〕

【幺篇】則俺那裏近沙浦有廟宇。到廟前將定金釵股。香案邊擊響金橙樹。覷水中閃出金沙路。走將那巡海的夜叉來。敢背將你個寄信的先生去。

〔柳毅云〕既如此。我與你做個傳書使者。但你異日歸於洞庭。是必休避我也。〔正旦云〕豈但不

避。大恩人便是我親戚一般哩。〔唱〕

【賺煞】俺爲甚麽懶上鳳凰臺。羞對鴛鴦浦。則爲那霹靂火無情的丈夫。是則是海藏龍宮曾共逐。世不曾似水如魚。謾躊躇。影隻形孤。只我這淚點兒多如那落花雨。多謝你有心腸的雁足。可着我便乘龍歸去。〔做拜科〕〔唱〕全在這寄雙親和淚一封書。〔下〕

〔柳毅云〕知他是神是鬼。且將這書直至洞庭湖廟前走一遭去。〔詩云〕涇河岸偶遇三娘。訴離愁雨淚行行。如今去洞庭湖上。將此書寄與龍王。〔下〕

〔音釋〕過平聲　哭音苦　襤音藍　褸音呂　繾音遣　綣音眷　睦音暮　阿何哥切　鰥音關　獨東盧切　朝音潮　睇音地　哏狠平聲　噀詢去聲　嗔平聲　鴆音支　長音掌　使去聲　藏去聲　逐長如切　足臧取切　行音杭

第二折

〔柳毅上云〕小生柳毅。自離了龍女三娘。可早來到這洞庭湖也。元來這湖口上果然有一座廟宇。廟前有一株金橙樹。這等看起來。那龍女所云。真不虚矣。我如今取出這金釵兒擊響此樹咱。〔做擊科〕〔净扮夜叉上詩云〕湖上顯神通。作浪與興風。不識蝦元帥。唯言鱉相公。小聖乃巡海夜叉是也。不知甚人響金橙樹。小聖分開水面。我是看咱。兀那厮。你是何人。爲甚麽擊響這金橙樹。〔柳毅云〕小生是淮陰秀才。叫做柳毅。我要見你洞庭君。自有説的話哩。〔夜叉云〕兀那秀才。你合着眼跟的我去來。〔同下〕〔外扮洞庭君同老旦扮夫人上云〕吾神乃洞庭湖老龍是也。今有我女孩兒龍女三娘。嫁與涇河小龍爲妻。自從去後。音信皆無。使我甚是放心不下。今日時當卓午。我聽太陽道士講道德經未完。傳報有人擊響金橙樹。我已着巡海夜叉問去了。這早晚敢待來也。〔夜叉同柳毅上〕〔夜叉云〕兀那秀才。你則在這裏候着。〔柳毅云〕理會的。〔夜叉做報科云〕喏。報的上聖得知。有一秀才擊響金橙樹。他説要親見上聖。自有説話。〔洞庭君云〕着他過來。〔柳毅見驚拜科〕〔老龍云〕水府幽深。寡人暗昧。秀才。你是那裏人氏。涉險而來。何以教我。〔柳毅云〕小生淮陰人氏。姓柳名毅。因落第東歸。偶打涇河岸過。見一婦人。乃是龍女三娘。在那裏牧羊。折倒的容顔憔瘦。全不似往日了。着我捎帶一封家書來。尊神請看。〔做遞書洞庭君接與夫人同看做驚悲科〕〔老龍云〕有這等事。〔做謝科云〕秀才。多虧你也。寄書到此。遠路勞神。〔夫人哭云〕嗨。我的兒。似此呵怎了也。〔洞庭君云〕住住住。夫人。休得大驚小怪。恐防兄弟火龍知道。兀那秀才。且請到明珠宫少坐。左右。一壁安排茶飯。款待秀才也。〔夜叉同柳毅暫下〕〔外扮錢塘君上詩云〕滿目霞光籠宇宙。潑天波浪滲人魂。鼻中衝出千條焰。翻身捲起萬堆雲。吾神乃火龍是也。哥哥是洞庭老龍。爲甚將俺閒居在此。只因俺在唐堯之時。差行了一雨。害得天下洪水九年。因此一向罰在這錢塘水簾洞受罪。今日無甚事。到洞庭湖探望哥哥走一遭去。可早來到也。夜叉報復去。道我來了也。〔夜叉做報科云〕喏。報的上聖得知。有錢塘火龍來了也。〔洞庭君云〕道有請。〔夜叉云〕請進。〔做見科云〕哥哥。嫂嫂。小聖來了也。〔洞庭君云〕兄弟請坐。〔錢塘君云〕哥哥。這海藏裏怎生有一陣生人氣。〔洞庭君云〕兄弟。俺這裏有一凡間秀才。說着緊要的事。兄弟。你且迴避咱。〔錢塘君云〕您兄弟知道。我出的這門來。且不去。我在這裏聽他說甚麼。〔洞庭君云〕夫人。〔夫人云〕適間柳先生說俺女孩兒折倒的憔悴了也。〔夫人云〕俺女孩兒書上明說。涇河小龍惑于嬖妾。琴瑟不和。罰在涇河岸上牧羊。〔做悲科云〕想我女孩兒。怎麼受得這般羞辱。大王何不早早差人接取回來。〔洞庭君云〕夫人說輕些。則俺錢塘兄弟在此。倘或被他知道。撥動他這個性子。可怎了也。〔錢塘君云〕原來是這等。頗奈涇河小龍無禮。着俺龍女三娘在于涇河岸上牧羊。辱沒我的面皮。哥哥。你便瞞我。我却忍不得了也。則今日點就本部下水卒。我頓開鐵鎖。直迸天堂。親見上帝。訴我衷腸。說他無義業畜。怎敢着俺龍女牧羊。忙將水卒點。不索告龍王。管取涇河岸。翻作漢洋江。〔下〕〔夜叉云〕喏。報的上聖得知。有火龍領本部下水卒。與涇河小龍鬬勝去了也。〔洞庭君云〕這等可怎麼了。那柳秀才且莫要使他知道。恐怕這一場厮殺非小。驚動上客。不當穩便。一壁點起水卒。接應兄弟去走一遭。〔詩云〕聽言罷忙離海藏。駕雲霧空中自降。若走了涇河小龍。直趕到九重天上。〔同夫人夜叉下〕〔小龍領水卒上云〕我是涇河小龍是也。爲因龍女三娘不肯隨順。罰他在涇河岸上牧羊。不知那一個天殺的與他寄信回去。今有錢塘火龍到來。要和我鬬勝。大小水卒。聽吾神旨。擺開陣勢。火龍這早晚敢待來也。〔錢塘君上云〕水卒。一字兒擺開者。兀那業畜。量你到的那裏。我與你交戰咱。

〔調陣子科〕〔小龍云〕我近不的他。走走走。〔下〕〔錢塘君云〕這厮神通淺短。法力低微。近不的吾神走了也。我不管那裏趕將他去。〔下〕〔小龍慌上云〕三十六計。走爲上計。我近不的他。我如今走那裏去。只得變做個小蛇兒。往這淤泥裏趓了罷。〔錢塘君再上云〕趕到這裏。可怎生不見了。〔做看科云〕元來這厮害怕。變做個小蛇兒。趓在這淤泥裏。便待乾罷。我且拏起來。只一口將他吞於腹中。看道可還有本事爲非作歹哩。我如今收兵奏凱。回俺哥哥話去了。〔下〕〔涇河老龍上云〕吾神涇河老龍是也。今有錢塘火龍與俺小龍鬭勝。未知勝敗。我使的雷公電母看去了。這早晚敢來報捷也。〔正旦改扮電母兩手持鏡上云〕這一場厮殺。非同小可也呵。〔唱〕

【越調鬭鵪鶉】他兩箇天北天南。海西海東。雲閉雲開。水淹水衝。烟罩烟飛。火燒火烘。卒律律電影重。古突突霧氣濃。起幾箇骨碌碌的轟雷。更一陣撲簌簌的怪風。

【紫花兒序】險驚殺了負薪的樵子。慌殺了採藥的仙童。諕殺了撒網的漁翁。全不見紅蓮映日。翠蓋迎風。遮籠。都是那鬼卒神兵四下攻。則俺這兩隻脚争些兒踏空。可擦擦墜落紅塵。〔帶云〕報報報。喏。〔唱〕兀的不跌破了我青銅。

〔老龍云〕電母。你從那雲霧中來。看道那一家喜色旺氣。雷公電母顯靈通。掣電轟雷縹緲中。兩陣相持分勝敗。盡在來神啓口中。這場厮殺。是那一家敗。那一家勝。電母。你可喘息定了。慢慢的説一遍咱。〔電母云〕端的這一場好鬭勝也。〔唱〕

【小桃紅】那小龍大開水殿飲金鍾。厮琅琅幾部笙歌送。不覺的天邊黑雲重。昏鄧鄧敢包籠。忽刺刺半空霹靂聲驚動。古都都揭了瓦隴。吸哩哩提了斗栱。滴溜溜早翻過水晶宮。

〔老龍云〕那火龍大施勇烈。俺小龍不忿争强。這壁廂火光燦燦接天關。那壁廂風雨颼颼迷地角。端的是江翻海沸。地震山摇。火龍怎生發怒。小龍怎的支持。雹母。你慢慢的再説一遍與我聽。〔雹母唱〕

【紫花兒序】忽的呵陰雲伏地。淹的呵洪水滔天。騰的呵烈火飛空。涇河龍逃歸碧落。錢塘龍趕上蒼穹。兩條龍的威風。怕不喊殺了鰲大夫。龜將軍。鼉相公。這其間各賭神通。早翻過那海島十洲。只待要拔倒了華岳三峰。

〔老龍西江月詞云〕那火龍倚仗他狂烟烈火。俺小龍施展他驟雨飄風。火來雨去勢洶洶。各自當場賣弄。火起雨能相滅。雨飛火又來攻。二龍争鬭在長空。還是誰家最勇。俺小龍神通廣大。變化多般。量火龍到的那裏。你且喘息定了。再説一遍。〔雹母唱〕

【鬼三台】兩條龍身軀縱。震的那乾坤動。惡哏哏健勇。赤焰焰滿天紅。一撞一衝。則教你心如鐵石也怕恐。便有那銅山鐵壁都没用。錢塘龍逆水忙截。涇河龍淤泥裏便劄。

〔老龍云〕當日那龍女三娘在涇河岸上牧羊。他父母都在洞庭湖中。相隔遥遠。若没個人與他寄

信。怎生知道。你慢慢的再説一遍。〔雷母云〕上聖不厭絮煩。聽俺説來。〔唱〕

【調笑令】叵柰那業龍。説與俺老家公。則爲這龍女三娘惹下禍叢。想他在涇河岸上愁千種。悶懨懨蹙損眉峯。暗修下訴控雙親書一封。哭啼啼盼殺賓鴻。

〔帶云〕這寄書人。俺也打聽來。他是淮陰人氏。叫做柳毅。〔唱〕

【禿厮兒】恰是這三娘命通。更和那柳毅兩下相逢。可是他從頭至尾言始終。寄書到洞庭中。也麽龍宫。

〔老龍云〕原來是凡人柳毅。與他寄書到洞庭湖去。不知他那父母見了書呈。可是怎生。〔雷母唱〕

【聖藥王】爺讀了怒滿胸。娘聽了珠泪傾。是他那哭聲兒吹入翠簾籠。錢塘龍忿氣雄。粗鐵索似撇葱。早磕塔頓開金鎖走蛟龍。撲騰的飛過日華東。

〔老龍云〕那火龍雖則英勇。俺涇河龍呼的風。唤的雨。騰的雲。駕的霧。部下有水卒鬼兵。神通變化。怎的便弱與他。你再説一遍。我試聽咱。〔雷母唱〕

【拙魯速】則喒這水卒有兩三重。鬼兵有數百種。並没那半星兒放鬆。一謎裏便冲。無非是魚鱉黿鼉共隨從。緊攔縱。陣面上交攻。將他來苦淹淹厮葬送。

【幺篇】落陣處亂蓬蓬。着傷處鬧茸茸。他每都扣斷了紅絨。搭撒了熟銅。絃絶了雕弓。劍缺了霜鋒。將他來難移難動。没歇没空。厮推厮擁。劈丢撲䡲。水心裏打沐桶。

〔老龍做悲科云〕誰想俺家輸了也。兀那雹母。如今俺小龍在那裏。〔雹母云〕還想小龍哩。他趕的慌了。變做一條小蛇。藏在淤泥裏面。被火龍一口吞入腹中。好可憐人也。〔唱〕

【收尾】則他走金蛇電影内將神威弄。你覷那霸橋北涇河岸東。俺只見淹淹的血水渲做江湖。和着這滾滾的屍骸煉做坵塚。〔下〕

〔老龍云〕誰想我水府事情。倒落凡人之手。坑殺俺小龍兒也。且索寧奈。慢慢尋個計策。報讎便了。〔詩云〕何處一迂儒。公然敢寄書。滅我潛龍種。搶去牧羊奴。恨小非君子。無毒不丈夫。終當逞威力。填滿洞庭湖。〔下〕

〔音釋〕滲森去聲　淤音于　罩嘲去聲　轟音烘　空去聲　掣音徹　剌音辣　鼉音陀　劖音拱種上聲　傾逼容切　攙疽且切　從去聲　茸音戎　熟裳由切　搭匡雅切　渲疎選切

第三折

〔洞庭君領水卒上云〕吾神乃洞庭老龍是也。有兄弟錢塘火龍與涇河小龍鬬勝去了。未知勝敗如何。這早晚敢待來也。〔夜叉上報云〕喏。報的上聖得知。有火龍得勝回來也。〔洞庭君云〕快擺隊伍迎接去。〔錢塘君上見科云〕哥哥。您兄弟得勝回來也。〔洞庭君云〕不害生靈麽。〔錢塘君云〕六十萬。〔洞庭君云〕不傷禾稼麽。〔錢塘君云〕八百里。〔洞庭君云〕薄情郎安在。〔錢塘君云〕

你問他怎麽。被吾吞在腹中了也。〔洞庭君云〕這個也罷。他須不仁。你也太急性子。若上帝不見諒時。怎麽是好。〔錢塘君云〕哥哥也。與你出了這口氣。您兄弟没有使性處。忍不的了也。〔洞庭君云〕兄弟。有句話與你商量。想當初若不是柳秀才寄書來。豈有咱女孩兒的性命。道不的個知恩報恩。左右。與我請將柳秀才來者。〔夜叉云〕柳秀才有請。〔柳毅上云〕小生柳毅。自從來到洞庭湖。在這海藏裏住了好幾日。龍王呼唤。不知有甚事。須索見去。〔做見科〕〔洞庭君云〕兀那秀才。多虧你捎書來救了我的龍女三娘。如今就招你爲壻。你意下如何。〔柳毅背云〕想着那龍女三娘。在涇河岸上牧羊那等模樣。憔悴不堪。我要他做甚麽。〔回云〕尊神説的是什麽話。我柳毅只爲一點義氣。涉險寄書。若殺其夫而奪其妻。豈足爲義士。且家母年紀高大。無人侍奉。情願告回。〔錢塘君做怒科云〕秀才。料想我姪女兒。儘也配得你過。你今日允了便罷。不允我與你俱夷糞壤。休想復還。〔柳毅笑云〕錢塘君差了也。你在洪波中揚鬐鼓鬣。掀風作浪。儘由得你。今日身被衣冠。酒筵之上。却使不得你那虫蟻性兒。〔錢塘君作揖謝云〕俺一時醉中失言。甚是得罪。只望秀才休怪。〔洞庭君云〕兄弟如此纔是。既然秀才堅執不肯。我豈可强他。左右。與我請出龍女三娘。拜謝他寄書之恩。再將些金珠財寶。相送回去者。〔夜叉云〕理會的。龍女三娘有請。〔正旦上云〕自從俺那叔父錢塘火龍救的我重到這洞庭湖裏來。我這一場多虧了寄書的柳毅秀才。今日父親在水殿上安排筵席。管待那秀才。唤我出來。必然是着我謝他。我想這恩德如同再生一般。豈是一拜可能酬答也呵。〔唱〕

【商調集賢賓】則俺那寄書來的秀才錯立了身。怎能勾平步上青雲。則爲他長安市不登虎榜。救的我涇河岸脱離羊羣。他本望至公樓獨占鰲頭。今日向洞庭湖跳過了龍門。則我這重疊疊的眷姻可也堪自哂。若不成就燕爾新婚。我則待收拾些珍寶物。報答您大恩人。

〔做行科唱〕

【金菊香】則我這凌波襪小上堦痕。手提着瀝水湘裙與你入殿門在這渾金椅前。〔做見二親科唱〕參了二親。那一場電走雷奔。〔做見錢塘君科〕〔唱〕駕風雲的叔父你可也索是勞神。

〔錢塘君云〕姪女兒。不苦了我。只怕苦了你也。〔洞庭君云〕你若非柳先生。怎有今日。你過來拜謝了他者。〔正旦唱〕

【梧葉兒】我這裏掩着袂忙趨進。改愁顔做喜欣。〔做拜謝科〕〔唱〕施禮罷叙寒温。你水路上風波惡。旱路上程限緊。似這等受辛勤。你索是遠路風塵的故人。

〔柳毅云〕這一位女娘是誰。〔洞庭君云〕則這個便是我的女孩兒龍女三娘。〔柳毅云〕這個是龍女三娘。比那牧羊時全別了也。早知這等。我就許了那親事也罷。〔正旦做斜看嘆云〕嗨。可不道悔之晚矣。〔唱〕

【後庭花】俺滿口兒要結姻。他舒心兒不勘婚。信口兒無回話。剗的偷睛兒橫覷人。我這裏兩眉顰。他則待暗傳芳信。對面的辭了親。就兒裏相逗引。俺叔父敢則嗔。那其間怎的忍。吼一聲風力緊。吐半天烟霧昏。輕喝處攝了你魂。但抹着可更分了你身。你見他狠不狠。他從來恩不恩。

〔柳毅云〕小生凡人。得遇天仙。豈無眷戀之意。只爲母親年老。無人侍養。因此辭了這親事。也是出于不得已耳。〔正旦唱〕

【柳葉兒】秀才也敢教你有家難奔。是是是敖不出寡宿孤辰。誰着你自攬下四海三江悶。你端的心兒順。意兒真。秀才也便休愁暮雨朝雲。

〔洞庭君云〕秀才既要回去。寡人設有小筵。以表謝意。一壁廂奏動鼓樂。我兒。你送秀才一杯酒者。〔正旦做送酒科唱〕

【醋葫蘆】既不得共歡娛伴繡衾。還待要獻殷勤倒玉樽。只怕他閣着酒杯兒未飲早醉醺醺。〔洞庭君歌云〕上天配合兮生死有途。彼不當婦兮此不當夫。腹心煩苦兮涇之隅。風霜滿鬢兮雨雪霑襦。賴明公兮引素書。令骨肉兮家如初。永言珍重兮無時無。〔内奏樂科〕〔夜叉云〕這是貴主還宫之樂。〔正旦唱〕你道是貴主還宫安樂穩。單閃的他不偢不問。哎。這其間可不埋怨殺你個洞庭君。

〔錢塘君云〕姪女兒再奉一杯。一壁厢將鼓樂響動者。〔歌云〕大天蒼蒼兮大地茫茫。人各有志兮何可思量。狐神鼠聖兮薄社依墻。雷霆一發兮其孰敢當。荷真人兮信義長。令骨肉兮還故鄉。願言配德兮何時忘。〔内奏樂科〕〔夜叉報云〕這是錢塘破陣之樂。〔正旦唱〕

【金菊香】這的是錢塘破陣樂紛紛。半入湖風半入雲。能得筵前幾度聞。〔錢塘君云〕秀才。你便就了這椿親事。也不辱没了你。〔正旦唱〕還賣弄劍舌鎗唇。兀的不羞殺你大媒人。〔云〕水卒那裏。將過寶物來。〔夜叉捧砌末上正旦云〕秀才。我別無所贈。有這些珠寶。送與你回家去。侍奉老母。莫嫌輕微也。〔柳毅云〕多謝小娘子。〔正旦唱〕

【浪裏來煞】這薄禮呵請先生休見阻。送行者寧無贐。則爲你假乖張不就我這門親。害的來兩下裏憔悴損。我則索向龍宫納悶。怎禁他水村山館自黄昏。〔下〕

〔柳毅云〕則今日辭別了尊神。小生回家去也。〔錢塘君云〕你若是再來時。便當相看。休忘了此會者。〔柳毅詩云〕感龍王許配良姻。奈因咱衰老萱親。若非是前生緣薄。怎捨得年少佳人。〔下〕〔洞庭君云〕柳毅去了也。既然這般呵。今日雖不成這椿親事。後日還要將機就機。報答他的大恩。〔錢塘君云〕哥哥説的有理。我恰纔硬做媒人的不是。如今還要軟軟地去曲成他。正是姻緣姻緣。事非偶然。一時不就。且待三年。〔同下〕

〔音釋〕鬐音其　鬣音列　强欺養切　離去聲　哂身上聲　勘坎去聲　逗音豆　奔去聲　樂音澇　令平聲　贐音信　分去聲

第四折

〔卜兒上云〕自家是柳毅的母親。自從俺孩兒求官去了。音信皆無。使老身甚是牽掛。天那。不知孩兒甚日回來也。〔柳毅上云〕小生柳毅。自洞庭湖回來。早到俺家門首。無人報復。徑自過去。〔做入見科云〕母親。您孩兒來家了也。〔卜兒云〕孩兒。你來家也。可得了個甚麽官那。〔柳毅云〕母親。你孩兒下第東歸。在于涇河岸上。有龍女三娘着我寄書。去到洞庭湖中。見了龍王。看了書中意思。待招您孩兒做女壻。我堅執不肯。將着些寳貨相謝了。您孩兒因此擔閣這幾多時。有失奉養。母親休罪。〔卜兒云〕這個也罷。自你去後。我終日思念你。近新來與你定得一門親事。乃是范陽盧氏之女。則今日是好日辰。就取親過門。休誤了這佳期者。〔柳毅云〕母親尊命。孩兒豈敢有違。但是當初龍女三娘要招我爲壻。我雖不曾應承。却心兒裏有他來。何忍更娶别人。〔卜兒云〕孩兒。你休要如此。只依了我罷。〔正旦同媒上云〕自家龍女三娘是也。當初受柳秀才活命之恩。一心要報他。俺父母相憐。使我假作盧氏之女。與柳秀才爲妻。豈知有今日也呵。〔唱〕

【雙調新水令】誰想並頭蓮情斷藕絲長。搬調的俺趁波逐浪。正是相逢没話説。不見却思量。全不肯惜玉憐香。則他那古憋性尚然强。

〔内吹打科〕〔正旦云〕這是什麽響。〔媒云〕這是成親的鼓樂哩。〔正旦唱〕

【駐馬聽】高點起畫燭熒煌。我則道爲雨爲雲會洞房。細聽的仙音嘹喨。我幾番的和愁和悶到華堂。離了那平湖十里芰荷香。誰想他禹門三月桃花浪。〔帶云〕柳毅也。我想你怎生認的我來。〔唱〕情慘傷。則教你熱心腸看不破這勾當。

〔媒入報柳毅成親拜母科〕〔柳看旦驚云〕呀。緣何新婦面貌。與龍女三娘一般的。〔問媒云〕小娘子是那裏盧氏。〔媒云〕是范陽盧氏。〔正旦唱〕

【夜行舡】他那裏絮叨叨則管問行藏。喒兩個相見在涇陽。欲待對官人說個明降。又恐怕肉身人道我荒唐。不俊眼的襄王對面兒猶疑夢想。

〔云〕柳官人。你怎麼不憶舊了。〔柳毅云〕我與小娘子素不相知。有什麼憶舊來。〔正旦做微笑科〕〔云〕柳官人。你好眼大也。〔唱〕

【沽美酒】我也曾做人奴去牧羊。多謝你寄音書與俺老爺娘。救的我避難逃災還故鄉。每日家眠思坐想。無明夜受恓惶。

【太平令】你怎不記涇河隄傍。〔柳毅云〕則你是誰。〔正旦唱〕我便是龍女三娘。不道我愁容苦相。也伴你牙床錦帳。今日個吉祥。樂康。受享。呀。同歸那龍宮海藏。

〔柳毅云〕天下有這等奇事。母親。這個新婦那裏真姓盧來。就是孩兒當日在涇河岸上替他寄書的龍女三娘。冒姓盧氏。與孩兒成其夫婦。豈不是前生前世的姻緣也。〔卜兒云〕這等。孩兒早則喜也。〔正旦云〕柳官人。我問你當初涇河岸相遇之時。你説他日倘過洞庭。愼無相避。此言果有意乎。〔柳毅云〕我與你素不相識。一旦爲你寄書。因而戲言。豈意遂爲眷屬。〔正旦唱〕

【雁兒落】則爲你恩人不敢忘。幸得我賤妾猶無恙。因此上冒盧家住范陽。特故的嫁柳氏來淮上。

【得勝令】呀。管教你共醉紫霞觴。並綰紫游繮。〔柳毅云〕你如今既到人間。怎生還去得你處。〔正旦指天云〕疾。柳官人你覷者。〔唱〕豈不見天際秋虹起。〔帶云〕婆婆。請就登橋。〔唱〕少什麼藍橋飲玉漿。〔做扶母科〕〔唱〕扶着你萱堂。但覺的兩耳畔波濤響。早過了扶桑。猛聞的洞庭湖橘柚香。

〔洞庭君夫人錢塘君引鼓樂出接科云〕親家母請進。〔洞庭君指柳毅云〕柳秀才。你索喜也。〔指旦云〕我兒。你索喜也。〔錢塘君笑科云〕柳先生。你這點義氣在那裏。與我姪女兒做了親來。〔柳毅同正旦拜科云〕大王。誰想柳毅有今日也。〔正旦唱〕

【鴛鴦尾煞】我向洞庭湖躲過愁風浪。纔能勾綺羅叢遇着呆張敞。則落的浪蘸蛟綃。雲鎖霓裳。昨日呵虧你那有信行的先生。今日呵穩做了無反覆的新郎。向畫閣蘭堂。描寫在流蘇帳。説不盡星斗文章。都裁做風流話兒講。

〔洞庭君詞云〕姻緣本人物非殊。宿緣在根蔕難除。到今日巧成夫婦。方顯得究竟如初。不至誠羞稱鱗甲。有信行能感豚魚。這的是涇河岸三娘訴恨。結末了洞庭湖柳毅傳書。

〔音釋〕思去聲 應平聲 憋音鱉 當去聲 難去聲 傍去聲 相去聲 柚音又 蘸知濫切 行去聲

題目 涇河岸三娘訴恨
正名 洞庭湖柳毅傳書

風雨像生貨郎旦雜劇

第一折

〔外旦扮張玉娥上云〕妾身長安京兆府人氏。喚做張玉娥。是箇上廳行首。如今我這在城有箇員外李彦和。與我作伴。他要娶我。怎奈我身邊又有一箇魏邦彦。我要嫁他。聽知的他近日差使出去。我已央人尋他去了。這早晚敢待來也。〔净扮魏邦彦上詩云〕四肢八節剛是俏。五臟六腑却無才。村在骨中挑不出。俏從胎裹帶將來。自家魏邦彦的便是。這在城有箇上廳行首張玉娥。我和他作伴多時。他常要嫁我。今日他使人來尋我。不知有甚事。須索見他去來。〔做見科云〕大姐。你喚我做甚麽。〔外旦云〕魏邦彦。我和你説。聽知的你出去打差。如今有這李彦和要娶我。我和你説的明白。一個月以裏。我便嫁你。一個月以外。我便嫁别人。你可休怪我。〔净云〕你也説的是。我今日去。准准一個月。我便趕回來也。我出的這門來。〔外旦云〕呀。可早一個月也。〔净回云〕你這説謊的弟子。〔下〕〔外旦云〕魏邦彦去了也。怎生不見李彦和來。〔冲末扮李彦和上詩云〕耕牛無宿草。倉鼠有餘糧。萬事分已定。浮生空自忙。自家長安人氏。姓李名英。字彦和。在城開着座解典舖。嫡親的三口兒家屬。渾家劉氏。孩兒春郎。年纔七歲。有妳母張三姑。他是潭州人。在城有個上廳行首張玉娥。我和他作伴。他一心要嫁我。我一心待娶他。争奈我渾家不容。我今日到他家中走走去。〔做見科云〕大姐。這幾日不曾來。休怪。〔外旦云〕有你這樣人。我倒要嫁你。你倒不來娶我。〔李彥和云〕也等我揀個吉日良辰。好來娶你。〔外旦云〕子丑寅卯。今日正好。只今日過了門罷。〔李彥和云〕大姐。待我回去。和大嫂說的停當。纔來娶你。我如今且回我那家中去也。〔下〕〔外旦云〕我要嫁他。他倒不肯。只今日我收拾一房一卧。嫁李彥和走一遭去。〔下〕〔正旦扮劉氏領俫兒上云〕妾身姓劉。夫主是李彥和。孩兒春郎。年纔七歲。開着座解典庫。俺夫主守着個匪妓張玉娥。每日不來家。我到門首望着。看他來說些甚麽。〔李彥和上云〕我李彥和。這幾日不曾回家。有這婦人屢屢要嫁我。爭奈不曾與我渾家商量。我過去見我渾家去。〔做見科云〕大嫂我來家也。〔正旦云〕李彥和。你每日只是貪花戀酒。不想着家私過活。幾時是了也呵。〔唱〕

【仙呂點絳唇】你把解庫存活。草堂工課。都躭閣。終日波波。白日休空過。

【混江龍】到晚來早些來箇。直至那玉壺傳點二更過。〔李彥和云〕大嫂。你可憐見。我實不相瞞。這婦人他一心待要嫁我哩。〔正旦唱〕你教我可憐見。你待敢是無奈之何。你比着東晉謝安才藝淺。比着江州司馬淚痕多。也只爲婚姻事成拋趓。勸不醒癡迷楚子。直要娶薄倖巫娥。

〔李彥和云〕我好也要娶他。歹也要娶他。〔正旦云〕你真個要娶他。兀的不氣殺我也。〔唱〕

【油葫蘆】氣的我粉臉兒三閭投汨羅。只他那情越多。把雲期雨約枉爭奪。你望着巫山廟滿斗兒燒香火。怎知高陽臺一路上排鍬钁。休這般枕上說。都是他栽下的科。他是箇萬人欺千人貨。你只待娶做小家婆。

【天下樂】你正是引的狼來屋裏窩。娶到家。也不和。我怎肯和他輪車兒伴宿爭競多。你不來我行呵我房兒中作念着。你來我行呵他空窗外呪駡我。〔帶云〕喒兩個合口唱叫。〔唱〕你中間裏圖甚麽。

〔李彥和云〕大嫂。他須不是這等人。我也不是這等人。〔正旦唱〕

【那吒令】休信那黑心腸的玉娥。他每便喬趨搶取撮。休犯着黃蘗肚小麽。數量着噥過。緊忙裏做作。似蝎子的老婆。你便有洛陽田。平陽果。鈔廣銀多。

【鵲踏枝】有時節典了庄科。准了綾羅。銅斗兒家私。恰做了落葉辭柯。那其間便是你鄭孔目風流結果。只落得酷寒亭剛留下一箇蕭娥。

〔李彥和云〕大嫂。那婦人生得十分大有顏色。怎教我不愛他。〔正旦唱〕

【寄生草】你愛他眼弄秋波色。眉分青黛蛾。怎知道誤功名是那額點芙蓉朵。陷家緣唇注櫻桃顆。啜人魂舌吐丁香唾。只怕你飛花兒支散養家錢。旋風兒推轉團圓磨。

〔李彥和云〕那裏有這等說話。我如今務要娶他哩。〔正旦云〕你既要娶他。你娶。你娶。〔外旦上云〕妾身張玉娥。收拾了一房一卧。嫁李彥和去。來到門首。没人在這裏。不免喚他一聲。李彥和。李彦和。〔李彦和云〕有人喚門。待我看去。〔出見科云〕大姐。你真個來了也。〔外旦云〕你耳朵裏塞着甚麼。不聽得我喚門來。我如今過去拜你那老婆。頭一拜受禮。第二拜欠身。第三第四拜還禮。他依便依。不依呵。我便家去也。〔李彦和云〕你不要性急。等我過去和他說。你且在這裏。〔入云〕大嫂。張玉娥來了也。他說來拜你。頭一拜受禮。第二拜欠身。第三第四拜要還禮。你若不還他禮。他要唱叫起來。就不像體面了。〔正旦云〕我還他禮便罷。〔外旦見科云〕姐姐請坐。受你妹子禮。李彦和。頭一拜也。〔李彦和云〕我知道。〔外旦云〕這是第二拜也。〔李彦和云〕是大嫂欠身哩。〔外旦做連拜嗁科云〕什麼勾當。釘子定着他哩。怎麼不還禮。〔李彦和云〕嗨。婦女家不學三從四德。我男子漢說了話。你也該依着我。〔正旦唱〕

【後庭花】你躧踏的我忒太過。這妮子欺負的我没奈何。支使的大媳婦都隨順。偏不着小渾家先拜我。他那裏鬧鑊鐸。我去那窗兒前瞧破。那賤人俏聲兒訴一和。俺這斷側身兒摟抱着。將衫兒腮上抹。指尖兒彈淚顆。

【柳葉兒】你道他爲甚來眉峰暗鎖。則要我慶新親茶飯張羅。〔云〕李彦和。他那夥親眷。我都認的。〔李彦和云〕可是那幾個。〔正旦唱〕都是些胡姑姑假姨姨廳堂上坐。待着我供玉饌。飲金波。可不道誰扶侍你姐姐哥哥。

〔李彦和云〕你也忒心多。大人家婦女。怎不學些好處。〔正旦唱〕

【金盞兒】俺這斷偏意信調唆。這弟子業口没遭磨。有情人惹起無明火。他那裏精神一掇顯僂儸。他那裏尖着舌語刺刺。我這裏掩着面笑呵呵。〔外旦云〕你休嘲撥着俺這花奶奶。〔正旦唱〕你道我嘲撥着你箇花奶奶。〔外旦云〕我就和你厮打來。〔正旦唱〕我也不是箇善婆婆。

〔打科〕〔外旦做惱科云〕李彥和。你來。掿殺不成團。我和你說。你若是愛他。便休了我。若是愛我。便休了他。你若不依着呵。俺家去也。〔李彥和云〕二嫂。他是我兒女夫妻。你着我怎麼下的。〔外旦云〕你不依我。還向他哩。〔李彥和云〕二嫂。他是我兒女夫妻。你着我怎麼下的。〔外旦云〕這等你放我家去罷。〔李彥和云〕住住住。你着我怎麼開口說。〔見正旦科云〕大嫂。二嫂說來。若是我愛你。便休了他。若是愛他。只得休了你。〔正旦云〕兀的不氣殺我也。〔作氣死科〕〔李彥和救科云〕大嫂。精細着。〔正旦醒科〕〔唱〕

【賺煞】氣勃勃堵住我喉嚨。骨嚕嚕潮上痰涎沫。氣的我死没騰軟癱做一垜。拘不定精神衣怎脫。四肢沉寸步難那。若非是小孤撮。叫我一聲娘呵。兀的不怨恨冲天氣殺我。你没事把我救活。可也合自知其過。你守着業屍骸學莊子鼓盆歌。〔死科下〕

〔李彥和悲科云〕我那大嫂也。〔外旦云〕李彥和。你張着口號甚的。有便置。没便棄。〔李彥和云〕這是甚麼說話。大嫂亡逝已過。便須高原選地。破木造棺。埋殯他入土。大嫂。只被你痛殺我也。〔下〕〔外旦云〕這也是我脚跡兒好處。一入門先妨殺了他大老婆。何等自在。何等快活。那李彥和雖然娶了我。不知我心下只不喜他。想那魏邦彥。這些時也來家了。我如今暗地裏央着人去。與他說知。這早晚敢待來也。〔淨上云〕自家魏邦彥的便是。前月打差便去。叵耐張玉娥無禮。投到我來家。早嫁了别人。如今又使人來尋我。不知有甚麽事。我見他去。此間就是。家裏有人麽。〔外旦出見淨科云〕你來家裏來。〔淨云〕敢不中麽。〔外旦云〕不妨事。〔淨云〕你嫁了人喚我怎的。〔外旦云〕我和你有説的話。〔淨云〕有甚麽説話。〔外旦取砌末付淨科云〕我雖是嫁了他。心中只是想着你。我如今收拾些金銀財寶。悄地交付了你。可便先到洛河邊。尋下一隻小船。等着我在家點起一把火。燒了他房子。俺同他躲到洛河邊。你便假做梢公。載俺上船。到的河中間。你將李彥和推在河裏。把三姑和那小廝。也都勒死了。喒兩個長遠做夫妻。可不好那。〔淨云〕你那是我老婆。就是我的娘哩。我先去在洛河邊等你。明日早些兒來。〔下〕〔外旦云〕魏邦彥去了也。我如今不免點火去。在這房後邊。放起火來。〔詩云〕那怕他物盛財豐。頃刻間早已成空。這一把無情毒火。豈非是没毛大蟲。〔下〕

〔音釋〕活音和　閣哥上聲　過平聲　汨音密　奪音多　鍬鸁消切　钁音戈　行音杭　撮磋上聲　作音左　旋去聲　鐸東挪切　着池何切　抹磨上聲　嘲之梢切　掿音鬧　沫音磨　脱音妥　那音挪

第二折

〔李彥和同外旦慌上云〕好大火也。二嫂。怎生是好。房廊屋舍。金銀錢鈔。都燒的無有了。〔看科云〕呀。又早延着官房了。也不知妳母張三姑。與春郎孩兒在那裏。〔叫科云〕三姑。三姑。

〔副旦扮張三姑背俫兒慌上云〕走走走。早是我遭喪失火。更那堪背井離鄉。穿林過澗。雨驟風狂。頭直上打的淋淋漉漉渾身濕。脚底下踹着滑滑擦擦濫泥漿。緑水青山望渺茫。道傍衰柳半含黄。晚來更作廉纖雨。不許愁人不斷腸。〔唱〕

【雙調新水令】我只見片雲寒雨暫時休。〔帶云〕苦也苦也。〔唱〕却怎生直淋到上燈時候。這風一陣一短歎。這雨一點一聲愁。都在我這心頭。心上事自僝僽。

〔李彦和云〕三姑。你行動些。〔外旦云〕我平生是快活的人。幾曾受這般苦楚來。〔副旦唱〕

【步步嬌】送的我背井離鄉遭災勾。這賤才敢道辭生受。斷不得哄漢子的口。都是些即世求食鬼狐猶。〔外旦云〕我幾曾在黑地行走。教我受這般的苦也。〔副旦云〕你道你不曾黑地裏行呵。〔唱〕喒如今顧不得你臉兒羞。〔云〕你也曾懸着名姓。靠着房門。你也曾賣嘴料舌。推天搶地。你也曾挾着氈被。挑着燈毬。〔唱〕可也曾半夜裏當祗候。

〔外旦怒科云〕你怎麽嘴兒舌兒的罵我。〔李彦和云〕三姑。你也饒他一句兒。那裏便罵殺了他。

〔副旦唱〕

【雁兒落】只管裏絮叨叨没了收。氣撲撲尋敵鬬。有多少家喬斷案。只是罵賊禽獸。

〔外旦云〕難道你不聽得。任憑這老乞婆臭歪剌罵我哩。〔李彦和云〕三姑。罷麽。〔副旦唱〕

【得勝令】你還待要鬧啾啾。越激的我可也怒齁齁。我比你遲到蚰蜒地。你比我多登些花粉樓。冤讎。今日箇落在他人彀。憂愁。只是我燒香不到頭。〔李彥和云〕二嫂。我走了這一夜。也略歇一歇咱。〔外旦云〕也說的是。李彥和。你着三姑把我這褐袖來曬一曬。〔李彥和喚副旦科云〕三姑。將這褐袖來曬一曬。〔副旦云〕不須曬。胡亂穿罷。〔三喚科〕〔李彥和云〕三姑。我着你曬一曬。真當不肯。〔外旦怒云〕你個潑弟子。我教你與我曬一曬。怎麼不肯。〔副旦唱〕

【沽美酒】逞末浪不即留。只管裏賣風流。看他這天淡雲開雨乍收。可便去尋一箇宿頭。覓一碗漿水飯潤咱喉。

【太平令】住了雨也曬甚娘褐袖。只願的下雹子打你娘驢頭。〔外旦罵科云〕這潑婦。我打不的你那。〔打科〕〔副旦唱〕只見他百忙裏眉梢一皺。公然的指尖兒把頰腮剜透。似這般左瞅。右瞅。只不如罷手。俺也須是那爺娘皮肉。

〔李彥和云〕來到這洛河岸邊。又不知水淺水深。怎生過去。〔外旦推李科〕這裏敢水淺。〔李彥和驚云〕險些兒推我一交。不弔下河裏去。〔副旦叫云〕救人。救人。〔唱〕

【川撥棹】慌走到岸邊頭。倉卒間怎措手。風雨颼颼。地上澆油。扭頸回眸。那裏尋箇梢公搭救。我將他衣領揪。他忙將我腰胯樛。

〔外旦又推李〕〔副旦扶住科〕〔李彥和云〕三姑。我好好的走。你倒扯着我。〔副旦云〕你不是我呵。

〔唱〕

【殿前歡】這一片水悠悠。急忙裏覓不出釣魚舟。虛飄飄恩愛難成就。怕不的錦鴛鴦立化做輕鷗。他他他趁西風卒未休。把你來推落在水中浮。〔外旦云〕他自吃醉了。這等脚高步低。立也立不住。干我甚麼事。説我推他。要你來嚼舌。〔副旦唱〕抵多少酒淹濕春衫袖。

〔李彦和云〕這裏水淺。咱過去了罷。〔副旦唱〕現滰的眼黄眼黑。你尚兀自東見東流。

〔浄扮梢公上云〕官人娘子。我這裏是擺渡的船。你每快上來。〔外旦和浄打手勢科〕〔副旦云〕哥哥。你休上船去。這婆娘眼腦不好。敢是他約着的漢子哩。〔做扯李科〕〔李彦和云〕你放手。不妨事。我上的這船來。自有分曉。〔浄推李下河〕〔副旦扯住浄〕〔浄勒殺副旦科〕〔丑扮梢公上救喊云〕拿住這殺人賊。〔副旦揪住丑云〕有殺人賊。〔浄同外旦走科〕〔丑云〕苦也娘子。不干我事。勒殺你的是那個梢公。他走了也。我是來救你的。你休認差了也。〔副旦唱〕

【水仙子】我不見了烟花潑賤猛擡頭。錯摑打了別人怎罷休。春郎兒怎扯住喒襟袖。頭髮揪了三四綹。〔丑云〕是我救娘子來。〔副旦唱〕聽的鄉談語音滑熟。打疊了心頭恨。撲散了眼下愁。哥哥也你可是行在灘州。

〔冲末扮孤上云〕林下曬衣嫌日淡。池中濯足恨波渾。花根本艷公卿子。虎體鴛班將相孫。老夫完顔女直人氏。拈各千户的便是。俺因公幹來到這洛河岸上。一簇人爲甚麼吵鬧。兀的不是撑船的梢公。你怎麼大驚小怪的。〔丑云〕大人不知。恰纔一個人。把這個婦人。恰待要勒死他。恰好撞着小人。救活他性命。這個小的敢是他兒子。〔孤云〕他肯賣那小的麽。他若肯賣呵。我買了這小的。你問他去。〔丑問副旦云〕兀那娘子。那邊有個過路的官人。問你肯賣這小的。他要買。〔副旦做沉吟科云〕我如今進退無路。領這春郎兒去。少不得餓死。不如賣與他罷。稍公。我情願賣這小的。〔孤云〕兀那婦人。你那裏人氏。姓甚名誰。將這生時年月。説與我聽。〔副旦云〕長安人氏。省衙西住坐。這孩兒父親是李彦和。我是妳母張三姑。這孩兒小名喚做春郎。年方七歲。胸前一點硃砂記。〔孤云〕你要多少銀兩。〔副旦云〕隨大人與多少。〔孤云〕將一個銀子來與他。〔祗從取砌末與副旦接科云〕謝了大人。怎生得個立文書的人來。可也好那。〔浄扮孛老上云〕老漢姓張。是張㦬古。憑説唱貨郎兒爲生。來到這洛河岸上。只見一簇人。不知爲何。我試看咱。〔丑見孛老問科云〕老人家。你識字麽。這裏有個婦人。要賣這個小的。無一個寫文書的人。你若識字。這文書要你寫一寫。〔孛老云〕我識字。我與他寫。〔見科孤云〕兀那老的。你識字替他寫一紙文書波。〔孛老喚副旦云〕娘子。是你賣這小的。你説將來。〔副旦云〕長安人氏。省衙西住坐。父親李彦和。妳母張三姑。孩兒春郎。年方七歲。胸前一點硃砂記。情願賣與拈各千户爲兒。恐後無憑。立此文書爲照。〔孛老云〕我曉得了。依着你寫。立文書人張三姑。寫文書人張㦬古。〔遞與孤科〕〔孤云〕文書寫的明白了也。你都畫了字。兀那婦人。你孩兒賣與我了。你却往那廂去。〔副旦云〕我無處去。〔孛老云〕既然你無處去。我又無兒無女。你肯與我做個義女兒。我養活你。你意下如何。〔副旦云〕我情願跟隨老的去。〔孤云〕跟他去也好。〔副旦囑倈兒科云〕

春郎兒。我囑付你者。〔唱〕

【鴛鴦尾煞】乞與你不痛親父母行施恩厚。我扶侍義養兒使長多生受。你途路上驅馳。我村疃裏淹留。暢道你父親此地身亡。你是必牢記着這日頭。大斷八做箇週年。分甚麼前和後。那時節遥望着西樓。與你爺燒一陌兒紙看一卷兒經奠一杯兒酒。

〔同孛老下〕〔孤云〕那老兒領着婦人去了。老夫也引着這孩兒抱上馬。還我私宅中去來。〔下〕〔丑哭科云〕好苦惱子也。只一個婦人。領着個小的。幾乎被人勒殺。恰好撞見我。我救了他性命。他又把這個小的賣與那個官人。那個官人又將他那個小的領着去了。這等孤孤凄凄。怎教我不要傷感。〔做跌倒起科云〕呸。可干我甚麼事。〔詩云〕隨他自賣男。隨他自認女。我只去做梢公。不管風和雨。〔下〕

〔音釋〕僝鋤山切　僽音驟　雹音薄　剜烏官切　瞅楚九切　肉柔去聲　卒粗上聲　摑乖上聲　熟音柔　拈尼兼切　憋音鱉　長音掌　疃湯卵切

第三折

〔孤抱病同春郎上云〕自家拈各千户的便是。自從我在那洛河邊。買的這春郎孩兒。過日月好疾也。今經可早十三年光景。孩兒生的甚是聰明智慧。他騎的劣馬。拽的硬弓。承襲了我這千户官職。我如今年老。躭着疾病。不能痊可。眼見的無那活的人也。我把這一樁事。趁我精細。對孩兒説了罷。我若不與他説知呵。那生那世。又折罰的我無男無女也。〔喚小末科云〕春郎孩兒。你近前來。我有句話與你説。〔小末云〕阿媽有甚話。對你孩兒説呵。怕做甚麽。〔孤云〕你本不是我這女直人。你的那父親是長安人。姓李名彦和。你的妳母叫做張三姑。將來賣與我爲兒。你那其間方纔七幾。兒也。我如今擡舉的你成人長大。頂天立地。噙齒戴髮。承襲了我的官職。孩兒也。你久已後不可忘了我的恩念。〔小末悲科〕阿爺不説。你孩兒怎生知道。〔孤云〕孩兒。我一發着你明白。這個是過房你的文書。你將的去。我死後你去催趲窩脱銀。就跟尋你那父親去咱。〔小末云〕理會的。〔孤云〕我這一會兒昏沉上來。扶我到後堂中去咱。〔小末扶科云〕阿爺。精細者。〔孤詩云〕衣絶禄盡是前緣。知命須當不怨天。從今父子分離去。再會人間甚歲年。孩兒。我顧不得你了也。〔做死科〕〔下〕〔小末悲科云〕阿爺亡逝已過。高原選地。破木造棺。埋殯了阿爺。不敢久停久住。催趲窩脱銀。走一遭去。父親也。只被你痛殺我也。〔下〕〔李彦和上云〕不聽好人言。果有恓惶事。自家李彦和便是。自從那姦夫姦婦。推我在洛河裏。誰想那上流頭流下一塊板來。我抱住那板。得渡過岸上。救了這性命。如今可早十三年光景也。春郎孩兒和張三姑。不知下落。家緣家計。都被火燒的光光了。無計可生。與這大户人家放牛。討碗飯吃。我在這官道傍放牛。〔做喝科云〕且把這牛來趕在一壁。我在這柳陰直下坐一坐。看有甚麽人來。〔副旦背骨殖手拿旛兒上云〕好是煩惱人也。自從在洛河邊。姦夫姦婦。把哥哥推在河裏。把我險些勒死。把春郎孩兒與了那拈各千户。可早十三年光景了。不知孩兒生死如何。我跟着唱貨郎兒張㩦古老的。謝那老的。教我唱貨郎兒度日。把我鄉談都改了。如今這老的亡化已過。臨死時曾囑付我。你不忘我這恩念。把我這骨殖送的洛陽河南府去。我今背着老的骨殖。行了幾日。知他幾日得到也呵。〔唱〕

【正宫端正好】口角頭餓成瘡。脚心裏踏成趼。行一步似火燎油煎。記的那洛河岸一似亡家犬。拿住俺將麻繩纏。

【滚繡毬】見一箇旋風兒在這榆柳園。古道邊。足律律往來打轉。刮的些紙錢灰飛到跟前。是神祇。是聖賢。你也好隨時𨓜變。居廟堂索受香煙。可知道今世裏令史每都撾鈔。和這古廟裏泥神也愛錢。怎能勾達道昇仙。

【倘秀才】沿路上身輕體健。這搭兒觔乏力軟。到廟兒外不曾撒紙錢。爺爺你厮餘閏。厮哀憐。我這老婦人呪願。

〔云〕三條道兒。不知望那條道兒上去。我試問人咱。〔見李做問科云〕敢問哥哥。這個是那河南府的大路麽。〔李彦和云〕正是。〔副旦云〕三條道兒。該往那條道兒上去。〔李彦和云〕你往那中間那條路上去便是。〔副旦云〕生受哥哥。〔李彦和做認驚叫科云〕張三姑。〔副旦回科云〕誰叫我來。〔三唤科〕〔李彦和云〕三姑。是我唤你來。〔副旦云〕你是誰。〔李彦和云〕三姑。則我是李彦和。〔副旦驚科云〕有鬼也。〔唱〕

【上小樓】諕的我身心恍然。負急處難生機變。我只索念會呪語。數會家親。誦會真言。這幾年。便着把。哥哥追薦。作念的箇死魂靈眼前活現。

〔李彥和云〕我不是鬼。我是人。〔副旦唱〕

【幺篇】對着你呪願。休將我顧戀。有一日拿住姦夫。攝到三姑。替你通傳。非是我不意專。不意堅。搜尋不見。是早起店兒裏吃羹湯不曾澆奠。

〔李彥和云〕三姑。我不曾死。我是人。〔副旦云〕你是人呵。我叫你。你應的一聲高似一聲。是鬼呵。一聲低似一聲。〔叫科〕李彥和哥哥。〔李彥和做應科〕〔三喚〕〔做低應科〕〔副旦云〕有鬼也。〔李彥和云〕我鬭你耍來。〔做打悲認科〕〔李彥和云〕三姑。我的孩兒春郎。那裏去了也。〔副旦云〕没的飯食養活他。是我賣了也。〔李彥和做悲科云〕元來是你賣了。知他如今死的活的。可不痛殺我也。你如今做甚麼活計。穿的衣服。這等新鮮。全然不像個没飯吃的。你可對我說。〔副旦云〕我唱貨郎兒爲生。〔李彥和做怒科云〕兀的不氣殺我也。我是甚麼人家。我是有名的財主。誰不知道李彥和名兒。你如今唱貨郎兒。可不辱没殺我也。〔做跌倒〕〔副旦扶起科云〕休煩惱。我便辱没殺你。哥哥。你如今做甚麼買賣。〔李彥和云〕我與人家看牛哩。不比你這唱貨郎的生涯這等下賤。〔副旦唱〕

【十二月】你道我生涯下賤。活計蕭然。這須是衣食所逼。名利相牽。你道我唱貨郎兒辱没殺你祖先。怎比的你做財主官員。

【堯民歌】與人家耕種洛陽田。早難道笙歌引入畫堂前。趁一村桑梓一村田。早難道玉樓人醉杏花天。牽也波牽。牽牛執着鞭。杖敲落桃花片。〔云〕哥哥。你肯跟我回河南府去。憑着我説唱貨郎兒。我也養的你到老。何如。〔李彥和云〕罷罷罷。我情願丢了這般好生意。跟的你去。〔副旦云〕你可辭了你那土人家夫。〔李彥和向古門云〕主人家。我認着了一個親眷。我如今回家去也。牛羊都交還與你。並不曾少了一隻。〔副旦云〕跟的我去來波。〔唱〕

【隨尾】祆廟火宿世緣。牽牛織女長生願。多管爲殘花幾片。誤劉晨迷入武陵源。〔同下〕

〔音釋〕趼音蹇　纏去聲　祇音其　撾莊瓜切　祆音軒

第四折

〔净扮館驛子上詩云〕驛宰官銜也自榮。單被承差打滅我威風。如今不貪這等衙門坐。不如依還着我做差公。自家是個館驛子。一應官員人等打差的。都到我這驛裏安下。我在這館驛門首等候。看有什麽人來。〔小末扮春郎冠帶引祇從上云〕小官李春郎的便是。自從阿媽亡逝以後。埋殯了也。小官隨處催趲窩脱銀兩。早來到這河南府地面。左右接了馬者。館驛子。有甚麽乾净的房子。我歇宿一夜。〔驛子云〕有有有。頭一間打掃的潔潔净净。請大人安歇。〔小末云〕你這裏有甚麽樂人耍笑的。喚幾個來服侍我。我多有賞賜與他。〔驛子云〕我這裏無樂人。只有姊妹兩個。

會説唱貨郎兒。喚將來服侍大人。〔小末云〕便是唱貨郎兒的也罷。與我喚將來。〔驛子云〕理會的。我出的這門來。則這裏便是。唱貨郎兒的在家麼。〔副旦同李彦和上云〕哥哥。你叫我做甚麼。〔驛子云〕有個大人在館驛裏。喚你去説唱。多有賞錢與你哩。〔李彦和云〕三姑。咱和你走一遭去來。〔副旦唱〕

【南吕一枝花】雖則是打牌兒出野村。不比那吊名兒臨拘肆。與别人無夥伴。單看俺當家兒。哥哥你索尋思。錦片也排着節使。都只待奏新聲舞柘枝。揮霍的是一錠錠響鈔精銀。擺列的是一行行朱唇倈皓齒。

【梁州第七】正遇着美遨遊融和的天氣。更兼着没煩惱豐稔的年時。有誰人不想快平生志。都只待高張繡幙。都只待爛醉金巵。我本是窮鄉寡婦。没甚的艷色嬌姿。又不會賣風流弄粉調脂。又不會按宫商品竹彈絲。無過是赶幾處沸騰騰熱鬧場兒。摇幾下桑琅琅蛇皮鼓兒。唱幾句韻悠悠信口腔兒。一詩。一詞。都是些人間新近希奇事。扭捏來無詮次。倒也會動的人心諧的耳。都一般喜笑孜孜。

〔驛子報云〕禀大人。説唱的來了也。〔小末云〕着他過來。〔驛子云〕快過去。〔做見科〕〔小末云〕你兩個敢是姊妹麼。且在門首等着。喚着你便過來。〔副旦云〕理會的。〔出科〕〔小末云〕驛子。有甚麽茶飯看些來。我食用咱。〔驛子云〕有有有。〔做托肉上科云〕大人。一簽燒肉。請大人食用。〔小末做割肉科云〕我割着這肉吃。怕不在這裏快活受用。想起我那父親和妳母張三姑來。不由我心中不煩惱。我怎生吃的下。〔李彦和做打嚏科云〕那個説我。〔小末云〕兀那驛子。你喚將那姊妹兩個來。〔喚科〕〔小末云〕兀那兩個。將這一簽兒肉出去。你兩個吃了時。可來服侍我。〔副旦接科云〕謝了相公。〔李彦和云〕妹子也。喒不要吃。包到家裏去吃。〔小末云〕嗨。沾污了我這手也。〔做拿紙揩手科云〕兀那説唱的。將這油紙拿出去丢了者。〔李彦和做拾紙科云〕理會的。我出的這門來。這張紙上。怎麽寫的有字。妹子。喒試看喒。〔念科云〕長安人氏。省衙西住坐。父親李彦和。妳母張三姑。孩兒春郎。年方七歲。胸前一點硃砂記。情願賣與拈各千户爲兒。恐後無憑。立此文書爲照。立文書人張三姑。寫文書人張㪍古。妹子也。這文書説着俺一家兒。敢是你賣孩兒的文書麽。〔副旦云〕正是。〔李彦和做悲科云〕妹子也。你見這官人麽。他那模樣動静。好似俺孩兒春郎。争奈俺不敢去認他。可怎了也。〔副旦云〕哥哥你放心。張㪍古那老的。爲俺這一家兒這一樁事。編成二十四回説唱。他若果是春郎孩兒呵。他聽了必然認我。〔李彦和云〕這個也好。〔小末喚科云〕兀那兩個。你來説唱與我聽者。〔副旦做排場敲醒睡科詩云〕烈火西燒魏帝時。周郎戰鬬苦相持。交兵不用揮長劍。一掃英雄百萬師。這話單題着諸葛亮長江舉火。燒曹軍八十三萬。片甲不回。我如今的説唱。是單題着河南府一樁奇事。〔唱〕

【轉調貨郎兒】也不唱韓元帥偷營劫寨。也不唱漢司馬陳言獻策。也不唱巫娥雲雨楚陽臺。也不唱梁山伯。也不唱祝英臺。〔小末云〕你可唱甚麽那。〔副旦唱〕**只唱那娶小婦**

的長安李秀才。

〔云〕怎見的好長安。〔詩云〕水秀山明景色幽。地靈人傑出公侯。華夷圖上分明看。絶勝寰中四百州。〔小末云〕這也好。你慢慢的唱來。〔副旦唱〕

【二轉】我只見密臻臻的朱樓高厦。碧聳聳青簷細瓦。四季裏常開不斷花。銅駝陌紛紛鬭奢華。那王孫士女乘車馬。一望繡簾高掛。都則是公侯宰相家。

〔云〕話説長安有一秀才。姓李名英。字彦和。嫡親的三口兒家屬。渾家劉氏。孩兒春郎。妳母張三姑。那李彦和共一娼妓。叫做張玉娥。作伴情熟。次後娶結成親。〔歎科云〕嗨。他怎知才子有心聯翡翠。佳人無意結婚姻。〔小末云〕是唱的好。你慢慢的唱咱。〔副旦唱〕

【三轉】那李秀才不離了花街柳陌。占場兒貪杯好色。看上那柳眉星眼杏花腮。對面兒相挑泛。背地裏暗差排。抛着他渾家不睬。只教那媒人往來。閒家擘劃。諸般綽開。花紅布擺。早將一箇潑賤的煙花娶過來。

〔云〕那婆娘娶到家時。未經三五日。唱叫九千場。〔小末云〕他娶了這小婦。怎生和他唱叫。你慢慢的唱者。我試聽咱。〔副旦唱〕

【四轉】那婆娘舌剌剌挑茶斡剌。百枝枝花兒葉子。望空裏揣與他箇罪名兒。尋這等閒公事。他正是節外生枝。調三斡四。只教你大渾家吐不的嚥不的這一箇心頭刺。

減了神思。瘦了容姿。病懨懨睡損了裙兒袿。難扶策。怎動止。忽的呵冷了四肢。將一箇賢會的渾家生氣死。

〔云〕三寸氣在千般用。一旦無常萬事休。當日無常埋葬了畢。果然道福無雙至日。禍有併來時。只見這正堂上火起。刮刮匝匝。燒的好怕人也。怎見的好大火。〔小末云〕他將大渾家氣死了。這正堂上的火從何而起。這火可也還救的麽。兀那婦人。你慢慢的唱來。我試聽咱。〔副旦唱〕

【五轉】火逼的好人家人離物散。更那堪更深夜闌。是誰將火焰山移向到長安。燒地户。燎天關。單則把凌煙閣留他世上看。恰便似九轉飛芒。老君煉丹。恰便似介子推在綿山。恰便似子房燒了連雲棧。恰便似赤壁下曹兵塗炭。恰便似佈牛陣舉火田單。恰便似火龍鏖戰錦斑斕。將那房簷扯。脊梁扳。急救呵可又早連累了官房五六間。

〔云〕早是焚燒了家緣家計。都也罷了。怎當的連累官房。可不要去抵罪。正在愴惶之際。那婦人言道。喒與你他府他縣。隱姓埋名。逃難去來。四口兒出的城門。望着東南上。慌忙而走。早是意急心慌情冗冗。又值天昏地暗雨漣漣。〔小末云〕火燒了房廊屋舍。家緣家計。都燒的無有了。這四口兒可往那裏去。你再細細的説唱者。我多有賞錢與你。〔副旦唱〕

【六轉】我只見黑黯黯天涯雲布。更那堪濕淋淋傾盆驟雨。早是那窄窄狹狹溝溝塹塹路崎嶇。知奔向何方所。猶喜的消消灑灑斷斷續續。出出律律忽忽嚕嚕陰雲開處。我只見霍霍閃閃電光星炷。怎禁那飀飀颼颼風。點點滴滴雨。送的來高高下下凹凹凸凸一搭模糊。早做了撲撲簌簌濕濕淥淥疎林人物。倒與他粧就了一幅昏昏慘慘瀟湘水墨圖。

〔云〕須臾之間。雲開雨住。只見那晴光萬里雲西去。洛河一派水東流。行至洛河岸側。又無擺渡船隻。四口兒愁做一團。苦做一塊。果然道天無絕人之路。只見那東北上搖下一隻船來。豈知這船不是收命的船。倒是納命的船。原來正是姦夫與他淫婦相約。一壁附耳低言。你若算了我的男兒。我便跟隨你去。〔小末云〕那四口兒來到洛河岸邊。既是有了渡船。這命就該活了。怎麼又是淫婦姦夫。預先約下。要算計這個人來。〔副旦唱〕

【七轉】河岸上和誰講話。向前去親身問他。只說道姦夫是船家。猛將咱家長喉嚨搯。磕搭地揪住頭髮。我是箇婆娘怎生救拔。也是他合亡化。撲鼕的命掩黃泉下。將李春郎的父親只向那翻滾滾波心水渰殺。

〔云〕李彥和河內身亡。張三姑爭忍不過。此時向前。將賊漢扯住絲縧。連叫道。地方。有殺人賊。殺人賊。倒被那姦夫把咱勒死。不想岸上閃過一隊人馬來。爲頭的官人。怎麼打扮。〔小末云〕那姦夫把李彥和推在河裏。那三姑和那小的可怎麼了也。〔副旦唱〕

【八轉】據一表儀容非俗。打扮的諸餘裏俏簇。繡雲胸背雁銜蘆。他繫一條兔鶻。兔鶻海斜皮偏宜襯連珠。都是那無瑕的荆山玉。整身軀也麽哥。縐髭鬚也麽哥。打着鬢鬍。走犬飛鷹駕着鴉鶻。恰圍場過去。過去。折跑盤旋驟着龍駒。端的箇疾似流星度。那行朝也麽哥。恰渾如也麽哥。恰渾如和番的昭君出塞圖。

〔云〕比時小孩兒高叫道救人咱。那官人是個行軍千户。他下馬詢問所以。我三姑訴説前事。那官人説。既然他父母亡化了。留下這小的。不如賣與我做個義子。恩養的長立成人。與他父母報恨雪冤。他隨身有文房四寶。我便寫與他年月日時。〔小末云〕那官人救活了你的性命。你怎麽就將孩兒賣與那官人去了。你可慢慢的説者。〔副旦唱〕

【九轉】便寫與生時年紀。不曾道差了半米。未落筆花箋上淚珠垂。長吁氣呵軟了毛錐。恓惶淚滴滿了端溪。〔小末云〕他去了多少時也。〔副旦唱〕十三年不知箇信息。〔小末云〕那時這小的幾歲了。〔副旦唱〕相別時恰纔七歲。〔小末云〕如今該多少年紀也。〔副旦唱〕他如今剛二十。〔小末云〕你可曉的他在那裏。〔副旦唱〕恰便似大海内沉石。〔小末云〕你記的在那裏與他分別來。〔副旦唱〕俺在那洛河岸上兩分離。知他在江南也塞北。〔小末云〕你那小的有甚麽記認處。〔副旦唱〕俺孩兒福相貌雙耳過肩墜。〔小末云〕再有甚麽記認。〔副旦云〕有有有。〔唱〕胸前一點硃砂記。〔小末云〕他祖居在何處。〔副旦唱〕他祖居在長安解庫省衙西。〔小末云〕他小名喚做甚麽。〔副旦唱〕那孩兒小名喚做春郎身姓李。

〔小末云〕住住住。你莫非是妳母張三姑麽。〔副旦云〕則我便是張三姑。官人怎麽認的老身。〔小末云〕你不認的我了。則我便是李春郎。〔副旦云〕官人莫作笑。休鬭老身耍。〔小末云〕三姑。我非作笑。我乃李彦和之子李春郎是也。〔做解胸前與看科〕〔副旦云〕果然是春郎了也。則這個便是你父親李彦和。〔李彦和做打悲認科云〕孩兒。則被你想殺我也。不知你在那裏得這發達峥嶸來。〔小末云〕父親。孩兒這官。就是承襲拈各千户的。誰知有此一端異事。如今捹的棄了官職。普天下尋去。定要拿的那姦夫淫婦。報了冤讎。方稱你孩兒心願。〔祗從拿浄外旦上科云〕禀爺。這兩個名下。欺侵窩脱銀一百多兩。帶累小的們比較。不知替他打了多少。如今拿他來見爺。依律處治。也與小的們銷了一件未完。〔小末云〕律上。凡欺侵官銀五十兩以上者。即行處斬。這罪是决不待時的。〔李彦和做認科云〕兀的不是洛河邊假粧船家。推我在水裏的。〔副旦云〕這不是張玉娥潑婦那。〔浄做畫符科云〕有鬼。有鬼。太上老君。急急如律令。敕。〔祗從喝科〕〔外旦云〕敢是拿我們到東岳廟裏來。一剗是鬼那。〔小末云〕元來正是那姦夫淫婦。今日都拿着了。左右。快將他綁起來。待我親自斬他。也與我亡過母親。出這口怨氣。〔副旦唱〕

【煞尾】我只道他州他府潛逃匿。今世今生没見期。又誰知冤家偏撞着冤家對。〔浄云〕元來這就是李春郎。這就是張三姑。當日勸他不死。就該有今日的晦氣了。〔做叩頭科云〕大人可憐見。饒了我老頭兒罷。這都是我少年間不曉事。做這等勾當。如今老了。一口長齋。只是念佛。不要説殺人。便是蒼蠅也不敢拍殺一個。况是你一家老小現在。我當真謀殺了那一個來。可憐見放赦了老頭兒罷。〔外旦云〕你這叫化頭。討饒怎的。我和你開着眼做。合着眼受。不如早早死了。生則同衾。死則共穴。在黄泉底下。做一對永遠夫妻。有甚麼不快活。〔副旦唱〕**你也再没的怨誰。我也斷没的饒伊。**〔小末斬净外旦科下〕〔副旦唱〕**要與那亡過的娘親現報在我眼兒裏。**

〔李彦和云〕今日個天賜俺父子重完。合當殺羊造酒。做個慶喜的筵席。孩兒。你聽者。〔詞云〕這都是我少年間誤作差爲。娶匪妓當局者迷。一碗飯二匙難並。氣死我兒女夫妻。潑烟花盜財放火。與姦夫背地偷期。扮船家陰圖害命。整十載財散人離。又誰知蒼天有眼。偏争他來早來遲。到今日冤冤相報。解愁眉頓作歡眉。喜骨肉團圓聚會。理當做慶賀筵席。

〔音釋〕當去聲　使去聲　柘音蔗　俫離靴切　稔音甚　策釵上聲　伯音擺　陌音賣　色篩上聲　劃胡乖切　斡烏括切　剌音辣　袪音至　棧音綻　鏖阿高切　黯衣減切　塹僉去聲　崎音欺　嶇音區　續詞疽切　律音慮　凹音邀　凸音迭　簌蘇上聲　淥音慮　搯張雅切　髮方雅切　拔邦加切　殺雙鮓切　俗詞疽切　簇聰疎切　鶻紅姑切　玉于句切　息喪擠切　十繩知切　石繩知切　北邦每切　相去聲　稱去聲　匿女計切　重平聲　席星西切

題目　抛家失業李彦和

正名　風雨像生貨郎旦

望江亭中秋切鱠雜劇

關漢卿撰

第一折

〔旦兒扮白姑姑上云〕貧道乃白姑姑是也。從幼年間便捨俗出家。在這清安觀裏。做着個住持。此處有一女人。乃是譚記兒。生的模樣過人。不幸夫主亡逝已過。他在家中守寡。無男無女。逐朝每日到俺這觀裏來。與貧姑攀話。貧姑有一個姪兒。是白士中。數年不見。音信皆無。也不知他得官也未。使我心中好生記念。今日無事。且閉上這門者。〔正末扮白士中上〕〔詩云〕昨日金門去上書。今朝墨綬已懸魚。誰家美女顏如玉。綵毬偏愛擲貧儒。小官白士中。前往潭州爲理。路打清安觀經過。觀中有我的姑娘。是白姑姑。在此做住持。小官今日與白姑姑相見一面。便索赴任。來到門首。無人報復。我自過去。〔做見科云〕姑姑。您姪兒除授潭州爲理。一徑的來望姑姑。〔姑姑云〕白士中孩兒也。喜得美除。我恰纔道罷。孩兒果然來了也。孩兒。你媳婦兒好麼。〔白士中云〕不瞞姑姑說。您媳婦兒亡逝已過了也。〔姑姑云〕姪兒。這裏有個女人。乃是譚記兒。大有顏色。逐朝每日。在我這觀裏與我攀話。等他來時。我圓成與你做個夫人。意下如何。〔白士中云〕姑姑。莫非不中麽。〔姑姑云〕不妨事。都在我身上。你壁衣後頭躲者。我咳嗽爲號。你便出來。〔白士中云〕謹依來命。〔下〕〔姑姑云〕這早晚譚夫人敢待來也。〔正旦扮譚記兒上云〕妾身乃學士季希顔的夫人。姓譚。小字記兒。不幸夫主亡化過了。三年光景。我寡居無事。每日只在清安觀。和白姑姑攀些閒話。我想做婦人的。没了丈夫。身無所主。好苦人也呵。〔唱〕

【仙呂點絳唇】我則爲錦帳春闌。繡衾香散。深閨晚。粉謝脂殘。到的這日暮愁無限。

【混江龍】我爲甚一聲長嘆。玉容寂寞淚闌干。則這花枝裏外。竹影中間。氣吁的片片飛花紛似雨。淚灑的珊珊翠竹染成斑。我想着香閨少女。但生的嫩色嬌顔。都只愛朝雲暮雨。那個肯鳳隻鸞單。這愁煩。恰便似海來深。可兀的無邊岸。怎守得三貞九烈。敢早着了鑽懶幫閒。

〔云〕可早來到也。這觀門首無人報復。我自過去。〔做見姑姑科云〕姑姑萬福。〔姑姑云〕夫人請坐。〔正旦云〕我每日定害姑姑。多承雅意。妾身有心跟的姑姑出家。不知姑姑意下何如。〔姑姑云〕夫人。你那裏出得家。這出家無過草衣木食。熬枯受淡。那白日也還閒可。到晚來獨自一個。好生孤恓。夫人。只不如早早嫁一個丈夫去好。〔正旦唱〕

【村裏迓鼓】怎如得您這出家兒清静。到大來一身散誕。自從俺兒夫亡後。再没個相隨相伴。俺也曾把世味親嘗。人情識破。怕甚麼塵緣羈絆。俺如今罷掃了蛾眉。净洗了粉臉。卸下了雲鬟。姑姑也待甘心捱您這粗茶淡飯。

〔姑姑云〕夫人。你平日是享用慣的。且莫説别來。只那一頓素齋。怕你也熬不過哩。〔正旦唱〕

【元和令】則您那素齋食剛一餐。怎知我麄米飯也曾慣。俺從今把心猿意馬緊牢拴。將繁華不掛眼。〔姑姑云〕夫人。你豈不知雨裏孤村雪裏山。看時容易畫時難。早知不入時人眼。多買胭脂畫牡丹。夫人。你怎生出的家來。〔正旦唱〕您道是看時容易畫時難。俺怎生就住不的山。坐不的關。燒不的藥。煉不的丹。

〔姑姑云〕夫人。放着你這一表人物。怕没有中意的丈夫嫁一個去。只管説那出家做甚麼。這須了不的你終身之事。〔正旦云〕嗨。姑姑。這終身之事。我也曾想來。若有似俺男兒知重我的。便嫁他去也罷。〔姑姑做咳嗽科〕〔白士中見旦科云〕祇揖。〔正旦回禮科云〕姑姑。兀的不有人來。我索回去也。〔姑姑云〕夫人。你那裏去。我正待與你做個媒人。只他便是你夫主。可不好那。〔正旦云〕姑姑。這是甚麼説話。〔唱〕

【上馬嬌】喒則是語話間。有甚干。姑姑也您便待做了筵席上撮合山。〔姑姑云〕便與您做個撮合山。也不誤了你。〔正旦唱〕怎把那隔墻花强攀做連枝看。〔做走介〕〔姑姑云〕關了門者。我不放你出去。〔正旦唱〕把門關。將人來緊遮攔。

【勝葫蘆】你却便引的人來心惡煩。可甚的撒手不爲姦。你暗埋伏隱藏着誰家漢。俺和你幾年價來往。傾心兒契合。則今日索分顔。

〔姑姑云〕你兩個成就了一對夫妻。把我這座清安觀權做高唐。有何不可。〔正旦唱〕

【幺篇】姑姑。你只待送下我高唐十二山。枉沾污了你這七星壇。〔姑姑云〕我成就了你錦片也似夫妻。美滿恩情。有甚麽不好處。〔正旦唱〕説甚麽錦片前程真個罕。〔姑姑云〕夫人。你不要這等粧幺做勢。那個着你到我這觀裏來。〔正旦唱〕一會兒甜言熱趲。一會兒惡叉白賴。姑姑也只被你直着俺兩下做人難。〔姑姑云〕兀那君子。誰着你這裏來。〔白士中云〕就是小娘子着我來。〔正旦云〕你倒將這言語贓誣我來。我至死也不順隨你。〔姑姑云〕你要官休也私休。〔正旦云〕怎生是官休。怎生是私休。〔姑姑云〕你要官休呵。我這裏是個祝壽道院。你不守志。領着人來打攪。我告到官中。三推六問。枉打壞了你。若是私休。你又青春。他又少年。我與你做個撮合山媒人。成就了您兩口兒。可不省事。〔正旦云〕姑姑。等我自尋思咱。〔姑姑云〕可知道來。千求不如一嚇。〔正旦云〕好個出家的人。偏會放刁。姑姑。他依的我一句話兒。我便隨他去罷。若不依着我呵。我斷然不肯隨他。〔白士中云〕休道一句話兒。便一百句我也依的。〔正旦唱〕

【後庭花】你着他休忘了容易間。則這十個字莫放閒。豈不聞芳槿無終日。貞松耐歲寒。姑姑也非是我要拿班。只怕他將咱輕慢。我我我攧斷的上了竿。你你你掇梯兒着眼看。他他他把鳳求凰暗裏彈。我我我背王孫去不還。只願他肯肯肯做一心人不轉關。我和他守守守白頭吟非浪侃。

〔姑姑云〕你兩個久後。休忘我做媒的這一片好心兒。〔正旦唱〕

【柳葉兒】姑姑也你若題着這椿兒公案。則你那觀名兒唤做清安。你道是蜂媒蝶使從來慣。怕有人擔疾患。到你行求丸散。你則與他這一服靈丹。姑姑也你專醫那枕冷衾寒。

〔云〕罷罷罷。我依着姑姑。成就了這門親事罷。〔姑姑云〕白士中。這椿事虧了我麽。〔白士中云〕你專醫人那枕冷衾寒。虧了姑姑。您孩兒只今日就攜着夫人。同赴任所。另差人來相謝也。〔正旦云〕既然相公要上任去。我和你拜辭了姑姑。便索長行也。〔姑姑云〕白士中。你一路上小心在意者。您兩口兒正是郎才女貌。天然配合。端不枉了也。〔正旦唱〕

【賺煞尾】這行程則宜疾不宜晚。休想我着那别人絆翻。不用追求相趁趕。則他這等閒人怎得見我容顏。姑姑也你放心安。不索恁語話相關。收了纜。撅了椿。踹跳板。掛起這秋風布帆。是看那碧雲兩岸落。可便輕舟已過萬重山。〔同白士中下〕

〔姑姑云〕誰想今日成合了我姪兒白士中這門親事。我心中可煞喜也。〔詩云〕非是貧姑硬主張。爲他年少守空房。觀中怕惹風情事。故使機關配白郎。〔下〕

〔音釋〕擲音直　幫音邦　絆音扮　卸音瀉　慣光患切　拴尸關切　罕呵趕切　嚇音黑　槿音謹　攛粗酸切　侃看上聲　散上聲　撅與掘同　椿音莊　踹抽拐切

第二折

〔净扮楊衙内引張千上詩云〕花花太歲爲第一。浪子喪門世無對。普天無處不聞名。則我是權豪勢宦楊衙内。某乃楊衙内是也。聞知有亡故了的李希顔夫人譚記兒。大有顔色。我一心要他做個小夫人。頗奈白士中無理。他在潭州爲官。未經赴任。便去清安觀中。央道姑爲媒。倒娶了譚記兒做夫人。常言道恨小非君子。無毒不丈夫。論這情理。教我如何容得他過。他妬我爲冤。我妬他爲讎。小官今日奏知聖人。有白士中貪花戀酒。不理公事。奉聖人的命。差人去標了白士中首級。小官就順着道。此事别人去不中。只除非小官親自到潭州。取白士中首級復命。方纔萬無一誤。聖人准奏。賜小官勢劍金牌。張千。你分付李稍。駕起小舟。直到潭州。取白士中首級。走一遭去來。〔詩云〕一心要娶譚記兒。教人日夜費尋思。若還奪得成夫婦。這回方是運通時。〔下〕〔白士中上云〕小官白士中。自到任以來。只用清静無事爲主。一郡黎民。各安其業。頗得衆心。單只一件。我這新娶譚夫人。當日有楊衙内要圖他爲妾。不期被我娶做夫人。同往任所。我這夫人十分美貌不消説了。更兼聰明智慧。事事精通。端的是佳人領袖。美女班頭。世上無雙。人間罕比。聞知楊衙内至今懷恨我。我也恐怕他要來害我。每日懸懸在心。今早坐過衙門。别無勾當。且在這前廳上閒坐片時。休將那段愁懷。使我夫人知道。〔院公上詩云〕心忙來路遠。事急出家門。夜眠侵早起。又有不眠人。老漢是白士中家的一個老院公。我家主人。今在潭州爲理。被楊衙内暗奏聖人。賜他勢劍金牌。標取我家主人首級。俺老夫人得知。差我將着一封家書。先至潭州。報知這個消息。好預做准備。説話之間。可早來到潭州也。不必報復。我自過去。〔見科云〕相公。將息的好也。〔白士中云〕院公。你來做甚麽。〔院公云〕奉老夫人的分付。着我將着這書來。送相公親拆。〔白士中云〕有母親的書呵。將來我看。〔院公做遞書科云〕書在此。〔白士中看書科云〕書中之意。我知道了。嗨。果中此賊之計。院公。你吃飯去。〔院公云〕理會的。〔下〕〔白士中云〕誰想楊衙内。爲我娶了譚記兒。挾着讎恨。朦朧奏過聖人。要標取我的首級。似此如之奈何。兀的不悶殺我也。〔正旦上云〕妾身譚記兒。白從相公理任以來。俺在這衙門後堂居住。相公每日坐罷早衙。便與妾身攀話。今日這早晚不見回來。我親自望相公走一遭去波。〔唱〕

【中吕粉蝶兒】不聽的報喏聲齊。大古裏坐衙來恁時節不退你便要接新官也合通報咱知。又無甚緊文書。忙公事。可着我心兒裏不會。轉過這影壁偷窺。可怎生獨自個死臨侵地。

〔云〕我且不要過去。且再看咱。呀。相公手裏拏着一張紙。低着頭左看右看。我猜着了也。〔唱〕

【醉春風】常言道人死不知心。則他這海深也須見底。多管是前妻將書至知他娶了新妻。他心兒裏悔。悔。你做的個棄舊憐新。他則是見咱有意。使這般巧謀姦計。

〔做見科云〕相公。〔白士中云〕夫人有甚麽勾當。自到前廳上來。〔正旦云〕敢問相公。爲甚麽不回後堂中去。敢是你前夫人寄書來麽。〔白士中云〕夫人。並無什麽前夫人寄書來。我自有一樁兒擺不下的公事。以此納悶。〔正旦云〕相公不可瞞着妾身。你定有夫人在家。今日捎書來也。〔白士中云〕夫人不要多心。小官並不敢欺心也。〔正旦唱〕

【紅繡鞋】把似你則守着一家一計。誰着你收拾下兩婦三妻。你常好是七八下裏不伶俐。堪相守留着相守。可别離與個别離。這公事合行的不在你。

〔白士中云〕我若無這些公事呵。與夫人白頭相守。小官之心。惟天可表。〔正旦云〕我見相公手中將着一張紙。必然是家中寄來的書。相公休瞞妾身。我是猜這書中的意咱。〔白士中云〕夫人。你是猜波。〔正旦唱〕

【普天樂】棄舊的委實難。迎新的終容易。新的是半路裏姻眷。舊的是綰角兒夫妻。我雖是個婦女身。我雖是個裙釵輩。見别人斟眼擡頭。我早先知來意。不是我賣弄所事精細。〔帶云〕相公。你瞞妾身怎的。〔唱〕**你休等的我恩斷意絶。眉南面北。恁時節水盡鵝飛。**

〔白士中云〕夫人。小官不是負心的人。那得還有前夫人來。〔正旦云〕相公。你説也不説。〔白士中云〕夫人。我無前夫人。你着我説甚麽。〔正旦云〕既然你不肯説。我只覓一個死處便了。〔白士中云〕住住住。夫人。你死了。那裏發付我那。我説則説。夫人休要煩惱。〔正旦云〕相公你説。我不煩惱。〔白士中云〕夫人不知。當日楊衙内曾要圖謀你爲妾。不期我娶了你做夫人。他懷恨小官。在聖人前妄奏。説我貪花戀酒。不理公事。現今賜他勢劍金牌。親到潭州。要標取我的首級。這個是家中老院公。奉我老母之命。捎此書來。着我知會。我因此煩惱。〔正旦云〕原來爲這般。相公。你怕他做甚麽。〔白士中云〕夫人。休惹他。則他是花花太歲。〔正旦唱〕

【十二月】你道他是花花太歲。要强逼的我步步相隨。我呵怕甚麽天翻地覆。就順着他雨約雲期。這椿事你只睁眼兒覷者。看怎生的發付他賴骨頑皮。

【堯民歌】呀。着那厮得便宜。翻做了落便宜着那厮滿船空載月明歸。你休得便乞留乞良搥跌自傷悲。你看我淡粧不用畫蛾眉。今也波日。我親身到那裏。看那厮有備應無備。

〔白士中云〕他那裏必然做下准備。夫人。你斷然去不得。〔正旦云〕相公。不妨事。〔做耳喑科〕則除是恁的。〔白士中云〕則怕反落他勾中。夫人還是不去的是。〔正旦云〕相公。不妨事。〔唱〕

【煞尾】我着那厮磕着頭見一番。恰便似神羊兒忙跪膝。直着他船横纜斷在江心裏。我可便智賺了金牌着他去不得。〔下〕

〔白士中云〕夫人去了也。據着夫人機謀見識。休説一個楊衙内。便是十個楊衙内。也出不得我夫人之手。正是眼觀旌節旗。耳聽好消息。〔下〕

〔音釋〕慧音惠　喏音惹　綰彎上聲　暫音斬　只張恥切　便平聲　日人智切　應平聲　磕音可

滕喪擠切　纜音濫　賺音湛

第三折

〔衙内領張千李稍上〕〔衙内云〕小官楊衙内是也。頗奈白士中無理。量你到的那裏。豈不知我要取譚記兒爲妾。他就公然背了我。娶了譚記兒爲妻。同臨任所。此恨非淺。如今我親身到潭州。標取白士中首級。你道別的人爲甚麼我不帶他來。這一個是張千。這一個是李稍。這兩個小的。聰明乖覺。都是我心腹之人。因此上則帶的這兩個人來。〔張千去衙内鬢邊做拏科〕〔衙内云〕嗯。你做什麼。〔張千云〕相公。鬢邊一個蝨子。〔衙内云〕這廝倒也説的是。我在這船隻上。個月期程。也不曾梳篦的頭。我的兒好乖。〔李稍去衙内鬢上做拏科〕〔衙内云〕李稍。你也怎的。〔李稍云〕相公。鬢上一個狗鼈。〔衙内云〕你看這廝。〔親隨李稍同去衙内鬢上做拏科〕〔衙内云〕弟子孩兒。直恁的般多。〔李稍云〕親隨。今日是八月十五日中秋節令。我每安排些酒果。與大人翫月可不好。〔張千云〕你説的是。〔張千同李稍做見科云〕大人。今日是八月十五日中秋節令。對着如此月色。孩兒每與大人把一杯酒。賞月何如。〔衙内做怒科云〕嗯。這個弟子孩兒。説什麼話。我要來幹公事。怎麼教我吃酒。〔張千云〕大人。您孩兒每並無歹意。是孝順的心腸。大人不用。孩兒每一點不敢吃。〔衙内云〕親隨。你若吃酒呢。〔張千云〕我若吃一點酒呵吃血。〔衙内云〕正是休要吃酒。李稍你若吃酒呢。〔李稍云〕我若吃酒害疔瘡。〔衙内云〕既是您兩個不吃酒。也罷也罷。我則飲三杯。安排酒果過來。〔張千云〕李稍。擡果卓過來。〔李稍做擡果卓科云〕果卓在此。我執壺你遞酒。〔張千云〕我兒。釃滿着。〔做遞酒科云〕大人。滿飲一杯。〔衙内做接酒科〕〔張千倒退自飲科〕〔衙内云〕親隨。你怎麼自吃了。〔張千云〕大人。這個是攝毒的盞兒。這酒不是家裏帶來的酒。是買的酒。大人吃下去。若有好歹。藥殺了大人。我可怎麼了。〔衙内云〕說的是。你是我心腹人。〔李稍做遞酒科云〕你要吃酒。弄這等嘴兒。待我送酒。大人滿飲一杯。〔衙内接科〕〔李稍自飲科〕〔衙内云〕你也怎的。〔李稍云〕大人。他吃的。我也吃的。〔衙内云〕你看這厮。我且慢慢的吃幾杯。親隨。與我把别的民船都趕開者。〔正旦拿魚上云〕這裏也無人。妾身白士中的夫人譚記兒是也。粧扮做個賣魚的。見楊衙内去。好魚也。這魚在那江邊遊戲。趁浪尋食。却被我駕一孤舟。撒開網去。打出三尺錦鱗。還活活潑潑的亂跳。好鮮魚也。〔唱〕

【越調鬬鵪鶉】則這今晚開筵。正是中秋令節。只合低唱淺斟。莫待他花殘月缺。見了的珍奇。不消的咱說。則這魚鱗甲鮮。滋味别。這魚不宜那水煮油煎。則是那薄批細切。

〔云〕我這一來。非容易也呵。〔唱〕

【紫花兒序】俺則待稍關打節。怕有那慣施捨的經商。不請言賒。則俺這籃中魚尾。又不比案上羅列。活計全别。俺則是一撒網一蓑衣一篛笠。先圖些打捏。只問那肯買的哥哥。照顧俺也些些。

〔二云〕我纜住這船。上的岸來。〔做見李稍云〕哥哥萬福。〔李稍云〕這個姐姐。我有些面善。〔正旦云〕你道我是誰。〔李稍云〕姐姐。你敢是張二嫂麼。〔正旦云〕我便是張二嫂。你怎麼不認的我了。你是誰。〔李稍云〕則我便是李阿鱉。〔正旦云〕你是李阿鱉。〔正旦做打科云〕兒子。這些時吃得好了。我想你來。〔李稍云〕二嫂。你見我親麼。〔正旦云〕兒子。我見你可不知親哩。你如今過去和相公說一聲。着我過去切鱠。得些錢鈔養活我來也好。〔李稍云〕我知道了。親隨你來。〔張千云〕弟子孩兒。喚我做什麼。〔李稍云〕有我個張二嫂。要與大人切鱠。〔張千云〕甚麼張二嫂。〔正旦見張千科云〕媳婦孝順的心腸。將着一尾金色鯉魚。特來獻新。望與相公說一聲咱。〔張千云〕也得也得。我與你說去。得的錢鈔。與我些買酒吃。你隨着我來。〔做見衙內科云〕大人。有個張二嫂。要與大人切鱠。〔衙內云〕甚麼張二嫂。〔正旦見科云〕相公萬福。〔衙內做意科云〕一個好婦人也。小娘子。你來做甚麼。〔正旦云〕媳婦孝順的心腸。將着這尾金色鯉魚。一徑的來獻新。可將砧板刀子來。我切鱠哩。〔衙內云〕難的小娘子如此般用意。怎敢着小娘子切鱠俗了手。李稍。拏了去。與我薑辣煎爁了來。〔李稍云〕大人。不要他切就村了。〔衙內云〕多謝小娘子來意。擡過果卓來。我和小娘子飲三杯。將酒來。小娘子滿飲一杯。〔張千做吃酒科〕〔衙內云〕你怎的。〔張千云〕你請他。他又請你。你又不吃。他又不吃。可不這杯酒冷了。不如等親隨乘熱吃了。倒也乾浄。〔衙內云〕哇。靠後。將酒來。小娘子滿飲此杯。〔正旦云〕相公請。〔張千云〕你吃便吃。不吃我又來了。〔正旦做跪衙內科〕〔衙內扯正旦科云〕小娘子請起。我受了你的禮。就做不得夫妻了。〔正旦云〕媳婦來到這裏。便受了禮。也做得夫妻。〔張千同李稍拍卓科云〕妙妙妙。〔衙内云〕小娘子請坐。〔正旦云〕相公。你此一來何往。〔衙内云〕小官有公差事。〔李稍云〕二嫂。專爲要殺白士中來。〔衙内云〕哇。你説什麽。〔正旦云〕相公。若拿了白士中呵。也除了潭州一害。只是這州裏怎麽不見差人來迎接相公。〔衙内云〕小娘子。你却不知。我恐怕人知道。走了消息。故此不要他們迎接。〔正旦唱〕

【金蕉葉】相公。你若是報一聲着人遠接。怕不的船兒上有五十座笙歌擺設。你爲公事來到這些。不知你怎生做兀的關節。

〔衙内云〕小娘子。早是你來的早。若來的遲呵。小官歇息了也。〔正旦唱〕

【調笑令】若是賤妾。晚來些。相公船兒上黑齁齁的熟睡歇。則你那金牌勢劍身傍列。見官人遠離一射。索用甚從人攔當者。俺只待拖狗皮的拷斷他腰截。

〔衙内云〕李稍。我央及你。你替我做個落花媒人。你和張二嫂説。大夫人不許他。許他做第二個夫人。包髻團衫繡手巾。都是他受用的。〔李稍云〕相公放心。都在我身上。〔做見正旦科云〕二嫂。你有福也。相公説來。大夫人不許你。許你做第二個夫人。包髻團衫袖腿綳。〔正旦云〕敢是繡手巾。〔李稍云〕正是繡手巾。〔正旦云〕我不信。等我自問相公去。〔正旦見衙内科云〕相公。恰纔李稍説的那話。可真個是相公説來。〔衙内云〕是小官説來。〔正旦云〕量媳婦有何才能。着相公如此般錯愛也。〔衙内云〕多謝多謝。小娘子就靠着小官坐一坐。可也無傷。〔正旦云〕妾身

不敢。〔唱〕

【鬼三台】不是我誇貞烈。世不曾和個人兒熱。我醜則醜刁決古憋。不由我見官人便心邪。我也立不的志節。官人你救黎民爲人須爲徹。拏濫官殺人須見血。我呵只爲你這眼去眉來。〔正旦與衙内做意兒科唱〕使不着我那冰清玉潔。

〔衙内做喜科云〕勿勿勿。〔張千與李稍做喜科云〕勿勿勿。〔衙内云〕你兩個怎的。〔李稍云〕大家耍一耍。〔正旦唱〕

【聖藥王】珠冠兒怎戴者。霞帔兒怎掛者。這三簷傘怎向頂門遮。喚侍妾。簇捧者。我從來打魚船上扭的那身子兒別。替你穩坐七香車。

〔衙内云〕小娘子。我出一對與你對。羅袖半翻鸚鵡盞。〔正旦云〕妾對玉纖重整鳳凰衾。〔衙内拍卓科云〕妙妙妙。小娘子。你莫非識字麼。〔正旦云〕妾身略識些撇豎點劃。〔衙内云〕小娘子既然識字。小官再出一對。雞頭個個難舒頸。〔正旦云〕妾對龍眼團團不轉睛。〔張千同李稍拍卓科云〕妙妙妙。〔正旦云〕妾身難的遇着相公。乞賜珠玉。〔衙内云〕哦。你要我贈你什麼詞賦。有有有。李稍將紙筆硯墨來。〔李稍做拿砌末科云〕相公。紙墨筆硯在此。〔衙内云〕我寫就了也。詞寄西江月。〔正旦云〕相公表白一遍咱。〔衙内做念科云〕夜月一天秋露。冷風萬里江湖。好花須有美人扶。情意不堪會處。仙子初離月浦。嫦娥忽下雲衢。小詞倉卒對君書。付與你個知心人物。〔正旦云〕高才高才。我也回奉相公一首。詞寄夜行船。〔衙内云〕小娘子。你表白一遍咱。

〔正旦做念科云〕花底雙雙鶯燕語。也勝他鳳隻鸞孤。一霎恩情。片時雲雨。關連着宿緣前註。天保今生爲眷屬。但則願似水如魚。冷落江湖。團圞人月。相連着夜行船去。〔衙内云〕妙妙妙。你的更勝似我的。小娘子。俺和你慢慢的再飲幾杯。〔正旦云〕敢問相公。因甚麽要殺白士中。〔衙内云〕小娘子。你休問他。〔李稍云〕張二嫂。俺相公有勢劍在這裏。〔衙内云〕休與他看。〔正旦云〕這個是勢劍。衙内見愛媳婦。借與我拏去治三日魚好那。〔衙内云〕便借與你。〔張千云〕還有金牌哩。〔正旦云〕這個是金牌。衙内見愛我。與我打戒指兒罷。再有什麽。〔李稍云〕這個是文書。〔正旦云〕這個便是買賣的合同。〔正旦做袖文書科云〕相公再飲 杯。〔衙内云〕酒勾了也。小娘子休唱前篇。則唱幺篇。〔做醉科〕〔正旦云〕冷落江湖。團圞人月。相隨着夜行船去。〔親隨同李稍做睡科〕〔正旦云〕這斯都睡着了也。〔唱〕

【禿廝兒】那廝也忒懵懂玉山低趄。着鬼祟醉眼乜斜。我將這金牌虎符都袖褪者。喚相公早醒些。快迭。

【絡絲娘】我且回身將楊衙内深深的拜謝。您娘向急颩颩船兒上去也。到家對兒夫盡分説。那一番週摺。

〔帶云〕慚愧慚愧。〔唱〕

【收尾】從今不受人磨滅。穩情取好夫妻百年喜悦。俺這裏美孜孜在芙蓉帳笑春風。只他那冷清清楊柳岸伴殘月。〔下〕

〔衙内云〕張二嫂。張二嫂那裏去了。〔做失驚科云〕〔李稍云〕張二嫂怎麽去了。看我的勢劍金牌。可在那裏。〔張千云〕就不見了金牌。還有勢劍共文書哩。〔李稍云〕連勢劍文書。都被他拿去了。〔衙内云〕似此怎了也。〔李稍唱〕

【馬鞍兒】想着想着跌脚兒叫。〔張千唱〕想着想着我難熬。〔衙内唱〕酩子裏愁腸酩子裏焦。〔衆合唱〕又不敢着傍人知道。則把他這好香燒。好香燒。咒的他熱肉兒跳。

〔衙内云〕這廝每扮戲那。〔衆同下〕

〔音釋〕篦音避　釃音篩　攝音設　趁嗔去聲　節音姐　缺區也切　説書惹切　別皮耶切　切音且　列郎夜切　別邦耶切　蒻饒去聲　笠音利　捏尼夜切　鱠音桂　攢鑽上聲　接音姐　設商者切　黑亨美切　齁吼平聲　歇希也切　射音社　當上聲　者平聲　拷音考　截藏斜切　綳音崩　烈郎夜切　熱仁蔗切　徹昌惹切　血希也切　潔飢也切　帔音配　劃音畫　物音務　屬繩朱切　趄青夜切　祟音歲　乜彌嗟切　褪吞去聲　迭音爹　颭占上聲　摺音者　滅迷夜切　悦魚夜切　月魚夜切　酩命上聲

第四折

〔白士中領祗候上云〕小官白士中。因爲楊衙内那廝。妄奏聖人。要標取小官首級。且喜我夫人施一巧計。將他勢劍金牌。智賺了來。今日端坐衙門。看那廝將着甚的好來。奈何的我。左右。門首覷者。倘有人來。報復我知道。〔衙内同張千李稍上〕〔衙内云〕小官楊衙内是也。如今取白士中的首級去。可早來到門首。我自過去。〔做見白士中科云〕令人。與我拿下白士中者。〔張千做拿科〕〔白士中云〕你憑着甚麼符驗來拏我。〔衙内云〕我奉聖人的命。有勢劍金牌被盜失了。我有文書。〔白士中云〕有文書也請來念與我聽。〔衙内做讀文書科云〕詞寄西江月。〔白末做搶科云〕這個是淫詞。〔衙内云〕這個不是。還別有哩。〔衙内又做讀文書科云〕詞寄夜行船。〔白末做搶科云〕這個也是淫詞。〔衙内云〕這厮倒挾制我。不妨事。又無有原告。怕他做甚麼。〔正旦上云〕妾身白士中的夫人譚記兒。頗奈楊衙内這厮。好無理也呵。〔唱〕

【雙調新水令】有這等倚權豪貪酒色濫官員。將俺個有兒夫的媳婦來欺騙。他只待強拆開我長攙攙的連理枝。生擺斷我顫巍巍的並頭蓮。其實負屈銜寃。好將俺窮百姓可憐見。

〔正旦做見跪科云〕大人可憐見。有楊衙内在半江心裏。欺騙我來。告大人與我作主。〔白士中云〕司房裏責口詞去。〔正旦云〕理會的。〔下〕〔白士中云〕楊衙内。你可見來。有人告你哩。你如今怎麼說。〔衙内云〕可怎麼了。我則索央及他。相公。我自有說的話。〔白士中云〕你有甚麼話說。〔衙内云〕相公。如今你的罪過。我也饒了你。你也饒過我罷。則一件。說你有個好夫人。請出來我見一面。〔白士中云〕也罷也罷。左右擊雲板。後堂請夫人出來。〔左右云〕夫人。相公有請。〔正旦改粧上云〕妾身白士中的夫人。如今過去。看那厮可認的我來。〔唱〕

【沉醉東風】楊衙内官高勢顯。昨夜箇説地談天。只道他仗金牌將夫壻誅。恰元來擊雲板請夫人見。只聽的叫吖吖嚷成一片。抵多少笙歌引至畫堂前。看他可認的我有些面善。

〔與衙内見科〕〔云〕衙内。恕生面。少拜識。〔唱〕

【雁兒落】只他那身常在柳陌眠。脚不離花街串。幾年聞姓名。今日逢顔面。

【得勝令】呀。請你個楊衙内少埋冤。〔衙内云〕這一位夫人。好面熟也。〔李稍云〕兀的不是張二嫂。〔衙内云〕嗨。夫人。你使的好見識。直被你瞞過小官也。〔正旦唱〕諕的他半晌只茫然。又無那八棒十枷罪。止不過三交兩句言。這一隻魚船。只費得半夜工夫纏。俺兩口兒今年。做一個中秋八月圓。

〔外扮李秉忠冲上云〕小官乃巡撫湖南都御史李秉忠是也。因爲楊衙内妄奏不實。奉聖人的命。着小官暗行體訪。但得真情。先自勘問。然後具表申奏。來到此間。正是潭州衙舍。白士中楊衙内。您這樁事。小官盡知了也。〔正旦唱〕

【錦上花】不甫能擇的英賢。配成姻眷。没來由遇着無徒。使盡威權。我只得親上漁船。把機關暗展。若不沙那勢劍金牌。如何得免。

【幺篇】呀。只除非天見憐。奈天天又遠。今日個幸對清官。明鏡高懸。似他這强奪人妻。公違律典。既然是體察。端的怎生發遣。

〔李秉忠云〕一行人俱望闕跪者。聽我下斷。〔詞云〕楊衙内倚勢挾權。害良民罪已多年。又興心奪人妻妾。敢妄奏聖主之前。譚記兒天生智慧。賺金牌親上漁船。奉敇書差咱體訪。爲人間理枉伸冤。將衙内問成雜犯。杖八十削職歸田。白士中照舊供職。賜夫妻偕老團圓。〔白士中夫妻謝恩科〕〔正旦唱〕

【清江引】雖然道今世裏的夫妻夙世的緣。畢竟是誰方便。從此無別離。百事長如願。這多謝你個賽龍圖恩不淺。

〔音釋〕攙楚銜切　顫音戰　諕音夏　晌音賞　纏去聲　勘坎去聲

題目　清安觀邂逅説親

正名　望江亭中秋切鱠

馬丹陽三度任風子雜劇

馬致遠 撰

第一折

〔沖末扮馬丹陽上詩云〕雪瓮冰虀滿筯黄。沙鉼豆粥隔籬香。就中滋味無人識。傲殺羊羔乳酪漿。貧道祖居寧海。萊陽人也。俗姓馬。名從義。乃伏波將軍馬援之後。錢財過萬倍之餘。田宅有半州之盛。家傳祕行。世積陰功。初蒙祖師點化。不得正道。把我魂魄。攝歸陰府。受鞭笞之苦。忽見祖師來救。化作天尊。令貧道似夢非夢。方覺死生之可懼也。因此遂棄其金珠。拋其眷屬。身掛一瓢。頂分三髻。按天地人三才之道。正一髻受東華帝君指教。去其四罪。是人我是非。右一髻受純陽真人指教。去其四罪。是富貴名利。左一髻受王祖師指教。去其四罪。是酒色財氣。方成大道。正授白雲洞主丹陽抱一無爲普化真人。陰符中道。人身難得。中土難逢。假是得生。正法難遇。貧道昨宵看見青氣沖天。下照終南山甘河鎮。有一人任屠。此人有半仙之分。因而稟過祖師。前去點化他。若到的甘河鎮。將一方之地。都化的不吃腥葷。你道爲何。此人是屠户之家。他見我化的一方之地。都吃了齋素。攪了他買賣。他必然來傷害我性命。他若來時。點化此人。歸于正道。〔詩云〕我與他閻王簿上除生死。紫府宫中立姓名。指開海角天涯路。引得迷人大道行。〔下〕〔正末扮任屠同旦李氏上云〕自家終南山甘河鎮人氏。姓任。是個操刀屠户。嫡親的兩口兒家屬。渾家李氏。近新來生了一個小厮兒。今日是我生辰之日。又是孩兒滿月。衆兄弟送些禮物來。大嫂。你去安排酒食茶飯等待。兄弟每這早晚敢待來也。〔旦云〕理會的。〔衆屠户上云〕俺都是甘河鎮屠户。俺有一個哥哥是任屠。俺的本錢是他的。近新來不知是那裏走的個師父來。頭挽着三個丫髻。化的俺這一方之人。盡都吃了齋素。俺屠行買賣都遲了。本錢消折。今日是任屠哥哥生辰之日。又是他孩兒滿月。一來與哥哥做生日。二來問哥哥借些本錢。説話中間。可早來到了也。〔衆見正末科云〕哥哥。你兄弟來遲也。〔正末云〕恰纔道罷。兄弟每早來了也。量任屠有何德能。動勞列位。請坐。〔衆云〕哥哥請坐。〔正末云〕大嫂將酒來。兄弟每慢慢飲一杯。〔衆云〕俺兄弟每又無厚禮。倒來定害哥哥嫂嫂。〔正末云〕兄弟。一回相見一回老。能有幾年做弟兄也呵。〔唱〕

【仙吕點絳唇】朋友相憐。弟兄錯見。任屠面。今日何緣。因賤降來宅院。

【混江龍】俺屠家開宴。端的是肉如山岳酒如川。都是些吾兄我弟。等輩齊肩。直吃的月上花梢傾盡酒。風吹荷葉倒垂蓮。客喧席上。酒到跟前。何曾摘厭。並不推言。一盞盞接入手。可都乾乾的嚥。賣弄他掂斤播兩。撥萬輪千。

〔衆云〕酒勾了。俺吃不得了也。〔正末云〕衆兄弟。可早醉也。〔唱〕

【油葫蘆】你着那些札手風喬人酒量淺。他喫不的一謎裏攙。他將那喫不了的牛肉着指頭填。恰便似餓狼般撞入肥羊圈。乞兒般鬧了悲田院。吃的來眼又睁。撑的來氣又喘。都是猪脖臍狗奶子喬親眷。都坐滿一圓圈。

【天下樂】可正是畫戟門排見醉仙。〔帶云〕大嫂。〔唱〕則我這家緣。不少了你喫共穿。生下這魔合羅般好兒天可憐。花謝了花再開。月缺了月再圓。咱人老何曾再少年。

〔衆云〕你兄弟都折少本錢。問哥哥再借些鈔做本錢。〔正末云〕大嫂。兄弟每無本錢呵。借與他些。〔旦云〕喒那裏得那錢來。你好忒自專也。〔正末唱〕

【那吒令】非任屠自專。大河裏有船。相知每共言。囊橐裏有錢。〔旦云〕俺那裏有那錢來。〔正末云〕你這般惡叉白賴的。〔唱〕哎。這婆娘不賢。頭直上有天。任屠非自誇。你親曾見。做屠户的這些衏衏。

【鵲踏枝】一箇道少人錢。一箇道缺盤纏。怕不待鼓腦争頭。争奈他赤手空拳。俺這裏謝天。葫蘆提過遣。喒比他稍有些水陸莊田。

〔云〕大嫂。去後面看些茶飯來。〔旦云〕理會的。〔下〕〔正末云〕我開了這箱子。取出些錢鈔來。與你一家兩錠做本錢。兄弟也。我去年借與你許多本錢。都那裏去了。〔衆云〕哥哥不知。去年借的本錢。都折了。近新來不知那裏走將一個先生來。化的這甘河鎮一方之地。都吃了齋素。因此上折了本錢。〔正末唱〕

【寄生草】你道他都修善。不喫羶。你道是先生每鬧了終南縣。道士每住滿全真院。

莊家每閒看神仙傳。姑姑每屯滿七真堂。我道來摇車兒擺滿三清殿。〔正末云〕你休鬧。可不道攬人買賣。〔衆云〕哥哥。似這等屠户。人家都吃了齋。着喒每怎生做買賣。〔正末云〕你如今白厮打。贏的。便殺那先生去。如殺父母。如今那個敢殺那先生去。〔衆云〕俺去。〔正末云〕打將來。〔做打科衆倒科〕〔正末云〕你都近不的我。〔衆云〕説的是。説的是。俺衆人打你一個。〔唱〕

【金盞兒】一箇拳來到眼跟前。輕躲過臂忙搧。一箇被我搬的一似風車兒轉。一箇拳來先躲過似放過一鼉椽。這一箇明堂裏可早叉翻背。這一箇嘴縫上中直拳。這一箇撲的腮揾土。這一箇亨的脚朝天。

〔衆云〕哥哥俺近不的你。是你去。〔正末云〕我去。〔衆云〕雖然這等。還怕那先生有神通。你到那裏小心在意者。〔正末云〕兄弟每。我明日五更前後。便去殺那先生。你放心者。〔唱〕

【賺煞尾】想着我撲乳牛力氣全。殺劣馬心非善。但提起身輕體健。俺兩個若還厮撞見。不着那厮巧語花言遮莫你駕雲軒平地升仙。將我這摘膽剜心手段展。須直趕到玉皇殿前。撞入那月宫裏面。我把他死羊般拖下九重天。〔下〕

〔衆云〕哥哥醉了也。俺衆人回家去來。〔下〕

〔音釋〕箬音癡　葷音昏　宅池齋切　掂店平聲　謎迷去聲　瀽音蹇　圈去聲　槖音托　衕音杭

衏音院　羶扇平聲　屯音豚　搧扇平聲　揾温去聲　剜碗平聲

第二折

〔馬丹陽上云〕貧道馬丹陽。離了仙鄉。來此終南縣甘河鎮。化一草庵居住。不勾半年。將此一方的人。都化的吃了齋素。果然這任屠殺生太衆。性如烈火。如今要殺貧道。或白晝而來。或黑夜而至。可用俺神通祕法。點化此人。俗説能化一羅刹。莫度十七斜。我教他眼前見些惡境頭。然後點化此人。這早晚敢待來也。〔正末同旦上云〕我昨日和衆兄弟每打賭賽。今日殺那先生去。我昨日吃的酒多了些。今日宿酒未醒。我索殺那先生走一遭去。〔唱〕

【正宮端正好】添酒力晚風凉。助殺氣秋雲暮。尚兀自脚趔趄醉眼模糊。他化的俺一方之地都食素。單則是俺這殺生的無緣度。

〔旦云〕你這早晚往那裏去。〔正末云〕我要殺那先生去。〔唱〕

【滚繡毬】你可也休怕怖。我心中不恍忽。常言道避着不做。〔旦云〕他是個出家人。和你往日無冤。近日無讎。你殺他怎的。〔正末云〕任大嫂。你莫不養着那先生來。〔旦云〕呸。你聽。是甚言語。〔正末唱〕你莫不和馬丹陽是綰角兒妻夫。〔旦云〕我看你到那裏怎的。〔正末唱〕我到那裏一隻手揪住繫腰。一隻手揝住道服。把那廝輕輕擡舉。滴溜撲攛下街衢。我是箇敲牛宰馬任風子。〔旦云〕你休去。帶累我也。〔正末唱〕帶累你抱姪攜男魯義姑。我言語無虛。

〔旦云〕我苦勸你。不聽我言語。〔正末唱〕

【倘秀才】你道是苦勸着不依你箇婦女。那先生壞衣飯如殺父母。自古無毒不丈夫。

〔云〕大嫂。喒那孩兒在那裏。〔旦云〕孩兒在家睡哩。〔正末唱〕則那親生子。快啼哭。你與我覷去。

〔旦云〕我好也要你家去。歹也要你家去。〔正末云〕大嫂。那先生和我往日無冤。近日無讎。我沒來由殺他怎的。那莊裏有幾個頭口兒。我則怕別的屠户趕了去。我只推殺那先生。其實趕頭口去。你家去磨下刀。燒下湯。我便趕將頭口來也。〔旦云〕哦。可知道殺人償命。欠債還錢。你這般說纔是。我如今便去燒的湯熱。磨的刀快。你早些兒來家。〔下〕〔正末云〕婆娘家性如水。我三兩句話。說的他回去了。我今去殺那先生去。可早來到也。我跳過這墻去。〔唱〕

【滾繡毬】我騙土墻騰的跳過來。轉茅檐厭的行過去。退身在背陰黑處。〔帶云〕兀的不有人來也。〔唱〕莫不是馬丹陽先有埋伏。我則見悄悄的有人言。原來是瀟瀟的風弄竹。晃的這月華明閃雲來雲去。似人行竹影扶疎。原來這害丹陽刺客心頭怕。殺劣馬賊人膽底虛。使不着膽大心麤。

〔云〕我自過去。〔做見科〕〔丹陽云〕任屠。你來了也。〔正末背云〕好奇怪。他怎生認的我。〔回云〕我來了也。〔丹陽云〕你來做甚麼。〔正末云〕我來殺你哩。〔丹陽云〕我是個出家人。與你往日無冤。近日無讎。你如何來殺我。〔正末云〕我是個屠户之家。你化的　方之地。都不吃葷腥。壞了俺屠行買賣。我因此來殺你。〔丹陽云〕你道我化的這一方之地。都不吃葷腥。壞了你這買賣。因此來殺貧道。是我攪了你買賣。也罷也罷。貧道受死。你與我快性者。〔正末云〕你有甚麼神通廣大使出來。〔丹陽云〕貧道那裏有神通。〔正末唱〕

【倘秀才】遮莫你攝伏下北極真武。便請下東華帝主。我道你敢是箇南方左道術。便有甚縮地法。混天書。我與你箇快取。

〔外扮神子仗劍上〕〔扳末科〕〔正末唱〕

【窮河西】我這裏觀絕了悠悠的五魂也無。原來這丹陽師父領着一箇護身符。他不是跨鶴來可怎生有這般翅羽。他把我當攔住。則我這潑性命向他跟前怎生過去。

〔神子殺正末科下〕〔正末云〕有殺人賊也。〔丹陽云〕任屠。你做甚麼。〔正末云〕哎喲。有殺人賊也。還我頭來。〔丹陽云〕你纔要殺我。倒問我要頭。你自摸你那頭去。〔正末云〕師父。放任屠回家去罷。〔丹陽云〕你要去自去。誰當着你哩。〔正末云〕師父。我來時一條路。如今三條路。不知往那條路去。〔丹陽云〕你來處來。去處去。休迷了正道。〔正末云〕是是是。來處來。去處去。〔做尋思科云〕父母生我。是來處來。我若死了。便是去處去。他着我休迷了正道。這先生敢教我跟他出家去。罷罷罷。稽首。任屠情願跟師父出家。〔丹陽云〕你要出家。你可是甚麼善男善女。你恰纔提短刀越墻而過。要殺我。如今可要跟我出家。你聽者。〔詩云〕將你那嬌妻幼子都休顧。便有玉海金山也不慕。一心唯想你生身何處來。我方纔指與你條大道長生路。俺這神仙則許神仙做。你那凡夫則尋凡夫去。〔正末唱〕

【叨叨令】師父道神仙則許神仙做。凡夫則尋你凡夫去。爺娘枉説爺娘苦。〔云〕則是我那魔合羅孩兒。嗨。父母恩養。尚且報不的。量他打甚麽不緊。〔唱〕**常言道兒孫自有兒孫福。**〔云〕兒女是金枷玉鎖。歡喜寃家。師父。稽首。〔唱〕**任屠却須省得也麽哥。却須省得也麽哥。告師父指與我一道長生路。**

〔丹陽云〕任屠。你堅心要出家麽。〔正末云〕情願與師父做個徒弟。〔丹陽云〕任屠。你既要出家。抛棄了你那妻子。方可出家。〔正末云〕你徒弟既要出家。量他打甚麽不緊。徒弟都捨了也。〔丹陽云〕你真個要出家。我與你十戒。一戒酒色財氣。二戒人我是非。三戒因緣好惡。四戒憂愁思慮。五戒口慈心毒。六戒吞腥啖肉。七戒常懷不足。八戒克己厚人。九戒馬劣猿顛。十戒怕死貪生。此十戒是萬罪之緣。萬惡之種。既要學道。必當戒之。將你俗衣盡都去了。身穿着道袍。腰繫着雜綵縧。每日在菜園中。修行辦道。早晨打五百桶水。日中打五百桶水。天晚打五百桶水。繳轆轤。偎隴兒。撥畦兒。打勤勞。受辛苦。口誦道德經云。道可道。非常道。名可名。非常名。〔詩云〕你那氣無强弱志爲先。努力須行莫换肩。離得這番凡境界。着你生身别上一重天。〔正末云〕師父着我早晨打五百桶水。午間打五百桶水。晚夕打五百桶水。一日一千五百桶水。量

這眼小井。却不打的乾了那。〔唱〕
【三煞】從今後栽下這五株緑柳侵門户。種下這三徑黄花近草廬。學師父伏虎降龍。跨鸞乘鳳。誰待要宰馬敲牛。殺狗屠驢。謝師父救了我這蠢蠢之物。泛泛之才。落落之徒。雖然愚魯。從小裏看過文書。
【二煞】高山流水知音許。古木蒼烟入畫圖。學列子乘風。子房歸道。陶令休官。范蠡歸湖。雖然是平日凡胎。一旦修真。無甚功夫。撇下這砧刀什物。情取那經卷藥葫蘆。
【煞尾】再誰想泥猪疥狗生涯苦。玉兔金烏死限拘。修無量樂有餘。朱頂鶴獻花鹿。唳野猿嘯風虎。雲滿窗月滿户。花滿蹊酒滿壺。風滿簾香滿爐。看讀玄元道德書。習學清虚莊列術。小小茅庵是可居。春夏秋冬總不殊。春景園林賞花木。夏日山間避炎暑。秋天籬邊玩松菊。冬雪檐前看梅竹。皓月清風爲伴侣。酒又不飲色又無。財又不貪氣不出。我准備麻繩拽轆轤。提挈荆筐擔糞土。鋤了田苗。種了菜蔬。老做莊家小做屠。〔帶云〕我兀的到這中年。做你一個徒弟。〔唱〕哎師父。我可也打的你那勤勞受的你那苦。〔下〕
〔丹陽云〕且喜任屠仙胎可在。便要出家。看他修行如何。再傳祕法。點化他成仙了道。〔詞云〕

任屠。不是我故意的磨滅經年。也只爲脩仙事全要精專。待他時有一日功成行滿。纔許你離塵世證果朝元。〔下〕

〔音釋〕剎音察　趔郎耶切　趄且去聲　忽音虎　做租去聲　揝簪上聲　攛音爨　哭音苦　厭平聲　伏房夫切　竹音主　麤與粗同　術繩朱切　轆音鹿　轤音盧　畦音奚　物音務　鹿音路　唳音利　蹊音奚　木音暮　菊音矩　出音杵

第三折

〔旦上云〕妾身任屠渾家是也。自從那日任屠吃了幾杯酒。被他衆人攛掇着打賭賽。殺那先生去了。至今不見來家。則怕他落在人彀中。又聽的説他出了家。我如今鎖了門。抱着孩兒去小叔叔家問一聲。早來到也。小叔叔開門來。〔小叔上云〕誰叫門哩。我開開這門。呀。嫂嫂。你那裏去來。〔旦云〕小叔叔。自從你哥哥任屠。殺那先生去了。至今不見回來。〔小叔云〕俺哥哥往那裏去了。〔旦云〕聽的説道。跟着那先生出家去了。我如今抱着孩兒。不問那裏。尋將他去。〔小叔云〕我和嫂嫂尋俺哥哥去來。〔同下〕〔丹陽上云〕貧道馬丹陽。自從任屠跟我出家。可早數日光景了。今日任屠的魔頭至也。我且看他如何發付那。〔正末挑荆筐上云〕道可道。非常道。名可名。非常名。〔做放下擔子科云〕自從跟着師父出家。打水澆畦。口裏念道可道。非常道。名可名。非常名。脱離了酒色財氣。人我是非。倒大來好幽哉快活也呵。〔唱〕

【中吕粉蝶兒】每日在園内修持。栽排下久長活計。若不是我参透玄機。則這利名場。風波海。虚躭了一世。喫的是淡飯黄虀。淡則淡淡中有味。

【醉春風】石鼎内烹茶芽。瓦缾中添净水。聽得一聲雞叫五更初。我又索起。起。識破這眨眼流光。迅指急景。轉頭浮世。

〔小叔同旦上云〕嫂嫂。敢在這個菜園兒裏。〔旦做見正末科云〕兀的不是任屠。好也。你怎生這般模樣。〔正末云〕稽首。你尋我做甚麽。〔唱〕

【紅繡鞋】我自撇下酒色財氣。誰曾離茶藥琴棋。〔旦云〕你在這裏。做甚麽營生。〔正末唱〕聽杜鵑一聲聲叫道不如歸。〔旦云〕你莫不游閬苑瑶池來。〔正末唱〕也不曾游閬苑。又不曾赴瑶池。〔旦云〕你可在那裏。〔正末唱〕止不過在終南山色裏。

〔小叔云〕哥哥。你想起甚麽來。真個在這裏。〔旦云〕任屠。你在這裏做甚麽。喒家去來。〔正末云〕大嫂。我如今不比往日了。〔唱〕

【石榴花】每日把轆轤繩直繳到衆星稀。我可甚愛月夜眠遲。則我這春裏夏裏秋裏冬裏受驅馳。〔旦云〕你可休後悔。〔正末唱〕更怕甚後悔。又無人把我央及。〔旦云〕早是我哩。若是别人家婦人呵。怎了。〔正末唱〕哎。你箇婆娘婦女誇强會。直尋到這搭兒田地。想當日范杞良築在長城内。乾迤逗的箇姜女送寒衣。

【鬭鵪鶉】又不比那萬水千山。〔旦云〕我從來三從四德。〔正末云〕着別人説波。〔唱〕賣弄他三從四德。〔旦云〕任屠。你撇下嬌妻幼子。家緣家計。跟着那先生出家。幾時能勾做神仙。我好也要你去。歹也要你去。〔正末云〕這婆娘好是無禮也。你不家去。我敢打你。〔唱〕我這裏便揚起我這拳頭。〔旦挨正末科云〕你打你打。可又不敢打我。〔正末唱〕他那揣與我箇面皮。〔帶云〕稽首。〔唱〕常言道今世饒人不算癡。喒兩箇元是善知識。〔旦云〕任屠。喒家去來。〔正末唱〕世來到林下山間。再休想星前月底。

〔旦云〕任屠。可不道夫唱婦隨。夫榮妻貴哩。〔正末唱〕

【上小樓】你道是夫唱婦隨。夫榮妻貴。我從那早起晚息。撅菜挑葱。打水澆畦。〔旦云〕你若不家去。我就在這裏覓個死處。〔正末唱〕你待要向這裏。撒滯殢。尋個自縊。〔帶云〕不中。〔唱〕赤緊的菜園中攧葱般人脆。

〔旦云〕我和你一同家去來。〔小叔云〕哥哥。依着嫂嫂。我每家去來。〔正末唱〕

【幺篇】往常時你勸我。今日箇我勸你。那時昧己瞞心。劈兩分星。細切薄批。〔小叔云〕自從哥哥來了。俺這買賣都折了本也。〔正末唱〕你道是這幾日。做屠的。傷折了本利。〔帶云〕兄弟。喒宰一個牲口兒。與他個快性者。要往人口裏過度的茶飯。打當的乾净。可不道個謹行儉用。十年不富。天之命也。任屠也。你出了家也。〔唱〕你管他甚麽猪肥羊貴。

〔旦云〕你在家裏。則是宰的幾個牲口兒。誰敢勞動着你挑着這等重擔子。受這等苦楚。〔正末唱〕

【滿庭芳】這擔兒便輕如您的。你道我擔荆筐受苦。比你那擔火院便宜。〔帶云〕擔着這的呵。〔唱〕止不過兩頭來往一般興廢。不强似你躭是躭非。〔旦云〕你敢待學張子房從赤松子脩仙學道那。〔正末唱〕我雖不似張子房休官棄職。我待學陶淵明歸去來兮。喒兩箇都休罷。我和你便今番斷離。〔旦云〕你着我那裏去那。〔正末云〕由你波。〔唱〕遮莫你做張郎婦李郎妻。

〔旦云〕你不家去呵。與我個倒斷。你休了我者。〔小叔云〕説的是。哥哥。你若休了嫂嫂。我就收了罷。〔正末云〕你要休書。等我問師父去。〔旦云〕你當初娶我時。可不曾問師父。〔小叔云〕也罷。就着師父與我做個媒人。〔正末見丹陽科云〕師父。俺渾家問你徒弟要休書。我休呵好。不休呵好。借問師父紙墨筆硯。〔丹陽云〕你媳婦問你要休書。怎麽問我要紙墨筆硯。我這紙筆是寫黄庭道德經的。怎麽與你將經紙寫休書。從那裏起你那一念。妻是你的誰。誰是你的妻。休呵在的你。不休不在你。〔正末云〕師父説。休呵便在我。不休呵不在我。罷罷罷。我知道了也。師父則是教我休了的是。〔唱〕

【普天樂】我世跳出虎狼叢。拜辭了鴛鴦會。〔云〕我要寫又無紙。〔旦云〕我這裏有手帕。〔正末唱〕這手帕中做布撚。好做鋪尺。菜園中無紙筆。將手帕鋪在田地。就着這水渠中插手在青泥内。打與你箇泥手模便當休離。喒兩箇恩斷義絶。花殘月缺。再誰戀錦帳羅幃。

〔旦扯正末云〕任屠。你好下的也。〔正末云〕你休煩惱。聽我說與你。〔唱〕

【耍孩兒】想咱人生在六合乾坤内。活到七十歲有幾。人身幻化比芳菲。人愁老花怕春歸。人貧人富無多限。花落花開有幾日。則是這三寸元陽氣。貫串着凡胎濁骨。使作着肉眼愚眉。

【二煞】一來我女色再不貪。二來香醪再不吃。堆金積玉成何濟。人生一世心都愛。誰爲三般事不迷。世跳出紅塵内。我則尋泛游槎天浪。下爛斧柯仙棋。

【三煞】我則要仙鶴出入隨。誰戀你香腮左右偎。你那繡衾不如我這粗紬被。我閒彈夜月琴三弄。誰待細看春風玉一圍。咱兩箇分連理。你愛的是百年姻眷。我怕的是六道輪迴。

〔旦云〕任屠。你好下的也。〔正末云〕你回去了罷。〔唱〕

【四煞】我則見匆匆月出東。厭厭日落西。秋鴻春燕相催逼。〔小叔云〕哥哥。你看這花朵兒渾家。怎生割捨的出了家。〔正末唱〕玉天仙妻兒你是你。〔旦云〕任屠。你看這孩兒。〔正末唱〕將來魔合羅孩兒。〔做摔科〕知他誰是誰。〔旦哭云〕任屠。你怎麼把孩兒摔殺了。〔正末唱〕我見他揾不住腮邊淚。休想他水泡般性命。顧不的你花朵似容儀。

〔旦云〕你休了我罷。怎生把孩兒摔死了。我兒也。〔正末唱〕

【五煞】由你待叫吖吖叫到明。哭啼啼哭到黑。打悲歌休想我有還俗意。〔旦云〕任屠。喒家去罷。〔正末唱〕哎。你箇綠豆皮兒姐姐疾忙退。〔小叔云〕哥哥。跟俺嫂嫂家去罷。〔正末唱〕哎。你箇無梁桶的哥哥枉了提。休則管閒淘氣。絮的你口困。休想我心回。

【煞尾】由你死共死活共活。我二則二一則一。我休了嬌妻摔殺幼子。你便是我親兄弟。跳出俺那七代先靈將我來勸不得。〔下〕

〔旦云〕小叔叔。任屠不肯回家去。把孩兒又摔殺了。可怎生了也。〔小叔云〕真個苦惱。你不還俗便罷。又將孩兒摔死了。這般下的。嫂嫂。你如今真個不好過日子。不如跟着我一同回去住罷。〔同下〕〔丹陽云〕此人省悟了。菜園中摔死了幼子。休棄了嬌妻。功行將至。再教他見妻子惡姻緣。然後引度他歸于正道。未爲遲也。〔下〕

〔音釋〕躭音擔　迅音信　閬音浪　繳音皎　及更移切　迤音移　逗音豆　德當美切　識傷以切　撅與掘同　殢音膩　縊音記　攛疽且切　日人智切　的音底　職張恥切　撚尼蹇切　尺音恥　筆邦每切　幻音患　串川去聲　喫音恥　逼音彼　摔音洒　泡音砲　黑亨美切　一銀計切　得當美切

第四折

〔正末上云〕自從跟着師父出家。在這菜園裏打勤勞。脩行辦道。可早十年光景也。〔唱〕

【雙調新水令】我雖不曾倒騎鶴背上青霄。今日箇任風子積功成道。編四圍竹寨籬。蓋一座草團瓢。近着這野水溪橋。再不聽紅塵中是非鬧。

【駐馬聽】散誕逍遥。雖不曾閬苑仙家採瑞草。又無甚憂愁煩惱。海山銀闕赴蟠桃。新種下黄花三徑有誰澆。白雲滿地無人掃。人道我歸去早。春花秋月何時了。

〔六賊上云〕奉師父法旨。魔障任屠。走一遭去。可早來到也。任屠。開門來。〔正末唱〕

【川撥棹】那裏這般有賊盜。菴門前誰閙吵。俺這裏松柏週遭。山川圍着。疎竹瀟瀟。落葉飄飄。有人來到。言語低高。則道是鶴鳴九皋。開開門覷覰了。山菴中静悄悄。

〔六賊云〕任屠。我問你要些金珠財寶。〔正末云〕俺出家人。那裏得金珠財寶。〔六賊云〕兀的不是。〔正末云〕敢是俺師父的。你要將去。〔六賊云〕我問你要那猿。〔正末云〕俺出家人那裏得那猿來。〔六賊云〕兀的不是。〔正末云〕敢是俺師父的。你要將去。〔六賊云〕我問你要那馬。〔正末云〕我出家人那裏得那馬來。〔六賊云〕兀的不是。〔正末云〕敢是俺師父的。你要將去。〔唱〕

【雁兒落】我只道人不知鬼不覺。却元來你空叫咱空鬧。〔帶云〕金珠財寶。都將的去。師父來問。我說些甚麽。哥哥。你姓甚名誰。〔六賊云〕我名可名。無姓名。〔正末唱〕你道是名可名無姓名。〔帶云〕俺出家的東西。你將的去。〔唱〕可正是道可道非常道。

〔六賊云〕任屠。你怎生罵我。〔做揪住科〕〔正末唱〕

【得勝令】呀。走將來揪住呂公絛。〔六賊推倒正末科〕〔正末唱〕哎喲。險跌破許由瓢。鶴泣霜天表。猿啼夜月高。他將那駿馬牽着。〔帶云〕那馬嘶喊咆哮。回頭有顧主之心。〔唱〕可正是馬有垂韁報。〔帶云〕稽首。〔唱〕把性命相饒。怎生教人無刎頸交。

〔六賊下〕〔倈兒上云〕自家是任屠的孩兒。十年前在菜園中摔殺了。我如今問他索命。走一遭去。任屠。開門來。〔正末云〕又是誰叫門。我開開這門。小哥哥做甚麽。〔倈云〕我問你要件東西。〔正末云〕你要甚麽那。〔倈云〕我要你那絛兒。〔正末云〕你將的去了。我可繫甚麽那。〔倈云〕你不與我。我就殺了你。〔正末云〕你要將的去。〔倈云〕我再問你要件東西。〔正末云〕你又要甚麽那。〔倈云〕我要你那領袍。〔正末云〕你將的去了。我可穿甚麽那。〔倈云〕你不與我。我就殺了你。〔正末云〕你要呵將的去。〔倈云〕我再問你要件東西。〔正末云〕你又要甚麽那。〔倈云〕我問你要那顆頭。〔正末云〕哥哥也。連着筋哩。哥哥也。我和你有甚麽讎。〔倈云〕你記的十年前菜園中摔死了我。今日償我命來。快將頭來。〔正末唱〕

【川撥棹】諕的我五魂消。怎隄防笑裏刀。他待顯耀雄豪。亂下風颮。天也我幾時能勾金蟬脱殼。可不道家有老敬老有小敬小。

〔倈云〕將頭來。〔正末唱〕

【七弟兄】我這裏勸着。道着。他不睬分毫。別人的首級他强要。他小心兒不肯自量度。可不道君子不奪人之好。

〔倈云〕將頭來。〔正末唱〕

【梅花酒】你敢忍不的也我敢顯躁暴。我敢揝住你那頭梢。我敢爛膌膌打碎你腦。我敢各支支搊折你腰。〔倈云〕你搊波。〔正末云〕稽首。〔唱〕師父道且忍着。我又不曾宴蟠桃。又不曾煉丹藥。不死呵幾時了。

【收江南】呀。我則索咬着牙又喫你這殺人刀。〔倈殺正末科〕〔下〕〔正末云〕有殺人賊也。〔丹陽上云〕任屠。你省也麼。〔正末唱〕原來是馬丹陽使的這圈套。險把箇潑殘生傾在小兒曹。師父又撞着我則索終朝每日打勤勞。

〔丹陽云〕任屠。你見了麼。那六個人是你身邊六賊。那小孩兒是你菜園中摔死的小的。今日見了酒色財氣。人我是非。你今日功成行滿。你聽者。〔詩云〕爲你有終始。救你無生死。貧道馬丹陽。三度任風子。〔衆仙各執樂器迎科〕〔正末唱〕

【尾】衆神仙都來到。把任屠攝赴蓬萊島。今日箇得道成仙。到大來無是無非快活到老。

〔音釋〕着池齋切　覺音皎　咆音袍　哮音梟　刎文上聲　颮音袍　殼音巧　度多勞切　揝簪上聲　臢音簪　藥音耀

題目　甘河鎮一地斷葷腥

正名　馬丹陽三度任風子

薩真人夜斷碧桃花雜劇

楔子

〔冲末扮張珪同老旦夫人引浄張千上云〕小官姓張名珪。字庭玉。東京人氏。叨中進士。除授廣東潮陽縣縣丞。嫡親的三口兒家屬。夫人趙氏。孩兒張道南。此子廣覽經書。精通文史。衆人皆許他卿相之器。此吾家積德所致也。俺此處知縣徐端。也是東京人氏。他有一女。小名碧桃。曾許俺孩兒爲妻。至今不曾婚聘。夫人。明日是三月十五日。我待請親家來慶賞牡丹。你意下如何。〔夫人云〕相公。你主的是。〔張珪云〕既然如此。張千。你請徐親家去。只等許允。早來回話。〔張千云〕理會的。〔下〕〔張珪云〕張千去了。夫人。俺和你須索躬親治具。休得簡慢者。〔詩云〕同官異地惜春殘。治酒相邀賞牡丹。何必沉香亭子比。更教傾國倚闌干。〔下〕〔外扮徐端同貼旦夫人引丑李萬上〕〔詩云〕一作潮陽令。俄驚數載過。大都秋雁少。只是夜猿多。僻地逢迎簡。南天瘴厲和。聖恩饒雨露。慎勿歎蹉跎。小官姓徐名端。字章甫。東京人氏。小官自幼登科。曾爲錢塘簿。今陞廣東潮陽縣知縣。嫡親的四口兒家屬。夫人李氏。生有兩個女孩兒。大的女孩兒喚作碧桃。年一十八歲。小的女孩兒喚做玉蘭。年一十五歲。有此處縣丞張珪。也是東京人氏。他有一子。喚做道南。年方二十歲。那孩兒好生聰俊。覷着他那内才外才。久已後必然發跡。一來張珪與小官同鄉。二來又是同任。以此將我大的女孩兒許了張道南爲妻。雖然定了盟約。尚未就親。今日無甚事。李萬。門首覷者。有甚麼人來。報復我知道。〔李萬云〕理會的。〔張千上云〕自家張千。奉相公的命。請徐親家去。門上的報復去。道有張親家差人下請書哩。〔李萬做報云〕報的相公得知。有張親家遣張千來下請書。在於門首。〔徐端云〕着他過來。〔張千做入科〕〔徐端云〕張千。此一來有何事。〔張千云〕小人奉相公的嚴命。時遇春景。牡丹盛開。專請相公和夫人賞翫。〔徐端云〕量俺有何德能。煩親家如此費心。夫人。我待辭了這酒。你意下如何。〔夫人云〕既然親家專意來請。如何辭的。咱和你同賞牡丹去走一遭。〔徐端云〕既是夫人要賞牡丹。便去吃酒。亦無妨礙。張千你先回去。俺與夫人隨後來也。〔張千云〕小人就去回話。〔下〕〔徐端云〕分付嬷嬷和梅香。繡房中好生服侍兩個小姐。我與夫人去賞牡丹便回來也。〔同下〕〔正旦扮碧桃領梅香上云〕妾身是徐知縣的女兒。小名碧桃。年長一十八歲。俺爹爹將我配與張縣丞的孩兒張道南爲妻。今日爹娘到俺公婆家賞牡丹去了。妹子玉蘭在繡房中做女工生活。梅香。咱後花園中散心去來。〔梅香云〕姐姐要耍去。怕相公知道。可不打梅香也。〔正旦云〕我與你略去看看便回。相公那裏知道。〔梅香云〕這等俺就去來。〔做行科云〕姐姐。你看這花園中白的是梨花。紅的是桃花。紫的是牡丹。黄的是薔薇。好賞心也。〔副末扮張道南引凈興兒上云〕小生姓張名道南。俺爹爹現爲此處縣丞。今日衙内因賞牡丹。酒筵中賓客笑樂。不期籠内走了白鸚鵡。遠遠的望見飛過這花園中去了。興兒。快隨俺跟尋去來。〔做跳墻科興兒云〕相公。那鸚鵡知他在那裏。

休大驚小怪的。他若拏住俺呵。則説是賊。不要打出我屁來。〔正旦云〕梅香。你看那薔薇架邊。不有人來也。〔梅香云〕姐姐。你敢是眼花。這是風弄的花影動。那裏得人來。〔做見張科云〕呀。真個有人。兀的兩個男子。你是什麽人。白日裏跳過墻。來俺花園中。待做賊那。〔興兒云〕咱家不是賊。只做的兩遭强盜。〔梅香云〕可不是賊。〔張道南做慌科云〕小生不是歹人。是隔壁縣丞衙裏的舍人張道南。因家中翫賞牡丹。不期籠内走了白鸚鵡。看見飛在花園中。因見這角門兒關着。不能得入。以此跳過墻來。委實不是歹人。只望饒過俺咱。〔梅香云〕你説是張縣丞的舍人。知他是也不是。我索和姐姐説去。姐姐。真個有兩個人跳過墻來。不知是什麽人。我報的姐姐知道。〔正旦云〕梅香。你且唤他過來。待我問他。〔梅香云〕姐姐着你過來。〔張道南做見科〕〔正旦云〕兀那君子。你是那裏人氏。姓甚名誰。爲什麽到這花園中。你從實的説來。〔張道南云〕小生姓張名道南。俺父親現爲此處縣丞。今日因家中翫賞牡丹。不期籠中走了白鸚鵡。飛到這花園裏面。小生一時間不是了。錯跳過墻來。不知那壁小姐。誰氏之家。望饒過小生之罪。放我出去罷。〔正旦做低頭科云〕妾身是徐知縣的女孩兒。小名碧桃。俺父親往俺公婆家賞牡丹去了。妾身偶因悶倦。同梅香在這花園中散心咱。〔張道南云〕原來是碧桃小姐。曾許小生爲妻。誰想今日能勾相見。豈非天假其便也。〔做施禮科〕〔正旦唱〕

【仙吕賞花時】我擎着箇笑臉兒將他厮問候。〔張道南云〕小生陪侍小姐同看花咱。〔正旦唱〕**他陪着箇小意兒和咱相趁逐。**〔徐端同夫人上云〕恰纔賞牡丹花回繡房中。怎不見大女孩兒。

敢是同梅香在後園中看花去了。夫人。俺兩個看女孩兒去來。〔正旦唱〕**却被這鶯聲喚猛回頭。**〔徐端云〕叫梅香。〔張道南與兒驚云〕兀的是有人來也。我與你快走。〔同下〕〔正旦唱〕**呀。不隄防雙親在背後。我可也怎遮得這場羞。**

〔徐端做喝科云〕喂。你這小賤人。做的好勾當也。〔正旦梅香跪科〕〔徐端云〕兀那辱門敗户的小賤人。你是好人家女孩兒。怎生做這等禽獸的勾當。我待打你來。恐傷了父子情腸。兀的不氣殺我也。〔夫人云〕碧桃。我擡舉的你成人長大。不去習女工針指。剗的做出這等勾當來。我看你怎生見人。呸。兀的不羞殺老身也。〔正旦唱〕

【幺篇】他那裏惱亂春風卒未休。〔梅香云〕姐姐。這場事怎生結果也。〔正旦唱〕**則着我獨立花前黯自愁。淚不住點兒流。**〔做背科唱〕**他須是我天緣配偶。常言道女大不中留。**〔同梅香下〕

〔徐端云〕夫人。不想有如此之事。兀的不氣殺老夫也。〔夫人云〕老相公且息怒。只是老身平日欠教訓之過。〔梅香做慌上科云〕不想姐姐被老相公埋怨了幾句。到卧房内一口氣死了。如何是好。須索報復老相公知道。〔見科〕〔徐端云〕梅香。你慌張做甚麼。〔梅香云〕恰纔小姐被老相公埋怨了幾句。向卧房内一口氣就氣死了。特來報與相公知道。〔徐端驚科云〕是真個。〔做悲科云〕我的兒阿。〔夫人云〕事既如此。只索一面報與親家知道。則説是個急病證死了。一面就在此花園中。揀一塊田地。將孩兒屍首埋葬了。省得出醜。兒也。則被你痛殺我也。〔同下〕

〔音釋〕相去聲　教平聲　過平聲　長音掌　逐直由切　當去聲　卒粗上聲　黯衣減切

第一折

〔張道南同興兒上詩云〕獨對丹墀日尚中。君恩賜出錦袍紅。世人不識文章力。只說家門積善功。小官張道南是也。俺父親曾爲潮陽縣縣丞。三年任滿回來。東京閒住。小官應舉。幸得狀元及第。除授潮陽知縣。現今官衙安下。一壁廂去取父親母親。未曾來到。止有興兒服侍。天色已晚。我與衆衙官飲了幾杯酒。心中則是悶倦。不免乘着月色。向花園中和興兒閒散心咱。〔興兒云〕相公。這後園儘也齊整。〔張道南云〕興兒。你覷波。夜静更深。風清月朗。古詩有云。花有清香月有陰。此景是也。但可惜春光將暮。衆花都已零落。剛那海棠軒側畔土堆兒上。一樹碧桃正開。興兒。你隨俺去看咱。〔興兒做看科云〕相公。興兒想起來。還記的那時走了白鸚鵡。相公與興兒來尋。跳過花園來。和那徐知縣的小姐相見。誰想今日與相公又到花園裏閒翫。不知相公心兒裏。可也還念那小姐麼。〔張道南云〕興兒。你不題起來。我也忘了。記的那時在花園裏共那小姐相會。不久便病死了。正是人面不知何處去。桃花依舊笑春風。徒增一番傷感而已。夜深了。且回去罷。興兒。你將這碧桃揀那開得盛的折一枝來。膽瓶裏插着。等我看咱。〔興兒云〕理會的。〔做折花科〕〔張道南云〕同我到書房中去。興兒。將琴來。待我彈一曲釋悶者。〔興兒做取琴科云〕琴在此。請相公自彈。興兒睡去也。〔下〕〔張道南做彈琴科〕〔正旦上云〕這裏也無人。我本是徐碧桃。不幸辭世。爲陽壽未盡。一靈真性不散。聽知張道南得了官。在此宅中居住。今夜書房撫琴。不免假做鄰家之女。聽琴走一遭去也呵。〔唱〕

【仙呂點絳脣】則我這杏臉藏春。柳眉標恨。縈方寸。無奈東君。花落春將盡。

【混江龍】消不的一天愁悶。清明時節雨紛紛。慵施粉黛。倦點硃脣。恰便似薄命昭君青塚恨。少年倩女綠窗魂。這其間可正是我愁時分。則見那巢空翡翠。塚臥麒麟。

【油葫蘆】爲甚麽我一上青山便化身。端的愁殺人。常只是安排腸斷又黄昏。害了個懨漸漸的鬼病兒積攢下重重疊疊恨。做了箇虛飄飄的惡夢兒捱不出凄凄凉凉運。一會家急急煎煎腹内焦。一會家尋尋思思心内忍。閃的我悲悲切切孤兒寡女無投奔。因此上凄凄慘慘無語暗消魂。

【天下樂】可憐見夢裏形容病裏身。則今春。憔悴損。比着這花枝更添瘦幾分。也無心對鏡鸞。也無心整鬢雲。我只怕韶光也妬人。

【那吒令】趁碧桃樹兒映纖纖月痕。繞蒼苔逕兒步微微露痕。濕香羅袖兒揾行行淚痕。這其間夜正深。更將盡。〔做聽科唱〕那琴聲却在何處相聞。

〔張道南云〕正是春色惱人眠不得。你看那月移花影上闌干。小官且出書房外看那月色咱。〔做開門正旦做避科唱〕

【鵲踏枝】俺只待看是何人。他那裏呀的開門。〔張道南做見科云〕花陰下好一個女子也。看他那雲鬟霧鬢。杏臉桃腮。柳眉星眼。不由咱不動心也。俺試問他咱。那壁小娘子。誰氏之家。黄夜到此何故。〔正旦唱〕哎。你箇題詩的相如。休問我聽琴的文君。〔張道南云〕小生只爲春色困人。閒觀月色。不期遇着小娘子。〔正旦唱〕元來是惱春色孤眠不穩。早難道爲賤妾斷夢勞魂。

〔張道南云〕敢問小娘子誰氏之家。何方居住。因甚到此。〔正旦云〕妾身乃鄰家之女。因月明人静。來此花園中聽琴來。〔張道南做掛科云〕早知小娘子前來。只合遠接。接待不着。勿令見罪。

〔正旦唱〕

【寄生草】他把那寒温叙。禮數勤。〔張道南云〕此一會小官三生有幸也。〔正旦唱〕則見他曲躬躬笑把言詞問。好着我羞答答忙把身軀褪。我只索悄冥冥俞把容顔認。〔云〕敢問相公高姓。〔張道南云〕小生姓張。雙名道南。〔正旦唱〕可正是月明千里故人來。慚愧你東風一夜傳芳訊。

〔云〕相公因何到此。〔張道南云〕小官現在此縣爲理。幸得與小娘子相會。小官有句話可敢説麽。〔正旦云〕相公試説咱。〔張道南云〕小官獨居旅邸。若小娘子不嫌。就書院中略叙片時何如。〔正旦云〕既然相公有留戀之心。妾身同到書房中與相公共話咱。〔張道南云〕小娘子請坐。看了這女

子美貌端莊。豈不是天生就的。不由我不動情。敢問小娘子家住何處。〔正旦唱〕

【醉中天】妾身抱天地無窮恨。蒙雨露有深恩。〔張道南云〕住處有甚鄰舍。〔正旦唱〕常則和野草閒花作比鄰。〔張道南云〕小娘子家有多遠。〔正旦唱〕俺住處路接天台近。〔張道南云〕你那裏還有何人。〔正旦唱〕俺那裏有的是秦人晉人。你可也休將咱盤問。則管裏絮叨叨拔樹尋根。

〔張道南云〕難得小娘子到此。小生有句話兒。只是不好啓齒。〔正旦云〕有何言語。相公但說不妨。〔張道南云〕小官未曾婚娶。小娘子又守空房。喒兩個成合一處。可也好麼。〔正旦唱〕

【金盞兒】他將我斯温存。我將他索慇懃。口兒未說早心兒順。俺兩箇正是那不因親者强來親。〔張道南云〕趁此月色。共飲幾杯。豈不美乎。〔正旦唱〕你待要花前同酌酒。燈下細論文。〔張道南云〕如此好天良夜。只合早成就了洞房花燭。有甚心情還論文哩。〔正旦唱〕你則待風清明月夜。成就了花燭洞房春。

〔云〕相公。賤妾千金之體。一旦委之足下。只願你他日休負了人者。〔張道南云〕小娘子放心。我若負了心呵。天不蓋。地不載。日月不照臨。我着你穩取五花官誥。駟馬香車。永爲秦晉之匹也。〔正旦云〕妾身與相公成此親事。或詩或詞。求一首珠玉。以爲後會張本。〔張道南云〕只是小官學問短淺。焉敢在小娘子跟前賣弄手作。〔正旦云〕願求珠玉。〔張道南做寫科〕〔詞云〕縞衣仙子來何處。咫尺近桃源路。説是武陵溪畔住。玉纖微露。金蓮穩步。只恐鶯花妬。邂逅劉郎垂一顧。何事匆匆便歸去。臨别叮嚀頻囑付。柳亭花館。月窗雲户。休把春辜負。右調寄青玉案。張道南作。〔正旦云〕相公是好高才也。〔張道南云〕蕪詞拙筆。徒汙仙眼耳。〔正旦唱〕

【後庭花】寫的來銀鈎般字字真。珠璣般句句新。端的是筆落驚風雨。詩成泣鬼神。不是我意相親。聽了這一篇談論。他能書如王右軍。能文似揚子雲。現如今擁雙鳧做宰臣。許下我五花誥爲縣君。

〔正旦云〕相公。妾身收下這詞。永爲家寶。〔張道南云〕量小生之詞。有何才能。蒙小娘子如此珍重。〔正旦唱〕

【柳葉兒】則要的言而有信。不索你謊鬼瞞神。端的個十分才更有十分俊。休使我心兒困。常將這脚兒勤。喒兩個拚則在夢兒中暮雨朝雲。

〔云〕相公。天色將明了也。妾身則索回去。明日晚間。再來相會。〔張道南云〕小官明夜晚間。專等待小娘子。是必早些兒來。你休要失了信也。〔正旦唱〕

【賺煞尾】從今後將紅葉不題詩。准備着青鳥先傳信。〔張道南云〕小官焉敢負小娘子。但有負心。神明鑒察。〔正旦唱〕**則要你説下言詞有准。休着我爲你個薄倖王魁告海神。**〔張道南云〕小官見小娘子千嬌百媚。早把俺那片魂靈兒勾引去了也。〔正旦唱〕**則你這俏心兒引惹了**

三魂。今日托終身。和你待燕爾新婚。〔張道南云〕此一宵歡愛。如錦鴛成對。似彩鳳成雙。豈不是一夜夫妻百夜恩。〔正旦唱〕休忘了一夜夫妻百夜恩。〔張道南云〕只願小娘子早諧連理。共效于飛。以足生平之願。〔正旦唱〕則要你日親日近。俺可便相隨相趁。〔張道南云〕小官感蒙小娘子厚情。我只願學那張敞。斷然不敢做王魁也。〔正旦唱〕哎。你箇畫眉人可休做了那負心人。〔下〕

〔張道南云〕誰想今宵遇着小娘子。看了他千般淹潤。萬種清標。知他是睡裏也。是夢裏也。〔詩云〕多情引動惜花心。此夜歡娛抵萬金。兩意相投情正美。知音端不負知音。〔下〕

〔音釋〕慵音蟲　倩千去聲　分去聲　漸音尖　重平聲　行音杭　訊音信　論平聲　諕音夏

第二折

〔徐端同夫人李萬上詩云〕人有千年譽。花無百日紅。自家不修種。反去怨天公。老夫徐端是也。只因年華漸邁。致仕閒居。如今在洛陽城外莊上居住。自從碧桃孩兒死了。又早三年光景。老夫爲無得力的兒男。心中甚是煩惱。止有次女玉蘭。今年一十八歲。未曾許配他人。去年張道南一舉成名。除授潮陽知縣。替了老夫之位。他來辭別老夫。此時心中就要將次女招他爲壻。豈知他到任月餘。躭着疾病。多應是少年的人。不禁瘴厲侵染之故。張親家與他上表辭官。蒙聖恩可憐。許他還鄉調理。待病痊之日。赴京別用。他如今到家了也。老夫本意。要親自問病去。奈其中有許多不便處。不如先遣家中嬤嬤去。一來問病。二來就題這門親事。不知夫人意下如何。〔夫人云〕老相公主的是。〔徐端云〕左右那裏。傳着我的言語。教嬤嬤去張親家宅裏。問姑夫的癥候。近日安否。二來就題這門親事。小心在意。疾去早來。〔李萬云〕理會的。〔同下〕〔張道南做病興兒扶上詩云〕碧桃花下遇嬋娟。只得郵亭一夜眠。至今怕漏春消息。鸚鵡前頭不敢言。小官張道南是也。自從與那小娘子相見之後。誰想染成一病。看看至死。俺父親替我上表辭官。乞歸調養。雖然聖恩見允。争奈與那小娘子遂相別了。如今求醫問藥。再不得個痊可。空着我丢了那小娘子。天阿。可怎生再得見那小娘子一面。小官便死也甘心了。〔興兒云〕相公。你害的是甚麽病。只怕是糞結。我請太醫來看相公的病。〔張道南云〕興兒。你休請太醫。等我歇息咱。〔正旦改扮嬤嬤上云〕老身徐知縣家中嬤嬤。奉老相公言語。着老身去張親家宅子裏。探望姑夫的病證如何。二來就題玉蘭小姐這門親事。須索走一遭去也呵。〔唱〕

【中吕粉蝶兒】則他這暮景相催。嘆桑榆半竿紅日。恨無情兔走烏飛。被鶯花。閒魔障。他可都笑人顛頷。到如今翠減雙眉。羞見這鬢邊霜將鏡鸞懶對。

【醉春風】我這裏嘆世事若浮雲。想光陰如逝水。常則在大人家服侍了許多年。端的是喜。喜。赤緊的小姐謙和。相公寬厚。更遇着夫人賢慧。

〔嬤嬤云〕可早來到也。興兒。你報復去。説徐親家差嬤嬤來問安哩。〔興兒報科云〕相公。有徐家嬷嬷。在于門首。〔張道南云〕快請進。〔見科〕〔嬷嬷云〕相公。老身奉老相公言語。本待自來問候。恐怕相公病體。迎接不便。徑着老身來探近日病體如何。〔張道南云〕我害的病。不陰不陽。發寒發熱。不知是甚麽癥候。〔嬷嬷唱〕

【紅繡鞋】我見他黄甘甘容顔憔悴。更那堪骨體尫羸。只你這秀才每花酒病最難醫。〔張道南云〕我這疾病。只有添没有減的日子。〔嬷嬷唱〕一會家覺精細。一會家又覺昏迷。害的你病懨懨無些箇氣力。〔張道南云〕嬷嬷。我這病越害的沉重了也。〔嬷嬷云〕相公。我猜着你這病癥呵。〔唱〕

【普天樂】你莫不是斷王事費精神。〔張道南云〕不是。〔嬷嬷唱〕莫不是因茶飯傷脾胃。〔張道南云〕也不是。〔嬷嬷唱〕莫不是風寒感冒。因病成疾。〔張道南云〕也不是。〔嬷嬷唱〕莫不是文章上苦用心。〔張道南云〕也不是。〔嬷嬷唱〕莫不是鞍馬上多勞力。〔張道南云〕這都不是。〔做嘆氣科〕〔嬷嬷唱〕哎。他那裏無語無言只是長吁氣。多敢怕等閒間泄漏了天機。他又不肯明明的説破。則這般懨懨的瘦損。好教我暗暗的猜疑。〔云〕相公。着興兒請太醫來。用些藥可也好麽。〔張道南云〕我待不依來。又怕辜負了相公這場好意。也罷。興兒。你就去請個太醫來。〔興兒云〕理會的。我出的這門來。太醫在家麽。〔凈扮太醫上詩云〕我做太醫手段高。難經脈訣盡曾學。整整十年中間。醫不得一個病人好。拚則兵馬司中去坐牢。自家賽盧醫的便是。待我看來。那喚我的是那個。〔興兒云〕我家相公不快。特來請你。〔太醫云〕這等。喒和你就去。〔做見科云〕請問相公。害的是甚麼病。〔嬷嬷云〕太醫。你用心看咱。〔太醫云〕嬷嬷你放心。小人三代行醫。醫書脈訣。無不通曉。包的你手到病除。我的聲名。傳於四海。誰人及的。我叫做賽盧醫。我不會説謊。〔嬷嬷唱〕

【石榴花】他口誇大語説是賽盧醫。賣弄那聲價有誰及。醫方脈訣幼曾習。〔浄做看脈科〕〔嬷嬷唱〕這病呵是風寒暑濕。饑飽勞役。〔云〕太醫你下甚麽藥。〔太醫云〕我下服建中湯。減了附子。加上官桂。就着他疾病痊可也。〔嬷嬷唱〕你用着建中湯去附子。加官桂必然見功效神奇。〔太醫云〕這寸關尺三指脈微沉細。常是寒熱往來。則怕這病候有些差遲。休説我醫生不會看脈。〔嬷嬷唱〕怎又道寸關尺三部脈都沉細。還只怕這病候有差遲。

〔張道南云〕這太醫胡説。錯看了脈。我害的病。則是風月二字起的。〔嬷嬷唱〕

【鬭鵪鶉】元來是風月上留情。全不是寒熱間害疾。你則待送雨行雲。那些兒於家爲國。常言道心病從來無藥醫。這等乾相思不似你。空則想夢裏佳人。做了箇色中餓鬼。

〔張道南云〕嬷嬷。着這太醫回去罷。〔太醫云〕你要我回去。可拏出藥錢來送我。〔興兒云〕相公不曾吃你一片藥。有什麽藥錢送你。〔太醫云〕你没的藥錢。我就死在你這裏。〔做死科〕〔興兒云〕你死。我就呼狗來咬你。〔太醫做起科云〕這等你請相公吃我的藥。倒着相公死了罷。〔下〕〔嬷嬷背云〕我將他心上事題一題。看他說甚麽。相公。你可喜也。〔張道南云〕有甚麽喜。你說。〔嬷嬷云〕相公。你害的病。既是風月的癥候。我與你做箇媒人。你心下如何。〔張道南云〕嬷嬷。你與我做媒。是誰家的姐姐。〔嬷嬷云〕他不是别人家的。是俺老相公小姐。小字玉蘭。生的千嬌百媚。與相公做夫人。續了舊日這門姻眷如何。〔張道南云〕那玉蘭比着他家碧桃姐姐。還生得好麽。〔嬷嬷唱〕

【上小樓】那小姐十分整齊。千般嬌媚。他生的纖纖玉笋。小小銀鈎。淡淡蛾眉。〔張道南云〕他有見識麽。〔嬷嬷唱〕他可便有見識。〔張道南云〕他有福氣麽。〔嬷嬷唱〕他可便有福氣。堪爲匹配。〔張道南云〕他來我家。便是夫人也。〔嬷嬷唱〕也不辱没了五花誥縣君名位。

〔張道南云〕雖然如此。則不如那小娘子這世罷了。〔嬷嬷唱〕

【幺篇】怎麽的問着呵越不應。道着呵越不理。〔帶云〕我如今猜着了也。〔張道南云〕你猜着甚麽。〔嬷嬷唱〕你戀着雨愛雲歡。海誓山盟。月約星期。他那裏惱一會。歎一會。不知何意。我便是女楊修難猜啞謎。

〔張道南做歎科云〕只怕我這個病人。你家老相公未必就許此親事。〔嬷嬷唱〕

【滿庭芳】待招你箇先生做女壻。他早是一言既出。你可休心下疑惑。〔張道南云〕他也識字麽。〔嬷嬷唱〕那小姐詩書上索是攻習。〔張道南云〕可伶俐麽。〔嬷嬷唱〕那小姐忒温柔忒俊雅忒伶俐。〔張道南云〕他伶俐殺也比不的孟光麽。〔嬷嬷唱〕他比孟德耀還多豔質。則你這張京兆怎畫蛾眉。真個是天緣對。你可便將息貴體。管教你運至遇良醫。〔云〕相公。這親事成的成不的。回我一句話兒波。〔張道南云〕我本待不要他來。則管裏纏。我且一時間應承了罷。向後却做商量。嬷嬷。煩你多多拜上太山。則説小官願隨鞭鐙便了。〔嬷嬷云〕且喜這門親事道定了也。我回老相公的話去來。〔唱〕

【煞尾】向你箇相公行且告别。〔張道南云〕嬷嬷。你這般慣做媒那。〔嬷嬷唱〕休道是我慣做媒。我説的這事和諧費了多少元陽氣。則索先報與夫人相公喜。〔下〕

〔張道南云〕嬷嬷去了也。興兒。你扶我向卧房内歇息去。〔詩云〕非是區區懶就親。心中白有上心人。有緣若得重相見。須比靈丹勝幾分。〔興兒扶下〕

〔音釋〕應平聲　禁平聲　調平聲　看平聲　日人智切　顦音樵　顇音翠　尪音汪　羸音雷　力音利　斷端去聲　疾精妻切　學池燒切　及更移切　習星西切　濕傷以切　役銀計切　國音鬼　識傷以切　謎音袂　惑音回　質張恥切

第三折

〔張珪引張千上云〕老夫張珪的便是。自爲潮陽縣丞。三年任滿。回東京閒住。孩兒張道南。一舉狀元及第。也在潮陽爲縣。不料孩兒染病在身。醫藥無效。老夫想來。必有邪魔外道迷着。不得痊可。此處離城三十里丹霞山。有一道者。乃是薩真人。行五雷正法。好生靈應。老夫今日寫下投詞。請那先生來看孩兒。這早晚敢待來也。〔外扮薩真人引弟子上云〕貧道薩守堅。汾州西河人也。貧道幼年學醫。因用藥誤殺人多。棄醫學道。雲遊方外。參訪名山洞天。后到西蜀峽口。遇一道人。乃虛靖天師。覰貧道有仙風道骨。傳授呪棗之術。及神霄青符。五雷祕法。貧道又到龍虎山參籙奏名。誓欲剿除天下妖邪鬼怪。救度一切衆生。遍遊荊襄江淮閩廣等處。今日貧道雲遊到洛陽城外丹霞山中紫府道院。修行辦道。昨日有一鄉官張縣丞。投詞壇下。爲他孩兒張道南。染病不安。醫藥無效。恐有邪魔鬼怪纏擾。敬請貧道下山。救度此人。貧道念上帝好生之德。如何不救。今日來到他家。兀那門上人報復去。道有貧道來了也。〔張千報科云〕報的老爺得知。薩真人到於門首。〔張珪云〕道有請。〔張千云〕請進。〔真人做見科〕〔張珪云〕真人。今有小官的孩兒張道南。染其病癥。未得痊可。請真人來看一看。是何神鬼。〔真人云〕貧道試看咱。老相公。這病是一個陰鬼纏擾做下的。待貧道設一壇場。剿除此鬼。相公意下如何。〔張珪云〕多謝了真人。〔真人云〕貧道登壇之後。不便瞻顧。暫請老相公迴避。〔張珪云〕真人請自穩便。〔下〕〔真人云〕道童將道服劍來。〔道童遞科〕〔真人云〕道香一炷。法鼓三鼕。十方肅静。萬神仰德。恭焚道香。無爲清净。自然香超三界。香滿瓊樓玉境。遍週天法界。虔誠恭請。叩齒焚香。請三天使者。五老神兵。啣符背劍在雲間。跨虎乘鸞來月下。今因信士張珪之子張道南染病。服藥不效。

今日香燈花果列壇前。法遣神兵排左右。吾奉太上老君急急如律令。攝。一擊天清。二擊地靈。三擊五雷。速變真形。〔做拏筆科云〕天圓地方。律令九章。神筆到處。萬鬼潛藏。〔做書符科云〕天上麒麟子。頓斷黄金瑣。偷走下天來。人間收的我。紫薇殿下丹霞遶。白玉堦前劍佩齊。十二童子傳詔畢。星冠雲冕一齊回。〔做擊劍科云〕老君賜我驅邪劍。離火煅成經百煉。出匣森森雪霜寒。入手輝輝星斗現。〔做呪水科云〕我持此水非凡水。九龍吐出浄天地。太液池中千萬年。吾今將來浄妖氣。〔做仗劍步罡科云〕謹請當日功曹。直符使者。吾今用爾。速至壇前。吾奉太上老君急急如律令。攝。〔浄扮直符上云〕小聖乃直符使者是也。上仙呼喚。那厢使用。〔真人云〕有勞神將。去百花園中。勾將碧桃來者。〔直符神云〕得令。〔外扮馬趙温關天將押上〕〔天將云〕快行動些。〔正旦唱〕

【正宫端正好】師父將法力施。天將把神通顯。這些時急急煎煎。向後園中到處搜尋遍。險鬧了那一座森羅殿。

【滚繡毬】這一個戧金鎧身上穿。那一個蘸鋼鞭腕上懸。一箇箇氣昂昂性兒不善。他每都叫吼吼攞袖揎拳。走的我腿又酸脚又軟。不由我不心驚膽戰。索陪着笑臉兒褪後趨前。你覷那昏昏怨霧迷千里。更和那慘慘浮雲散九天。端的是苦海無邊。

〔直符領旦兒做見科云〕碧桃當面。〔真人云〕兀那小鬼頭。你是何方鬼怪。甚處妖精。怎生將張道南纏攪。害人性命。你向我跟前。從實的說。說的是萬事都休。說的不是罰往酆都。永爲餓鬼

也。〔正旦云〕上仙可憐見。聽妾身慢慢的從頭說上一遍。〔真人云〕你說貧道聽咱。〔正旦唱〕

【呆骨朵】告師父把雷霆怒息聽分辨。待妾身細說根源。〔真人云〕你敢是思凡的神女麼。〔正旦唱〕我也不是神女思凡。〔真人云〕敢是天魔地仙麼。〔正旦唱〕也不是天魔地仙。〔真人云〕你是甚麼鬼怪。從頭實實的說來。〔正旦云〕妾身是潮陽徐知縣之女。小字碧桃。俺父親將我許與張道南爲妻。當日我父親不在家。我與梅香往後花園中散心去。不想張道南走了白鸚鵡。越墻而過。尋此鸚鵡。偶與妾身相見。說話中間。俺父親來到。張道南害羞而走。俺父親將妾身百般嗔怒。我回繡房中。一氣而死。今經三年光景也。俺父親就將俺葬在後花園中。墓頂上長一棵碧桃花樹。因妾身有二十年陽壽未盡。以此一靈真性不散。誰想張道南應舉及第。在潮陽爲理。妾身念此舊盟。與他重諧匹配。那張道南曾做青玉案一詞留證。只此本情。伏望上仙尊鑑不錯。〔真人云〕你既然身死。却怎生陰府下不收你那三魂七魄。〔正旦唱〕我有那二十載陽間壽。〔真人云〕你既然還有陽壽。天曹地府不管。你却這等興妖作怪。〔正旦唱〕更有那一萬種心頭怨。〔真人云〕你怨呵。可怨甚的。〔正旦唱〕辜負我夢行雲十二峰。斷送的閉荒墳三四年。

〔真人云〕你死了呵。魂靈却到那裏來。〔正旦唱〕

【倘秀才】直到那判生死閻王殿前。〔真人云〕你還到那裏。〔正旦唱〕更到那掌善惡曹司案邊。他道我這枉死情由實可憐。姻緣注五百載。陽壽有二十年。因此上把陰魂放免。

〔真人云〕你怎輒入縣舍。纏攪陽官。再與我從實的説來。〔正旦唱〕

【滚繡毬】只因我天不管地不收。那一夜風又清月又圓。静巉巉海棠庭院。恰遇他趁花陰行到墳前。〔真人云〕他到墳前説甚麽來。〔正旦云〕他只念了兩句詩。道是人面不知何處去。桃花依舊笑春風。〔唱〕他把碧桃花折一枝。古人詩念一聯。引的我魂靈兒向他行活現。〔真人云〕他見了你可是怎生。〔正旦唱〕他醉醺醺花裏遇神仙。可憐我生埋孤塚三年恨。只得書房一夜眠。並没虚言。

〔真人云〕你兩個相會之時。他曾與你甚麽東西來麽。〔正旦唱〕

【倘秀才】他可便拂金星硯將龍香墨研。染紫霜毫把花箋紙展。〔真人云〕哦。他寫甚麽來。〔正旦唱〕他將那青玉案新詞寫一篇。〔真人云〕那秀才只恁的戀酒貪花也。〔正旦唱〕他可便酒腸寬似海。端的是色膽大如天。〔真人云〕你爲甚麽便隨順他。〔正旦唱〕不由我不將他來顧戀。

〔真人云〕他向你跟前。也有甚麽顧戀的意思。〔正旦唱〕

【滚繡毬】他將山盟海誓言。向羅幃錦帳眠。〔真人云〕他這般病了。如何不怕死。〔正旦唱〕他可便惜花心死而無怨。〔真人云〕你是甚麽時候。向他跟前去。〔正旦唱〕止不過赴佳期月下星前。〔真人云〕你不去呵。也由得你。〔正旦唱〕他將我死命的留。我將他死命的纏。俺

兩箇得成雙稱心滿願。〔真人云〕他後來告歸養病。你不得和他同去。你可敢還思想着他麼。〔正旦唱〕**到如今愁和悶有萬萬千千。**〔真人云〕你愁甚麼。〔正旦唱〕**我愁的是北邙衰草藏狐兔。恨的是西嶺斜陽泣杜鵑。題起來雨淚漣漣。**

〔真人云〕這婦人說有二十年陽壽。又與張道南原是五百年姻緣。合做夫妻。怎憑的他口裏說話。直日功曹。與我攝過掌生死判官來者。〔直符云〕掌生死案的判官安在。〔浄扮判官持文案上詩云〕親奉皇天聖敕差。死生文簿手常擡。空中若說無神道。霹靂雷聲那裏來。小聖乃陰府掌生死的判官是也。上仙呼喚。須索見來。〔做見科云〕上仙呼喚。有何法旨。〔真人云〕今有徐知縣女孩兒。小字碧桃。他已亡過三年。鬼魂作怪。將陽官張道南。纏攪得病。被貧道將碧桃擒至壇前。他道有二十年陽壽未盡。以此召你來問。端的有陽壽麼。〔判官云〕端的還有二十年陽壽。〔真人云〕既然如此。當日功曹。與我攝過掌姻緣簿的判官來。〔直符云〕掌姻緣案的判官安在。〔外扮判官持文簿上詩云〕雷聲响喨振山川。此際何人不怕天。剛待雨收雲散後。兇徒惡黨又依然。小聖乃掌姻緣案的判官。上仙呼喚。須索見來。〔做見科云〕上仙呼喚。有何法旨。〔真人云〕今有徐知縣的女孩兒。小字碧桃。他已亡過三年。鬼魂作怪。將陽官張道南。纏擾得病。被貧道將碧桃擒至壇前。他道與張道南有五百年姻緣之契。特喚你來問。端的是有也無。〔判官云〕這婦人端的有夙緣。合爲夫婦。〔正旦唱〕

【倘秀才】這一箇掌姻緣簿的標寫着無緣有緣。那一箇掌生死案的先注定十年五年。

可正是書案傍邊一句言。〔真人云〕兀那碧桃。我着你還魂去。夫妻重配。父母團圓。你心下可是如何。〔正旦唱〕但能勾夫妻重匹配。父母再團圓。我則索謝天。

〔真人云〕我待教這婦人還魂去。争奈他的屍首。久已腐爛了。只除是恁的。掌生死案判官。你檢那生死簿上。有年小婦人。早晚該死的。着碧桃借屍還魂去。有何不可。〔判官云〕蒙真人法旨。檢生死簿看。徐知縣的小女玉蘭。今夕該死。着他借屍還魂去罷。〔正旦做拜科云〕若得如此。多謝上仙也。〔唱〕

【隨煞尾】謝師父承正法常看諸處行方便。開闡教廣與衆生解倒懸。成就夫妻是夙緣。匹配鸞凰趁心願。喜的是前度張郎正少年。早晚災除病體痊。我也不愛他詩禮儒風祖代傳。也不愛他簪笏榮名聖主宣。單則愛那惜玉憐香性兒軟。〔下〕

〔真人云〕誰想有這一場奇怪的事。那徐碧桃已着他借屍還魂去了。等待明早。再往徐知縣家。探望一遭。各神將都還本位去。〔直符判官同云〕領法旨。〔下〕〔真人詩云〕太上玄門道法尊。直將生死勘前因。舒開撥霧拏雲手。放轉追魂奪魄人。〔下〕

〔音釋〕汾音分　剿焦上聲　閩音民　使去聲　將去聲　戧妻相切　鎧開上聲　蘸知濫切　攞羅上聲　揎音宣　種上聲　巉初咸切　思去聲　解上聲

第四折

〔徐端同夫人扶正旦上云〕老夫徐端。好是煩惱人也。自碧桃孩兒亡過。又早三年光景。誰想玉蘭孩兒。昨夜三更時分。暴病而亡。停屍在堂。一壁厢報與張親家女壻知道。待他來時入殮。兀的不痛殺我也。〔正旦做醒科〕〔夫人云〕孩兒。精細者。〔正旦唱〕

【雙調新水令】則我這俏身軀三載土中埋。今日箇得還魂似升天界。寒灰重發焰。枯樹再花開。也是我苦盡甘來。常言道否極早生泰。

〔夫人云〕慚愧。孩兒醒過來了也。〔徐端云〕將定魂湯與孩兒吃。〔夫人做遞湯科徐端云〕孩兒精細者。吃一盞定魂湯。〔正旦做起身拜科〕〔夫人云〕玉蘭孩兒。你那裏去來。〔正旦唱〕

【步步嬌】我與你款款前來深深拜。〔徐端云〕孩兒。你拜甚麽。〔正旦唱〕**可憐我白頭父母都年邁。間别來可便三二載。**〔徐端云〕可怎麽有二三載。〔正旦云〕你孩兒自離了父母去呵。〔唱〕**我正是幾度南柯夢中來。**〔徐端云〕這是怎麽説。〔正旦云〕你孩兒是碧桃也。〔唱〕**將小名兒道的明白。**〔徐端云〕你道是碧桃。他已死過三年了。你一向在那裏。〔正旦唱〕**你孩兒半開半落在那荒郊外。**

〔徐端云〕好是奇怪也。俺碧桃孩兒。已死了三年光景。怎生再活。莫不是妖邪鬼怪。倚草附木。

我着人請張親家去了。這早晚怎生還不見來。〔張珪同夫人張道南引張千上云〕小官張珪是也。思量好是煩惱。孩兒張道南。先定下徐章甫親家大女兒碧桃。不想死了。今次又定下他小女兒玉蘭。喜得道南孩兒病又好了。正待完就這門親事。今日早間。人來報說。玉蘭昨夜三更時分。暴病身亡。老夫想來。只是俺道南孩兒。姻緣未到。如今只得同我夫人道南孩兒。都往他家弔孝走一遭去。可早來到也。不必報復。我自過去。〔做見科云〕親家索是煩惱也。〔徐端云〕親家。有碧桃孩兒。還魂了也。〔張道南做驚科〕好是奇怪。碧桃小姐。怎生活了來。〔正旦做見科云〕張道南。你可也認的我麼。〔唱〕

【折桂令】原來是有朋自遠方來。你道是濟濟衣冠。楚楚人才。俺也只爲情重如山。恩深似海。險害的你骨瘦如柴。再不索鬧攘攘大驚小怪。這一場悄促促似鬼使神差。

〔張道南云〕我幾曾與你相見。你是這等說。〔正旦唱〕想着俺繾綣情懷。魚水和諧。我爲你曾下巫山。你爲我悮入天台。

〔張道南云〕小姐。你則說我和你那裏相見來。你試說一遍與我聽者。〔正旦唱〕

【沽美酒】當日箇花園中成眷愛。美歡娛在書齋。則他那海誓山盟是誰道來。哎。你這讀書的秀才。俺兩箇謀成合不謀敗。

〔張道南云〕小姐。你休得胡說。既然與你相見。有甚麼顯證在那裏。〔正旦云〕有有有。〔唱〕

【太平令】請你個假古懶的官人休怪。我這裏把新詞袖裏忙擡。〔出詞科唱〕一字字堪憐堪愛。一句句難學難賽。我對着衆客展開。表白。這青玉案是那個的親筆兒留在。

〔徐端云〕這一椿豈不是天下絶奇怪的事。只是其間委曲。怎生得箇明白的見人可也好那。〔薩真人冲上云〕貧道乃薩真人。今日向徐知縣家中。探望走一遭去。〔做見科云〕列位。貧道稽首。〔張珪云〕這是薩真人。前日爲小兒的病。投詞壇下。尚不曾還我一個明白。今日來的正好。老親家。令愛還魂的事。你要得個見人。只除問這真人。必有分曉。〔徐端云〕真人。我大女兒碧桃。已死三年。昨夜小女兒暴亡。今早忽然醒轉。他道是碧桃還魂。這怎麽説。〔真人云〕老相不知。聽貧道細説一遍。老相。你當初曾將碧桃許與張道南爲妻。因那年三月十五日。你夫妻二人。同去張縣丞家賞牡丹。不想張道南走了白鸚鵡。跳過你家花園内。尋那鸚鵡。正遇碧桃小姐。見面恰待説話。老相回家撞見。將小姐辱了一場。他回至房中。一口氣身亡了。你家將他屍首。埋在後花園中。他陽壽未絶。精神不散。墓頂上長出一株碧桃花樹來。他一靈兒附在碧桃樹上。三年之後。張道南一舉及第。除授此縣知縣。在你舊衙中居住。那夜風清月明。張道南因閒行到碧桃樹邊。見花開的正好。折一枝向膽瓶中插着。誰想碧桃就那夜向書房中。與張道南作伴。雲來雨去。説誓言盟。以此張道南看看至死。他的父親與道南上表辭官。乞歸養病。蒙聖恩許允。遂得離任到家。雖則碧桃不得同來。然道南病體一時未愈。他父親看見沉重。服藥無效。怕有妖精鬼怪。纏擾爲祟。以此投詞到貧道壇前。貧道設一壇場。差天將將碧桃勾至壇下。他言稱道有二十年陽壽。更與張道南有夙緣前契夫妻之分。貧道不信。喚掌生死婚姻的判官來問他。果然不虛。

貧道着碧桃還魂。争奈屍首腐爛。難以回轉。不想你小女玉蘭。食盡禄絶。昨夜正三更時分身死。貧道就着判官。借這玉蘭屍首。放碧桃還魂。皆是貧道之力也。〔徐端云〕孩兒。這真人説話。可是真麼。〔正旦云〕您孩兒若不是上仙法力。豈想有今日也。〔唱〕

【豆葉黄】可憐我滯魄遊魂。流落在海角天涯。長伴着野草閒花。殘烟斷靄。我只道曉色何曾到夜臺。誰承望萬里歸來。喜喜歡歡。再拜我爹爹妳妳。

〔夫人云〕兒也。你便還魂了。只可惜我玉蘭孩兒。兀的不苦痛殺我也。〔正旦唱〕

【七兄弟】這也是你的運衰。他的命該。留不得兩裙釵。若不是薩真人顯出神通大。則我這墓頂上簽釘遠鄉牌。可不的一靈兒永欠下鴛鴦債。

〔張道南云〕你既是碧桃小姐。當初相見之時。何不就明對我説。却教我做出這一場病癥來。争些兒害殺我也。〔正旦唱〕

【梅花酒】非是我假虚脾愛使乖。也只怕粉臉香腮。引動你密意幽懷。倒做了横禍飛災。因此上把鬼名兒潛换改。真姓也暗藏埋。况陽壽尚未該。婚姻簿又明載。天對付俏身材。雲和雨好安排。連理樹穩情栽。合歡花縱心摘。

〔張道南云〕小姐。我和你當初相别。自謂生死永隔矣。不想今日還魂。重爲夫婦。咱兩個索是喜也。〔正旦唱〕

【收江南】呀。今日個月明千里故人來。鏡鸞重整向粧臺。這的是换人肌骨奪人胎。

休得要亂猜。你不見桃花依舊待春開。

〔張珪云〕老親家。喜得令愛還魂。續成姻眷。皆賴真人法力。我等舉家拜謝真人便了。〔真人云〕這本是個天數。貧道不過施此法力。使他借屍還魂。重諧匹配而已。何足謝乎。〔徐端云〕張老親家。小女和令郎。另選吉日。過門做親。我等先拜謝真人纔是。〔做拜謝科云〕真人請上。受我等一拜。〔真人云〕不敢。不敢。〔詞云〕徐碧桃豔質天然。已三載閉骨重泉。誰想他一靈不散。與夫君私會花前。爲風情懨懨成病。百般的醫藥難痊。因此上投詞禳禱。被貧道識破根源。值小妹正當暴死。將屍首借與生旋。出懷中新詞爲證。纔知我法力無邊。此本是生前分定。天匹配再合姻緣。請高堂大排筵宴。相慶賀骨肉團圓。

〔音釋〕載上聲　否滂米切　問去聲　柯音哥　白巴埋切　㪉音鱉　客音楷　祟音歲　横去聲　摘齋上聲

題目　張明府醉題青玉案

正名　薩真人夜斷碧桃花

沙門島張生煮海雜劇

李好古撰

第一折

〔外扮東華仙上詩云〕海東一片暈紅霞。三島齊開爛漫花。秀出紫芝延壽算。逍遥自在樂仙家。貧道乃東華上仙是也。自從無始以來。一心好道。修煉三田。種出黄芽至寶。七返九還。以成大羅神仙。掌判東華妙嚴之天。爲因瑶池會上。金童玉女。有思凡之心。罰往下方。投胎脱化。金童者在下方潮州張家托生男子身。深通儒教。作一秀士。玉女於東海龍神處生爲女子。待他兩箇償了宿債。貧道然後點化他。還歸正道。〔詩云〕金童玉女意投機。才子佳人世罕稀。直待相逢酬宿債。還歸正道赴瑶池。〔下〕〔正末扮長老同行者上詩云〕釋門大道要參修。開闡宗源老比丘。門外不知東海近。只言仙境本清幽。貧僧乃石佛寺法雲長老是也。此寺古刹。近於東海岸邊。常有龍王水卒。不時來此遊翫。行者。出門前覷看。若有客來時。報復我家知道。〔行者云〕理會得。

〔冲末扮張生引家僮上云〕小生潮州人氏。姓張名羽。表字伯騰。父母蚤年亡化過了。自幼頗學詩書。争奈功名未遂。今日閒遊海上。忽見一座古寺。門前立着箇行者。那行者。此寺有名麽。

〔行者云〕焉得無名。山無名迷殺人。寺無名俗殺人。此乃石佛寺也。〔張生云〕你去報復長老。道有箇閒遊的秀才。特來相訪。〔行者做報科云〕門外有一秀才。探望師父。〔長老云〕道有請。

〔做見科長老云〕敢問秀才。何方人氏。〔張生云〕小生潮州人氏。自幼父母雙亡。功名未遂。偶然閒遊海上。因見古刹清凉境界。望長老借一净室。與小生温習經史。不知長老意下如何。〔長老云〕寺中房舍儘有。行者。你收拾東南幽静之處。堪可與秀才觀書也。〔張生云〕小生無物相奉。有白銀二兩。送長老權爲布施。望乞笑納。〔長老云〕既然秀才重意。老僧收了。行者收拾房舍。安排齋食。請秀才穩便。老僧且回禪堂。作些功果去也。〔下〕〔行者云〕秀才。與你這一間幽静的房兒。隨你自去打斛斗。學踢弄。舞地鬼。喬扮神。撒科打諢。亂作胡爲。耍一會笑一會。便是你那遊翫快樂。我行者到禪堂服侍俺師父去也。〔詩云〕行童終日打勤勞。掃地纔完又要把水挑。就裏貪頑只愛耍。尋箇風流人共説風騷。〔下〕〔張生云〕僧家清雅。又無閒人聒噪。堪可攻書。天色晚了也。家童將過那張琴來。撫一曲散心咱。〔家童安琴科張生云〕點上燈。焚起香來者。〔點燈焚香科張生詩云〕流水高山調不徒。鍾期一去賞音孤。今宵燈下彈三弄。可使游魚出聽無。〔正旦扮龍女引侍女上云〕妾身瓊蓮是也。乃東海龍神第三女。與梅香翠荷。今晚閒遊海上。去散心咱。〔侍女云〕姐姐。你看這大海澄澄。與長天一色。是好景致也。〔正旦唱〕

【仙吕點絳唇】海水洶洶。晚風微送。兼天涌。不辨西東。把凌波步輕那動。

【混江龍】清宵無夢。引着這小精靈閒伴我遊蹤。恰離了澄澄碧海。遥望那耿耿長空。你看那萬朵彩雲生海上。一輪皓月映波中。〔侍女云〕海中景物。與人間敢不同麽。〔正旦唱〕覷了那人間鳳闕。怎比我水國龍宫。清湛湛洞天福地任逍遥。碧悠悠那愁他浴凫飛雁争喧哄。似俺這閨情深遠。直恁般好信難通。

〔侍女云〕姐姐。你本海上神仙。這容貌端的非凡也。〔正旦唱〕

【油葫蘆】海上神仙年壽永。這蓬萊在眼界中。風飄仙袂絳綃紅。則我這雲鬟高挽金釵重。蛾眉輕展花鈿動。袖兒籠指十葱。裙兒簌鞋半弓。只待學吹簫同跨丹山鳳。那其間登碧落趁天風。

〔侍女云〕想天上人間。自然難比。〔正旦唱〕

【天下樂】不比那人世繁華掃地空。塵中。似轉蓬。則他這春過夏來秋又冬。聽一聲報曉鷄。聽一聲定夜鐘。斷送的他世間人猶未懂。

〔張彈琴侍女做聽科云〕姐姐。那裏這般响。〔正旦唱〕

【那吒令】聽疎剌剌晚風。風聲落萬松。明朗朗月容。容光照半空。响潺潺水衝。衝流絶澗中。又不是採蓮女撥棹聲。又不是捕魚叟鳴榔動。驚的那夜眠人睡眼矇矓。

〔侍女云〕這响聲比其餘全別也。〔正旦唱〕

【鵲踏枝】又不是拖環珮韻玎玲。又不是戰鐵馬響錚鏦。又不是佛院僧房。擊磬敲鐘。一聲聲諕的我心中怕恐。原來是廝琅琅誰撫絲桐。

〔張再撫琴科〕〔侍女云〕敢是這寺中。有人弄甚麽响。〔正旦云〕原來是撫琴哩。〔侍女云〕姐姐。

你試聽咱。〔正旦唱〕

【寄生草】他一字字情無限。一聲聲曲未終。恰便似顫巍巍金菊秋風動。香馥馥丹桂秋風送。響珊珊翠竹秋風弄。咿呀呀偏似那織金梭攛斷錦機聲。滴溜溜舒春纖亂撒珍珠迸。

〔侍女做偷瞧科云〕原來是箇秀才。在此撫琴。端的是箇典雅的人兒也。〔正旦唱〕

【六幺序】表訴那絃中語。出落着指下功。勝檀槽慢搊輕攏。則見他正色端容。道貌仙丰。莫不是漢相如作客臨邛。也待要動文君曲奏求凰鳳。不由咱不引起情濃。你聽這清風明月琴三弄。端的箇金徽洶湧。玉軫玲瓏。

〔侍女云〕姐姐。休說你知音人。便是我也覺的他悠悠揚揚。入耳可聽。果然彈得好也。〔正旦唱〕

【幺篇】端的心聰。那更神工。悲若鳴鴻。切若寒蛩。嬌比花容。雄似雷轟。真乃是消磨了閒愁萬種。這秀才一事精。百事通。我躡足潛踪。他換羽移宮。抵多少盼盼女詞媚涪翁。似良宵一枕遊仙夢。因此上偷窺方丈。非是我不守房櫳。

〔做絃斷科張生云〕怎麼琴絃忽斷。敢是有人竊聽。待小生出門試看咱。〔正旦避科云〕好一箇秀才也。〔張生做見科云〕呀。好一箇女子也。〔做問科云〕請問小娘子。誰氏之家。如何夜行。〔正旦唱〕

【金盞兒】家住在碧雲空。緑波中。有披鱗帶角相隨從。深居富貴水晶宫。我便是海中龍氏女。勝似那天上許飛瓊。豈不知衆星皆拱北。無水不朝東。

〔張生云〕小娘子姓龍氏。我記得何承天姓苑上。有這箇姓來。難道小娘子既然有姓。豈可無名。因甚至此。〔正旦云〕妾身龍氏三娘。小字瓊蓮。見秀才彈琴。因聽琴至此。〔張生云〕小娘子既爲聽琴而至。這等是賞音的了。何不到書房中坐下。待小生細彈一曲何如。〔正旦云〕願往。〔做到書房科正旦云〕敢問先生高姓。〔張生云〕小生姓張名羽。字伯騰。潮州人氏。早年父母雙亡。也曾飽學詩書。争奈功名未遂。遊學至此。並無妻室。〔侍女云〕這秀才好没來頭。誰問你有妻無妻哩。〔家童云〕不則是相公。我也無妻。〔張生云〕小娘子不棄小生貧寒。肯與小生爲妻麽。〔正旦云〕我見秀才聰明智慧。丰標俊雅。一心願與你爲妻。則是有父母在堂。等我問了時。你到八月十五日。中秋節届。前來我家。招你爲壻。〔張生云〕既蒙小娘子俯允。只不如今夜便成就了。何等有趣。着小生幾時等到八月十五日也。〔家童云〕正是。我也等不得。〔侍女云〕你等不得。且是容易哩。〔正旦云〕常言道有情何怕隔年期。這有甚等不得那。〔唱〕

【後庭花】那裏也陽臺雲雨蹤。不比那秦樓風月叢。〔張生云〕敢問小娘子家在何處。〔正旦唱〕只在這滄海三千丈。險似那巫山十二峯。〔張生云〕小生做貴宅女壻。就做了富貴之郎。不知可有人服侍麽。〔正旦唱〕俺可更有門風。無非是蛟虬參從。還有那黿將軍鱉相公。魚夫人蝦愛寵。鼉先鋒龜老翁。能浮波慣弄風。隔雲山千萬重。要相逢指顧中。

〔張生云〕只要小娘子言而有信。俺小生是一箇志誠老實的。〔正旦唱〕

【青歌兒】甜話兒將人將人摩弄。笑臉兒把咱把咱陪奉。你則看八月冰輪出海東。那其間霧斂晴空。風透簾櫳。雲雨和同。那其間錦陣花叢。玉斝金鍾。對對雙雙。喜喜歡歡。我與你笑相從。再休提誤入桃源洞。

〔張生云〕既然許了小生爲妻。小娘子可留些信物麽。〔正旦云〕妾有冰蠶織就鮫綃帕。權爲信物。〔張生做謝科云〕多感小娘子。〔家童云〕梅香姐。你與我些兒甚麽信物。〔侍女云〕我與你把破蒲扇。拿去家裏扇煤火去。〔家童云〕我到那裏尋你。〔侍女云〕你去兀那羊市角頭。磚塔兒衚衕總舖門前來尋我。〔正旦唱〕

【賺煞】你豈不知意兒和。直恁欠心兒懂。我非羅刹女休驚莫恐。多管是前世因緣今得寵。到中秋好事相逢。且從容。劈開這萬里溟濛。俺那裏静悄悄絶無塵世冗。〔張生云〕有如此富貴。小生願往。〔正旦唱〕一週圍紅遮翠擁。盡都是金扉銀棟。不弱似九天碧落蕊珠宫。〔同侍女下〕

〔張生云〕我看此女妖嬈豔冶。絶世無雙。他説着我海岸邊尋他。我也等不的中秋。家童。你看着琴劍書箱。我捹的將此鮫綃手帕。渺渺茫茫。直至海岸邊。尋那女子走一遭去。〔詩云〕海岸東頭信步行。聽琴女子最關情。有緣有分能相遇。何必江皋笑鄭生。〔下〕〔家童云〕我家東人好傻也。安知他不是箇妖魔鬼怪。便信着他跟將去了。我報與長老同行者。追我東人去。〔詞云〕叵耐這鬼

怪妖魔。將花言巧語調唆。若不是連忙趕上。只怕迷殺我秀才哥哥。〔下〕

〔音釋〕暈音運　刹音察　施去聲　諢温去聲　那音挪　簌音速　斷端去聲　剌音辣　潺鋤山切　錚音撑　鏦音匆　顫音戰　攛粗酸切　迸逋夢切　邛音窮　蛩音窮　轟音烘　涪房鳩切　從去聲　瓊音窮　慧音惠　虬音求　鼉音陀　斝音賈　從音匆　分去聲　傻商鮓切　唆音梭

第二折

〔張生上詩云〕幸會多嬌有所期。閒花野草鬭芳菲。幽情何處桃源洞。則怕劉郎去未歸。小生張伯騰。恰纔遇着的那箇女子。人物非凡。因此尋踪覓跡。前來尋他。却不知何處去了。則見青山緑水。翠柏蒼松。前又去不得。回又回不得。好悽慘人也。這盤陀石上。我且歇息咱。〔虚下〕〔正旦改扮仙姑上詩云〕桑田成海又成田。一霎那堪過百年。撥轉頂門關棙子。阿誰不是大羅仙。自家本秦時宫人。後以採藥入山。謝去火食。漸漸身輕。得成大道。世人稱爲毛女者是也。今日偶然乘興。遊到此間。却是海之東岸。你看茫茫蕩蕩。好一片大水也呵。〔唱〕

【南吕一枝花】黑瀰漫水容滄海寬。高崒嵂山勢崑崙大。明滴溜冰輪出海角。光燦爛紅日轉山崖。這日月往來。只山海依然在。瀰八方徧九垓。問甚麽河漢江淮。是水呵都歸大海。

【梁州第七】你看那縹渺間十洲三島。微茫處閬苑蓬萊。望黄河一股兒渾流派。高冲九曜。遠映三台。上連銀漢。下接黄埃。勢汪洋無岸無涯。出許多異寶奇哉。看看看波濤湧光隱隱無價珠璣。是是是草木長香噴噴長生藥材。有有有蛟龍偃鬱沉沉精怪靈胎。常則是雲昏。氣靄。碧油油隔斷紅塵界。恍疑在九天外。平吞了八九區雲夢澤。問甚麽翠島蒼崖。

〔張生上云〕這裏不知是何處。喜得又遇着一位娘子。呀。原來是道姑。待小生問箇路兒咱。〔仙姑唱〕

【牧羊關】猛地裏難迴避。可教人怎離摘。則見他叉手前來。多管是迷了路的行人。多管是失了船的過客。〔張生云〕道姑。敢問這搭兒是何處也。〔仙姑唱〕比及你來相問。先對俺説明白。〔張生云〕我到此只爲那可意人兒。不知在那裏。〔仙姑唱〕且將箇採芝女權休怪。只問那可意人安在哉。

〔云〕秀才何方人氏。因甚至此。〔張生云〕小生潮州人氏。因爲遊學。在此石佛寺借寓。前夜彈琴。有一女子引一侍女來聽。此女自言龍氏之女。小字瓊蓮。到八月中秋日。與小生會約於海岸。小生隨即尋訪。不意迷失道路。小生只想他風流人物。世上無比。〔仙姑云〕他既説姓龍。你可也想左了。〔唱〕

【罵玉郎】可知道龍宮美女多嬌態。想當時因有約。則今日獨尋來。拚的箇捨殘生做下風流債。那龍也青臉兒長左猜。惡性兒無可解。狠勢兒將人害。

〔張生云〕可怎生恁般利害。〔仙姑唱〕

【感皇恩】呀。他把那牙爪張開。頭角輕擡。一會兒起波濤。一會兒摧山岳。一曾兒捲江淮。變大呵乾坤中較窄。變小呵芥子裏藏埋。他可便能英勇。顯神通。放狂乖。

〔張生云〕那小娘子姓龍。你這道姑。怎麽説起龍來。〔仙姑云〕秀才不知。這龍是輕易好惹他的。

〔唱〕

【採茶歌】他興雲霧片時來。動風雨滿塵埃。則怕驚急烈一命喪屍骸。休爲那約雨期雲龍氏女。送了你箇攀蟾折桂俊多才。

〔張生云〕小生纔省悟了也。他是龍宮之女。他父親十分狠惡。怎肯與我爲妻。這婚姻之事。一定無成了。只是小娘子。誰着你聽琴來。〔做悲科〕〔仙姑云〕貧道不是凡人。乃奉東華上仙法旨。着我來指引你還歸正道。休得墮落。〔張生做拜科云〕小生肉眼。不知上仙指引。望乞恕罪。〔仙姑云〕我且問你。那聽琴女子。是東海龍王第三之女。小字瓊蓮。他在龍宮海藏。你怎麽得見他。〔張生云〕若論那龍宮之女。與小生頗有緣分。〔仙姑云〕那裏見的有緣分。〔張生云〕既没緣分。他怎肯約我在八月十五夜。到他家裏招我做女壻。又與我這鮫鮹帕兒做信物哩。〔仙姑云〕這鮫鮹手帕。果是龍宮之物。眼見的那箇女子。看的你中意了。只是龍神㥸暴。怎生容易將愛女送你爲妻。秀才。我如今圓就你這事。與你三件法物。降伏着他。不怕不送出女兒嫁你。〔張生做跪科云〕願見上仙法寶。〔仙姑取砌末科云〕與你銀鍋一隻。金錢一文。鐵杓一把。〔張生接科云〕法寶便領了。願上仙指教。怎生樣用他纔好。〔仙姑云〕將海水用這杓兒。舀在鍋兒裏。放金錢在水內。煎一分。此海水去十丈。煎二分。去二十丈。若煎乾了鍋兒。海水見底。那龍神怎麼還存坐的住。必然令人來請。招你爲壻也。〔張生云〕多謝上仙指教。但不知此處離海岸遠近若何。〔仙姑云〕向前數十里。便是沙門島海岸了也。〔唱〕

【黄鍾煞尾】這寶呵出在那瑶臺紫府清虚界。碧落蒼空天上來。任熬煎。任㑽劃。可從心。可稱懷。不求親。不納財。做行媒。做嬌客。連理枝。並蒂開。鳳鸞交。魚水諧。休將他。覷小哉。信神仙。妙手策。也是那前生福有安排。直着你沸湯般煎乾了這大洋海。〔下〕

〔張生云〕小生有緣。得受上仙法寶。直到沙門島煎海水去來。〔詩云〕任他東海滚波濤。取水將來鍋内熬。此是神仙真妙法。不愁無分見多嬌。〔下〕

〔音釋〕㑦音利　瀰音迷　漫幔平聲　崒才筆切　𡶶勒没切　長音掌　澤池齋切　摘齋上聲　客音楷　白巴埋切　解上聲　窄齋上聲　㥸音竈　降奚江切　舀音杳　劃胡乖切　稱去聲

第三折

〔行者上云〕小僧乃石佛寺行者。前日有一秀才。在我這房頭借住。因夜間彈琴。被一個精怪迷惑將去了。那家童連忙趕去尋他。俺師父胡蘆提。也着我去尋。林深山險。那裏尋他去。我獨自一個。正要走回。不隄防遇見個大蟲。張牙舞爪而來。猶喜得我先見他。那大蟲不曾看見我。左邊看看。右邊看看。再没個所在可以躲閃的過。恰好傍邊有一潭渾泥水。只得將身子輕輕溜下水底坐了。豈知那大蟲走的口渴。正要來吃水。張開了血盆也似紅的口。伸出那銼刀也似快的舌頭來。把水一嗒。那潭就乾了一寸。連不連的嗒上幾嗒。那潭漸漸的乾下去。可不把俺身子似鱅珠兒露將出來。如何是好。俺趁他開口之時。只一個筋斗。早打到他肚裏去了。元來那肚裏面黑便黑。他心肝五臟。都是摸得着的。被我摸着他心肝。左邊那葉上着實咬了一口。只聽的大蟲叫道。哎喲。我又摸他心肝右葉上。加倍的狠咬一口。只聽的大蟲叫道。我今日怎麽這等心疼的緊。莫不是石佛寺這箇促掐的小行者。算計我哩。我便道。也差不多兒。那大蟲道。你出來罷。我道。你放我那裏出來。那大蟲道。你打前門出來。我想他這兩對撩牙。略鬪一鬪。我這身子就做芝蔴糖了。我便道。我不打前門出來。那大蟲道。這等你要那裏出來。我道。我打後門出來。那大蟲便往山崗兒上。兩隻脚爪着兩株大樹。將屁股向着山崗空闊去處。用力一努。早努出箇爆雷也似的響屁來。我就着這屁迸裂一箇筋斗。直打到石佛寺裏。方纔逃得一條性命。〔詩云〕平地空將性命丟。見人羞說後門頭。不如隨着秀才一處同迷死。倒也落的牡丹花下鬼風流。〔下〕〔張生引家僮上詩云〕前生結下好姻緣。覓得鸞膠續斷絃。法寶煎熬鐺滚沸。争知火裏好栽蓮。小生張伯騰。早到海岸也。家僮將火鐮火石。引起火來。用三角石頭。把鍋兒放上。〔做放鍋科云〕你可將這杓兒舀那海水起來。〔做取水科云〕鍋裏水滿了也。再放這枚金錢在内。用火燒着。只要火氣十分旺相。一時間將此水煎滚起來。〔家僮云〕這等。你不早說。那小娘子跟隨的丫頭。送我一把蒲扇。不曾拏的來。把什麽扇火。〔做衣袖扇火科云〕且喜鍋兒裏水滚了也。〔張生云〕水滚了。待我試看海水動静。〔做看科驚云〕怪哉。果然海水翻騰沸滚。真有神應也。〔家僮云〕怎麽這裏水滚。那海水也滚起來。難道這鍋兒是應着海的。〔長老慌上云〕老僧石佛寺長老是也。正在禪床打坐。則見東海龍王。遣人來説道。有一秀才。不知他將甚般物件。煮的海水滚沸。急得那龍王没處逃躲。央我老僧去勸化他。早早去了火罷。元來這秀才不是别人。就是前日借俺寺裏讀書的潮州張生。想我石佛寺貼近東海。現今龍宫有難。豈可不救。只得親到沙門島上勸化秀才。走一遭去也呵。〔唱〕

【正宫端正好】一地裏受煎熬。遍寰宇空勞攘。兀的不慌殺了海内龍王。我則見水晶宫血氣從空撞。聞不得鼻口内乾烟熗。

【滚繡毬】那秀才誰承望。急煎煎做這場。不知他挾着的甚般伎倆。只待要賣弄殺手段高强。莫不是放火光。逼太陽。燒的來焰騰騰滚波翻浪。縱有那雷和雨也救不得驚惶。則見錦鱗魚活潑刺波心跳。銀脚蟹亂扒沙在岸上藏。但着一點兒就是一箇燎漿。

〔做到科云〕來到此間。正是沙門島海岸了。兀那秀才。你在此煮着些甚麽哩。〔張生云〕我煮海也。〔正末云〕你煮他那海做甚麽。〔張生云〕老師父不知。小生前夜在於寺中操琴。有一女子前來竊聽。他説是龍氏三娘。小字瓊蓮。親許我中秋會約。不見他來。因此在這裏煮海。定要煎他出來。〔正末唱〕

【倘秀才】這秀才不能勾花燭洞房。〔帶云〕好也囉。〔唱〕却生扭做香水混堂。大海將來升斗量。秀才家能軟款。會安詳。怎做這般熱忽喇的勾當。

〔張生云〕老師父。你不要管我。你且到別處化緣去。〔正末唱〕

【滚繡毬】俺也不是化道糧。也不是要供養。我則是特來相訪。〔張生云〕我是箇窮秀才。肯招相訪我有甚麽化與你。〔正末唱〕俺本是出家人便乞化何妨。〔張生云〕若得見那小娘子。肯招我做女壻。便有布施。〔正末唱〕則爲那窈窕娘。不招你個俊俏郎。弄出這一番禍從天降。你窮則窮道與他門户輝光。你那裏得熬煎鉛汞山頭火。你那裏覓醫治相思海上方。此物非常。

〔張生云〕老師父。我老實對你説。若那夜女子不出來呵。我則管煮哩。〔正末云〕秀才你聽者。

東海龍神。着老僧來做媒。招你爲東床嬌客。你意下如何。〔張生云〕老師父。你不要耍我。這海中一望。是白茫茫的水。小生是個凡人。怎生去的。〔家僮云〕相公。這個不妨事。你只跟着長老去。若是他不渰死。難道獨獨渰死了你。〔正末唱〕

【脱布衫】俺實丕丕要問行藏。你慢騰騰好去商量。將這水指一指驟爲土壤。分一分步行坦蕩。

【小梁州】直着你如履平原草徑荒。〔張生云〕到那海底去。莫不昏暗麽。〔正末唱〕却正是日出扶桑。〔張生云〕小生終是個凡人。怎敢就到海中去。〔正末唱〕雖然大海號東洋。休謙讓。〔帶云〕去來波。〔唱〕他則待招選你做東床。

〔張生云〕小生曾聞這仙境有弱水三千丈。可怎生去的。〔正末唱〕

【幺篇】便休提瀰漫弱水三千丈。端的是錦模糊水國魚邦。〔張生做望科云〕我看這海有偌般寬闊。無邊無岸。想是連着天的。好怕人也。〔正末唱〕你道是白茫茫。如天樣。越顯得他寬洪海量。我勸你早准備帽兒光。

〔張生云〕既如此。待我收起法寶。則要老師父作成我這樁親事。〔家僮云〕那小姐身邊。有一個侍女。須配與我。不然我依舊燒起火來。〔正末唱〕

【笑和尚】去去去向蘭閣到畫堂。俺俺俺這言語無虛誑。〔張生云〕是真個麽。〔正末唱〕你你你終有個酸寒相。他他他女豔粧。早早早得成雙。來來來似鴛鴦並宿在銷金帳。〔張生云〕這等我就隨着老師父去。則要得早早人月團圓。休孤舊約也。〔正末唱〕

【尾聲】則爲你佳人才子多情況。誂得他椿室萱堂着意忙。你貌又軒昂才又良。他玉有温柔花有香。意相投姻緣可配當。心厮愛夫妻誰比方。似他這百媚韋娘。共你個風流張敞。〔帶云〕去來波。〔唱〕須將俺撮合山的媒人重重賞。〔同張生下〕

〔家僮云〕你看我家東人。興匆匆的跟着長老入海去了。留我獨自一個。在這海岸上。看守什麼法寶。若是他當真做了新郎。料必要滿了月方纔出來。我看那小行者。儘也有些風韻。老和尚又不在。不如我收拾了這幾件東西。一逕回到寺裏。尋那小行者打閙閙去也。〔下〕

【音釋】艣音魯　鐺音撐　鐮音廉　相去聲　難去聲　熗妻相切　當上聲　汞烏拱切　興去聲　閙鋪蒙切

第四折

〔外扮龍王引水卒上詩云〕一輪紅日出扶桑。照曜中天路杳茫。雖然弱水三千里。只要無私自可航。吾神乃東海龍王是也。有小女瓊蓮。曾于夜間到石佛寺遊玩。見一秀才撫琴。其曲有鳳求凰之音。他兩個暗面關情。遂許中秋赴會。某家說道他是凡人。怎生到的俺這水府。不想秀才遇着上仙。授他三件法寶。被他燒的海水滾沸。使某不堪其熱。只得央石佛寺法雲禪師爲媒。招請爲壻。早間已將花紅酒禮。款待那做媒的去了。如今設下慶喜的筵席。兀那水卒。請出秀才和女孩兒來者。〔正旦同張生上〕〔正旦云〕秀才。前廳上拜俺父母去。〔張生云〕是。〔正旦云〕秀才。我和你那夜相別。誰想有今日也。〔唱〕

【雙調新水令】則爲這波濤相間的故人踈。我則怕黑漫漫各尋別路。受了些活地獄。下了些死工夫。海角天隅。須有日再完聚。〔張生云〕這龍宮裏面。都是些甚麽人物。〔正旦唱〕

【駐馬聽】擺列着水裏兵卒。都是些鼉將軍鼉先鋒鱉大夫。看了這海中使數。無過是赤鬚蝦銀脚蟹錦鱗魚。繡簾十二列珍珠。家財千萬堆金玉。〔張生云〕是好富貴也。〔正旦唱〕你自暗付。則俺這水晶宮是一搭兒奢華處。〔做行禮拜科龍王云〕你二人在那裏相會來。〔正旦唱〕

【滴滴金】趁着那緑水清波。良辰美景。輕雲薄霧。霜氣浸冰壺。可則是玉露泠泠。金風淅淅。中秋節序。正值着冷清清人靜更初。〔龍王云〕你與這秀才素非相識。況在夜靜更初。怎麽就許他婚姻之約。你試說我聽。〔正旦唱〕

【折桂令】俺去他那月明中信步堦除。聽三弄瑶琴。音韻非俗。恰便似雲外鳴鶴。天邊語雁。枝上啼烏。他待覓鸞儔燕侶。我正愁鳳隻鸞孤。因此上要識賢愚。別辨親疎。端的個和意同心。早遂了似水如魚。

〔龍王云〕秀才。誰與你這法寶來。〔張生云〕量小生是個窮儒。焉有此法寶。偶因追趕令愛。到海岸上遇着一位仙姑。把與我來。〔龍王云〕秀才。則被你險些兒熱殺我也。我想這事都是我女孩兒惹出來的。〔正旦唱〕

【雁兒落】不想這火中生比目魚。石内長荆山玉。天邊有比翼鳥。地上出連枝樹。

〔張生云〕若非上仙法寶。怎生得有團圓之日。〔正旦唱〕

【得勝令】你待將鉛汞燎乾枯。早難道水火不同爐。將大海揚塵度。把東洋列焰煮。神術。煆化的爲夫婦。幾乎。熬煎殺俺眷屬。

〔東華仙上云〕龍神。聽俺分付。〔龍王同張生正旦跪科東華仙云〕龍神。那張生非是你女壻。那瓊蓮也非是你女兒。他二人前世乃瑤池上金童玉女。則爲他一念思凡。謫罰下界。如今償還夙契。便着他早離水府。重返瑤池。共證前因。同歸仙位去也。〔衆拜謝科〕〔正旦唱〕

【沽美酒】待着俺辭龍宫離水府。上碧落赴雲衢。我和你同會西池見聖母。秀才也抵多少跳龍門應舉。攀仙桂步蟾蜍。

〔東華云〕你二人若非吾來指引。豈得到瑤池仙境也。〔正旦唱〕

【太平令】廣成子長生詩句。東華仙看定婚書。引仙女仙童齊赴。獻仙酒仙桃相助。願普天下曠夫。怨女。便休教間阻。至誠的一箇箇皆如所欲。

〔東華云〕你本是玉女金童。投凡世淹留數載。石佛寺夜月彈琴。鳳求凰留情殢色。許佳期無處追尋。走海上失精落彩。遇仙姑法寶通靈。端的有神機妙策。配金丹鉛汞相投。運水火張生煮海。則今朝返本朝元。散一天異香杳靄。〔正旦同張生稽首科〕〔正旦唱〕

【收尾】則今日雙雙攜手登仙去。也不枉鮫綃帕留爲信物。閒看他蟠桃灼灼樹頭紅。撇罷了塵世茫茫海中苦。

〔音釋〕閒去聲　卒從蘇切　玉于句切　喑音蔭　淅音昔　俗詞疽切　鶴音豪　術繩朱切　煅端平聲　屬繩朱切　重平聲　蜍音除　欲于句切　殢音膩　物音務

題目　石佛寺龍女聽琴

正名　沙門島張生煮海

包待制智賺生金閣雜劇

武漢臣撰

楔子

〔冲末扮孛老同卜兒旦兒正末郭成上〕〔孛老詩云〕急急光陰似水流。等閒白了少年頭。月過十五光明少。人到中年萬事休。老漢是郭二。蒲州河中府人氏。嫡親的四口兒家屬。婆婆王氏。孩兒郭成。媳婦兒李幼奴。我孩兒幼習經史。學成滿腹文章。我可爲甚麽不着他應舉去。只因我家祖代不曾做官。恐没的這福分。不如只守着農庄世業。倒也無榮無辱。不意孩兒偶然得了一個惡夢。去尋那賣卦先生。叫做開口靈。整整要一分一卦。他道此卦有一百日血光之災。只除千里之外。可以躲避。因此連日面帶憂容。怎生是好。〔卜兒云〕孩兒。常言道陰陽不可信。信了一肚悶。你信他做什麽。〔正末云〕父親母親。他叫做開口靈。占的無有不驗。無有不准。您孩兒想來。要帶了媳婦。同到京城去。一來進取功名。二來躲災避難。只望父親容許。〔孛老云〕孩兒。既然你要去。我與你一件寶物。若是得了官便罷。若不得官呵。有我這祖傳三輩留下的一個生金閣兒。你將的去。則憑着這生金閣上。也博換得一官半職回來也。〔正末云〕父親與您孩兒試看咱。〔孛老云〕婆婆將來。〔卜兒拏砌末科云〕老的。兀的不是。〔孛老做接科云〕孩兒。這個便是生金閣兒。〔正末云〕父親。這生金閣兒。有甚麽好處。〔孛老云〕孩兒。你不知道。把這生金閣兒。放在那有風處。仙音嘹喨。若無風呵。將扇子搧動他。也一般的聲響。豈不是件寶貝。〔正末云〕父親。您孩兒不信。須做與孩兒看咱。〔孛老云〕孩兒。你既不信。我把扇子搧動你聽。〔做搧動響科〕〔正末云〕是好寶物也。大嫂收了者。則今日好日辰。辭別了父親母親。便索長行也。〔做拜辭科〕〔卜兒云〕孩兒。一路上小心在意者。〔正末唱〕

【仙呂賞花時】一來我應舉京師赴選場。二來我爲遠去他鄉躲禍殃。〔卜兒云〕孩兒也。俺子母每今日別去。不知何日相見。到得京師。你則着志者。〔正末唱〕**就拜辭了老爹娘。非是您孩兒自誇得這自獎。我若是不富貴可兀的不還鄉。**〔正末同旦下〕〔孛老云〕孩兒去了也。俺老兩口兒無甚事。只是關着門過日子便了。〔詩云〕離別苦難禁。平安望寄音。雖無千丈線。萬里繫人心。〔同下〕

第一折

〔淨扮龐衙內領隨從上詩云〕花花太歲爲第一。浪子喪門世無對。聞着名兒腦也疼。只我有權有勢龐衙內。小官姓龐名勣。官封衙内之職。我是權豪勢要之家。累代簪纓之子。我嫌官小不做。馬瘦不騎。打死人不償命。若打死一個人。如同揑殺個蒼蠅相似。平生一世。我兩個眼裏。再見不得這窮秀才。我若是在那街市上擺着頭踏。倘有秀才衝着我的馬頭。一頓就打死了。若到人家裏。見了那好古玩好器皿。琴棋書畫。他家裏倒有。我家裏倒無。教那伴當每借將來。我則看三日。第四日便還他。我也不壞了他的。但若是他同僚官的好馬。他倒有。我倒無。着那伴當借將來。則騎三日。第四日便還他。我也不壞了他的。人家有好宅舍。我見了他家裏倒有。我家裏倒無。搬進去則住三日。第四日就搬了。我也不曾壞了他的。便好道未見其人。先觀使數。我這兩個小的。是我心腹人。一個叫做張龍。一個叫做趙虎。我心間的事。不曾説出來。他先知道了。這兩個小的。好生的聰明。只是我做着衙内。偏生一世裏不曾得個十分滿意的好夫人。今日紛紛揚揚。下着這一天瑞雪。坐在家裏吃酒。可也悶倦。直至郊野外。一來打獵。一來就賞雪。下次小的每安排些紅乾臘肉。春盛擔子。鯎兒小鷂。粘竿彈弓。花腿閑漢。多鞁幾匹從馬。郊外打獵走一遭去。〔下〕〔丑扮店小二上詩云〕曲律竿頭懸草稕。綠楊影裏撥琵琶。高陽公子休空過。不比尋常賣酒家。自家是個賣酒的。今日風又大。雪又緊。少不的也有要買酒盪寒的。我開開這酒舖。燒的這鏇鍋兒熱。看有什麼人來。〔正末同旦兒上〕〔正末云〕小生姓郭名成。自離了父母。與渾家進取功名。來到這半途中。染了一場凍天行的病證。方纔較可。天那。怎又紛紛揚揚。下着這大雪。那裏是國家祥瑞。偏生是我上路的對頭。大嫂。你且打起精神行動些。〔旦兒云〕好大雪也。〔正末唱〕

【仙呂點絳脣】則我這口内嗟吁。腹中憂慮。離家去。可又早一月多餘。則我這白髮添無數。

〔旦兒云〕秀才。想古來也有未遇的人。這般受苦麽。〔正末唱〕

【混江龍】想前賢不遇。我便似阮嗣宗慟哭在窮途。早知道這般的擔驚受恐。我可也圖甚麼衣紫拖朱。每日慵將書去習。逐朝常把藥的那來扶。我這剛移足趾。强整身軀。滑七擦争些跌倒。戰篤速直恁艱虞。天也我如今整三十。可着我半路裏學那步。〔旦兒云〕秀才。你掙閣些着。〔正末唱〕但只見黑漫漫同雲黯淡。白茫茫瑞雪模糊。〔旦兒云〕秀才。似這般大雪。我和你尋個村房道店。買些酒食盪寒也好那。〔正末云〕大嫂說的是。只此處没有村店。且到前途去再看來。〔唱〕

【油葫蘆】亂紛紛扯絮撏綿空内舞。疎剌剌風亂鼓。寒凛凛望長天一色粉粧鋪。遠迢迢遇不着個窮親故。急煎煎覓不見箇荒村務。我身上衣又單。腹中食又無。可甚麼書中自有千鍾粟。〔旦兒云〕秀才。似這般身上單寒。肚中饑餒。如之奈何。〔正末唱〕没來由下這死工夫。〔旦兒云〕秀才。你到的帝都闕下。博得一官半職。改换家門。也不枉了受這場苦楚。〔正末唱〕

【天下樂】想刺股懸頭去讀書。則我這當也波初。自窨付。怕不的滿胸中藏他萬卷餘。又不曾上春官顯姓名。又不曾向皇家請俸禄。哎。也乾着了忍三冬受盡苦。〔旦兒云〕秀才。遇着這等風雪。那裏避一避咱。〔正末云〕大嫂。喒到這裏人生面不熟。投奔誰的是。遠遠望見一個酒務兒。且到那裏避一避風雪。慢慢的入城去來。〔做問科云〕小二哥有酒麽。〔店小二云〕官人請裏面坐。有酒。〔正末同旦兒入店科〕〔正末云〕打二百長錢酒來。〔店小二云〕理會的。官人。酒在此。〔正末云〕大嫂。俺慢慢的飲一杯酒。〔旦兒云〕這一會兒風雪較小了些兒也。〔正末飲酒科云〕大嫂。這一會纔覺的有些兒暖和哩。〔旦兒云〕秀才。我和你離了家鄉。在這裏吃酒。不知父母家中。怎生想念我和你也。〔衙内領隨從上云〕小官龐衙内。來到這郊野外。是好眼界也呵。這雪越下的大了。遠遠的那雪影兒裏。一個小酒店兒。就避一避雪。小的喚那賣酒的來。〔隨從云〕賣酒的。衙内喚你哩。〔店小二云〕有有有。〔見科云〕孩兒是賣酒的。〔衙内云〕兀那厮。你認的我麽。〔店小二云〕孩兒每不認的。〔衙内云〕則我便是權豪勢要的龐衙内。〔店小二云〕孩兒每知道了。〔隨從云〕你這厮。不早來迎接討打吃。〔衙内云〕小的每休打。着他收拾下乾净閣子兒。等我喝幾杯酒去。〔店小二云〕理會的。〔店小二向正末科云〕秀才。你且趓在一壁。這個爺不比别的。他是個衙内。打死人不償命。我打掃的這所在。乾乾净净了。〔見科云〕爺。打掃的閣子乾净了也。〔衙内云〕我兒。你也有福。我一脚蓦過你家來。你家裏九祖都生天哩。我不吃你那酒。小的每。釃我的酒來與他吃。〔隨從云〕有酒。〔店小二吃酒科〕〔衙内云〕我這酒比你的酒如何。〔店小二做嘴臉科云〕這酒比我家的越酸了。〔隨從云〕咄。〔衙内云〕你釃那酒來我吃。〔店小二云〕理會的。酒到。〔做飲酒科〕〔正末云〕大嫂。你看這人是好受用也呵。

〔唱〕

【金盞兒】我則見他人馬鬧喧呼。這人物不尋俗。一羣價飛鷹走犬相隨逐。都是些貂裘暖帽錦衣服。雖不見門排十二戟。户列八椒圖。你覷那金牌上懸銅虎。玉帶上掛銀魚。

〔云〕大嫂。我想那壁是個大人的動静。我將這寶物獻與他咱。愁甚麼不得官做。〔旦兒云〕秀才。他不知是什麼人。則怕不中麼。〔正末云〕不妨事。我問那小二哥咱。小二哥。那壁是個甚麼人。〔店小二云〕你這個秀才。低説些。你還不知道哩。他是權豪勢要的龐衙内。打死人不償命。你問他怎的。〔正末云〕則他是龐衙内。我央及你咱。〔店小二云〕你有甚麼話説。〔正末云〕你説去。這裏一個秀才。有件稀奇寶貝。獻與大人。〔店小二云〕則怕不中麼。〔正末云〕不妨事。〔店小二見衙内跪科云〕爺。那壁有個秀才。要將着件寶貝來獻與爺。〔衙内云〕這廝敢不是我這裏人麼。他不知道我的性兒。趓也趓不迭哩。他要來見我。着他過來。〔店小二向正末云〕秀才。爺着你過去哩。〔正末做見科〕〔衙内云〕兀那秀才。你那裏人氏。姓甚名誰。〔正末云〕小生姓郭名成。〔衙内云〕你可家住在那裏。〔正末唱〕

【醉扶歸】小生呵家住在河中府。〔衙内云〕曾學什麼武藝來。〔正末唱〕幼年間讀幾行聖賢書。〔衙内云〕這等。你可怎麼不做官。〔正末唱〕則爲我運拙時乖天不與。〔衙内云〕可知則是一個窮秀才。〔正末唱〕甘分守窮活路。〔衙内云〕你家裏有甚麼人。〔正末唱〕拜辭了年高的父母。〔衙内云〕你如今往那裏去。〔正末云〕我一徑的取應往梁園去。

〔衙内云〕這廝要應舉去的。你要來見我。有甚麼勾當。〔正末云〕大人。小生有一件寶貝。獻與大人。〔衙内云〕你有甚稀奇寶物。〔正末云〕是個生金閣兒。〔衙内云〕哦。則是個生金閣兒。兀那秀才。你不知道我那庫裏的好玩器。有粧花八寶瓶。赤色珊瑚樹。東海鰕鬚簾。荊山無瑕玉。瞻天照星斗。没價夜明珠。光燦燦玻璃盞。明丢丢水晶盤。那一件寶物是無有的。休説你這生金閣兒。便是純金蓋一間大房子也有哩。你那件兒有甚麽奇異處。叫做寶貝。〔正末云〕大人。這生金閣兒不打緊。若放在有風處吹動。仙音嘹亮。若在無風處。將扇子搧動。也一般的聲響。豈不是個寶貝。〔衙内云〕我不信。你將的來我試看咱。〔正末云〕大嫂。將那生金閣兒來。〔旦兒云〕秀才。則怕不中麽。〔正末云〕不妨事。〔旦兒云〕這等你將的去。〔正末獻砌末科云〕大人。則這個便是生金閣兒。〔衙内云〕拏一把扇子來搧動者。〔正末做搧細樂響科〕〔衙内云〕是好一件寶貝也。〔正末云〕大人。小生豈敢説謊。〔唱〕

【金盞兒】聽小生説從初。〔衙内云〕可也端的少有。〔正末唱〕這寶貝世間無。〔衙内云〕你可那裏得來。〔正末唱〕俺家裏祖傳三輩牢收取。〔衙内云〕你可要多少錢鈔。〔正末唱〕我也不求厚賂但遂意便沽諸。〔衙内云〕我與你些綾羅段疋换的麽。〔正末唱〕也不要綾羅和段疋。〔衙内云〕與你些寶貝金珠可好。〔正末唱〕也不要寶貝共金珠。〔衙内云〕你都不要。可要些甚麽。〔正末唱〕小生只博箇小前程來帝里。便也好將名分入鄉閭。

〔衙内云〕料着這厮的文章。也不濟事。則憑着那件寶貝。要做個官。兀那秀才。你則要做官。這個也不打緊。我與今場貢主説了。大大的與你個官做。小的每便寫個帖兒。寄與今場貢主去。説是我說來。就捎一個官兒與他做。〔正末云〕多謝了大人。小生有一個醜渾家。着他拜謝大人。〔衙内云〕你的渾家。要來見我。敢不中麽。既是這等。看你的面皮。着他過來。〔正末做向旦兒科云〕大嫂。我將那寶貝獻了。大人許我一個官也。你過去把體面拜謝大人者。〔旦兒云〕既然這等。我和你謝去來。〔相見科〕大人。受取妾身幾拜咱。〔做拜科〕〔衙内云〕免禮免禮。這渾家十分標致。便好道巧妻常伴拙夫眠。兀那秀才。你有下處麽。〔正末云〕小生無下處。則纔到的這酒務兒裏避雪哩。〔衙内云〕小的每將兩匹馬來。與他騎着。跟着我私宅裏去來。〔正末云〕既然衙内帶挈。俺一同去來。〔同下〕〔店小二云〕整整打攪了我一日。酒也賣不的。你看我這等造化。〔詩云〕今日買賣十分苦。可可撞見大官府。一個錢兒賺不的。不如關門學擂鼓。〔下〕〔衙内同隨從再上云〕小的每打掃前後廳堂。把那名人書畫。掛將起來。擺上那玩好器皿。着金壺裏釃着熱酒。鋪開那錦裀繡褥。將好臺盞來。請過那秀才來者。〔小廝云〕理會的。〔做喚科云〕秀才。爺請。〔正末同旦兒上云〕大嫂。衙内有請。俺同過去見大人來。〔做見科〕〔衙内云〕兀那秀才。我是個小人家兒。你休笑話。〔正末云〕量小生有何德能。着衙内如此般張筵管待。〔唱〕

【後庭花】我則見錦裀在床上鋪。〔衙内云〕小的每放下那氈簾來。〔正末唱〕兀那氈簾向門外簌。〔衙内云〕炭火上燒着羊肉者。〔正末唱〕我見他獸炭上燒羊肉。〔衙内云〕把酒釃熱者。〔正末唱〕金杯中泛醁醑。〔衙内云〕我見你是個讀書的人。因此上敬你。〔正末唱〕小生則是一寒儒。〔衙内云〕我和你做個親屬。〔正末唱〕怎敢與衙内認爲親屬。量小生有甚福感衙内相盼顧。〔衙内云〕我説的話。你可依的我麽。〔正末唱〕但道的都應付。〔衙内云〕你可不要推阻。

〔正末唱〕並不敢推共阻。〔衙内云〕你的渾家。與我做個夫人。我替你另娶一個。你意下如何。

〔正末唱〕他他他從頭兒説事故。就就就諕的我麻又酥。道道道别求箇女艷姝。待待待打换我這醜媳婦。我我我這面不搽頭不梳。那那那有甚的中意處。

〔衙内云〕好共歹。我務要换了你的。〔正末唱〕

【青哥兒】哎。你怎生的喬爲喬爲胡做。可不道敗壞風俗。〔衙内云〕我要你渾家與我做個夫人。打甚麽不緊。這等推三阻四的。〔正末唱〕你元來好模樣倒有這般心歹處。便待要拆散妻夫。鳳隻鸞孤。〔衙内扯正末科云〕你這厮不肯。我更待乾罷那。〔正末唱〕他將我這衣領揪捽。〔衙内云〕你若不與我。我着你目下就死。〔正末唱〕就着我目下身殂。我則索禱告天乎。可憐我無辜。放聲啼哭。〔衙内云〕好歹將這媳婦與我做個夫人罷。〔正末唱〕哎。不争將並頭蓮磣可可的帶根除。着誰人養活俺那生身父。

〔衙内云〕這厮好生無禮。小的每拏大鐵鎖鎖在馬房裏。扶着他那渾家後堂中去。〔隨從做拏科云〕理會的。郭成。你休言語。枉送了你性命。〔正末哭科〕〔唱〕

【賺煞】罷罷罷怎干休。難分訴。世做的馮河暴虎。赤緊的先要了我這希奇無價物。又生出百計虧圖。哎你箇潑無徒。膽大心麤。俺夫妻每負屈銜冤誰做主。你强奪了

花枝媳婦。又將咱性命屠毒。〔帶云〕哎。早知今日。我不帶的渾家出來也罷。〔唱〕方知道美女累其夫。〔下〕

〔隨從云〕爺。那郭成拏的去。鎖在後槽亭柱上哩。〔衙內云〕我那裏恠郭成的渾家。這等生的風流。長的可喜。正好與我做個夫人。他來的路兒。可也遠了。多把些肥皂與他洗了臉。再搽些胭粉。換些錦繡衣服。在後堂中安排酒餚。慶賀新得的夫人。天阿。也是我一點好心。與我這條兒糖吃。〔詩云〕此生無分得嬌容。一床錦被半條空。今朝奪取良人婦。後堂慶喜吃三鍾。〔隨從云〕還要分付後槽。將這廝收的好者。不要等他溜了。〔同下〕

〔音釋〕累上聲　當去聲　盛音呈　鰔音松　鞁音備　從去聲　稕音准　那上聲　强溪養切　那音挪　黯衣減切　撏詞纖切　剌音辣　粟須上聲　窨音去聲　祿音路　奔去聲　驀音陌　俗詞疽切　逐常如切　服房夫切　行音杭　賂音路　簌蘇上聲　醑音須　屬如上聲　福音府　推退平聲　姝音朱　中去聲　捽音祖　哭音苦　磣森上聲　物音務　毒東盧切　長音掌　阿何哥切

第二折

〔衙內領隨從上云〕某龐衙內。歡歡喜喜。拾得一個郭成的渾家。待要做了夫人。誰想他不着趣。百般的不肯。就我看。我這嘴臉。儘也看的過。你道我臉上搽粉。你又不搽粉那。我家中有個嬷嬷。是我父親手裏的人。他可也看生見長我的。如今着他去勸化。不怕不聽。小的每與我喚將嬷嬷來者。〔隨從做喚科云〕嬷嬷。爺喚哩。〔正旦扮嬷嬷同倈兒上云〕老身是龐衙内家的嬷嬷。衙内呼喚。須索走一遭去。這個是老身的孩兒。喚做福童。他父親不幸早年亡過。福童。你要學裏去。我與你這把鑰匙。你若尋我時。到花園裏來尋我便是。〔倈兒云〕我孩兒。你道將着這把鑰匙。揣在袖兒裏。要尋你時。只在後花園裏。如今我學裏去也。〔下〕〔正旦云〕老身自幼在龐府。看生見長這個衙内。非是一日也呵。〔唱〕

【越調鬬鵪鶉】則他這兔走烏飛。寒來暑往。春日花開。可又早秋天月朗。斷送了光陰。消磨了世況。我如今年紀老。鬢髮蒼。我做不的重難的生活。只管幾件輕省的勾當。

【紫花兒序】早辰間放開倉庫。晌午裏綽掃了花園。未傍晚我又索執料厨房。小了鬟忙來呼喚道衙内共我商量。豈敢行唐。大走向庭前去問當。〔正旦做見衙内科〕〔唱〕哥哥你有何明降。對老身至尾從頭。說短論長。

〔云〕哥哥呼喚老身來。有何事幹。〔衙内云〕嬷嬷。喚你來別無甚事。我大茶小禮。三媒六證。親自娶了個夫人。他百般的不肯隨順我。你勸他一勸。勸的他回心轉意。我自有重重的賞你。〔正旦云〕哥哥你放心者。老身到那裏。不消三言兩句。管教他隨順哥哥便了。〔衙内云〕我這夫人。有些懺拗。嬷嬷。你須放出那蒯通般舌來纔好。〔正旦唱〕

【小桃紅】老身非敢自誇强。我不比那萷徹無名望。〔衙内云〕我禮拜磕頭。央及你波。〔衙内做拜科〕〔正旦唱〕呀呀呀何須的禮拜磕頭把咱央。〔衙内云〕好奶奶。没奈何。好生勸他一勸。〔正旦唱〕直恁般痛着忙。就待要安排共宿芙蓉帳。憑着我甜話兒厮搪。更將些美情兒相向。哥哥也你穩情取金殿鎖鴛鴦。〔同下〕

〔旦兒上詩云〕天下人煩惱。盡在我心頭。渾如秋夜雨。一點一聲愁。妾身是郭成的渾家李幼奴。有龐衙内强要了我生金閣兒。又逼我爲妻。將俺男兒郭成。鎖在馬房裏。天那。好煩惱殺我也。〔正旦上云〕此間是他卧房門首。〔做入見旦兒科云〕姐姐萬福。〔旦兒云〕嬤嬤萬福。〔正旦云〕姐姐我問你咱。俺衙内。大財大禮。娶將你來。指望百年偕老。你只是不肯隨順。可是爲何。〔旦兒云〕嬤嬤。你那裏知道我心中的冤枉也。〔正旦云〕姐姐。你差了也。〔唱〕

【凭欄人】則這女聘男婚禮正當。你兩下和諧可着人讚揚。哎。你箇女艷粧。你心中可怎不思想。

〔旦兒云〕嬤嬤。你怎知道。我那裏是大財大禮娶的。我本是郭成的渾家。有龐衙内强要了我生金閣兒。又逼我爲妻。將俺丈夫鎖在馬房裏。嬤嬤。你可知道我這等冤枉也。〔正旦云〕你若不説。我怎生得知。難道有這等事。〔唱〕

【鬼三台】聽的他言分朗。諕的我魂飄蕩。姐姐也你怎生則撞入天羅地網。俺那厮驢狗兒一片家狠心腸。着誰人好來阻當。〔旦兒云〕嬤嬤。我今日不曾看見丈夫。多敢殺壞了。

兀的不痛殺我也。〔正旦唱〕你道他昨來箇那堝兒裏殺壞了范杞梁。今日箇這堝兒裏没亂殺你女孟姜。〔旦兒云〕嬤嬤。我待要尋一個大大的衙門。告他去哩。〔正旦唱〕你待要叫屈聲冤。姐姐也誰敢便收詞接狀。

〔衙内同隨從打聽科〕〔旦兒做哭科云〕哎喲。天也。〔正旦唱〕

【寨兒令】我見他痛感傷。淚汪汪。〔旦兒云〕當初只爲我生的風流。長的可喜。將我男兒陷害了性命。搊了我這面皮罷。〔正旦云〕哎喲。可惜了也。〔唱〕水晶般指甲兒搊破面上。〔衙内同隨從做聽科〕〔正旦唱〕俺那廝少不的落馬身跐。不久淪亡。他可便遭賊盜值重喪。

【幺篇】多不到半月時光。餐刀刃親赴雲陽。高杆首吊脊梁。木驢上碎分張。渾身的害麽娘椀大血疔瘡。

〔衙内做咳嗽科〕〔正旦唱〕

【金蕉葉】是誰人村聲潑嗓。他壁聽在門兒外廂。〔旦兒做驚科云〕嬤嬤。窗兒外有人咳嗽。

〔正旦唱〕姐姐也你且休慌心勞意攘。我可便自把那言詞説上。

〔衙内做見正旦科云〕唗。我養着你箇家生狗。倒向着裏吠。直被你罵的我好也。〔正旦唱〕

【調笑令】息怒波宰相。聽老身説行藏。〔衙内云〕你還説甚的。可敢再罵我麽。〔正旦云〕哥哥。我不曾説甚來。〔唱〕我道是楚襄王寄語巫山窈窕娘。也不須遮遮掩掩粧模樣。早共晚准備下雨席雲床。〔衙内云〕你道不駡我。恰纔我都聽的了也。〔正旦唱〕我道您哥哥也在城中第一家財帛廣。還有那鴉飛不過的田地池塘。〔衙内云〕小的每。這老賤才駡了我許多。還待賴哩。拏繩子來綑了。丢在八角瑠璃井裏去。〔隨從云〕理會的。〔隨從做腰裏取繩子綑科云〕嬷嬷。你也不要怨我。自家討死吃。〔旦兒云〕嬷嬷。兀的不痛殺我也。〔正旦云〕姐姐。等我那孩兒來時。着他與我報讎。天也。誰來搭救我咱。〔唱〕

【收尾】罷罷罷我倒做了耕牛爲主遭鞭杖。啞婦傾杯反受殃。有一日包待制到朝堂。哥哥也我則怕泄漏了天機白破你那謊。〔同旦兒下〕

〔隨從做丢科云〕撲鼕丢下去了。再搬下井欄石。往下壓着。省的那屍首浮起來。嬷嬷。你倒好了。也落的一個水葬哩。〔做回話科云〕爺。小的每把嬷嬷着繩子綑了。丢在八角瑠璃井裏死了也。〔衙内云〕這嬷嬷便死了。還有郭成哩。一發拿來。就在他渾家根前。着銅鍘切了頭者。〔隨從云〕理會的。郭成。你的渾家送了我衙内便罷了。你百忙裏不肯。如今着我來鍘了你頭哩。趙虎。你揪着頭髮。我提起這銅鍘來。磕叉。〔做跌倒科云〕哎喲。諕殺我也。〔郭成做倒地復起來跑下〕〔隨從做驚科見衙内云〕爺。怪事怪事。只見日月交食。不曾見轆軸退皮。爺着小厮每把郭成拿在那馬房裏。對着他渾家面前。他便按着頭。我便提起銅鍘來。可叉一下。刀過頭落。那郭成提着墻。跳過頭去了。〔衙内云〕哏。怎麽提着墻。倒跳過頭去了。〔小厮云〕呸。是提着頭跳過墻去了。〔衙内云〕强魂强魂。休要大驚小怪的。不妨事。明日是正月十五日。賞元宵。多着些

伴當每。拿着些棍棒。跟着我賞元宵去來。〔同下〕

〔音釋〕嬷魔上聲　斷端去聲　量平聲　論平聲　撇音鼈　拗音要　堝音窩　撾莊瓜切　跐音莊　重平聲　嗓桑上聲　鏩音閘　轆音鹿

第三折

〔社火鼓樂擺開科〕〔外扮老人里正同上云〕老漢王老人。這個是劉老人。時遇元宵節令。預賞豐年。城裏城外。不論官家民户。都要點放花燈。與民同樂。老的。咱每做火兒看燈。走一遭去來。〔做看燈科〕〔衙内領隨從上云〕今日是元宵節令。小的每隨俺看燈耍子去。〔魂子提頭冲上打科〕〔衙内做慌云〕那裏這個鬼魂打將來。好怕人也。走走走。〔下〕〔魂子追趕老人里正社火鼓樂同衆慌下〕〔衙内再上云〕小的每。這鬼魂好狠哩。我們這等跑。他倒越追上來。走走走。〔魂子再上趕科〕〔衙内云〕這鬼魂又趕將來了。諕殺我也。小的每扶着我回去罷。這燈也看不成了。〔下〕〔店小二上詩云〕買賣歸來汗未消。上床猶自想來朝。爲甚當家頭先白。曉夜思量計萬條。自家是個賣酒的。在此處開着個酒店。但是那南來北往。做買做賣。推車打擔。都來我這店裏買酒吃。今日早把這鏇鍋兒燒的熱些。等那買酒的人來。好盪與他吃。〔老人里正謊上云〕走走走。如今那没頭鬼不來了。老的。我們有了這些年紀。眼裏並不曾見這怪異。險些兒被他嚇死。我們且到這酒店裏吃幾杯酒。定一定膽。店小二。我們要買酒吃的。打二百長錢酒來。〔店小二云〕有有有。新篘的美酒。老的。請裏面坐。〔老人云〕恰纔漸漸喘息定了。慢慢的吃幾杯兒。〔正末扮包拯便衣領張千上云〕老夫姓包名拯。字希仁。乃廬州金斗郡四望鄉老兒村人氏。官封龍圖閣待制。正授南衙開封府尹之職。奉聖人的命。着老夫西延邊賞軍回來。時遇上元節令。紛紛揚揚下着國家祥瑞。張千。分付頭踏。遠遠的在前面自去。等我在後慢慢行者。〔唱〕

【南吕一枝花】我可便上西延離汴京。押衣襖臨京兆。我也不辭年紀老。豈憚路途遥。想着辛相官僚。請受了這千鐘祿難虚耗。怎不的秉忠心佐聖朝。今日在鵷鷺仙班。到後來圖寫上麒麟畫閣。

【梁州第七】我也則爲那萬般愁常縈心上。兩條恨不去眉梢。急回身又遇着新春到。我只見寒梅晚謝。凍雪初消。傍幾家兒村鷄啞啞。隔半程兒野犬哰哰。粧點來則恁的景物蕭條。可不道有丹青也便巧筆難描。我我我看了些青滲滲峻嶺層巒。是是是行了些黄穰穰沙堤得這古道。呀呀呀兀良早過了些碧澄澄野水横橋。歸來路杳。裊絲鞭羡殺投林鳥。薄暮也在荒郊。怎當這疲馬西風雪正飄。説不盡寂寥。

〔張千云〕相公。風又大。雪又緊。遠遠的有個酒務兒。略避一避風雪。就買些酒吃。可不好也。

〔正末云〕張千。你説的是。兀的不是個酒務兒。〔唱〕

【牧羊關】草刷兒向墻頭挑。醉八仙壁上描。蓋造的瀟灑清標。寫着道酒勝西湖。店欺着東閣。〔帶云〕看你這村野去處。有什麼整齊的。〔唱〕止不過瓦鉢内斟村釀。那裏有金盞内泛羊羔。你待寫着大樣兒留人醉。我道不飲呵可便從他來酒價高。

〔云〕張千。接了馬者。〔張千云〕牢墜鐙。〔正末見店小二〕〔張千做打小二科云〕賣酒的。快打掃乾净閣子兒。釃熱酒來。把馬牽到後頭。與我細切草爛煮料。把馬喂着。不要塌了膘。你若着人偷了鞍子。剪了馬尾去。我兒也。你眼睫毛我都撏掉了你的。〔店小二云〕你看這厮。他也是個驢前馬後的人。怎麼不由分説。便將我飛拳走踢只是打。我且忍着。教他着我的道兒。〔張千云〕店小二將酒來。我與相公遞一杯酒。〔做跪送科云〕相公。一路上風寒。孩兒每孝順的心。請滿飲一杯。〔正末云〕孩兒也。大風大雪。你兩隻脚伴着我這四隻馬蹄子走。你先吃這鍾兒酒者。〔張千云〕相公不吃。與孩兒每吃。孩兒就吃。〔做接科〕〔正末云〕孩兒也。你吃下這鍾酒去。可如何。〔張千云〕您孩兒吃下這鍾酒去。便是旋添綿。〔正末云〕怎麼是旋添綿。〔張千云〕孩兒吃下這杯酒去。添了件綿團襖一般。〔吃科〕〔做打店小二科云〕我打你這個弟子孩兒。你見我打了你幾下。拏這麼冰也似的冷酒與我吃。把我牙都冰了。吃下去。肚裏就似割得疼的。你還立着哩。快釃熱酒來。〔店小二云〕我知道。〔做背科云〕我如今可釃滚熱的酒與他吃。我盪這弟子孩兒。〔張千云〕快將熱酒來。〔店小二云〕酒熱酒熱。〔張千云〕相公。天道寒冷。熱熱的酒兒。請滿飲一杯。〔正末云〕孩兒也。你一路上還辛苦似我。這鍾酒也是你吃。〔張千云〕這鍾酒又着孩兒每吃。謝了相公。〔做叩頭吃酒科云〕哎喲。好熱酒。盪了喉也。〔正末云〕孩兒吃下這杯酒去。又與你添了一件綿搭護麽。〔做打店小二科云〕我打你個促掐的弟子孩兒。釃這麽滚湯般熱酒來盪我。把我的嘴唇都盪起料漿泡來。我兒也。你討分曉。我筋都打斷了你的。再釃酒來。〔店小二做背科云〕這纔出了我的氣。我如今可釃些不冷不熱。兀兀秃秃的酒與他吃。〔張千云〕將酒來。相公。孩兒每酒勾了。相公請飲一杯兒。〔正末云〕張千。可不道三杯和萬事。一醉解千愁。孩兒。我且不吃。一發等你吃了這鍾。凑個三杯。可不好那。〔張千云〕相公又不吃。又與孩兒每吃。孩兒只得吃了。凑個三杯。〔做戰科〕〔正末云〕孩兒也。你吃了這幾鍾酒。怎麽打起戰來。〔張千云〕您孩兒多衣多寒。〔正末云〕孩兒。你連吃這幾鍾。身上可温和了。老夫一路上鞍馬勞倦。我有些腿疼。過來與我搥一搥背。〔張千云〕理會的。〔做搥背科〕〔店小二云〕你個弟子孩兒。吃了兩鍾酒。佯風詐冒。手之舞之的打我。你敢再來打我麽。〔張千云〕我兒也。你還强嘴哩。你休往城裏來。我若前街上撞見你。一無話説。我若後巷裏撞見你。一隻手揪住衣領。舉起我這五指闊無縫的拳頭。則一拳。〔做打正末科〕〔正末云〕張千。怎的。〔張千慌科云〕恰纔相公賞了孩兒每幾鍾酒。店小二這廝無理。他則道我醉了。他欺負我。他見我與相公搥背。他看着我揎拳攞袖。舒着拳頭要打我。我説你要打我。可是我没有手的。我也少不的還你一拳。不想失錯了。可可打了相公背上。〔正末云〕假似你手裏拏着把刀子可怎了。〔張千云〕您孩兒須認的爹哩。〔正末云〕張千。看馬去。〔張千云〕理會的。〔店小二云〕我着這弟子孩兒打殺我也。我且後面執料去咱。〔下〕〔正末云〕隔壁閣子裏有人吃酒。我是聽咱。〔老人云〕老的。今日是上元節令。家家翫賞。好便好。則多了這没頭鬼。老的。你滿飲一杯。〔里正云〕老的先請。〔老人云〕也罷。我先飲。嗨。老弟子孩兒。可忘了澆奠。〔做澆奠科云〕頭一鍾酒。願天下太平。第二鍾酒。願黎民樂業。做官的皆如卓魯。令史每盡壓蕭曹。輕徭薄税。免受塗炭者。〔正末云〕你聽那厮。倒也説的好。〔唱〕

【賀新郎】他那裏擎杯舉酒對天澆。現如今五穀豐登。萬民安樂。賣弄他田蠶十倍收成了。説不盡庄家庄家這好。還待要薄税輕徭。他道官長每如卓魯。令史每壓蕭曹。高眠莫被閒愁攪。似這等人心無厭足。則怕天也填不的許多凹。

〔正末做掫老人科云〕唱喏。〔老人慌科云〕哎喲。没頭鬼又來了。〔做見正末科云〕呸。我道是没頭鬼。原來是這個老弟子孩兒。則被你諕殺我也。〔張千云〕哏。休胡説。是包包包。〔正末云〕包什麽。〔張千云〕衆老兒。我要買一包絲綿可有麽。〔正末云〕張千靠後。〔老人云〕兀那老子。你要替我唱喏。你也叫一聲。老人家。我唱喏哩。我們便知道了。可怎麽不做聲不做氣。猛可裏從背後掫將我過來。唱上箇喏。且是你這臉生的俊。把我們嚇這一跳。我把你個無分曉的老無知。〔張千云〕哏。是龍龍龍。〔正末云〕什麽龍。〔張千云〕我説你那兩個敢有些耳聾。〔正末云〕這厮靠後。〔老人云〕我把你個老不死的老賊。〔張千云〕哏。是圖圖圖。〔正末云〕什麽圖。〔云〕我問你老人家。你却纔説有什麽没頭鬼。〔老人云〕你不知。聽我説與你。俺每都是在城的老人里正。今日是上元節令。俺往城裏看燈去來。撞見個没頭鬼。手裏提着頭。趕着衆人打。俺們害慌。權躲在這酒務兒裏吃杯酒。你恰纔不做聲不做氣。掫將我過來。唱上箇喏。我則道没頭鬼又來了。故此説着這没頭鬼。〔正末云〕老夫不知。休怪休怪。〔老人云〕你去你去。不怪你。我們也不吃酒了。各回家去也。〔同里正下〕〔正末云〕自從我離朝。誰想有這等蹺蹊事也。〔唱〕

【牧羊關】他那裏纔言罷。諕的我魂暗消。離城中則半載其高。可怎麽白日神嚎。到黄昏鬼鬧。我半生多正直。怎見這蹊蹺。只今的離村疃猶然早。〔云〕張千。將馬來。〔張千云〕理會的。〔正末唱〕**我和你到皇都赴晚朝。**

〔行科〕〔魂子上做轉科〕〔正末云〕呸。好大風也。别人不見。老夫便見。我馬頭前這箇鬼魂。想就是老人們所説没頭的鬼了。兀那鬼魂。你有甚麽負屈銜冤的事。你且回城隍廟中去。到晚間我與你做主。速退。〔魂子趄下〕〔正末云〕張千。休回私宅。跟的我徑往開封府裏去來。〔行科〕〔張千云〕喏。在衙人馬平安。擡書案。〔正末云〕張千孩兒。與你十日假限。到我私宅中。取的鋪蓋來。就問誰該當直。〔張千云〕今日誰該當直。〔婁青上云〕小人婁青便是。哥。你回來了也。改日與你洗塵。恕罪恕罪。〔張千云〕兄弟。我如今下班去也。〔下〕〔婁青做見正末科云〕喏。該是孩兒每婁青當直。〔正末云〕婁青。該你當直。你敢勾人去麽。〔婁青做笑科云〕爺不問。您孩兒也不敢説。您孩兒怎麽不敢勾人。有箇混名兒。唤做催動坑哩。〔正末云〕怎生唤做催動坑。〔婁青云〕當初一日。爺着您孩兒勾人去。聽的説您孩兒到。都逃竄的一個也没了。我回頭一看。則有一箇土坑。我將那勾頭文書。放在那土坑上。喝了一聲。兀那土坑。你跟的我開封府裏回話去來。我在前面走。那土坑在後面速碌碌速碌碌跟將您孩兒來了。因此上唤做催動坑。〔正末云〕好兒。我如今着你勾人去。〔婁青云〕您孩兒就去。〔做忙走科〕〔正末云〕婁青。你轉來。你勾誰去。〔婁青云〕知他勾誰。〔正末云〕你與我勾將那没頭鬼來。〔婁青做慌跪科云〕人使好勾。没頭鬼怎生勾的他。〔正末云〕你可不道是催動坑哩。〔婁青云〕爺。這一會兒催不動了也。〔正末唱〕

【哭皇天】則你那催動坑剛纔道。可怎生這公事便粧幺。則你那口是禍之苗。〔婁青做打臉科云〕你怎麼多嘴。〔正末唱〕舌是斬身刀。〔帶云〕婁青。〔唱〕你與我去城隍根前祝禱。〔婁青云〕爺着孩兒祝禱甚的。〔正末唱〕你說與那衘冤的業鬼。屈死的冤魂。你着他今宵插狀。此夜呈詞。你道這包龍圖專在南衙裏南衙裏等待着。〔婁青云〕您孩兒知道了。便勾去。〔正末云〕婁青你轉來。天色還早哩。〔婁青云〕這等多早晚去。〔正末唱〕直等的金烏向山墜。銀蟾出海角。

〔婁青云〕您孩兒便依着爺的言語。對城隍神道祝禱了。他兩個耳朵是泥塑的。怕不聽見。〔正末云〕婁青。我與你一道牒文去。〔唱〕

【烏夜啼】你與我速赴城隍廟。將牒文火内焚燒。早將那没頭的業鬼提來到。〔婁青做怕科云〕哎喲。這城隍廟是鬼窩兒裏。三更半夜。只是婁青一個自去。怕人設設的。怎好。〔正末唱〕諕的他怯怯喬喬。絮絮叨叨。諕的他戰簌簌的把不定腿脡搖。可撲撲的按不住心頭跳。你這斷。若違拗。〔帶云〕你看我這劍者。〔唱〕我着劍分了你肢體。鑭切了你脂膏。

〔云〕婁青。〔婁青云〕有。〔正末云〕婁青。今夜晚間。將着這道牒文。直至城隍廟中。燒了這道牒文。你將那銜冤負屈的鬼魂。都着他開封府裏來。老夫親自問這一樁公事。〔婁青云〕爺。這個正叫做没頭公事。便要問時怕也難應心麼。〔正末唱〕

【黄鍾尾】我若是不應心今夜便辭了宣詔。〔婁青云〕爺。應的口麼。〔正末唱〕我若是不應口今番不姓包。〔婁青云〕您孩兒多早晚時候去。〔正末云〕天色早哩。〔唱〕直等的初更殘二鼓交。把冤魂攝來到。審箇真實。問箇下落。殺人賊便拿捉。赴雲陽向市曹。將那廝高杆上挑。把脊筋來吊。我着那横亡人便得生天。衆百姓把咱來可兀的稱讚到老。

〔下〕

〔婁青云〕我婁青領着包待制這一道牒文。到城隍廟勾那没頭鬼去。你道活人好見鬼的。可不是死。我待不去來。他又要切了我的頭。也是個死。我想這銅鍘一鍘。鍘將下來。這脖子上好不疼哩。頭又切斷了。不如被鬼諕死倒不疼。又落得箇完全屍首。只得捱到今夜晚間。三更時分。將着牒文。到城隍廟裏勾鬼去。常拚着個死罷。〔暫下〕〔拿燈籠再上云〕這早晚是三更也。我提了燈籠。怎麼這一會兒越怕將起來。你聽那房上的瓦。各刺刺各刺刺。墻上的土。速碌碌速碌碌。有鬼也。有鬼也。〔做拿燈照科云〕嗨。原來是風吹的這箬葉兒響。我白日裏就與那道官説來。教他把廟門則半掩着。來到門外果然還不曾上拴哩。〔做推廟門入廟科云〕待我推開這門來。〔驚科〕早是一個冷風陣。從裏面吹將出來。哎喲。燈也滅了。敢這没頭鬼預先在那裏等我。〔做進門科云〕呸。百忙裏腿轉筋。這箇是二門。這箇是兩廊。這箇是正殿。〔做放下燈籠跪科云〕城隍爺爺。包待制大人的言語。教我勾没頭鬼來。爺爺可憐見。我有這牒文在此。可可的我的燈籠。剛到門就滅了。那裏討火燒他。呸。這琉璃裏不是燈。待我踏着櫈。點這燈下來。〔做上櫈倒科云〕呸。百忙裏又踹虛了。教我吃着一驚。待我先點在燈籠裏了。便有風來。也不怕他。〔做取燈籠罩兒點上燈燒紙科云〕爺爺可憐見。〔内響科〕〔做怕科云〕有鬼。有鬼。〔做倒科〕〔魂子做提頭上扶起婁青科〕〔婁青云〕這扶我的是誰。〔魂子云〕我是没頭鬼。〔婁青看科云〕好怕人。當真是没頭鬼。〔魂子做應科云〕是。〔婁青云〕你這没頭鬼。包待制勾你哩。你跟我去來。〔魂子應科同下〕

〔音釋〕篘叉搜切　傍去聲　滲森去聲　寂精妻切　挑上聲　閣高上聲　醲泥降切　旋去聲　揎音宣　攞羅上聲　樂音澇　凹音腰　嚎音毫　疃湯卯切　祝去聲　角音皎　落音澇　捉之卯切

第四折

〔正末領祇候張千排衙上〕〔張千幺喝科云〕左右。伺候大人坐堂。要問事哩。〔正末云〕今夜燈燭熒煌。如同白日。正好問這樁公事也呵。〔唱〕

【雙調新水令】透襟懷一陣冷風吹。則他這閉長空暮雲都退。顯出那碧澄澄天氣爽。

明皎皎月光輝。斷和着燈焰相窺。照耀的似白日。

〔云〕婁青好不幹事。可怎生這早晚不見來也。〔婁青上云〕來到衙門首了。不知他有也是無。待我叫他一聲。没頭鬼。〔魂子隨上做應科云〕孩兒每婁青來了也。〔婁青云〕你則在這裏。我報復去。〔魂子云〕我知道。〔婁青見正末做跪科云〕〔正末云〕婁青。曾見什麼人來。〔婁青云〕没。〔正末云〕你勾的鬼如何。〔婁青云〕有有有。被我劈頭毛採將來了。〔正末云〕與我拿將過來。〔婁青云〕理會的。我出的這門來。我喚他一聲。没頭鬼。〔魂子云〕哎。〔婁青云〕大人喚你哩。你過去。有甚麼冤枉事。你自説波。〔婁青見正末科云〕當面。〔正末云〕婁青。你着他説那詞因。〔婁青云〕大人分付。着你説那詞因。〔婁青做聽扯祇候科云〕你聽見麽。〔祇候云〕我不聽見。〔婁青云〕我也不聽見。〔正末云〕可怎生他不言語。將婁青搶出去。〔張千做叉婁青科云〕出去。〔婁青做跌出門科云〕悔氣。這没頭鬼在門外叫聲應聲。怎麽緊要去處。倒不做聲。莫不是他去了麽。待我再叫他一聲。没頭鬼。〔魂子應科云〕哎。〔婁青云〕你在那裏來。〔魂子云〕我害饑也。買個蒸餅喫哩。〔婁青云〕這廝還要打諢。你要去吃蒸餅。兀的你手裏現拿着個饅頭哩。你快過去。〔做見正末科云〕没頭鬼。你説。〔正末云〕他怎生又不言語。搶出去。〔張千做叉出門科婁青云〕元來他不曾過去。待我再叫他一聲。没頭鬼。〔魂子應云〕哎。〔婁青云〕你怎麽又不過去。〔魂子云〕我過去不得。〔婁青云〕你爲甚麽過去不得。〔魂子云〕被那門神户尉當住我。因此上過不去。〔婁青云〕你何不早説。〔婁青見正末科云〕大人可憐見。這箇没頭鬼被門神户尉當住。因此上不敢過來。〔正末云〕是阿。大家小家。各有個門神户尉。〔詩云〕老夫心下自裁劃。你將銀錢金紙快安排。邪魔外道當攔住。只把屈死冤魂放入來。〔唱〕

【沉醉東風】則我那開封府門神户尉。你與我快傳示莫得延遲。你教他放過那屈死的魂。銜冤的鬼。只當住邪魔惡祟。〔婁青云〕燒了這紙錢。你看好冷風也。〔正末唱〕我則見黯黯的愁雲慘霧迷。嗨。可早變的來天昏也那地黑。

〔魂子見正末跪科〕〔正末云〕別人不見。老夫便見。燈燭直下。跪着一個鬼魂。好是可憐人也。〔唱〕

【慶東原】紙錢向身邊掛。人頭向手内提。向前來緊靠着燈前跪。我這裏叮嚀的問你。你家住在那裏。〔魂子云〕孩兒每河中府人氏。〔正末唱〕姓甚名誰。〔魂子云〕姓郭名成。〔正末唱〕你可也做財主做經商。爲黎庶爲官吏。

〔魂子云〕孩兒是個秀才。〔正末云〕兀那鬼魂。你將那屈死的詞因。備細訴來。老夫與你做主。〔魂子云〕孩兒每姓郭名成。本貫河中府人氏。嫡親的四口兒家屬。有一雙父母年高。渾家李氏。我因做了一個惡夢。去市上算卜。道我有一百日血光之災。千里之外。可以躲避。小生來到家中。辭別了父母。一來躲避災難。二來進取功名。行至中途。時遇冬天。風又大。雪又緊。在一個小酒務兒裏飲酒。正撞着權豪勢要的龐衙内。强奪了我生金閣兒。又要我渾家爲妻。見小生不從。將我銅鍘下一命身亡。我一靈兒真性不散。投至的見爺爺呵。可憐我這等冤枉。天來高。地來厚。海來深。道來長。〔詞云〕因此一點冤魂終不散。日夜飄颻枉死城。只等報得冤來消得恨。纔好脱離陰司再托生。即今上元節令初更候。正遇龐姓無徒出看燈。被我繞着街頭追索命。吵的遊人大小盡擔驚。也是千難萬難得見南衙包待制。你本上天一座殺人星。除了日間剖斷陽間事。到得晚間還要斷陰靈。只願老爺懷中高揣軒轅鏡。照察我這悲悲痛痛。酸酸楚楚。説無休訴不盡的含冤負屈情。〔正末云〕兀那鬼魂。到明日我與你做主。你且退者。〔魂子云〕婁青哥哥。你還送我一送兒去。我有些怕鬼。〔婁青云〕哇。〔魂子下〕〔正末云〕天已明了也。張千。擡出放告牌去。〔張千云〕理會的。〔旦兒領倈兒上云〕冤枉也。〔正末云〕張千。是甚麼人聲冤。着他過來。〔張千云〕兀那婦人。你過去當面。〔旦兒同倈兒見正末跪科云〕〔正末云〕兀那婦人。你爲何聲冤。説你那詞因來。〔旦兒云〕小婦人是河中人。喚做李幼奴。大人可憐見。我告着龐衙内。强要了我生金閣兒。又逼我爲妻。將俺男兒郭成殺壞了。這個是嬤嬤的孩兒福童。將他母親推在八角琉璃井裏死了。望青天老爺。與小婦人做主咱。〔正末唱〕

【雁兒落】昨宵箇牒城隍將怨鬼提。到今日放南衙果有冤詞遞。元來是龐衙内使盡他狼虎威。生拆散你這鴛鴦對。

【得勝令】呀。他敢將蕭何律做成衣。將罪犯滿身披。誰許他謀了財又要謀人命。誰許他奪人妻逼做妻。直恁的無知。那嬤嬤擔何罪。死的箇堪悲。我與你勾他來問到底。

〔云〕兀那婦人。你兩個且在司房裏住者。〔旦兒同倈兒下〕〔正末云〕婁青你與我買羊去。〔婁青云〕理會的。買了羊也。〔正末云〕婁青。你與我掛畫者。〔婁青云〕畫也掛好了。〔正末云〕與我請人去。〔婁青做應便走科〕〔正末云〕婁青你轉來。你請誰去。〔婁青云〕知他請誰去。〔正末云〕與我請將龐衙内來。〔婁青云〕老子也。怎麼要請他。他是個不好惹的。官差吏差。來人不差。大着膽請他去。此間是龐府門首。〔做咳嗽科〕〔龐衙内上云〕是什麼人在門首。〔婁青做見跪科云〕孩兒每是衙門中的婁青。有包待制差我來請大人哩。〔衙内云〕包待制他請我怎的。他意思則是怕我。你説去道我便來也。〔婁青云〕理會的。〔見正末科云〕小人請的衙内來了。〔正末云〕道有請。〔婁青云〕爺有請。〔衙内做見科云〕老宰輔。量小官有何德能。敢勞置酒相請。〔正末云〕老夫西延邊賞軍纔回。專意請衙内飲一杯。衙内請坐。老夫年紀高大。多有不是處。衙内寬恕咱。從今已後。喒和衙内則一家一計。〔衙内云〕老宰輔説的是。和喒做一家一計。〔正末云〕衙内。老夫西延邊賞軍回來。得了一件稀奇的寶物。着衙内看咱。〔衙内云〕是何物。〔正末云〕是一個生金塔兒。塔兒不稀罕。放在那桌兒上。有那虔心的人。拜三五拜。塔尖上有五色毫光真佛出現。〔衙内云〕這個不打緊。我有個生金閣兒。放在有風處。仙音嘹亮。無風處用扇子搧着。也一般的響動。〔正末云〕老夫不信。〔衙内云〕小的每快去家中取來。〔小厮云〕生金閣兒取來了也。〔衙内云〕放在桌兒上。着扇子搧動咱。〔婁青做搧細樂響科〕〔正末云〕是一件好東西。真是無價之寶。〔婁青云〕那裏是生金閣響。死了我丈人回靈哩。〔正末云〕衙内。老大難的見此寶物。怎生借與

我老妻一看。可不好那。〔衙内云〕老宰輔將的看去。喒則是一家一計。〔正末唱〕

【沽美酒】略使些小見識。智賺出殺人賊。這場事天教還報你。我可便有言語敢題。並不要你還席。

〔衙内云〕老宰輔不要我還席。好快活也。喒則一家一計。吃個盡興方歸。〔正末唱〕

【太平令】拚了箇醄醄沉醉。直吃的盡興方歸。〔衙内云〕從今後一家一計。〔正末唱〕龐衙内有權有勢。更和俺包龍圖一家一計。你若是這裏。等的。也不消半刻。我可便剮的你身軀粉碎。

〔云〕筵前無樂。不成歡樂。婁青。與我喚將個歌者來。〔旦兒領倈兒上跪科云〕冤屈也。〔正末云〕兀那婦人。你告誰。〔旦兒云〕我告龐衙内。〔正末云〕衙内。他告你哩。〔衙内云〕喒則一家一計。〔正末云〕衙内。那婦人説你强要了他生金閣兒。是也不是。〔衙内云〕恰纔那個閣兒便是。〔正末云〕説你强要他爲妻。又將他男兒郭成殺壞了。是也不是。〔衙内云〕是我鬬他要來。〔正末云〕又將嬤嬤推在井中身死。是也不是。〔衙内云〕也是。也是。〔正末云〕婁青。將紙墨筆硯來。着衙内畫個字者。〔婁青云〕理會的。爺依着畫個字。左右一家一計。〔衙内云〕是我來。是我來。我左右和老包是一家一計。〔正末做努嘴科云〕婁青。與我拿下去。〔婁青做拿科云〕爺請出席來。左右一家一計。〔衙内云〕老兒。你敢怎麽。〔正末云〕婁青。將枷來。將龐衙内下在死囚牢裏去。〔婁青做拿枷套衙内科云〕衙内。請上枷。〔衙内云〕老兒。這個須不是一家一計。〔正末云〕一行人聽我下斷。龐衙内倚勢挾權。混賴生金閣兒。强逼良人婦李氏爲妻。擅殺秀才郭成。又推嬤嬤井中身死。有傷風化。押赴市曹斬首示衆。嬤嬤孩兒福童。年雖幼小。能爲母親報讎。到大量才擢用。將龐衙内家私。量給福童一分爲養贍之貲。郭成妻身遭凌辱。不改貞心。可稱節婦。封爲賢德夫人。仍給龐衙内家私一分。護送還鄉。侍奉公婆。郭成特賜進士出身。亦被榮名。使光幽壤。〔旦兒倈兒同拜謝科〕〔正末詞云〕則爲這龐衙内倚勢多狂狡。擾良民全不依公道。窮秀才獻寶到京師。遇賊徒見利心生惡。反將他一命喪黄泉。恣姦淫强把佳人要。老嬤嬤生推落井中。比虎狼更覺還兇暴。論王法斬首不爲辜。將家緣分給諸原告。李幼奴賢德可褒稱。那福童待長加官爵。若不是包待制能將智量施。是誰人賺得出這個生金閣。

〔音釋〕熒音盈　和去聲　日人智切　劃胡乖切　祟音歲　黑亨美切　識傷以切　賊則平聲　席星西切　醄音桃　興去聲　的音底　刻康美切　惡襖去聲　爵剿去聲

題目　李幼奴搊傷似玉顔

正名　包待制智賺生金閣

馮玉蘭夜月泣江舟雜劇

第一折

〔冲末扮馮太守引净張千丑家童上〕〔馮太守云〕老夫姓馮名鸞。字文翔。祖居洛陽人也。由進士出身。累爲郡守。今改福建泉州府知府之職。前去理任。明日絶早辭朝。今日是個好日辰。着夫人同小姐小舍人先行。老夫明日出城。家童。你跟着夫人。路上小心在意。好生看管。待我到時。開船長行便了。〔家童云〕理會的。我同妳妳小姐小舍人。照管着行李先去。僱下一隻好船。專等老爺到時。一同開船只個。〔馮太守云〕張千。你跟我往公館中歇息。待明日辭朝去來。〔下〕〔家童云〕俺老爺去了也。我把這行李一一收拾下了。將這車輛打點的停當。只等妳妳和小姐小舍人出來時。上了車。便索出城去。這早晚妳妳和小姐小舍人敢待來也。〔旦兒扮田夫人同正旦馮玉蘭倈兒梅香上〕〔正旦云〕妾身馮玉蘭是也。今年十二歲。母親田氏。是受過誥封的夫人。小兄弟憨哥。今年七歲。還有一個梅香。叫做春嬌。是從幼兒服侍我的。俺父親除福建泉州府知府。前去理任。今日俺這家小前行。俺父親待到明日辭了朝。一同的開船。母親家童。將行李都收拾停當了麽。喒上了這車。慢慢行咱。〔家童做見科云〕妳妳和小姐小舍人都來了。車兒走動些。〔夫人云〕家童。仔細看顧行裝也。〔正旦云〕母親。您孩兒生長深閨。未嘗見街市上。喒在

這香車内試看一看咱。〔唱〕

【仙吕點絳唇】則見那馬足車塵。往來無盡。頻詢問。何處前津。可兀的日遠長安近。

【混江龍】你把那行裝整頓。無過是一琴一鶴緊隨身。我是個閨中少女。更和這堂上慈親。着甚的家使奴先教開道路。也只爲俺女孩兒不慣出房門。你一行行一步步休得辭勞困。〔家童云〕小姐。你則管走路兒。不要管別的事。這都是我的干繫。兀那前頭的車上。掉了我的搭褳。我拾起來者。〔正旦唱〕我這裏叮嚀的道與。你可也要服侍殷勤。

〔家童云〕妳妳和小姐小舍人。不一時早出的城門了也。妳妳敢肚饑了。且住一住兒。等我買幾個波波來吃咱。〔夫人云〕家童。俺不饑。且趲行路程。待喒下了車。上的船。那時吃些茶湯兒那。〔正旦云〕母親説的是。〔唱〕

【油葫蘆】休那裏説短論長語話頻。〔家童云〕您每坐着車兒。自自在在的。我從五更鼓起來。打點行李。走了這半日。你便不知饑。我可肚裏饑哩。〔正旦唱〕我須是有量忖。又没個村莊道店好安存。只我這知書達禮當恭謹。怎肯着出乖露醜遭談論。他那裏苦廝纏。好教我越怒嗔。我巴不得兩三朝飛到泉州郡。可甚的沿路只逡巡。

〔家童云〕這裏到河邊。也不是一步的路。妳妳你車兒裏有甚麽乾糧。與我些吃也好。〔夫人云〕俺這車兒裏那裏得乾糧來。到前面時。住一住兒罷。〔正旦云〕母親。喒也不必下車兒去。就將甚

麽茶湯兒來。與喒吃了再行。〔唱〕

【天下樂】喒是個嫩蕊嬌枝一女人。俺那家也波尊。家尊是縉紳。生怕失家聲。故將饑餓忍。暈的呵眉黛顰。厭的呵神思昏。則願駕香車去路穩。

〔家童云〕好好。可早來到河邊也。妳妳和小姐小舍人且住在這裏。等找尋船去來。〔浄扮梢公上云〕自家是個使船的梢公。專送這來往客商人等。且將船隻撑近岸邊。看有甚麽人來僱船那。〔家童見科云〕兀那梢公。你把那船僱與俺罷。〔梢公云〕你僱往那裏去。〔家童云〕我僱船往山西去。〔梢公云〕那裏得山西的水路。〔家童云〕兀那船家。你聽者。俺非是小人家僱你的船隻。俺大人是馮太守。陞福建泉州府赴任去的。止是家小。有些行李。你若着俺在你船上。你那艙裏還好順便帶些私貨。是我總承你。你還不知哩。〔梢公云〕這等就搬行李。請家小上船。〔家童云〕船家。你這船會打勈斗麽。〔梢公云〕船怎麽會打勈斗。〔家童云〕你這船開到河心裏弄翻了。倒把桅竿直戳下泥裏去。這不是打勈斗。〔梢公云〕多謝你放屁的口。説這利市的話。〔家童請夫人正旦科云〕妳妳和小姐小舍人。船都僱下了。行李也搬上船了。則請妳妳和小姐小舍人上船。你每仔細。身上可都有葫蘆麽。〔正旦云〕要那葫蘆怎的。〔家童云〕只要有了葫蘆。隨他掉在河裏。再渰不死。〔正旦云〕母親和兄弟。同上船去來。〔夫人云〕姐姐。你好生看小舍人咱。〔正旦云〕母親。您孩兒知道。〔夫人同正旦倈兒上船科〕〔家童云〕仔細仔細。這性命都在這塊跳板上哩。〔正旦云〕上的這船來了。家童。便安排些茶飯來。與母親和俺吃用。待明朝父親來時。便好開船也。

〔夫人云〕孩兒説的是。〔正旦唱〕

【那吒令】俺父親呵待明朝早晨。便拜辭也禁門。待明朝早晨。便到來也水濱。待明朝早晨。便開船也動身。淅零零風乍生。白茫茫波流緊。看一派江景悽人。

〔家童云〕天色將晚。俺們早早的歇息了罷。〔正旦唱〕

【鵲踏枝】恰纔個日斜曛。可又早月黄昏。則見那漁火孤村。罷網收綸。掩篷窗且捱過了今宵時分。不覺的困騰騰越減精神。

〔云〕母親。天色晚了也。船上人都歇息去了。俺在車此來一路奔馳。好生困倦。喒睡一睡兒咱。〔夫人云〕孩兒説的是。俺和你睡些兒咱。〔夫人倈兒梅香家童梢公同下〕〔正旦做睡科云〕俺母親和兄弟都去睡了。父親又不在此。這船泊在河下。人又生。路又野。甚麽睡到的我這眼裏也。我且披上衣服。坐一坐咱。〔做打夢科〕〔净扮邦老上〕〔正旦云〕呀。好是奇怪。那裏這等鞋底鳴脚步響。不由的我這心中不怕也。〔唱〕

【後庭花】猛聽的響擦擦似有人。〔帶云〕我起來試聽咱。〔唱〕早諕得我急煎煎怎坐存。按不定可丕丕心兒跳。揾不乾汗淋淋濕滿巾。〔邦老做拏刀入艙〕〔正旦做轉身見驚科〕〔唱〕荒野外四無鄰。眼睁睁向誰投遶。可憐喒婦女們。做官的又赤貧。止不過影與身。再没甚金共銀。您何須緊厮跟。擋咽喉强劫人。好教我哭啼啼難理論。待向前還倒褪。

〔邦老做攔住科〕〔正旦做走科〕〔唱〕

【青哥兒】呀。則見他忙將忙將兵刃。可教我怎生怎生逃遁。你若是留得我殘生過幾春。我可也答報你深恩。敬似俺嚴親。奉侍晨昏。不避辛勤。衣進時新。食獻奇珍。情願與你做孩兒左右不離身。甘承認。

〔邦老做趕殺科下〕〔正旦做驚醒科云〕兀的不諕殺我也。呀。元來是做的一個惡夢。好生不祥。這早晚方纔半夜也。百般的不得天明。叫我怎麽還睡的着。〔唱〕

【賺煞】百般的盼不到曉雞鳴。强搭伏這鮫綃盹。水聲兒偏傍着孤舟滚滚。怕流不盡俺心頭憿憿的悶。猛想起夢兒中遇見强人。尚銷魂。帶着滿面啼痕。休道睡眼朦朧不是真。〔内做鷄叫科〕〔帶云〕可早天明了也。〔唱〕漸見晨光隱隱。〔家童上云〕天明了也。叫梢公早些開船。疊在官廳傍邊。恐怕老爺將次來也。〔正旦唱〕移到這官廳側近。〔帶云〕只等俺父親來呵。〔唱〕去向成都肆裏訪着那個卜錢人。〔下〕

〔音釋〕憨音酣　褳連去聲　逡蛆荀切　縉音晋　暈音韻　黛音代　戳音濁　揾温去聲　褪吞去聲
刃去聲　盹敦上聲　憿音鰲

第二折

〔馮太守引張千上詩云〕安排五馬出京華。處處春風送落花。傳語前驅休喝道。恐驚林外野人家。老夫馮鸞。今往泉州理任。辭了朝來。早到那河邊了也。張千。便與我尋那家小船隻。在於何處。〔張千云〕理會的。你看麽邊着這河邊似篦子一般。擺下這許多的船隻。教我那裏尋去。這家童也不出來接我每一接。〔家童同梢公上云〕我家這個老頭兒。這早晚還不到。我是往涯上看一看去咱。〔做見科〕〔張千云〕兀的不是家童。你在那裏。要我尋了你這一日。〔家童云〕適纔吃了飯。我在這船頭上學打拳耍子。張千。我家那老頭兒在那裏。〔張千云〕在那裏不是。〔張千做報科云〕稟爺。尋着船了也。這的不是家童。〔馮太守云〕家童。船在那裏。〔家童云〕船在官廳傍邊。等候着哩。〔馮太守云〕喒收拾上船去。〔做上船科〕〔正旦同夫人倈兒梅香上〕〔正旦云〕妾身馮玉蘭。同母親兄弟。等候父親去來。〔做見科〕母親。父親早來了也。〔馮太守云〕夫人。我來了也。兀那梢公。便與我開船去。〔梢公云〕知道。只等那船頭上燒了利市紙馬。分些神福。吃得醉飽了。便撑動篙來。開起船來。扶舵的往裏倒。〔正旦云〕父親。您孩兒昨日先到的船上。晚間得了一夢。十分的凶怪。今日行船。須索仔細也。〔馮太守云〕孩兒放心。夢中之境。未可深信。吉人自有天助。梢公。乘着這順風。拽起篷來者。〔正旦云〕你看纔拽的這篷來。須臾間早行了數十里水程也。〔唱〕

【正宫端正好】恰開船擡頭覷。早行了數里程途。只爲一帆風肯把行人助。來到這渺渺烟霞處。

【滚繡毬】蘆花岸如雪堆。蓼花灘似錦鋪。野鷗閒自來自去。彩雲輕時捲時舒。帆影兒蕩碧波。櫓聲兒過緑浦。恰便是走馬般不停不住。見白茫茫遠接天隅。烟光半向江心斂。樹色全從水面浮。江景也模糊。

〔夫人云〕老爺。船行了數日。可端的幾時方到那泉州也。〔馮太守云〕夫人。這路程上要看風便不便。怎麽定的日子。〔正旦云〕父親。喒離了都城。可早十數日了也。〔唱〕

【倘秀才】我這裏款款的招春葱來細數。何日見泉州景物。〔馮太守云〕孩兒也。那泉州府終有到的日子哩。〔正旦唱〕經了些風雨聲中聽鷓鴣。〔梢公云〕遠遠望見前面。那一片大水。就是大江了也。〔馮太守云〕兀那梢公。且慢慢的行者。是好大水也。〔正日云〕父親母親。你看水連着天。天連着水。〔唱〕你看那水天連四野。莫是洞庭湖。〔馮太守云〕孩兒。這是大江。不是洞庭湖。〔正旦云〕父親。着船家將這船。略住一住兒咱。〔唱〕且將這船來纜住。

〔梢公云〕禀爺。天色晚了。江水大風又大。恐有疎失。不如灣船罷。〔馮太守云〕恁的呵。你在那蘆花深處。將船灣住者。〔梢公云〕這個就叫做黄蘆蕩。正好灣船下篷下篷。慢着慢着纜住了船也。〔家童云〕船纜住了也。放下跳板。我往岸上活一活脚去。〔夫人云〕家童。你且看些飯來。

與俺食用咱。〔家童云〕你這個妳妳。但住下則討嘴吃。慌些甚麽。等我到江邊。洗了澡來。就撈幾個螃蟹與你吃。〔梢公云〕你休在這裏只管嚷鬧。你看晚飯去。等艙裏老爺吃了。早早的睡一睡。明日絶早起來。還要過江去哩。〔馮太守云〕夫人和小姐。你看江面上被那晚色相侵。端的使人思鄉感嘆也。〔正旦云〕父親。你孩兒試看咱。〔唱〕

【滚繡毬】我只道渚烟生逐好風。却元來海潮迴催暮雨。動鄉愁暗傷情緒。〔夫人云〕小姐。俺幾曾見這般大江水也。〔正旦唱〕**都則爲俺家尊受職遷除。**〔馮太守云〕孩兒。若不是我爲泉州太守呵。你子母兒一世也到不的此處。〔正旦唱〕**若不是逐功名如轉蓬。怎能勾對江山似畫圖。看東溟漸升玉兔。早西山墜盡金烏。見漁家燈火明還滅。聽野寺鐘聲斷又續。此景非俗。**

〔夫人云〕孩兒。明日早要開船過江。我和你早些睡去來。〔下〕〔梢公云〕船上人。大家小心仔細。睡便睡。要睡得醒覺些。休着人上船來。偷了我的篙子櫓仗去。都睡罷。都睡罷。〔馮太守云〕家童。你與我點起燈來者。我向艙裏。和夫人小姐每閒坐一坐咱。〔家童云〕兀的燈在這裏。你每坐。我自去睡也。〔浄扮巡江官屠世雄引卒子上詩云〕往來巡綽大江中。舉棹張帆只看風。可知賊子聞咱怕。則我是膽大心麄屠世雄。某乃巡江官屠世雄是也。引着這數百水兵。專管沿江擒拏賊寇。來到這黄蘆蕩。將船纜住者。〔梢公罵科云〕是那個棺材。將我的船撞一下。你豈不曉的行船不撞坐船哩。〔屠世雄云〕我是巡江的官船。〔梢公云〕呸。你是巡江的官船。偏我的不是官船。

我這船上載着的是福建泉州府馮太爺。同着家小哩。〔屠世雄云〕元來也是一隻官船。你去請你那老爺出來。與俺相會一面咱。〔梢公云〕你且等一等。待我和艙裏老爺説去。〔報科云〕禀老爺得知。這裏有個巡江的官。要請你相見哩。〔家童云〕哇。兀的賊囚。我辛苦了這一日。恰待要收拾睡。你又這般叫甚麽。只説我家老爺睡着了。不開船艙門。不好相見。等明日罷。〔馮太守云〕家童。你住者。則怕是老夫相識的人。可開那船艙門。一面看茶。待老夫與他厮見咱。〔做出門科〕〔做相見科〕〔屠世雄云〕小官夜晚間。不知是泉州太守大人。不曾迴避。小官得罪了也。〔馮太守云〕彼此各爲公事。元無統屬。何迴避之有。請問大人現任何職。有何公事到此。幸勿隱諱。〔屠世雄云〕小官姓屠名世雄。奉上司差遣。領着水軍。沿江捕捉賊寇。體察奸細。偶然阻風。到此泊舟。因見這隻官船在此。小官問那船上的人。説道是老大人的家小行李。都在船上。小官恐怕是賊船。故來動問。勿罪勿罪。〔馮太守云〕原來是巡江的官員。與老夫雖分文武。總是一殿之臣。今日相逢。非同容易。叫家童你快安排酒餚。請大人過我船上。略叙三杯。有何不可。〔屠世雄云〕小官有何德能。敢勞大人如此費心也。〔馮太守云〕中途暮夜。别無所備。老夫聊借一杯。與大人少叙閒話而已。梢子把船相並着。請屠爺過來者。〔屠世雄做上船科云〕大人先請。〔做入艙科〕〔馮太守云〕家童。將酒來。〔做把盞科云〕大人。請滿飲此杯。〔屠世雄做飲酒回敬科云〕大人。小官素不相識。今蒙一見如故。足知大人尊量不淺也。〔馮太守云〕喒和你慢慢的飲幾杯咱。據大人狀貌魁梧。言談倜儻。真乃老夫所敬。當以出妻獻子。家童。請的妳妳和小姐小舍人參拜大人咱。〔家童云〕理會的。也不曾見這老傻廝。人生面不熟的。就着妳妳出來。且依着他。請妳妳去。〔家童請科云〕妳妳小姐小舍人有請。〔正旦同夫人倈兒梅香上夫人云〕家童。你喚俺怎的。〔家童云〕妳妳和小姐小舍人。老爺有請。都着你過去。與那個巡江官相見哩。〔夫人云〕小姐。父親在前艙裏面。有個甚麼巡江官。着俺出去。與他相見。喒須索走一遭去。〔正旦云〕母親。你孩兒青春年少的。這早晚更深夜半。知他是甚麼人。我不去見他也罷。〔夫人云〕孩兒。與你父親相交的。必是你叔父之輩。喒便去相見呵。料也不妨麼。〔正旦唱〕

【倘秀才】你道是與俺家尊故熟。〔家童云〕快出來罷。他又不搶了你去。老爺等着你哩。〔正旦唱〕因此上出妻也那獻女。〔家童云〕妳妳和小姐。你出去也没甚事。無過則是着遞一杯酒兒。〔正旦唱〕可着我翠袖慇勤捧醁醑。〔夫人云〕小姐。不知是甚麼官員。你到那裏。把體面相見咱。〔正旦唱〕我羞答答難相見。嬌怯怯自躊躇。低頭怕語。

〔夫人云〕孩兒。你父親性兒不好。喒去來。你跟着我者。〔做見科〕〔屠世雄云〕呀。夫人來了也。小官在此多擾。有一拜咱。〔做拜科〕〔馮太守云〕小姐和孩兒。參拜大人咱。〔做拜科〕〔屠做回禮起看夫人科〕〔背云〕是好個婦人也。〔馮太守云〕小姐和小舍人且靠後者。你母親與大人把盞者。〔夫人把盞科云〕將酒來。大人滿飲此杯。〔屠世雄做佯醉接盞上下覷科云〕夫人。屠世雄吃乾了。〔正旦云〕梅香。你看那個官。將俺母親上下相覷。是一個不良的也呵。〔唱〕

【呆骨朵】我見他假醺醺上下將娘親覷。不由我戰欽欽魄散魂無。〔屠世雄云〕左右。與我喚將那心腹的人來。我有事分付他。〔卒子云〕理會的。〔做喚科云〕兀那船上的小軍兒。屠爺喚你哩。〔卒子持鎗刀上云〕家將都來了也。〔正旦驚科唱〕**忽聽的大叫高呼。擺列下長鎗的這巨斧。**〔屠世雄云〕小校。將我的兵器來。〔卒子遞刀科〕〔屠世雄做接刀科云〕哏。兀那馮太守。你認的我麼。〔馮太守云〕呀。大人。老夫怎生不認的你。〔夫人云〕不中。俺索回避者。〔屠世雄攔科云〕你那裏去。衆軍校。與我圍住這船者。〔正旦唱〕**一個個挺霜鋒相攔截。**〔帶云〕母親。怎不迴避咱。〔衆喝科云〕那裏去。〔正旦唱〕**好着我無處個尋門路。**〔屠世雄云〕你趁早兒隨順了我者。〔馮太守云〕你要老夫隨順什麼來。〔正旦云〕父親。元是你差了也。〔唱〕**都是你沒來由攬禍災。**〔屠世雄云〕休教走了一個。〔正旦云〕哎。父親也。〔唱〕**到如今急煎煎怎當堵。**

〔馮太守云〕老夫不知。大人主何緣故。你可明對老夫說者。〔屠世雄云〕馮太守。我因見你夫人有顏色。我如今要你把那夫人與我爲妻。你若不肯呵。我便認的你。這刀須認不的你。〔馮太守云〕這怎麼使得。〔屠世雄云〕你既然不肯呵。先殺了這老匹夫。〔馮太守嘆云〕嗨。正是夫妻本是同林鳥。大限來時各自飛。夫人。我也只保得自己性命。保不得你了。〔回云〕罷罷罷。我老夫願將夫人獻與你。饒了我罷。〔屠世雄云〕恁的呵。將夫人請過船去。〔夫人哭科云〕兀的不痛殺我也。〔做跳江科〕〔衆做攔科〕〔屠世雄云〕左右。扶入俺船艙裏去。〔衆扶住夫人科〕〔夫人做回顧科云〕哎喲兒也。誰想有這場橫禍也。〔正旦同倈兒哭科云〕母親。你怎生撇下的我們去也。〔馮太守哭云〕夫人也。痛殺我也。〔正旦做拽住夫人科〕〔唱〕

【伴讀書】今日個子共母應難顧。夫共婦生離去。好教我負屈銜冤無申訴。只有個椎天搶地號咷哭。〔屠世雄喝科云〕退。兀那女孩兒。哭甚的來。你看我這刀麽。〔正旦唱〕倒惹他努睛突眼生嗔怒。一謎的將俺犇呼。

〔馮太守云〕孩兒休嚷。看他這等利害。不如順他將的去罷。〔正旦哭科〕〔唱〕

【笑歌賞】眼睜睜難做主。〔馮太守云〕孩兒。你便教我怎生做主那。〔正旦唱〕埋怨你個生身父。何日得重完聚。〔屠世雄云〕小校。休管他。喒自到船上去來。〔做扯夫人上船科〕〔馮太守倈兒正旦做扯哭科〕〔正旦唱〕想當初夢不虛。到今朝遇賊徒。天天天只願的神明護。

〔屠世雄舉刀奪夫人下〕〔重上云〕緊守着夫人。待我往他那船上去。試聽他說甚麽言語者。〔做上船聽科〕〔馮太守云〕孩兒。這是我的不是了也。他現領着一班刀斧手。動不動要殺人。教我怎生救濟你那母親來。孩兒。你且放心者。我如今不上泉州到任。徑回京師。只揀大大的衙門裏。告下這廝來。那廝是個有職官員。躲的到那裏去。莫說送還你母親。那廝還要問個强奪人妻的罪名哩。〔正旦云〕父親。須索速報此讎恨也。〔屠世雄云〕嗨。早是好也。你聽那廝說的話。必然做出來。罷罷罷。凡事先下手者爲强。我既然搶了他夫人去。他又是個現任太守。我可不反落其手。則不如就今夜走過他船上。先將那老匹夫殺壞了。以免後患。左右。都跟我來。〔衆做上船科〕〔屠世雄云〕左右。與我圍住着。休教走了那老匹夫。〔做見科〕〔馮太守跪科云〕大人可憐見。只留我一個老命罷。〔屠世雄云〕這老匹夫。你恰纔道甚麽來。我聽得多時了也。比及你明日告我時。不如今日我先殺了你。可不好那。〔做殺太守下科〕〔屠世雄云〕一不做。二不休。落的見一個。殺一個。都與我殺壞了者。〔衆做殺家童梢公梅香倈兒科〕〔正旦做慌躲將砌末抛入水科云〕我將這書匣。先抛入水去。然後好逃命也。〔屠世雄云〕左右。你看是什麽人跳在水中。〔衆做看科云〕不知是那一個跳在水裏去了。〔衆做尋科〕〔正旦做躲在船舵上科云〕妾身得脱身。且躲在這船梢舵上。只願救苦難觀世音保護。救我這一命咱。〔屠世雄云〕左右。看那殺死的屍首内。少了那一個。〔衆點科云〕老爺。止少了一個小姐。〔屠世雄云〕恰纔跳江的那個。必然是小姐。莫説是十多歲的女兒。量這條大江。跳下去也没活的了。左右。便收拾開船。載着喒夫人行者。只我一片好心。天也與我這條兒糖吃。〔詩云〕要奪夫人做我妻。一家殺的血淋漓。從今翦草除根後。不怕傍人説是非。〔同下〕〔正旦云〕我在這船舵上。坐好久了。這會兒不聽見了説話。這賊漢敢去了也。我扳着這舵梗。跳上船梢。悄地看一看咱。這是船艙裏。〔做見死屍哭科云〕你看我那父親和兄弟梅香家童。連着船上兩個梢公。盡被他殺死。我是個女孩兒家。守着這一船死屍。好是怕人也。哎喲。百忙裏又被大風刮斷了纜。將這船直飄在江心裏去了。〔唱〕

【煞尾】怎又刮起這大風。把俺船吹去。又不知吹去何方可着的個邊際無。眼睜睜放着娘親被他擄。痛煞煞把俺兄弟爹爹都殺取。剛只一個家僮不留與。兀那駕船的梢公和你有甚毒。也着他跟了俺一家兒入地府。待叫來又被氣堵住咽喉叫不出苦。待走來又被船打在江心走不上路。却教俺守着這血泊裏屍骸怎發付。哎喲天那你也可

憐見俺個没倚靠的青春少年女。〔下〕

〔音釋〕篦音避　浮音符　掐音恰　物音務　鷓音蔗　鴣音姑　續詞疽切　俗詞疽切　倜音剔　儻湯上聲　傻商鮓切　熟繩朱切　漉音鹿　醑音胥　躊音紬　躇音除　覷音趣　咷音逃　哭音苦　謎迷去聲　犇音奔　毒東盧切

第三折

〔外扮金御史引祗候梢公上〕〔梢公云〕後面把舵的仔細。我在這裏攔頭。天色晚了也。把船攏岸罷。恐怕黑下來。不好使的篙子哩。〔金御史云〕兀那梢公。你這般嚷鬧怎麽那。〔梢公云〕請老爺自在艙裏穩穩的坐定。小的每收拾錨纜哩。〔金御史云〕老夫姓金名圭。字廷簡。祖居扶風人氏。叨中甲第。累官加至都御史之職。近因江南等處。盜賊生發。聖人命俺巡撫江南。勅賜勢劍金牌。體察姦蠹。理枉分冤。先斬後奏。今日泊船在此。左右與我點起燈來。我看些文卷者。〔祗候云〕理會的。〔背云〕老爺看文卷。我每也看些文卷。〔祗候云〕你有甚麽文卷的看。〔一祗候云〕我一路上跟着老爺。那個館驛裏吃的好。吃的不好。都寫一個總帳。若是老爺考滿回朝之時。少不的我也跟去拿出這文書來。也顯的我這油嘴的有名兒。〔祗候云〕休嚷。等老爺看文書哩。〔金御史云〕夜已深了。你看這燈半明不滅的。我自剔這燈咱。還有幾宗文卷。未曾看完。待我從頭兒看將來。呀。這燈可怎麽又暗了。我再剔一剔這燈咱。〔馮太守同倈兒家童梅香梢公魂子提頭上〕〔金御史云〕我剔了這燈也。試看這文卷咱。〔衆魂子做燈下拜跪科〕〔金御史見科云〕好奇怪。兀那燈下四五個提頭的鬼魂。你是何處人。被人殺壞。老夫決然要與你做主也。〔衆魂子做拜科〕〔金御史云〕爾且退者。〔衆魂子下〕〔金御史云〕左右。這會兒多早晚也。〔祗候云〕是三更時分了。〔正旦上云〕這般被風吹的去。不知這裏却是那裏也。〔梢公做叫科云〕不好了。不好了。快把篙子墊住。着上流頭那裏儻將下一隻船來。不要撞壞了我家的船那。〔金御史云〕你是看咱。〔祗候云〕禀爺。這一隻船想是失風的。船上並無一個人。被風打將來。緊貼在俺船邊廂哩。〔金御史云〕你休上他那船去。到明日早間。看是那裏的船隻。〔祗候云〕理會的。〔正旦云〕這船被風吹到這裏。可怎生住下。妾身這一日一夜。水米没半星兒粘牙。伴着這五六個死屍。又没個燈火。微微的透着些月光入來。看了好悽慘人也呵。〔唱〕

【商調集賢賓】正滄江夜寒明月皎。覷地遠叩天遥。這船呵在風中簸蕩任東西。水上浮漂。又無人把舵推篷。那裏也舉棹撑篙。我則聽的古都都潑天也似怒濤。鬬合着忽剌剌風聲兒廝鬧。這水也流不盡俺千端愁思積。這風也抵不過俺一片哭聲高。

〔帶云〕父親和兄弟。你都死的好苦也。〔唱〕

【逍遥樂】俺也幾番價把爹爹連叫。只見他七魄悠然。三魂去杳。〔做哭科云〕痛殺我也。父親兄弟也。〔唱〕好着我獨自嚎咷。這殺人恨何日纔消。怎得個清耿耿的官員廝撞着。劈頭兒把冤情披告。告他將父親殺死。兄弟虧圖。娘親來佔了。

〔云〕父親兄弟。兀的不悲痛殺我也。〔金御史云〕那裏這般隱隱的哭聲。敢就是那被人殺的鬼魂麽。〔祗候云〕老爺。這裏有個甚麽鬼魂。就是恰纔那一隻空船上。有人在艙裏啼哭。像一個女人的聲氣那。〔金御史云〕怎生那空船上有個女人啼哭。是真個。我試聽咱。〔做聽科〕〔正旦云〕那裏這般人聲。諕殺我也。〔唱〕

【金菊香】我這裏低頭不語眼偷瞧。〔金御史云〕兀的不是有人說話也。〔正旦唱〕呀。小可如昨夜停舟那一遭。莫不是狠賊徒把咱尋見了。你直待要斷盡根苗。俺的命恁般薄。

〔金御史云〕你聽波。這船裏哭的女人。必然有些蹺蹊。左右。與我向前。不要諕了他。你只問他一個緣由來者。〔祗候云〕我是問他去咱。來到這船上。怎生偌大一隻船。没的一個人看管。咄。兀那船裏的人。〔正旦云〕哎喲。諕殺我也。兀的不是個人問我哩。且等他說個甚麽。我是答應咱。〔祗候云〕船裏的人。因何這般啼哭。〔正旦云〕救我的性命咱。〔祗候云〕好怪。怎生着我救他的性命。知他是個甚麽人。我回老爺的話去。〔做回御史話科云〕禀爺。當真是個女人。小的每連叫他數聲。只不答應。甫能答應了。他道是你救我的性命咱。〔金御史云〕左右。將俺的船再挪上前些。靠着他那船。我親自問他。〔祗候云〕梢子。將俺的船略挪上前。幫在那空船一搭裏者。〔梢公云〕剛待睡一睡。着你每打攪死我。〔做挪船科云〕住了住了。幫做一搭兒裏了也。你看那老爺。聽的那船上一個女人啼哭。便要管他。想是出巡久了。一向不曾見陰人哩。〔御史做近船邊問科云〕兀那船裏哭的女人。你有甚麽冤枉衷情。你一一的說將來。老夫與你做主也。〔正旦

唱〕

【醋葫蘆】則聽的叮嚀頻問取。〔金御史云〕你是那家妻小。因何在此。〔正旦唱〕我是那閨門中女豔嬌。〔金御史云〕元來還是個未嫁的女孩兒。你說。你說。〔正旦唱〕俺父親是泉州太守恰離朝。〔金御史云〕泉州太守恰離朝。是到任去麼。〔正旦唱〕不隄防半途逢禍惡。〔金御史云〕哦。敢是被甚麼强盜劫殺了。你家裏還有人麼。〔正旦唱〕俺母親被他驅掠。直使俺一家的兩相拋。

〔金御史云〕清平世界。有這等事。〔詩云〕幾回低首細沉吟。聽取舟中泣訴音。則我除冤斷枉無偏曲。恰似冰霜一片心。兀那女子。我乃巡撫江南都御史金廷簡是也。你果有甚的冤枉不平之事。你一一道來。我替你申雪者。〔正旦做哭科云〕老爺與俺這冤枉的人做主咱。〔唱〕

【金菊香】你道是除冤理枉的大官僚。你與我那屈死的親爺將冤恨削。不承望這搭兒裏偏凑巧。這一個天理昭昭。誰想道有今朝。

〔金御史云〕左右。你與我唤出那女兒來見。我細問他一個端的者。〔祗候做唤科云〕兀那船中女人。你出來者。俺老爺唤你哩。〔正旦云〕哥哥。你是何人也。〔祗候云〕我們是跟隨金御史老爺的人。俺老爺見你那般啼哭。要見你問個明白。與你做主哩。〔正旦云〕天那。既是這等呵。我見你爺訴冤去咱。〔唱〕

【醋葫蘆】我這裏慌速速的脚懶擡。喘吁吁的身戰摇。〔祗候云〕兀那女子。你休慌也。〔正旦唱〕則這大江中有那一個假相邀。〔祗候云〕是俺御史老爺喚你哩。〔正旦唱〕險把我魂靈兒被他驚散却生則怕逆徒來到。〔做見御史慌科云〕兀的不諕殺我也。〔金御史云〕休慌。你說你那冤枉之事。〔正旦唱〕我我我怕的是明晃晃一把殺人刀。〔金御史云〕兀那女子。你近前來。你休驚莫怕。老夫乃巡撫江南都御史。專與人除冤理枉。你把那心中冤枉事。備細說來。我好與你辯明做主。〔正旦云〕大人。妾身姓馮名玉蘭。父親是馮鸞。所除福建泉州府太守。因去赴任。有俺母親田氏。將帶妾身。同一個小兄弟。到於大江邊黃蘆蕩。阻風灣船。至夜間。忽遇着一個巡江官。他道是屠世雄。因同泊舟。與俺父親談話。俺父親見他是仕宦中人。片語相投。就請到俺船上整酒相待。酒後出妻獻子。不想此人心中狠毒。將我母親搶去。後又趕過船來。持着腰刀。將俺父親并兄弟家童梅香梢公。盡行殺死。妾身當時心生一計。將俺父親書匣。抛入江中。躲在船梢後舵上。待他去遠。妾身復還到船中。隨着風浪。漂流至此。不想撞見你個似青天如白日。去姦細理冤枉的大人。須索與俺做主也。〔做拜科〕〔金御史云〕嗨。誰想巡江官却做下這等的事來。〔詩云〕從頭至尾聽緣因。怎不由人不怒嗔。則我筆下難容無義漢。劍頭偏斬不平人。兀那女子。這偌多屍首。如今可在那裏。〔正旦云〕大人。都在俺船上哩。〔金御史云〕左右。你領人去。與我仔細看驗來回報。〔祗候云〕理會的。〔做看科云〕稟爺。那船上死屍。是一個老的。又是一個小孩兒。又是一個女人。又是三個男子漢。總共六個屍首。那頭都不在頸上。血糊淋剌的將船板染的一片紅。明明是殺死的。〔金御史云〕哦。六個人都

被殺死。可不情理難容也。兀那女子。那個老的是誰。〔正旦唱〕

【幺篇】則這個年邁的是父親。〔金御史云〕又有個小孩兒可是誰。〔正旦唱〕可憐呵俺弟兄年紀小。〔金御史云〕那小孩兒元來是你兄弟。可憐可憐。那個女人是誰。〔正旦唱〕他是俺梅香小字喚春嬌。〔金御史云〕還有三個男子是誰。〔正旦唱〕俺家童未將人事曉。〔金御史云〕是了。那兩個呢。〔正旦唱〕那兩個是船家將錢覓到。也都在劫數裏不能逃。

〔金御史云〕左右。這是小姐。請他在俺這船後艙安下。把他那隻船也帶着。待天明。直至清江浦官廳內。老夫自有個主意。恰纔燈下。看些文卷。見幾個鬼魂。提着頭似要伸訴一般。去不多時。便聽的這個女子啼哭。說將起來。就是此一樁冤枉之事。方信道善惡報應。如影隨形。但是捉賊無贓。終難定罪。不知他殺壞您父子之時。有甚麽贓仗質證來。〔正旦云〕大人。有有有。現今俺船上。他撇下一把刀。便是贓仗了也。〔金御史云〕左右。快去取那把刀來。我看咱。〔祗候做取刀科云〕稟爺。刀在此。上面還帶着血痕哩。〔金御史云〕左右。與我收的好着。則這刀上。要尋殺人賊也。〔正旦唱〕

【梧葉兒】這江洋真賊盜。怎當俺衆冤魂纏定着。他犯了殺人條。現放着大質照。刀頭兒血染高。請大人自量度。若不沙只俺小妮子敢平空的將命討。

〔金御史云〕天明了也。老夫體察公事。一夜不曾睡。左右。分付開了船者。徑到清江浦官廳邊灣船。問理這一樁公事也。〔祗候云〕理會的。梢子快開船哩。〔梢公云〕知道了。慢慢的來牌子。

昨晚那個女孩兒在那裏。〔祗候云〕在艙裏。你要問他怎的。〔梢公云〕和老爺説一聲。賞與我做媳婦罷。〔祗候云〕噤聲。是官宦人家的小姐。如今帶着他要辦理人命公事哩。你則開了船者。〔梢公做使船跌倒科〕〔金御史云〕兀那女子。你跟我到清江浦。問理公事去來。〔正旦云〕俺到的那裏。怎生能見那賊漢也。〔金御史云〕你却不知。但是巡江官。少不的要來參見老夫。〔正旦唱〕

【浪裏來煞】我見他怎恕饒。他見我難推調。怕不來一問一承招。只俺那山海般讎恨須當報。再不用荆條細拷。拚的親手兒也還上一千刀。〔同下〕

〔音釋〕攏音隴　蠹音妬　墊音店　簸音播　漂音飄　薄巴毛切　惡音襖　掠音料　削音小　却音巧　晃荒上聲　劫音結　着池燒切　度多勞切

第四折

〔净扮清江浦驛官上詩云〕我做驛宰忒伶俐。吃辛吃苦都不氣。接了使客轉回來。閒向官廳調百戲。自家是清江浦驛丞。打掃的這官廳乾乾净净。昨日報帖來説道。金御史老爺今日船到。須索迎接去。遠遠的望見。敢是金老爺來了也。〔金御史引祗候梢公上〕〔金御史詩云〕有事關心直到明。早開頭踏赴官廳。手持白簡秋霜似。專與人間理不平。老夫金廷簡。昨夜在江中體出馮玉蘭訴冤一事。使老夫一夜不眠。今日行至清江浦。這是個官廳所在。那巡江官員人等。都在此處參見老夫。須索仔細體勘一個虛實。左右。將那口刀收拾好者。將馮玉蘭且藏在船上。休得驚諕了他。〔祇候云〕理會的。〔梢公做使船科云〕船攏了岸了。將跳板擡下。請爺登岸。〔金御史同祇候做上岸入官廳科云〕左右。喚那驛官來。〔祇候做喚科云〕驛官那裏。〔驛官慌云〕有有有。〔叩見科〕〔金御史云〕兀那驛丞。你出去分付。但是沿江一帶大小官員。都着入來參見。〔驛官云〕老爺。且請了下馬飯。驛丞早安排了些胡椒鮮魚湯。在此伺候。待吃過了。好慢慢的斷事。〔金御史云〕哏。我那在這些酒食。你快去分付着各官咱。〔驛官云〕這個老爺。真個清廉。你不吃便罷。我出的這門來。分付那官員每去。兀那聽候的大小官員。都入公館中來參見老爺。都進去。都進去。〔屠世雄同巡江官上〕〔屠世雄云〕小官屠世雄是也。同俺這巡江官員。參見御史大人去來。可早至公館也。〔做見跪科〕〔金御史云〕別的官員且靠後。喚的沿江巡視官近前來。〔衆做向前跪科〕〔金御史云〕你便是巡江官。還有未到的麽。〔屠世雄云〕大人在此。誰敢不到。都來了也。〔金御史云〕既然來全了時。你衆多的巡江官。必然各人有個分巡的地方。要你各人自供報文狀上來。等老夫好看咱。〔屠世雄云〕着俺們供報巡視地方。却是甚的主見。我只佯報個地方。將那黃蘆蕩不提起罷了。〔衆做報科〕〔屠世雄做遞狀科〕〔金御史接看科云〕你看這沿江去處。都有巡視官。怎生黃蘆蕩無人巡視。那個所在。正是賊盜出没之處。那個是總理官員。左右。准備下大棒子者。〔屠世雄慌科云〕大人。只屠世雄便是總理的官。〔金御史云〕你既是總理的官。怎麽缺了黃蘆蕩這一處。快快從實説來。但説的有些兒差遲。我不道的饒了你也。〔屠世雄云〕這黃蘆蕩就是屠世雄時常屯扎的信地。因此不曾另撥巡視的官。〔金御史云〕哦。元來你便是屠世雄。你那巡江官擒拏盜賊。必須要兵刃鋒利。器仗鮮明。纔得有功。左右。你與我一一點閘。再等老夫親自看驗。若少了一件呵。決無輕恕。〔祗候做看科云〕稟爺。小的每到各官船上。將他那隨身帶的物件等項都看了。件件齊備。不少一些。〔金御史云〕左右。都將來我看咱。〔衆做搬衣甲弓箭腰刀放在面前科〕〔驛官背云〕這些巡江官。平日生事。如今可遇着魔頭了。〔金御史云〕兀那一堆什物。是那個巡江官的。〔屠世雄云〕是屠世雄船上的。〔金御史云〕將過來我看。〔做看科云〕住住住。那一件却不是個刀鞘。左右。將那刀鞘過來。〔祗候拏刀鞘遞科〕〔金御史怒云〕屠世雄。怎生這一口刀有鞘無刀。你敢戲弄我大臣麼。我且問你。這口刀在那裏。各官員且回。止留下屠世雄者。〔衆巡江官拿物件下〕〔屠世雄云〕大人。這口刀因晚間在船上失落了。還不曾配就哩。〔金御史云〕是怎生失落了來。〔屠世雄云〕因向船頭點閘水軍。一時不小心。弔在江中了也。〔金御史云〕這口刀失的有些緣故。不動刑法。如何肯招。左右。將這廝與我着力打着者。〔祗候做打科〕〔屠世雄云〕大人息怒。委是弔在江中。別無甚的情節。〔金御史云〕還不實説哩。左右。與我打着者。〔做打科〕〔金御史云〕這口刀端的是有也是無。快快從實説來。〔屠世雄云〕委實是弔在江中。便打死屠世雄呵。也無他説。〔金御史做笑科云〕這口殺人刀敢有麼。〔屠世雄云〕委實没有。〔金御史云〕左右。便與我將的那口刀來者。〔祗候取刀遞與屠世雄科〕〔金御史云〕左右。着那廝可認的是他的刀麼。〔祗候把刀插入鞘科〕〔屠世雄驚云〕不知這口刀。怎生得到大人手裏來。〔金御史云〕兀那廝。你在黄蘆蕩。夜間將馮太守父子梅香家童梢公共六人。都被殺死在船上。怎生還推不知哩。〔屠世雄云〕屠世雄並無此事。敢是另有個天災人禍。假稱屠世雄的麼。〔金御史云〕左右。與我船上喚的馮玉蘭小姐來者。〔祗候喚科云〕馮玉蘭小姐安在。〔正旦上云〕哥哥。是誰喚我哩。〔祗候云〕小姐。如今俺老爺與你拿着殺人賊了。在官廳上。喚你去與他對證哩。〔正旦云〕謝天地。誰想拿住賊漢了也。〔唱〕

【雙調新水令】急忙忙盼不到接官廳。那一個殺人賊今番拿定。休道那人間無報應。方信是頭上有神明。我看他着甚推稱。只俺這大人呵清似水朗如鏡。

〔祗候云〕小姐。上緊走動些。老爺坐着久等哩。〔做入官廳見科〕〔正旦見屠世雄怕科云〕兀的不諕殺我也。〔唱〕

【駐馬聽】暗自凝睛。不由我不喪膽銷魂忽地驚。〔金御史云〕兀那女子。你怕他怎的。〔正旦唱〕**渾如癡掙。他是個圖財致命殺人的精。**〔金御史云〕左右。把那廝與我打着者。〔祗候做打科〕〔正旦唱〕**這番推勘見分明。則你那夜來兇惡可也還僥倖。眼見的惡貫盈。今朝對了俺親爺命。**

〔云〕兀那賊漢。俺父親和你往日無冤。近日無讎。止因同在黃蘆蕩灣船。敬意的設酒請你。出妻獻子。將你爲上賓相待。誰想你起這點毒害之心。將我父親和兄弟梅香等。都行殺死。又將俺母親强奪的去了。今日可怎生遇着青天老爺。體察出來。將你拏住。兀那賊漢。將我的母親送還了者。〔金御史云〕屠世雄。你怎生不回他一言。他那母親今在何處。快快從實的說來。〔屠世雄云〕老爺可憐見。到如今着我甚的言語可回他也。〔金御史云〕他那母親呢。〔屠世雄云〕老爺。他那母親屠世雄實不知道。〔金御史云〕這廝無禮。到此際尚兀自不肯認哩。左右。與我打着者。〔祇候打科〕〔驛官云〕這些巡江的官。來到館驛裏。把我不是打便是罵。要酒吃要肉吃。遲了些就打嘴巴拳。你今日可也爲事來。你死你死。牌子。着些力氣打。打死了又不要償命哩。〔金御史云〕哏。那裏有你説處。兀那屠世雄。你將他那母親藏在那裏。〔屠世雄云〕老爺。屠世雄實不知道。〔正旦云〕兀那賊漢。將我母親來。〔唱〕

【喬牌兒】你將俺一家兒性命傾。又搶了俺母親呵忒施逞。〔云〕大人可憐見。須索追出俺母親來。〔屠世雄云〕我屠世雄並不曾搶他母親。〔正旦唱〕**眼睁睁現放着俺親身證。**〔金御史云〕屠世雄。你不實説呵。等甚麼那。〔正旦唱〕**還待要嘴巴巴不肯應。**

〔金御史云〕這廝堅意的不肯認來。我想他搶着去。必然就藏在他船上。左右。領着這馮小姐直至他船上高聲的叫他。那爲母的聽見。是他那女孩兒聲音。必然答應。你可小心在意。疾去早來。〔祇候云〕理會的。小姐。我和你到他船上尋你母親去來。〔正旦云〕祇候哥哥。他的船隻知他在那裏也。〔祇候云〕他這巡江官的船隻。都在那壁厢灣着哩。你如今只沿岸邊叫你那母親咱。〔正旦同祇候至船邊叫科云〕偌多的船隻。着我那裏尋去也。母親。母親。母親。〔唱〕

【雁兒落】我這裏連聲不住聲。〔帶云〕母親。母親。〔唱〕**可怎生應也無人應。**〔帶云〕母親。母親。〔夫人上哭云〕這是我玉蘭孩兒的聲氣。待我叫他着。玉蘭兒也。我在這裏。〔正旦唱〕**是那**

個賊船中叫小名。恰便似軍帳裏聽嚴令。

〔做應科〕〔夫人云〕兀的不是我玉蘭孩兒。〔正旦忙扯住科〕〔夫人云〕玉蘭兒。你是人是鬼。好痛殺我也。〔正旦唱〕

【得勝令】呀。今日個相遇在江亭。莫非是死去再回生。〔祗候云〕兀那小姐走動。老爺等着哩。〔正旦唱〕與俺這母親重覿面。怎麽俺兄弟爹爹也不見影。〔云〕母親。那屠世雄拏了也。〔夫人云〕他如今在那裏。只怕問不倒他終着他手。〔正旦云〕母親。我和你同見大人去來。〔唱〕現如今審出了真情。那怕這逆賊偏頭硬。疾忙的前行。只怕那清官專意等。

〔做見御史跪科云〕大人。則這個是俺母親。〔金御史云〕兀那女子。這個是你母親麽。〔正旦云〕正是。〔金御史云〕在那裏尋着來。〔祗候云〕稟爺。在屠世雄船上尋來的。〔正旦云〕兀那賊漢。你道是不曾搶俺母親。如今在那個船上藏着哩。〔唱〕

【側磚兒】你道我平白地把你來把你來供攀定。只我這官司裏世不曾經。俺馮家的娘親怎倒着你屠家領。你可也自思省。

【竹枝哥】你倚着那巡江的威風敢橫行。惡哏哏便待生逼俺娘親爲匹聘。兀的不是把河橋的孫飛虎搶鶯鶯。今日個大人呵做了白馬將。我玉蘭呵倒做了惠明僧。賊精。看你去那裏逃生。

〔金御史云〕屠世雄。你如今招也是不招。〔屠世雄回頭問驛官科云〕驛宰。我問你。若招了呵。得個甚麽罪。〔驛官云〕也不打緊。殺了五六個人。值的甚麽。便招了時。也只一個砍狗頭的罪兒。〔屠世雄云。〕罷罷罷。我當初睜着眼做。今日合着眼受。殺他父子家人等。都是我來。我都招了也。〔金御史云〕屠世雄。這等的供狀。怕你不招那。〔正旦做拜謝金御史科唱〕

【水仙子】今日個從頭一一盡招承。國法王條不順情。也顯的你有忠直無偏佞。赤心的將公事整。端的個播清風萬載標名。若不是你金大人勢劍銅鍘。將賊徒分腰斷頸。可不乾着俺泣江舟這一段冤情。

〔金御史云〕你一行人聽老夫下斷。〔詞云〕都則爲你父親除授泉州。黃蘆蕩暮夜停舟。巡江官相邀共飲。出妻子禮意綢繆。你母親遭驅被擄。全家兒惹禍招憂。單撇下鋼刀一口。積屍骸鮮血交流。老夫奉朝命江南巡撫。路途間訪出情由。將賊徒問成死罪。登時决不待深秋。馮小姐雖能雪恨。奈餘生無管無收。請夫人同車載去。赴京都擇配公侯。這的是金御史秋霜飛白簡。纔結末了馮玉蘭夜月泣江舟。

〔音釋〕調平聲　勘坎去聲　攛粗酸切　屯音豚　鞘音笑　閘丈甲切　推退平聲　僥音交　應平聲　覷丁梨切　哏狠平聲　綢音紬　繆麻彪切　鍘音閘

題目　金御史清霜飛白簡
正名　馮玉蘭夜月泣江舟